LA FILLE
DE L'OMBRE

ELIZABETH WALKER

LA FILLE
DE L'OMBRE

*Traduit de l'anglais
par Valérie Rosier*

belfond
12, avenue d'Italie
75013 Paris

Titre original :
CHILD OF SHADOWS
publié par Headline Book Publishing PLC,
Londres.

Si vous souhaitez recevoir notre catalogue
et être tenu au courant de nos publications,
envoyez vos nom et adresse, en citant ce livre,
aux Éditions Belfond
12, avenue d'Italie, 75013 Paris.
Et, pour le Canada, à
Havas Services Canada LTEE,
1050, bd René-Lévesque-Est,
Bureau 100,
Montréal, Québec, H2L 2L6.

ISBN 2.7144.3703.6

*À Rupert,
mon chien et ami*

LIVRE I

1

Le vent parcourait en conquérant la vaste plaine sans que rien ose lui résister. Il arrachait le linge que sa mère avait accroché sur le fil pour le jeter dans la boue, obligeant celle-ci à tout recommencer, faisait voler des tuiles qui s'écrasaient sur les pavés de la cour parmi les poules affolées. Dans ses accès de rage, il lui arrivait de déraciner un arbre, et il laissait les peupliers de l'avenue aussi dégarnis que le sourire d'un vieillard.

À cause de lui, tout le monde était d'une humeur massacrante. Mme Girand pestait contre son mari, giflait ses fils, et elle décocha même à la mère de Lori un méchant coup dans les côtes, parce que la crème n'avait pas pris dans la baratte.

— Eh bien, mademoiselle ! Après tout ce temps, vous ne savez toujours pas faire le beurre !

Cramponnée aux jupes de sa mère, Lori l'écouta s'excuser humblement. Pourtant, quand souffle le vent d'est, chacun sait que les vaches lui tournent le dos et que le beurre ne prend jamais.

— Tout va bien, Lori. Ce n'est rien.

Lorsque sa mère lui parlait doucement dans sa langue natale en lui souriant, Lori savait sans l'ombre d'un doute qu'elle la protégerait de tout.

Autant qu'elle s'en souvenait, sa maman avait toujours été là. Et Lori ne pouvait s'imaginer qu'un jour elle ne le serait plus. Quand elle s'éveillait le matin, elle n'avait même pas besoin d'ouvrir les yeux pour sentir sa présence ; le lit fleurait bon la lavande et le savon, contrairement à Lori, qui sentait l'aigre. Comme c'était agréable, une

11

fois que sa mère l'avait changée et qu'elle redevenait propre et fraîche !

— Vous devriez corriger cette enfant. Elle n'a plus l'âge de faire pipi au lit.

— Elle n'a que deux ans, madame.

— Presque trois, vous voulez dire ! Au lieu de dormir avec elle, vous feriez mieux de vous dénicher un mari, pour changer.

La mère de Lori ne répondait pas, elle prenait sa fille dans ses bras et allait à l'étable dans le gris bleuté du petit matin. L'hiver, il y faisait chaud, et une bonne odeur d'herbe et de bouse montait du corps fumant des vaches. Leurs queues claquaient dans le silence, sa mère vidait les seaux d'eau, les chats rôdaient à l'affût des mulots. Lori regardait, écoutait. Parfois, une poule se perchait sur le vantail et la fixait d'un œil noir. Lori n'aimait pas trop les poules.

Aussi jouait-elle avec les chatons, tandis que sa mère faisait la traite. C'est M. Girand qui venait ramasser les seaux pleins de lait, ou bien l'un de ses deux fils, de grands gars que Lori trouvait laids, qui avaient une grosse voix et puaient le fumier. Quelquefois, quand l'endroit était désert, Jean rejoignait la mère de Lori dans l'étable et ne voulait plus la laisser sortir. Ils parlaient bas, avec une sorte de rage contenue. Lori se mettait à pleurnicher.

— Tu ne peux pas la faire taire ? Bon Dieu, pourquoi gardes-tu cette mioche ? râlait Jean.

— Je préférerais en avoir dix comme elle qu'un seul comme toi, répliquait sa mère. Chut, Lori. Maman est là, tout va bien.

Lori se calmait aussitôt. Dans les bras de sa maman, elle ne craignait rien ni personne. Pas même Jean.

Vint le printemps. Le lait coulait à flots et Jean passait ses journées à l'étable. Lori jouait au soleil avec une nouvelle portée de chatons. Un jour qu'elle avait le petit noir sur les genoux, son préféré, sa mère sortit en courant de la grange et la souleva brusquement de terre. Le chaton prit peur et griffa Lori, qui poussa un cri.

— Pardon, ma chérie. Ce n'est rien, juste une égratignure.

Jean se dressa soudain au-dessus d'elles.

— Écoute, inutile de faire tant d'histoires. Si jamais je te mets enceinte, je m'occuperai de vous, dit-il en chassant la nichée de chatons.

Lori sentit sa mère se détendre.

— Vrai, Jean, tu ferais ça ?

— Qu'est-ce que tu crois ? Je ne suis pas un lâcheur, moi. Allons. Laisse cette petite goulue toujours pendue à ton sein. À mon tour d'en profiter.

Sa mère rougit, elle posa Lori à terre et retourna traire les vaches. Quand Lori essaya de la suivre, Jean la repoussa.

Les soirs d'été, les hirondelles filaient comme des flèches au-dessus des champs de maïs. La mère de Lori mettait la petite au lit et allait se promener avec Jean. Lorsqu'elle revenait, les jupes trempées de rosée, elle rapportait parfois d'un verger situé près d'une ferme en ruine des prunes que Jean appelait des « reines-claudes ». Elles étaient acides, car l'arbre était retourné à l'état sauvage, disait sa mère. Les arbres, les champs, tout le pays était retourné à l'état sauvage durant la guerre. Lori se demandait si c'était pour cela que Luc, le frère de Jean, restait dans la maison à maugréer.

Avec l'hiver vint la neige. Blancs comme ils l'étaient, avec les arbres et les vignes pointant à peine, les champs semblaient plus plats encore. Les corbeaux s'envolaient comme de grands chiffons noirs dès qu'on s'approchait d'eux, et la mère de Lori n'allait plus se promener avec Jean. Elle faisait le beurre et la lessive jusqu'à ce que ses mains deviennent bleues de froid. À Noël, Jean alla au village avec une brassée de gui et en revint avec la fille du boulanger, qu'il emmena dans la grange. Comme Lori s'approchait pour les regarder, il poussa un juron et la chassa.

L'été suivant, ce fut Luc qui emmena la mère de Lori dans les champs. Lori avait grandi, elle s'agenouillait dans son lit et regardait par la fenêtre Jean, Luc, la fille du boulanger et Mme Girand, qu'elle détestait plus que les autres pour ce qu'elle avait dit à sa mère.

— Vous avez un toit, pas vrai ? De quoi vous plaignez-vous ?

— Cette fille n'a pas le droit de me parler comme ça. Et Jean qui la laisse faire ! avait protesté sa mère.

— C'est tout ce que vous méritez, avait répliqué Mme Girand en posant son couteau de cuisine. Une moins que rien. Une pauvre idiote qui s'est fait engrosser par le premier venu ! Estimez-vous heureuse que Luc se contente de passer après son frère. Et que je ne vous aie pas mise à la porte.

Les mois défilèrent. Les hirondelles étaient parties, le blé s'entassait dans la grange, les souris couraient le long des poutres et tombaient parfois dans la cuve d'eau-de-vie où elles surnageaient désespérément avant de couler. La mère de Lori monta avec Luc au grenier où l'on gardait les pommes. En dessous, Lori entendit courir les souris, grogner Luc et haleter sa mère. Après, ils se disputèrent,

13

et Luc descendit l'échelle, blême, l'air farouche. Lori se cacha dans un coin.

Quand sa mère descendit à son tour et la vit, elle la prit dans ses bras et la serra fort contre elle. Mais, au lieu de la chaleur qui la gagnait d'habitude, Lori ressentit de la crainte. Maintenant que Jean ne les aimait pas et que Luc devenait de jour en jour plus froid, elles n'étaient plus en sécurité.

— Oh, Lori. Tout va de mal en pis. Que vais-je faire ? gémit sa mère.

Le dimanche, elles se rendaient à la messe, malgré les femmes du village qui les fixaient en marmonnant sur leur passage. Avec leurs toits de chaume ou de tuiles, leurs façades décrépies de couleurs différentes, les maisons se blottissaient autour de l'église, qui les dominait, grise et austère. Dedans, il faisait sombre et, dans l'obscurité parfumée, les flammes bleu et doré des bougies semblaient autant d'étoiles. Mais personne ne les regardait avec bienveillance. « Ce n'est pas la bonne église, disait sa mère. Je n'en fais pas partie. C'est pour ça. »

Lori savait depuis toujours qu'elles étaient différentes. Elles avaient deux langues, l'une qu'elles parlaient entre elles, et l'autre avec le reste du monde. Elles n'avaient pas de famille, pas d'amis, alors que tous ces gens possédaient des vaches, des maisons et des relations qui les saluaient dans la rue. Lori et sa mère occupaient une pièce dans une ferme qui n'était pas à elles. Et, quoiqu'il y eût du vent, et la neige, Lori n'avait pas de chaussures d'hiver.

Un jour, sa mère en parla à Mme Girand, avant d'aller aux champs arracher les navets, disant qu'il faisait trop froid pour y emmener Lori. « Pour toi aussi, il fait trop froid ! » s'écria Lori. Mais sa mère s'y rendit quand même pour les quelques francs qu'elle en tirerait, et Lori demeura dans la chambre, devinant qu'on ne lui ferait pas bon accueil à la cuisine. Au chaud dans le lit, elle regarda un livre anglais que sa mère lui lisait, où les lapins et les hérissons parlaient et portaient des habits, pas du tout comme en France.

Le premier jour, la mère de Lori rentra pour repartir aussitôt traire les vaches. Luc sortit la retrouver, puis il alla voir Mme Girand. On entendit les voix monter, les portes claquer. Le lendemain, la maman de Lori dut remettre ses vêtements encore mouillés. La veille, Lori n'avait rien mangé. « Va à la cuisine au retour des hommes et demande du pain à Luc », lui dit sa mère.

Mais, sachant que Luc ne l'aimait pas, Lori n'osa pas descendre.

Cette nuit-là, sa mère eut des quintes de toux. Luc se mit dans une colère noire, Jean lui tint tête et Mme Girand finit par s'écrier :

« Tout ça pour cette petite garce d'Anglaise. » La mère de Lori alla chercher du pain et du cassoulet pour sa fille, épaissi de vin et de lard gras, sans rien garder pour elle. C'était trop bon. Lori dévora le tout.

Le troisième jour, le vent se leva et une pluie cinglante s'abattit sur la campagne. Il tomba même un peu de neige. Ce soir-là, quand sa mère rentra à la maison dans ses chaussures trouées, elle frissonnait et alla tout droit se coucher. Lori fit de son mieux pour la réchauffer, elle se colla contre elle et lui frotta le dos en souhaitant désespérément que cessent ses tremblements.

Au matin, Lori crut qu'elle allait mieux. Elle semblait si paisible. Elle ne se réveilla même pas pour la traite. Lori sortit son livre d'images et la laissa se reposer. Mais Mme Girand monta et apparut, raide comme un piquet. Lori se dit qu'elle aurait dû réveiller sa mère pour lui épargner la colère de madame.

Lorsque celle-ci se pencha sur le lit, elle se mit à hurler, ce qui effraya grandement Lori. Monsieur se montra, puis Jean, et tous dirent « Mon Dieu » en se signant. Quand Luc arriva en courant de l'étable, il resta au pied du lit, secoué de sanglots, le visage ravagé, mais sans pleurer.

— C'est toi qui l'as tuée, vieille vache sans cœur. Tu l'as tuée.

— Elle a toujours été faible, repartit sa mère. Une bonne à rien, je te l'avais bien dit.

— Elle était belle, gentille, et à cause de toi elle est morte. Mon Dieu, je ne te le pardonnerai jamais.

Lori demeurait les yeux fixés sur son livre d'images. Mais comme le lapin la fixait aussi, elle détourna la tête et regarda sa mère, qui avait l'air très différente de ce qu'elle paraissait d'habitude. Au lieu de la lavande et du savon, elle sentait la boue, les navets, le froid.

Lori avait comme un petit tas de neige dur au creux de son ventre. Elle songea au repas de la veille. Elle aurait dû le partager avec sa mère. Maintenant, qui lui donnerait à manger ? Qui la réconforterait ? Et sa maman, où était-elle partie ? Les larmes lui montèrent aux yeux et tombèrent sur le livre.

— Faites sortir cette enfant, dit Mme Girand avec colère.

Jean prit Lori et la porta en bas de l'escalier.

— Non ! Non ! cria Lori en le bourrant de coups.

— Arrête, petite idiote ! lança-t-il en la secouant si fort que Lori lui fit pipi dessus. Cette sale mioche m'a pissé dessus, dit Jean à sa mère qui descendait.

— Elle est pourrie jusqu'à la moelle. Je me demande ce qu'on va faire de cette petite bâtarde.

Lori n'était plus qu'un vide glacé, un puits sans fond rempli de larmes. Ses sanglots se muèrent en frissons. Personne ne s'en rendit compte. Le contraire l'eût étonnée. Ils ne l'aimaient pas, elle le savait bien. Sa mère ne reviendrait plus. Elle était seule au monde, sans personne pour l'aimer.

Lori se demandait si la mort de sa mère n'avait pas mis fin à sa propre vie. Les jours passaient, elle mangeait, travaillait, mais elle se sentait comme morte. Ses larmes s'étaient taries. La nuit – elle dormait maintenant dans une soupente au-dessous du ciel froid et vide –, elle rêvait parfois qu'elle pleurait, une consolation bénie qui allégeait sa peine. Toutefois, elle s'éveillait les yeux secs.

Au début, madame parla de l'envoyer à l'orphelinat. Mais les Girand habitaient très loin de la ville et personne n'était prêt à s'occuper de Lori, pas même pour s'en débarrasser. Un ou deux mois plus tard, Luc disparut sans prévenir. Mme Girand, triste et amère, brandit d'un air vengeur un couteau de cuisine en menaçant Lori. « Tout ça, c'est votre faute, à toi et à ta chienne de mère. Arrête de me regarder comme ça, sale mioche. Ma parole, tu deviens idiote ! »

La petite l'observait, ouvrant et fermant la bouche en une muette supplication, sachant que madame était bien capable de la découper en morceaux comme le poulet qui gisait sur la table. Mais, à son grand étonnement, madame retint son geste et se détourna.

— Tu es maudite. Ta mère, Luc... Un de ces jours, c'est moi qui y passerai. Enfant du diable !

Dans la cuisine silencieuse, Lori prit la brosse en chiendent et se mit à frotter la table. Le sang poisseux du poulet ne partait pas. Quand madame s'en aperçut et la houspilla avec sa brutalité habituelle, Lori en fut presque soulagée.

Les mois s'écoulèrent, rythmés par les travaux des champs. Au printemps, Lori allait avec Jean ou monsieur mener le cheval au labour. Suite à la Grande Guerre, qui avait fini seulement trois ans plus tôt, tous les bons chevaux avaient disparu. La bête qui leur restait n'avançait pas droit sans qu'on la conduise, il fallait la faire tourner et repartir dans l'autre sens. Avec sa crinière blonde emmêlée, sa robe d'un roux luisant, le cheval paraissait énorme à côté de Lori. Il lui obéissait pourtant et ne bronchait que lorsqu'ils passaient devant la carcasse blanchie et grimaçante du cheval qui avait marché sur un obus pendant la guerre. Monsieur disait que dans certains endroits c'était pire, la charrue retournait tous les jours des ossements humains.

16

Les jours d'été, Lori devait transporter les lourds seaux de lait de l'étable à la laiterie. Elle écrémait, barattait la crème, pressait la pâte de fromage dans la mousseline trempée du petit-lait. Il faisait si sombre dans la pièce que la lumière du jour lui blessait les yeux lorsqu'elle regardait vers la porte. C'était comme de penser à sa mère ; une lumière, une chaleur intense qui vous meurtrit le cœur quand on en est privé. De temps en temps, Lori fermait les yeux et écoutait les bruits de l'été au-dehors, depuis sa petite cellule obscure qui sentait le lait.

En automne, on décortiquait les noix qu'on trempait ensuite dans le premier jus des raisins afin de les vendre au marché dans des jarres. Comme la guerre était finie, il y avait de l'argent à gagner. Monsieur partait chercher des truffes dans les bois avec son vieux chien, et Lori les accompagnait pour porter le sac, avançant péniblement. Quand Monsieur en trouvait une grosse, il se récompensait d'une rasade de vin.

Les truffes rapportaient beaucoup. Il arrivait que madame en prenne en douce un petit bout, qu'elle faisait frire dans du beurre pour elle et son fils.

À la fin d'octobre, par un jour calme et brumeux où le ciel blanc dominait les champs nus, ils virent un prêtre à bicyclette quitter la route et prendre l'allée aux peupliers qui menait à la ferme. À présent qu'il approchait, on distinguait son large chapeau et sa soutane, qu'il avait remontée au-dessus des genoux pour mieux pédaler.

« Qu'est-ce qu'il nous veut ? dit madame en essuyant ses mains sur son tablier. Alors, c'est lui le nouveau. Et il débarque à la saison des truffes, comme par hasard ! Ces prêtres sont de vrais vautours. Dès qu'ils sentent l'odeur de l'argent, ils rappliquent. Avec moi, il en sera pour ses frais. »

Une main en visière pour protéger ses yeux de la lumière aveuglante, Lori fixait avec appréhension la silhouette volontaire que les peupliers masquaient à intervalles réguliers. À part le charretier, une fois par mois, personne ne venait jamais à la ferme. Pas étonnant que madame se méfie.

C'était un jeune gars aux épaules larges, aux dents mal rangées, qui garda le sourire malgré l'accueil peu avenant de madame. Elle le fit pénétrer dans le salon, une pièce froide inutilisée au plancher de bois ciré, avec des fauteuils à haut dossier. Lori n'y était jamais entrée, pas même pour faire le ménage. Elle resta dans la cuisine et remua énergiquement la farce comme elle en avait reçu l'ordre en se disant que le jeune homme ne connaissait sans doute pas madame. Sinon, il ne serait pas venu.

Son bras lui faisait mal à force de fouetter le mélange appétissant qui sentait bon les fines herbes, les dernières de l'année, cueillies et pilées le jour même. C'était injuste qu'elle ne puisse jamais goûter aux truffes, après toutes ces marches forcées dans les sous-bois pleins d'orties et de ronces, à porter sa lourde charge. Est-ce que madame s'en rendrait compte si elle y goûtait ? Sûrement, rien ne lui échappait. Mais la tentation était trop grande. Lori ne résista pas, elle prit de la farce et la fourra dans sa bouche. Des truffes ! Denrée rare, précieuse, interdite.

« Lori ! » La petite se figea. « Lori, viens ici ! »

Madame était à la porte. Lori, la bouche pleine de farce, ne pouvait pas mâcher, encore moins avaler. Et madame qui lui demandait de venir au salon... Ça alors !

— Bonjour Lori, dit le prêtre en lui tendant la main. Lori regarda madame du coin de l'œil et se tint immobile. Le prêtre retira sa main.

— Quel âge as-tu ?

Impossible de répondre. À cause de la farce qu'elle avait dans la bouche, mais aussi parce qu'elle l'ignorait.

— Madame ? interrogea le prêtre.

— Vous voyez bien que c'est une demeurée, répondit celle-ci en haussant les épaules. Nous la gardons chez nous par pure charité. Sa mère, une traînée, était servante ici. On s'occupe de la petite comme on peut.

— Je ne l'ai jamais vue à l'église. Nous devons tous cheminer avec Dieu.

— Sa mère était protestante, répliqua madame en se signant dévotement.

— Cette petite ne va pas en classe.

— Vous enverriez une idiote à l'école ? se rebiffa madame.

Le prêtre revint à Lori. Il se pencha sur elle avec gentillesse.

— Aimerais-tu aller à l'école ? lui demanda-t-il.

Lori s'affola. Elle se sentait étouffer. Ce que madame avait l'air drôle avec ses lèvres pincées sous son gros nez en patate ! Elle ne savait que répondre. De toute façon, on ne lui permettrait jamais d'aller à l'école.

Le prêtre se releva en soupirant.

— Vous pourriez au moins la vêtir décemment, madame, sinon elle devra aller à l'orphelinat.

— Mettre de bons vêtements à une idiote ? répondit madame, toute rouge. Quel gâchis !

— Je voudrais que vous la nourrissiez et l'habilliez convenablement. Ou bien que vous laissiez à d'autres le soin de s'en occuper.

Ils s'affrontèrent du regard. Ces jeunes prêtres, ce sont les pires, pensa madame. Avec le temps, leur bonne volonté s'use, ils perdent courage et c'est tant mieux. Mais, en attendant, il fallait bien faire une concession.

— Je vais voir ce que je peux lui trouver, dit-elle de mauvaise grâce. Quant à la nourriture, elle a droit au meilleur et mange comme un homme.

— Bien. Mettez-lui quelque chose de chaud sur le dos, madame. Elle a l'air à moitié gelée. Que le Christ et la Sainte Vierge soient avec vous.

Quand il s'éloigna sur sa bicyclette grinçante, madame se tourna vers Lori.

— Tu as vu quels ennuis tu nous attires ! Au moins, tu as eu le bon sens de tenir ta langue. On te battrait à l'école, et bien plus fort que Jean. Souviens-t'en.

Lori en doutait. Si on la frappait plus fort que Jean, elle en mourrait. Ses os se briseraient, sa tête éclaterait comme un œuf.

À sa grande surprise, madame lui trouva bien quelques affaires. Une vieille veste sans manches qui lui arrivait aux chevilles. Un énorme chapeau, que Lori fichait sur ses cheveux quand elle menait le cheval sous la pluie. Et une paire de grosses galoches, laides et pesantes, mais bien meilleures que les sandales avachies qu'elle avait portées jusque-là. Elle y enfila ses pieds menus avec délices. Mais, lorsqu'elle essaya de courir, elle trébucha. Pour ce qu'elle courait... Les longues journées qu'elle passait avec le cheval à s'enfoncer jusqu'aux genoux dans la boue ou dans l'herbe, selon la saison, l'épuisaient trop pour qu'elle fasse rien d'autre que dormir.

Lori était ainsi accoutrée quand le prêtre revint. Il descendit de sa bicyclette, portant un grand colis brun, et demeura à la contempler d'un drôle d'air.

— Bonjour Lori.

Elle lui sourit. Grâce à lui, elle avait un manteau, un chapeau et des chaussures.

— Je t'ai apporté quelques affaires. De jolis habits.

Elle le dévisagea, sceptique. Que voulait-il dire par là ? Dans son petit monde, les habits n'étaient pas jolis. Ils étaient épais ou fins, petits ou grands, mais pas « jolis »...

— Tu aimes bien les beaux vêtements, n'est-ce pas ?

Soudain, jaillissant du passé, un souvenir lui revint. La chemise de nuit de sa mère, qui sentait la lavande. L'étoffe en était si douce... Ah, si elle avait pu la toucher encore... Elle hocha énergiquement la tête.

— Bien sûr, renchérit le prêtre. Voyons voir ce qu'il y a dans ce paquet.

Il le posa sur l'herbe et défit l'emballage. Lori était tout excitée. Qu'y avait-il dans le paquet ? Était-ce vraiment pour elle ?

C'est alors que madame survint.

— Je vous ai vu arriver, mon père. Vous prendrez bien un verre de vin. Lori, va jouer avec monsieur, comme à ton habitude.

Elle lui signifiait par là d'aller s'occuper du cheval. Mais le prêtre dit : « Lori pourrait-elle rester, madame ? J'ai quelques habits pour elle. »

— Certes. Vous êtes trop bon.

Lori, madame et le prêtre entrèrent donc tous trois au salon. Le prêtre tapota l'un des hauts dossiers, intimant à Lori de s'asseoir. Mais comme madame s'y opposait vigoureusement, elle se tint debout, tandis qu'il sortait du papier brun une jupette en coton blanc bordée de bleu.

— Regarde, Lori. Le bleu est assorti à tes yeux.

— Cette enfant n'a pas les yeux bleus, voyons !

— C'est vrai, ils sont d'une couleur peu courante. Mais la jupe en fera ressortir le bleu. Si elle était un peu plus soignée, elle pourrait être jolie. Imaginez ces cheveux noirs, retenus par un ruban.

— Et à quoi bon ? gémit madame. Elle a causé la perte de sa mère et elle causera la mienne ! C'est déjà assez dur d'essayer de tout reconstruire après cette maudite guerre, vous ne trouvez pas ? J'ai pris cette gosse par devoir, et maintenant vous voulez que je passe mon temps à laver ses affaires, à la peigner et à être aux petits soins pour elle ! Vous en demandez trop ! Tenez, elle est à vous ! Prenez-la ! Mettez-la à l'orphelinat ! clama-t-elle en ouvrant les bras sur une poitrine qui tremblait comme de la gelée mal prise.

Lori eut un coup au cœur. Qu'arriverait-il maintenant ?

Mais madame avait repris l'avantage. Malgré tout, Lori vivait mieux ici qu'à l'orphelinat où, sous l'œil implacable des religieuses, quatre cents enfants survivaient dans des conditions misérables. Leur nombre s'était considérablement accru des suites de la guerre, et il manquait autant la volonté que les moyens de s'occuper d'eux. Certains tournaient mal et infligeaient aux autres de mauvais traitements, ils volaient, terrorisaient et brutalisaient leurs malheureux camarades dans les coins sombres, les couloirs et les dortoirs.

Il regarda la gamine. Il avait choisi de l'aider, car dans son cas c'était encore possible. Elle était si frêle, si secrète. Il ne se le pardonnerait jamais si, à cause de son manque de tact, on l'envoyait à l'orphelinat.

— Vous m'avez mal compris, madame, dit-il d'un ton apaisant. Je parle souvent aux autres de votre charité chrétienne. Dieu vous sera sûrement reconnaissant de la gentillesse que vous témoignez à cette enfant.

— Je fais ce que je peux... Une famille comme nous, pauvre, dans le besoin...

— J'espère seulement que vous amènerez bientôt cette petite à l'église. Que cela serve d'exemple à d'autres moins charitables que vous...

Le gros nez de madame frémit comme le groin d'un porc reniflant des pommes.

— C'est vrai ? Ces vêtements, c'est pour emmener la gosse à l'église ? Mais je vous l'ai dit, sa mère était protestante... Paix à son âme.

— Vous et moi, nous lui ferons connaître la vraie foi, madame, dit le prêtre en lui tapotant la main.

— Vous parlerez de moi en chaire ? Devant eux tous ?

— Mais... madame, évidemment, acquiesça le prêtre, forcé de s'engager.

Tandis qu'ils continuaient à converser, Lori contemplait le bord frangé de la jupe. Elle n'irait pas à l'orphelinat, cela, elle l'avait compris. Madame faisait semblant. Qui conduirait le cheval, frotterait la table, attraperait les poulets ? Elle soupira, abattue d'avance par le labeur qui l'attendait. Mais une lueur d'espoir la soutenait. Un jour, qui sait, peut-être porterait-elle la jolie jupe ?

Ce jour vint, et ce fut à la Noël. Chez les Girand, la fête se traduisait surtout par une profusion de nourriture. Jambons, galantines, tourtes, pâtés, mousses, sauces, farces, beurre d'ail, soufflés, desserts et tartelettes... Cette année, madame espérait que Luc en profiterait pour revenir à la maison. Mais la fête approchait sans qu'il réapparaisse et, malgré la table chargée de victuailles, son humeur s'assombrissait. Elle marmonnait toute seule dans la cuisine : « Il ne reviendra pas, tout ça parce que cette garce est morte. Tu parles d'une perte ! Un beau gars comme lui qui pourrait avoir toutes les filles qu'il veut. Et bien dotées ! Il faut qu'il revienne. Oui, il va arriver, et, en le voyant si beau garçon, elles vont toutes lui tomber dans les bras. »

À cette idée, son visage s'éclaira et elle cessa un instant de pétrir la pâte d'un cake aux olives et aux noisettes. « Mais oui, c'est pour ça qu'il attend. Il veut ménager ses effets ! » Galvanisée, elle décida alors qu'il était temps de rappeler au prêtre sa promesse. Lori pouvait lui rapporter un peu de considération, il fallait saisir l'occasion.

Elle emplit la cuve en zinc avec l'eau qui chauffait dans la lessiveuse près du foyer et y jeta une bonne poignée de cristaux de soude. Puis elle s'empara de sa victime.

— Allons sale mioche ! Monte là-dedans !

Pour la première fois de sa vie, Lori lui résista. Devant le chaudron fumant et bouillonnant d'écume blanche, elle se battit comme une tigresse avec madame qui tirait sur ses pauvres hardes puantes, dénudant un bras, un pied.

Jean entra et, quand il les vit aux prises, il se mit à rire.

— Arrête ! haleta madame. Tu ferais mieux de venir m'aider. C'est un vrai démon.

— Tu veux l'ébouillanter, ma parole, fit remarquer Jean.

Madame plongea une main dans l'eau. Elle la retira vivement en jurant. Jean alla chercher un seau d'eau froide qu'il versa dans la cuve.

— Bon Dieu, ce qu'elle pue ! C'est le prêtre qui devrait la laver, puisqu'il tient tant à ce qu'elle soit propre.

— On dirait un escargot sans coquille. On devrait la faire bouillir et la manger ! lança Jean en lorgnant Lori.

Elle se figea de terreur et ils en profitèrent pour la plonger dans la cuve.

Madame lui appuya sur la tête et la maintint sous l'eau. Lori eut beau battre frénétiquement des bras et des jambes, madame attendit l'extrême limite pour relâcher sa pression. La petite sortit enfin la tête de l'eau en suffoquant.

— Elle est toujours aussi crasseuse, constata Jean.

— Il va falloir la frotter.

— Je m'en occupe.

Lori regarda avec appréhension Jean s'approcher d'elle, grognant des menaces, un sourire féroce sur les lèvres et la brosse à la main. Elle leva un bras pour se défendre et il l'attrapa au vol.

La brosse à poils durs frotta rudement sa peau tendre, laissant de grandes traînées rouges. À chaque coup de brosse, Lori poussait un cri aigu mais, dans l'eau chaude, les poils perdirent de leur dureté et ses glapissements s'atténuèrent. Jean souriait, il s'amusait bien. Soudain, il lui écarta les bras et passa la brosse sur sa poitrine plate, où pointaient de minuscules mamelons roses. Elle voulut refermer ses bras, mais il l'en empêcha et elle vit sa langue poindre entre ses dents serrées.

— Tu n'as pas encore fini ? râla la mère.

22

— Elle est dégoûtante.

Il plongea la brosse dans l'eau. Mais ce ne fut pas la brosse qui la toucha. La grosse main calleuse de Jean se glissa entre ses jambes, tandis qu'il la dominait, avec sa face rouge et luisante. Tout à coup, Lori ressentit une vive douleur. Elle cria et Jean sursauta en retirant sa main.

— J'ai fait de mon mieux, lança-t-il en se relevant à la hâte.

— Sale petite bâtarde, dit madame, machinalement. Il n'y en a pas beaucoup qui la prendraient chez eux. Quand il va me voir assise à l'église avec elle, ce prêtre va en avaler sa bible.

Lori sortit maladroitement de la cuve dont le bord coupant lui meurtrit l'intérieur de la cuisse. Sa peau la picotait de façon plutôt agréable. Mais Jean lui avait fait mal, avec son doigt fureteur. Elle savait qu'il y avait pris plaisir, tout comme il prenait plaisir à la battre ou à saisir le moindre prétexte pour la priver de nourriture.

Le lendemain, madame fit enfiler à Lori la jupe bleu et blanc. Elle peigna avec rudesse ses cheveux emmêlés et les noua d'un ruban. Elle trouva un vieux châle en laine que Lori mit sur ses épaules, par-dessus sa petite veste mince.

À l'étonnement de Lori, monsieur fit observer à sa femme :

— Mets-lui un manteau. Cette gosse va geler.

— Eh bien, qu'elle gèle. Dans ce manteau, elle fait deux fois plus grande. Les gens pourraient s'imaginer qu'elle nous sert à quelque chose.

Elle prit Lori par la main et descendit l'allée d'un bon pas. L'herbe était roidie par le givre, les corbeaux se perchaient dans les peupliers, voûtés, silencieux. Une fois sur la route, elles attendirent qu'une charrette passe pour les avancer, ce qui ne tarda guère.

— On ne vous voit pas souvent à l'église, madame, lança imprudemment le conducteur.

— Et vous, on ne vous voit pas souvent sobre, rétorqua-t-elle. Regardez donc la route, Flaubert.

Le reste du trajet, ils n'échangèrent plus un mot. Dans sa veste légère, Lori commençait à frissonner.

Le village grouillait de monde. Lori avait oublié qu'il y avait tant de gens sur terre. Elle trébuchait dans ses galoches en essayant de se maintenir à la hauteur de madame. Des flocons de neige voletaient dans le vent, les femmes portaient des capuches de fourrure brillante qui leur entouraient le visage.

— Regardez cette pauvre enfant ! se disaient-elles. Vêtue comme en été, à Noël. Elle est à moitié morte de froid.

L'humeur de madame s'assombrit visiblement. Il n'était pas encore l'heure de la messe, mais elle prit Lori par la main et la fit entrer dans l'église.

À l'intérieur, il ne faisait pas plus chaud. Des courants d'air faisaient vaciller les flammes des bougies, menaçant de les éteindre. Lori se souvint d'avoir allumé des bougies avec sa mère et s'empêcha d'y penser. Elle en venait à haïr sa mémoire de lui causer tant de chagrin.

Madame regardait sans cesse autour d'elle et elle ne se calma que lorsqu'elle vit le jeune prêtre. Agenouillé devant la vieille crèche paysanne, il finissait de la décorer. À la lueur des bougies, son visage avait comme un air de sainteté.

Madame fit un signe de la main pour obliger le prêtre à la remarquer.

— Vous voyez, mon père, nous sommes venues.

Elle crut voir de la dureté dans le regard qu'il lui lança, aussitôt corrigé par un sourire. Il vint vers elles.

— Madame, comme c'est gentil d'avoir amené la petite Lori. Elle a... si bonne mine, dit-il en songeant que la petite avait l'air gelée.

— Bien. Alors, vous parlerez de nous pendant la messe, hein ? Vous leur direz à tous !

— Mais madame... bien sûr. Viens, Lori, allons voir la crèche, proposa-t-il en lui tendant la main, tout sourires.

— Vous serez bien avancé quand elle aura cassé quelque chose, prévint madame, mais le prêtre ne retira pas sa main.

Lori avait envie de voir le berceau de plus près. Elle quitta sa place et remonta l'allée en courant, faisant claquer ses galoches sur les dalles de pierre. Le prêtre la suivit sans se presser, malgré les chuchotis inquiets de l'assistance. L'idiote allait casser la crèche, leur précieuse crèche !

Mais Lori n'y toucha pas. Elle s'agenouilla et contempla avec crainte et ravissement les petits personnages.

— Ça te plaît, Lori ? Tu vois l'Enfant Jésus ?

Alors, pointant fermement son doigt sur la Vierge, Lori dit :

— Là, c'est ma mère.

Le jeune prêtre fit ce jour-là un sermon inspiré. Il parla de la magnificence de Dieu, qui avait confié une si belle âme à Mme Girand.

— Cette enfant n'a rien appris et avant aujourd'hui elle ne parlait pas. Pourtant, de mes yeux, je l'ai vue désigner la Vierge et l'appeler sa mère. Est-ce un miracle ? Oui. Un vrai miracle, que Dieu nous a donné en ce jour de Noël.

2

Le miracle ne convainquit pas tout le monde au village. Il y avait ceux qui se souvenaient fort bien de Lori bavardant avec sa mère avant la mort de celle-ci. Ceux qui trouvaient que le jeune prêtre d'une humble paroisse avait tout à gagner d'un tel événement. Quant aux autres, accablés par les épreuves et les privations, le fait qu'une petite demeurée eût été choisie par la Madone leur donnait de l'espoir.

Si le prêtre se dédiait à la Vierge plutôt qu'à l'objet de sa grâce, les gens faisaient moins la distinction. Certains se rendirent même en pèlerinage à la ferme. D'abord, ce furent deux ou trois curieux, mais bientôt les vrais dévots se mirent à affluer. Ils demandaient juste à voir la petite fille au regard d'opale et à l'entendre parler. Madame avait pris les devants. « Contente-toi de dire "Je prie chaque jour la Sainte Vierge, ma mère", et c'est tout, avait-elle ordonné. Et ne fais pas de simagrées comme la semaine dernière. Tiens-toi tranquille, sinon... » Lori ne lui volerait pas la vedette. La petite avait son rôle à jouer, mais c'était madame qui occupait le devant de la scène.

Au début, on apporta à Lori des jouets, des vêtements, mais madame fit vite comprendre aux visiteurs qu'un don d'argent serait mieux apprécié. Lori n'en vit jamais la couleur. Désormais, elle passait ses dimanches en robe noire, récitait sa tirade deux ou trois fois dans la journée et se faisait embrasser par des inconnus, à qui madame racontait tout le mal qu'elle avait eu à l'élever. Pour le reste, la vie de Lori n'avait pas changé, et elle aurait pu à bon droit souhaiter n'être jamais allée à l'église si madame n'avait pas témoigné moins de dureté à son égard. Lori était maintenant un objet de valeur, on la battait moins, on la nourrissait mieux. Oui, Jean mis à part, Lori aurait pu être heureuse.

Il venait la nuit dans sa chambre. Elle l'entendait grimper l'escalier à pas furtifs. Les premiers temps, elle ne se réveillait que lorsqu'il ouvrait la porte, mais elle pressentit bientôt sa présence à l'instant où ses pieds touchaient la première marche. Elle se raidissait sous les couvertures, son petit corps devenait pierre. Jean ne disait pas un mot. Il n'avait même pas besoin de la menacer. Ils savaient tous deux ce qui arriverait si elle parlait.

Au bout d'un mois ou deux, les visiteurs du dimanche s'aperçurent avec tristesse que l'enfant semblait n'être déjà plus de ce monde. « Les yeux lui mangent le visage, elle est si pâle qu'on pourrait voir à travers. La Sainte Vierge la rappelle à elle. »

La rumeur amena davantage de pèlerins, qui s'émouvaient de son air maladif.

— Vous la nourrissez bien, madame ?

— Elle ne mange que le meilleur, disait celle-ci en joignant les mains dévotement.

Pourtant, elle prévint Jean. « J'ai peur que la môme nous claque entre les doigts alors qu'elle commence juste à nous être utile ! »

Un dimanche, quelle ne fut pas leur surprise de voir une automobile remonter l'allée en passant prudemment les ornières. Terrifié, le cheval fonça à travers champs en traînant la charrette, et parmi les vaches ce fut la débandade, elles renversèrent même une barrière. Madame se signa et ôta son tablier.

— Ah, ça y est. Voilà les gens de la haute, maintenant.

Lori, à qui on interdisait de sortir pour accueillir les visiteurs de peur qu'elle ne leur paraisse moins éthérée en pleine lumière, regarda depuis la fenêtre l'automobile s'arrêter devant la porte. Avec un calme souverain, une belle dame en descendit.

— Mon Dieu, Gérard, se plaignit-elle. J'ai cru qu'on n'arriverait jamais. Tu ne m'avais pas dit que ce pays était plein de trous d'obus.

Elle referma son ombrelle et souleva le voile de son chapeau.

— Ce ne sont que des nids-de-poule, Sophie. Bonjour madame. Nous sommes venus voir votre petite sainte.

On aurait dit qu'ils descendaient du ciel. Lori s'agenouilla devant la fenêtre afin de mieux les voir. L'homme portait un petit chapeau rond et un costume brun ajusté, avec une fleur à la boutonnière. Au lieu d'une barbe comme monsieur, il avait une moustache bien taillée. Quant à la dame... Un teint de rose, des lèvres rubis, des boucles d'or s'échappant d'un chapeau à plumes, une ombrelle bleue bordée de dentelle, assortie à sa robe. Et sous la robe, là où convergeaient les regards de Lori et de madame, deux adorables petites chaussures fermées par des boucles en tissu diamanté.

Dépassée par les événements, madame esquissa une vague révérence.

— Grands dieux. Si je m'attendais... C'est vingt francs pour voir la petite, ajouta-t-elle, reprenant vite contenance.

— Je vois que les gredins ne sont pas tous à la capitale, soupira Gérard. On vous donnera deux francs, madame. Si nous sommes satisfaits, nous vous enverrons des gens. Sinon, j'en parlerai à mon cousin le cardinal. Pressons-nous maintenant. Où est l'enfant ?

— Deux francs par personne, dit madame, essayant de reprendre l'avantage.

— Oh, très bien !

Il lui lança les pièces et attendit. Quand il comprit que madame voulait les faire entrer, il se tourna vers Sophie, plein d'appréhension.

— Elle veut que nous entrions là-dedans... Ça a l'air d'un sordide !

— Tu deviens délicat avec l'âge, Gérard. J'ai vécu dans un endroit bien pire que celui-ci. Allons, assez traîné.

Frôlant madame de son jupon en satin froufroutant, elle pénétra dans la demeure qui paraissait bien lugubre après le soleil du dehors, avec ses froides dalles de pierre. Presque invisible dans sa robe noire, Lori était à l'entrée du salon.

— Ah !... Mon Dieu, Gérard, j'ai cru que c'était un fantôme ! On ne m'avait pas dit qu'elle était si petite. Et si chétive ! Ma parole, tu n'es encore qu'un bébé, constata Sophie en s'agenouillant près d'elle.

— Ce que vous sentez bon, dit Lori en se grisant du parfum fleuri qui émanait des cheveux de la dame, de son chapeau, de sa robe et l'enveloppait d'effluves.

— Tu trouves, ma chérie ? Approche, et parle-moi un peu de toi.

Sous l'œil perçant de madame qui épiait du couloir, Lori récita sa leçon.

— Je prie chaque jour la Sainte Vierge, ma mère.

— Mais qui est ta vraie maman ? Tu le sais, n'est-ce pas ?

Comme un perroquet, Lori répéta la même phrase. Sophie leva les yeux au ciel et l'entraîna dans le salon en écartant madame.

Gérard entra aussi, poussa la porte du pied et s'y adossa. Sophie fit asseoir Lori dans un fauteuil.

— Je suis sûre que tu pries beaucoup, mon trésor. Moi aussi, je prierais si j'avais cette vieille rosse sur le dos. As-tu vu la Vierge Marie ? T'a-t-elle parlé ?

Avec une visiteuse aussi inhabituelle, Lori perdit de sa retenue.

— Je ne dois pas en parler.

— Pourquoi ? La grosse dame se fâche ?

Bouche bée, Lori hocha frénétiquement la tête.

— Une vraie sorcière, commenta Gérard. Est-ce qu'elle te tient enfermée ?

— Seulement le dimanche, fit Lori.

Sophie prit la main calleuse de l'enfant dans la sienne.

— Et les jours de semaine ? Elle te fait travailler dur, hein ? Pourquoi ne vas-tu pas à l'école ?

— Madame dit que ça ne me plairait pas. Elle dit qu'on me battrait tous les jours.

Après un instant de silence, Sophie reprit :

— Et ici, est-ce qu'on te bat souvent ? Ne réponds pas, va. Je devine, dit-elle en se relevant.

Une main gantée pressée contre sa bouche, elle refoulait ses larmes.

— Pauvre petite ! J'étais comme elle, déclara-t-elle vivement à l'adresse de Gérard. Exactement pareille.

— Tu n'aurais pas dû venir. À quoi t'attendais-tu ?

— Pas à ça.

Elle jeta un dernier coup d'œil à Lori, toute désemparée, et ils repartirent aussi vite qu'ils étaient venus.

— Que lui as-tu dit ? s'enquit madame en lui pinçant l'oreille. Qu'as-tu dit pour la faire pleurer de la sorte ?

— Je n'ai parlé que de la Sainte Vierge... promis, madame, rien d'autre ! assura Lori.

Elle pensa toute la journée à ses visiteurs.

Le lendemain, à la surprise de tous, Sophie revint. Dans un cabriolet conduit par Flaubert, cette fois. Flaubert, qui arborait un petit sourire narquois.

— Qu'est-ce qui te prend d'amener des visiteurs un lundi ? lui lança madame.

— Je suis sûre que vous pouvez faire une exception, intervint Sophie.

Aujourd'hui, elle était vêtue dans des tons de pêche. Elle descendit de voiture avec grâce, relevant sa jupe sur un bas de soie. Jean regardait depuis la grange avec un drôle de sourire.

— Dix francs, madame, dit Sophie. J'aimerais parler avec Lori.

Elles marchandèrent un moment. Lori, qui portait des seaux de l'étable à la laiterie, vit soudain madame et Sophie s'approcher d'elle.

— Je vais la laver et l'habiller, prétexta madame, qui voulait lui enlever la vieille veste de monsieur et l'effrayer assez pour qu'elle tienne sa langue.

— Qu'elle reste comme elle est, ça ira très bien, riposta Sophie.

Plus légère, elle rejoignit Lori la première et posa sur son épaule une main de propriétaire.

— Viens, Lori. Allons nous promener un peu. Ce grand gaillard peut porter ce seau, il me semble, dit-elle en désignant Jean. Il m'a l'air bien désœuvré.

Madame les regarda s'éloigner d'un œil sombre.

Elles marchèrent en silence à travers champs. Le blé était en herbe, les oiseaux voletaient le long des haies. Des fleurs sauvages roses et jaunes piquetaient les talus et les buissons. Sophie ôta son chapeau.

— Tu aimes bien vivre ici, Lori ? demanda-t-elle. C'est un beau pays.

Lori réfléchit un instant.

— Et où vivrais-je, sinon ? Au village ?

— Il y a beaucoup d'autres endroits sur terre. Madame te fait travailler très dur.

Lori hocha la tête.

Elles traversèrent la prairie et une vieille vache avança droit sur elles en remuant ses cornes. Lori la chassa en agitant sa jupe trouée.

— Regarde-moi tes pauvres jambes ! s'exclama Sophie. Elles sont couvertes de bleus.

Lori ne dit rien. Elle écarta les hautes herbes pour montrer à Sophie la carcasse du cheval et lui désigna les arbres où les hérons faisaient leur nid presque tous les ans. Quand elles atteignirent la rivière, Sophie s'assit sur une souche.

— Regarde, Lori. Je t'ai apporté des bonbons.

Elle lui donna un sac rayé plein de bonbons enveloppés dans du papier d'argent. Lori joignit les mains, tout heureuse.

— Pour moi ? Il ne faut pas que madame l'apprenne.

— Mange-les tous. Elle n'en saura rien. Allons, dépêche-toi.

Lori se gava de bonbons. Quand Sophie lui demanda : « Raconte-moi. Est-ce que la Sainte Vierge t'a vraiment parlé ? », Lori avait la bouche pleine de sucre qui lui collait aux dents et elle ne put lui répondre. Sophie se mit à rire et elles descendirent sur la berge de la rivière, où la jeune femme mouilla ses jolis bas.

Le lendemain, Sophie revint encore. Madame se pourlécha les lèvres de contentement en voyant la carriole remonter l'avenue.

— Qu'est-ce qu'elle cherche ? demanda Jean d'un ton rogue.

— Les dames de la haute ont des caprices, fit madame. Elles ont besoin de s'occuper. Elle est de Paris, tu comprends. Aujourd'hui je vais lui demander quinze francs, ça fera vingt-neuf depuis dimanche. C'est du bon argent vite gagné.

Comme Lori se précipitait avant que madame ait eu le temps de marchander, celle-ci lui fit un croche-pied, puis elle s'avança en souriant vers Sophie. Lori se releva et frotta stoïquement ses genoux meurtris. Elle se garda bien de pleurer.

Sitôt qu'elles se furent éloignées, Sophie s'écria avec rage :

— Cette femme ! Te faire tomber comme ça ! On va laver tes genoux, ma chérie.

— Ce n'est rien.

— Tu n'as pas mal ?

— Si.

— Bon. Alors il faut les baigner.

Peu après, Sophie se mit à regarder les bosses et les bleus de Lori en la questionnant.

— Et là, mon trésor ?

Là, c'était où les seaux cognaient contre ses jambes, là où les sangles de la charrue entamaient sa chair. Quand Sophie découvrit de grosses ecchymoses violacées sur ses cuisses, Lori serra les jambes, submergée de honte.

— Et ça, Lori ?

La petite fille se mit à pleurer.

— Ne t'en fais pas, ma chérie, murmura Sophie. Je sais, je comprends.

Tout à coup, Lori se tourna vers elle et lui lança d'un air farouche : « Je voudrais que vous soyez toujours là ! Je voudrais que ce soit toujours comme ça ! »

Sophie eut une drôle d'expression, puis son visage se ferma.

Madame ne s'y attendait pas du tout. Elle n'avait pas prévu que les choses puissent ainsi se gâter. Une belle journée de printemps pleine de promesses, et soudain le désastre. Flaubert, amenant dans sa carriole un gendarme de la ville, la jeune femme et son petit ami, le prêtre sur sa bicyclette, tous ensemble.

— Cette enfant est maltraitée, mon père, déclara Sophie, tout habillée de noir, implacable. Elle est mal nourrie, mal vêtue, privée d'instruction et couverte de bleus...

— Vous voulez dire qu'on lui donne des coups ? s'étonna le prêtre. Je sais, madame la rudoie un peu, mais c'est une petite orpheline...

— Je ne parle pas de madame, quoiqu'elle soit déjà bien méchante. Mais de lui, affirma Sophie, désignant d'un doigt accusateur Jean, qui se figea, interloqué, à la porte de la grange.

Madame éclata d'une fureur noire.

— Quoi ! Jean ne lève jamais la main sur elle ! Au contraire, il en raffole. Il se donne de la peine, il lui a même fait prendre un bain.

— Je n'en suis pas surprise ! rétorqua Sophie. Les types comme lui adorent poser leurs sales pattes sur les petites filles. Surtout quand elles sont nues !

Il y eut un silence embarrassé. Jean se fondit dans l'obscurité de la grange.

— Vous êtes peut-être un peu excessive, murmura le prêtre. Insinuer de pareilles choses... Monsieur est un membre respecté de notre communauté...

— C'est pour cela qu'il va se cacher ? se moqua Sophie avec un rire sardonique. Écoutez, mon père, nous savons vous et moi quelle vie d'esclave on fait mener à cette enfant. La Vierge l'a prise sous Sa protection et c'est à dessein qu'Elle m'a attirée en ces lieux. Je dois emmener Lori loin d'ici. C'est mon devoir.

— L'emmener ? explosa madame. Comment ça ? Moi qui ai passé ma vie à m'occuper d'elle ! Cette femme est folle, mon père, nous adorons cette petite ! Sa mère me l'a confiée sur son lit de mort. « Prenez-la, madame, gardez-la, je sais qu'elle sera en de bonnes mains. » Voilà ce qu'elle a dit. Ce furent ses dernières paroles. J'ai promis, mon père. Et je ne romprai pas ma promesse.

— Qu'est-ce qu'il ne faut pas entendre ! protesta Flaubert d'une voix sépulcrale. La mère de la petite est morte dans son sommeil, sans qu'on s'y attende.

— On ne t'a rien demandé, s'emporta madame. Toi et ta grande gueule ! Ferme-la, ou sinon tu auras affaire à moi !

— Pour ça, tu la gardes, la petite, continua Flaubert. Elle n'ose pas dire un mot sans ta permission. On a tous vu comment vous la traitiez. En guenilles, été comme hiver. Et les marques de coups ! Mon Dieu. Vous avez pris la mère chez vous par intérêt, et elle vous était si reconnaissante d'avoir un toit qu'elle s'est tuée à la tâche. Mais elle ne vous a pas laissé sa petite. Ça non.

La plume à la main, le gendarme essayait d'y comprendre quelque chose.

— Alors, comme ça, l'enfant n'a pas été laissée à la garde de madame ? s'enquit-il.

— Flaubert ment comme il respire. Bien sûr que j'en ai la garde, assura madame. Je le jure.

31

— Montrez-moi les papiers.

— Des papiers ? s'étonna madame. Quels papiers ?

Le gendarme soupira.

— Où est l'enfant ?

Lori apparut dans un tablier de grosse toile, les pieds nus, ce qui n'améliora guère la cause de madame.

— Pourquoi t'es-tu habillée comme ça, ma chérie ? Pour jouer ? roucoula celle-ci en se penchant sur Lori, qui tressaillit et recula instinctivement.

— Voyez comme la petite la craint, dit Gérard avec flegme. Je vais proposer de l'argent à la femme. Elle la laissera partir.

— Vous croyez pouvoir m'acheter mon petit trésor ? gémit madame.

— Estimez-vous heureuse qu'on ne vous mette pas en prison, lança Sophie. Cinquante francs.

Madame répugnait à marchander devant tout le monde. Flaubert s'était moqué d'elle, le gendarme avait l'air menaçant ; quant au prêtre, il contemplait Lori comme s'il allait bientôt devoir l'enterrer. C'est vrai qu'elle n'en avait plus pour longtemps, songea madame. Ça sautait aux yeux. Avec cette mauvaise toux... la mioche était sûrement tuberculeuse et elle risquait de tous les infecter. Autant qu'elle parte.

— Cent, marmonna-t-elle. Ça m'a coûté une fortune de l'élever.

— Vous n'avez jamais dépensé un sou pour elle ! s'indigna Sophie, au bord des larmes. Donne-lui soixante-quinze, Gérard, qu'on en finisse. Je n'en peux plus.

Ce fut vite conclu. Complètement désemparée, Lori se retrouva assise dans le cabriolet entre Gérard et Sophie.

— Vous le regretterez, quand vous découvrirez comment elle est, lança madame. Ne vous avisez pas de me la ramener.

Lori fut soudain terrifiée. Malgré Jean et tout le reste, elle ne voulait pas s'en aller. Qu'allait-elle devenir ? Ailleurs, elle ne connaissait rien ni personne. Elle n'avait même pas pu emporter son petit livre. Elle se mit à pleurer et Sophie la serra contre elle pour apaiser ses craintes. Dans l'allée, ils croisèrent monsieur qui les regardait, debout près du cheval de trait. Si Lori aimait quelqu'un, c'était bien ces deux-là. « Monsieur, monsieur ! » appela-t-elle. Mais il resta immobile sans mot dire, ses cheveux gris flottant au vent léger.

3

Le train terrorisa Lori. Sans Sophie à ses côtés, elle serait partie en courant retrouver les champs, monsieur, même madame, tout plutôt que ce monstre rugissant qui crachait des nuages de vapeur tandis que la foule continuait à bavarder, à rire, à se faire des signes comme si de rien n'était. Des hommes disparaissaient même dans le nuage, comme avalés, tout petits à côté du monstre qui les recrachait ensuite. Qui sait combien il en avait engloutis ? Lori se cramponnait à Sophie, elle lui tenait la main et s'accrochait de l'autre à sa jupe de satin, gênant sa marche.

— Dis-lui de te lâcher, Sophie. Les gens nous regardent, lança Gérard, mal à l'aise.

— Qu'ils regardent. Ce n'est qu'un train, Lori chérie. C'est la même chose qu'une grosse auto. Tu n'as pas eu peur de l'auto...

Mais Lori comprit soudain qu'elle ne savait plus du tout comment retourner à la ferme. Malgré ses efforts, elle avait perdu ses repères, oublié les tournants qu'ils avaient pris durant le trajet. Que ferait-elle sans Sophie ? Elle serait complètement perdue. Elle se cramponna encore plus fort.

— Bon sang ! Les gens la prennent pour une idiote.

— Et alors ? Tais-toi, Gérard, et occupe-toi de nous trouver une place.

Il faisait nuit quand ils arrivèrent. Brusquement, ce fut de nouveau la tourmente, les cris, les coups frappés aux portières. Lori s'était endormie et elle faillit presque tomber en descendant du train.

— Aide-la, Gérard.

— Ah non alors ! C'est toi qui as voulu l'emmener. Que comptes-tu faire maintenant, tu ne peux pas l'installer à Saint-Fauberg, tout de même.

— Qu'est-ce qui m'en empêche ? Elle ne dérangera personne. Albert est rarement là et il ne vient pas la journée. La nuit elle dormira. Il ne connaîtra même pas son existence.

— Sauf si je la lui apprends.

Sophie s'arrêta brusquement de marcher dans le grand hall de gare où tout baignait dans une étrange lumière jaune qui changeait les visages.

— Tu me ferais ça ?

Pendant un moment, Gérard ne dit rien. Puis il haussa les épaules.

— En tout cas, je ne veux pas y être mêlé. S'il le découvre, ce sera tant pis pour toi.

Sophie le foudroya du regard. Lori s'accrocha aux jupes de Sophie sans chercher à comprendre. Elle était tellement fatiguée.

L'appartement de la rue Saint-Fauberg avait trois chambres, un grand salon, une cuisine, une salle de bains et un petit balcon. Il était assez quelconque et plutôt miteux, une indienne cachait un sofa éventré qui menaçait de perdre sa bourre, et les fanfreluches masquaient mal tout ce qui était usé, élimé. Mais quand Lori s'éveilla dans son petit lit, elle s'extasia. Les brûleurs à gaz et l'eau chaude jaunâtre qui coulait dans la salle de bains lui parurent le comble du luxe.

Elle passa de pièce en pièce en marchant sur la pointe des pieds, s'attendant à tout moment à être rabrouée ou giflée. Mais Sophie paressait dans son lit ; calée contre des oreillers en dentelle, elle triait des lettres et des factures tout en trempant du pain dans une tasse de chocolat. L'enfant n'était pas difficile. C'était agréable, de se savoir charitable. Elle serait son amulette divine, son soutien contre l'infortune. Mais la petite devait avoir faim elle aussi.

Sophie lui tendit un morceau de pain et sa tasse à moitié vide.

— Tiens, c'est bon.

Lori traversa la pièce en courant et sauta sur la nourriture comme une bête affamée. Alarmée, Sophie la regarda engloutir bruyamment de gros morceaux de pain spongieux qui gouttèrent sur son dessus-de-lit blanc.

— Ça suffit, Lori, ordonna-t-elle.

La petite se calma aussitôt.

Sophie s'aperçut que son cœur battait vite. Soudain elle eut peur, comme si son petit animal de compagnie lui avait montré les dents. Même l'obéissance de l'enfant évoquait la servilité.

Elle se leva et, depuis le seuil de sa chambre, elle détailla l'enfant, ses cheveux noirs tout emmêlés, sa tête qui semblait trop grosse pour son corps, la curieuse transparence de son regard, ses lèvres gercées, son nez d'où coulait de la morve. À la campagne, tout était si dégoûtant que ça ne l'avait pas choquée. Mais ici, à Paris... C'était comme si ses yeux voyaient plus nettement. Qu'avait-elle fait ?

Elle gagna lentement la cuisine en tentant de retrouver son humeur des deux derniers jours, près de la rivière. L'enfant l'avait séduite alors, c'était un petit oiseau fragile et pathétique, qui avait besoin d'elle. Elle ne lui avait pas vu cet air bestial.

L'enthousiasme de Sophie fondait comme cire au soleil. Pourquoi avait-elle pris cette gosse en charge ? C'était un élan du cœur passager, un désir de triompher de l'horrible marâtre qui l'avait sous sa coupe. Et puis elle s'était plu dans le rôle de l'élégante et généreuse citadine qu'elle avait joué pour le prêtre.

Si seulement elle avait eu elle aussi une Sophie dans sa vie, songeat-elle. Elle avait secouru Lori comme elle aurait aimé qu'on lui vienne en aide, mais la réalité s'abattait sur elle. Lori n'était qu'une petite sauvageonne.

Elle se reprit. En cas d'échec, Gérard se moquerait encore d'elle et de ses « lubies ». Après tout, c'était une enfant comme une autre, elle lui apprendrait à bien se tenir. Sophie disposa sur la petite table en bois de la cuisine une serviette, une assiette, un bol, un couteau et une cuillère. Elle versa du chocolat, sortit du pain et du beurre. Puis elle appela la petite fille.

— Lori, viens.

L'enfant était à la porte. Ses jambes malingres qui sortaient d'une vieille chemise paraissaient bizarres, à peine humaines.

— Viens, Lori, répéta Sophie malgré sa répulsion. Il faut apprendre à manger proprement.

Sensible à toutes les nuances de sa voix, Lori frissonna. Qu'avaitelle fait de mal ? Comment réparer son erreur ? Elle s'approcha de la table et regarda la nourriture.

— Si vous voulez pas, j'en mangerai pas, dit-elle humblement.

— Tout le monde doit manger, Lori.

— Oui, mais si vous voulez pas, j'mangerai pas.

Sophie ferma les yeux, submergée de honte et d'angoisse.

— Je veux seulement t'apprendre à manger comme une vraie demoiselle, Lori, gémit-elle. Regarde.

Elle se mit à table et se fit des tartines de beurre avec des gestes maniérés. Elle sirota son chocolat, se tamponna les lèvres, sourit et agita les mains comme si elle discutait avec des gens.

— À toi, Lori.

La petite s'assit à table. Elle imita les manières de Sophie avec une telle exactitude qu'elle en restitua même la vulgarité, la fausse distinction. Rien ne manquait.

— C'était bien ? C'est ce que vous vouliez ? demanda Lori.

— Oui, chérie. C'était très bien, répondit Sophie, qui se rassura en se disant que la petite avait sans doute forcé le trait.

La semaine se poursuivit ainsi qu'elle avait commencé. Sophie prenait conscience de l'énormité de sa tâche. Lori était d'une totale docilité. Elle semblait n'avoir aucun besoin propre, sa vie à la dérive ne dépendait que de la volonté d'autrui. Quand on le lui demandait, elle prenait exemple sur son modèle et restituait tous ses faits et gestes sans rien oublier de ses petits tics et manies. Si on la priait de se taire, elle s'abîmait dans le silence, si on lui réclamait un sourire, elle faisait un horrible rictus. Le rêve, pour un tyran, songea Sophie. S'il y avait des pensées derrière ces yeux d'opale, elles restaient secrètes. Lori ne lui disait que ce qu'elle avait envie d'entendre.

Quand vint le samedi, Sophie était épuisée. Elle avait montré à Lori comment manger, marcher, s'habiller, se laver, se peigner, se servir de la salle de bains, s'asseoir, mentir... bref, comment vivre à la manière de Sophie, dans le monde de Sophie. Mais Lori n'avait pas agi une seule fois de façon spontanée. Elle observait, obéissait, reproduisait.

Lorsque Gérard arriva cette nuit-là, Sophie était fébrile.

— C'est une marionnette ! Une poupée grandeur nature. Est-ce une demeurée, Gérard ? Un genre d'idiote, qui fait tout ce qu'on lui dit ? Je ne m'en étais pas rendu compte.

— Je t'avais prévenue, non ? dit Gérard en s'affalant dans un fauteuil.

— Tu m'as seulement dit de ne pas l'emmener. Là-bas, on la torturait, Gérard !

— Maintenant, c'est ton tour de te torturer. Le monde est cruel, ma chérie. C'est vrai, elle faisait pitié. Mais tu vas le regretter, crois-moi.

Sophie ne dit rien. Lori les regardait par une fente de la porte. Elle ne les comprenait pas. C'était Sophie qui commandait, puis soudain les rôles s'inversaient. Gérard se leva et versa du vin à Sophie.

— Au fait, je suis venu te prévenir. Albert est rentré.

— Il ne vient pas ce soir, j'espère. Je suis vannée.

— Demain.

Il y eut un silence. Sophie leva les yeux vers Gérard qui la dominait, dans son costume ajusté. Lori retint son souffle. Elle connaissait ce genre de silence. Gérard glissa la main sous la jupe de Sophie et lui caressa le genou.

— Je suis épuisée, soupira Sophie.

— Tu as juste à ouvrir les jambes. Allons, si Albert fait des histoires pour la gosse, je vous défendrai.

— Tu as intérêt.

Sophie se renversa dans le grand fauteuil en écartant les jambes. Gérard s'abattit sur elle. Terrifiée, Lori courut se cacher dans son lit.

Le lendemain, Sophie était de si méchante humeur que Lori essaya de se faire toute petite. L'après-midi, quand Sophie vit qu'elle s'était réfugiée entre le lit et le mur et n'en bougeait plus, le remords la prit.

— Sors de là, trésor ! J'ai été méchante avec toi. Viens me faire un câlin.

Elles s'assirent toutes deux au coin du feu. Sophie ne fut pas avare de promesses.

— Demain, on ira dans les magasins t'acheter des vêtements. Et je t'apprendrai à lire. Tout le monde verra comme tu es jolie, comme tu lis bien, et on dira : « Sophie, tu as fait des merveilles avec cette petite ! » Et on sera fières toutes les deux, pas vrai Lori ?

— Oui, répondit Lori consciencieusement.

Elle sentit Sophie s'écarter un peu d'elle et l'entendit soupirer.

Sophie l'envoya se coucher tôt, ce soir-là. Elle lui donna un magazine avec des photographies de dames en longues robes. « Et celle-là, elle te plaît ? lui demanda-t-elle en montrant une robe avec un boa. Est-ce que je ne serais pas adorable là-dedans ? Tous les hommes auraient envie de me caresser. Hélas, il va falloir me contenter d'Albert... »

Elle se promena dans l'appartement, un verre de vin à la main. Elle portait juste un négligé fermé par une rose en tissu fichée entre ses deux seins, qui laissait deviner son corps rose et dodu. Lori la trouvait très belle.

Quand on sonna à la porte, Sophie mit un doigt sur ses lèvres.

— Ne fais pas de bruit. Il ne doit pas savoir que tu es là.

Lori acquiesça vivement, mais à peine Sophie fut-elle sortie de la pièce qu'elle alla regarder par la fente de la porte et découvrit un petit homme replet dans un costume gris.

— Alors, Sophie. Ça va mieux ?

— Oui, merci..., répondit celle-ci avec nervosité. Tu... tu m'as manqué. Et toi, ça va ?

— Très bien. Tu as du cognac ?

— Bien sûr. Ta marque préférée.

Elle s'affaira autour de lui, avide de lui plaire, pendant qu'il sirotait son verre.

— Gérard m'a donné les factures. Tu as fait des folies, Sophie.

— Tu trouves ? dit-elle, le souffle court. J'ai pourtant acheté le minimum... plus quelques affaires qui te plairont, je pense. Tiens, ceci par exemple...

— Oui. C'est joli, convint Albert.

Le cognac semblait adoucir son humeur. Sophie riait trop, elle ponctuait chaque commentaire d'Albert par des gloussements aigus. Il s'installa dans le grand fauteuil, son cognac à la main, regardant Sophie batifoler dans la pièce.

— Sophie, lança-t-il en lui faisant signe d'approcher.

Elle le rejoignit aussitôt et s'agenouilla devant lui. Avec une lenteur étudiée, il ôta la rose du négligé qui s'ouvrit sur les seins généreux de Sophie. Soumise, elle s'avança pour les offrir à sa bouche et resta les yeux fermés...

— Albert, tu me fais mal.

— Tais-toi, Sophie.

— Tu n'es pas gentil...

— Je suis trop gentil, tu veux dire. Je n'aime pas qu'on me prenne pour un richard tout juste bon à payer les factures. Viens dans la chambre.

Lori se glissa dans le salon pour écouter. Elle entendit Sophie pousser un cri, un seul.

Il était très tard lorsque Lori s'éveilla. On parlait derrière la porte mais, quand elle rejoignit son petit poste d'observation, elle vit qu'Albert était parti. À sa place, il y avait un barbu avec qui Sophie discutait en ôtant son manteau.

— Si tu n'as pas de quoi payer, va-t'en. Je n'ai pas de temps à perdre.

— Je paierai après.

— Tu parles !

— Et la concierge, elle sait quel genre de fille tu es ?

— Salaud ! Espèce d'ordure !

— Pas mal, venant d'une putain ! Maintenant, allons-y.

— On paie d'abord ! C'est ça ou rien !

Il frappa Sophie à la mâchoire. Elle tomba sur le tapis et se réfugia vite derrière un fauteuil tandis qu'il approchait en défaisant sa ceinture.

— Je t'enverrai mes amis, marmonna Sophie.

— Ferme-la, salope.

Il s'apprêtait à lui décocher un coup de pied quand une petite masse furieuse se rua sur lui et lui enserra les jambes en criant : « Non ! Non ! Laissez-la tranquille ! »

— Bon sang ! elle m'a mordu ! s'exclama le barbu.

— Lori ! Lori ! Non ! lança Sophie.

Mais Lori s'accrocha en sortant bec et ongles. Personne ne frapperait sa Sophie. Personne !

Il y eut des bruits de pas dans l'escalier, des voix, quelqu'un frappa à la porte.

— Mademoiselle ! Mademoiselle ! Qu'est-ce qui se passe ?

— Mon Dieu ! Lori...

L'homme se dégagea brutalement, sortit et dévala l'escalier en bousculant la concierge pour disparaître dans la rue. Sophie se releva en vacillant.

— C'est mon cousin, madame, prétendit-elle en se forçant à sourire. Il avait bu. Je m'excuse.

D'un seul coup d'œil, la concierge comprit tout.

— En robe de satin, mademoiselle ? Si tard la nuit ?

Comme Sophie murmurait de vagues prétextes, parlant d'opéra, elle l'interrompit.

— Apprenez que c'est une maison respectable, ici.

Sophie prit son porte-monnaie.

— Je regrette, madame.

Elle lui tendit un billet, que la femme accepta après un instant d'hésitation.

— Faites en sorte que cela ne se reproduise plus.

Elles l'écoutèrent descendre l'escalier d'un pas digne. Sophie prit Lori dans ses bras.

— Tu n'aurais pas dû faire ça, trésor. Tant pis s'ils me frappent. Mais il faut qu'ils paient.

— Il n'aurait pas payé.

— Ah ! tu as écouté, hein ? Comment savoir avec ce genre de type. Il ne m'a pas frappée fort.

— Tu as un gros bleu sur le menton.

— C'est vrai ? soupira Sophie. Il va falloir que je camoufle ça avec du maquillage. Mon Dieu, Lori, qu'est-ce que va dire Albert ? Tout est de sa faute, à ce grippe-sou.

Elle se déshabilla, laissant sa robe tomber à terre, et gagna la salle de bains où elle s'examina dans le miroir.

— Mon Dieu, tu as vu ça ? Quel désastre ! Le menton tuméfié, les seins pleins de marques de morsure... En plus, j'ai mal quand je m'assois. Si je continue comme ça, dans cinq ans je serai une épave. Comme les vieilles sous le pont, qui font ça pour une bouteille. Je veux un jeune, un riche. Ah ! si Gérard faisait fortune...

Elle se servit un verre de cognac, puis un autre, et se mit à pleurnicher. Lori alla prendre une courtepointe sur le lit de Sophie et essaya de l'en envelopper comme elle put.

— Tu es une brave gosse, dit Sophie d'une voix pâteuse. Tu sais ce que c'est. Il faut leur donner ce qu'ils veulent, sinon... Salaud d'Albert !

Lori se pelotonna contre elle et Sophie s'endormit à force de pleurer.

Cela lui coûta, mais Sophie parvint à apaiser Albert. Pourtant, leurs repas devinrent plus chiches et elle dut acheter les vêtements de Lori d'occasion, aux échoppes des Halles. Mais Lori les trouva magnifiques. Une jupe et une veste en serge bleue avec un chapeau assorti et des chaussures à peine un peu grandes pour elle. Sophie lui apprit même à faire la révérence, et Lori la copia fidèlement, penchant la tête de côté avec coquetterie, tout comme elle.

En se voyant dans le miroir de la salle de bains, Lori fut ravie de son apparence. Ses cheveux étaient maintenant coupés au carré, d'un noir lustré. Son teint autrefois terreux à cause de la saleté et de la malnutrition était devenu translucide, avec juste une pointe de rose sur les joues. Ses jambes en chaussettes noires avaient pris du galbe, quant à ses chaussures, ses merveilleuses chaussures... Si par malheur un peu de boue venait maculer le cuir, Lori les frottait jusqu'à ce qu'elles retrouvent tout leur poli, avec la détermination qui lui faisait tant défaut par ailleurs ; elle les adorait.

Un soir, alors qu'on attendait Albert, c'est Gérard qui apparut, à la surprise de Sophie, qui avait allumé les bougies et ne portait qu'une chemise de nuit. Elle le fit entrer et appela Lori.

— Tu peux sortir, trésor. Ce n'est que Gérard. Alors, Albert ne peut pas venir ? s'enquit-elle en se tournant vers lui.

— Il a un rendez-vous d'affaires. Il m'a chargé de te prévenir, répondit-il en jetant son chapeau sur une chaise.

Il s'approcha d'elle.

— Tu as bu.

— Toi aussi, répondit-il, ce qui la fit rire.

— Il faut bien que je me donne du courage... Mais pour cette nuit, je suis sauvée.

Il lui saisit le bras.

— Si on s'amusait un peu ?

— Bonne idée, mon cher, mais qui ne rapporte rien. J'en ai une bien meilleure. Pourquoi ne pas m'emmener au café, que j'aille lever un client ? À moins que tu veuilles payer, bien sûr !

— Sophie !

— J'en ai assez de faire ça gratis ! s'emporta-t-elle. Tu me prends pour une idiote ? Tu ne me sors jamais, tu ne m'offres jamais rien, mais tu crois que tu peux t'amener ici quand ça te chante ! Tu as quelqu'un d'autre, j'en suis sûre. Depuis les vacances...

— Non !

— Menteur ! Sors d'ici. Fiche-moi le camp !

Elle le menaça du poing, mais Gérard l'attrapa et lui tordit les bras jusqu'à ce qu'elle en tremble.

— Et maintenant ?

— Ne me fais pas mal. Je t'en prie.

— Alors, tiens-toi bien.

Il la libéra. Sophie vint se pendre à lui en sanglotant.

— Il n'y a personne, c'est vrai ? Non, ne pars pas. Je ne le pensais pas, je te le jure.

Elle le cajola et chercha sa bouche tandis qu'il détournait la tête. Il vit sous son peignoir ouvert qu'elle était nue. C'est à ce moment que la porte s'ouvrit sur Albert.

Devant cette apparition, Sophie partit d'un rire hystérique et s'affala dans un fauteuil en gloussant.

— Mon neveu. Mon propre neveu, s'indigna Albert. Et qui est cette enfant ?

— Ne vous fiez pas aux apparences, mon oncle. Cette gosse est à elle...

— Quoi ? J'ai entretenu une bâtarde ?

— Quel menteur tu fais, Gérard, dit Sophie à travers ses larmes, et son rire fusa, aigu.

— La ferme ! s'écria Albert en giflant Sophie à toute volée.

Mais c'est Lori qui hurla et elle hurlait encore quand la concierge, tout essoufflée, apparut sur le seuil.

— Je vous avais prévenue, mademoiselle. Cette fois, vous avez dépassé les bornes. Je vous mets à la porte.

4

Lori avait revêtu sa veste et sa jupe bleues, son chapeau, ses chaussures lustrées. Elle se tenait près de Sophie et regardait avec le plus grand sérieux la femme qu'elles étaient venues voir.

Avec son haut chignon de cheveux blonds, Mme Bonacieux avait un port de tête imposant. Tout en elle était robuste, ses doigts courts et épais, son cou puissant. Elle était forte sans être grosse. Sa main couverte de diamants tambourinait sur son genou tandis qu'elle écoutait Sophie terminer son histoire.

— Son neveu m'aimait, madame. Il m'aurait épousée, je le sais, mais...

— Oui, oui, l'interrompit madame en levant une main impatiente. Vous êtes bien toutes les mêmes. Inutile de s'étendre. Le règlement n'a pas changé. Je vous prends, mais sans l'enfant.

— Madame, elle n'a nulle part où aller. Je l'ai ramenée de la campagne où elle menait une vie d'esclave. C'est une petite orpheline...

— Eh bien, qu'elle aille à l'orphelinat.

Lori étouffa un cri.

— Voyez, madame, elle a compris, remarqua Sophie. Elle est intelligente, elle saura se faire discrète, nous aider, n'est-ce pas Lori ? Madame... je connais l'orphelinat. C'est là que j'ai grandi.

— Je ne prends jamais l'enfant d'une fille, répliqua Mme Bonacieux sans s'émouvoir. Réfléchissez, Sophie ! Qu'en sortirait-il de bon ? Elle vous verrait au travail... Il est bien temps pour elle de découvrir comment sont les hommes.

— Elle les connaît déjà, déclara Sophie d'un ton morne.

— Comment ?

— Un des fermiers abusait d'elle. Je l'ai achetée pour soixante-quinze francs. Elle est loin d'être bête, madame, je vous assure. Elle n'a pas encore appris à lire ni à écrire, mais elle m'a vue avec Albert, Gérard et d'autres... et elle sait se faire oublier.

— Est-ce vrai ? demanda madame en se tournant vers la petite. Ou est-ce encore un mensonge ?

Sous son regard, Lori rougit et baissa la tête.

— Je veux rester avec Sophie, murmura-t-elle.

Madame haussa les épaules.

— Bon. Puisqu'il n'y a plus rien à sauver.

Ainsi commença la vie de Lori au bordel. À part des vêtements et du linge, elles n'emportèrent pas grand-chose de l'appartement. La soie qui recouvrait le sofa échoua sur le lit de Lori. De sa mansarde, on voyait la Seine et les toits de Paris.

— Regarde, Lori, quelle vue magnifique ! s'enthousiasma Sophie, en proie à l'un de ses soudains enjouements. Tu seras comme un petit oiseau perché dans son nid. Je connais presque toutes les filles, ici. Les mauvais jours sont finis. Tu vas voir, on va bien s'amuser. Mais le soir, Lori, le soir... tu ne bougeras pas de là.

La petite fille hocha la tête d'un air entendu.

Elles descendirent se présenter. La maison était immense, très haute de plafond, il y avait de grands miroirs dorés à chaque tournant de l'escalier ; sur les murs ocre jaune étaient peintes d'étranges scènes où des hommes et des femmes se fouettaient, s'attachaient avec des sangles et se contorsionnaient en tous sens en gardant le sourire. « Ne regarde pas ! C'est dégoûtant, dit Sophie en voyant Lori ouvrir des yeux ronds. Madame aurait dû les faire recouvrir. »

Tout le monde attendait au salon, une pièce immense bordée de canapés, où de lourds rideaux masquaient les fenêtres, si bien qu'on éclairait même dans la journée. Une dizaine de dames étaient assises, magnifiquement vêtues de soie et de dentelle. Lori, qui prenait Sophie pour la plus belle femme du monde, n'en revenait pas ; à côté d'elles, son idole faisait piètre figure. Elle paraissait terne et mal fagotée.

Les femmes se levèrent toutes ensemble en un nuage parfumé.

— Sophie ! Comme elle est mignonne ! Où l'as-tu trouvée ? Regarde-moi ces yeux ! Je lui achèterai une robe. Non, deux. Et un ruban pour ses cheveux.

— Elle n'a besoin de rien, s'empressa de dire Sophie. Je m'en chargerai.

Marie s'avança en se pavanant sur ses hauts talons.

— Où lui as-tu déniché cette horrible veste, aux Halles ? Et ces chaussures... ça ne va pas du tout. Il vaudrait mieux que je la prenne en main, lança-t-elle.

— Je m'en occuperai, répéta Sophie.

— Tu as peur qu'on te la vole ? ironisa Zelma, une grande fille mince comme un fil. On t'a laissé ton Albert... Et ça ne t'a pas empêchée de revenir ici fauchée comme les blés.

— Ne soyez pas méchante avec Sophie ! s'exclama la petite Mathilde, une blonde splendide aux grands yeux bleus qui alla l'embrasser. Albert n'est qu'un radin. Regardez-moi ce pauvre satin ! Il faudra qu'on t'habille aussi, Sophie. Tu n'aurais pas dû nous quitter.

Elles prenaient leur revanche. Quand Sophie était partie pour devenir une femme entretenue, elles l'avaient toutes enviée. Son retour peu glorieux avait beau leur donner raison, il les mettait en rage, car il prouvait qu'il n'y avait pas d'avenir pour elles, hormis celui-ci. C'est pourquoi elles l'égratignaient un peu. Sophie s'y pliait de bonne grâce, c'était un rituel obligé.

Quand les plaisanteries sur Albert se furent épuisées, Zelma s'installa sur l'un des canapés.

— Alors, que va-t-on faire de cette petite ? La mettre à l'école ? s'enquit-elle.

— Je suis sûre qu'on peut lui apprendre tout ce qu'une fille a besoin de savoir, déclara Marie, ce qui les fit rire.

Mais Zelma insista.

— Il faut qu'elle aille en classe. Elle ne peut pas grandir comme une sauvage. Tu sais lire, petite ? Sophie, lui as-tu appris à lire ?

— Pas encore, avoua Sophie en rougissant. Je n'en ai pas eu le temps. Mais elle est intelligente, elle apprend tout ce que je lui enseigne.

— Drôle de professeur ! ironisa Zelma. Je vois que tu n'as pas changé, Sophie Belle Promesse. Sais-tu quel âge elle a au moins ? Cinq ou six ans... peut-être plus. Et comment s'appelle-t-elle ?

Sophie eut l'air ébahie.

— Lori, pépia la petite pour lui venir en aide. C'est mon nom.

— Ton petit nom, oui, fit Zelma en la toisant. Tu n'en as pas d'autres ? Comment s'appelait ta mère ?

Lori cilla. Le souvenir de sa mère – autrefois si clair que l'évoquer, c'était comme avaler un couteau – s'était fondu dans le brouillard.

— Mummy, dit-elle lentement.

— Mummy ? Mummy, tu dis ? Était-elle anglaise ?

— Je ne sais pas, répondit Lori en la fixant de ses yeux gris.

— Tu connais des mots anglais ? Euh... *Cat. Dog. Mouse.*

Lori réfléchit un instant, puis elle récita :

— « *Oranges and Lemons, The Bells of St. Clement's,*
I owe you five farthings, Says the Bells of St. Martin's. »

— Grands dieux ! s'exclama Zelda en regardant autour d'elle. C'est une petite Anglaise. Elle sait parler. Eh bien, c'est décidé, Sophie. Elle ira à l'école. Et sans tarder.

Lori se sentit devenir toute froide. L'école... un horrible endroit, d'après ce qu'on disait. Elle voulait rester ici, au chaud, avec Sophie et toutes ces belles dames. Elles lui achèteraient des robes, des chaussures, lui mettraient des rubans dans les cheveux. Non, elle ne voulait pas aller en classe.

Au grand soulagement de Lori, il n'en fut plus question pendant quelques jours. Elle passa son temps en compagnie de l'une ou l'autre fille qui l'emmenait faire des courses en l'entraînant vivement dans les rues bondées. On lui acheta des robes, des jupes et des chaussures. Mais Lori préférait de beaucoup ses anciennes affaires. Elles lui mirent des rubans bleu marine dans les cheveux, alors qu'elle adorait les rouges. Lorsqu'elle se regardait maintenant dans la glace en haut des escaliers, elle avait l'impression d'être fade, avec ses nattes serrées et ses nœuds d'enfant sage.

Elle alla trouver Sophie.

— Je veux mes rubans rouges. Comme avant.

Allongée sur son lit, Sophie lisait un roman en mangeant des friandises et elle lui caressa distraitement la joue.

— Oui, ma chérie, mais pas pour aller à l'école. Zelma dit que tu dois avoir l'air respectable. Si on devine d'où tu viens, on te renverra.

Lori ne comprenait pas. Les autres petites filles portaient des rubans rouges, verts et jaunes, leurs cheveux bouclés leur pendaient dans le dos. Elle les voyait dans la rue et de sa fenêtre. Et elle se retrouvait avec une jupe grise, des bottines marron, des rubans bleu marine.

— Je veux des rubans rouges. Comme avant, répéta-t-elle.

Sophie posa son livre en riant et sortit les rubans rouges. De toute façon, la petite n'allait pas encore à l'école.

Quand Marie le remarqua, elle le rapporta à Zelma, qui coinça Sophie dans l'escalier, juste avant qu'on ouvre ce soir-là. Sophie était dans le déshabillé qu'elle mettait pour Albert et sa tenue contrastait avec la longue robe de soirée qu'avait revêtue Zelma.

— Faut-il vraiment que tu élèves cette petite pour en faire une putain ? demanda Zelma. Elle doit s'habiller décemment ! Marie s'en est chargée, et tu l'as remerciée en remettant exprès à la petite ses rubans rouges.

— C'est Lori qui me les a réclamés..., protesta faiblement Sophie.

— Et depuis quand laisse-t-on les enfants décider de tout ? Elle n'est pas en âge de comprendre. Tu n'es qu'une écervelée, Sophie ! Avec toi, elle n'a aucune chance de s'en sortir un jour !

Soudain, Mme Bonacieux entra dans la pièce.

— J'espère que mes filles ne se disputent pas..., menaça-t-elle. Si vous vous battez à propos de la petite, il faudra qu'elle parte. Allons, retournez au salon. Nos clients attendent.

Plus tard, madame vint se poster à la porte du salon. Sophie était ivre et échevelée. Si elle n'avait pas eu tant de succès auprès de ces messieurs, madame ne l'aurait pas gardée un seul jour, d'autant qu'elle n'avait pas non plus le sens des affaires. Zelma bavardait toujours avec son aristocrate, mais il avait payé pour la nuit et il aimait rester dans le salon à observer les allées et venues. Mathilde était en haut avec un soldat, il fallait se méfier, certains se montraient brutaux. Ils n'arrivaient pas à oublier l'horreur des tranchées. Mais celui-ci était déjà venu et, d'après Mathilde, il ne faisait pas d'histoires. Quant à Marie... madame fronça les sourcils. Il lui manquait quelque chose. Une belle fille, mais pas populaire pour un sou. On ne la demandait jamais deux fois.

Elle lui fit signe d'approcher.

— Allez vous changer et mettez un déshabillé. C'est une maison de passe, ici, pas une boutique de modes.

— Vous voulez sans doute que je ressemble à Sophie !

— Ces messieurs la réclament. Son seul défaut, c'est de passer trop de temps avec chacun. Vous n'avez eu qu'un seul client ce soir. Alors accélérez !

Marie alla se changer à contrecœur. Deux hommes s'occupaient de Sophie maintenant, ils lui pelotaient les seins et elle se laissait faire, comme s'ils la courtisaient pour la demander en mariage. Madame traversa la salle.

— Messieurs, si vous appréciez la compagnie de mademoiselle, cela peut s'arranger. Ensemble si vous le souhaitez... moyennant finance, bien sûr. Mais, s'il vous plaît, pas dans mon salon.

— Ensemble, madame ? s'écria Sophie, choquée.

— Quelle idée fantastique ! dit l'un des deux hommes. Qu'en penses-tu, Jacques ?

— Ça me va.

Madame s'inclina et se retira. Sophie lui courut après en refermant son négligé.

— Madame, s'il vous plaît. Deux à la fois... je ne pourrai pas. Je ne l'ai jamais fait.

Madame la regarda d'un œil froid.

— Vous n'êtes pas une débutante, Sophie. Vous aurez un bon pourboire. Vous avez jusqu'à trois heures.

— Mais madame...

— Je vous ai reprise, Sophie. Avec la petite, de surcroît. Aussi, faites ce que je dis.

Plus tard, madame inspecta les couloirs et regarda dans chacune des chambres par un espion ménagé dans les portes. Zelma bavardait toujours avec son aristo ; il était meilleur causeur que baiseur. Marie était couchée sur le lit, complètement amorphe, à côté d'un vieillard tout dépité. Quant à Sophie... madame gloussa en refermant la glissière et se félicita de l'avoir reprise. Sophie était costaud, il en fallait plus pour l'abattre. Ce pourrait même devenir une spécialité, un petit extra à proposer à des amateurs trop blasés. Madame continua sa ronde.

Lori se réveilla tôt le lendemain matin. Elle se leva et descendit l'escalier à pas de loup, en frissonnant un peu dans sa nouvelle chemise de nuit. La maison était silencieuse, envahie par une odeur de tabac froid. À cet instant, la porte de l'une des chambres s'ouvrit et un homme en sortit.

— Mon Dieu, s'exclama-t-il. Que fais-tu là ?

Lori fila sans demander son reste. Un peu plus tard, Zelma apparut en bâillant.

— Tu devrais t'habiller, dit-elle en apercevant Lori. Il y a école aujourd'hui.

Glacée, Lori s'apprêtait à se faufiler dans la chambre de Sophie quand Zelma l'arrêta.

— Non, tu ne peux pas la voir pour le moment. Elle va faire la grasse matinée. Et puis Sophie n'est pas de bon conseil, crois-moi. Elle ne connaît rien au monde.

Lori s'habilla et alla prendre son petit déjeuner à la cuisine. Mais la cuisinière eut beau la cajoler, elle ne put rien avaler. Assise à la longue table, elle regarda les servantes s'activer, repasser le linge, préparer le café. Ici, on ne chômait pas, madame était sévère avec son personnel. Mais c'était bien moins dur qu'à la ferme. Et qu'à l'école aussi, sûrement. Lori se sentit mal. Sophie lui manquait.

Marie entra en s'étirant. Elle portait une chemise de nuit bleue bordée de dentelle de Bruxelles.

— Mon Dieu, quelle nuit j'ai passée. Désespérant. Il faut peigner la petite.

— Vas-y, occupe-t'en, dit Zelma en se tournant pour vérifier que les coutures de ses bas étaient bien droites.

Marie fit à Lori des nattes serrées, attachées en haut et en bas par des nœuds bleu marine. Madame entra, son grand livre de comptes à la main, promenant sur tout et toutes un regard sévère.

— Accompagnez cette enfant, ordonna-t-elle. La matinée est déjà bien entamée !

Lori parcourut la rue en faisant courir ses doigts sur les grilles des maisons. Vêtue d'un sobre costume de serge, son chapeau incliné bas sur le front, Zelma marchait vite.

— Écoute-moi bien, Lori, dit-elle soudain en la mettant face à elle. Tu es une orpheline et tu vis avec moi, ta tante Zelma. Surtout, pas un mot sur Mme Bonacieux et encore moins sur Sophie. Sinon on te renverra chez toi. C'est compris ?

— Oui, Zelma.

— Oui, tante Zelma, s'il te plaît. Nous y sommes.

Elles franchirent un portail pour pénétrer dans une cour où batifolaient un groupe de petites filles toutes habillées de couleurs plus gaies que celles de Lori. L'une d'elles avait même des nœuds rouges dans les cheveux. Le cœur de Lori se serra. Elles avaient l'air étranges et dangereuses. Lori n'avait aucune envie de rester là.

Zelma se dirigea dans le bâtiment principal, une grande maison calme aux murs clairs et au parquet foncé. Elle hésita un instant, puis s'avança et frappa avec autorité à une porte. Au bout d'un long moment, on les pria d'entrer. Lori sentit Zelma se raidir. Saisissant la poignée d'un air martial, elle ouvrit la porte.

Une petite dame grise était assise à un bureau.

— Bonjour madame, dit Zelma. Voici ma nièce, qui est à moitié anglaise, j'aimerais qu'elle aille à l'école. Peut-elle commencer aujourd'hui ?

— Vous souhaitez inscrire cette enfant à notre école ?

— Oui, c'est cela.

— Mais madame... nos élèves sont inscrites dès leur naissance. Elles ne sortent pas de nulle part.

— De nulle part ! s'indigna Zelma. Madame, cette enfant vient d'une famille éminemment respectable !

— Je voulais juste dire que... nos élèves nous sont recommandées, précisa la dame grise, décontenancée. Par des familles que nous connaissons.

— Ah... je vois.

Zelma n'avait plus le vent en poupe. Lori se crut sauvée. Elle passerait ses journées avec Sophie et les filles, elle ferait leurs courses, leur masserait les mains avec de la crème, leur apporterait des boissons quand elles seraient fatiguées. Elle ne voulait pas de l'école et l'école ne voulait pas d'elle. Hourra !

Mais la dame se tourna soudain vers elle.

— *I take it you speak english*[1] ?

Pendant quelques secondes, Lori fut déconcertée. Elle avait du mal à croire que d'autres puissent parler une langue que seules elle et sa maman comprenaient. Zelma la fixait avec angoisse.

— *Yes*, dit Lori.

— Vous voyez ! s'exclama Zelda. Oui, elle parle anglais. Deux langues, à son âge, vous vous rendez compte ?

— Et quel âge a-t-elle ? demanda la dame. Cinq, six ans ?

— Six ans. Le croirez-vous, elle est née le jour de Noël.

— En vérité...

La directrice ouvrit un registre encore plus grand que le livre de comptes de madame et en tourna les pages.

— Il se trouve que nous avons une place de libre. L'enfant est bilingue, ce qui est un avantage. Mais il nous faudrait une recommandation. L'un des parents d'élèves, ou l'un des membres de notre conseil d'administration, par exemple...

— Mais... j'aurais aimé qu'elle commence aujourd'hui. Les formalités peuvent attendre, n'est-ce pas ? avança Zelma avec désespoir.

— Non, madame. Je regrette.

C'était une façon de les congédier. Lori se mit à tirer Zelda vers la porte. À cet instant, on entendit frapper. Un monsieur entra, tenant par la main une petite fille qui portait une robe à volants.

L'homme et Zelma furent comme frappés de stupeur, puis Zelma se reprit et bafouilla :

— Monsieur le Comte ! Quel plaisir de vous revoir !

— Madame... En effet. Vous... vous avez une mine superbe.

— Vous de même. Vous de même...

Le monsieur regarda Lori.

---

1. « Vous parlez anglais, si j'ai bien compris ? »

— Il me semble avoir déjà vu cette enfant.

— C'est ma nièce.

— Ah... Et voici ma fille, dit-il en désignant la petite qu'il accompagnait. Mais je vous dérange, pardonnez-moi. Vous parliez avec Mme la Directrice.

Zelma posa une main gantée sur le bras du comte, et Lori surprit le regard implorant qu'elle lui jetait.

— Vous pouvez peut-être m'aider, monsieur le Comte. Il faut à madame une recommandation pour qu'elle inscrive ma nièce dans son établissement. Si j'avais su que votre fille y était elle-même inscrite, je me serais adressée à vous. Quel heureux hasard, n'est-ce pas ? Pourriez-vous nous recommander auprès de madame ?

— Pour que... votre nièce entre dans la même école que ma fille ?

— Bien sûr.

Lori les considéra tour à tour. Durant ce bref instant, elle comprit que ce qui se passait était bien plus important que l'école. Si Zelma essuyait un refus, elle en serait mortifiée. Et le comte qui ne disait rien... De honte, Zelma se mit à rougir, mais, avant qu'elle ait pu dire un mot, il déclara :

— Mais bien sûr, comment donc ! Je vous recommande chaudement cette petite.

Ouf ! Lori détestait l'idée d'aller en classe, mais elle n'aurait pas supporté un refus.

Zelma se tourna vers le bureau.

— Voilà, dit-elle avec entrain. C'est arrangé. Vous avez votre recommandation.

— Nous n'avons pas encore discuté des frais de scolarité...

— Je ne me fais aucun souci pour cela, lança Zelma d'un ton léger. Quoi d'autre ? Je n'ai plus de temps à perdre et j'aimerais qu'elle commence les cours au plus tôt.

Lori sentit son cœur cogner contre sa poitrine. Plus moyen d'y échapper.

— Eh bien... Il faut donc l'inscrire, répondit la dame grise, perplexe. Comment s'appelle-t-elle ?

Ébranlée, Zelma regarda Lori, qui la fixa de ses grands yeux gris. Quel nom allait-elle donner à cette enfant perdue sans famille, sans histoire ? Elle était anglaise et française, il lui fallait donc un nom qui vienne des deux côtés...

— Laura, dit Zelma pensivement. Laura Perdu.

— Perdu, comme l'adjectif ? s'enquit madame.

— Non. Perdoux, avec OUX à la fin. Laura Perdoux.

5

La petite fille dans la robe à volants s'appelait Anabelle. Elle allait à l'école depuis trois mois et était dispensée de récréation à cause d'un rhume. Lori non plus n'alla pas jouer dehors. Il fallait qu'elle rattrape son retard en écriture, et puis elle n'avait pas de tablier.

— Comment se fait-il que mon père connaisse ta tante ? lui demanda Anabelle quand elles furent seules. Je ne l'avais encore jamais vue.

— Je ne sais pas, répondit Lori, qui s'escrimait avec son porte-plume.

— Mais si, tu sais. Est-ce qu'elle travaille dans une boutique de modes ? On dirait. Elle est si élégante.

Lori leva les yeux de son cahier. Anabelle était grande et bien faite, avec des yeux vifs et des joues roses. À côté d'elle, Lori se sentait menue et falote.

— Nous vivons dans une grande maison, avança-t-elle prudemment. Très grande. Ma chambre est juste sous les toits.

— Et qui s'occupe de toi ?

— Sophie, dit Lori. Elle est très gentille.

— Ma nounou à moi s'appelle Brunhild. Elle est bête comme chou.

Anabelle vint s'asseoir sur la chaise à côté de Lori.

— On va être amies, déclara-t-elle d'un air décidé. Je viendrai dans ta maison et toi dans la mienne. Tu pourras monter mon poney. Tu en as un aussi ?

— Oui, fit Lori en pensant au cheval de la ferme.

— Êtes-vous aussi riches que nous ? Nous avons un château à la campagne avec vingt chambres.

— Chez nous, il y en a bien plus, prétendit Lori. La maison a plusieurs étages pleins de chambres.

Anabelle parut un peu déconfite.

Lorsque Zelma vint la chercher en début d'après-midi, Lori était encore plus fatiguée qu'après une journée passée à labourer.

— Il me faut un tablier, précisa-t-elle à Zelma en descendant les marches dans la lumière automnale. Et un cartable. Mademoiselle dit que je dois m'exercer à écrire à la maison. Et Anabelle veut venir prendre le thé chez nous.

— Anabelle de Montauban ? Celle que j'ai vue ce matin ?

Lori hocha la tête.

— Elle veut qu'on soit amies.

Zelma se tut mais força l'allure d'un pas peu élégant, ce qui ne lui ressemblait guère. Lori trottinait à ses côtés, consciente qu'elle avait dû faire une bourde. Qu'y pouvait-elle ? Sous l'emprise d'une personnalité plus forte que la sienne, sa passivité reprenait le dessus.

Elles arrivèrent à la maison de la rue de Claret. Zelma se précipita au salon, où ces dames se reposaient en bavardant et en feuilletant des magazines.

— C'est fichu ! déclara-t-elle d'un ton mélodramatique. Dès le premier jour. Anabelle de Montauban a décidé qu'elle viendrait prendre le thé ici.

Il y eut un silence ébahi. Allongée sur une méridienne, Sophie se mit à glousser et Zelma lui tomba dessus.

— C'est tout ce que tu trouves à dire ? Après le mal que nous nous sommes donné !

— C'est toi qui as choisi cette école pour snobs, rétorqua Sophie méchamment. Tout ça pour te donner des airs de comtesse. La petite a l'air vannée. Lori, va boire un verre de lait et manger une part de tarte.

— Il faut que je fasse mes lettres.

— Ça peut attendre, à mon avis. Quand la bonne de môssieur le Comte aura dit à la femme de môssieur le Comte avec qui la fille de môssieur le Comte a frayé, la porte de cette école te sera fermée pour longtemps. Ne t'en fais pas, ma chérie. On s'en fiche, de l'école ! lui dit-elle en voyant son air navré.

— Pas moi ! s'écria Zelma. Cette petite aura assez de problèmes dans la vie pour être privée d'éducation. Je ne vais pas abandonner ! Ça non !

— Mesdames.

Mme Bonacieux apparut sur le seuil.

— Encore des disputes ? lança-t-elle en les toisant d'un œil menaçant.

— Mais non, madame, murmurèrent-elles, à part Zelma, qui se leva et s'approcha d'elle.

— Madame, Anabelle de Montauban veut venir ici prendre le thé avec Lori. Elle sera avec sa nounou ou, pire, avec sa mère... Cette maison, dans ce quartier, vous imaginez le scandale. M. le Comte risque d'avoir des ennuis. Je ne sais que faire.

Chose rare, le visage massif de madame s'éclaira d'un sourire.

— Quel dommage que nous ne puissions recevoir la fille de cette illustre famille dans des lieux où son père se plaît tant... Cela paraît difficile, en effet. Mais il y a un moyen très simple de remédier à ce petit dilemme, Zelma. Il vous suffira de dire que la grand-mère de Lori est très vieille et qu'il ne faut pas la déranger. Vous inviterez la petite et sa dame de compagnie dans un salon de thé, puis elles pourront jouer dans le parc. *Voilà**.

Soulagée, Zelma se détendit. Marie se signa. Mais Sophie gâta le tableau.

— Lori ne peut pas tout le temps raconter des sornettes. C'est une enfant et vous la forcez à vivre dans le mensonge.

— Il faudra qu'elle s'y habitue, dit madame. Ou bien, pas d'école. Bon, il y a des marins en ville. Pierre les amène ici à cinq heures. Soyez prêtes, je vous prie, lança-t-elle avant de quitter la pièce.

Les filles gémirent en chœur.

Cette nuit-là, la maison s'emplit d'un brouhaha qui montait par vagues jusqu'à Lori à travers la cage d'escalier. Postée sur le palier le plus haut, elle regardait à travers les barreaux de la rampe les allées et venues des clients et des filles, tandis que madame trônait tel un chef d'orchestre sans jouer elle-même de cette musique dont le moindre son dépendait cependant de son bon vouloir. C'est elle qui décidait qui entrait ou non, ce qu'on montait de la cuisine, et si l'un des portiers se glissait dans la rue pour fumer une cigarette, l'œil d'aigle de madame l'épinglait aussitôt.

Dans sa chemise de nuit légère, Lori avait froid. Elle regagna son lit et donna des coups de pied sous les couvertures afin de se réchauffer. Elle se sentait triste. Oui, elle avait une amie. Mais elle ne savait

---

* En français dans le texte, de même que les autres mots ou phrases en italique suivis d'un astérisque.

qu'en faire... Sophie était bien trop prise pour s'occuper d'elle, ce n'était pas facile d'apprendre à écrire et la maîtresse s'impatientait... Lori était découragée à l'avance. Pour réussir dans ce monde nouveau et devenir ce qu'on attendait d'elle, elle avait tout à apprendre. Mais Sophie, Zelma, Anabelle, mademoiselle... chacune réclamait une chose différente.

Toutefois, il faudrait les satisfaire, sinon, elle retournerait à la ferme. La crainte la fit frissonner. Il vaudrait mieux qu'elle n'ait jamais connu la gentillesse, si un jour elle devait retourner là-bas.

Peu à peu, Lori se sentit bien. Elle apprenait à lire, en anglais comme en français, et s'initiait aux mathématiques. Elle n'était pas douée pour les chiffres et mademoiselle la retenait parfois après la classe pour lui expliquer ses erreurs. Mais les autres élèves étaient pires, à part Anabelle qui était bonne en tout, même en couture. Pour contenter mademoiselle, Lori travailla des heures sur un ourlet, mais, quand elle le rapporta à la maison, Zelma s'insurgea et alla voir Mme la Directrice. Après, au lieu de couture, elles firent de la poésie.

À la sortie des cours, deux fois par semaine, les deux petites allaient chez Anabelle ou bien dans un salon de thé avec Zelma, pendant que la nounou d'Anabelle patientait dans le parc. Les Montauban habitaient une maison de ville pimpante et luxueuse. Sur les murs de l'escalier, il n'y avait que des portraits de famille. Nos « ancêtres », comme disait Anabelle. Lori n'en avait pas, mais elle préférait de loin le style des tableaux de la rue de Claret.

Par beau temps, elles faisaient du poney chacune à leur tour pour échapper aux armées de nounous et d'enfants qui envahissaient le parc. Anabelle aurait aimé que la grand-mère de son amie aille mieux, qu'elles puissent aussi monter le poney de Lori. Ainsi, elles auraient pu aller plus loin, et même dépasser le kiosque à musique. Anabelle suggéra d'amener le poney chez elle, mais Lori déclara qu'il était trop vieux, bien plus vieux que sa grand-mère, et qu'il n'en avait plus pour longtemps.

Un jour mémorable, c'est Mme la Comtesse en personne qui se joignit au thé à la place de la nounou. Encore la veille au soir, Lori avait vu M. le Comte embrasser avec passion Zelma dans le hall et glisser les mains sous sa robe, tandis qu'elle l'attrapait par les cheveux. La mère d'Anabelle était une petite blonde assez jolie, elle portait un manteau avec un col en fourrure et une toque assortie. « Anabelle m'a tellement parlé de vous, dit-elle en serrant la main de Zelma. Elle ne tarit pas d'éloges à votre sujet, vante votre classe, votre élégance, votre beauté... Tant et si bien que j'ai eu envie de faire votre connaissance. »

Zelma conserva un maintien digne et plein de grâce, quoiqu'un peu raide. Elle offrit des pâtisseries, fit la conversation, bref elle parvint à tromper son petit monde, sauf Lori, évidemment, qui bavarda comme une pie et meubla les silences en disant des bêtises pour faire rire la mère d'Anabelle. Mais elle ne put rien avaler. Zelma et elle laissèrent leurs pâtisseries à peine entamées sur leur assiette et prirent congé en disant combien elles étaient ravies d'avoir passé un aussi bon moment.

L'épreuve était finie. Elles rentrèrent en silence, mais, dès que la porte se fut refermée sur elles, Zelma explosa. « Comment a-t-il pu laisser faire une chose pareille ? Mme la Comtesse prenant le thé avec la poule de son mari. Quelle humiliation, pour elle comme pour moi. Oh, j'ai tellement honte ! » s'écria-t-elle, pleine de chagrin et de fureur, avant de se réfugier dans sa chambre pour pleurer.

Sophie et Marie ne firent aucun commentaire.

Ce soir-là, avant d'aller se coucher, Lori demanda à Sophie ce qu'elle devait faire.

— Dis à ton amie que Zelma est timide et qu'elle ne fréquente personne, lui conseilla Sophie en la déshabillant. Mais n'en parle pas à Zelma.

Pourtant, la chose fit vite le tour de la rue de Claret. Quand M. le Comte l'apprit, cela le fit beaucoup rire.

Assise sur un muret, Anabelle faisait claquer ses talons. Elle avait presque douze ans maintenant, mais n'en restait pas moins une petite fille. Peut-être, telle sa mère, garderait-elle toujours cet air enfantin.

Lori, c'était différent. Elle n'était pas jolie, mais elle avait quelque chose. Sa belle masse de cheveux noirs et ses yeux clairs lui donnaient une apparence étrange, comme si elle n'était pas vraiment de ce monde. Tout en bras et en jambes, son corps n'avait aucune rondeur féminine et cependant ses seins tendaient son tablier d'écolière comme si on avait glissé des pommes dans son corsage.

— Qu'est-ce qui se passera quand ta grand-mère mourra ? demanda Anabelle.

— Je ne sais pas. Zelma s'occupera sans doute de tout.

— Passe-t-elle ses journées au lit ?

— Seulement le dimanche matin, répondit Lori en pensant à Mme Bonacieux. Elle fait marcher tout le monde à la baguette. Les fournisseurs aussi. S'il y a des disputes, elle intervient et tout le monde se calme. Elle est très sévère.

— Est-ce qu'elle te laissera de l'argent ?

— Je l'ignore, répondit Lori en souriant à son amie. Peut-être qu'elle aura tout dépensé.

La prodigalité de M. le Comte atteignait des sommets. Ces derniers temps, quand elle descendait prendre son petit déjeuner, Anabelle voyait souvent sa mère en larmes, tandis que son père était absent. Lori savait bien où il était et avec qui.

— Les hommes sont bizarres, lança-t-elle d'un air pensif, alors qu'elles arpentaient le préau de l'école.

— D'après maman, ils sont fous, dit Anabelle. Elle dit que rien ne peut les rendre heureux.

— Si, les femmes, assura Lori. Mais ça ne dure pas.

Les clients de Sophie ne restaient qu'une demi-heure. Et même Zelma ne parvenait pas à retenir M. le Comte plus d'une nuit.

Anabelle rougit. Il valait mieux parler d'autre chose. Mais Lori avait parfois envie de livrer ses pensées comme elles venaient, sans plus se surveiller, de donner à Anabelle un aperçu du monde qui était le sien. C'était et ce serait toujours impossible. Elle n'aurait pas dû commencer.

Elle s'apprêtait à changer de sujet quand Anabelle enfonça le clou.

— Tu veux dire... comme font les chiens, c'est ça ?

— Oui, sauf que les hommes et les femmes le font aussi de face, précisa Lori.

— Oh non...

Soudain, Lori eut besoin de dire les choses, au risque de choquer son amie.

— Si, dit-elle. C'est pareil. L'homme prend la femme par-devant, il lui met son truc dedans. Et tant pis si ça lui fait mal. Bien sûr, les femmes n'aiment pas ça, et quand elles le peuvent elles refusent. C'est pour ça que certaines femmes en font leur spécialité.

— Leur spécialité ? s'exclama Anabelle, les yeux ronds. Mais comment peuvent-elles accepter ça ?

— Elles se font payer. Et elles s'arrangent pour ne pas tomber enceintes.

— Comment ?

Mais Lori en avait assez dit. Elle haussa les épaules.

Anabelle se détourna, l'œil humide, et Lori en éprouva du plaisir. Leurs deux mondes, si séparés, si différents, étaient entrés en contact. Anabelle adorait son père. Il était temps qu'elle sache ce qu'il faisait, ce que font tous les hommes. Bizarrement, Lori se sentit moins seule.

Pour rentrer, elle prit avec Zelma le boulevard et ses grands magasins, ses vitrines illuminées, puis les petites rues de boutiques et de meublés, et ensuite le réseau de passages qui menait à la rue de Claret.

— Pourquoi ne travailles-tu pas dans une boutique ou dans une librairie ?

Zelma lui lança un coup d'œil. Elle s'était demandé quand Lori se mettrait à poser des questions. La petite avait tardé.

— Ça ne rapporte pas assez, dit-elle simplement.

— Quand même. Tu ne serais plus obligée de vivre chez Mme Bonacieux ni de recevoir des clients comme M. le Comte...

— Pour lui, je le ferais gratis, déclara-t-elle avec fougue. C'est un homme merveilleux, Lori. Beau, intelligent, raffiné... J'ai eu des centaines d'hommes, mais avec lui je suis comme vierge. Il n'est pas heureux en ménage. Il s'est encombré de cette idiote, quand c'est moi qu'il aurait dû épouser.

Ce soir-là, comme à l'accoutumée, Lori alla s'asseoir près de Sophie pendant que celle-ci s'habillait.

— Est-ce que Zelma est amoureuse de monsieur ? lui demanda-t-elle.

— Tu viens seulement de t'en rendre compte ? s'étonna Sophie en riant. Elle est folle de lui.

— Mais il est comme les autres. Exactement pareil.

Sophie posa sa houppette et se versa un verre de vin.

— Non, trésor. On dit qu'ils sont tous pareils, mais ce n'est pas vrai. Il y en a qu'on déteste, qui vous font frissonner de dégoût. Et d'autres à qui on s'offrirait pour rien. Tu découvriras tout ça un jour, trésor, conclut-elle en donnant un bonbon à Lori avant de revenir à son maquillage.

Lorsque M. le Comte arriva, Lori s'était installée sur son palier pour le voir. Était-il différent des autres ? Élégant, ça oui, mais il n'était pas le seul : d'autres clients, des avocats, des docteurs, l'étaient aussi. Elle lui trouva l'air fatigué, les joues creuses. Quant à Zelma, venue l'accueillir dans le hall d'entrée, elle resplendissait, ses épaules laiteuses émergeant d'un fourreau de moire verte.

Sophie approcha d'une démarche chancelante, et Lori vit le dépit que lui inspirait l'éclat de Zelma. En se cramponnant à la rampe de l'escalier, elle esquissa une révérence exagérée.

— Monsieur le Comte, roucoula-t-elle, j'espère qu'un jour vous me ferez ce plaisir...

Il y eut un silence crispé. Zelma s'était figée. Devant un autre client, elle l'aurait frappée, mais pas en présence du comte.

— Ma chère, le plaisir sera pour moi, murmura monsieur en la singeant.

— Va au salon, Sophie, dit Zelma sèchement. Si toutefois tu y parviens.

— Quelle mauvaise fille je fais, n'est-ce pas Zelma ? répliqua Sophie, les mains sur les hanches. Vous savez, monsieur, vous devriez venir avec un ami. Je suis la spécialiste du doublé. Je pourrais vous en apprendre, des choses...

Elle traversa le hall, dans son déshabillé sale et déchiré croisé sur ses seins flasques, ses hanches molles.

— Je vous prendrai peut-être au mot un de ces jours, lança monsieur, et Sophie lui répondit par un gloussement.

Jamais il n'y avait eu un tel raffut rue de Claret. Juste après le départ du comte, vers six heures du matin, Zelma se rua dans la chambre de Sophie et la sortit du lit en la tirant par les cheveux. Les cris éveillèrent Lori qui se leva aussitôt. Les filles sortaient des chambres et pressaient les derniers clients de se rhabiller pour filer vers la sortie.

— Sale ivrogne ! Chienne ! criait Zelma en rouant de coups Sophie, qui glapissait avec désespoir et rampait sur le sol.

Quand le pied de Zelma l'atteignit à la nuque, elle demeura sans réaction, comme sonnée. Elle va la tuer ! se dit Lori, mais, avant qu'elle puisse intervenir, Sophie se tortilla sur le sol, saisit un butoir de porte en acier et le lança de toutes ses forces. Le projectile manqua Zelma, vola par-dessus la rampe d'escalier et tomba pour s'écraser sur le beau lustre en cristal du grand hall. Un cri monta de la gorge des filles, et Sophie éclata d'un rire hystérique, affalée contre le mur. Elle avait une méchante entaille à la joue. Puis ce fut le silence, rompu par le rire de Sophie et le tintement du cristal tombant sur le sol du grand hall comme des morceaux de stalactites.

Tout en bas, la porte de la chambre de madame s'ouvrit. « Mon Dieu ! Elle va nous tuer ! » cria l'une des filles en courant se cacher dans sa chambre. Mme Bonacieux apparut dans le hall en robe de chambre de brocart et leva la tête. Sous son regard fixe, les filles se dispersèrent. Seule Lori, par loyauté, alla rejoindre Sophie et lui prit la main.

— Sophie. Zelma. Regagnez vos chambres, dit madame.

— Oui, madame, mes excuses, madame, murmura Zelma, blanche comme un linge.

Avec l'aide de Lori, Sophie se remit sur pied et regagna sa chambre en marmonnant.

Lori ne sortit pas de la maison ce jour-là. Elle apporta à Sophie du café et du cognac. Elle lava ses plaies et tamponna de teinture d'iode l'énorme bleu qu'elle avait dans le dos.

— C'est Zelma qui a commencé, tu as vu ? demanda Sophie.

— Tu as fait des avances à monsieur, répliqua Lori.

— Tiens, tu sors de ta coquille, on dirait, s'étonna Sophie en riant. Et alors ? C'est un homme, non ? Et je lui plais. S'il reste avec Zelma, c'est parce qu'elle lui prend moitié prix et que c'est tout ce qu'il peut se permettre. En tout cas, c'est ce qu'il dit. Et comme madame se met tout dans la poche, Zelma le fait pour rien. Elle gâche le métier.

Lori s'assit et regarda Sophie fixement, sans dire un mot.

— Gérard avait raison, commenta Sophie. Je n'aurais pas dû te sortir de ton trou et t'amener ici. Ce n'est pas une vie pour une enfant.

— Je suis contente que tu m'aies prise avec toi. Et je le serai toujours.

Sophie enfouit son visage meurtri dans l'oreiller.

— Mais c'est Zelma que tu aimes maintenant. La pauvre Sophie n'est qu'une vieille carne, une sale ivrogne que madame garde pour ceux qui ont la dent dure.

Lori retint son souffle et eut l'impression d'avoir une pierre à la place du cœur.

— C'est toi que j'aime le mieux, tu devrais le savoir, Sophie ! s'écria-t-elle. Zelma s'y connaît en éducation... Mais c'est toi que je préfère. Et je t'aimerai toujours. Si seulement tu buvais moins...

— Quoi, est-ce que tu m'aimerais plus ? lui demanda Sophie en la regardant d'un air las et résigné.

— Non, répondit doucement Lori. Je me ferais moins de souci pour toi, c'est tout.

— Mon Dieu...

Sophie se détourna pour cacher ses larmes. Elle sortit un bras et attira Lori contre elle.

— Fais-moi un câlin, ma chérie.

Une fois dans le couloir, Lori sentit les larmes lui monter aux yeux. Madame ne tolérerait pas une scène pareille sans prendre des sanctions. Il allait se passer quelque chose. Et Sophie comptait si peu. Dans la hiérarchie subtile de la rue de Claret, elle était indiscutablement au bas de l'échelle ; même les nouvelles qui n'y connaissaient rien la regardaient de haut. Quant à Marie, si mauvaise en affaires, elle était mieux considérée, car des passantes qui la voyaient à sa fenêtre étaient impressionnées par sa beauté et elle servait de vitrine à toute la maisonnée.

Mme Bonacieux montait l'escalier. Elle n'allait jamais voir les filles dans leur chambre, les convoquait toujours dans son bureau. Prise de panique, Lori courut se cacher dans l'une des alcôves garnies de rideaux qui permettaient de passer de pièce en pièce. Il fallait qu'elle sache.

Madame atteignit le palier en ahanant, s'arrêta pour reprendre son souffle, puis avança pesamment vers la chambre et frappa à la porte.

— Qui est-ce ? s'enquit Sophie d'une voix pâteuse.

— C'est madame.

La porte s'ouvrit et se referma. Lori fit glisser le panneau pour regarder et écouter.

Sophie n'esquissa aucun geste pour s'arranger. Elle resta allongée sur le lit dans sa chemise froissée, tachée de café, de cognac et de larmes. Madame s'assit au chevet du lit sur une petite chaise d'où sa masse corpulente débordait. Elle regarda Sophie avec un calme olympien.

— Vous êtes soûle, comme d'habitude. Même à cette heure.

Sophie ne dit rien.

— Zelma s'est excusée et a promis de payer la moitié des réparations, poursuivit madame après un silence. Quant à vous, j'attends toujours.

— C'est elle qui m'a attaquée. Tout est de sa faute, repartit Sophie.

— Parce que vous aviez fait du gringue au comte. Vous connaissez pourtant le règlement. On n'approche pas le client d'une autre fille. En aucune circonstance.

— Je n'ai pas de quoi payer, pour ce lustre !

— Évidemment, tout votre argent passe dans l'alcool.

— Non ! Il y a Lori. Et... et le reste.

Sophie eut l'air désemparée. Elle ne comprenait pas où passait l'argent. La vérité, c'est qu'elle était trop ivre pour voler les clients et trop complaisante pour demander qu'on lui paie ses extra.

Madame soupira. Elle n'aimait pas ces moments-là. Cela leur arrivait à cause de l'âge, de la boisson ou des drogues, parfois leur cerveau se détraquait et elles ne parvenaient plus à travailler. Il fallait avoir le caractère bien trempé pour garder le cap année après année et ne pas tomber en dessous du standing de la maison. Celles qui y parvenaient, Mathilde, Marie, Zelma, étaient précieuses.

— Il est temps que vous partiez, déclara-t-elle.

Sophie s'affala avec colère sur les oreillers.

— Bon, je m'excuse ! Je me débrouillerai pour trouver de l'argent.

— Il est trop tard, Sophie. Je vous louerai une chambre où vous irez cet après-midi même. Vous pourrez y travailler. Je vous donnerai un mois de loyer plus cent francs.

— Qu'allez-vous faire de Lori ? La jeter dehors elle aussi ?

— Non. Toutes les filles contribuent à payer ses études et ses vêtements. Vous aviez raison, elle est intelligente. Elle pourra rester.

Lori, qui se mordait le poing, éprouva un grand soulagement. Elle pourrait rester ! Aussitôt elle eut honte. Comment pouvait-elle se réjouir alors qu'on chassait Sophie comme une malpropre ?

Elle irait rejoindre celles de la rue. Lori les voyait, les désespérées, massées dans les coins sombres, trop vieilles ou trop jeunes. Certaines filles de la maison avaient vécu cela et toutes craignaient d'y retourner. La police les harcelait, les clients les volaient, les voyous les entraînaient dans des ruelles et les passaient à tabac. Leur seul espoir, c'était qu'un maquereau les protège, mais Sophie était sur son déclin...

Lori attendit que madame soit redescendue. La maison était très silencieuse, les couloirs déserts, tout le monde se tenait à l'écart du malheur. Lori se glissa dans la chambre.

— C'est foutu. Je suis bonne pour le ruisseau, dit Sophie, l'œil sec. Je déteste la pluie ! Et la neige !... Au moins toi, tu peux rester. Je sais, tu préférerais venir avec moi, mais il vaut mieux que tu restes... Tu viendras me voir souvent, dis ? Je ne pourrai pas venir ici.

— Je viendrai tous les jours, fit Lori avec désespoir. Et je t'apporterai des choses.

— C'est vrai ? Tu es une brave petite.

Elle se leva et alla se poster devant le miroir.

— Mon Dieu, quelle tête ! Ça fait des siècles que je ne me suis pas mise sur mon trente et un. Elles vont voir ce qu'elles vont voir ! Mme Bonacieux va le regretter. Que le diable les emporte !

À quatre heures de l'après-midi, dans le jour d'hiver finissant, Sophie quitta la maison. À part Lori, personne ne lui fit ses adieux, mais les filles la regardèrent partir par les fenêtres ; silhouette tassée, trop fardée, le visage plâtré de fond de teint, elle leva un bras pour héler un taxi qui s'arrêta en éclaboussant ses jupes de boue. Mais Sophie n'y prit pas garde. Elle avait du cran, et elle réussit sa sortie.

6

L'hiver fut rude cette année-là, il neigea beaucoup. Lori alla voir Sophie tous les jours jusqu'à ce que celle-ci lui fasse comprendre qu'elle ne pouvait pas travailler avec elle dans les pattes. Ensuite, Lori lui rendit visite le lundi, après l'école ; il y avait un bon bout de chemin jusque-là, et le temps était très froid. Lori avait les mains glacées malgré ses gants fourrés et elle pensait à Sophie, faisant le pied de grue dans la rue.

Les lundis, celle-ci s'efforçait de rendre sa chambre accueillante. La pièce miteuse qu'elle habitait tout en haut d'un escalier sentant le rance était à peu près propre et rangée, même si Lori apercevait les tas de vêtements poussés sous les fauteuils et entendait des bruits de bouteilles, quand Sophie s'asseyait sur le lit.

— De la part de Zelma, disait-elle en posant sur la table son petit butin de la semaine : du vin, des bonbons, de l'argent.

— Remporte ça. Je ne veux pas de sa pitié.

Lori ne relevait pas et laissait tout sur la table.

Une ou deux fois elle trouva la porte verrouillée et, quand elle frappa, personne ne répondit. Pourtant, Lori se doutait que Sophie était à l'intérieur, soûle, ou bien avec un client. Alors elle poussait l'argent sous la porte, déposait ses menus présents sur le palier, puis, au pied de l'escalier, elle demeurait dans l'ombre en attendant que la porte s'ouvre. Enfin, rassurée, elle rentrait au logis en courant à toutes jambes.

Les autres filles lui témoignaient beaucoup de gentillesse, mais Lori aurait préféré s'en passer. Jamais elle n'aurait pris ce qu'elles lui donnaient si elle avait eu de l'argent. Elle dépendait totalement de leur charité et avait l'impression d'être un petit animal de compagnie, oisif, inutile, qu'on câline à plaisir.

Tant que Sophie avait vécu là, elle ne s'en était pas rendu compte. Les filles étaient généreuses sans ostentation. Mais Lori avait grandi d'un seul coup. Enfant, elle prenait ce qui venait sans y penser, sans se soucier du prix des choses. Maintenant, elle savait combien de temps il fallait pour gagner dix francs, combien de soldats pour en gagner cent. Et elle songeait à Sophie, à ce qu'elle devait endurer, toute seule, sans Pierre pour vider les indésirables, ni madame pour évaluer un client d'un œil froid et déclarer d'un ton sans réplique : « Non, monsieur. Je regrette. »

La neige tomba si dru en février qu'on ferma l'école. Assise dans le salon, Lori regardait au-dehors. Par un temps pareil, il n'y aurait pas de clients. Les camions et les automobiles ne pouvaient plus circuler, seules les vieilles voitures à cheval avançaient encore et il en restait très peu. Les filles étaient à la cuisine ; Héloïse préparait une fondue, sa spécialité. Madame employait un chef excellent, mais les filles aimaient bien mijoter les petits plats de leur enfance. Selon leur origine, c'étaient de grosses potées paysannes au lard et au vin rouge, ou bien des pâtisseries légères, fondantes et raffinées. Lori en avait déjà l'eau à la bouche.

Malgré la neige, un homme grand, élégant, descendait la rue d'un pas vif. M. le Comte ! Lori quitta son poste pour gagner la cuisine.

— Zelma ! Zelma ! Voilà M. le Comte !

— Mon Dieu ! Lori, fais-le attendre pendant que je me change.

Zelma grimpa l'escalier quatre à quatre. Les hommes détestent voir leur maîtresse comme ils voient leur femme, les mains dans la farine, mal peignée, mal fringuée. À contrecœur, Lori s'en retourna au salon.

— Bonjour, monsieur.

Il la regarda avec surprise.

— Bonjour Laura. C'est bien votre nom, n'est-ce pas ? lui demanda-t-il, un peu gêné.

— Oui. Puis-je vous offrir un verre de vin ? Zelma ne va pas tarder.

— Du vin... Oui, volontiers.

Il se laissa tomber sur une chaise pour se relever aussitôt. Lori lui trouvait un drôle d'air presque maladif, le teint livide, marbré. Elle lui versa du vin, il prit le verre et arpenta la pièce.

— Vous vous plaisez ici ? lui lança-t-il soudain. C'est un endroit étrange pour une enfant de votre âge.

— C'est une vie comme une autre. J'y suis habituée, répondit Lori en haussant les épaules.

— Mais vous n'avez jamais parlé à Anabelle de...

Il s'interrompit. Lori savait où il voulait en venir, mais elle attendit.

— ... de moi ? finit-il gauchement.

— Je n'ai jamais parlé de ma vie ici à Anabelle. Elle ne comprendrait pas.

— Et vous, vous comprenez ?

— Oui.

Il s'assit avec un petit rire.

— Eh bien, vous voilà une femme avertie, à douze ans. Peut-être devrait-on élever tous les enfants au bordel. Que ferez-vous quand vous serez adulte ? lui demanda-t-il en lui souriant.

— Je travaillerai peut-être dans une boutique comme vendeuse, répondit-elle. Ou dans une librairie. Ou bien comme gouvernante dans une maison. Madame m'apprend.

— Vous pourriez travailler ici, non ? Pourquoi pas ?

Il y avait quelque chose de désagréable dans son regard, il la jaugeait, l'évaluait. Lori s'habillait décemment, s'instruisait, parlait, jouait, tout comme Anabelle. Mais Anabelle l'aristocrate valait de l'or. Lori, l'enfant trouvée, n'était que vil métal.

— Je ne travaillerai pas ici, dit-elle d'une voix mal assurée.

— En êtes-vous sûre ? Regardez comme vous vous êtes vite épanouie. Déjà presque une femme...

Lori devint toute rouge. Elle allait s'enfuir en courant quand il se plaça face à elle.

— S'il vous plaît... ne partez pas. Je m'excuse. Je ne voulais pas vous embêter.

— Si.

— Les jeunes filles ne sont pas censées dire la vérité.

— Je n'ai rien dit sur vous. C'est assez, il me semble.

Il rit en tremblant un peu.

— Je me demande parfois ce qui se serait passé si vous aviez tout dit... Il m'arrive même de regretter que vous ne l'ayez pas fait.

Lori ne comprenait pas. Il sentait le vin, le cigare et l'eau de toilette. Il avança la main et lui toucha les cheveux.

— Ils sont beaux, murmura-t-il en faisant rouler une boucle entre ses doigts. Si doux, si vivants...

Lori se sentit frissonner des pieds à la tête, le sang affluait à ses joues, son cœur battait à tout rompre, ses seins, qui l'encombraient et qu'elle détestait, étaient lourds, comme brûlants. Elle recula, effarée.

— Versez-moi un peu de vin, ordonna-t-il.

Zelma entra dans un bruissement de soie noire comme la nuit, d'où sa peau blanche jaillissait, lumineuse.

— Vous me prenez au dépourvu, monsieur, fit-elle, les joues rosies, souriante. Je ne m'attendais pas à vous voir aujourd'hui.

Il lui prit la main et la retint un moment.

— Je demandais à cette petite si elle comptait se faire putain, elle aussi.

Zelma cilla.

— Qui peut le dire ? répondit-elle posément. Monte, Lori.

— Non, non, qu'elle reste. Enfin un peu de fraîcheur et de piquant parmi toutes ces vieilles catins.

Zelma et Lori échangèrent un regard horrifié. Monsieur n'avait encore jamais été grossier. Il était soûl, ou bien fou.

— Peut-être que c'est nous qui devrions monter ? proposa Zelma gentiment. Nous pourrons parler de ce qui vous tracasse. Car vous n'êtes pas tranquille, je le vois bien.

— Ah oui ? (Il resta à la contempler un instant.) Il faut une femme comme vous pour le voir, ajouta-t-il dans un rictus.

Zelma lui prit le bras pour l'entraîner, mais il se tourna vers Lori.

— Vous devriez travailler ici. Commencez dès maintenant, couchez avec tous ceux que vous pourrez. Le monde est plein de femmes vertueuses. Toutes des saintes nitouches, qui n'y connaissent rien ! Moi, j'ai ma putain, et je l'aime.

Il prit Zelma et enfouit son visage au creux de ses seins. Avec un cri de gorge qui ressemblait à un sanglot, elle lui prit les cheveux à pleines mains et ferma les yeux, en extase. Puis elle se ressaisit et murmura : « Venez, Charles. » Il la suivit comme un mouton.

À la cuisine, les langues allaient bon train. Assises autour de la table, les filles cancanaient, parlant de tel ou tel client. Quelques hommes politiques fréquentaient désormais la maison, la clientèle devenait huppée, et madame allait engager un orchestre le samedi soir. On danserait...

Lori s'ennuyait un peu, elle se leva et gagna la fenêtre. Il neigeait toujours. De l'autre côté de la rue, un homme dégageait la chaussée avec une pelle, mais peu après la neige la recouvrait de nouveau. Lori se sentait un peu seule, elle aurait aimé être avec Sophie ou, à défaut, parler avec Zelma. Pourquoi le comte avait-il été si odieux ?

Un bruit éclata soudain, comme une détonation, un bruit si fort et si inattendu qu'elles s'arrêtèrent toutes de parler et se regardèrent.

— Qu'est-ce que c'est, une vitre qui s'est cassée ? demanda Lori, stupéfaite.

— Mon Dieu, mais c'était un coup de feu, murmura Mathilde, blême.

Elles se précipitèrent dans le hall et y trouvèrent Mme Bonacieux, massive et calme.

— Qui est là-haut ? s'enquit-elle, impérieuse.

— Zelma, madame, avec M. le Comte.

— Zelma ! s'écria Lori, terrifiée, en dépassant madame pour grimper l'escalier quatre à quatre.

La voix de madame claqua comme un coup de fouet.

— N'entrez pas dans la chambre !

Mais Lori arriva bien avant elle devant la porte. Il fallait qu'elle voie. Faites que ce ne soit pas Zelma, pria-t-elle. Pas Zelma. Elle tourna la poignée.

Zelma était assise par terre, au milieu de la pièce. Elle n'avait que ses bas. Sur ses genoux gisait monsieur, nu lui aussi. Son noble visage n'était plus qu'une masse de chair ensanglantée.

— Éloignez-vous, petite, maugréa madame, essoufflée. Et dites à Pierre d'appeler la police.

C'était la même odeur qu'à la ferme, quand on tue le cochon. Zelma se balançait d'avant en arrière en gémissant, et ses seins baignaient dans le sang. Retenant un haut-le-cœur, Lori redescendit l'escalier en courant.

On emporta le corps au milieu de la nuit et Zelma partit le lendemain matin. À l'hôpital, dit madame, mais toutes savaient qu'elle était devenue folle. Quand elles avaient essayé de l'écarter du cadavre, elle s'était débattue. Les policiers l'avaient emportée, hurlante. Elle avait refusé de parler, de se laver, n'avait fait que se balancer en poussant une longue plainte.

L'un des policiers leur apprit que monsieur était ruiné, c'était la raison de son suicide.

— Il n'est pas le seul, ajouta-t-il. Les temps sont durs pour tout le monde, même un honnête travailleur ne parvient plus à joindre les deux bouts.

Madame saisit l'allusion et lui proposa de l'argent. Mais la nouvelle s'ébruita quand même. Des journalistes faisaient le guet devant la maison, traquant tous ceux et celles qui en sortaient. Quelqu'un, sans doute Héloïse, lâcha le morceau. M. le Comte s'était tué alors qu'il était nu dans les bras de sa maîtresse, une prostituée nommée Zelma Legrand.

Lori ne savait que faire. La neige avait cessé et elle pouvait retourner en classe. Mais le drame qu'elle venait d'approcher était si horriblement réel que sa vie d'écolière lui paraissait bien lointaine. La grammaire anglaise avec mademoiselle, les leçons de chant... Elle devait y aller pourtant. Si Zelma revenait et découvrait qu'elle n'était pas retournée à l'école, elle se mettrait en colère.

Elle trouvait cela bizarre d'y aller seule. À mi-chemin, Lori fut complètement paniquée. Elle s'appuya contre un arbre en respirant fort, pour chasser les images sanglantes qui entachaient son esprit. Si seulement Sophie avait été là. Avec elle, rien ne semblait si terrible, elle croyait en sa bonne étoile, elle y croyait dur comme fer, même quand tout allait à vau-l'eau. Sa présence, son fol optimisme, son humour, sa vulgarité même auraient eu raison du désespoir qu'éprouvait Lori jusqu'à la nausée.

Au bout d'un moment, elle se ressaisit et poursuivit son chemin, laissant les rues de garnis et de boutiques pour entrer dans les beaux quartiers. En passant le portail, elle reprit courage et traversa la cour enneigée où les petites s'amusaient. Anabelle attendait dans l'entrée. Un jour comme aujourd'hui, Lori n'imaginait pas la voir et elle s'en réjouit. Ensemble, unies, elles feraient face à l'adversité.

— Je pensais que tu serais chez toi. Je suis contente de te voir.

— Je te déteste.

Le doux visage d'Anabelle n'était plus qu'un masque de haine et de dégoût. Lori se sentit froide comme la mort.

— Tu savais ce qu'elle était ! Tu savais ce qu'ils faisaient. Je comprends maintenant pourquoi tu m'as parlé de ces femmes... Quand je pense que tu es venue chez moi et comme ma mère a été gentille avec toi !

— Que pouvais-je faire ? murmura Lori.

— À cause de vous, nous sommes ruinés. Il a dépensé tout son argent pour... pour elle. Il ne nous reste rien. Nous sommes pauvres.

— Ce n'est pas à cause d'elle qu'il s'est ruiné...

— Ne mens pas ! C'est fini les mensonges.

Lori n'insista pas. À quoi bon ?

— Si je suis venue aujourd'hui, reprit Anabelle, c'est seulement pour te dire que tu es ignoble. Tu m'as trahie. Tu n'es plus mon amie.

Lori demeura la tête penchée. Sophie, Zelma, Anabelle, même monsieur, qui lui avait caressé les cheveux et s'était tué juste après...

Tout était sa faute ! Elle se rebella soudain contre la vague de culpabilité qui la submergeait.

— Et si je te l'avais dit ? En quoi cela vous aurait-il aidées ?

— Je ne sais pas. Nous l'aurions su et nous serions parties, fit Anabelle, qui s'éloigna.

Lori se tint sur les marches et la regarda traverser la cour d'une démarche raide et empruntée. Elle eut envie de l'appeler, elle savait qu'Anabelle aussi devait souhaiter que cette journée ressemble à n'importe quelle autre.

Anabelle traversa le préau jusqu'au portail. Une femme l'y attendait, qui se pencha pour l'embrasser. Mme la Comtesse. Lori avait dû la croiser sans la reconnaître, enveloppée comme elle l'était d'un sombre manteau de fourrure. Elle eut envie de courir, de s'écrier : « Ce n'est pas ma faute. Je vous en prie, croyez-moi, je ne pouvais rien faire ! »

Mais une main lui toucha l'épaule.

— Laura. J'ai à vous parler. Venez par ici.

Dix minutes plus tard, Lori se retrouva elle aussi devant les grilles. Mais elle rentra seule.

Le samedi suivant, il y eut une descente de police. Mme Bonacieux était furieuse, mais cela ne l'empêcha pas d'être embarquée dans un fourgon. Quand elle revint le lendemain, elle fulminait encore. La mélancolie s'abattit sur la maison, désertée par ses prestigieux clients.

Sans l'appui de Sophie ou de Zelma, Lori se sentait bien seule, inutile et encombrante. Les autres filles la gâtaient, mais ça leur était égal qu'elle n'aille plus à l'école et qu'elle erre sans but dans la maison toute la journée. Elles se plaignaient juste quand, pour tromper son ennui, elle jouait à la balle des heures durant contre un mur du dernier étage. Et elle faillit se faire lyncher la nuit où elle entra au salon chercher de quoi lire, sans se soucier des clients.

— Deux sont sortis sur-le-champ, se plaignit Héloïse. Ils ont cru qu'ils s'étaient trompés d'adresse.

— Depuis, le mien n'arrête pas de réclamer l'écolière, dit Françoise. Il va falloir que je mette un tablier et des socquettes.

Toujours impénétrable, madame les écouta.

Le lendemain, elle convoquait Lori à son bureau. La fillette était mal à l'aise. Depuis le départ de Zelma, elle se savait en sursis. Sophie avait beau lui dire qu'elle se faisait des idées, Lori connaissait les façons de madame, et son inexorable progression du problème à la solution. C'était on ne peut plus prévisible.

Campée au centre de la pièce sur le tapis usé, Lori n'en menait pas large.

— Vous êtes nerveuse ? demanda madame.

— Non, mentit Lori.

Elle prit son courage à deux mains.

— Madame, savez-vous où se trouve Zelma ? Pourrais-je lui rendre visite ?

— Elle est dans un hôpital pour malades mentaux, où l'on n'admet pas de visiteurs.

— Mais...

— Oui ?

Le regard bleu acier lui imposa le silence. Madame continua à la détailler, comme si elle voyait Lori pour la première fois. Puis elle se leva et vint lui tourner autour. Quand elle l'eut examinée sous tous les angles, elle dit avec un naturel parfait :

— Maintenant, déshabillez-vous. Je veux vous regarder.

— Oh non, madame, je vous en prie, répondit Lori à grand-peine, soudain glacée.

La vieille femme s'approcha et lui releva le menton.

— Je vous ai prise chez moi à cause de Sophie et je vous ai gardée à cause de Zelma, déclara-t-elle. Aujourd'hui, il n'y a plus aucune raison que vous restiez. Vous pouvez rejoindre Sophie si vous voulez, ou aller au diable.

— Sophie ne voudrait pas de moi. Elle ne peut pas me garder chez elle... Vous ne comprenez pas, madame, expliqua-t-elle, en fixant les yeux enfoncés dans la chair comme deux cailloux. Les hommes... Je ne pourrais pas...

— Ne soyez pas bête. Un homme vous a fait souffrir quand vous étiez enfant, mais vous pouvez connaître du plaisir en tant que femme. En général, je ne dis pas, les affaires sont les affaires... Mais certains hommes sont différents, ils vous feront de l'effet. Vous êtes jeune, je ne vous en demanderai pas trop. Juste une fois de temps en temps, pour débuter.

Elle commença à défaire les boutons de sa tunique. Lori tenta de l'en empêcher, mais elle lui donna une tape sur la main.

— Tenez-vous tranquille. Je n'ai pas de temps à perdre. Maintenant, la suite.

Pleine de ressentiment, Lori obéit. Madame lui tâta les fesses, tira sur la peau de son avant-bras ; quand elle lui pinça un sein, Lori étouffa un cri.

— De la chair fraîche, ça oui, conclut madame en gloussant. Mais pas de rondeurs, pas de taille... Je vais appeler Marie, qu'elle me donne son avis.

Elle sonna, et Marie entra, au grand soulagement de Lori, qui était persuadée que Marie allait prendre son parti, invoquer son jeune âge, dire qu'elle n'était pas faite pour ce métier... Mais Marie lui tourna autour elle aussi, perchée sur ses hauts talons.

— Elle va encore se développer, commenta-t-elle.

— Mais pour l'instant ? la pressa madame. Pas de hanches, pas de fesses. On dirait qu'on lui a collé deux seins sur le devant.

— Certains hommes raffolent du genre gamine, observa Marie en lui pressant les seins. On peut y remédier, lui donner du volume, déguiser la taille. Un peu de maquillage, juste noircir les cils et les sourcils... Il ne faudrait pas qu'elle fasse pute ! lança-t-elle.

Madame se joignit à son rire.

— Tu seras superbe, ma chérie, conclut Marie en donnant à Lori une tape dans le dos. Va voir Héloïse. Elle te dira ce qu'il faut faire.

— Ce qu'il faut faire ?

— Avec les hommes ! Tu ne veux pas attraper la chaude-pisse ni tomber enceinte, n'est-ce pas ? Rappelle-toi Janine, l'an dernier...

Lori hocha la tête.

Cette nuit-là elle ne put dormir. Elle guetta dans le noir les bruits qu'il y avait à la vieille ferme, songeant au pas de Jean dans l'escalier. Les années avaient effacé ses traits, elle ne se souvenait plus que de l'horreur de son corps sur le sien, de la puanteur, de la douleur.

— Ils ne te font pas peur ? avait-elle demandé à Héloïse, qui l'instruisait.

— Pas ici. Pourquoi crois-tu que madame a engagé Pierre ? C'est dans la rue qu'il faut se méfier.

Le lendemain, Marie lui donna des vêtements. Sous un corsage blanc qui laissait voir la naissance des seins, elle devrait porter un soutien-gorge à armatures métalliques qui lui compressait et lui remontait la poitrine. Quant à sa taille, elle était prise dans une mince jupe grise qui l'affinait. Lori avait aussi de jolies chaussures noires.

— J'en ai déjà eu une paire comme ça, dit-elle à Marie. Je les avais le jour de mon arrivée ici.

— Il faut voir comment Sophie t'avait attifée, remarqua Marie. De vieilles hardes qui puaient le cadavre.

Cela faisait longtemps que Lori n'avait rien apporté de bien à Sophie, depuis que Zelma avait cessé de l'approvisionner. Lori savait qu'elle se nourrissait de soupe et de pain sec.

— Est-ce que madame me paiera ? s'enquit-elle.

Marie opina, la bouche pleine d'épingles.

— Tu devrais bien gagner.

Mais rien ne se produisit avant le samedi. Lori était anxieuse, incapable de lire ou de dormir, de jour en jour plus tendue. Quand madame la convoqua de nouveau, elle se sentit soulagée, certaine que celle-ci avait révisé ses plans. Peut-être qu'elle retournerait à l'école ? Mais Marie l'arrêta alors qu'elle descendait l'escalier.

— Va te changer, dit-elle. Mets-toi en tenue.

Cela lui prit du temps, elle avait les doigts raides et froids. Pour finir, Marie vint la presser et lui brossa les cheveux, qu'elle laissa libres dans son dos comme une grande coulée noire. Dans le miroir, une étrangère lui rendit son regard, elle était à la fois enfantine et étrangement voluptueuse, avec des yeux presque translucides, frangés de longs cils noirs.

— Merveilleux, dit Marie. N'aie pas l'air si inquiète, mon chou.

Le hall était très calme. Si elle s'enfuyait et courait se réfugier chez Sophie, que se passerait-il ? Un sanglot s'échappa de sa gorge. Elle ouvrit la porte du bureau.

— Vous avez mis le temps, grommela madame. Voici Laura, monsieur.

Elle ne le regarda pas, mais elle le sentit approcher par-derrière et lui effleurer les épaules.

— *Wonderful. She's divine*, dit une voix.

— *She speaks english*, dit madame. Elle n'est pas vierge, un homme l'a déflorée quand elle était petite, mais c'est tout comme. D'où mon prix. Dans cette maison, nous insistons sur la toilette et l'usage du préservatif... Nous appelons ça une capote anglaise, ajouta-t-elle avec un petit rire. Venez, Laura.

Sans un regard pour le client, Lori suivit madame dans l'escalier jusqu'à l'une des chambres du premier étage. Chaque fille avait une pièce réservée au travail, mais elle pouvait utiliser sa propre chambre si elle en avait envie, avec ses particuliers. Quant à Lori, elle savait qu'elle n'autoriserait jamais aucun homme à pénétrer son intimité ni à accéder à son être profond. Les affaires, rien de plus.

Il y eut un froufrou dans le hall. « Bonne chance, chérie ! Amuse-toi bien ! »

Personne ne la sauverait plus. Tout le monde pensait qu'elle devait y passer. Madame resta près de la porte ouverte et fit signe à Lori d'entrer.

La chambre était grande, avec un lit double abondamment garni d'oreillers, des miroirs sur tous les murs et une petite salle de bains cachée dans un recoin. Lori devina que l'homme était juste derrière elle.

— Vous avez deux heures, dit madame. On frappera à la porte.

— Oui, répondit-il. Euh... merci.

La porte se ferma doucement. Ils étaient seuls. Lori gagna la fenêtre et écarta le voilage pour regarder au-dehors. De ce côté, les fenêtres donnaient sur des murs aveugles. Aucun arbre, pensa Lori avec désespoir. À la ferme, elle songeait à la glycine dont les fleurs mauves pendaient du toit de la grange comme des morceaux de ciel.

— *Excuse me.*

Elle sursauta.

— Excusez-moi, répéta-t-il. Je voulais vous demander...

— Oui ?

— Qu'entend-elle par toilette ?

Lori grinça des dents. Il fallait bien qu'elle se retourne pour lui faire face. Alors, ce fut un choc, car elle s'attendait à un homme et ce n'était qu'un gamin ! Il ne devait pas avoir plus de dix-sept ans. Une frange de cheveux blonds sur des yeux bleus. Et il rougissait.

— Je ne suis jamais allé dans ce genre d'endroit, expliqua-t-il. Je suis là en vacances, vous savez... Paris et ses bordels...

— Vous êtes puceau ?

— Euh... non. Une amie de ma mère, l'été dernier. Ne vous inquiétez pas. Je sais y faire.

Lori le regarda d'un air froid. Il lui sourit et elle comprit que malgré tout il s'amusait. Quand il rentrerait, il raconterait à ses copains ce qui lui était arrivé, madame, la maison... et elle. Elle se força à ne plus penser et se consacra aux détails pratiques.

— Il faut vous laver le sexe, dit-elle crûment. Il y a un bol d'eau avec du bleu dedans.

Elle s'assit sur le lit, entendit l'eau clapoter et le vit peu après ressortir, son pantalon à la main. Les pans de sa chemise cachaient son sexe. Lori se sentait de plus en plus détachée de la réalité.

— Ça ne vous gêne pas de faire ça, n'est-ce pas ? s'enquit-il soudain. J'espère que la vieille ne vous force pas la main ?

Elle faillit lui rire au nez. Comme si c'était une question d'envie.

— Voulez-vous que je me déshabille ?

Il hocha la tête. Marie lui avait dit comment s'y prendre. D'abord la jupe et le jupon, puis la culotte. Le corsage, le soutien-gorge, mais toujours garder les bas et les chaussures. « Promène-toi un peu comme ça et tout se passera bien. »

— Ça ne vous dérange pas que je vous regarde ? lui demanda-t-il, alors qu'elle défaisait les boutons de son corsage.

— Non, dit Lori, le ventre crispé de honte.

Il s'approcha d'elle et ôta sa chemise. À sa vue, une vague de dégoût et de révolte la submergea. Une peau lisse et blanche, avec un duvet de poils blonds sur la poitrine, des épaules encore chétives. Et... ça. Énorme. Elle ne pouvait en détacher les yeux. Elle se renversa sur le lit et le regarda avec horreur enfiler sa capote.

Il se coucha sur elle et elle retrouva la même sensation. Instinctivement elle retint son souffle mais, quand elle fut forcée de respirer, elle ne sentit qu'une odeur de peau propre. Il la toucha entre les cuisses et, comme elle gémissait, il crut qu'elle en avait du plaisir.

Il se dressa et la pénétra. Elle resta complètement immobile, pleine d'appréhension, et il commença à bouger, à aller et venir dans son corps passif.

Il lui faisait mal maintenant, comme Jean, son bassin tapait contre le sien, il cognait si fort, si dur qu'à chaque coup elle gémissait. Tout à coup il se souleva avec un rictus de plaisir, le corps palpitant, puis retomba haletant, grimaçant, les yeux injectés. Lori roula sur le côté, gagna le couloir en vacillant et vomit.

7

Debout devant la porte du bureau, Lori tremblait de tous ses membres. Chaque fois qu'elle s'apprêtait à frapper, une force invisible l'en empêchait. Des projets fous lui traversaient l'esprit ; s'enfuir, se réfugier chez Sophie, à l'orphelinat, ou même retourner à la ferme. Mais les filles livrées à elles-mêmes ne gagnent leur pain que d'une seule façon, elle le savait mieux que personne. Elle passerait d'un cauchemar à un autre.

Soudain la porte s'ouvrit sur madame. Lori hoqueta de terreur. Madame lui jeta un regard glaçant et s'écarta pour la laisser entrer. Un vieil homme aux cheveux grisonnants était assis dans le grand fauteuil de madame et sirotait un verre de cognac. Il se leva à son approche et lui sourit.

— Bonjour, ma chère Laura. Je vous en prie, n'ayez pas l'air si effrayée. Vraiment, vous n'avez rien à craindre.

Il lui tendit la main. Ce n'était donc pas un client. Peut-être un directeur d'école, ou le patron d'une boutique où elle pourrait travailler... L'imagination de Lori s'envola, l'emportant vers un avenir doré.

— Vous voyez dans quel état elle est, constata madame, laconique.

— Je ne vois qu'une ravissante jeune femme, dit le visiteur. Avez-vous un manteau et des bottes, ma chère ? Je me suis dit que nous pourrions aller faire quelques courses ensemble.

Il s'appelait Henri. Une barbiche en pointe striée de gris et de petits yeux bleu vif qui se plissaient lorsqu'il souriait. Lori le croyait vieux quand il n'avait que quarante-cinq ans. Il la traitait avec déférence, comme si elle était une grande dame. Ils achetèrent des choco-lats, des gants et il l'aida à choisir des bas, préférant aux articles courants de ravissants bas en dentelle.

— Il vaut mieux que personne ne nous voie. Ce n'est pas très convenable pour un monsieur de mon âge d'offrir des bas à une jeune femme, murmura-t-il d'un air complice à Lori, qui s'esclaffa.

Ils rentrèrent au soir tombant, et il lui disait au revoir dans le hall quand Mathilde vint à eux.

— Ce cher Henri ! s'exclama-t-elle. Quelle bonne surprise !

— Mathilde. Je suis enchanté de vous revoir. Cela fait si long-temps, dit-il en l'embrassant.

— Comment va Mona ?

— Ni bien ni mal, lui répondit-il d'un air peiné. Nous attendons impatiemment que le printemps revienne.

— Et nous donc ! Ainsi, vous vous occupez de notre Lori ? Tant mieux. C'est une brave petite.

— Une jeune femme charmante, approuva Henri.

Il fit ses adieux à Lori en lui baisant la main, la laissant très intriguée.

Le lendemain matin, elle guetta Mathilde. Celle-ci descendit fort tard, car elle avait été prise toute la nuit par deux de ses réguliers. Lori la rejoignit dans la cuisine vers midi. Mal peignée, le visage enduit de crème, elle prenait son petit déjeuner.

— Tu connais Henri depuis longtemps ? lui demanda-t-elle en s'asseyant face à elle, de l'autre côté de la table.

— C'est un vieil habitué de la maison. Il venait très souvent il y a quelques années. Il est tombé amoureux d'une de nos filles, Mona, une jeune Chinoise, et il a fini par l'acheter à madame. Il a beau être marié par ailleurs, il passe son temps avec Mona. Il lui a offert un appartement dans un beau quartier. Mais elle est phtisique. Elle était sans doute déjà malade quand elle a atterri ici, après avoir pas mal bourlingué. Henri est un amour de s'occuper d'elle comme il le fait.

— Il doit l'aimer.

Mathilde se pencha et lui prit le visage entre ses mains rebondies.

— Ça arrive même ici, poulette, n'oublie jamais ça.

Cet après-midi-là, Henri revint. Rassérénée, Lori s'empressa de le rejoindre et remonta le devant de sa robe chasuble pour lui montrer ses nouveaux bas.

— Quelles jolies jambes ! Ma chère, vous allez devenir la coque-luche du Tout-Paris !

— Allons-nous sortir ? Dois-je prendre mon manteau ?

— Mais bien sûr ! Couvrez-vous bien, nous allons faire un tour sur la Seine.

Quand Lori eut disparu, madame s'approcha d'Henri.

— Tout ce que ça vous rapportera, c'est une bonne crève, lui glissa-t-elle d'un air sardonique.

— Vous croyez ? répondit-il en caressant sa barbe. Attendez voir.

Il faisait très froid sur le bateau où ils étaient assis à l'air libre. Paris se découpait sur un ciel cristallin avec ses dômes, ses flèches, ses tours, ses arcs, telle une citadelle féerique.

— C'est si beau. Il est difficile d'imaginer qu'il s'y cache tant de laideurs, dit Henri, songeur.

Lori pensa à l'appartement de Sophie, aux femmes des rues sordides, au visage éclaté du comte, à Zelma qui geignait, à la figure du jeune homme penché au-dessus d'elle. Elle frissonna.

— Laideur et beauté se côtoient, poursuivit Henri, comme s'il devinait ce qu'elle ressentait. Ne voir que la laideur, c'est se condamner à la déception, au découragement. Il faut élever son esprit pour discerner ce qui est bel et bon.

— Ça n'existe pas, dit simplement Lori.

— Comment pouvez-vous dire ça ? s'indigna Henri. Quand Paris s'étend devant vous dans toute sa splendeur, quand vous avez la grâce, la beauté, la santé, et de jolis bas tout neufs... Quand nous allons bientôt nous réfugier au chaud pour manger des gâteaux et boire du chocolat ?

— Tout ça ne compte pas, repartit Lori en baissant les yeux.

— Et qu'est-ce qui compte, mon enfant ?

— Ce qui m'attend, soupira-t-elle. Madame n'est guère patiente, vous savez. Les affaires sont les affaires. Il va falloir que je travaille. Sinon, je devrai partir. Or je n'ai nulle part où aller et...

Elle s'interrompit, hésitante. Mais Henri finit sa phrase pour elle.

— Et là-bas, vous êtes chez vous. Vous n'avez pas envie de partir.

— Je ne connais rien d'autre... Mais je ne peux pas ! s'exclama-t-elle, éperdue. Je ne peux pas faire ça ! C'est impossible !

Le vent qui leur cinglait le visage déguisait ses pleurs en larmes anodines. Henri prit sa main gantée entre les siennes.

— Allons, ma chère. Il faut que nous parlions de tout ça. J'ai su par madame ce qui vous est arrivé. Cette brute quand vous étiez toute petite, et ce garçon qui n'y connaissait rien. Beaucoup de souffrance et de peur. Et puis les filles ont dû vous raconter des horreurs, vous parler d'hommes monstrueusement montés, de sadiques qui avaient failli les tuer, de sales types qui puaient tellement qu'il leur fallait inspirer du parfum dans un flacon pour ne pas défaillir !

Lori se mit à rire et Henri continua.

— Tout cela est très exagéré. C'est d'un acte d'amour qu'il s'agit avant tout, l'union d'un homme et d'une femme dans leur recherche du plaisir. L'homme prend le sien vite, la femme plus lentement... C'est comme une danse. Et de même qu'on apprend à danser ou à chanter, on apprend aussi à faire l'amour.

— Vous pouvez dire ce que vous voulez, je n'aimerai jamais ça ! s'écria Lori avec désespoir.

— Alors qu'arrivera-t-il ? Car il faut bien vivre, ma chère. Une fille qui connaît la chanson a toutes les chances de s'en sortir. Voyez comme certaines chez madame gagnent plus que d'autres. Rappelez-vous Zelma, par exemple. Une femme intelligente, cultivée, avec quelques clients attitrés, triés sur le volet, et qui payaient pour elle un tarif bien plus élevé que pour les autres. Jusqu'à ce drame terrible, Zelma était heureuse.

— Et Sophie ? demanda Lori.

— Sophie, c'est différent. Comme clients, elle n'a eu que des rustres. Elle aurait dû prendre exemple sur Zelma. L'acte d'amour peut être brutal, pénible, expéditif. Mais il peut aussi être sublime et durer toute une nuit, pour le plus grand plaisir de l'homme et de la femme.

Le bateau accostait. Des marins criaient et lançaient des cordes. Dans un instant, ils descendraient en ville et s'offriraient une femme pour quelques francs. Une femme comme Sophie... Lori frissonna.

— Je connais des filles de chez madame qui ont leur propre appartement et reçoivent des hommes de leur choix dans le luxe et la plus grande discrétion, poursuivit Henri. Vous vous rappelez Liliane ? Elle se promène en automobile et en manteau de fourrure. Et ses amis se disputent ses faveurs.

Lori se leva pour quitter le bateau, mais Henri demeura assis et la regarda d'un air perplexe par-dessous le bord de son chapeau.

— C'est dur à apprendre ? demanda-t-elle, le cœur battant.

— On ne peut plus facile.

— Je me demande qui me servirait de professeur...

— Cela vous choquerait-il qu'un vieil homme comme moi vous propose ses services ? Je m'engage à vous faire découvrir le plaisir, un plaisir partagé.

Il l'aida à descendre du bateau en la prenant par le coude, et ils avancèrent bras dessus bras dessous dans la neige à demi fondue.

Mais, au lieu de la raccompagner chez madame, il l'emmena dans un grand hôtel gardé par une armée de chasseurs en livrée.

— Ne vous inquiétez pas, lui assura Henri alors qu'elle reculait devant l'entrée en marbre étincelant. On me connaît ici.

Un chœur de bonjours les suivit à travers le vestibule et le long des couloirs feutrés. Henri arrêta un serveur pour commander du chocolat et des gâteaux.

— Dans ma chambre, s'il vous plaît. Nous avons fait un tour sur la Seine et nous sommes gelés.

— Tout de suite, monsieur.

Habitait-il vraiment ici ? Lori était très impressionnée. La chambre était grande et luxueuse, avec des canapés en bois doré et un immense lit à baldaquin. Un grand feu brûlait dans la cheminée ; ils ôtèrent leurs chapeaux et leurs manteaux et s'ébrouèrent comme des chiens, ce qui fit rire Lori. Le chocolat arriva, odorant, surmonté d'une crème fouettée délicieusement fondante. Elle s'assit près du feu et tenta de se concentrer sur le moment présent. Mais des images continuaient à la hanter, le garçon, sa nudité, son rictus de plaisir.

Quand ils furent repus et réchauffés, Henri s'assit sur le canapé à côté d'elle.

— Maintenant, il faut tout oublier, chassez donc ces soucis. Je suis là pour vous rendre heureuse, rien d'autre.

— Dois-je me déshabiller ?

— Je ne crois pas que cela soit nécessaire, et vous ?

— Mais je pensais...

— Ne pensez pas, ma chère. Sentez et laissez-vous aller...

Il prit sa main encore enfantine et la porta à sa bouche. Ses lèvres l'effleuraient comme des ailes de papillon en montant le long de son bras, tout doucement. Lori sentait son esprit s'engourdir, elle s'enfonça dans le canapé, les yeux mi-clos...

Elle se mit à attendre avec impatience leurs après-midi. Ils allaient souvent au zoo ou au musée avant de regagner l'hôtel, et il prenait autant de peine à lui expliquer l'art qu'à faire son éducation sexuelle. Il agissait toujours sans hâte, ne semblait jamais pressé et paraissait à tout moment prendre du plaisir à sa compagnie.

Il lui apprit tout, la patience, la prudence, l'humour. Henri avait un beau corps, mince, lisse, bien proportionné ; elle devint si intime avec lui que rien n'était jamais obscène, les baisers les plus insolites, la souffrance mêlée au plaisir. Mais il la mit aussi en garde. « Vous avez découvert ce que peut être l'amour. Ne l'avilissez pas, n'en faites pas une simple marchandise. Rares sont les femmes qui savent aimer comme vous, Laura. C'est un don précieux. Ne laissez pas l'alcool, les drogues, ni même l'amour vous faire perdre la tête. Attention, ma chère. Soyez consciente de votre valeur, ne vous mésestimez pas. »

Elle l'adorait, elle était éperdue de bonheur. Soudain elle commença à s'épanouir, son visage, sa peau embellirent. Elle s'intéressa aux magazines de mode qui fascinaient Marie. « Tu as raison, lui dit son aînée. Cette robe de soirée t'irait à merveille. Je vais voir ce que je peux faire. »

Un mois s'écoula. La neige se mit à fondre, les crocus à pointer leur nez dans les parcs, les cafés à sortir quelques tables... Et c'est par une belle journée de printemps qui sentait la jacinthe qu'Henri lui annonça son départ.

— Il faut nous dire au revoir, Laura. Je quitte Paris.

Elle le regarda, horrifiée. C'était le meilleur, le plus parfait des hommes. Jamais elle ne pourrait se passer de lui.

— Je vais venir aussi, dit-elle, affolée. Je partirai en douce de la rue de Claret et je vous rejoindrai.

— Ce ne serait pas bien, répondit-il en la regardant tristement. J'ai déjà quelqu'un. Vous devez être au courant.

— On m'a dit qu'elle était très malade, condamnée même. J'ai cru...

— Ma chère..., l'interrompit-il en lui prenant le bras pour avancer dans la grande allée sous les arbres. C'est très facile de tomber amoureuse de quelqu'un qui vous donne du plaisir. Vous verrez, la moitié de vos clients seront fous de vous. Le véritable amour est différent, c'est une fusion de l'esprit autant que du corps. Mona et moi l'avons connu. Maintenant, elle est malade, mais elle compte toujours autant pour moi. Nous passerons le printemps à la campagne. Mais vous avez toute ma gratitude, Laura. Vous croyez que je vous ai tout donné, quand c'est vous qui avez illuminé mon sombre hiver.

Il s'arrêta pour lui faire face. Malgré ses larmes, Lori l'admirait ; il était doué en tout, même en adieux. Dans un brutal éclair de lucidité, elle sut qu'il avait dit cela bien des fois, que tout ce qu'il avait fait avec elle, il l'avait déjà fait avec d'autres.

— Avez-vous formé beaucoup de filles ? s'enquit-elle d'une voix aiguë. Est-ce que madame vous paie ?

Il eut un petit rire.

— Laura... Vous êtes une fille intelligente. Toutes les courtisanes ne sont pas de vraies femmes, ma chère. Et rares sont les belles femmes qui en savent autant que les courtisanes. Ce sera ma dernière leçon, chérie, ne méprisez pas les gens. Chacun de nous fait ce qu'il peut et ce qu'il doit. Il vaut mieux, bien mieux, essayer de le comprendre.

Mais Lori, au bord du désespoir, se jeta sur lui en sanglotant. Il lui tapota l'épaule, l'apaisa. C'était un expert, en cela comme en tout, et, quand elle fut calmée, il l'emmena faire des courses. D'abord il lui acheta un négligé en dentelle d'une extrême finesse. Puis une bague, un anneau d'or incrusté de diamants minuscules, qu'il passa à son petit doigt.

— En souvenir de moi.

— Jamais je ne vous oublierai, dit Lori avec ferveur.

Il lui prit les mains.

— Souvenez-vous de moi quand vous serez une très vieille dame et que je serai mort et enterré depuis longtemps. Accordez-moi une petite pensée, ma douce.

Il se pencha et l'embrassa sur la joue.

Ce soir-là, madame la convoqua.

— Alors, dit-elle en ignorant les traînées de larmes qui maculaient ses joues, êtes-vous prête à commencer ?

Lori inspira profondément.

— Je n'en suis pas sûre, madame.

— C'est simple. Ou vous travaillez, ou vous partez. Et je vous préviens, les temps sont durs. Il n'y a pas d'argent facile.

— Je le sais, madame, répondit-elle en regardant la vieille femme en face. Je veux travailler. Mais Henri m'a dit de... Je ne veux pas faire de l'abattage comme Sophie.

— Prouvez-moi que vous méritez un traitement de faveur avant de l'exiger, ma fille ! Henri est un vieux flatteur. Ce que vous savez des hommes tiendrait sur une tête d'allumette, ne vous faites pas d'illusions.

Lori se tut et fixa le pli dur que faisaient les lèvres de madame.

— Il se trouve qu'un ou deux messieurs seraient prêts à payer pour la nuit, ajouta celle-ci. Mais faites en sorte de bien vous conduire. Je vous préviens, un autre fiasco et je vous mets dehors !

Lori s'esquiva. Qu'aurait-elle fait si madame lui avait ordonné d'attendre au salon et de prendre le tout-venant ? Cela lui pendait toujours au nez, se dit-elle avec un frisson. Mais, tandis qu'assise sur son lit elle formait des projets insensés dont elle savait qu'ils ne mèneraient à rien, on frappa à la porte et l'une des filles passa la tête.

— Un client, Lori. Il faut que tu attendes dans la chambre bleue, madame le fera monter.

Elle resta un long moment sans bouger, moite et tremblante, en proie à sa vieille panique. Il fallait y aller.

Elle se leva et gagna le miroir. Ses épais cheveux noirs faisaient ressortir sa pâleur. Elle se déshabilla en notant les défauts de silhouette que Marie avait relevés, les épaules larges, les seins écartés, la taille mal dessinée malgré sa minceur. Elle enfila le négligé qu'Henri lui avait offert. Il était d'un bleu profond, chatoyant, une couleur dont il disait qu'elle se reflétait dans ses yeux. Elle noua les rubans de façon à faire saillir ses seins et fit bouffer ses cheveux. Elle était prête.

On avait déjà déposé une bouteille et deux verres dans la chambre bleue. Sans doute un client important, se dit Lori en regardant le seau à champagne. Elle s'installa sur le lit.

Un instant plus tard, la porte s'ouvrait et un homme grand, dégarni, plutôt corpulent, fut poussé dans la pièce. Il considéra avec attention la fille allongée sur le lit.

— Bonjour, je m'appelle Laura

Il sortit un mouchoir et s'épongea le front.

— Euh... moi, Georges. J'ai l'impression qu'il y a erreur. Vous êtes un peu jeune, non ?

— Ce n'est pas ce que vous désiriez ?

— Si.... mais d'habitude, c'est du chiqué, vous savez.

— Ne vous inquiétez pas. Je connais mon affaire. Demandez-moi ce que vous voulez.

Assise dans son bureau, madame regardait l'homme qui lui faisait face. Il occupait un poste important dans le gouvernement, d'après ce qu'on disait, mais cela ne l'impressionnait guère. En son temps, elle en avait vu défiler des centaines.

— Alors, vous voulez Laura ?

— Oui, madame. J'ai cru comprendre qu'elle était exceptionnelle, très fraîche. Tout le monde dit...

— Pas tout le monde, monsieur. Quelques personnes triées sur le volet. Laura est notre meilleure fille, vous savez. Il faut la convaincre de prendre un nouveau client. Son emploi du temps est chargé.

— Combien cela coûte-t-il ?

— Dix mille francs d'acompte, plus la nuit. Tout dépend de ce que vous ferez. C'est Laura qui décide. Vous arrivez à huit heures et repartez à deux heures, pas plus tard. Nous pourrions vous inscrire pour... le 12 juin, dit-elle en parcourant son agenda. Elle lui lança son regard de bulldog. D'autre part, si jamais vous ne plaisez pas à Laura pour une raison ou pour une autre, ce sera fini. On vous priera de partir. Sans vous rembourser.

Stupéfait, il cligna des yeux. Madame jubilait intérieurement. Qui aurait imaginé six mois plus tôt qu'une gamine stupide puisse devenir un tel phénomène ? C'était la fille la plus stupéfiante que madame eût jamais eue, un mélange incroyable d'innocence et de sophistication. Elle n'était pas la première, bien sûr, et l'innocence ne durait guère à ce jeu-là. Ce qui était sans doute unique, dans l'expérience de madame en tout cas, c'était que Lori tenait à fixer elle-même la rémunération, à la tête du client. Elle n'était pas une prostituée qu'on payait, mais une partenaire officiant dans un désir mutuel, partagé.

L'homme confirma le rendez-vous et paya l'acompte. Madame mit deux mille francs de côté pour Lori et empocha le reste. Ce n'était que justice, elle savait que Lori recevait elle-même de l'argent de ses clients. D'habitude, madame leur tombait dessus, mais dans le cas de Lori l'admiration lui coupait ses moyens ; après avoir fait payer le prix fort, cette fille parvenait encore à leur tirer des sous. C'était à peine croyable.

Madame la croisa plus tard dans la journée, alors que Lori s'apprêtait à sortir faire des courses avec Marie. Vêtue d'un tailleur noir d'un chic inouï, Lori était dans le hall et ajustait son chapeau orné d'une plume en panache.

— Le 12 juin, Laura, dit madame. Un nouveau. Rien de spécial, sinon qu'il est membre du gouvernement. De quoi accroître votre réputation.

— Et votre compte bancaire, repartit Lori.

Madame ne dit rien et Lori triompha. Pourquoi avait-elle eu si peur d'elle toutes ces années ? Il était si facile de lui tenir tête.

Elle prit son sac à main et gagna la sortie. Marie attendait sur les marches, bien en vue des quelques touristes postés sur le trottoir d'en face et qui regardaient, bouche bée, ce lieu de perdition.

— Vous l'avez prévenu, j'espère, dit Lori avec hauteur, avant de rejoindre Marie. Important ou non, ça m'est égal, s'il a mauvaise haleine, il sera éliminé.

— Je l'ai prévenu, répondit madame.

Lori hocha gracieusement la tête.

— Merci, madame.

— Un de ces jours, elle te remettra à ta place, tu sais, la tança Marie, tandis qu'elles descendaient la rue. Ne va pas trop loin, c'est un conseil d'amie. Madame n'oublie jamais.

— Je ne crains rien, je lui rapporte trop, répliqua Lori, pleine de son importance.

Marie se tut, avec la sagesse des anciennes qui en ont beaucoup vu.

Elles s'offrirent tout ce qui leur faisait envie ; des cadeaux pour Sophie, des chaussures, des sacs, des boas. Lori adorait les plumes, elle s'en servait pour taquiner et exciter ses clients. À leur passage, les gens les regardaient en se poussant du coude, admirant leur beauté, leur joie de vivre communicative.

Elles allèrent boire un café dans un endroit chic et Lori ouvrit son manteau pour montrer sa robe brodée de perles et découvrir sa cheville gainée de soie. Deux dames de la haute, très comme il faut, s'assirent à une table voisine. « Ma chère, allons-nous-en, dit la plus âgée à sa compagne. Je ne supporte pas de voir ces créatures glousser et lancer des œillades quand je prends mon thé. » D'un commun accord, elles se levèrent. « Impossible de s'y tromper, n'est-ce pas ? ajouta la vieille rombière. On dirait des poules de ferme déguisées en oiseaux de paradis. »

En partant, elles déversèrent leur venin dans l'oreille du gérant. Lori sentit sa bonne humeur s'envoler.

— Avons-nous l'air si différentes ? demanda-t-elle à Marie.

— Différentes d'elles ? Je l'espère bien ! s'exclama Marie. Nous sommes plus jolies, c'est tout. Plus élégantes. Et, bien sûr, nous regardons les hommes.

— Pas moi, dit Lori.

— Tu es trop jeune, ma chère, et trop protégée. Tu n'as jamais eu à racoler le client. Sinon tu serais à l'affût.

On leur servit leurs cafés et leurs pâtisseries. Lori ne put rien avaler. Elle n'était pas comme Sophie, Marie ou Mathilde, songeait-elle avec désespoir. Elle n'était pas une putain comme les autres. Elle était jeune et désirable, les hommes payaient des milliers de francs pour passer seulement quelques heures en sa compagnie. Mais le gérant les surveillait du regard tout en s'assurant qu'aucun des serveurs n'installait de gens à l'une des tables voisines de la leur. Elle était peut-être élégante, mais dans certains cercles elle ne valait pas mieux qu'une fille des rues. Si elle avait vendu des chapeaux, des robes ou de la porcelaine au lieu d'elle-même, on lui aurait accordé un peu de respect, au lieu de ce mépris.

Comme elles demandaient l'addition, le gérant vint les trouver.

— C'est offert par la maison, mesdames, murmura-t-il discrètement. Mais il y a eu des plaintes. Soyez assez gentilles pour ne pas revenir ici.

— Ma nièce et moi faisons des courses en ville... Que peut-on trouver à y redire ? s'indigna Marie. De quelles plaintes parlez-vous ?

— Peu importe. Mais il existe d'autres établissements qui conviendraient mieux à des dames venant de la rue de Claret.

Marie sortit avec hauteur, suivie d'une Lori bien penaude. Cela lui rappelait l'école, la souillure lui collait à la peau comme l'odeur de la viande faisandée. Son maintien et sa belle assurance s'effritaient de minute en minute. Tandis qu'elles descendaient l'avenue d'un pas vif pour fuir le lieu de leur déconvenue, un homme qui venait vers elles s'empressa de traverser. Lori reconnut l'un de ses réguliers. La dernière fois, il l'avait appelée sa reine. Et il ne la saluait même pas dans la rue.

— Bon, dit Marie, quand elles eurent changé de boulevard, allons dans une maison de couture voir les modèles. Ils n'oseront pas nous mettre dehors, nous sommes de trop bonnes clientes.

— Je... je préfère rentrer, dit Lori, dont l'euphorie était bien retombée.

— Pour quoi faire ? demanda Marie.

— Lire... je ne sais pas.

— Ah, ces jeunes ! railla Marie. Elles changent d'humeur comme de chemise. Eh bien rentre, moi j'en ai assez de passer mon temps dans cette maison. Dieu, ce qu'on peut s'y ennuyer !

Elles se séparèrent, et Lori la regarda descendre le boulevard, aussi chic et élégante que n'importe quelle Parisienne. Pourtant, les passants se retournaient sur elle. Ils ne pouvaient pas tous savoir d'où elle sortait. Apparemment il émanait d'elle et de Marie quelque chose de particulier, qu'on repérait au premier coup d'œil. Soudain, dans son beau tailleur noir, Lori se sentit marquée du sceau de l'infamie.

Comme le disait Marie, on s'ennuyait ferme dans la journée, rue de Claret. Assise à la fenêtre, Lori regardait les passants, surtout des voyeurs et des femmes travaillant dans d'autres maisons du quartier, qu'elle connaissait presque toutes de vue et repérait à leur démarche, à ce quelque chose qui ne laissait pas place au doute.

Cela faisait des semaines qu'elle n'avait pas vu Sophie. Ces derniers temps, elle lui avait juste envoyé de l'argent. Elle se rappela les premiers jours qu'elle avait passés chez elle, dans l'appartement de Saint-Fauberg. Optimiste, imprudente Sophie qui avait voulu imposer la présence d'une petite orpheline à son amant !

Mais comment pouvait-elle se morfondre dans le confort alors que Sophie vivait dans la solitude et le dénuement, à l'autre bout de la ville ? Poussée par un sentiment d'urgence, Lori regagna sa chambre, réunit les choses qu'elle avait achetées pour elle, des mouchoirs en dentelle et des écharpes chaudes, et alla à la cuisine réclamer des pâtisseries, des tranches de jambon, ainsi que les incontournables bouteilles de vin.

Tandis qu'elle traversait Paris en taxi, la ville lui parut sale, sans éclat, les gens pauvres, ternes, mal habillés. Elle parcourut à pied la rue où habitait Sophie, pleine de petites boutiques où l'on vendait de tout, du pain aux vêtements d'occasion, jusqu'à la porte de son immeuble. Il avait meilleure apparence, sa façade était ravalée, l'escalier sentait le propre, l'encaustique... Lori frappa à la porte. Une femme vint lui ouvrir aussitôt, une ménagère bien soignée en tablier.

— Oui ?

— Je... je suis venue voir Sophie.

— Ah... Elle est partie. Elle a déménagé, ou plutôt on l'a fichue dehors, ajouta la femme en reculant. Et ne me demandez pas où elle est allée, comme tous ces sales types qui viennent nous déranger le soir, je n'en sais rien...

La femme s'interrompit soudain et l'examina des pieds à la tête.

— Vous aussi vous en êtes une, hein ? Je les repère à cent mètres. Sortez d'ici. Fichez le camp, je vous dis ! s'écria-t-elle en la poussant dans le couloir.

Lori faillit trébucher sur les marches étroites.

— Non mais, regardez-moi cette petite poule fringuée comme une princesse ! Quand on sait d'où vient l'argent ! Ça me dégoûte, tiens !

Lori descendit l'escalier en courant et resta en bas, le cœur battant. Elle ferma les yeux et se ressaisit, comme elle faisait toujours avant de voir ses clients. Il fallait qu'elle soit forte, calme, qu'elle se domine. Mais son cœur cognait fort dans sa poitrine et ses yeux la piquaient. Où était Sophie ?

Elle alla chez le boulanger, un peu plus bas dans la rue. Il était dans l'arrière-boutique et pétrissait la pâte. C'était un Juif de petite taille, qui vint à sa rencontre.

— Je cherche Sophie, lui dit-elle. Vous la connaissez peut-être... elle est blonde, porte des vêtements voyants. Elle travaille... elle travaille dans le coin.

— Celle qui s'est fait jeter dehors, c'est ça ? Oui, je la connais.

— Je lui ai apporté quelques petites choses, mais je ne sais pas comment la retrouver. A-t-elle quitté le quartier ?

— Non, elle est à deux rues d'ici. Elle est venue me voir et je l'ai envoyée rue d'Orléans. Mais j'ignore si elle y a pris une chambre.

— Merci. Merci beaucoup.

Lori s'apprêtait à partir quand il lui dit : « Prenez du pain. »

Elle avait assez de victuailles dans son panier, mais il aurait été grossier de refuser.

— Vous êtes très gentil. C'est si rare.

— Je suis bien placé pour le savoir ! Certaines nuits, quand ils font une descente dans le quartier, ils hésitent entre tabasser les filles ou briser mes fenêtres. Et personne ne bronche. Je l'ai dit à Sophie, remerciez le ciel de n'être pas juive.

Lori descendit la rue. La gentillesse du vieux commerçant l'avait revigorée. Mais quand elle vit la rue d'Orléans, elle fut consternée. Comment Sophie avait-elle pu en arriver là ! Elle lui avait pourtant donné de l'argent. Des immeubles sordides, puants, des femmes partout, aux fenêtres, dans les portes cochères, groupées autour des réverbères, des femmes au visage grêlé, avec des dents en moins, des grosses, des maigres, certaines titubant sous l'emprise de la boisson, d'autres portant la marque du souteneur mécontent, une grande balafre en travers de la joue.

Elle s'approcha de trois vieilles qui fumaient en discutant.

— Je cherche Sophie, une blonde...

— Combien tu donnes ?

— Je veux juste voir si elle va bien, répondit Lori nerveusement.

— Cinquante francs. Vu comment t'es sapée, tu peux te le permettre.

— Je vous donnerai vingt francs, dit Lori.

— Bon sang, elle est radine comme un Juif ! On ne marche pas, ma poulette.

— Bon, très bien ! Va pour cinquante. Dites-moi où la trouver.

Les femmes discutaient à son propos sans se gêner.

— Ça ne peut pas être sa fille, elle est trop brune. Je me demande bien pour qui elle bosse. Pour les rupins, je parie. Ceux qui aiment la chair fraîche. Fais ta pelote, chérie, tu nous rejoindras bien assez tôt.

Lori chercha l'argent dans sa poche. Quand elle sortit les billets, les femmes se les arrachèrent.

— Dites-moi où elle est, reprit Lori avec désespoir, songeant qu'évidemment elle aurait dû les faire parler d'abord.

— L'immeuble marron, là. Au dernier étage. Fais gaffe aux rats. Ça grouille dans l'escalier.

Enfin sortie de leurs griffes, Lori s'éloigna en hâte avec son lourd panier. Deux types se penchèrent à une fenêtre en la voyant passer. « Hé, toi là-bas ! T'es paumée ? Monte, viens un peu te réchauffer ! »

Elle pressa le pas, les yeux fixés sur l'immeuble dont l'entrée était jonchée d'immondices. Elle enjamba le tas d'ordures et des rats détalèrent sous ses pieds. Lori ne les craignait pas : à la ferme, ils lui filaient entre les doigts quand elle triait le maïs. Elle monta l'escalier sur la pointe des pieds, entendit des portes s'ouvrir sur son passage sans que personne lui adresse la parole. Elle continua à monter en agrippant la rampe de sa main gantée. Tout était possible dans un endroit pareil, même de se faire tuer pour son argent. Mais elle atteignit enfin le dernier palier, indemne, et ouvrit la porte.

— Sophie ? Sophie ? C'est moi, Lori.

Pas de réponse. Le sol était couvert de journaux, les murs de peinture écaillée. Quelqu'un gisait sur le lit défoncé. Quand Lori s'approcha, elle crut un instant que Sophie était morte.

— Sophie ? Mon Dieu, Sophie !

Une toux déchirante, terrible, secoua le corps allongé. Lori toucha le front sous les cheveux jaunes, sales, striés de gris. Sophie était brûlante. Elle ouvrit lentement les yeux.

— Lori... Tu n'aurais pas dû venir.

— Je m'inquiétais. Je t'ai apporté des choses.

— Tout ce qu'il me faut, c'est un cercueil.

— Mais tu n'es pas mourante ! C'est juste la grippe.

Sophie rit et recommença à tousser.

— Tu as du vin ?

Il faisait nuit lorsque Lori s'en alla. Sophie était endormie, le lit refait, son pot de chambre vidé, ses ordures avaient rejoint le tas à l'entrée. Elle avait un peu mangé et beaucoup bu, respirant entre chaque gorgée dans un râlement rauque. Sous le toit de tuiles disjointes, la chambre était glacée. Sophie risquait de mourir pour de bon.

Lori se retrouva dans la rue aux fenêtres éclairées.

— La revoilà ! s'exclama une voix.

C'était l'une des trois vieilles catins à qui elle avait demandé son chemin.

— Hé, jolie poupée, viens donc nous montrer comment tu t'y prends ! dit une autre, et les trois femmes avancèrent sur elle.

Lori héla un taxi et s'y engouffra. Ouf ! sauvée.

Elle manqua d'entrain cette nuit-là. Le client était exigeant et il la flanqua soudain sur le lit en s'écriant : « Je te paie pour que tu te concentres, bon sang ! »

Lori essaya d'atteindre la sonnette d'alarme, mais il lui prit les bras et la cloua sur le lit en la couvrant de son corps. Il sourit et elle lui cracha au visage.

— Je t'adore, lui dit-il en la narguant.

Elle alla voir madame le lendemain matin, pour exiger qu'il soit barré de sa liste.

— Il a été odieux, déclara-t-elle avec raideur. Brutal. Et il a voulu se passer de préservatif. Je n'en veux plus.

— On va l'exclure pour trois mois, dit madame d'un ton conciliant.

— Je n'en veux plus jamais !

— Qui sait où vous en serez dans trois mois ? remarqua madame en haussant les épaules. Vous serez peut-être passée de mode et bien contente de l'avoir.

— Une brute comme lui ?

— Pour sûr.

Croisant son regard implacable, Lori baissa les yeux.

— Madame... je suis allée voir Sophie, hier. Elle va très mal.

— Les femmes comme elle finissent toujours comme ça. Elle boit trop.

— Mais elle est malade, madame ! Elle tousse, elle n'arrive plus à respirer. Et vous verriez cet endroit !

— Vous n'auriez pas dû y aller. Vous risquez de tomber malade vous aussi et d'infecter un client. Je ne peux pas me permettre la moindre faute, depuis cette affaire avec Zelma. Vous n'y retournerez pas, je vous l'interdis.

— Mais j'y serai obligée. Ou alors il faut que Sophie vienne ici pour se soigner. Je vous en prie, madame. Il y a de la place, et je ferai tout ce que vous voudrez, je vous le promets !

Madame la regarda d'un air pensif. Combien cela lui coûterait-il de placer Sophie dans une maison de santé pendant un moment ? Les temps étaient de plus en plus durs, et elle avait de la chance d'avoir une fille comme Lori, une virtuose, une artiste qui attirait la riche clientèle. Ça ne durerait pas toujours, mais si elle pouvait à peu de frais lui redonner de l'ardeur au travail...

— Je vais chercher un endroit. Pas ici. Quelque part où on la soignera bien.

Lori baissa la tête, submergée de gratitude.

— Merci, madame, dit-elle avec des sanglots dans la voix. Vous pourrez prélever sur mon argent ce que ça coûtera.

Madame dissimula sa joie. Elle venait de faire une bonne affaire. Quelle enfant ! Si Lori payait le séjour de Sophie, il lui resterait trop peu d'argent pour s'installer à son compte, et c'était la grande crainte de madame. Qu'une de ses meilleures filles parte subitement.

Mais Lori demeurait debout d'un air gêné.

— Est-ce que Pierre pourrait venir la chercher avec moi, madame ? C'est vraiment un sale quartier.

Mon Dieu, ce que cette petite était naïve ! Mme Bonacieux gloussa, elle qui avait travaillé sur les docks à Marseille durant tant d'années, vu des filles mettre un homme en charpie et jeter son cadavre du quai. Comme c'était loin tout ça ! Mais rien ne pouvait l'effrayer, maintenant. Elle se hissa pesamment sur ses pieds.

— Dites à Pierre de sortir la voiture. Je vais venir aussi.

L'auto de madame était longue, noire et sophistiquée. Des rideaux en dentelle masquaient les vitres arrière et il y avait de petits plateaux en noyer bordés de cuivre où elle pouvait poser son verre d'anisette. Lori imaginait mal un tel véhicule s'engouffrant dans la rue d'Orléans, mais madame avait l'air décidée. Les sorties étant rares, elle se mit sur son trente et un, s'enveloppa dans une fourrure noire et se coiffa d'une grande capeline de la même couleur garnie de plumes.

— Méfiez-vous de la vermine, madame.

Pour une fois, madame sourit.

— Mes fourrures sont conservées dans le camphre et c'est une odeur que les insectes ne supportent pas.

Lori non plus. Dans l'enceinte de la voiture, elle en suffoquait presque.

Pierre conduisait mal, il s'engagea dans la rue en cahotant. Bientôt les femmes s'attroupèrent et certaines leur jetèrent des tomates qui s'écrasèrent contre les vitres. Lori étouffa un cri. « Du calme, dit madame. Laissons-les s'amuser un peu, elles ne rigolent pas tous les jours. »

Mais sa compassion s'évanouit vite. Une fois garée devant l'immeuble marron, la voiture fut aussitôt assiégée. Madame en descendit en rassemblant ses fourrures autour d'elle, appuyée sur une élégante canne en malachite.

Un morveux lui jeta un chou qui heurta son chapeau et le mit de guingois. Elle lui courut après en brandissant sa canne qui s'abattit sur les épaules du gamin dans un claquement sec, le faisant s'étaler dans la fange.

— Sale gosse, dit-elle en redressant son chapeau. Pierre, allez chercher Sophie. Je vous attendrai ici.

Elle se posta à côté du capot, promena sur la foule un œil implacable. Quelqu'un murmura son nom et il passa de bouche en bouche. « Mme Bonacieux... la rue de Claret... hier, c'était l'une de ses filles. »

Une ivrogne s'approcha d'elle en titubant.

— Madame, dites-nous le secret de votre réussite ?

Madame la toisa froidement.

— Me débarrasser des filles trop bêtes pour éviter la boisson, l'opium et la chaude-pisse. Ce qui vous met définitivement hors jeu.

Il y eut des éclats de rire, tandis que la femme se renfonçait dans la foule en marmonnant des injures.

À cet instant Lori atteignit le bas de l'escalier, suivie de Pierre qui portait Sophie.

— Mettez-la à l'arrière, ordonna madame. Mais recouvrez d'abord le siège d'une couverture.

Lori s'empressa d'obéir, pendant que madame s'asseyait à l'avant à côté de Pierre, laissant Lori avec la malade. Les jambes nues de Sophie sortaient de la couverture, maigres comme des allumettes, pleines de bleus et de piqûres d'insectes infectées. Pauvre belle Sophie, songea Lori, la gorge nouée, en arriver là.

Les femmes s'attroupaient autour de la voiture, empêchant leur départ.

— Démarrez, dit madame. Allez-y, roulez dessus. Pour ce qu'elles ont à perdre.

Pierre embraya, l'automobile fit un bond en avant, et ils repartirent comme ils étaient venus en fendant la foule. Sophie fut secouée d'une toux rauque.

Elle fut admise dans une maison de santé tenue par des religieuses. Si leur vocation les obligeait à la soigner, leur attitude trahissait leur mépris, ce qui indignait Lori. Mais c'étaient de bonnes infirmières. Sophie eut un lit dans une grande salle reluisante de propreté ; quand elle irait mieux, elle pourrait s'asseoir et contempler le jardin.

— Elle va guérir, n'est-ce pas ? s'enquit Lori avec angoisse auprès de la sœur responsable.

— Si Dieu le veut. Ces filles de joie sont toutes les mêmes, dit-elle, alors qu'elle découvrait un rosaire en fourrageant dans la chemise de nuit déchirée de Sophie. Celle-ci se croit sans doute bonne catholique !

Lori se mordit la lèvre. Comment expliquer que Sophie était bonne, et que cela comptait plus que tout. La sœur jaugea Lori du regard.

— Vous aussi, n'est-ce pas ? Que cela vous serve de leçon, ma fille. Tôt ou tard, vous finissez toutes comme ça. La fornication est un péché !

— Je préfère forniquer que mourir de faim, lança madame depuis le seuil. Et vous aussi vous préféreriez, si vous aviez le ventre vide. Priez donc pour que cela ne vous arrive jamais. Venez, Lori.

Sur le chemin du retour, elle l'entreprit.

— N'écoutez pas cette vieille chouette. Elle est née dans la plume. Ça se sent. Ces nonnes, toutes les mêmes. Elles jouent à la pauvreté, mais elles n'ont jamais eu faim. Même pendant la guerre, quand les gens crevaient la dalle, ces religieuses avaient le ventre plein.

— Oui, convint tristement Lori.

— Ne vous inquiétez pas. Vous ne descendrez pas la pente, si vous êtes prudente. Économisez. Ne laissez pas les hommes décider pour vous. Évitez de prendre goût à la boisson. C'est dur, je l'admets, mais tant que vous serez avec moi vous n'aurez rien à craindre.

Apparemment, il en était ainsi. Hors les murs de la rue de Claret, il n'y avait que honte et danger. À l'intérieur, Lori était aimée, admirée. Elle redoutait d'en sortir, maintenant, même pour aller rendre visite à Sophie. Livide dans sa chemise d'hôpital, brimée par les nonnes, celle-ci avait l'air bien diminuée.

— Quand j'irai mieux, elles me mettront dans un foyer, dit-elle d'une voix sifflante. Elles aiment bien nous parquer toutes ensemble. Mais elles vont voir ! La vieille Sophie n'a pas dit son dernier mot. Je trouverai quelqu'un. Quelqu'un comme Gérard, et je me marierai. Hein, qu'est-ce que tu en dis ?

Lori retint ses larmes. Pour elles deux, les jeux étaient faits. Sophie dans un foyer, elle rue de Claret, nuit après nuit. Il n'y avait rien d'autre à espérer.

Ce fut l'été. Les Parisiens s'esquivaient dès qu'ils le pouvaient à la mer ou à la campagne, et, un à un, les habitués de Lori s'éclipsèrent eux aussi. Elle restait toute la journée postée à la fenêtre, et la nuit il faisait si chaud qu'elle se tournait et se retournait dans son lit. Les autres filles la poussaient à les accompagner au parc ou bien à faire les boutiques, mais elle refusait toujours. Elle ne supportait plus qu'on la regarde avec cet air-là, cet air qui semblait dire : « Voici venir la putain. »

Un après-midi, madame la convoqua à son bureau.

— Un nouveau client, Lori. Je ne le connais pas, mais il vient sur recommandation. Ce serait pour ce soir...

En temps normal, Lori aurait dit non sans hésiter. Mais les affaires marchaient mal ces derniers temps, et chaque semaine madame prélevait de l'argent pour Sophie.

— Vous l'avez vu ?

— Oui, répondit madame. Un grand blond. Rien de particulier. Soyez prête pour huit heures.

Lori alla dans la chambre tout préparer. Les huiles parfumées pour le massage, du vin, de la glace, des foulards en soie dont certains clients se servaient pour lui attacher les poignets et les chevilles, alors que d'autres éprouvaient du plaisir dans la douleur. Elle ouvrit la fenêtre pour laisser entrer l'air du soir, et un souvenir lui revint, le parfum du chèvrefeuille porté par le vent d'est, à la ferme, l'été.

Le client arriva tôt et on lui montra la chambre. Lori portait des hauts talons, des bas et des jarretelles sous une robe toute fine. Elle s'était brossé les cheveux et ils formaient une belle crinière noire, assez longue pour la cacher quand elle était nue. Ce soir-là, elle s'était mis du rouge carmin au bout des seins en songeant avec regret à Henri. Elle avait beaucoup appris depuis.

— Je croyais que la vieille maquerelle m'avait raconté des blagues, mais elle ne m'a pas trompé sur la marchandise. Tu es sensass.

Il avait un fort accent, mais lequel ? Hollandais, russe ?

— De quoi avez-vous envie ?

— Tu le verras bien, dit-il en faisant tomber son pantalon.

Lori gagna la salle de bains et ouvrit la porte.

— C'est le règlement de la maison, il faut vous laver les parties et mettre un préservatif. Avant toute chose.

— Avant toute chose...

Il s'approcha d'elle, une lueur étrange dans les yeux, et tout à coup, inexplicablement, Lori se sentit terrifiée. Elle voulut atteindre l'alarme, lorsqu'une poigne d'acier lui enserra le poignet. Elle voulut crier, mais il lui enfonça un mouchoir de soie dans la bouche et la jeta à plat dos sur le lit avant de s'abattre sur elle, cherchant à la prendre de force. Elle se débattit de toutes ses forces, mais il se dressa, la frappa méchamment en travers du visage et lui écarta les jambes pour la violer tandis qu'elle gisait sans réaction, à moitié sonnée.

Comptant sur le fait qu'il partirait dès que ce serait fini, elle demeura inerte. Sa tête l'élançait, sa mâchoire lui faisait horriblement mal. Dès son départ, elle appellerait madame et ferait ce qu'elle pourrait pour endiguer le mal. Déjà une ou deux minutes qu'il avait joui, mais il ne bougeait pas. Elle tenta de recracher le bâillon, mais il le lui enfonça avec le pouce au fond de la gorge. Sa vision se troubla, elle ne parvenait plus à respirer. Soudain il s'agenouilla et la renversa. Alors qu'elle aspirait désespérément de l'air, il la pénétra.

La douleur lui coupa le souffle. Elle se dressa, mais il lui empoigna les seins méchamment et, comme un cri s'échappait de sa gorge, il la saisit par les cheveux et lui tira la tête en arrière, la ployant tel un arc. Il allait la tuer, elle le savait. Elle sentit son souffle brûlant sur ses épaules tandis qu'il la transperçait comme une épée. Il jouit enfin et se retira d'elle en laissant une traînée de sang sur le lit où elle était étendue, inanimée.

— Tu sais maintenant ce qu'on fait d'une putain, dit-il avec morgue. Ce soir tu as comblé un homme, un vrai.

Pendant deux mois, Lori ne put travailler. Madame fut fataliste. Cela faisait partie du métier... Les filles lui manifestèrent de la compassion, mais se réjouirent en secret de son infortune, car le succès de Lori signifiait leur échec.

D'abord, la mâchoire de Lori l'obligea à boire avec une paille ; quant à manger, c'était hors de question. Elle maigrit à vue d'œil et resta étendue sur son lit, amorphe. Madame fit venir des médecins qui lui donnèrent des pilules pour parer à toute infection. Mais il resta un germe qu'ils ne purent éradiquer : Lori était enceinte.

Elle eut bientôt des nausées matinales ; de ses seins suintait un liquide. Il n'y avait plus de doute et soudain elle se haït, elle haït cette chose qu'un ennemi avait plantée en elle. Lori préférerait mourir plutôt que cet enfant ne naisse et ne la regarde avec les yeux de son père.

Elle alla voir madame et le lui dit. Celle-ci l'écouta en silence, puis hocha la tête.

— Ça arrive, vous n'êtes pas la première. Je vais y remédier.

— Je ne veux pas le garder. Je ne veux pas.

— Bien sûr. Comme vous voudrez.

Cet après-midi-là, on emmena Lori en voiture voir un docteur. Le soir même, à moitié morte, elle fut transportée d'urgence à l'hôpital à la suite d'une hémorragie.

9

Une jeune fille brune était assise au soleil, un livre sur les genoux, qu'elle ne lisait pas, un verre posé à côté d'elle, qu'elle ne portait jamais à ses lèvres. Quand le maigre soleil eut disparu derrière les collines, elle se leva et rentra à l'auberge. La journée était finie.

L'un des ouvriers agricoles qui revenaient du travail l'observa avec curiosité, ainsi qu'il le faisait tous les jours. Sans être jolie au sens où on l'entend d'ordinaire, elle était attirante. Calme, distante, réservée, on aurait dit qu'elle voyait le monde à travers une vitre... Elle avait dû avoir des ennuis, comme d'autres filles avant elle. Elle n'était pas la première à venir ici.

Il alla à l'auberge tard ce soir-là, espérant la voir. Assise dans un coin, la tête penchée sur son ouvrage, elle faisait du raccommodage. Il la fixa avec insistance et elle croisa son regard. Ses yeux étaient comme des nuages, songea-t-il en lui souriant. Mais, au lieu de lui rendre son sourire, elle se leva et quitta la pièce.

Seule dans sa chambre, Lori fit les cent pas en maudissant ce garçon de ferme et tous ces hommes qui l'obligeaient chaque soir à quitter le bar pour aller se confiner dans sa chambre. Ils savaient tous pourquoi elle était là. C'était pour la même raison que Sophie s'était retirée un temps à la campagne, Lori l'avait compris. Elle filait le même mauvais coton et finirait aussi ses jours en prenant tous ceux qui voudraient bien d'elle pour quelques sous. Alors, à quoi bon continuer ?

Continuer à vivre, cela supposait retourner chez madame. Or, Lori ne supportait plus de se retrouver seule avec un étranger. À cette idée, elle avait des haut-le-cœur, son ventre se crispait de peur. Cela finirait mal et elle serait chassée.

Sinon il lui faudrait subir une autre indignité : celle de Pierre la regardant travailler, l'œil rivé à l'espion. C'était ainsi que madame s'y prenait pour calmer les angoisses de ses filles. Lori avait déjà tant subi. Et chaque pas t'emmène toujours un peu plus bas, lui murmurait une petite voix.

Elle pensa aux cadavres gonflés d'eau qu'on repêchait tous les jours dans la Seine, à l'instant qui précède le saut, les quelques secondes où des doigts tenaces se cramponnent au bord du pont. Mais elle savait nager... Elle ne coulerait peut-être pas. Et puis, qui s'occuperait de Sophie si elle mourait ?

Comme elle étouffait entre ses quatre murs, Lori enfila une veste et descendit l'escalier. Le serveur l'arrêta dans le couloir.

— Faites attention. Ça a jasé, hier soir. Les gars commencent à s'exciter. Il vaut mieux rester dans votre chambre.

Où qu'elle aille, elle ne pourrait donc jamais y échapper !

Lori remonta et s'allongea sur le lit. Peu à peu, elle se calma et ses pensées dérivèrent vers le sommeil. De drôles d'images flottaient dans son esprit ; elle revit le visage de sa mère et tenta de le rendre plus net, sans succès. De ce visage-là elle ne se souvenait pas.

Il aurait mieux valu que sa mère se débarrasse d'elle, comme on l'avait débarrassée de ce fruit démoniaque. Elle était morte par sa faute, et maintenant Lori traînait une existence misérable. Et si elle se faisait embaucher dans une ferme ? Mais elle ne gagnerait pas de quoi faire vivre Sophie.

Ses pensées tournoyaient dans sa tête. Certaines filles s'en sortaient. Elles se mariaient ou bien s'établissaient, comme madame. Mais aucun des clients de Lori n'avait manifesté le moindre désir de l'épouser, d'ailleurs ils étaient déjà presque tous mariés. Le jeu consistait donc à trouver un gentil vieillard ayant besoin d'un peu de piquant, qui lui passe la bague au doigt. Ils pourraient même avoir des enfants... Ce n'était pas certain, d'après l'avis du médecin de l'hôpital. « Je doute que vous deveniez mère un jour, mademoiselle », lui avait-il déclaré sans ménagement, s'attendant sans doute qu'elle pleure.

Quelle importance pour une fille comme elle ? Mais alors, à supposer qu'elle se marie ? Il serait bien temps d'y penser. Elle s'imagina dans le rôle d'une épouse respectable, installée, recevant ses hôtes en parfaite maîtresse de maison. Et si un jour sa porte s'ouvrait sur l'un de ses anciens clients ? À peine écloses, les fleurs de son imagination se flétrissaient.

Il lui faudrait vivre en dehors de Paris, peut-être à l'étranger. La mère de Lori était anglaise. Tout ce qui lui venait à l'esprit quand elle pensait au pays de sa mère, c'était le livre d'images avec les lapins et les hérissons en habits ; même en Angleterre, il était peu probable qu'on puisse en rencontrer, se dit-elle en riant intérieurement. Mais ce devait être un bon et gentil pays, pour produire quelque chose d'aussi charmant que ce livre d'images.

De vagues projets se formèrent dans son esprit. Si elle décidait d'aller en Angleterre, pourrait-elle se procurer les papiers nécessaires ? Elle chercherait une place de vendeuse, de serveuse ou de femme de chambre dans un hôtel. Elle mettrait un peu d'argent de côté et, un jour, elle ouvrirait une boutique, une jolie boutique de vêtements. Qui sait, un jour, quand tout cela serait tombé dans l'oubli, quelqu'un voudrait peut-être l'épouser. Un gentil vieux. Plus de regards entendus, plus de murmures réprobateurs. Elle repartirait de zéro. Elle serait libre.

— Mais, et Sophie ? s'étonna madame. Elle dépend de vous.

— J'ai des économies. Assez pour tenir quelques mois. Ensuite je lui enverrai de l'argent.

— Il n'y a qu'une façon de gagner sa vie pour une fille comme vous. Retenez bien ce que je vous dis, vous y reviendrez. Moi qui croyais que vous aviez du bon sens !

Manifestement, madame était très contrariée. Après tout le mal qu'elle s'était donné, voir Lori partir au bout de deux petites années, deux parmi les meilleures qu'elle eût jamais connues... Elle pensait qu'au moins Sophie l'obligerait à rester. L'ennui dans ce boulot, c'est qu'on ne pouvait jamais compter sur personne !

— Après tout ce que j'ai fait pour vous, dit madame d'un ton chagrin, le soutien que je vous ai apporté toutes ces années. Sans compter les mois d'apprentissage. Et les notes du médecin. Dieu sait ce que ça m'a coûté... des milliers de francs !

— Je suis sincèrement désolée, madame.

Madame faillit se lancer dans une tirade incendiaire, mais au dernier moment elle se refréna. En affaires, mieux vaut éviter de se faire des ennemis. Rares étaient celles qui partaient définitivement. Cette histoire d'Angleterre n'était qu'un caprice de jeunesse. Lori finirait par lui revenir.

— J'irai voir Sophie pour vous, dit-elle d'un ton doucereux tout en sachant qu'elle ne le ferait pas.

— C'est très gentil, madame. Elle tousse encore beaucoup.

97

Madame se racla la gorge, comme en quête de sympathie.

— Écrivez-moi, ajouta-t-elle. Dites-moi où vous êtes.

Et soudain, pour une fois prise de court dans sa vie de dure à cuire, incapable de trouver rien d'autre à dire, madame s'exclama : « Pour l'amour de Dieu, petite, faites attention à vous ! »

LIVRE II

1

Le ferry oscillait sur une mer grise et démontée. Laura Perdoux était avachie dans un coin du salon, et pressait un mouchoir contre sa bouche. Un steward s'approchait régulièrement pour distribuer des sacs en papier aux silhouettes prostrées qui l'entouraient. Quelle idée de venir mourir ici ! songeait Laura en sentant le bateau plonger dans un creux pour se fracasser contre une vague. Elle regrettait presque de ne pas avoir cédé à ses envies de suicide, quand elle était encore à Paris.

La nausée la reprit alors qu'elle n'avait plus rien dans l'estomac. Elle se leva et traversa en hâte le salon empli de corps dolents pour monter sur le pont. Ouf, un peu d'air frais, se disait-elle, lorsqu'un matelot la mit en garde. Elle risquait de se faire emporter. Il lui indiqua un lieu abrité du vent. Laura traversa l'avant-pont ruisselant et trouva en effet une place où s'asseoir, protégée d'un côté par les bordages, de l'autre par un canot de sauvetage. Deux hommes y étaient déjà, emmitouflés dans des manteaux sombres, leurs chapeaux enfoncés jusqu'aux yeux. Elle hésita, intimidée. Mais une vague fit dangereusement pencher le navire, et dans la panique elle s'empressa de gagner son siège.

À son approche, les deux hommes se levèrent et touchèrent poliment leur chapeau.

— Asseyez-vous, je vous en prie ! gémit Laura, car le bateau tanguait beaucoup et ils se faisaient véritablement asperger.

— Voulez-vous que j'aille vous chercher une couverture ? proposa l'un d'eux.

— Non ! de grâce, asseyez-vous. Vous risqueriez de passer par-dessus bord.

Ils lui obéirent et un silence tendu s'installa. Laura se sentait mieux, pourtant. Soulagée, elle engagea même la conversation.

— C'est terrible, en bas. Tout le monde est malade.

— Ces traversées sont toujours impossibles, renchérit l'un des hommes. Mais aujourd'hui, c'est pis que tout. On aura de la chance d'arriver jusqu'à Douvres.

— Vous voulez dire... qu'on risque de faire naufrage ? s'enquit naïvement Laura en ouvrant de grands yeux.

— Oh non ! Désolé, je ne voulais pas vous alarmer. Nous serons peut-être obligés d'accoster à Folkestone, voilà tout. Le port est meilleur, vous comprenez.

— Ah... Et Folkestone, c'est loin de Londres ?

— Pas très loin, non. Pardonnez ma curiosité, mais j'ai cru que vous étiez anglaise. Votre accent...

— Oui, je suis d'origine anglaise. Mais j'ai toujours vécu en France. Je suis de nationalité française.

— Ah ! Eh bien je regrette que la mère patrie vous joue ce mauvais tour. Ce n'est pas une façon d'accueillir une dame.

Elle fut flattée qu'on la prenne pour une Anglaise, une dame qui plus est. Si seulement elle n'avait pas mis ce chapeau à plumes, c'était si déplacé. Le vent l'avait tant malmené que des plumes il ne restait pratiquement que les tiges hirsutes. À cet instant, le bateau tomba au creux d'une vague dont la crête se brisa sur eux. Ils furent trempés jusqu'aux os. Sans mot dire, ses deux compagnons la prirent chacun par un bras et l'escortèrent à l'intérieur. Ce n'était pas un endroit pour une dame.

Elle descendit à Folkestone plus morte que vive. À bord, il n'y avait nul endroit où sécher son manteau, et elle était transie de froid. À terre la tempête se sentait à peine mais, sous un ciel gris et une pluie battante, la petite ville paraissait bien morne. Laura avait hâte de trouver un lieu où manger, se reposer et se réchauffer.

— Excusez-moi, dit-elle en arrêtant une femme chargée d'un panier. Y a-t-il un hôtel ici ? À la compagnie, on m'a dit que je ne pourrais pas gagner Londres avant demain.

— Vu votre mine, vous avez dû faire une bien mauvaise traversée, pauvre petiote... Allez voir Mme Tompkins, elle vous hébergera pour la nuit. C'est la première à gauche. Vous verrez l'enseigne.

— Merci.

À chaque pas, ses chaussures trempées faisaient flic flac. Peut-être aurait-elle dû accepter l'aide de ses deux protecteurs pour chercher un hôtel. Mais elle s'était méfiée et avait préféré ne pas tenter le diable. Tout cela était derrière elle.

Elle repéra l'enseigne de chez Mme Tompkins et sonna. Une petite femme grassouillette lui ouvrit avec le sourire.

— Mon Dieu, vous êtes dans un état ! Je savais bien que j'hériterais de quelques orphelins par une nuit pareille ! Entrez donc, il y a du thé chaud et des toasts.

Elle l'attira à l'intérieur, dans une pièce où un petit homme avec un pantalon à bretelles lisait son journal, assis au coin du feu. Mme Tompkins l'envoya aussitôt à la cuisine mettre la bouilloire à chauffer, puis elle enleva presque de force à Laura ses vêtements trempés.

— Je vais vous donner une robe de chambre, mon petit, pas besoin de défaire vos bagages. Vous avez envoyé un télégramme pour prévenir ? À Douvres, on risque de s'inquiéter.

— Personne ne m'attendait.

— Quoi ! Une toute jeune fille comme vous ? s'indigna Mme Tompkins.

Le thé était noir et amer. Voyant Laura faire la grimace, Mme Tompkins y versa une louchée de sucre. Puis ce fut le dîner, que Laura n'apprécia guère. Du bœuf trop cuit avec des légumes pâteux, suivis d'un pudding à la graisse de rognon arrosé de crème anglaise. Elle aurait volontiers bu un verre de vin. Mais le couvert ne fut pas plus tôt débarrassé que le thé réapparut.

— Il vous faudra un bon petit déjeuner reconstituant, demain matin, dit Mme Tompkins. Vous avez à peine grignoté. Écoutez-moi cette pluie !

Laura partit le lendemain et attrapa le train pour Londres. Le petit déjeuner de Mme Tompkins lui pesait encore sur l'estomac. L'eau avait laissé des auréoles dans le gris sombre de son manteau. Quant à son chapeau, c'était une vraie loque. Elle en avait ôté les dernières plumes à la place desquelles elle avait piqué une broche. Le voyage n'en finissait pas.

— Vous allez à Londres, n'est-ce pas ? s'enquit son voisin. Vous auriez dû prendre l'express.

Elle se sentit bête, une étrangère en pays étranger. En partant, l'homme lui tendit son journal. « Tenez. Pour vous distraire. »

Elle parcourut distraitement les colonnes, mais très vite les nouvelles éveillèrent son intérêt : le roi de Yougoslavie avait été assassiné à Marseille. Il y avait une photo de sa veuve, tout de noir vêtue, et, plus poignante encore, une photo de son fils, le tout jeune roi Pierre, l'air sérieux dans son costume d'homme, quittant Victoria Station.

1934. Une année mouvementée qui compterait dans l'histoire, disaient les journaux. La France était sous le choc et les autres nations faisaient de sinistres présages : Mussolini exprimait ses chagrin et respect, les Allemands prétendaient que toute l'Europe en serait déstabilisée, les Espagnols, au beau milieu d'une rébellion, n'en disaient pas grand-chose ; quant au ministre de l'Intérieur britannique, il déclarait que le fascisme et le communisme étaient deux maux dont le pays se serait bien passé.

Quand enfin le train arriva à Londres, Laura se pressa au-dehors parmi la foule. Il ne pleuvait plus, les gens roulaient leur parapluie. Une rangée de taxis attendait le long du trottoir.

— Alors, miss, où est-ce qu'on va ? lui demanda le chauffeur.

— Euh... Je ne sais pas très bien. Vous comprenez, je viens de France, lui expliqua Laura. Je cherche un logement, une simple chambre. Et du travail. Dans une boutique ou une librairie.

Le chauffeur fit la moue.

— Vous serez vernie si vous trouvez quelque chose. Il n'y a pas de boulot en ce moment. On ne vous l'a pas dit en France ?

Elle secoua la tête. Il l'emmena à South Kensington. Un beau quartier envahi de nounous menant des enfants au parc.

— Vous pourriez essayer, dit le taxi. On manque de personnel. Et vous seriez logée, du même coup.

— Vous voulez dire... travailler comme domestique ? s'indigna Laura, qui avait plutôt l'habitude de se faire servir chez madame.

— Ça vaut mieux que d'avoir faim, dit le chauffeur. Écoutez, je vais vous laisser ici. Il y a beaucoup de chambres à louer dans le quartier. Si vous changez d'avis pour le travail, il y a une agence là-bas, juste au coin. C'est au deuxième étage, vous ne pouvez pas la rater. Bonne chance.

Alors qu'il s'éloignait, Laura releva la tête. Elle, une domestique ! Avec son élégance, son bon goût, son don pour les langues, ses bonnes manières et sa bonne volonté, elle était certaine de crouler sous les offres.

Trois jours plus tard, elle grimpait les deux étages jusqu'à l'agence de placement.

— D'habitude nous exigeons des références, mais dans votre cas cela me paraît difficile. Pourtant, vu votre manque d'expérience...

— Je sais très bien coiffer.

— Femme de chambre, vous voulez dire ? Nous n'envoyons que du personnel qualifié, pour ces emplois-là.

Laura en fut humiliée. Elle n'était même pas assez bonne pour ça. La responsable continua de consulter son fichier.

— J'ai bien un poste qui pourrait convenir, une maison qui cherche désespérément une domestique. Mais je vous préviens, c'est un endroit très... olé olé.

— Si vous croyez que je peux convenir, j'aimerais commencer tout de suite, répondit Laura, à qui ce mot n'évoquait rien. La vie revient si chère à Londres...

La femme réfléchit un instant, puis elle prit un stylo et écrivit un mot qu'elle sécha avec un buvard et scella avec de la cire.

— Prenez ça. Et souvenez-vous. Si cette maison n'est pas à votre goût, revenez me voir et j'essaierai de vous obtenir autre chose. On demande toujours des filles de cuisine, bien sûr.

— Bien sûr. Merci. Au revoir...

Elle prit le mot et se hâta de regagner la rue, prise d'un fou rire. Qu'avait voulu dire cette femme ? L'envoyait-on dans un bordel ? Elle héla un taxi et donna l'adresse au chauffeur en guettant sa réaction. Il n'en eut aucune.

La maison était située dans Grace Square, un quartier de Londres qui avait dû connaître des jours plus fastes. À présent, entre les façades ternes des maisons et le maigre jardin public entouré d'une grille qui occupait le centre de la place, il n'avait rien de riant. Laura chercha le numéro 35 ; c'était une maison comme les autres, tout au bout de l'alignement.

Elle frappa et une servante lui ouvrit la porte.

— C'est l'agence qui m'envoie, je viens pour le poste, dit Laura.

— Ah... bien. Je vais prévenir mademoiselle.

Laura fut introduite dans une petite pièce froide. Un moment plus tard une femme arriva, précédée du claquement de ses hauts talons sur le parquet du couloir.

— Bonjour, Laura. Je suis Mlle Monk, Gloria Monk. Ma sœur Evelyn devrait être là, mais elle fait une promenade à cheval. Vous m'avez l'air de convenir parfaitement. Alors, vous acceptez ?

— Euh... que devrai-je faire ?

— Oh, le truc habituel. Vous aurez une chambre au sous-sol, comme Jane et Susan. Elles s'occupent de tenir la maison. Vous, vous prendrez soin de nous, de nos vêtements, etc. Le salaire est celui que recommande l'agence. Si vous saviez comme c'est assommant de se retrouver sans personne. Ces filles ne tiennent pas en place, Dieu sait pourquoi. Dites que vous acceptez.

Gloria avait une robe de soie dans un état lamentable, la jupe était toute froissée, des perles pendaient à des fils à moitié décousus. Au

105

moins, voilà qui était dans ses cordes, se dit Laura. Et puis elle détestait sa petite chambre meublée. Elle opina du chef.

Laura comprit vite pourquoi Gloria et Evelyn Monk étaient incapables de garder leur personnel. Elles payaient le minimum et en déduisaient préalablement le coût d'un uniforme laid et onéreux, d'un brun qui n'allait pas du tout à Laura. Et c'était le duo le plus sale, le plus débraillé, le plus sans-gêne qu'on puisse imaginer.

Elles laissaient traîner leurs affaires par terre et partout dans la maison, exigeaient qu'on leur porte leur repas dans leurs chambres, posaient des assiettes sales sur des piles de linge propre, allumaient des cigarettes qu'elles oubliaient d'écraser, de sorte que deux fois Laura dut verser du café pour éteindre un début d'incendie. Et elles se changeaient cinq ou six fois par jour.

Jane et Susan se montrèrent amicales, mais gentiment sceptiques.

— Vous ne tiendrez pas cinq minutes, la prévint Jane, la cuisinière. Aucune n'y résiste. Et puis vous verriez les types qu'on voit défiler ici !

— Des amants ? demanda Laura, qui s'évertuait à recoudre des perles sur une robe.

— Euh.... non, tout de même pas. C'est bien français, de penser ça, tiens. Des petits amis. Elles en changent toutes les semaines.

— Pourquoi ne se marient-elles pas ?

— Personne ne leur en fait la demande, dit Susan. Pourtant elles se donnent du mal. Mais vous connaissez les hommes... Ça vous file comme des poissons entre les doigts.

— Ça oui, renchérit Jane. De vraies anguilles.

Laura se levait avant l'aube afin d'aider Evelyn à se préparer pour sa promenade à cheval dans le parc, et bien souvent elle restait debout jusqu'à trois heures du matin à attendre que Gloria rentre de l'une de ses soirées, s'esquivant discrètement quand l'un des « petits amis » passait une heure dans la chambre. Mais les deux sœurs ne la remerciaient jamais, elles se contredisaient sans cesse et faisaient toujours retomber la faute sur la pauvre Laura, qui se mit à chercher un autre travail durant le peu de temps libre qu'elle avait l'après-midi.

Elle essaya plusieurs petits hôtels, trop intimidée par les plus luxueux pour oser s'y présenter. Aucun d'eux n'employait plus d'une femme de chambre et le salaire était inférieur à ce qu'elle touchait chez les sœurs Monk. Or son budget était très serré, car elle envoyait chaque mois de l'argent à Sophie.

Après des semaines de silence, elle écrivit une lettre à madame : « Faites-moi savoir quand Sophie pourra quitter l'hôpital. Cela fait trop longtemps qu'elle y séjourne et les notes sont très chères. »

Presque par retour du courrier, madame lui apprit que Sophie avait été transférée dans un foyer où elle pourrait finir ses jours en paix. Cela revenait aussi cher que l'hôpital, sinon plus, mais au moins Sophie y serait heureuse. Elle était toujours très faible et s'en allait un peu de la tête, écrivait madame.

Laura se sentit atrocement coupable. Pauvre chère Sophie, qui avait pourvu à ses besoins quand elle n'avait rien. Aussi chaque mois lui envoyait-elle de l'argent, c'était bien le moins qu'elle puisse faire, en joignant un petit mot auquel Sophie ne répondait jamais.

Laura se rendit aux grands magasins de Kensington High Street pour tâcher de trouver un emploi mieux rémunéré. On lui fit remplir un long formulaire en promettant de lui écrire. Une semaine plus tard, elle n'avait reçu aucune nouvelle et son enthousiasme retomba.

Ses projets lui semblaient bien fous, à présent. Elle avait imaginé un nouveau départ d'où elle gravirait rapidement les échelons menant au respect et à la prospérité. Mais en Angleterre, tout paraissait figé, immuable. Le plaisir, l'amusement, était réservé à des privilégiés comme ses patronnes. Le travail étant rare et les salaires bas, les petites gens n'avaient pas les moyens de prendre du bon temps, et les domestiques avaient le plus mauvais lot. Sous le joug d'employeurs capricieux, ils étaient isolés et ne rencontraient personne, à part quelques livreurs. Jane et Susan ne vivaient que pour les week-ends, quand elles pouvaient enfin rentrer chez elles. Quant à Laura, elle avait parfois un après-midi de libre, et c'est tout.

Il lui arrivait de quitter le pâté de maisons pour regarder passer les bus. Où allaient tous ces gens ? Dans des endroits intéressants, sûrement. Ce quartier de Londres était sinistre, mais il devait bien y avoir de la lumière, de la gaieté, quelque part. Mais les visages inconnus et fermés des passants ne révélaient rien. Laura sentait sa vie se dissoudre peu à peu dans un grand vide.

Un soir que les deux sœurs allaient dîner en ville, puis danser dans un club à la mode, Evelyn fit un caprice.

— Je vous avais dit que je voulais la robe noire, Laura. Pourquoi l'avoir envoyée au nettoyage ? Je ne peux pas aller dîner chez les Baldwin en lamé argent !

— Pourquoi pas, Mademoiselle ?

— Ne soyez pas grossière, Laura.

Evelyn lui lança un regard furieux et s'alluma une cigarette. En tombant, des cendres trouèrent une paire de bas en soie.

— Regardez ce que vous avez fait ! s'écria Evelyn, et elle lui pinça le bras si méchamment que Laura en eut les larmes aux yeux, larmes de honte et de rage.

— N'allez pas pleurnicher, vous l'avez mérité. Puisque je dois porter ma robe en lamé, il faudra venir chez les Baldwin plus tard m'apporter ma coiffure. Je ne peux pas la mettre au dîner, les Baldwin sont incroyablement vieux jeu, mais il me la faut absolument pour aller au Zambesi.

— Je pourrais la déposer dans un carton, proposa Laura.

— Pour que j'aie l'air d'une femme de ménage ? Vraiment, vous dépassez les bornes.

— Si j'apportais votre coiffe au Zambesi, mademoiselle Evelyn, je pourrais la laisser à la fille du vestiaire.

— Et si nous n'y allions pas, finalement ?

— Voyons, Evelyn, intervint Gloria. Nous irons forcément, c'est là que ça se passe en ce moment. Et Laura a été très bien ces derniers temps. Elle a travaillé dur. Oui, Laura, portez donc le carton au Zambesi pour neuf heures. C'est l'heure d'ouverture. Et maintenant, coiffez-moi, vous serez bonne fille.

Laura éprouva de la sympathie pour Gloria, tout en se sachant manipulée. Car les deux sœurs prenaient tour à tour la carotte et le bâton pour la faire marcher droit. Était-ce mieux que rue de Claret ? Elle commençait à en douter.

Quand elles furent parties, Laura alla se changer dans sa chambre. La soirée était froide, un vent cinglant faisait fuir les nuages dans un ciel couvert. Elle mit son manteau gris, toujours un peu taché, et son nouveau chapeau. C'était la seule chose qu'elle s'était achetée depuis son arrivée en Angleterre, un petit bibi rouge sombre dont le bord se relevait joliment d'un côté, sur la courbe de sa joue. Pour cacher les taches de son manteau, elle jeta un châle fleuri sur ses épaules et le fixa avec un clip en brillant. Elle glissa la coiffe dans son sac, c'était un simple bandeau en strass ourlé d'une frange de perles.

Jane et Susan s'extasièrent.

— Oh, ce que vous êtes jolie ! Quel style ! Laura, il faut reconnaître que vous avez une bonne influence sur ces deux chipies. Depuis que vous êtes là, elles ont moins piètre allure.

— Peut-être, répondit Laura en souriant, mais je préférerais qu'elles ne portent pas autant de perles.

— C'est la mode, que voulez-vous, dit Jane en minaudant.

— Il faut lui obéir ! acquiesça Susan en singeant Evelyn, ce qui fit rire Laura aux larmes.

— Savez-vous quel bus je dois prendre ? s'enquit-elle, quand leurs rires se furent calmés.

— Le 9, dit Susan, en enlevant sa vilaine coiffe de soubrette. Et ne parlez pas à n'importe qui ! Vous ne connaissez pas Londres. Pour une jeune fille, il y a tant de dangers !

— Lesquels ? s'étonna Laura.

Mais Susan se contenta de pincer les lèvres d'un air entendu.

Pendant le trajet, il ne se passa rien et elle en fut presque déçue. Seul le chauffeur lui adressa la parole. « Leicester Square ? Une demi-heure, mon chou, je vous ferai signe. »

Elle s'assit en se cramponnant à la barre devant elle. Le bus était englué dans la circulation. Au long des rues et à mesure que la lumière faiblissait, les maisons s'éclairaient. Plus près du centre-ville, la nuit ne faisait que commencer. Les taxis déposaient des femmes parées de leur fourrure au théâtre et à l'opéra, des messieurs en tenue de soirée saluaient des connaissances en levant leur canne. Laura rit intérieurement en voyant un mendiant aveugle s'éclipser à l'apparition d'un bobby. La vie, enfin. Paris lui revint en une poignante nostalgie.

Après être descendue à Leicester Square, elle resta un moment immobile, au milieu des passants. Dire qu'il y avait tant d'animation dans les rues, tandis qu'elle se morfondait tous les soirs en écoutant le tic-tac de la pendule. Elle avait beau être bien plus jeune et jolie que les sœurs Monk, ses patronnes profitaient de la vie, mais pas elle.

Laura repéra peu à peu les différents courants qui traversaient la foule ; les gens en retard ou en avance, selon qu'ils allaient au théâtre ou à l'opéra, des hommes qui allaient dîner à leurs clubs ou en sortaient ; les gens des quartiers populaires qui s'offraient une soirée au music-hall ou au cinéma, déjà un peu éméchés ; et tout autour, aux coins des rues, sur les boulevards, des filles. L'une avait un caniche, comme certaines filles de la Madeleine. Elles aguichaient leurs clients et les conduisaient à l'écart d'une petite rue pour marchander. Laura chercha instinctivement des yeux et vit deux flics en uniforme, qui se contentaient de regarder.

Soudain elle se sentit fautive, comme si elle aussi faisait le trottoir. Mais non, elle n'était qu'une chambrière chargée d'une course par sa patronne. Elle prit son courage à deux mains et s'approcha des agents.

— Excusez-moi. Je cherche le Zambesi Club.

— Ce n'est pas un endroit pour une jeune fille, remarqua l'un d'eux, désapprobateur.

— Oh non ! C'est que j'ai une course à faire pour ma patronne. Elle y va après un dîner et elle veut porter une coiffure spéciale. Je suis venue l'apporter.

— Le Zambesi est dans la première rue à gauche. Et un conseil, après votre course, rentrez vite chez vous. Ne faites pas comme ces jeunes délurées qui fument et qui boivent, si vous voulez garder ce joli teint rose.

— Bien monsieur. Merci.

Ils avaient dû la prendre pour une écolière. Elle hâta le pas, un peu vexée. Elle qui croyait se fondre dans la nuit londonienne comme toutes les femmes belles et désirables qui l'entouraient. Elle aperçut son reflet dans la vitrine éteinte d'une boutique. C'était sans doute ses chaussures plates... Elle aurait dû porter des hauts talons et s'interdire d'avoir l'air d'une servante. C'était si facile d'adopter un mauvais pli.

Le mot « Zambesi » était inscrit en lettres de feu au-dessus d'elle. À l'entrée, deux piliers peints en trompe l'œil figuraient des arbres où s'enroulait un serpent. Un singe coiffé d'un fez était juché sur un perchoir et il criaillait contre un groupe de gens qui essayaient d'entrer.

Laura hésitait, dans cette cohue, elle n'arrivait pas à attirer l'attention du portier. Le singe se mit à sauter en tous sens en tirant sur sa longe qui finit par se détacher. Enfin libre, l'animal s'empressa de décamper, dans les cris et les hurlements. Perdu dans une mer de jambes, le ouistiti tout tremblant vint se cramponner aux chevilles de Laura en poussant de petits cris plaintifs. Elle se pencha et le prit dans ses bras comme un bébé.

Un homme en tenue de soirée sortit du club et s'exclama en voyant le singe : « Faites attention, il mord ! »

— Bien sûr qu'il mord, répondit posément Laura. Il est si mal traité. Comment voulez-vous qu'il se sente bien avec tout ce bruit, toutes ces lumières ?

— C'est la rançon de la gloire. Tout Londres connaît Jacko.

— Il a dû attraper froid. Comment pouvez-vous le laisser sur ce perchoir en plein courant d'air ? La pauvre bête est à moitié gelée.

— On lui met un manteau quand il pleut.

Son interlocuteur était un grand blond aux yeux bleus enfoncés. Il portait la cravate du Zambesi, un nœud en soie avec deux serpents entrelacés. Laura le considérait d'un œil ironique, et il parut soudain se troubler.

— Auriez-vous la gentillesse d'emmener Jacko à l'intérieur ? lui demanda-t-il.

Les clients qui se pressaient à l'entrée du night-club se plaignirent en chœur.

— S'il faut attraper ce sale singe pour entrer, allons-y !

— Fais-les passer, John, dit le blond au portier. J'en prends la responsabilité.

Le fameux Zambesi Club était une immense salle où des tables rondes entouraient une scène et une piste de danse. Un éléphanteau empaillé, beaucoup de glaces et de feuilles peintes en trompe l'œil sur les murs, et un orchestre de jazz avec des plumes dans les cheveux. Malgré le peu de clients, un crooner chantait d'un air mélancolique.

— Il vaut mieux aller dans le bureau, dit le compagnon de Laura en écartant un rideau de bambou.

Ils pénétrèrent dans une pièce nue et silencieuse, dotée d'un bar, d'un grand bureau et d'un coffre-fort.

— Asseyez-vous. Puis-je vous offrir un verre ou une cigarette ? Tabac turc ou Virginie ?

— Non merci. L'agent du coin de la rue m'a dit que ça me gâterait le teint.

— Des ennuis ? demanda-t-il en s'allumant une cigarette.

— Non, je lui demandais mon chemin, voilà tout.

Au chaud et au calme, le petit singe revivait. Il sortit la tête et regarda autour de lui.

L'homme prit une pomme dans une coupe à fruits et la lui tendit.

— Ici, Jacko.

Le singe s'en empara, l'engloutit et quitta les genoux de Laura pour s'approcher de la coupe.

— Si vous devez absolument le garder, au moins qu'il soit au chaud, déclara Laura.

L'homme la regarda à travers des volutes de fumée.

— En fait, ses jours ici sont comptés. Il a trop mauvais caractère. La prochaine fois que j'irai chez moi, je le remmènerai.

— Vous vivez à la campagne ? Il y serait mieux qu'en ville, c'est sûr.

— Vous avez froid ?

— Mais non. Il fait bon ici.

— Alors, pourquoi ne pas ôter votre manteau ?

Il s'approcha d'elle et s'apprêta à lui enlever son châle.

— Que faites-vous ? s'exclama-t-elle en se levant.

— Au moins, ôtez votre chapeau.

— Non merci.

Mais il le lui enleva d'un coup sec et les cheveux de Laura tombèrent sur ses épaules en une masse sombre et soyeuse.

— Je le savais ! C'est bien vous. Exactement comme dans mon souvenir.

Laura se mordit les lèvres.

— Rendez-moi mon chapeau, je vous prie, dit-elle posément. Je ne vous connais pas.

— Ce n'est pas étonnant. Parmi tous ces hommes... Vous avez dû en avoir des milliers depuis.

— Des milliers ? Mais vous êtes fou !

Elle voulut prendre son chapeau, mais il le retint en souriant d'un drôle d'air.

— On s'est bien fichu de moi, dit-il doucement. Ah, ce que vous avez dû rire.

— Eh bien ça ne m'amuse plus du tout.

— Alors vous l'admettez ? Vous faites tellement française... d'ailleurs vous avez gardé une pointe d'accent. Mais vous n'avez pas l'air en veine. Cette tenue déparerait rue de Claret. Remarquez, comme putain, vous ne valiez pas grand-chose.

Laura ne put s'empêcher de rire. Soudain le souvenir de ce garçon lui revenait dans ses moindres détails, c'était lui son premier client. Madame avait personnellement veillé à ce qu'on le jette dehors, suivi de ses chaussures et de ses vêtements. Quant à l'argent, elle l'avait gardé, évidemment.

Mais Laura cessa de rire en voyant son air furieux.

— Vous êtes toujours fâché ?

— Eh bien... oui. C'est dur à avaler.

Elle prit l'air sage qu'elle affichait pour venir à bout des clients exigeants.

— C'était de votre faute. Pourquoi avoir demandé une toute jeune fille, vous aviez vous-même si peu d'expérience ! C'est tellement anglais d'agir comme ça. Les autres vous auraient bien mieux convenu, avec elles, vous en auriez appris, des choses. Mais vous étiez jeune et arrogant. Et vous l'êtes toujours.

Il devint écarlate.

— Que je sois damné si je laisse une prostituée me faire la leçon !

Laura s'approcha de lui et lui arracha son chapeau.

— Et que je sois damnée si je me laisse injurier par un goujat pareil ! Je ne fais plus ce travail. Je suis venue en Angleterre pour recommencer ma vie et en finir avec les sales types dans votre genre, qui se croient des as bien qu'ils n'y connaissent rien. Je plains la pauvre fille qui vous épousera. Au lit comme ailleurs, vous ne valez pas grand-chose.

— C'est trop fort, comment osez-vous ! s'écria-t-il en la prenant par le bras.

— Et pourquoi pas ? s'emporta Laura, hors d'elle. Je parie que vous vous servez toujours d'une fille comme d'un matelas ! C'est comme pour le singe. Un tel égoïsme. Pour vous, les autres et leurs propres besoins n'existent pas.

Elle se libéra et se regarda dans la glace au-dessus du coffre-fort pour remettre son chapeau. Derrière elle, le visage du jeune homme offrait un mélange de rage et d'ahurissement.

— Mais on ne va pas au bordel pour faire jouir une putain ! s'exclama-t-il.

Laura haussa les épaules avec mépris.

— Évidemment, pour une brute comme vous, le plaisir est une chose si bestiale, si limitée.

Elle se tourna et croisa son regard perplexe.

— Quel dommage... Les types dans votre genre ne savent pas ce qu'ils manquent.

À cet instant la porte s'ouvrit, et un homme d'âge mûr entra, l'air contrarié.

— Gabriel ! Que faites-vous ici ? Le club est plein de resquilleurs !

Il ne s'aperçut qu'alors de la présence de Laura.

— Pardonnez-moi, mademoiselle. Vous êtes une amie de Gabriel ?

— Pas le moins du monde, dit Laura. C'est le sort de votre singe qui m'inquiète. Il devient agressif à force d'avoir froid et d'être maltraité. Vous avez de la chance qu'il ne m'ait pas mordue. Confiez-le donc à quelqu'un de responsable et de civilisé, qui traite cet animal comme un être vivant... pas comme un jouet !

Sur ces mots elle s'en alla, laissant les deux hommes ébahis.

Une fois dans le bus, elle se rappela que la coiffure était toujours dans son sac.

2

Allongée dans son lit, Laura ne dormait pas. Enfin la maison était calme. Les sœurs Monk étaient rentrées, écumantes de rage, pour une fois liguées contre Laura. Quelle humiliation elles avaient subie par sa faute ! Car, ne trouvant pas la coiffure, elles avaient d'abord accusé la fille du vestiaire de l'avoir volée, puis le gérant d'être son complice. On avait fini par les convaincre que l'objet du litige n'avait pas été déposé. Alors, le cavalier d'Evelyn, outré par sa conduite, avait voulu la ramener chez elle. C'était pourtant un compagnon de lit apprécié, Laura le savait, mais ce soir-là : « Je n'ai même pas pu danser une seule fois ! » avait clamé Evelyn, à la limite de l'hystérie.

D'un commun accord, elles avaient décidé de la renvoyer. « Et sans références ! » avait déclaré Gloria.

Jane et Susan étaient sorties du lit pour la réconforter.

— Demain matin, elles auront changé d'avis. Dis-leur que tu regrettes et propose qu'on te retienne le salaire d'une journée.

— Je n'ai pas envie de rester. Je retournerai à l'agence pour demander un autre emploi.

— Sans aucune référence ? s'étonna Susan, gentiment railleuse. Tu auras de la chance. Allons, ravale ta fierté.

Laura savait qu'elle aurait dû suivre son conseil. Un domestique est à l'entière disposition de ses maîtres, il entre dans cette fonction une attitude de complète humilité qui exige de prendre sur soi et de s'excuser, que l'on soit ou non dans son tort... Elle se tourna et se retourna, les joues brûlantes. Jamais plus elle n'aurait honte d'elle-même !

114

Au petit déjeuner, comme elle ne faisait pas d'excuses et ne fournissait aucune explication, on lui donna une semaine de préavis.

— Et n'allez pas dire à tout le monde que nous vous avons maltraitée, dit Evelyn. Nous étions si contentes de vous, Laura ! Comment avez-vous pu nous décevoir ainsi ? Vraiment, je ne comprends pas, ajouta-t-elle en reniflant dans son mouchoir.

Laura faillit bredouiller des excuses. Mais elles ne l'auraient pas crue, elles n'auraient pas compris.

Durant son heure de libre plus tard dans la journée, elle alla à l'agence de placement, mais comme Susan l'avait prévu, sans références et munie de justifications embrouillées, elle n'avait aucune chance.

— Je regrette, dit sèchement la responsable. Notre personnel accède à des foyers aisés. Le moindre soupçon...

— Je vous assure que je n'ai rien volé ! s'exclama Laura avec ferveur.

— Je regrette, répéta la femme, inflexible, en refermant son livre de rendez-vous pour lui signifier son congé.

Abattue, Laura se rendit de nouveau aux grands magasins. On consulta sa fiche d'inscription.

— Ah oui, miss Perdoux, lui dit-on. Nous vous avons écrit pour vous proposer une entrevue. Vous n'avez jamais répondu.

— Vous... vous m'avez écrit ?

— Oui. Je regrette, maintenant, c'est trop tard. Bonne journée.

Elle se retrouva dans la rue, hagarde, revoyant Gloria trier le courrier du matin. Elles avaient subtilisé sa lettre. Leur faire des excuses, à elles ? Plutôt mourir.

Laura retourna à pas lents vers Grace Square. Il faisait meilleur que les derniers jours, l'air sentait le printemps. Même les troènes du petit jardin public semblaient moins miteux que d'habitude. Elle repensa en souriant à sa sortie de la veille et au jeune gars du club. Quelle tête il avait faite !

À cet instant, une silhouette vêtue d'un long manteau enjamba les haies broussailleuses. Laura étouffa un cri. C'était lui.

— Que faites-vous là ? demanda-t-elle en reprenant contenance.

Il ramassa son chapeau qui était tombé à terre et l'épousseta.

— Je vous attendais.

— Mais vous ne pouviez pas savoir...

— Ça a tourné au drame après votre départ. Infernal. Ces deux femmes sont arrivées en hurlant, de vraies harpies. J'ai cru qu'elles allaient me crever les yeux. Je suis même surpris de vous trouver toujours en vie.

Il tournait son chapeau dans ses mains. Il avait mûri ; le garçon dégingandé était à présent musclé, bien découplé. Mais ses traits étaient durs, son visage comme dénué d'expression. Elle connaissait ce type d'homme. On s'en méfiait rue de Claret.

— Je regrette, mais nous ne pouvons pas recevoir de visites, dit-elle en se dirigeant vers la maison.

— Et si je vous emmenais prendre un thé quelque part ?

— Vous avez l'habitude d'offrir le thé à des soubrettes ? s'enquit-elle en haussant les sourcils.

— Non. Mais vous n'êtes pas la soubrette type. Vous et moi le savons bien.

— J'ai changé de vie, lança-t-elle avec hargne. Vous ne comprenez pas ?

— J'aimerais quand même discuter avec vous.

Qu'avait-elle à perdre, sinon un maigre salaire d'une semaine ? Elle était déjà en retard. Tous ses beaux projets étaient tombés à l'eau et elle avait perdu la foi. Et si elle se laissait un peu dériver au fil de la vie, comme une feuille au gré du courant...

Il marchait si vite qu'elle avait du mal à se maintenir à sa hauteur. Il était très grand. Elle lui arrivait à peine au menton.

— Voulez-vous bien ralentir un peu ? lui demanda-t-elle en lui prenant le bras. Je suis presque obligée de courir.

Il ne dit mot, mais ralentit le pas.

— Rien de ce que je fais ne vous plaît, n'est-ce pas ? lui demanda-t-il quand ils furent assis à la table d'un salon de thé. Même pas ma façon de marcher.

— Mais vous ne cherchez pas à me plaire. C'est évident.

— C'est là où vous vous trompez.

Quand la serveuse vint, il commanda pour eux deux.

— Je me demande si je pourrais être serveuse, dit Laura. Tout le monde exige des références.

— Vous seriez encore pire comme serveuse que comme femme de chambre, si vous voulez mon avis.

— Je suis une très bonne femme de chambre. Ce sont mes patronnes qui...

— Ma chère, vous êtes bien difficile.

— Vous-même vous venez de les traiter de harpies.

— C'est vrai.

Il se renfonça dans son siège et l'étudia du regard.

— Vous êtes mieux que dans mon souvenir. Plus jolie. Et vous n'avez pas l'air si effrayée.

— Cette fois, vous ne faites que m'offrir du thé, lui répondit-elle en riant.

— J'y ai souvent repensé depuis... C'était la première fois, n'est-ce pas ?

Elle secoua la tête.

— N'en parlons plus, ajouta-t-elle. Je m'excuse d'avoir été si brutale avec vous hier soir. Ce n'était pas juste. Deux débutants ensemble...

— On devrait réessayer, un de ces jours.

Elle croisa son regard bleu et dur. Une sourde colère monta en elle, allumant deux ronds rouges sur ses joues. Mais le thé fut servi et elle se contenta de le fixer, silencieuse, tandis que la serveuse disposait les tasses, les soucoupes, la théière.

— Comment osez-vous ? s'écria Laura, dès qu'elle fut partie. J'ai dit que c'était fini, fini, vous m'entendez ! Jamais plus on ne me traitera comme ça. Jamais plus !

— Ne montez pas sur vos grands chevaux, c'était juste une idée, dit-il avec douceur.

— Je ne recommencerai jamais. Même si je meurs de faim.

— Nous n'en sommes pas là. Et maintenant, mangez votre gâteau.

Il ne dit rien et attendit qu'elle se fût calmée. Laura se sentait bête, au bord des larmes. Il ne pouvait pas deviner qu'elle avait mis une croix sur tout ça. C'était la seule personne qui lui témoignait un peu d'intérêt depuis son arrivée en Angleterre et elle se montrait désagréable, susceptible.

— Je m'excuse, dit-elle enfin. C'est une mauvaise journée.

— Vous avez perdu votre travail...

— Oui. Elles ne veulent pas me donner de références et sans références, je ne pourrai pas me faire engager ailleurs. J'ai peur d'en être réduite à... Et ça, jamais, vous comprenez ?

— En fait, j'ai quelque chose à vous proposer. Attendez avant de me couper la tête... Ce n'est pas ce genre de travail.

Elle lui décocha un regard très français. Il était bien tel qu'il paraissait, dur et retors. Mais elle-même avait été à rude école. Ne l'abuserait pas qui voudrait.

— Racontez-moi.

— Ce club, le Zambesi. J'en suis le gérant. Le propriétaire s'appelle Peter Kennedy, vous l'avez vu hier soir, c'est un poivrot, mais un type plutôt bien, à part ça. Bref, je l'ai persuadé qu'il nous fallait une hôtesse. Quelqu'un de séduisant qui accueille les clients, les accompagne à leurs tables, tienne un peu compagnie aux hommes

117

seuls. Beaucoup ne se sont pas remis de cette fichue guerre. Il nous faut une fille intelligente, raffinée...

— Hier soir, on m'a prise pour une écolière, rétorqua Laura. Et là vous me dites que j'ai du raffinement et de la séduction. Ça semble un peu...

— Paradoxal ? C'est que vous êtes un drôle de mélange, vous savez. Comme une sibylle, à la fois très jeune et très vieille, innocente et rompue à tous les vices.

— Entre les harpies et les sibylles, vous devez faire beaucoup de grec dans les écoles anglaises. Est-ce pour ça que vous vous faites de si drôles d'idées sur les femmes ?

— J'en ai toujours eu. Allons, acceptez. On vous fournira une chambre au-dessus du club et des robes de soirée. Tout ce que vous aurez à faire, c'est évoluer avec grâce et distinction.

Elle leur versa à chacun une autre tasse de thé. Son cœur battait un peu trop vite. Était-ce vraiment une offre ou bien une tentative de séduction déguisée ? Il essaierait sûrement, mais cela n'avait pas d'importance. Si ce travail lui permettait de respirer un peu, de se refaire, elle n'était pas en position de refuser. Elle pensa à Mme Bonacieux et à ce que cette dernière aurait dit d'une telle proposition. Si Laura avait appris quelque chose d'elle, c'était à poser clairement ses conditions. « Il me faudra des vêtements de bonne qualité, bien sûr, dit-elle d'un air guindé. Inutile de lésiner, ça se voit toujours. »

Un large sourire s'épanouit sur le visage de son compagnon.

Gabriel Cooper n'était le gérant du Zambesi que depuis trois mois. D'ailleurs, le club lui-même n'avait que trois mois d'existence, mais le propriétaire s'en était vite lassé et il avait engagé sur sa bonne mine et son air futé le premier gars qui s'était proposé. Malheureusement, Gabriel n'était pas plus enclin à assumer une routine assommante que son patron, et il avait vite embauché d'abord un portier, puis un régisseur, et maintenant Laura.

La chambre au-dessus du club était minable et pleine de meubles de rebut, mais comparée au placard qu'elle occupait chez les sœurs Monk c'était un palais. Avoir un endroit à elle, propre et arrangé à son goût, où elle s'éveillerait le matin dans un univers intime, familier... Laura en mourait d'envie. Elle se mit à enlever les chaises cassées et les piles de vieux disques qui encombraient l'espace avec l'aide de Carol, une fille de cuisine qui semblait désœuvrée.

— Dans cette boîte, tout marche mal. Les cuisines et la bouffe sont dégoûtantes, confia-t-elle à Laura. Que voulez-vous, le chef a tout le temps un coup dans le nez. Pareil pour le proprio... Quant à l'archange Gabriel, il ne se pointe pas avant huit heures du soir. Hier, la moitié de l'orchestre manquait. Il s'est précipité dans un théâtre du quartier pour soudoyer des musiciens pendant l'entracte et les persuader de venir jouer ici.

— Et la deuxième partie du concert ? s'enquit Laura.

— C'était un de ces trucs russes, vous savez, gloussa Carol. On leur a laissé le pianiste.

Le premier soir, comme elle n'avait pas encore ses robes, Laura fut dispensée de travailler. Mais elle descendit malgré tout pour se familiariser avec l'atmosphère, dans une simple robe noire rehaussée d'une grosse broche argentée sur l'épaule. Les premiers clients firent un dîner médiocre. Tout le service, boissons et plats, était d'une lenteur affligeante. Par chance, il y avait de la bonne musique, l'orchestre était au complet ce soir-là, et l'ambiance s'échauffa à mesure que la grande salle se remplissait. La piste fut vite tellement encombrée que les danseurs en furent réduits à faire du surplace. On tamisa les lumières, et bientôt les morceaux se jouèrent sur un roulement de batterie bas et continu, caractéristique du Zambesi. C'était un club merveilleux.

Vers deux heures du matin, Gabriel Cooper arrêta Laura.

— Que diable faites-vous là ? lui demanda-t-il, l'œil trouble. Vous devriez être au chaud, couchée bien sagement dans votre chaste petit lit.

— Il y a autant de bruit là-haut qu'ici, dit Laura. Et puis je suis venue en reconnaissance.

— Ce n'est pas compliqué. À boire, à manger, un peu de musique, et hop, passez la monnaie.

— J'aimerais que nous en parlions demain matin.

— Demain matin ? Je ne commence pas avant midi.

— Disons à onze heures. Ici, au club.

Elle n'alla pas se coucher avant quatre heures, quand on eut jeté dehors les derniers fêtards sur les soubresauts agonisants de la batterie. Le calme se répandit sur ses tempes comme un baume apaisant. Ce serait éprouvant, ce bruit toute la nuit, soir après soir... Mais cela valait mieux que la rue de Claret, se dit-elle. Elle s'y habituerait.

À onze heures, le lendemain, elle descendit et se retrouva au milieu des décombres. Deux femmes de ménage passaient de table en table pour vider les cendriers dans une poubelle. Le verre brisé crissait sous les pieds, et dans le fond de la pièce, un homme démontait un miroir cassé. Le pauvre Jacko était recroquevillé dans un coin du bureau. Elle alla à la cuisine lui chercher des fruits. Le ouistiti se redressa et mangea tout, reprenant confiance.

119

Quelle pagaille, quel gâchis. Madame n'aurait pas toléré cela une minute. De la nourriture qui pourrissait, des bouteilles à moitié vides, des poubelles débordant d'ordures. Devant l'ampleur de la tâche, le personnel baissait les bras. Gabriel apparut à midi et demi.

— Nous avions rendez-vous, dit Laura froidement.

— Ne soyez pas si stricte. Vous avez gardé vos habitudes de domestique. Il faut apprendre à être plus coulante.

Il ouvrit un coffret et s'alluma une cigarette avec volupté.

Laura dissimula son agacement. Elle s'assit dans le fauteuil de Gabriel et effleura le bureau.

— Est-ce que ce club rapporte de l'argent ? demanda-t-elle.

— Oui, des tas.

— Je ne vous crois pas.

Il resta silencieux pendant quelques secondes.

— Bien sûr, il y a les frais de lancement, ce genre de choses..., reprit-il.

— Vous voulez dire que pour un club qui marche, les bénéfices sont très bas.

— Êtes-vous obligée d'être aussi sinistre ?

Elle se pencha en avant et croisa son regard.

— Vous ne prenez pas ça au sérieux, n'est-ce pas ? C'est juste un jeu, une façon de passer le temps. J'ai entendu parler de Londres et de sa vie nocturne. Un nouveau club se crée tous les mois, mais aucun ne dure. Celui-ci pourrait durer, si vous vous en donniez la peine. Faites un grand ménage, engagez de bons serveurs, empêchez les clients d'apporter de quoi boire, et vous verrez. Savez-vous que le prix d'une commande sur trois finit dans une caisse à part que le personnel du bar se partage toutes les nuits ? La cuisine déborde de victuailles qui se gâtent et personne ne songe à nourrir Jacko. C'est la pagaille.

Gabriel finit sa cigarette sans rien dire, puis il l'éteignit d'un air appliqué.

— En tout cas, cela vous permettra de tenir un moment, remarqua-t-il. J'ai commandé les robes. Et puis vous aurez des pourboires. Quand la boîte sombrera, vous surnagerez.

— Mais il ne faut pas qu'elle sombre ! Oh, Gabriel, êtes-vous paresseux à ce point ?

— Si vous croyez que j'ai envie de passer ma vie à courir après des serveurs ou des femmes de ménage !

— Mais c'est votre travail. C'est pour cela qu'on vous paie.

Il lui rit au nez.

— Quel esprit petit-bourgeois ! Surveillez-les vous-même si cela vous amuse. Dites-leur... dites-leur que c'est sur mon ordre.

120

Laura sortit de l'entrevue abasourdie. Se pouvait-il qu'il s'en fiche autant ? Oui, apparemment. La saleté, le gaspillage, le vol délibéré, tout cela avait lieu sous son nez sans qu'il éprouve le besoin de réagir. Mais elle n'était pas comme ça. Toutes ses années chez Mme Bonacieux lui avaient appris qu'il fallait vigilance et fermeté pour diriger un établissement. C'était comme faire la fête sur un bateau quand on sait qu'une chute de trois cents mètres vous attend au prochain coude de la rivière.

Elle s'était engagée à redresser la barre. Mais c'était plus facile à dire qu'à faire. L'œil perçant de madame était une arme qui lui manquait. Dans sa courte vie, elle n'avait jamais exercé la moindre autorité.

Elle vérifia son reflet dans le miroir. Avec son pull rose, elle faisait jeune, presque enfantine. Et si elle mettait du noir, des boucles d'oreilles... Quand elle se fut changée, elle ne paraissait pas plus mûre, mais son apparence austère traduisait davantage l'autorité que Gabriel lui avait déléguée. Si elle se heurtait à des résistances, il devrait l'épauler.

Elle redescendit. Une femme passait la serpillière sur le sol carrelé de l'entrée sans aucune efficacité, laissant de longues traînées de saleté. Madame aurait rugi. À cette idée elle se raidit et frappa dans ses mains. Cinq ou six autres femmes de ménage émergèrent de derrière les palmiers en pot et les piliers en stuc. Quelle bande de souillons ! Gabriel devait être à moitié soûl quand il les avait engagées.

— Je m'appelle Mlle Perdoux. Je suis l'hôtesse du club. M. Cooper m'a demandé de veiller à ce qu'on fasse un grand ménage. Il faudrait empiler les tables là-bas, s'il vous plaît. L'une de vous pourra les nettoyer. Les autres s'occuperont du tapis.

— Laver les tables, mademoiselle ? s'étonna l'une des femmes.

Laura se redressa de toute sa hauteur en pensant à madame.

— Mais oui. Elles sont poisseuses. Quant aux vestiaires, il faudrait les frotter à l'eau de Javel. Et l'une de vous devra prendre une échelle pour enlever les toiles d'araignée qui pendent des colonnades.

Elles la regardèrent d'un air ébahi et, un instant, elle sentit flancher sa résolution. Elles devaient tout de même bien savoir faire le ménage !

— Si nous allions chercher des seaux ? proposa-t-elle. Je pourrais vous montrer...

Elles la suivirent. Mais, une fois dans la cuisine, Laura s'indigna.

— Toute cette saleté, c'est révoltant !

— Oui, hein ? acquiesça l'une des femmes. Il est grand temps que quelqu'un prenne ça en main.

121

— Je suis contente de voir que vous êtes de mon avis, dit Laura avec reconnaissance. Y a-t-il des seaux quelque part ?

— Non, mais il y a des gros faitouts dont le chef ne se sert jamais, proposa une autre.

Elles les décrochèrent et les emplirent d'eau savonneuse.

Laura découvrit que le ménage peut être une source d'intense satisfaction en travaillant au coude à coude avec sa petite équipe, qu'elle ne lâcha que lorsqu'elle la sentit assez motivée. Puis elle s'occupa de polir et d'astiquer les grandes glaces et le bar, ternis par des semaines de crasse accumulée. C'était un plaisir presque sensuel de voir tout reluire à nouveau. Assise sur les talons, elle aperçut une liasse de papiers cachée derrière le bar. Des billets de cinq livres.

Les barmen étaient si blasés qu'ils ne prenaient même pas la peine d'emporter tout leur butin. Elle prit l'argent et gagna le bureau. Comme Gabriel dormait dans son fauteuil, elle sortit de sa poche les clés du coffre et y déposa les billets. Elle se sentait zélée, pleine d'énergie. Quel bonheur d'avoir des responsabilités !

Plus tard dans l'après-midi, ses robes furent livrées. Elle monta les essayer dans sa chambre, mais la taille du miroir et la faible intensité de l'éclairage ne permettaient pas de se faire une impression. Elle descendit et, debout au milieu de la salle étincelante, elle regarda son reflet dans chacun des quatre grands miroirs muraux. Sa robe préférée était d'un gris subtil, assorti à la couleur de ses yeux. Une soie chatoyante, très près du corps, décolletée dans le dos, avec un nœud sur chaque épaule et à la taille. Elle se tourna et se retourna en s'admirant, tandis que Gabriel l'observait.

— Vous avez l'œil sûr, monsieur Cooper. Mais la robe bleue est trop grande. Il faudra que je la fasse retoucher.

— Décidément, vous êtes une touche-à-tout, mademoiselle Perdoux.

Elle s'apprêtait à remonter quand Gabriel la suivit dans le couloir et la coinça contre le mur.

— Mais vous manquez singulièrement de reconnaissance.

— Vous avez toute ma gratitude. Attendez un peu. Vous n'avez encore rien vu.

Il posa la main sur ses seins. Laura sentit son cœur cogner contre sa poitrine et elle s'en voulut de sa nervosité. Un type comme ça, ce n'était rien, rien du tout.

— Et si nous montions dans votre chambre ? Moi aussi j'en ai, des choses à vous faire découvrir, lui dit-il.

Elle se renversa un peu en arrière pour le regarder dans les yeux.

— Ce serait avec plaisir, répondit-elle d'un ton badin. Mais nous ouvrons dans une heure. Et vous conviendrez que ce genre de découverte demande du temps...

Puis elle se dégagea en souplesse et monta l'escalier en courant. Vraiment ! Ce gars était raffiné comme un singe !

Ce soir-là, elle mit du rouge à ses lèvres, ombra ses yeux de noir et revêtit sa robe, luisante comme une armure dans la lumière tamisée du club. On ne voyait qu'elle. Les barmen la regardaient d'un air rogue, mais elle ne fit rien pour les calmer. À partir de ce soir, il n'y aurait plus de vols, leur avait-elle déclaré. En plus de leur salaire, ils auraient les pourboires et rien d'autre ; à eux d'assurer la qualité du service. Les mécontents pouvaient s'en aller.

— Et si vous voyez un client boire à sa bouteille, veuillez me prévenir, avait-elle ajouté. Je m'en occuperai. Au Zambesi, il est interdit d'apporter de l'alcool.

Les premières heures de la soirée étaient toujours calmes. Les serveurs restèrent en groupe à comploter. Laura prit position dans l'entrée à côté de Jacko, juché sur son perchoir. Elle accueillit les clients, conduisit les femmes les plus belles et les plus huppées ainsi que leurs galants aux meilleures tables, placées près de la piste de danse. Les hommes non accompagnés s'asseyaient près du bar. Laura venait de temps en temps leur tenir compagnie. Ils en étaient ravis, commandaient du champagne, lui offraient un verre. Elle ressentit à nouveau la sensation de puissance dont elle s'était grisée rue de Claret. Elle connaissait tout des hommes et se savait irrésistible.

— Regardez le type au bord de la piste de danse. Il a une flasque dans la poche, vint lui rapporter l'un des serveurs aux alentours de minuit.

En effet, un petit homme replet emplissait son verre à intervalles réguliers. Laura s'étonna de le trouver aussi bien placé, mais elle n'avait pas accueilli tout le monde. Elle s'approcha de lui et posa une main sur son épaule.

— Je regrette, monsieur, lui murmura-t-elle, vous n'êtes pas autorisé à apporter de l'alcool au club. C'est une règle de la maison.

L'homme devint écarlate.

— Et depuis quand me donne-t-on des leçons dans le club de mon propre frère ? s'indigna-t-il.

Laura en eut le souffle coupé. Elle était tombée dans le piège.

— J'ignorais que vous étiez le frère de M. Kennedy, monsieur. Je suis certaine qu'il ferait une exception pour vous, mais... nous essayons d'encourager les clients à consommer. Seriez-vous assez gentil pour être discret ? lui demanda-t-elle en lui décochant un charmant sourire.

— Vous ne manquez pas de toupet !

Entraînée à repérer le moindre changement dans le comportement masculin, Laura vit qu'il était près de s'attendrir. Saisissant sa chance, elle se permit un petit rire de gorge.

— Je l'admets. Si j'avais su qui vous étiez, je ne vous aurais rien dit.

— Une jolie fille comme vous peut tout se permettre. Et si nous dansions ?

Ouf ! La panique lui asséchait la bouche. Mais, à son grand soulagement, et au vif dépit du barman, elle se retrouva dans les bras avides de l'aîné des Kennedy.

— Comment mon frère a-t-il eu l'idée de vous engager ? Ce n'est pas une flèche, notre Peter, et encore moins avec les femmes.

— C'est M. Cooper qui m'a recrutée, répliqua Laura en s'apercevant avec horreur que son partenaire lui pelotait les fesses et se pressait ouvertement contre elle.

— Vous dormez ici ? Vous avez une chambre à vous ?

— Non, s'empressa-t-elle de mentir. J'ai fait mes études avec la sœur de M. Cooper. Nous avons un appartement près d'ici... Dans la maison de famille d'une camarade de classe. C'est un endroit génial. Si central.

C'étaient des choses de ce genre qu'auraient dites les sœurs Monk et le résultat fut immédiat. Comme si on avait appuyé sur un bouton, il desserra son étreinte. Elle n'en était pas une, en fin de compte.

— Ces jeunes filles d'aujourd'hui sont incroyables ! Et votre mère vous autorise à travailler ici ? Elle n'a rien contre ?

— Elle sait bien que M. Cooper veillera sur moi, repartit Laura d'un air modeste.

En trois mois Laura devint la reine du Zambesi. Une reine comblée. Le personnel l'accueillait en murmurant de respectueux « Bonsoir, mademoiselle Perdoux », et les clients raffolaient de sa compagnie.

La cuisine était propre, même si la qualité des mets restait variable, selon l'humeur et la sobriété du chef. Quant aux bénéfices, ils avaient monté en flèche. Même Jacko le singe était mieux luné et mieux dressé, vêtu aux couleurs du club d'un veston vert et d'un fez doré. Tandis qu'elle se donnait de la peine jusqu'à en perdre le sommeil, tout ça pour quelques robes de soirée, d'hypothétiques pourboires et un maigre salaire, Gabriel Cooper, lui, ne faisait rien.

Cela la contrariait, et il le savait. En fait, loin de l'aider, il avait l'air décidé à entraver la bonne marche du club et à lui mettre des bâtons dans les roues. Quand la boîte était pleine à ras bord, il commandait des cocktails et présidait à leur fabrication, vautré sur le bar, provoquant une cohue de serveurs et d'invités impatients. Tout en vaquant à ses nombreuses occupations, entrer et sortir de la cuisine, bavarder avec les clients réguliers comme si elle avait tout son temps, Laura l'observait du coin de l'œil.

Elle avait sous-estimé son côté retors, semblait-il. Il n'y avait pas moyen d'aborder le problème de front, aussi commença-t-elle une bataille silencieuse. Elle entraîna les serveurs à préparer les cocktails, promut les filles de cuisine qu'elle fit servir à table, encouragea celles du vestiaire à sortir de leur repaire pour s'asseoir et causer avec les clients. Dès que Gabriel entrait dans le club, elle envoyait ses renforts. Du coup, il fit venir des amis par dizaines, gratuitement.

La tension montait et Laura en ressentait le contrecoup. Elle se couchait rarement avant l'aube, tombait, épuisée, pour se lever au milieu de la matinée, quand l'animation de la rue l'empêchait de se reposer. Dès qu'elle faisait son apparition, on la réclamait, à la cuisine, au cellier, et elle apprenait que Gabriel avait donné un soir de repos à l'orchestre. Alors elle essayait de sauver la situation, pendue au téléphone, en maudissant Gabriel. Manifestement, c'était réciproque.

Elle ignorait pourquoi il avait changé. Elle avait été assez claire, et ce depuis le début. Il savait qu'elle ne s'offrirait pas à lui. Mais il avait compté sur son charme. Les femmes y étaient sensibles, c'était net, elles guettaient son regard, cherchaient son sourire indolent. Mais pas elle. Gabriel désirait les femmes non pour elles-mêmes, mais pour assouvir sa fierté masculine, et Laura éprouvait presque du mépris pour lui, sans se rendre compte que cela se voyait dans son attitude. Il pouvait lui faire du plat autant qu'il voulait, jamais elle ne marcherait.

Un samedi du mois de juin, le club affichait complet et il y régnait une chaleur suffocante lorsque Gabriel amena toute une bande d'amis avec lui. Ils furent une vingtaine à défiler devant Laura, éméchés et bruyants, perturbant la bonne marche d'une soirée réussie.

— Mes amis voudraient goûter mon cocktail, Harry, lança Gabriel. Vas-y mon pote, mets-y-toi sans tarder.

C'en était trop. L'orchestre jouait un morceau langoureux, « The Sheikh of Araby ». Sur la piste, une fille dansait magnifiquement le tango et attirait tous les regards. Les joues en feu, Laura avança sur lui. Comment osait-il se comporter ainsi avec elle ?

— Faites sortir ces gens, dit-elle d'une voix basse, heurtée. Sortez d'ici et emmenez-les avec vous.

— Bon Dieu, miss Perdoux ! se moqua Gabriel en faisant mine de reculer. Ne vous a-t-on pas dit que c'est moi le gérant de ce club ?

— Vous ne fichez rien ! Vous ne cherchez qu'à me gêner dans mon travail, à me rendre la vie impossible !

Le fameux cocktail arrivait sur un plateau. Laura fit un geste brusque, et ils furent tous deux aspergés. Gabriel passa la main sur sa joue et se lécha les doigts.

— Un peu trop de cognac, Harry, dit-il, provoquant de gros éclats de rire.

Il n'y avait pas moyen d'en venir à bout, pensa Laura en se reprochant sa stupidité. Elle n'aurait pas dû essayer. Alors qu'elle se détournait, il la saisit par le bras.

— N'ayez pas l'air si fâchée, Laura, clama-t-il. Vous avez dû voir pire que ça rue de Claret.

Elle se figea, attendant le coup de grâce. Le visage de Gabriel s'approcha du sien.

— Ces institutions pour jeunes filles, il paraît qu'on y apprend des choses !... Venez donc vous changer, ma chère.

Elle baissa les yeux sur le devant de sa robe tout taché. Les gens les regardaient. Pourquoi Gabriel la torturait-il ainsi ? Il l'escorta jusqu'au couloir et la poussa à travers le rideau de bambou.

Une fois hors de vue, Laura se libéra et se tourna face au mur.

— Pourquoi faites-vous ça ? Pourquoi ? se plaignit-elle en tapant du poing.

Il se colla contre elle.

— Parce que vous le méritez.

Il se colla à elle et lui prit les seins. Elle frissonna, mais elle était si crispée que le contact de ses mains eut pour effet de la calmer. Le bruit du club semblait très loin, couvert par leurs seuls souffles. Il écarta ses cheveux et lui baisa les épaules. Elle était moite, tremblante. Il lui lécha le cou, lascivement, et elle gémit.

Le rideau de bambou cliqueta. Aussitôt Gabriel la poussa en avant vers l'escalier. Sa robe accrocha un clou, il tira dessus d'un coup sec, la déchirant, mais Laura se ressaisit. Le désir mène une fille à sa perte, madame le disait toujours. « Quand on les désire, ils se servent de vous. Dès qu'un homme sait que vous avez envie de lui, il perd tout respect et tout intérêt pour vous. Puis il commence à vous vendre à ses amis. Tous les mêmes, ces dons Juans. »

Laura entra dans sa chambre et se tourna pour lui faire face.

— Je ne veux pas. Je ne me laisserai pas faire.

Mais il ne tenta rien, la dépassa et alla s'asseoir sur le lit. Au bout d'un moment, Laura vint le rejoindre. Elle lui prit la main.

— Pourquoi êtes vous toujours aussi fâché contre moi ?

Il la fixa de ses yeux clairs.

— À cause de vous, j'ai connu une terrible humiliation. Vous le savez bien. Personne n'oublie ces choses-là. Je vous ai trouvé un travail, je vous ai aidée, est-ce trop demander ? Je voudrais gommer le passé. Vous montrer comme je peux être différent. Vous avez eu des centaines d'hommes, un de plus, qu'est-ce que ça peut faire ?

— Je ne vous dois rien, dit Laura sèchement. Je travaille dur. Je ne suis pas votre obligée.

Il laissa échapper un râle de colère.

— Petite garce, sale égoïste ! Pourquoi attacher tant d'importance à ce fichu club ? Kennedy est riche comme Crésus, pour lui, c'est un jeu. Tout le monde se moque de vous. Ces mensonges que vous avez débités... disant même que vous aviez fréquenté les meilleures écoles... Personne ne vous croit, Laura. Ils savent tous que vous étiez la bonniche des sœurs Monk.

— Je ne m'en rendais pas compte, dit Laura, livide, en baissant la tête.

— Je m'excuse, fit Gabriel, surpris de la voir aussi défaite, elle qui se composait toujours un air posé. C'était cruel.

— Mais mérité, d'après vous, répondit Laura qui releva la tête, étonnée de l'entendre s'excuser. Vous devez me trouver idiote, de vouloir changer de vie. De m'escrimer à frotter une tache indélébile. Mais je voudrais tellement être différente.

Il sentit qu'elle s'adoucissait et lui caressa le bras en remontant vers le cou, sous les cheveux.

— Vous êtes très bien comme vous êtes, comme vous étiez, murmura-t-il. Soyez gentille, faisons comme si nous étions de nouveau rue de Claret et recommençons tout.

La pièce était étouffante. La musique pulsait à travers le plancher. Madame n'était pas omnisciente, s'abandonner à lui, c'était le vaincre. Il ne savait pas le risque qu'il prenait.

Mais elle en avait fini avec tout ça. Dès qu'elle recommencerait, ça n'en finirait plus. D'abord Gabriel, puis les clients, en bas, puis... Soudain elle se leva du lit et s'approcha de la penderie pour en sortir sa robe bleue.

Gabriel la regarda depuis le lit.

— Bon Dieu, mais quelle garce ! Qu'est-ce que ça peut faire ? Ça n'a aucune importance.

— Pour moi, si.

Laura émergea de la robe blanche en bas et en culotte.

— Très franchement, vous n'êtes même pas bien faite, lança-t-il méchamment.

Les yeux de Laura étincelèrent.

— Vous n'aimez pas la marchandise ? Ça tombe bien, elle n'est pas à vendre.

— Une fois ! C'est tout ce que je demande !

Elle glissa les bras dans la robe bleue et resta le dos tourné, attendant qu'il l'agrafe. Mais il passa les mains sous le tissu et lui prit les seins à pleines mains.

— Je t'en prie, murmura-t-il, je t'en prie.

Elle retint son souffle.

— Agrafez ma robe, s'il vous plaît, dit-elle posément. S'offrir une femme, ce n'est pas difficile, moyennant un peu d'argent. Vous pourriez même essayer avec les clientes. On m'a dit que certaines femmes de la haute le font pour rien.

Il lui embrassa la nuque.

— Tout ce que je demande, c'est un peu de gentillesse en échange d'une grande faveur.

— Gabriel, la réponse est non.

Dans la glace, il avait une mine effrayante. Elle s'aperçut qu'elle avait peur de lui. Il aurait mieux valu ne pas s'en faire un ennemi. Mais il s'anima brusquement et lui agrafa sa robe. Elle gagna la coiffeuse pour mettre un peu de rouge à lèvres.

— Alors, tout le monde sait que j'étais domestique ? demanda-t-elle.

— En fait, non. Et ceux qui le savent ne le croient pas. Ils pensent que les sœurs Monk sont cinglées.

Laura inspira profondément et se détendit.

Il apparut dans le miroir et elle éprouva tout à coup quelque remords en voyant son air malheureux. Mais il n'en saurait jamais rien. On se méfiait des jeunes hommes virils et ardents, rue de Claret. Avec raison. Ils étaient si exigeants.

On frappa à la porte. Laura se raidit. La présence de Gabriel dans sa chambre confirmerait tous les soupçons... Mais elle était si lasse qu'elle s'en fichait presque.

— Oui ? lança-t-elle.

C'était l'une des serveuses.

— Excusez-moi, mademoiselle Perdoux. Mais le singe est devenu fou...

3

Laura s'assit au milieu des tables vides. Il était très tard, ou très tôt, c'est selon. On entendait s'entrechoquer dans la rue les casiers de bouteilles de lait. Elle regarda l'heure à sa montre... presque six heures. Ça ne valait plus le coup de se coucher.

La porte s'ouvrit sur Gabriel.

— Ils veulent qu'on le fasse piquer. À cause de la rage ou de je ne sais quoi. Vous aviez raison, cette bête n'était pas à sa place ici. Il y a gros à parier que quelqu'un entamera des poursuites.

— Je me demande ce que dira M. Kennedy.

— À mon avis, il s'en fichera pas mal. Il en avait assez, de toute façon.

— Vous ne voulez pas dire qu'il voudra fermer ? Le club rapporte bien !

— De l'argent, il en a à la pelle.

Il alla au bar chercher une bouteille de champagne et leur servit un verre à chacun.

— Santé. Au présent, et à l'incertitude du lendemain.

— Que tout continue comme avant, dit Laura en levant son verre.

Gabriel était étonnamment désinvolte. Sa sombre humeur de la veille au soir s'était dissipée comme de la brume. Il s'était entiché d'elle par simple caprice, pour se distraire parce que le club l'ennuyait, pensa Laura avec tristesse. À la lumière du jour, il n'avait plus envie d'elle, du moins pas plus que d'une autre fille. Mais elle l'avait asticoté, parlant de devoir et de responsabilité, l'irritant autant que lui l'énervait. Elle regarda son visage juvénile en se demandant si elle paraissait aussi fraîche et intacte que lui. Elle en doutait.

La police arriva juste après neuf heures. Laura connaissait les agents, ils inspectaient le club très souvent, contrôlant la clientèle et vérifiant que les lois sur la vente des spiritueux étaient bien appliquées. Mais tout ce qui était officiel la rendait nerveuse. Elle les emmena au bureau, frappa et ouvrit la porte. Gabriel était affalé, la bouteille de champagne vide à côté de lui.

— Édifiant ! lâcha l'agent de police.

— M. Cooper est... très fatigué, commenta platement Laura. Personne n'a fermé l'œil de la nuit. Peut-être pourrais-je vous donner l'adresse du propriétaire, M. Kennedy ?

— Volontiers, mademoiselle. Et je vous suggère d'oublier toute idée de rouvrir le club dans les semaines ou les mois à venir.

Elle joignit les mains en s'efforçant de dissimuler sa panique. Son gagne-pain...

— Ce n'est qu'un singe ! Personne n'en est mort !

— Pour l'instant, mademoiselle. Mais on craint la rage. Et, entre nous, les juges n'aiment guère que les clubs aient la vie trop longue. Vous en avez bien profité, après tout.

Elle les raccompagna à la porte avec une politesse machinale. Puis elle alla rejoindre Gabriel et s'assit sur le bureau, à côté de lui. Il bâilla et se redressa.

— Ils exigent la fermeture du club, déclara-t-elle, en plein désarroi.

— Il est grand temps, si vous voulez mon avis, dit-il en s'étirant. Ne faites pas cette tête, Laura ! Vous trouverez du travail ailleurs !

— Et vous, qu'allez-vous faire ? riposta-t-elle.

— Je rentrerai chez moi embêter un peu ma famille. Ils ont l'habitude.

Il se pencha en arrière, l'œil vif. Gabriel récupérait étonnamment vite.

Tout le monde avait une famille sauf elle, un endroit où se réfugier quand les choses tournaient mal, se dit Laura, qui se sentit soudain très seule. C'est vrai, elle avait Sophie, sa Sophie qui lui coûtait si cher... Les larmes lui piquaient les yeux. Non, il ne fallait pas penser à Sophie tant que les choses n'iraient pas mieux. La dépression la guettait comme une grande limace noire prête à la dévorer. Si elle n'était pas si fatiguée... mais elle ne pourrait pas dormir. Et puis elle n'en avait pas le temps. Un petit moment de réflexion, une pause bienfaisante pour faire le point, un peu d'insouciance, tout cela n'était pas pour elle. Il lui fallait trouver du travail.

Se remémorant les commentaires de Gabriel la veille au soir, elle s'habilla en recherchant scrupuleusement une respectabilité toute britannique. Il lui faudrait laisser repousser ses sourcils. Elle se fit une coiffure sage en relevant ses cheveux sur les côtés et abandonna le rose à joues pour de la poudre et une légère touche de rouge à lèvres.

Gabriel la vit descendre l'escalier.

— Bon Dieu, vous êtes aussi excitante que de la flanelle humide.

— J'ai l'air respectable.

— Et pour quoi faire ? Les gens respectables sont des casse-pieds.

— Vous n'y connaissez rien, répliqua-t-elle. La seule personne non respectable que vous ayez rencontrée dans votre vie, c'est moi ! Et j'ai besoin de trouver du travail.

Il s'approcha et se mit sur son passage.

— Un conseil, si vous comptez travailler dans un night-club, n'y allez pas comme ça. Mlle Perdoux aura bien du mal à réchauffer l'ambiance. Contrairement à l'énigmatique, la charmante, la mystérieuse Laura, dont on se demande si elle est, oui ou non, la créature la plus perverse que la terre ait portée.

— Vous autres, les Anglais, vous vous faites un monde du sexe ! repartit-elle en le fixant d'un regard froid.

Elle remonta cependant dans sa chambre, libéra ses cheveux, se maquilla davantage, dessina ses sourcils en une ligne douce, presque naturelle. À son grand étonnement, lorsqu'elle redescendit, Gabriel l'attendait.

— Allons, je vous emmène au Palmier. Je connais le type qui s'en occupe.

— Ne vous donnez pas cette peine...

Il lui jeta un coup d'œil et lui sembla soudain très jeune, comme chaque fois qu'il laissait apparaître le meilleur de sa nature.

— Il ne vous verrait pas sans recommandation. Et puis je me sentirai mieux quand vous serez casée.

Cet altruisme ne lui ressemblait guère. Elle en fut touchée. Il héla un taxi, et cela la ramena aux jours passés avec Henri. Comme c'était agréable d'avoir quelqu'un qui s'occupe de vous.

Situé tout près de Soho, le Palmier était plus petit que le Zambesi. Un manchot ancien combattant en gardait la porte. Les Taggart-Jones, une grande famille sur le déclin, en étaient les propriétaires, et c'était leur fils cadet, Timothy, qui s'occupait du club en amateur.

— Comment ça se passe, dans la jungle du Zambesi ? s'enquit celui-ci d'un ton enjoué.

Malgré l'heure matinale, il leur prépara des cocktails, qu'il versa dans des verres d'une propreté douteuse.

— On a fermé boutique, répondit Gabriel. C'est pour ça que je suis venu avec Laura. Tu as besoin d'une hôtesse, non ? Elle est merveilleuse. Elle mène tout son petit monde à la baguette et les clients en raffolent.

— Je n'en doute pas, répondit Taggart-Jones d'un air crispé.

Ils gagnèrent une table sous un palmier en crépon dépenaillé. Laura sentit le découragement la reprendre. Le club était vraiment quelconque, il n'avait rien de l'éclat du Zambesi. Elle s'imaginait mal en robe de soirée dans ce décor sinistre, à essayer d'y mettre un peu de beauté, de gaieté. Il y avait d'autres clubs. S'il lui proposait de l'embaucher, elle refuserait.

Gabriel revint à la charge.

— Alors, qu'en dis-tu, Tim ? Elle ferait des merveilles, tu sais.

Taggart-Jones avait l'air mal à l'aise.

— Très franchement, dit-il à voix basse, je n'oserais pas. Les gens qui viennent ici connaissent mes parents. Ils l'apprendraient.

— Et alors ? demanda Laura d'une voix glacée. Qu'y a-t-il de si terrible dans le fait de m'employer ? Pour qui me prenez-vous ?

Le jeune homme s'empourpra.

— Je ne voulais pas... Mais dans ce genre d'endroit...

— Un endroit laid et sinistre, permettez-moi de vous le dire, et où les gens ont l'esprit bien mal tourné, riposta Laura en se levant. Pour rien au monde je n'y travaillerais !

Gabriel posa la main sur son bras pour tenter de l'apaiser.

— C'est un malentendu, voyons. Il s'est trompé sur votre compte. Il vous a prise pour...

— ... une prostituée, s'emporta Laura. Il croit peut-être que je couche avec les clients pour le prix d'une consommation ! S'imagine-t-il que je monterais avec lui pour le remercier de m'avoir offert ce cocktail infect ?

En sortant, elle croisa le vétéran qui lui lança un regard appuyé. Elle eut envie de lui cracher dessus. Derrière elle, Gabriel balbutiait des excuses. Il la rattrapa au bout de la rue.

— Ce n'est pas ma faute, dit-il avec innocence.

Elle vira sur ses talons.

— Il ne fallait pas m'emmener là ! Vous saviez ce qu'il penserait. Et vous m'avez conseillé de me changer pour l'aider à se faire une opinion !

— Ne dites pas de bêtises. Vous êtes ravissante.

— J'ai l'air d'une putain ! Tout le monde le voit !

Gabriel mit un bras autour de ses épaules, et elle pleura, blottie contre lui, des larmes de colère et de honte. Il lui tendit son mouchoir.

— Vous êtes très gentil, murmura-t-elle. Je m'excuse, je suis idiote.

— Ce n'est rien... Dites, pourquoi n'irions-nous pas quelque part, dans un endroit tranquille ?

Elle s'écarta brusquement et descendit du trottoir en reculant. Un taxi klaxonna. Elle se retourna et courut entre les voitures. « Laura ! Laura ! » appela Gabriel. Mais elle fit signe à un taxi de s'arrêter. Il traversa la rue en courant, manquant se faire renverser par un bus... Trop tard. Il vit son visage à travers la vitre, puis le taxi fila et Gabriel se sentit soudain confondu, désarmé. Pourquoi se refusait-elle, bon sang ! Elle avait beau faire, il savait bien qu'elle en était une.

La journée se mua en une chaude nuit d'été. Comme c'était étrange de voir le Zambesi dans l'obscurité, songea Laura. Un oiseau s'envola de l'enseigne éteinte, déjà cassée. Qui avait fait cela ?

La porte était verrouillée. Elle frappa, mais personne ne répondit. Et si elle ne parvenait pas à entrer ? Mais des pas se rapprochèrent. C'était Gabriel.

Il s'écarta pour la laisser entrer. Il avait l'air endormi.

— Alors, du nouveau ?

Laura soupira. Il le saurait tôt ou tard. Elle secoua la tête et alla à la cuisine. Sans mot dire, elle prépara une omelette aux fines herbes. En silence, Gabriel ouvrit une bouteille de vin. Ils allèrent s'asseoir à une table, dans le club désert.

Quand elle eut fini son repas, Laura s'adossa et dégusta son verre de vin. Lui alluma une cigarette.

— Que vas-tu faire ? Retourner en France ?

— Il n'y a pas plus de travail là-bas. Je suis bien ici, mais je n'ai aucune référence, tu comprends. Si une famille pouvait me recommander... Peut-être pourrais-je apprendre à taper à la machine ?

— Tu n'en as pas vraiment envie, n'est-ce pas ?

Elle haussa les épaules. Il l'observa à travers les volutes de fumée. Il ne l'avait jamais vue si fatiguée, si abattue.

— Kennedy ferme la boîte, dit-il brusquement. Il va falloir déménager.

— Je trouverai une chambre quelque part. Tu crois que ce serait plus facile si je quittais Londres ?

— Je ne sais pas. Peut-être.

133

Laura surprenait Gabriel, elle acceptait les épreuves que la vie lui imposait comme si c'était son dû. Ses brefs accès de rage finissaient en morne résignation. Il eut envie de s'excuser et chercha un prétexte.

— Je regrette, pour le singe, dit-il. Tu m'avais prévenu. C'est ma faute.

— Pauvre Jacko. Il ne mérite pas de mourir, soupira-t-elle.

— On pourrait le mettre dans un zoo.

— Tu crois ? Il aime trop les cocktails. Il risque de mal s'adapter.

Ils rirent comme les gens peuvent le faire quand tout semble perdu. Il lui prit la main et ils restèrent à savourer paisiblement ce moment. La querelle de ce matin paraissait très loin.

— J'ai une idée, dit-il.

— Ne recommence pas, Gab, lança Laura en retirant sa main.

— Mais non ! Si tu venais avec moi dans le Yorkshire ? Là-bas, tu repartirais sur de nouvelles bases. Tu pourrais dire que tu viens de France, que tu séjournes chez les Cooper et que tu cherches du travail. Ma mère t'écrira des références. Je m'en assurerai.

Elle éprouva un soulagement mêlé de vertige. Fatiguée comme elle l'était, le vin lui montait à la tête. Les Anglais vivaient dans des boîtes, des boîtes aux couvercles bien fermés. Elle y avait glissé les doigts, mais le couvercle avait aussitôt claqué méchamment. Et maintenant Gabriel lui ouvrait sa boîte, juste assez pour qu'elle s'y faufile. Il ne l'aurait pas fait si elle avait couché avec lui, pensa-t-elle avec une ironie un peu amère. Mais, désormais, curieusement, elle lui serait redevable.

— Bien sûr, si tu n'en as pas envie..., dit Gabriel.

— Oh si ! Si, j'en ai envie. Mais que diras-tu à ta mère ?

— Que tu es la sœur d'un camarade de classe. Non, la demi-sœur. Élevée en France. Tu habitais à Londres avec lui, mais il a dû quitter la ville et m'a demandé si je pouvais t'emmener chez moi.

— Et pourquoi ne puis-je habiter chez mes parents ?

— Parce que tu es une orpheline, déclara Gabriel d'un ton mélodramatique.

L'express entra lentement en gare et ses passagers se penchèrent aux fenêtres pendant qu'il longeait les quais sans s'arrêter. Il y avait une foule d'hommes en longs manteaux et chapeaux plats, portant des pancartes où l'on lisait « Du travail ! », « Le Yorkshire veut vivre ! ».

— Ne te penche pas, dit Gabriel, ils risquent de jeter des pierres.

— Pourquoi ? Nous n'y sommes pour rien. Oh, Gabriel, ils ont l'air si misérables !

— Une bande de voyous, oui ! s'exclama un passager en dépliant son journal. Tout ça, c'est de la comédie. Ils aiment bien se faire plaindre, c'est tout.

À mesure que le train avançait lentement, Laura croisait leurs regards. Elle n'avait jamais vu une telle détresse.

— Si on leur donnait quelque chose ? lança-t-elle.

— Ils ne veulent pas l'aumône, mais du travail, repartit Gabriel. Ce sont des mineurs ou des métallurgistes. Pauvres diables.

Le train reprit de la vitesse. Laura se rassit, profondément troublée. Elle savait ce que c'était de ne pas avoir d'issue. La vision de ces visages qui défilaient ouvrait en elle comme un puits de douleur.

— Tous ces gens... Que vont-ils faire ?

— Je ne sais pas... changer de région, répondit Gabriel.

— Pour aller à Londres ? Il n'y a pas de travail.

— Non. À Birmingham, peut-être. Aux usines automobiles.

Ils arrivèrent à Leeds juste avant dix heures. Personne ne les attendait. Pourtant Gabriel avait envoyé un télégramme, du moins le lui avait-il dit.

— On va prendre une chambre dans un hôtel et un taxi nous emmènera demain matin, fit-il d'un ton léger.

Laura s'immobilisa devant la gare.

— Pourquoi pas ce soir ? Pas besoin d'aller à l'hôtel.

— Nous ne sommes pas attendus.

— Tu m'as dit que tu avais envoyé un télégramme ! Gabriel ! Gabriel ! Tu m'as fait faire tout ce chemin pour rien !

Sous l'effet de la panique, elle haletait. Qu'est-ce que cherchait Gabriel ? Était-ce encore l'un de ses petits jeux ? Que ferait-elle maintenant, dans ces lieux inconnus ?

— Écoute, inutile de piquer une crise de nerfs. J'enverrai un télégramme demain matin.

— Ta mère ne voudra peut-être pas me recevoir. Et si elle ne me laisse pas entrer ?

— Ma pauvre, tu ne la connais pas, elle est folle de moi ! Elle m'accueillerait à bras ouverts même si je ramenais un chameau à la maison ! Allons dans un hôtel. Chambres séparées, promis.

Laura secoua la tête.

— Je ne pourrais pas dormir. Je t'en prie, Gabriel, allons-y tout de suite. Qu'on soit fixés une bonne fois pour toutes.

Cela faisait presque cinquante kilomètres, ils ne seraient pas rendus avant minuit. Gabriel soupira. Il avait imaginé un gentil souper dans un petit hôtel qu'il connaissait, avec des chambres communicantes, un whisky pour digérer, et puis un long moment de détente, rien de sordide ni de précipité. Mais il avait mal joué. Et le voilà qui se laissait convaincre de l'emmener chez lui en pleine nuit. Elle paraissait si fragile, si anxieuse, se dit-il avec rage. Comme la première fois.

La gare se vidait, maintenant que le train de Londres était parti. Une brise froide agitait les cheveux de Laura. Il résista à la folle envie de la serrer dans ses bras pour la réconforter : elle le prendrait mal. Il regarda la station de taxis. Il restait un seul véhicule poussiéreux. Pas d'échappatoire. Il fallait l'emmener à Gunthwaite Hall.

4

Laura se réveilla lentement en sentant la lumière du soleil sur son visage. Un instant hébétée, elle cligna des yeux et se redressa. La chambre où elle avait dormi était basse de plafond, avec un papier peint rose, une console de toilette démodée supportant cuvette et aiguière, et une immense armoire en chêne vermoulue. La porte était faite de plusieurs planches grossièrement clouées et équipée d'un loquet comme on en voit à l'entrée des étables. Elle sortit du lit et s'agenouilla devant la lucarne. Au loin, des bois touffus se découpaient sur l'horizon, puis des champs où paissaient des vaches d'un beau roux et, plus près encore, un verger où des moutons broutaient entre les arbres fruitiers. Des pigeons roucoulaient sur le toit. Laura n'aurait jamais imaginé Gabriel vivant dans ce décor.

Un chien aboyait à côté. Elle ouvrit la fenêtre, non sans effort, et inspira à pleins poumons l'air frais du matin. Ah, cette odeur de ferme ! Il lui suffisait de humer ce riche mélange de fumier, de fleurs, de foin et de bétail pour retrouver son enfance, à tel point que les larmes lui vinrent aux yeux.

Elle se leva et fit sa toilette en frissonnant au contact de l'eau froide. Il devait y avoir une salle de bains dans la maison, mais comment en être sûre ? Leur arrivée inopinée et tardive avait semé la pagaille et Laura s'était faite toute petite. Accueillie fraîchement par la mère de Gabriel, en robe de chambre, elle avait grimpé un grand escalier, en équilibre précaire sur des marches inégales. À présent elle découvrait la maison, une vieille demeure biscornue où il n'y avait ni électricité ni gaz, juste des bougies, des lampes à pétrole, et pas de téléphone, bien sûr. C'était un abri contre les éléments, aussi sombre qu'une grotte. Décidément, il lui rappelait beaucoup la ferme, se dit Laura en repérant le pot de chambre sous le lit.

La veille au soir, personne ne leur avait proposé de prendre un en-cas et elle mourait de faim. Mme Cooper, une femme grande, mince, avec un long nez et d'épais cheveux gris, s'était jetée sur son fils en s'écriant « Gabriel ! Gabriel ! ». Celui-ci l'avait gratifiée d'un « Bonjour maman » plutôt froid, et Laura s'était sentie gênée en les regardant. L'amour maternel n'était pour elle qu'un très vague souvenir.

Elle s'habilla d'un tailleur en tweed, une tenue de ville peu adaptée, et s'apprêta à descendre. Dans le couloir, une pendule la renseigna. Il n'était que six heures du matin.

Personne. Elle resta sur le palier, indécise. Comment devait se comporter un invité dans une maison anglaise ? Fallait-il se rendre à la cuisine ou bien aller s'asseoir dans la salle à manger ? Cela faisait-il « peuple » d'aider aux travaux domestiques ? Ou bien devait-elle attendre dans sa chambre qu'on vienne la chercher ? Mais comment résister à ce soleil...

Elle descendit à pas feutrés l'escalier aux marches vermoulues. Dans le couloir il y avait une enfilade de portes en chêne fermées, et toujours personne. Autant sortir. Qui sait, une promenade matinale, c'était peut-être la chose à faire en Angleterre.

Elle sortit dans le soleil. Une poule décampa de sous l'immense vigne vierge qui s'accrochait au mur de la maison. Laura vit un œuf à demi enfoui dans les feuilles et le ramassa, encore chaud. Quand elle était petite, affamée, après s'être assurée que madame n'était pas dans les parages, elle en prenait un en douce et le gobait cru.

Elle s'éloigna à pas vifs. Deux piliers en pierre encadraient l'entrée de Gunthwaite Hall, et l'allée centrale se divisait d'une part vers la maison, de l'autre vers les dépendances que dominait une immense grange en pierre, bois et plâtre, d'un beau brun patiné. Des chiens étaient enchaînés de chaque côté de la grande porte voûtée, mais, lorsque Laura approcha, ils s'accroupirent en remuant la queue. Laura s'aperçut alors que le bâtiment abritait un grand troupeau de moutons.

Elle restait près de la porte, hésitant à s'approcher, quand une voix d'homme lança un « Bonjour » sonore. Laura se retourna, sur la défensive.

— C'est vous qui êtes arrivée avec Gabriel hier soir ? Comment allez-vous ? Je m'appelle Michael, je suis son frère.

D'abord, Laura trouva qu'il ressemblait à Gabriel, en brun. Mais elle révisa aussitôt son opinion... Il était beaucoup plus vieux. Un regard tranquille, des épaules larges et rembourrées, un pantalon en velours côtelé, une chemise ouverte et des mains calleuses de fermier.

— Enchantée, fit Laura, un peu crispée.

— Et vous, comment vous appelle-t-on ? s'enquit Michael en s'appuyant sur sa houlette de berger.

— Oh... Je m'excuse. Je m'appelle Laura. Laura Perdoux.

— Vous êtes une amie de Gabriel ?

— Oui. Enfin... c'est un ami de mon frère. Il a demandé à Gabriel de veiller sur moi et Gabriel a très gentiment...

— Quelle idée de confier sa sœur à Gabriel ! s'étonna Michael.

— Il a seulement proposé de m'amener ici. En réalité, je suis en âge de m'assumer, se hâta d'ajouter Laura.

— Ma chère, j'en doute fort, répliqua Michael en s'approchant d'elle. Vous êtes bien trop jeune et trop jolie. À part nous, personne n'est levé, je suppose. Venez, dit-il en lui prenant la main, asseyez-vous là sur la paille. Je vous emmènerai bientôt prendre un petit déjeuner, avant de vous présenter à tout le monde. Vous n'êtes pas près de voir Gabriel. Il se lèvera au plus tôt à dix heures.

Il s'occupait de soigner les pattes des moutons avec une dextérité stupéfiante, les attrapant, les retournant, taillant leur corne, donnant un coup de brosse à goudron avant de passer au suivant. Les bêtes rejoignaient vite le troupeau en bêlant. Laura les fixait, fascinée. À la ferme de son enfance, il n'y avait pas de brebis. Au bout d'un moment, Michael interrompit sa tâche et s'étira.

— Vous êtes le seul frère de Gabriel ? lui demanda Laura.

— Oui, mais il y a une fille entre nous deux. Rosalind, elle est mariée. Je m'excuse, je pensais que vous le saviez. Ne vous a-t-il rien dit sur nous ?

— Rien du tout, j'en ai peur. Je ne savais même pas qu'il habitait une ferme.

— Pour lui, c'est seulement une toile de fond, un décor pittoresque où il vient se ressourcer quand ça lui chante. J'aimerais pouvoir être aussi désinvolte, ajouta-t-il avec une pointe d'amertume.

— Cela fait longtemps que votre famille habite ici ?

— Environ deux siècles. La ferme est bien plus ancienne, elle remonte au temps des Normands. À l'origine, c'était un hameau fortifié. Les Cooper ont acheté le domaine à une famille aristocrate désargentée. Ma mère se donne des grands airs, mais ne vous y fiez pas. Nous avons tous fait des études, c'est vrai, mais nous ne sommes que de simples et honnêtes fermiers, rien de plus.

— Et votre père, il vit toujours ? Je suis désolée, c'est un peu grossier de ma part de vous poser ces questions, mais...

— Il n'y a pas de mal. Oui, père est toujours en vie.

Il n'en dit pas plus et reprit son travail. Soudain, trois brebis sortirent de la bergerie et prirent l'allée à fond de train.

— Zut ! Encore elles ! Il va falloir que je prenne le vélo pour leur courir après. Elles vont au village. Ces vieilles finaudes, elles me font le coup régulièrement.

— Et si j'y allais ?

Il parut sceptique.

— C'est loin, tout en bas de la colline. Et ça monte dur pour revenir.

— Tant pis, j'ai envie de m'occuper.

— Si vous êtes sûre que ça ne vous dérange pas, le vélo est sous le porche. Prenez Glen, le chien noir, il connaît son affaire. Elles seront au cimetière, juste à côté de l'église, elles y vont tout le temps.

Elle descendit détacher le chien, qui partit devant. Laura se dépêcha d'enfourcher la bicyclette. C'était un vieux modèle pour femme, pas confortable pour deux sous ; les freins grinçaient et ses chaussures glissaient sur les pédales. En rebondissant sur les ornières, Laura songea à s'acheter une bonne paire de chaussures pour la campagne. Mais pourrait-elle se l'offrir ? Tout en avançant sur son vélo, elle faisait des calculs. Si seulement elle n'avait pas eu la pension de Sophie à payer...

Le village était toujours endormi. En tournant le coin d'une rue, elle repéra les trois fugueuses qui broutaient les roses et les fleurs de rocaille du petit cimetière. Dès qu'elles la virent, elles sautèrent pardessus le muret et décampèrent. Mais le chien les devança. Il courut à travers les tombes et leur fit face en aboyant avec rage. Les brebis se retournèrent et reprirent le même chemin. Laura posa sa bicyclette et écarta les bras en poussant des « Ouh ouh ! » comme avec les vaches quand elle était petite. Les bêtes filèrent vers Gunthwaite ; Laura allait les suivre lorsqu'une fenêtre s'ouvrit. Une voix furibonde cria des mots auxquels Laura ne comprit goutte. Elle murmura des excuses et fila sans demander son reste.

La colline qu'elle avait dévalée à l'aller semblait bien pentue au retour. Elle vit à sa montre qu'il était presque huit heures. La bicyclette était lourde, son tailleur trop chaud ; elle s'arrêta pour souffler le long des haies. Le frère de Gabriel n'aurait pas dû accepter son offre aussi vite.

Elle commença à monter la colline en poussant la bicyclette. Enfin les murs sombres de Gunthwaite apparurent, tels ceux d'une place forte.

En s'approchant, elle vit deux gars pousser des vaches dans la cour et les moutons s'ébattre dans les prés. Laura chercha Michael des yeux. Peut-être était-il dans la maison. Elle gagna la porte d'entrée et fit de son mieux pour racler ses chaussures. Une femme en tablier se montra.

— Vaut mieux passer par la porte de derrière, petite, lui conseilla-t-elle gentiment. La grande entrée, c'est pour le pasteur.

Laura s'empressa de faire le tour de la maison et trouva un porche où s'entassaient des bottes et des cirés. Elle décrotta ses chaussures du mieux qu'elle put, puis se glissa timidement dans une immense cuisine.

— Bonjour Rosalind, lui dit un vieil homme, seul présent dans la pièce.

— Euh... je m'appelle Laura Perdoux.

— Ne fais pas l'idiote, ma chérie. Qu'est-ce que tu as dans ta poche ?

— Un œuf.

— Tu ne devrais pas garder des œufs dans ta poche, petite sotte. Donne-le.

Le vieil homme prit l'œuf et le posa sur la table. Il avait les yeux aussi bleus que ceux de Gabriel, mais beaucoup moins vifs.

— Faisons une surprise à ta mère, dit-il d'un air de conspirateur, comme s'il s'adressait à une toute petite fille.

Et il enveloppa soigneusement l'œuf dans un torchon, comme un objet précieux. À cet instant, la porte s'ouvrit sur la mère de Gabriel.

— Ah, mademoiselle Perdoux. Vous avez fait la connaissance de mon mari, je vois.

— J'essayais de me présenter, dit Laura.

— Ne vous donnez pas cette peine, il n'a plus toute sa tête. Mais il va être content de revoir Gabriel.

Elle prit machinalement le torchon posé sur la table et le déplia. L'œuf s'écrasa par terre.

— Norma ! gémit le vieil homme. Tu as cassé l'œuf de Rosalind !

— Je m'excuse, je voulais vous prévenir..., commença Laura.

— Ça n'a pas d'importance, soupira Mme Cooper.

Laura avait l'impression d'accumuler les gaffes. Elle aurait dû écouter Gabriel et passer la nuit à l'hôtel. Pourquoi avait-elle espéré un autre accueil ?

— Puis-je vous aider à préparer le petit déjeuner ? proposa-t-elle. Je viens de la bergerie. J'ai rabattu trois brebis qui avaient décampé.

— Il me semblait aussi que ça sentait le mouton, ici. Tout est prêt. C'est la deuxième porte à gauche.

Les joues de Laura s'enflammèrent. De toute évidence, la mère de Gabriel n'appréciait pas la présence d'une autre femme en ces murs. C'était prévisible. Pourquoi Gabriel ne l'avait-il pas prévenue ?

Elle traversa le couloir pour entrer dans la salle à manger. La femme qu'elle avait déjà vue y pliait des serviettes.

— Alors, ma chère. Vous avez vu Mme Cooper ?

Laura hocha la tête et son air dut la trahir, car la femme ajouta :

— Ne faites pas attention, elle a toujours été dure. C'est pire quand Gabriel est dans le coin. Elle l'adore. Je m'appelle Dinah. Je suis la femme de ménage.

— Et moi Laura. Gabriel n'aurait jamais dû m'amener ici sans prévenir personne. Il m'avait dit que tout se passerait bien.

— Du Gabriel tout craché.

— Et M. Cooper ? Il n'a pas l'air bien.

Dinah fit la grimace.

— Il est gâteux. Dix ans que ça dure, et ça ne fait qu'empirer. Il perd la boule. Il faut qu'elle l'habille, qu'elle lui donne à manger. Et elle n'aime pas que des inconnus le voient. Ça la gêne. Si Gabriel l'avait prévenue, elle aurait sans doute refusé. Elle ne reçoit plus personne. Ça lui a fait un choc de vous voir arriver comme ça, je peux vous le dire.

Laura regarda autour d'elle. Un buffet où étaient posés des plats en argent ternis, un bouquet de fleurs fiché sans grâce dans un vase. La table portait encore des traces de cire, tandis que les pieds étaient tout poussiéreux. Elle se sentit affreusement coupable.

— Asseyez-vous, lui intima Dinah en tapotant le dossier d'une chaise. Et prenez donc une tasse de thé. Ne vous tracassez pas. Ça lui fera du bien d'avoir un peu de compagnie. Elle tourne en rond, elle rumine. Elle ne sort jamais. Et tout retombe sur Michael. Ah, si elle ne l'avait pas, celui-là...

Elle hocha la tête d'un air entendu et lui tendit une tasse de thé au lait. Laura préférait son thé noir, mais ne dit rien. En Angleterre, mieux vaut se conformer aux usages en vigueur.

Dinah s'était campée contre le buffet et s'apprêtait à prolonger la conversation, quand la porte s'ouvrit sur Michael. Il s'était lavé et avait troqué sa tenue de travail pour une chemise propre, une cravate et une veste sport.

— Vous vous êtes changé, dit Laura en se levant. J'aurais dû faire de même. Votre mère m'a dit que je sentais le mouton.

— Ah... elle doit être mal lunée, dit Michael en faisant la grimace. En fait, vous sentez très bon. Puisque personne ne fait son apparition, si nous prenions notre petit déjeuner ? Merci Dinah, lança-t-il avec un hochement de tête significatif.

Dinah sortit à contrecœur.

Contre toute attente, le petit déjeuner fut délicieux. Michael lui apprit qu'à la ferme on tuait et salait le cochon. Le bacon était croustillant à souhait, il y avait des œufs brouillés, du boudin noir, des champignons, du beurre et du pain maison. Laura songea à tous les mauvais repas qu'elle avait pris dans ce pays. Quel soulagement c'était de voir qu'on pouvait y manger de bonnes choses.

— Désirez-vous autre chose ? proposa Michael.

— Non, je suis rassasiée. Mais c'est délicieux, je n'ai rien mangé d'aussi bon depuis...

— Depuis que vous avez quitté la France. Les Français prennent la nourriture bien plus au sérieux que nous, j'en ai peur. Je ne suis allé en France qu'une fois, il y a trois ans, avec Gabriel. À Paris. Et j'en garde un souvenir mitigé.

— C'est vrai ? s'étonna Laura. Quel dommage.

— La grande ville, ce n'est pas pour moi. En fait je suis un vrai péquenaud.

La porte s'ouvrit sur M. et Mme Cooper.

— Hello, Rosalind ! dit M. Cooper en se dégageant pour aller vers Laura. Quelle bonne mine tu as, avec tes jolies joues roses !

Il s'assit à côté d'elle.

— Viens ici, John ! s'écria Mme Cooper, exaspérée. Je ne pourrai pas m'occuper de toi si tu restes là.

Mais il demeura à la même place et prit un air farouche.

— Et si je le servais ? proposa Laura en se levant pour aller au buffet. Voulez-vous des œufs et du bacon, monsieur Cooper ?

— Asseyez-vous, mademoiselle Perdoux ! s'exclama Mme Cooper. Et finissez de déjeuner.

— Laura a terminé, mère, dit Michael.

— Elle a une langue, il me semble, non ? rugit Mme Cooper.

Gabriel entra, vêtu d'un pull et d'un pantalon clair.

— Bonjour, vous tous, clama-t-il à la ronde. Que fais-tu donc, Laura ? C'est mère qui te punit d'être arrivée en pleine nuit ? Je te l'avais dit, on aurait dû coucher à l'hôtel de Leeds.

— Emmener une jeune fille dans un hôtel ? s'indigna Mme Cooper. Que dirait sa mère ?

— Ma mère est morte, dit Laura gênée. Mon père aussi.

— C'est pourquoi son frère me l'a confiée, déclara Gabriel.

— Il te connaît bien mal, Gab, remarqua Michael.

Ce n'était pas méchant, mais Gabriel s'emporta.

— Que veux-tu dire ? Que je ne suis pas capable de veiller sur elle ?

— Comment le saurais-je ? Aux dernières nouvelles, tu étais tenancier d'un bouge fréquenté par des rupins et des reines de la nuit.

— Je t'en prie, Michael ! dit Mme Cooper. C'était sûrement un endroit respectable. Ne parle pas ainsi devant Mlle Perdoux. C'est si vulgaire.

— Appelez-moi Laura, dit celle-ci, décontenancée.

— Oui, surveille un peu ton langage, mon grand, renchérit Gabriel en empilant du bacon sur son assiette. Je prends mes responsabilités très au sérieux. Des oreilles chastes nous écoutent.

Le petit déjeuner toucha enfin à son terme. Laura traîna dans le couloir en attendant Gabriel, afin de voir avec lui comment prendre congé et se tirer de ce mauvais pas. Elle n'aurait jamais dû lui faire confiance.

— Alors, tu viens ? lui lança-t-il en sortant de table. J'ai la voiture. On va à Bainfield.

Au moins, ils pourraient parler. Elle monta vite se brosser les cheveux.

Les Cooper avaient une grande automobile démodée avec des sièges en cuir usé et d'énormes phares. Gabriel conduisait si vite que Laura dut le supplier de ralentir. Elle s'agrippait à son siège.

— C'est loin, Bainfield ? demanda-t-elle d'un air crispé.

— Dix kilomètres. C'est le jour du marché. Laura, je t'en prie, détends-toi !

Mais elle serra les dents durant le reste du voyage.

La petite ville bourdonnait d'activité, et Gabriel fut forcé de ralentir. Laura se redressa, prise d'un enthousiasme qu'elle connaissait bien. Une ville ! Cela lui rappelait toujours ses premiers jours à Paris. Ce souvenir régénéra la conscience qu'elle avait d'elle-même et de ses possibilités.

Ils se garèrent sur la place du marché, à côté d'un étal de fruits et légumes. Gabriel ouvrit le coffre et pesta. À un moment, il avait dû piler à la sortie d'un virage car il y avait des vaches sur la route, et la batterie qu'ils utilisaient pour la TSF de Gunthwaite avait basculé, déversant de l'acide sur le tapis du coffre qui s'était troué en plusieurs endroits.

— Quelle aubaine pour Michael, commenta aigrement Gabriel. Il est toujours ravi quand je fais une connerie.

— Tu veux que j'essaie de réparer ça ? proposa Laura.

— Non, ça ne vaut pas la peine. Écoute, je vais la conduire au garage. Ils s'en occuperont pendant que je ferai recharger la batterie. Tu es assez grande pour te débrouiller sans moi, non ? Je te retrouve ici dans une heure.

Une fois seule, Laura tâta la lettre pour Mme Bonacieux qui était dans son sac. Elle y avait joint le mandat mensuel et sa nouvelle adresse. Elle hésitait à l'envoyer. Elle descendit la rue en flânant et en profita pour regarder les vitrines. Ici, la mode n'était pas tout à fait la même, les jupes plus longues, les chapeaux moins près du crâne. Des mères de famille passaient, leurs paniers pleins, chaussées de cuir épais. Laura s'arrêta devant la poste et réfléchit. Qu'elle soit ou non à Gunthwaite, il lui fallait des chaussures neuves. Si elle n'envoyait que la moitié de l'argent ce mois-ci, madame mettrait-elle le complément ? Et si elle n'envoyait rien du tout ? On ne s'en apercevrait pas tout de suite. On croirait que le courrier avait pris du retard.

Sa décision prise, elle ouvrit l'enveloppe, en sortit le mandat et entra dans le bureau de poste pour l'encaisser. Mais dès que le préposé lui eut donné l'argent, elle se sentit coupable. Sophie n'avait jamais lésiné. Elle demeura devant le guichet, les billets à la main. Puis elle renvoya la moitié du montant par mandat-lettre.

Laura fit donc l'acquisition d'une paire de chaussures bon marché, des richelieus solides qui lui donnèrent l'impression d'avoir bien plus de dix-sept ans. De toute façon, personne ne connaissait son âge. Elle compta ce qui lui restait dans son porte-monnaie et songea à son petit pécule, caché dans un coin de sa valise. Ça ne faisait pas beaucoup, pas assez. Et Mme Cooper ne l'avait pas à la bonne, visiblement. Elle ne lui donnerait jamais les références promises par Gabriel. Qu'allait-elle devenir ?

Elle approchait du marché aux bestiaux. Groupés au coin des rues, les fermiers discutaient. Il y avait des pubs, tous bondés : le Spread Eagle, le Commercial, le Rose and Crown, et Laura songea avec nostalgie qu'autrefois elle y serait allée pour commander ce qui lui faisait envie. Maintenant, une jeune fille aussi convenable qu'elle ne le pouvait plus. Sous sa veste en tweed, son corsage lui collait à la peau. Et si elle s'offrait juste une limonade ?

Alors qu'elle se décidait à entrer au Commercial, les portes s'ouvrirent et deux hommes s'affalèrent sur le trottoir à ses pieds. Elle était sur le point de s'éloigner, quand elle reconnut le pantalon beige de Gabriel.

Comme il se relevait, elle vit qu'il avait un œil injecté de sang et que son pantalon était taché de sang et de bière. L'autre homme se releva aussi en vacillant, le nez en sang.

— Sale coco, marmonna-t-il.

— Fasciste, rétorqua Gabriel.

Laura crut qu'ils allaient remettre ça, mais ils se dégonflèrent. Elle s'éloigna avec Gabriel pour rejoindre la voiture, toute tremblante. Ce genre de scène semblait bien plus déplacé dans les rues de Bainfield que dans les couloirs de la rue de Claret.

— Pourquoi vous êtes-vous battus ? Tu disais que tu allais au garage.

— J'y suis allé. En revenant, j'ai eu envie d'un bock. Il déblatérait sur les Juifs, des conneries, comme d'habitude, et je lui ai rivé son clou.

— Que lui as-tu dit ?

— J'ai juste fait remarquer que les Juifs n'étaient pas responsables du chômage qui sévit à Bainfield. À part l'horloger, il n'y en a pas. Mais c'est un de ces abrutis qui ont besoin de passer leur rancœur sur quelqu'un. J'ai dit aussi qu'il y aurait davantage de travail dans ce pays si on n'importait pas des produits cultivés ou fabriqués par des esclaves dans des pays étrangers, et, comme il me traitait de sale Juif, j'ai rigolé.

— Tu l'as cherché, avoue, répliqua Laura d'un air mécontent.

— On ne peut pas laisser dire des saletés pareilles. Les gens finissent par y croire.

— Ce n'est pas toi qui vas les changer.

Il resta silencieux pendant tout le trajet. Ils auraient dû parler de son avenir, mais, vu l'humeur de Gabriel, ce n'était pas le moment. À l'idée de Mme Cooper découvrant la mine de son fils, Laura eut le cœur lourd : la mère risquait fort de rejeter sa faute sur elle.

Quand ils atteignirent la ferme, Michael sortait de la grange.

— Bon sang, dit Gabriel. Il va me faire la leçon. Il ne laisse jamais passer une occasion.

— C'est peut-être parce que ton père est malade ?

— Tu parles ! Non, il aime ça. C'est pour ça qu'il est si content de me voir à la maison. Enfin quelqu'un à critiquer.

— Bonjour vous deux, s'écria Michael en s'essuyant les mains. Tu t'es occupé de la batterie ? Bon Dieu ! Gabriel ! Tu as vu ta tête !

— Je me suis disputé avec une porte, dit Gabriel, avec l'œil mauvais d'un enfant boudeur.

— Tu ne crois pas que maman a assez de soucis ? Va te laver ! Quelle idée de se battre alors qu'on t'a confié Laura ! Elle a dû avoir très peur.

— Je ne suis arrivée qu'après, précisa Laura. L'autre a eu le nez cassé.

— Sûrement un paysan mal nourri qui n'a jamais appris à boxer ! Mon Dieu, Gabriel, tu ne grandiras donc jamais ? Les Cooper de Gunthwaite ne sont pas des bagarreurs.

— Ils ne laissent pas non plus les abrutis appeler à la persécution, s'enflamma Gabriel. Putain, comment peux-tu être aussi sûr de toi ?

— Ne jure pas devant Laura, s'il te plaît.

— Elle ne se choque pas si facilement. Crois-moi, elle est plus coriace qu'il n'y paraît.

Laura se sentit brûlante de honte. En prétextant qu'elle allait chercher un mouchoir pour Gabriel, elle les quitta et entra dans la maison.

— Tu es content ? La pauvre, elle était si gênée qu'elle a préféré prendre la fuite. Pourquoi diable l'as-tu amenée, tu savais bien comment maman réagirait.

— Elle n'avait nulle part où aller.

Michael le fixa.

— Je ne sais pas ce que tu as en tête, Gabriel, mais je ne te laisserai pas t'amuser avec cette fille. Elle est trop adorable pour qu'un sale type comme toi abuse d'elle.

— Je ne suis pas un sale type ! Bon Dieu, Mike, si tu as envie d'être un saint, ça te regarde. Pour toi, un type qui boit plus d'un demi est déjà un salaud.

— Tu préférerais peut-être que je te traite de propre-à-rien, ou de parasite ? Tu n'as pas de métier et aucune ambition, à part t'amuser et courir après les filles, tout ça à mes frais.

— Cette ferme appartient toujours à père, lança Gabriel avec colère.

— Mais c'est moi qui la dirige ! Si tu veux dépenser l'argent qu'elle rapporte, trouve un moyen de le gagner.

Michael traversa la cour en s'éloignant. Laura, qui était restée derrière la porte, le mouchoir à la main, sortit prudemment. Gabriel bouillait de rage.

— Ce salaud ! Il n'a pas le droit de me dire ce que j'ai à faire !

— Assieds-toi sur ce muret, que je t'essuie.

Il obéit de mauvaise grâce et elle tamponna ses plaies. Rien de bien grave. Des entailles peu profondes qui cicatriseraient vite. En attendant, elles lui faisaient une mine effroyable.

— Ta mère est si heureuse de te voir, avança-t-elle.

— C'est en partie de là que vient le mal. Maman me préfère à Michael et il est jaloux.

— Pourquoi es-tu son préféré ? Il a l'air très gentil.

— Oh, Michael est bien plus gentil que moi, si c'est ce que tu insinues. Mais maman a terriblement souffert en le mettant au monde, elle a failli en mourir. Et elle ne lui a jamais pardonné.

— Mais c'est injuste !

— Ma mère se fiche bien de la justice, répliqua Gabriel en brossant son pantalon taché. Et regarde ce que ça donne. Michael est un mec en or et moi je ne vaux rien. Quant à Rosalind, c'est une fille, autant dire qu'elle ne compte pas.

Il avait beau sourire, son regard était froid. Soudain, il l'attira à lui et l'embrassa. Ses lèvres avaient un goût de sang.

— Non, pas ici.

— Tu as peur que Mike nous voie ? Il pourrait croire que tu es moins naïve que tu n'en as l'air. Mais je fais ce qui me plaît. Après tout, j'ai été ton premier et tu en as eu des centaines depuis.

L'agrippant d'une main, il glissa l'autre sous sa jupe et, passant par la fente de la culotte, la toucha entre les jambes. Laura sentit un frisson la parcourir, comme si un afflux de sang la traversait, et elle s'écarta d'un bond.

À table, ce fut sinistre. Gabriel et sa mère s'étaient querellés et ils faisaient la tête. M. Cooper refusait de manger quand sa femme l'y forçait et réclamait « Rosalind » à grands cris. Laura passa donc le repas à s'occuper de lui tout en mangeant. Hélas, le dîner n'était pas à la hauteur du petit déjeuner, malgré les légumes frais.

— Vous n'avez guère d'appétit, Laura, remarqua Michael.

— Non, en effet. Ça a été une dure journée, lui répondit-elle en souriant.

— Bon, Gab, dit-il en se tournant vers son frère. Dis-nous un peu ce que tu comptes faire...

Avec son coquard qui virait au bleu, Gabriel avait l'air d'un pirate, pensa Laura, un air plus conforme à sa vraie nature que son apparence habituelle, et qui lui seyait plutôt bien.

— Quand je voudrai te faire part de mes projets, je te le dirai, Michael.

— Gabriel, s'il te plaît, dit Mme Cooper. Michael pense que tu devrais entrer dans l'armée.

— Il croit sûrement qu'un peu de discipline me ferait du bien ! ironisa Gabriel.

— Oui, je le crois, assura Michael. Ce n'est pas une mauvaise idée. Il y a eu un Cooper dans le King's Own Yorkshire pendant des générations.

— Eh bien vas-y, engage-toi ! Navré de te décevoir, Michael, mais je n'entrerai pas dans l'armée pour flatter ton sens de la tradition.

— Mais il faut bien que tu fasses quelque chose ! gémit Mme Cooper. Depuis que tu as arrêté tes études, tu ne cesses de papillonner. Tout ça nous revient cher. Michael est idiot avec cette histoire d'armée, bien sûr, si tu n'en as pas envie... Mais de quoi as-tu envie ?

— Il s'arrangera toujours pour que ça ne me plaise pas, dit Michael.

Il y eut un silence gêné.

— Et la tarte ? Je veux ma tarte, dit M. Cooper.

— Tais-toi, John ! siffla Mme Cooper en grinçant des dents.

Laura se leva et alla servir une part de tarte au vieux monsieur. Comme ce devait être horrible d'être à la merci de Mme Cooper et de ses humeurs noires, pensa Laura.

— Et vous, Laura, reprit Michael avec un entrain forcé. Avez-vous des projets ?

— Il y a toujours l'armée, dit Gabriel. Évidemment, ce n'est pas une Cooper, mais, en désespoir de cause...

— Ne dites pas de bêtises, Gabriel, intervint Laura d'une voix posée.

Elle alla se rasseoir et versa du sucre en abondance sur la tarte aux prunes du vieux monsieur, qui fit claquer son dentier.

— Ne le gâtez pas trop, mademoiselle Perdoux, lança Mme Cooper. C'est un paresseux.

Ils attendaient toujours sa réponse.

— En fait, je cherche du travail, finit-elle par dire. Mais je ne peux pas donner de références anglaises, je ne connais personne dans ce pays.

— Quel type de travail ? s'enquit Michael. L'enseignement, ce genre de choses ?

— Par exemple... vendeuse, dans une boutique.

— On voit que vous venez de France, railla Mme Cooper. Ma chère, une jeune fille de votre rang ne travaille pas dans une boutique. Sauf chez Harrods, à la rigueur. Votre famille n'a pas d'argent ?

— Non. (Elle regarda Gabriel, qui se contenta de hausser les sourcils.) Mon frère a des projets, déclara-t-elle. Voyages, investissements...

— Quelle sorte d'investissements ? s'enquit Mme Cooper.

— Je ne sais pas trop, répondit Laura sur les bruits de mastication que faisait M. Cooper en engloutissant sa tarte aux prunes.

— Je suis sûr que Laura s'en sortira à merveille, dit Michael. Si elle a une idée précise, nous pourrons lui donner des références et l'aider à démarrer dans la vie. À mon avis, ça ne traînera pas, elle va vite se retrouver la bague au doigt, jolie comme elle est.

— Tu pourrais lui dégoter un galant, lança Gabriel. Toi qui aimes tellement régir la vie des autres sans jamais décider de la tienne.

— Si tu veux que je te prenne plus au sérieux, fais preuve d'un peu de bon sens, Gabriel. Nous en reparlerons.

Ce fut un soulagement de sortir de table. Michael s'apprêtait à proposer un jeu pour distraire leur invitée, quand Gabriel prit la jeune fille par la main et dit : « Allons nous promener, Laura. »

Elle n'avait qu'une envie, c'était aller se coucher. Mais Gabriel était dans une telle humeur qu'il valait mieux ne pas le contrarier. Elle enfila ses nouvelles chaussures et sentit venir les ampoules alors qu'ils marchaient dans les bois.

— Quel salaud ! éclata Gabriel. De quoi se mêle-t-il ?

— Et que ferais-tu s'il ne s'en mêlait pas ?

— Est-ce que je sais, moi... Pilote, peut-être. J'en ai toujours eu envie.

— Pourquoi pas ?

— Parce que mère s'y est opposée. J'ai voulu m'inscrire juste après le lycée, mais elle n'a pas voulu signer les formulaires.

— Maintenant que tu es plus vieux, tu peux faire ce qu'il te plaît.

Ils pénétrèrent dans l'ombre des arbres. Gabriel s'arrêta et l'attira à lui. Il se pressa contre elle, dur, avide, entre la colère et le désir.

— J'ai besoin de toi, murmura-t-il. Je t'en prie. Ce soir plus que jamais.

— Mais non, tu es juste fâché contre ton frère.

— Si, Laura, tu es si bonne pour moi. Je t'en prie !

Sa bouche se colla à la sienne. Laura sentait ses seins brûlants, avides de caresses. Son corps la trahissait à nouveau. Mais elle revit le visage de Michael, à table. Si elle cédait à Gabriel, Michael l'apprendrait tôt ou tard. Il n'y aurait pas d'aube nouvelle et pure. Elle s'écarta, si brusquement que Gabriel en resta pantois, et elle rentra en courant à travers bois.

5

Le lendemain Gabriel ne parut pas au petit déjeuner. L'automobile n'était pas là non plus, et Michael pesta contre son frère.

— Il serait parti pour de bon que ça ne m'étonnerait pas, déclara-t-il.

— Mais non, il est juste sorti faire un tour, répliqua sa mère. Tu as été trop dur avec lui. C'est difficile de faire son chemin dans la vie pour un jeune homme sans ressources comme lui. Toi, tu as la ferme, tu devrais t'estimer heureux. Mais tu es pingre, tu l'as toujours été.

Laura surprit l'air exaspéré de Michael, penché sur ses œufs au bacon. Sa mère prenait systématiquement le parti de Gabriel.

Après le petit déjeuner, Laura sortit dans la cour. Elle avait ôté la veste de son tailleur et n'en portait que la jupe, avec un simple pull bleu marine. Ce matin, elle se sentait mieux, reposée, rassérénée. Alors qu'elle avait avoué son dénuement, on ne l'avait pas mise à la porte. Michael avait même envisagé pour elle un poste de professeur. Malgré son manque de culture générale, elle pourrait sûrement enseigner le français.

Michael s'apprêtait à conduire le taureau aux vaches qui paissaient dans les champs, plus bas. Elle s'empressa de le rejoindre.

— Voici Hercule. Il a gagné un prix l'an dernier, clama Michael.

— Il a fière allure, renchérit Laura. Puis-je vous accompagner ? Je vous ouvrirai la grille.

— Volontiers, répondit Michael, qui n'avait aucunement besoin d'aide.

Ils cheminèrent à côté du taureau qui soufflait bruyamment.

— Pardonnez ma curiosité, Laura, avança timidement Michael. Êtes-vous la petite amie de Gabriel ?

Laura s'empourpra violemment.

— C'est ce qu'il a prétendu ? Non, je ne le suis pas et je ne l'ai jamais été. C'est un ami, pas davantage.

— Il ne m'a rien dit. Je me posais la question, c'est tout. Et votre frère, existe-t-il vraiment ? ajouta-t-il en s'arrêtant pour lui faire face, tandis que le taureau, impatient de retrouver ses compagnes, lâchait un long mugissement plaintif.

Laura demeura un instant interdite. Elle aurait dû se douter que Michael était assez intelligent pour faire la part des choses, contrairement à sa mère, trop égocentrique pour même s'interroger à son sujet.

— Je n'ai pas de famille, avoua-t-elle enfin. Comme je ne trouvais pas de travail en France, je suis venue en Angleterre pour servir comme femme de chambre. Après pas mal de déboires, j'ai rencontré Gabriel qui m'a proposé de m'engager dans son club. Je ne faisais qu'accueillir les gens et les accompagner à leurs tables..., ajouta Laura avec un soupir tout en épiant la réaction de Michael. Une occupation peu respectable, n'est-ce pas ? En Angleterre, les filles bien ne travaillent pas dans des boîtes de nuit, ce que j'ignorais. Je n'arrive pas à retrouver du travail et je ne connais personne. Gabriel m'a dit qu'il m'obtiendrait des références. Je... je suis désolée.

Elle se mit à pleurer sans bruit.

— Ne vous en faites pas, la rassura Michael. Ça m'est égal, et je n'en parlerai pas à ma mère. Mais je préfère savoir où nous en sommes.

— Je ne suis pas la petite amie de Gabriel ! J'ai été stupide de lui faire confiance, il disait que tout irait bien... Je vais partir, ajouta-t-elle en se mouchant. Je me débrouillerai.

— Séchez vos larmes, Laura. Votre aide nous serait précieuse. Pourquoi ne pas rester un peu ? Et puis nous avons quelques relations. Il en sortira peut-être quelque chose. Arrêtez de pleurer, je vous en prie !

Elle lui sourit timidement à travers ses larmes.

Gabriel revint à midi avec la voiture. Il se rua dans la maison en brandissant une liasse de papiers.

— Mère ! Laura ! Venez voir !

Ils se rassemblèrent dans la cuisine où Laura grattait des carottes. Gabriel étala son butin au milieu des épluchures.

— Regardez ! Je vais entrer dans la RAF.

Mme Cooper prit la brochure et vit en couverture la photo d'un pilote près d'un petit appareil de chasse.

— Non, dit-elle d'une voix tremblante. Nous en avons déjà parlé. C'est hors de question.

— Pourquoi ? Ils recrutent des pilotes et c'est justement ce que j'ai envie de faire. Beaucoup de candidats ont échoué au test de vision. Quant à moi, j'ai une vue excellente. Et j'ai des chances d'être pris, parce que j'ai déjà voulu y entrer. Pour eux, c'est une preuve de ténacité. J'obtiendrai une entrevue dès qu'ils auront reçu les formulaires d'inscription.

— C'est trop dangereux ! s'exclama sa mère.

— L'armée aussi, mère, et ça ne vous inquiétait pas.

— Non, c'est bien pire ! Je ne le permettrai pas, ajouta-t-elle en le fixant d'un regard larmoyant.

— Désolé, mère, j'ai l'âge de me passer de votre permission.

Ils entendirent Michael racler ses bottes.

— Michael ! Michael, lança Mme Cooper quand il entra, viens donc raisonner ton frère.

— Il n'y a pas de quoi en faire un plat, rétorqua Gabriel. Je veux postuler pour entrer dans la RAF.

— Dis-lui qu'il ne peut pas, Michael ! s'indigna Mme Cooper. Il se ferait tuer, il n'a pas le droit, il ne devrait pas me contrarier comme ça ! Nous lui couperons les vivres, et il ne pourra jamais revenir ici.

— Calmez-vous, mère, dit Michael. À dire vrai, je trouve que c'est une excellente idée. Et je n'aurais pas contrecarré ce désir si vous n'aviez montré autant d'angoisse à ce sujet.

— Des reproches maintenant, quand tout ce que je veux, c'est que mon fils reste en vie ! explosa Mme Cooper. Ce n'est pas trop demander, il me semble.

— Ça n'a pas l'air facile de se faire engager, avança timidement Laura, qui venait de parcourir la brochure. Surtout comme pilote. Gab pourrait faire partie du personnel au sol.

— Ils m'ont dit que j'étais fait pour voler, répliqua Gabriel avec un aplomb qui la fit sourire.

— Laura a raison, approuva Michael. Pourquoi se disputer alors qu'on n'est encore sûrs de rien ?

— Et s'il est accepté ? objecta Mme Cooper. Qu'est-ce qui arrivera ?

— Au moins, je serai mieux renseigné et je saurai où je mets les pieds, assura Gabriel. Je ne le ferai pas si c'est trop dangereux, mère. Je ne tiens pas à me faire tuer, si ça peut vous rassurer.

— Les jeunes ne se rendent pas compte qu'ils peuvent y passer comme les autres, murmura sa mère en se tordant les mains. C'était pareil pendant la guerre.

— Je vais faire du thé, décréta Laura, qui se sentait dans la peau d'une intruse tombée au beau milieu d'une scène familiale.

Michael rassembla les papiers et Gabriel glissa gauchement un bras autour des épaules de sa mère, qui se blottit contre sa poitrine en sanglotant.

Une fois le formulaire d'inscription renvoyé, on ne put qu'attendre la réponse et tout le monde se détendit dans une relative harmonie. La présence de Laura paraissait admise, sinon acceptée. Peu à peu, elle se taillait une petite place dans la maisonnée, une petite vie au fil des jours. Elle se levait tôt, juste après six heures, et sortait pour aider Michael à prendre soin des bêtes. Quand elle rentrait, Dinah servait le petit déjeuner dans la cuisine (l'épisode désastreux de la salle à manger leur avait servi de leçon), et Laura s'occupait de M. Cooper, permettant à son épouse de manger tranquillement pour la première fois depuis des années ; cela n'empêchait pas cette dernière de prononcer des remarques acerbes, que Laura encaissait sans rien dire.

Après le petit déjeuner, elle aidait au ménage, et le jour du marché elle allait en ville avec Michael ou Gabriel. C'est elle qui se chargeait d'acheter les provisions et, pour Laura, c'était un plaisir, même si les marchands lui battaient froid, car elle avait gardé cette habitude française de tâter les fruits et les légumes et d'exiger les meilleurs morceaux.

— Si on entrait dans un pub ? J'ai bien envie d'un verre de vin, proposa-t-elle à Gabriel un jour qu'il l'escortait.

— Ici, à Bainfield ? Tu plaisantes. Tu es une dame maintenant, et tout le monde sait que tu habites Gunthwaite.

— Même les dames ont soif !

— Elles ne boivent pas de vin, ma chère, affirma Gabriel en riant. Peut-être du sherry, mais chez soi, en toute intimité. Certainement pas dans un lieu public. Nous ne sommes pas rue de Claret.

La phrase la piqua au vif. Qui donc faisait ces règles et imposait leur obédience ? Les hommes, certes, mais les femmes aussi. Des femmes comme Mme Cooper, aigries par le travail et les soucis, qui s'ingéniaient à gâcher le plaisir des autres. Poussée par un petit élan de révolte, Laura s'arrêta devant le pub.

— Chiche ! lança-t-elle à Gabriel.

Comme il hésitait, elle le traita de trouillard.

— Bon ! Je t'aurai prévenue, répliqua-t-il avant de lui ouvrir la porte.

Le pub regorgeait de fermiers et d'acheteurs. Le bar était l'ancienne partie arrière d'un navire, rapporté de Hull en carriole quelque cinquante ans plus tôt. Sur le mur au-dessus du poêle, des gravures passées représentaient des scènes de chasse.

Quand Laura entra dans le bar, les conversations s'interrompirent. Un groupe d'hommes placé près de la fenêtre ne fit pas tout de suite attention à elle, mais leurs gros rires s'éteignirent quelques secondes plus tard devant cette effarante apparition, qui leur souriait timidement.

— Un verre de sherry et un demi, s'il vous plaît, patron, commanda Gabriel d'un air bravache.

Laura lui jeta un coup d'œil inquiet. Était-ce vraiment un crime de lèse-majesté ?

Un moment ils crurent qu'on n'allait pas les servir. Mais le patron posa la bière et versa le sherry en silence. Laura sirota la liqueur en songeant avec nostalgie au verre de bon vin qu'elle désirait. À part les vieux, tout le monde était debout.

— Si l'on s'asseyait, Gabriel ?

— Comme tu veux...

Elle prit place dans un coin, sur un vieux banc poli par les ans.

— Voilà ce qui arrive quand un homme ne tient pas sa monture en main, assena un de leurs voisins de table à haute voix.

Gabriel se releva.

— Excusez-moi, dit-il avec raideur, Mlle Perdoux est une dame. Une Française.

— Et alors, qu'est-ce que ça change ?

— Cela signifie qu'elle ne comprend pas pourquoi elle ne pourrait pas prendre un remontant en tout bien tout honneur, bien au chaud dans un lieu confortable. Quant à moi, j'avoue que je ne le comprends pas non plus. Si vous avez d'autres commentaires, je vous suggère de venir me les faire dehors, ajouta-t-il, rouge de colère.

Le client était soûl, il ne céderait pas. Laura repensa à la dernière bagarre et regretta soudain d'avoir insisté pour entrer. Si les hommes tenaient tant à garder pour eux ces pubs qui empestaient la bière, grand bien leur fasse !

— Gabriel, ça ne vaut pas le coup, dit-elle en se levant. Je ne me doutais pas que j'allais causer ce scandale.

— Ce type t'a insultée. Il devrait s'excuser.

— Ne fais pas d'histoires. C'est inutile.

155

Elle tourna des talons et, suivie de Gabriel, se fraya un chemin jusqu'à la sortie, entre deux murs de dos vêtus de tweed. « C'est la bière qui doit être éventée », suggéra une voix sinistre, ponctuée de gros rires complices.

— Je ne savais pas que cela provoquerait une bagarre, fit Laura, quand ils se retrouvèrent dans la rue.

— Moi non plus, approuva Gabriel en sifflant entre ses dents. Ils l'ont mal pris, hein ?

Laura hocha la tête. Elle se sentait aussi piteuse que le jour où elle et Marie avaient été chassées du grand café.

— Rentrons, dit-elle à Gabriel.

— On a encore des courses à faire.

Elle ferma les yeux pour se reprendre. C'était vrai, Mme Cooper avait commandé de la farine, des clous et un fortifiant pour M. Cooper chez le pharmacien. Une fois là, ils comprirent que le scandale s'était déjà ébruité.

— Quelle audace, mademoiselle ! souffla en rougissant la jeune fille qui servait au comptoir. Ma mère m'aurait mangée toute crue.

— Je ne m'en suis pas rendu compte, répondit Laura en baissant les yeux.

— Ce n'est pas comme si vous aviez dansé le french cancan, tout de même. Il y a beaucoup de vieux schnoques à Bainfield, beaucoup trop, si vous voulez mon avis...

— Hilda ! rugit le pharmacien depuis l'arrière-boutique.

La jeune fille rendit sa monnaie à Laura et disparut.

À leur retour, Michael les attendait. Elle vit à son air qu'il était au courant, sans pour autant comprendre comment la nouvelle avait pu les devancer.

— Gabriel, comment as-tu osé ? demanda-t-il avec un visage de pierre. À Bainfield en plus ! Tu mériterais une bonne raclée.

— C'est elle qui a voulu prendre un verre, riposta Gabriel avec défi.

— Et tu l'as laissée se tourner en ridicule ! Et nous avec ! Comme si mère n'avait pas assez de soucis !

— Ne mêle pas mère à tout ça, répliqua Gabriel.

— C'est moi qui ai eu cette idée, intervint Laura. Je ne pensais pas choquer à ce point-là.

— Gabriel le savait pertinemment. Ici, aucune dame digne de ce nom n'entrerait dans un lieu public, et encore moins pour commander de l'alcool. Je suis invité à Fairlands vendredi et je voulais vous y emmener, mais maintenant on va peut-être vous battre froid, vous prendre pour une femme légère.

— Une femme légère ?

— Ils ont une fille, vous comprenez. Ils n'apprécieraient pas qu'elle fréquente quelqu'un qui ne sait pas se tenir.

Laura s'empourpra. Elle leur tourna le dos et grimpa l'escalier jusqu'à sa chambre.

— Tu n'es qu'un cul serré ! lança Gabriel avec mépris.

— Je te serais reconnaissant de veiller à ne pas salir la réputation de Laura, rétorqua Michael.

Les deux frères se fixèrent avec la même aversion.

Mais Michael avait méjugé son époque. Quand vint le vendredi, Laura et lui allèrent dîner chez les Fitzalan-Howard et furent accueillis par Dora, la jolie fille de la maison, qui s'exclama :

— C'est vrai, vous êtes entrée dans un pub pour commander de l'alcool ? J'aimerais avoir ce courage. Il est temps de les secouer un peu, même maman le dit.

— Je ne me doutais pas que cela les secouerait à ce point, avoua Laura d'un air piteux. Gabriel a failli en venir aux mains.

— C'est bien dans son tempérament, commenta Dora en rougissant. J'aurais aimé qu'il vienne ce soir, nous apprécions tant sa compagnie. Va-t-il vraiment entrer dans la RAF ?

— Une lettre est arrivée pour lui aujourd'hui, mais rien n'est encore sûr. Il a une entrevue lundi.

La jeune fille sembla soudain abattue.

— Ah... C'est toujours à regret qu'on le voit partir.

C'était une petite soirée entre campagnards. Laura portait sa robe noire, avec pour seul bijou la petite bague en or qu'Henri lui avait donnée. Elle avait cru jouer la discrétion, mais la fille Fitzalan-Howard la fixait avec admiration, comme si une incomparable touche citadine émanait d'elle, et elle parlait sans cesse de Gabriel.

— Pourquoi n'est-il pas venu ? murmura Laura à Michael, qui fit la moue.

— On ne l'a pas invité. Dora en est amoureuse, bien sûr, mais un cadet pauvre et frondeur comme Gabriel n'est pas un bon parti pour une Fitzalan-Howard.

Laura tiqua. Ce devait être très dur pour Gabriel de ne rien avoir, tandis que son aîné avait une maison, une exploitation, une vie. Quelle drôle de mentalité, pensa-t-elle ; pour ces gens, la terre est tout ce qui compte, ils n'ont aucun égard pour les souffrances de leurs enfants. Michael était respecté, invité à des soirées, tandis que Gabriel faisait figure d'exclu, de laissé-pour-compte.

157

Un murmure général les avait accueillis à leur entrée. De toute évidence, on attendait une écolière, et la sophistication de Laura mettait tout le monde dans l'embarras. Mme Fitzalan-Howard, imaginant une jeune invitée timide et peu loquace, l'avait placée à côté de Michael, là où elle aurait volontiers mis sa fille Dora.

— Montez-vous à cheval, mademoiselle Perdoux ? lui demanda Mme Fitch, une femme à l'air revêche, alors qu'ils en étaient au potage.

Laura releva la tête. Sa peau laiteuse ressortait sur le noir de sa robe et de ses cheveux.

— Pas depuis que je suis en Angleterre, répondit Laura, qui, aux yeux des autres convives, devait n'avoir toujours fréquenté que des salons élégants.

— C'est bien ce qu'il me semblait, remarqua Mme Fitch, la femme du garde-chasse, d'un air pincé.

— Si j'en avais l'occasion, j'en serais ravie, ajouta Laura. J'ai fait du cheval quand j'étais enfant.

— Les chevaux sont tous en pacage pour l'été. Quand viendra l'automne, je vous emmènerai chasser, dit Michael.

— En automne ? Je ne serai plus là.

— Qui sait ?

Lorsque le plat principal arriva, du mouton trop cuit accompagné d'une sauce gluante à la menthe, la conversation se fit moins générale.

— Vous n'aimeriez pas que Gunthwaite ressemble davantage à ce manoir ? lui demanda Michael à voix basse.

Elle regarda la table dressée, les murs pastel, les lumières électriques, le confort d'une demeure vaste et agréable.

— Gunthwaite est une ferme. C'est là son charme, répondit Laura.

— Ces derniers temps, la vie de fermier manque singulièrement de charme, ajouta-t-il sombrement.

Michael avait trois employés qui l'aidaient, mais à la cuisine on parlait souvent de n'en garder que deux. Comme contremaître, Bill Mayes devait rester, le deuxième était trop vieux pour espérer trouver autre chose et le troisième ne savait pas s'occuper du bétail. C'était une question d'argent, évidemment. La ferme marchait mal, comme toute autre activité dans cette période de récession.

— Rien ne vous oblige à continuer, si vous n'aimez pas cette vie, avança Laura.

— Vous savez, même si j'en avais plus qu'assez, je ne crois pas que je pourrais quitter le domaine. Que ferais-je sans les fruitiers à surveiller au printemps, les brebis à m'occuper ? Quand Gunthwaite vous a, elle ne vous lâche plus.

— C'est ce que vous ressentez ? lança-t-elle d'un air amusé. Moi qui croyais être la seule. La maison vous protège, on lui donne de l'amour et, en retour, on s'y sent en lieu sûr.

Sans qu'elle s'y attende, la main de Michael chercha la sienne sous la nappe.

— Je savais que vous comprendriez.

Elle en fut muette d'étonnement, mais Michael poursuivit comme si de rien n'était et lui lança soudain, sans prévenir : « Comment viviez-vous en France ? »

Elle songea aux réponses toutes faites qu'elle avait préparées, mais aucune ne semblait convenir.

— Je n'étais pas heureuse, avoua-t-elle en lui pressant la main.

— Je m'en doutais. Le bonheur, quand on l'a, on s'y accroche. Mais vous écrivez en France, j'imagine donc que vous y avez quelques attaches...

Elle sourit, un peu crispée. Rien n'échappait à Michael.

— J'envoie de l'argent à ma tante Sophie. C'est elle qui m'a élevée. Elle est dans une maison de retraite et n'a plus besoin de moi.

— Mais vous, vous avez besoin de quelqu'un, Laura. Vous êtes si jeune, si belle.

— Il y a toujours Gabriel ! dit-elle par dérision.

— Dans votre intérêt, je préférerais que vous me fassiez confiance à moi.

Ses yeux sondaient les siens, sans se soucier du regard des autres. Gênée, un peu inquiète, elle retira sa main. Michael demeura immobile devant son assiette presque intacte, tandis que Laura lui tournait le dos pour s'entretenir avec M. Fitch, le maître-chasse. Elle sentait la présence de Michael comme une chaleur dans son dos.

— Michael est un champion à la chasse à courre, il a meilleure allure que son frère. Ce garçon prend de tels risques. Il ne rend pas justice à ses chevaux, ni à lui-même. C'est la faute de sa mère. Une drôle de bonne femme, qui le presse d'une main et le retient de l'autre. Elle n'a jamais consacré de temps à Michael ni à Rosalind. Je reconnais qu'en ce domaine mon épouse montre une parfaite équité. Même si, par ailleurs, elle fait monter ses rejetons sur des pur-sang dès l'âge de deux ans.

Peut-être vaut-il mieux ne pas aimer ses enfants, songea Laura avec tristesse. La nature d'écorché vif de Gabriel contrastait si étrangement avec la solidité de Michael.

Quand on servit le pudding, elle se tourna de nouveau vers lui.

159

— Il faut me le dire si je peux vous aider en quelque chose. Vous avez été si bon pour moi.

— En vous conviant à rester ? C'est un plaisir. Vous faites tellement pour nous tous. Vous me manqueriez beaucoup si vous partiez.

Laura détourna la tête.

— C'est presque cruel de parler comme vous le faites, alors que je serai bien forcée de partir un jour.

— Pourquoi ?

Laura faillit s'étrangler. Mais M. Fitch lui adressa la parole et elle bavarda avec lui jusqu'à ce qu'on se lève de table. Une fois au salon, ces dames la questionnèrent avidement sur Paris, et il fut bientôt l'heure de rentrer.

L'obscurité et le calme de la voiture contrastaient avec les lumières et le brouhaha de la maison. Michael et Laura étaient silencieux. C'était une nuit de lune, avec un ciel pratiquement sans nuages. La route traversait un bosquet d'arbres quand, sans prévenir, Michael arrêta la voiture et coupa le moteur.

— Que faites-vous ? demanda doucement Laura.

— Je... je ne sais pas, balbutia-t-il en la regardant avec désespoir. Vous êtes si belle.

Laura s'émut. Il travaillait dur, avait tant de soucis, or ni sa mère ni Gabriel n'avaient jamais un mot gentil pour lui. Dans un élan du cœur, elle avança la main pour lui toucher l'épaule. Aussitôt, il tomba sur elle et l'embrassa avec fougue. Un baiser gauche, hâtif. Comme Laura renversait la tête en ouvrant les lèvres, Michael s'écarta soudain.

— Pardonnez-moi !

— Vous pouvez recommencer si vous voulez, murmura-t-elle en lui caressant le poignet.

Il la fixa, complètement ahuri. Elle s'approcha, prit son visage dans ses mains et posa sur ses lèvres de petits baisers d'oiseau. Michael ouvrit enfin la bouche et, avec un gémissement de délice, mêla sa langue à la sienne en glissant les mains dans ses cheveux soyeux. Puis Laura détourna la tête et laissa Michael descendre jusqu'à la tendre naissance de sa gorge. Avec un cri de souffrance, il s'écarta.

— Je suis vraiment désolé, dit-il après un silence. Vous ne vous doutez pas de votre pouvoir, vous êtes si attirante... Votre innocence et votre gentillesse vous trahissent.

Laura éprouva un étrange sentiment de triomphe et eut presque envie de rire. Qu'elle, une fille de ferme muette et crasseuse, pût avoir l'estime d'un homme comme Michael, cela frisait le ridicule. Il la croyait innocente quand, à six ans, elle savait déjà tout. Il la trouvait belle quand sa beauté aussi tenait de la supercherie. Elle avait juste appris à s'habiller, à mettre en valeur ses attraits. Et s'il la croyait gentille, c'était parce qu'il ignorait ses motivations réelles. Elle prenait soin de M. Cooper parce qu'elle avait pitié de lui, mais surtout pour gagner la confiance de sa femme. Non, Michael ne la connaissait pas et il ne la connaîtrait jamais.

— Vous avez été si bon pour moi, Michael. Vous m'avez fait si bon accueil.

— En abusant de votre jeunesse et de votre innocence comme je viens de le faire ? ricana Michael. Ce n'est pas dans mes habitudes, je vous assure, mais... dès le début, vous m'avez plu. Quand je vous ai vue près de la bergerie, ce matin-là. Vraiment, j'ai honte de moi.

— Pourquoi ? N'est-ce pas normal pour un homme de désirer une femme ?

Un instant hébété, il se reprit et lui dit en riant presque : « Je m'excuse, mais vous me choquez parfois. Vous êtes si française, si... originale. Oui, cette attirance est naturelle. Mais nous ne sommes pas des animaux. Nous ne nous accouplons pas dès que l'envie nous prend. Sinon, nous serions tous très malheureux, c'est certain. »

Laura se renfonça dans son siège et contempla la nuit où les étoiles luisaient faiblement contre la clarté de la lune. La Voie lactée n'était qu'une mince traînée de brume.

— Vous êtes si différent de Gabriel, constata-t-elle.

— Il est très jeune. Et trop gâté, à mon avis. Il n'a jamais appris à se soumettre, à faire des choses qu'il n'aime pas. Ou à s'en refuser d'autres.

Laura le regarda.

— Vous vous en refusez trop, répliqua Laura en le regardant dans les yeux. Embrassez-moi.

Leur baiser fut plus doux, plus confiant. Laura songea brusquement à Gabriel, et un rire lui échappa.

— C'est moi qui vous amuse à ce point ? demanda-t-il à voix basse.

— Je pensais seulement à Gabriel et combien il vous envierait s'il savait. Je crois qu'il ne comprendrait pas. Pourquoi vous et pas lui ?

— Moi aussi j'ai du mal à comprendre.

— Justement, mon cher, c'est là la raison, dit-elle en lui donnant un coup de langue.

Toute la maisonnée était couchée, mais une lampe à pétrole brûlait toujours dans la cuisine. Laura sentit qu'elle et Michael éprouvaient la même gêne, la même intimité. Ils étaient allés l'un vers l'autre, poussés par un besoin que tous deux avaient trop dévoilé, ou pas assez. S'il n'y avait pas de retour en arrière, vers où cela les mènerait-il ? Chacun ignorait ce que l'autre attendait.

Laura se servit un verre d'eau et alluma une bougie pour monter à sa chambre.

— Vous regrettez, n'est-ce pas ? lui lança Michael.

— Non, dit-elle en lui souriant. Mais demain matin, c'est sans doute vous qui le regretterez. N'allez pas vous imaginer des choses, surtout...

— Quel genre de choses ? s'enquit-il d'un air complètement perdu qui émut Laura.

— Oh, Michael, vous ne voulez pas me souhaiter bonne nuit ?

Il s'empressa de la prendre dans ses bras. L'eau se renversa, la bougie s'éteignit. Lorsque Laura monta enfin se coucher, elle flottait sur des nuages.

Au petit déjeuner, elle n'osait pas le regarder. Heureusement, le vieux M. Cooper réclamait toute son attention.

— Vous êtes rentrés très tard hier soir, dit son épouse. Quelle heure était-il ?

— Minuit passé, s'empressa de répondre Michael.

— Passé de deux heures, oui ! intervint Gabriel. Ne me dis pas que vous avez flirté dans la voiture ?

Michael demeura coi, mais Laura intervint.

— Ne dites pas de bêtises, Gabriel. Les discussions allaient bon train. Tout le monde nous a demandé de vos nouvelles.

— De mes nouvelles ?

— Ah, cela vous intrigue, hein ? le taquina-t-elle.

— S'ils veulent en avoir, ils n'ont qu'à l'inviter, maugréa Mme Cooper d'un ton acerbe. Décidément, je ne comprends pas ces Fitzalan-Howard. Avec eux, on passe tout le temps du chaud au froid, une vraie douche écossaise.

— Dora en pince pour lui, déclara Laura.

— Laura ! s'exclama Michael, choqué.

Mais Gabriel se mit à rire.

— Ah, la divine Dora. Dommage qu'elle rougisse comme une pivoine dès qu'elle est émue. Je préfère les charmes de cette vieille rosse de Mme Fitch...

— Gabriel, le prévint Michael. Tu vas trop loin.

— Vraiment, Michael, ce que tu peux être vieux jeu ! s'écria Mme Cooper.

— Y a-t-il des muffins ? s'enquit M. Cooper. Et du thé ? J'ai envie d'une tasse de thé !

Les hommes consacrèrent tout le samedi à la tonte des moutons. Même Gabriel fut réquisitionné. Fascinée, Laura observait à la dérobée ces hommes nus jusqu'à la taille, couverts de sueur. Gabriel avait la peau brune et lisse, tandis que le hâle de Michael s'arrêtait aux coudes et à la gorge et que le reste de son corps était d'une blancheur lactée. Le gros ventre de Bill Mayes, le contremaître, débordait par-dessus sa ceinture. Quant à Alan, le gardien de bestiaux, qui avait moins de trente ans, il se redressait à chaque passage de Laura pour lui sourire. À la première pause, Michael l'envoya dans l'enclos et fit venir le fils de Dinah, qui se remettait pourtant mal d'une phtisie et n'avait guère de force.

Au déjeuner, Laura apporta du cidre. Dinah avait consacré sa matinée à faire des pâtés en croûte, mais à cause de la chaleur la gelée n'avait pas pris et coulait, peu appétissante.

— Je m'excuse, Laura, dit Michael. Ce n'est guère élégant, comme présentation.

— À mon avis, la fille qui a pris d'assaut l'un des pubs les plus fréquentés de Bainfield n'est pas aussi soucieuse d'élégance que tu te l'imagines, dit Gabriel en se léchant les doigts. Qu'en pensez-vous, Laura ?

— Il y a un temps pour tout, pour l'élégance comme pour la simplicité, répondit-elle en souriant. Gab, voulez-vous que je repasse votre costume pour votre rendez-vous de lundi ?

— Ce n'est pas la peine, je ne suis pas sûr de m'y rendre.

Il y eut un silence. Michael le regarda s'éloigner, puis lança subitement : « Gabriel ! Reviens ici t'expliquer ! »

— Pas devant tout le monde, répliqua celui-ci en regardant la mer de brebis qui attendaient d'être tondues.

— Tu ne peux donc jamais aller au bout de quelque chose ? Je croyais que tu avais envie d'être pilote ! Tu ne t'en tireras pas comme ça.

Mais Gabriel resta le dos tourné, sans répliquer.

Après le départ des hommes, Michael s'occupa de plier les toisons. Gabriel, qui puait le suint et la sueur, alla se laver à la pompe et Laura le suivit. Elle prit la serviette et le regarda se doucher sous l'eau glacée en plissant les paupières, ses cheveux dégoulinant en une longue mèche blonde.

— Sèche-moi le dos, tu veux bien ? lui demanda-t-il quand il eut fini et se fut aperçu de sa présence.

Elle s'exécuta sans commentaire, puis il s'empara de la serviette et se sécha la poitrine et les bras.

— Pourquoi renoncer à cette entrevue ? Est-ce à cause de Michael, ou de moi ? lui demanda-t-elle.

— Quelle intuition, lui lança-t-il en la fixant d'un air mauvais. Je ne suis pas assez poire pour te laisser ici avec Michael alors qu'il te tourne autour, figure-toi.

— Ne dis pas n'importe quoi ! Il m'aime bien, c'est tout.

— Et toi, ne te fais pas d'illusions. Tout ce qu'il veut, c'est me couper l'herbe sous le pied.

Laura eut froid brusquement, comme si c'était elle qui venait de passer sous l'eau glacée.

— Il n'y aura jamais rien entre nous, je te l'ai dit, Gab. Que tu partes ou non, ça n'a pas d'importance.

Gabriel la fixa de ses yeux luisants, brûlants de désir. Elle eut soudain une envie folle de poser ses mains sur sa poitrine et de respirer sa chaleur. Pourquoi, oh pourquoi l'attirait-il autant ?

— Que veux-tu ? Que je lui dise tout sur toi ? dit-il à voix basse.

— Non... ce serait injuste.

— Alors garde tes distances ! Je ne le permettrai pas, Laura. Pas avec mon propre frère !

Laura baissa la tête.

— Tu trouves que je ne suis pas assez bonne pour lui, c'est ça ? Et toi alors ? Tu ne vaux pas mieux que moi. Nous sommes pareils. Ce que j'ai fait, tu l'as fait aussi.

— Mon œil ! Tu t'es prostituée, tu as vendu ton corps.

— Oui... À toi.

Une légère brise faisait frissonner l'herbe. Le visage de Gabriel s'apaisa. Il était sujet à de brusques changements d'humeur.

— Il ne t'épousera pas. Tu en es consciente ?

Interdite, elle hésita.

— Je ne sais pas. Je n'y ai pas réfléchi...

— Tu parles ! Bien sûr que si. Quel joli coup ce serait ! Michael et Gunthwaite dans le même paquet ! Mais cette ferme a besoin d'argent et, pour cela, il faut à Michael un bon parti. Dora Fitzalan-Howard est en tête de liste. Ses parents sont tout miel, tu as dû le remarquer. En tout cas, si cela allait trop loin, je devrais tout lui dire sur toi. Et tu n'apprécierais pas, à mon avis.

Laura avait l'impression qu'une main lui enserrait le crâne.

— Si jamais il me fait sa demande... je ne le laisserai pas aller jusqu'au bout. Tu peux t'en aller tranquille à ton rendez-vous, Gabriel. Il n'arrivera rien derrière ton dos, sois-en sûr.

Elle s'apprêtait à s'éloigner quand il s'approcha d'elle par-derrière. Laura sentit son corps contre le sien, ses mains qui l'attiraient contre lui.

— Tu n'as donc aucune gratitude ? lui murmura-t-il. Quelle importance ? Je te donnerai de l'argent. Tout ce que tu voudras. Je t'en prie, Laura.

L'odeur du suint flottait autour d'eux, un effluve animal qui se mêlait à la torpeur de l'après-midi et leur engourdissait l'esprit tout en excitant leurs sens. Laura se sentait animale elle aussi, ses seins étaient moites, brûlants. Elle posa la main sur lui et perçut sous ses doigts le long frisson qui le parcourait.

— Laura ? Gabriel ? appela Michael.

Laura s'écarta et croisa le regard dur, rapace de Gabriel, un air qu'elle détestait chez lui.

— Michael ? J'ai apporté une serviette à Gabriel. Vous aviez besoin de lui ?

Michael semblait las, fripé.

— C'est au sujet de ton rendez-vous...

— Ah... J'y vais, bien sûr, lança Gabriel avec un rire forcé. Il serait temps que tu apprennes à comprendre la plaisanterie, mon vieux, ajouta-t-il avant de s'éloigner brusquement.

Le lundi, Gabriel et Michael partirent sous une pluie battante qui couvrait la route d'une brume liquide. Ils continuèrent à rouler malgré le peu de visibilité, de peur d'être en retard. Près de Wakefield, au plus fort de l'orage, une voiture immobilisée surgit soudain du brouillard. Michael fit un écart pour l'éviter et s'arrêta.

— Pourquoi diable cet idiot s'est-il garé ici ? jura Gabriel.

Un homme en imperméable s'efforçait de changer une roue. Même de là où il était assis, Gabriel voyait que la clé en croix qu'il utilisait ne convenait pas.

— Il n'y arrivera jamais avec ce truc.

— On n'a pas le temps de l'aider. Avec cette pluie en plus..., dit Michael.

À cet instant l'homme regarda dans leur direction, par-dessous son chapeau dégoulinant, hésitant entre la résignation et l'espoir.

— On ne peut pas le laisser comme ça, pesta Gabriel. A-t-on une clé convenable ?

— Oui. Et un cric meilleur que le sien. Bon, si ça t'est égal de te pointer à ton rendez-vous trempé comme une soupe, je suis d'accord. Donnons-lui un coup de main.

— Votre clé n'est pas bonne, dit Gabriel à l'inconnu en sortant la sienne du coffre. Et vous n'auriez pas dû soulever la roue avant de défaire les écrous. C'est beaucoup plus difficile, après.

— J'essayais de me dépêcher, répondit l'homme. C'est la voiture de ma sœur et ses outils ne valent rien.

— On va vite vous tirer de là, assura Michael.

Il abaissa le cric tandis que Gabriel adaptait la clé. C'était habituel pour eux, la vieille voiture crevait souvent sur les chemins de terre caillouteux et dans les champs pleins d'ornières. Mais la mauvaise clé avait tordu les écrous et ils étaient durs à desserrer. Gabriel se débattit avec eux à la lueur intermittente des éclairs, pendant que la pluie lui coulait dans le dos. Enfin la roue céda.

— Va t'asseoir dans la voiture, Gab, dit Michael. Je peux me débrouiller maintenant.

— De toute façon, le mal est fait. Tu me passes la roue de secours ?

Dans leur hâte d'en finir, ils firent tomber un écrou dans une flaque d'eau et un bus les éclaboussa en passant. Le pantalon de Gabriel perdit le peu de pli qui lui restait.

— Merci. Merci beaucoup, leur dit l'inconnu quand ils eurent fini. Je ne m'en serais pas sorti tout seul. Vous allez loin ?

— Seulement à Leeds, dit Gabriel. Pour une entrevue.

— C'est vrai ? Vous n'auriez pas dû vous arrêter.

— Peut-être que vous me revaudrez ça un de ces jours. Dites à votre sœur de se procurer des outils corrects, lança Gabriel en courant vers la voiture.

— Entendu. Quant à vous, suivez mon conseil, arrêtez-vous au Queen's pour vous sécher. Et merci encore.

Michael avait déjà démarré. Il enleva son chapeau trempé et le jeta sur le siège arrière.

— Regarde-nous. Regarde-toi.

— Ça ne fait rien. De toute façon, j'ai peu de chances d'être pris.

— Je croyais que tu étais sûr de ton coup. Tu disais...

— Je sais. Mais regardons les chose en face, Mike. Je n'ai pas le profil. Pas d'études supérieures, expulsé du collège... Ça marque mal.

— Ne jette pas l'éponge, Gab ! l'encouragea Michael en lui tapant sur le genou. Peut-être qu'ils cherchent justement des gars trempés jusqu'aux os avec des mains pleines de cambouis. Va savoir... Écoute, on va faire une escale au Queen's. On a encore le temps.

La pluie se calmait quand ils atteignirent le centre-ville. Michael conduisait lentement pour se repérer et éviter les piétons qui traversaient les rues en tous sens. L'hôtel était près de la gare, une grande bâtisse très élégante, au point que le chasseur les regarda d'un sale œil quand ils franchirent l'entrée pour pénétrer dans le hall, tout empreint d'un luxueux silence.

— Mon Dieu, murmura Michael en voyant les traces que leurs pieds boueux laissaient sur les tapis.

Une fois au vestiaire, ils trouvèrent enfin des serviettes chaudes et du savon. Mais même les commodités du Queen's ne vinrent pas à bout du cambouis qui maculait les manchettes de Gabriel, et ne refirent pas non plus les plis de son pantalon.

Ils retournèrent au bar. Michael commanda du whisky, mais Gabriel refusa d'en boire. Il avait perdu sa belle assurance.

— Laura avait raison. Je n'y arriverai jamais.

— Elle a souvent raison.

— Au nom du ciel, Mike ! s'enflamma Gabriel. Ne va pas en tomber amoureux. Elle est bien plus coriace qu'elle n'en a l'air.

— Et pour cause, il a fallu qu'elle se défende dans la vie. Je sais qu'elle a travaillé dans ton club.

Gabriel en eut le souffle coupé.

— Elle te l'a raconté ?

— Elle m'a avoué qu'elle n'avait pas de frère. Juste une tante qui vit en France, dans un hospice. Je sais tout d'elle, tu comprends, ajouta-t-il en croisant le regard bleu de son frère.

Gabriel sortit une cigarette et tenta de l'allumer, mais le paquet était trempé. Il la jeta dans le cendrier.

— Non, tu ne sais pas tout. Quand je l'ai rencontrée, elle cherchait désespérément du travail, elle venait d'arriver de France et tout ce qu'on lui proposait, c'était de faire des ménages. Elle s'est montrée très efficace, elle a repris la boîte en main, les cuisines, le bar... Mais elle s'occupait aussi de recevoir les clients, d'animer les soirées. Je lui achetais des robes moulantes, qui montraient tout ce qu'on peut montrer. Je te le dis, Mike, tu n'es pas le premier à se laisser abuser par sa jeunesse et son innocence. Il ne faut pas s'y fier.

Michael tourna son verre de whisky dans sa main.

— Est-ce vrai ? Ou est-ce encore un de tes mensonges ?

— Tout ce qu'il y a de vrai, assura Gabriel. Tu devrais la voir danser. Elle est souple comme un félin. Dieu sait ce qu'elle faisait en France.

— Elle vivait dans une ferme, dit Michael. Cela se voit.

— Si tu la rencontrais en ville, tu penserais qu'elle n'a jamais vu le moindre brin d'herbe. Je te dis ça, c'est pour ton bien, Mike. Avec Laura, il ne faut pas se fier aux apparences.

Gabriel se dit qu'il aurait dû lui en parler plus tôt. Avant que Michael ait eu le temps de se faire son opinion. La tension du rendez-vous, la fatigue du jour, rendaient les deux frères enclins à une sorte d'honnêteté.

Mais l'heure tournait. Gabriel referma ses manchettes et partit en lançant à son frère un sourire sinistre.

— Bonne chance, dit Michael.

— Je parie que tu es sincère, répliqua Gabriel. Tout est bon du moment que tu peux m'évincer...

Quand il fut parti, Michael s'assit au bar. Il commanda un autre whisky et laissa son esprit jouir de ce rare instant de paix. Pas de tâche à accomplir, juste du temps pour réfléchir. Gabriel avait ramené Laura à Gunthwaite dans l'intention manifeste de coucher avec elle. Et si c'était le genre de fille que lui dépeignait son frère, celui-ci serait sûrement déjà parvenu à ses fins. Au lieu de ça, c'est à lui qu'elle avait donné ses baisers, allumant une flamme dans les sombres profondeurs de son âme, lui, l'aîné, qui n'avait pas l'éclat de Gabriel ni sa séduction.

Michael n'avait jamais connu de femme. Quand il avait dix-huit ans, à l'époque de la fenaison, une fille du village était restée dans les champs au crépuscule et lui avait dit de glisser la main sous sa jupe. Il avait touché sa toison, le pli chaud et moite entre ses cuisses, et elle avait dégrafé son corsage sur des seins gros comme des pis. Mais quand elle lui avait enlevé son pantalon pour le caresser, le corps de Michael l'avait trahi et la fille s'était sauvée en courant, fâchée. Dans le calme du soir, il avait compris qu'elle cherchait pro-bablement à se faire engrosser pour réclamer de l'argent, et il avait remercié le ciel de n'être pas allé plus loin.

Depuis il ne s'était rien passé. Il jugeait indigne de lui de séduire des villageoises, et il n'était pas question de flirter avec une fille de bonne famille comme Dora Fitzalan-Howard. Gabriel n'avait pas ces scrupules, et Michael connaissait ses frasques avec Alicia Allenby, une amie de leur mère. Mais, pour Michael, il n'y avait eu personne. Les Fitch l'invitaient bien à dîner et le présentaient à des jeunes filles, mais généralement Gabriel était là pour les amuser ; et puis Michael trouvait les inconnues compliquées. Plus elles l'excitaient, moins il arrivait à leur parler. Jusqu'à Laura.

C'était la plus agréable des compagnes, songea-t-il tendrement, elle le mettait à l'aise, semblait deviner ce qu'il voulait dire et l'aidait à l'exprimer. Quand elle paraissait timide et craintive, cela l'émouvait, même s'il l'avait vue aussi se transformer en un instant, devenir aussi dure et brillante qu'un éclat de diamant. Pourtant, elle n'avait rien ni personne, elle était complètement seule et forcée de gagner sa vie du mieux possible. Michael aimait son courage, son innocence, il se réjouissait qu'elle eût rejeté Gabriel. Assis là, trempé, dans l'obscurité du bar, il prenait conscience de cet amour.

Gabriel revint une heure plus tard.

— Mike ! Tu dois être complètement beurré. Allons déjeuner, il faut arroser ça.

— C'est vrai, ils t'ont pris ?

— Au début, c'était mal parti ! « Monsieur Cooper, pouvez-vous nous dire à quel trait de caractère vous devez d'avoir été expulsé de trois de nos établissements les plus réputés ? » Tu vois le genre... Mais figure-toi que le gars qu'on a dépanné ce matin faisait partie du jury ! Il a parlé en ma faveur, il a dit qu'ils avaient besoin de jeunes gens ayant le goût du risque et de la mécanique... Et voilà !

— Mon Dieu ! s'exclama Michael en secouant son frère. Quel coup de chance !

— C'est le destin, que veux-tu. Eh bien, tu vas être content de ne plus m'avoir dans les jambes, hein ? Je meurs de faim, allons déjeuner. Ils vont m'écrire pour me dire où je vais faire mes classes. Sous-lieutenant Cooper. C'est moi !

Il était si jeune, si exubérant. Michael ressentit une pointe d'envie. Il était condamné à la ferme, aux travaux des champs, aux soucis, aux responsabilités, tandis que Gabriel, doué comme il l'était, courrait l'aventure. Alors, il pensa à Laura, et son envie le quitta. Son frère et lui avaient tous deux leurs rêves à portée de main... Oui, il fallait fêter ça.

6

Gabriel boutonna sa tunique en s'observant dans la glace. L'image même du parfait pilote. Y compris dans la façon dont sa cigarette était fichée au coin de sa bouche. Il garda la pose un instant. Si seulement il suffisait d'avoir la tête de l'emploi pour réussir !

En gros, il y avait trois types d'élèves pilotes : ceux qui volaient aussi naturellement qu'ils respiraient, ceux qui acquéraient cette faculté à force de s'entraîner, et ceux qui, malgré un entraînement intensif, ne seraient jamais capables d'atterrir sans déclencher l'alarme et rendre leur instructeur apoplectique. Pour sa plus grande humiliation, Gabriel était de ceux-là.

Il savait très bien que sans son don pour la mécanique il aurait déjà été exclu des classes. Gabriel brûlait de rage et de honte. Pour la première fois de sa vie, il entreprenait quelque chose qu'il aimait, tout ça pour échouer. Que dirait-on à la maison ?

Il entra dans le mess et se força à avaler des œufs au bacon. Il n'avait pas faim, mais mieux valait ne pas le montrer. Les autres attribueraient ça au trac. La nourriture lui plomba désagréablement l'estomac et il commença à avoir mal au cœur. Cela ajouta à son angoisse. S'écraser, d'accord, mais dégueuler... il n'avait pas envie d'être la risée de tous. Il envisagea de prendre un cognac, mais à cette idée il devint plus verdâtre encore.

— C'est bon, Cooper ? lança Jenkins, son commandant, avec un sourire forcé. Va te fringuer, d'accord ? Il y a de la brise, mais rien de méchant. Allons, montre-nous ce que tu peux faire.

— Oui, monsieur.

Satané exercice. On l'avait déjà rayé de la liste, il le savait. Ce vol n'était qu'une simple formalité.

Ils allaient tous le regarder. C'était si amusant de voir quelqu'un se foutre dans la merde et il n'y avait rien de mieux à faire sur l'aérodrome. Ce serait son dernier vol. Gabriel alla chercher son casque et son blouson. Il se sentait complètement vidé.

Son mécanicien l'accueillit avec sympathie.

— Le mieux, c'est de garder un œil sur le terrain, monsieur. Surtout, n'allez pas vous perdre. Pas besoin d'aller loin, juste trois petits tours, et un contact avec le sol à chaque fois. Rien de plus.

Le gars lui montrait un intérêt sincère et Gabriel se promit de lui laisser un bon pourboire à son départ, ainsi que de payer quelques tournées aux copains. Il ne partirait pas comme un voleur. Et puis, que ferait-il ? Laura avait raison, il aurait dû prendre cette histoire de club plus au sérieux au lieu de la considérer comme un bouche-trou.

L'hélice tournoya et les moteurs démarrèrent en rugissant. Sur la piste, un type lui fit signe de décoller en agitant les drapeaux, et Gabriel essaya de se concentrer sur tout ce qu'il savait, c'est-à-dire pas grand-chose. Il fallait juste faire travailler ses mains et ses pieds à l'unisson. Il leva la main pour saluer le mécanicien avec une parfaite désinvolture, fit ronfler le moteur, et l'avion se mit à rouler sur la pelouse. Quelle vitesse avait-il ? Au diable ces détails... quelle importance, puisqu'il allait de toute façon s'écraser au sol ?

Il tira le manche en arrière. L'avion s'éleva comme une libellule de la surface d'un étang. Gabriel se permit un sourire. Son décollage avait dû les impressionner. Mais c'était les atterrissages qu'il ne réussissait jamais. En l'air, tout allait bien, même s'il lui était arrivé une fois de faire quelque chose que ni lui ni l'instructeur n'avaient compris, et de tomber en vrille. Sans doute avait-il manié trop vivement le gouvernail. Il tenta un virage ou deux, à gauche, à droite. Était-il temps d'atterrir ? Il regarda en bas. Le terrain avait disparu.

Un rire lui échappa. Et voilà, perdu ! Il vira à droite et, aidé de la carte, il tenta de se repérer. Et le réservoir, était-il plein ? Sûrement pas ! Quelques litres, juste pour l'examen et histoire de ne pas risquer de provoquer un feu d'enfer en se crashant... Bientôt il tomberait du ciel. Merveilleux.

Un train passa en dessous, suivi d'une longue nuée de fumée. La voie ferrée. Dieu merci. Il tourna la carte pour s'orienter. À gauche toute vers l'aérodrome. Il vira, sans vrille ni rien, un bon virage... et un instant plus tard le sol se déroula devant lui comme une feuille de papier, avec le terrain en bordure. Il aperçut même la rangée de visages perplexes levés vers le ciel. Il ricana, se faufila entre les arbres d'un côté, les baraquements de l'autre. Tout ce qu'il fallait, maintenant, c'était toucher terre en douceur, contrairement à la fois où il avait descendu les derniers mètres en tombant comme une pierre, ce qui n'était pas passé inaperçu.

Le vent souffla en bourrasque, faisant dévier le petit appareil. Bon sang, il avait oublié le vent ! S'il avait pensé à regarder la manche à air, il s'en serait rendu compte. Il allait dépasser la piste, ils allaient bien rire. Macache ! Il abaissa le manche, leva le gouvernail, redressa, pria que le vent ne fût pas trop violent. Il y eut un cahot quand il toucha terre. Il laissa l'avion rouler quelques mètres, mit les gaz et décolla. Et de un. Encore deux à faire.

Quand il repassa, il vit que le rang de spectateurs formait désormais un groupe compact. Sacrés optimistes, songea-t-il en prenant vite de l'altitude. Ils vont voir ce que c'est qu'un crash, un vrai. Ce maudit avion aura l'air d'un cintre quand j'en aurai fini avec lui. Direction, niveau, vent. Toucher, accélérer, monter. Il baissa les yeux et vit les toits des baraquements défiler sous ses roues. Excellent. Et de deux.

Cette fois, il prit de la hauteur et effectua un large circuit. Le vent soufflait à travers la coque, on aurait dit l'écho lointain d'un chœur dans une cathédrale. Peut-être qu'il partirait ce soir pour Londres, voir si Peter Kennedy voulait bien relancer le Zambesi. Mais ce serait bientôt la guerre, se dit-il avec un pincement au cœur. La passerait-il à faire le beau dans un night-club ?

L'aérodrome se découpait tel un carré vert sur un patchwork coloré. Gabriel eut envie d'en finir, de courir vers son destin. Il piqua, entendit le hurlement du vent. Le moteur entraînait un décrochage quand le réservoir était incliné, pensa-t-il. Il tira en arrière et se stabilisa en se disant qu'il eût fallu trouver comment faire pour que l'essence continue à arriver quel que soit l'angle du vol. Arbres, baraques, tout un troupeau de gens attendant sa chute finale... Les roues heurtèrent l'herbe du terrain en crissant comme sur des cailloux. Ça y est, il avait atterri. Et sa carrière de pilote était finie.

Lorsqu'il entra dans le mess, le commandant Jenkins était là avec deux verres de whisky. Il fit signe à Gabriel de s'asseoir.

— Tenez, Cooper, lui dit-il en lui tendant un verre. Joli spectacle. Vous avez mis du temps à montrer ce que vous aviez dans le ventre. Mais c'est fait. Vous êtes reçu.

Gabriel garda un visage impassible. Ah non, il n'aurait pas un seul tressaillement de plaisir ni de soulagement. Il s'assit, prit le verre et dit : « Santé ! »

Laura regarda la pile de courrier posée sur le guéridon de l'entrée, déjà jonché de pétales. Les fleurs qu'elle avait cueillies la veille. D'un rose tendre et profond, comme un coucher de soleil ou la langue d'une vache. Elle sourit à cette idée.

— Qu'est-ce qui vous fait rire ? s'enquit Michael qui entrait.

— Je trouvais que les pétales de rose ressemblent aux langues des vaches. C'est affreux, n'est-ce pas ?

— Tout à fait louable, dirais-je. Avant longtemps, vous serez une fermière accomplie. Rien pour moi ?

— Seulement des factures.

— N'est-ce pas l'écriture de Gabriel ?

Elle jeta un coup d'œil à l'enveloppe qu'elle avait à la main.

— Si. Mais c'est pour moi.

Il en fut surpris, mais ne dit rien. Il y avait une autre lettre pour elle, portant l'écriture penchée de Mme Bonacieux. Laura alla dans la salle à manger qui sentait le renfermé pour la lire :

J'ai le regret de vous dire que la santé de votre chère Sophie décline à nouveau. Sa poitrine, vous savez. Les religieuses réclament leur argent (c'est ce qui fait tourner le monde d'aujourd'hui) et, comme d'habitude, je le leur donne. Nous devons nous entraider, c'est ma conviction, et je fais de mon mieux. Mais, hélas, les affaires marchent mal, et je ne pourrai pas assumer seule les coûts de son séjour. J'ai dit aux religieuses que tout leur serait réglé dès que j'aurais de vos nouvelles.

Bien à vous et dans cette attente,

Hildegarde Bonacieux

Ainsi, d'après madame, Sophie était à l'hôpital depuis un an, et les factures s'alourdissaient. Cela semblait à tout le moins suspect. Et pourtant... si c'était la vérité ? Si Laura n'envoyait pas d'argent, et que les religieuses jettent Sophie à la rue ? Qu'y trouverait-elle, sinon de la souffrance, de la misère et une mort indigne ? Laura frissonna, comme dans le froid humide d'une soupente infestée de rats. Tout sauf ça.

Elle fit quelques rapides calculs. Elle gérait soigneusement son pécule en prévision du jour où elle devrait quitter Gunthwaite et tout recommencer, mais il diminuait malgré tout. Il avait bien fallu acheter des bas, du savon, des épingles, du maquillage, un petit cadeau d'anniversaire pour Dinah et quelques mouchoirs pour le vieux M. Cooper, qui se mouchait dans des chiffons. Et voilà que Mme Bonacieux réapparaissait. Cela épuiserait presque sa petite réserve. Que ferait-elle quand arriverait la prochaine lettre ?

Elle enverrait l'argent, bien sûr. Mais elle se montrait trop confiante ; ne connaissait-elle pas madame mieux que quiconque ? Cette fois, elle demanderait un reçu à l'hôpital. Elle s'assit d'un air absent et ouvrit l'autre lettre.

Chère Laura,
D'abord, sache que j'ai réussi le premier examen de pilote.
Pourras-tu en informer la famille ? C'était plus ou moins une
formalité (on dit qu'ils ont accepté un chien à trois pattes l'an
dernier), mais, au moins, c'est derrière moi. Le truc, c'est qu'on
nous envoie dans l'est du pays pour quelques mois. Pour intensi-
fier l'entraînement, etc. Pourras-tu l'annoncer avec tact à ma
mère ? Je ne veux pas qu'elle se mette dans tous ses états et
m'empêche de partir.
Les gens sont très tendus et énervés ici, à cause de Hitler, bien
sûr. Les nouvelles sont horribles. L'un de nous a des parents à
Munich. Il craint qu'ils n'aient été tués. Des Juifs, évidemment.
Tout cela est effarant et grotesque.
Quels sont tes projets, si je puis me permettre ? Si je n'ai pas
de tes nouvelles dans les jours qui viennent, je devrai écrire à
Michael. Je t'ai donné toutes tes chances, Laura. À toi de jouer
maintenant. Ma patience s'épuise. Bien à toi,

G.

Elle parcourut les feuilles à la va-vite, puis les fourra dans l'enveloppe. C'était bien du Gabriel de lui demander un service et de la menacer ensuite. Sans lui, elle aurait été heureuse, pensa-t-elle. Il était la méchante fée qui vient se percher au-dessus du berceau pour promette un désastre. Que ferait-elle s'il parlait à Michael ? Peut-être n'oserait-il pas. Il raconterait tout à sa mère et ce serait réglé.

Quelle terrible idée... Elle imaginait Mme Cooper le rapportant à Dinah, ou à Mme Fitzalan-Howard, puis l'ébruitant jusqu'à Bainfield. Tous ces « vieux schnoques » se gobergeraient. « On aurait pu s'en douter. Il n'y a que ces femmes-là pour entrer comme ça dans un pub. »

Elle sortit de la pièce et trouva Michael qui l'attendait en rôdant dans l'entrée.

— Des nouvelles ? Je m'excuse d'être indiscret, mais Gabriel écrit si rarement. J'ai craint qu'il ne lui soit arrivé quelque chose. Une chose qu'il veut que vous nous annonciez.

— Vous le connaissez bien.

— Alors ?

Elle l'informa de la réussite de Gabriel à l'examen, en ajoutant :

— Il m'a écrit parce que... il voudrait savoir quand je compte vous quitter. D'ailleurs, il le faut. Vous avez été si gentils.

— Non. Vous avez largement gagné votre gîte et votre couvert, vous savez. Mère ne dit rien, mais elle n'en apprécie pas moins votre aide.

Elle sourit docilement. C'était de la folie d'être restée aussi longtemps. Mais Gunthwaite avait un charme insidieux, elle vous enveloppait dans son calme, son atmosphère hors du temps. Les activités quotidiennes de la ferme, de la maison, du jardin, semblaient se dérouler depuis toute éternité. Bientôt ce serait la moisson, puis la récolte, les granges déborderaient de blé, de pommes de terre et de pommes. Elle serait partie, il le fallait. Plus elle attendrait, plus ce serait dur.

— Avez-vous envie de partir ? s'enquit soudain Michael, comme elle ouvrait la porte de la cuisine.

Elle lui jeta un coup d'œil.

— Vous savez bien que non.

— J'aurais du mal à le supporter.

— Michael..., dit-elle en posant la main sur sa poitrine.

— Vous savez ce que j'éprouve pour vous, murmura-t-il d'une voix étranglée. N'est-ce pas ?

Ils étaient complètement immobiles. Dans la cuisine, Dinah et Mme Cooper discutaient âprement. Elles parlaient de pâtisserie, suite à Dieu sait quel désastre. Que voulait dire Michael ? pensait Laura, en plein désarroi.

— Je suppose que c'est Gabriel que vous préférez.

— Gabriel ? s'étonna Laura.

— C'est davantage votre type. Vivant, aventureux. Je sais, je dois vous paraître bien ennuyeux. Je ne peux vous offrir que cet ennui. Voilà le problème. Je suis condamné à vivre ici et à être ennuyeux pour le restant de mes jours.

Elle s'écarta de la porte, qui se referma avec un doux soupir.

— Je n'ai pas peur de m'ennuyer. Que voulez-vous dire par là ?

— Il vous a demandé de l'attendre, c'est ça ? Je m'excuse de vous causer cette gêne, vous ne serez pas obligée de quitter Gunthwaite, malgré tout, vous savez.

Elle inspira profondément. Le chagrin accusait les traits de Michael. Elle avança la main et caressa les plis amers de sa bouche.

— Gabriel me déteste, avoua-t-elle. Il croit que j'intrigue, que je cherche à vous abuser. À cause de mon passé.

— Parce que vous avez travaillé dans ce satané club ? Je m'en fiche, Laura. Laura... Je ne veux pas vous demander ce que vous me refuserez, je le sais. Vous vous sentiriez obligée de partir.

Le tumulte dans sa tête se calma soudain. Était-ce cela, la planche de salut ? Encore un peu de temps et elle serait enfin en sécurité.

— Demandez-moi quand même. Je vous en prie.

— Voulez-vous m'épouser ?

Elle ferma les yeux, de peur qu'il ne voie son soulagement. Ne pas lui montrer ce que cela signifiait pour elle, que jamais il ne le sache, se promit-elle, convaincue qu'elle ne pourrait s'acquitter de cette dette envers lui. Elle rouvrit les yeux.

— Oui, murmura-t-elle. Michael chéri. Oui.

7

La grande bâtisse carrée en pierre de taille était une vraie glacière. Dans la salle à manger brûlait un poêle à charbon, mais, le soir, l'haleine des convives se confondait avec le fumet qui montait de leurs bols de soupe. Gabriel songeait avec nostalgie à la cuisine de Gunthwaite et à son bon vieux fourneau. Ici, dans les plaines marécageuses du Norfolk, la chaleur n'était qu'un lointain souvenir.

Il partageait sa chambre avec un fils de famille noble qui avait rejoint la RAF contre l'avis de ses parents et les habitudes militaires de sa lignée, au risque de se faire déshériter. À Gabriel, qui s'étonnait de son détachement, Philip répliquait : « Bon Dieu, Gab, il me faudrait vivre dans une maison encore plus froide que celle-ci ! Non, merci, mon vieux. »

Ils s'entendaient si bien qu'ils décidèrent d'acheter en commun une moto pourvue d'un side-car et semèrent la panique sur les petites routes de campagne où ils roulaient en trombe. Dans une auberge isolée, entourée d'oiseaux et de terres inondées, ils passaient les soirées au coin du feu, à boire du whisky et à parler avec les gens du cru. Les pilotes avaient une drôle de réputation, et tous deux y sacrifiaient joyeusement.

Au début, leur présence en un pays aussi retiré tenait du mystère. Mais il fut bientôt évident que la Grande-Bretagne s'apprêtait à s'engager dans la guerre et qu'en réponse au réarmement allemand elle faisait des recherches sur un nouveau type d'avion. Gabriel et Philip servaient de cobayes au nom du progrès, ainsi que leurs collègues, jeunes, inexpérimentés, et donc de peu de prix.

Durant le premier mois, Gabriel semblait un cas si désespéré qu'on faillit bien l'empêcher de voler. Il était incapable de s'adapter aux plus petites modifications de l'appareil qu'il utilisait d'habitude. Ce qui le sauva, ce fut la clarté avec laquelle il formulait ses critiques.

— Au moins il sait nous expliquer pourquoi il n'arrive pas à piloter cet engin, disait Jenkins à son adjudant-major. Les rares fois où il coordonne les mains et le cerveau, ça marche. Sinon, c'est une catastrophe.

Jenkins gagna la fenêtre et regarda Philip Lansbury effectuer un atterrissage en règle. Les bons pilotes ne manquaient pas, contrairement aux bons mécaniciens, denrée rare. Aussi Cooper était-il toléré. Il s'améliorait, mais lentement. S'il voulait persévérer dans cette voie, il faudrait qu'il fasse des progrès considérables.

L'un dans l'autre, Gabriel vivait assez intensément et il ne remarqua pas tout de suite qu'aucune lettre ne lui parvenait. Lui-même écrivait si peu qu'il pouvait le comprendre ; toutefois, sa mère avait l'habitude de lui écrire au moins une fois tous les quinze jours. Il songea à Laura. Elle n'avait toujours pas répondu.

Comme le téléphone avait été depuis peu installé à la ferme, il décida de passer un coup de fil. Il se dirigea vers le hall glacial. Le combiné était posé sur un bureau en plein passage, ce qui empêchait toute intimité. Il mit du temps à joindre l'opératrice et quand enfin il l'eut au bout du fil il s'en plaignit, ce qu'elle n'apprécia guère. Il s'excusa, expliqua que c'était urgent, qu'il appelait chez lui. Pouvait-elle passer son appel en priorité ? Elle se radoucit. C'est Michael qui répondit au téléphone. « J'ai une communication interurbaine pour vous, de la part de M. Gabriel Cooper, dans le Norfolk. »

— Enfin ! Gabriel, Gabriel ? Tu vas bien ?

— Oui, ça va, dit Gabriel. Alors, plus personne ne prend la plume à Gunthwaite ? Ça fait des semaines que je ne reçois rien.

— Espèce d'idiot, nous n'avions pas ton adresse, expliqua Michael. Ça fait des siècles qu'on essaie de te joindre. Est-ce qu'on ne t'a fait suivre aucun courrier ?

— Non. Écrivez au bureau de poste de King's Lynn, ça devrait arriver. Écoute, est-ce que Dinah pourrait m'envoyer du bacon et quelques trucs à bouffer ? C'est un peu spartiate ici, il gèle et on ne mange pas assez.

— On te croirait revenu en pension, fit Michael. Et le vol, ça va bien ?

— Très bien, mentit Gabriel. Comment va Laura ?

Il y eut un silence. On n'entendit plus que le clic des fiches de l'opératrice qui se mit à l'écoute de leur conversation.

— En fait, Laura et moi avons décidé de nous marier, déclara enfin Michael.

Gabriel sentit le sang refluer de ses joues.

— Espèce de fou ! Triple idiot ! éclata-t-il. Elle t'a piégé. Cette petite salope de Française a tortillé du cul sous ton nez et voilà le résultat !

— Vous n'avez pas honte ! s'exclama l'opératrice. C'est une ligne publique.

— Et cet appel est privé, alors mêlez-vous de vos affaires ! beugla Gabriel. Michael, tu ne soupçonnes pas sa vraie nature.

— Je sais tout ce que j'ai besoin de savoir, répliqua Michael d'une voix égale. Désolé, Gabriel, je savais que tu le prendrais mal. J'espérais que ma lettre te parviendrait. Souviens-toi, ici c'est chez toi et tu y seras toujours bien accueilli. Mais je ne veux plus entendre un mot sur Laura. Elle me rend très heureux.

— Je veux bien le croire ! s'écria Gabriel. Crois-tu seulement qu'elle jetterait les yeux sur toi, si ce n'était à cause de Gunthwaite ? Tu t'imagines que tu comptes pour elle ? Tu es tombé entre les mains d'une petite intrigante dure et sans scrupule, de l'espèce la plus perverse qui soit...

Mais Michael avait raccroché.

Quand Gabriel se retourna, il s'aperçut que le commandant Jenkins le regardait.

— Je m'excuse, Cooper. Mais on vous a entendu crier depuis la salle à manger. Des ennuis chez vous ?

Gabriel hocha la tête.

— Mon frère s'est fiancé avec une putain. Une pute française. Vous vous rendez compte ?

Jenkins parut perplexe. Il se demandait en fait si la tension de l'entraînement n'avait pas fait perdre la tête à ce garçon.

— Venez donc boire un verre, lui proposa-t-il.

— Vous ne me croyez pas et mon frère non plus, dit Gabriel. Si vous la voyiez, vous le croiriez encore moins. Il n'y a que l'argent qui l'intéresse. Michael est un brave gars, mais il ne connaît rien aux femmes. Elle va le voler, le tromper. C'est tout ce qu'elle sait faire.

Jenkins sortit son étui à cigarettes et lui en offrit une, que Gabriel prit machinalement.

— Si je comprends bien, elle vous plaisait aussi ?

— Quoi ! À moi ? s'indigna Gabriel en faisant la moue. De toute façon, ce n'est pas le genre de fille qu'on épouse. Pas quand on s'appelle Cooper, en tout cas. Elle l'a berné, vous comprenez, elle joue la comédie en permanence. Dès qu'elle l'aura coincé, elle se montrera sous son vrai jour.

Jenkins lui donna du feu et s'alluma lui-même une cigarette.

— Et si vous preniez un peu de congé à la fin du mois ? On ne pourra vous accorder qu'un jour ou deux, mais cela vous sera peut-être utile.

— Merci, monsieur, accepta Gabriel avec un pauvre sourire. Sait-on jamais.

Laura leva les yeux à l'entrée de Michael. Il vit son expression tendue et sourit pour la réconforter.

— Comme tu t'y attendais, Gabriel n'a pas du tout apprécié la nouvelle, déclara-t-il.

— Moi non plus, fit Mme Cooper qui triait les pommes avant de les remiser pour l'hiver. Tu refuses de m'écouter, mais avec Gabriel ce sera une autre histoire. Je te l'ai déjà dit, Michael, c'est indigne, tu nous laisses tous tomber !

— Je suis désolé, dit celui-ci à Laura. Je lui ai pourtant demandé de ne pas parler comme ça.

— Tu sais que nous avons besoin d'argent ! s'exclama Mme Cooper. Tu devais épouser Dora Fitzalan-Howard.

— Elle n'y aurait jamais consenti. C'est une enfant, mère. Et c'est Gabriel qu'elle veut. Il la mérite d'ailleurs plus que moi, non ?

C'était finement joué, mais Mme Cooper détourna la tête en maugréant.

— Ce serait bien s'ils se mariaient, renchérit Laura. Gabriel aurait enfin quelque chose.

— Je suis contente que vous vous en rendiez compte, dit Mme Cooper, un peu radoucie. Ces histoires d'héritage sont si injustes. Gabriel n'a rien !

— À lui Dora et sa fortune, à moi Laura, ma tendre épouse, conclut Michael en la baisant sur le front, ce qui provoqua l'indignation véhémente du vieux M. Cooper.

Les jours qui suivirent, Laura guetta le courrier avec angoisse. Chaque matin à dix heures, le postier passait en grinçant sur sa bicyclette et montait l'allée trouée d'ornières à une allure d'escargot. Et si Michael sortait de la grange à ce moment-là ? Les nerfs tendus à tout rompre, elle rôdait dans le verger en feignant de glaner les fruits abattus par le vent. Elle était si près du bonheur. Allait-il lui échapper ?

Le jour où la lettre arriva, elle le sut avant même que Tom Gill descende de vélo. C'était là, dans sa poitrine, comme si elle avait avalé une pierre.

— En voici une pour M. Michael, dit Tom en la lui tendant. Rien pour vous aujourd'hui, mademoiselle. Vous attendez des lettres de France, je suppose. Mais avec la guerre...

Il espérait qu'elle lui proposerait une tasse de thé, mais Laura était tourmentée, tout se bousculait dans sa tête. Elle se retira dans le verger qui sentait les fruits surs. La terre était couverte de feuilles et de prunes pourries. Elle avança à l'abri des arbres et regarda la lettre. Oserait-elle l'ouvrir ? Michael pourrait bien s'en apercevoir.

Elle tenta de se concentrer et de faire preuve de logique. Les gens détestent être pris pour des idiots. Elle se souvint comme Anabelle l'avait rejetée, à l'école. Quand tout se saurait, Michael aurait l'air d'un imbécile. Il l'accuserait d'avoir menti, la chasserait. Il refuserait de voir qu'elle n'avait aucune autre possibilité. Si seulement elle avait pu en parler à quelqu'un. Si seulement il eût existé une personne en ce monde à qui elle pût faire confiance.

Mais la lettre, la lettre ! Elle était incapable de se concentrer. Parviendrait-elle à l'ouvrir sans que Michael le sache ? Elle tira doucement sur le rabat, sans succès. La tenir au-dessus de l'eau bouillante ? Mais il y avait toujours Dinah ou Mme Cooper à la cuisine. Laura eut envie de crier. Tendre cette lettre à Michael, ce serait comme se tirer une balle dans la tête. Et elle n'avait pas envie de mourir. En proie à de petits sanglots rauques, elle maudit Gabriel, souhaita qu'il fût mort à cette heure et réduit en cendres. Ce malheureux épisode de la rue de Claret avait été si bref. Gabriel en savait peu sur elle, mais c'était bien assez. Lorsque Michael l'apprendrait, ce serait fini. Elle fixa la lettre. Comment avait-elle pu s'illusionner à ce point ? Ce qui la menaçait était au-dessus de ses forces. Elle sortit du verger, entra dans la grange et donna la lettre à Michael.

Il ne dit pas un mot de la journée. Le malheur planait au-dessus de Laura. Avait-il lu la lettre ? Que disait-elle ? Après le déjeuner, elle entra dans le bureau de Michael, une pièce froide remplie de papiers et de livres, pour voir si la lettre y était. Mais non. Il l'avait toujours sur lui.

Enfin, à huit heures du soir, quand Dinah fut rentrée chez elle et que Mme Cooper eut enfin emmené son mari se coucher, ils se retrouvèrent seuls. Laura rajouta du charbon dans le fourneau, alimenta la chaudière en eau. Tout cela sans que ses mains tremblent.

— Je ne pensais pas qu'il le prendrait si mal, déclara Michael.

Laura tenta de parler, mais la voix lui manqua. Elle se reprit.

— Que dit-il ?

— Rien d'intéressant. Il t'accable, parle de ton caractère, dit des choses qu'il ne peut qu'ignorer. En fait, je me demande s'il ne perd pas un peu la boule, là-bas. La tension des heures de vol, peut-être.

— Tu veux dire qu'il est fou ?

— Je t'assure, ma chérie, dans cette lettre, il ne semble pas sain d'esprit. Pour toi, c'est la jalousie qui l'anime, rien d'autre ?

Laura se força à parler.

— Oui, je le pense. Tu sais, il a cru que j'étais de ces femmes qu'on peut acheter, en me voyant faire l'entraîneuse dans cette boîte de nuit. Quand il a découvert que ce n'était pas le cas, il m'a invitée ici. Et je lui ai encore échappé.

— Ma chérie, murmura Michael debout derrière sa chaise. Ne pense plus à tout ça. Gabriel fait partie de ces types qui ont besoin des femmes, qui ne peuvent vivre sans cet exutoire. Il a toujours été comme ça. Et il n'admet pas que tu puisses te refuser à lui pour m'accepter, moi.

Il se pencha et enfouit son visage dans son cou. Laura resta immobile. Michael ne croyait rien de ce qu'avait écrit Gabriel. Il voulait qu'elle soit pure et innocente et s'en persuadait lui-même.

— Vas-tu lui répondre ? demanda-t-elle.

— Oui. Oui, je lui écrirai. Et toi et moi, nous nous marierons dès que possible, tant qu'il est loin. C'est mieux pour nous tous. Quand il reviendra, il sera devant le fait accompli et se fera une raison.

Il l'embrassa dans le cou.

Le soulagement, et le sentiment d'être bénie de Dieu, envahit Laura comme une vague bienfaisante.

Soudain chaque journée fut un délice. Michael insista pour qu'elle aille faire des courses et s'acheter des vêtements, même si elle ne voyait pas très bien ce dont elle aurait besoin. Ils se marieraient dans l'église de village de Gunthwaite. Michael emmena donc Laura et sa mère à Leeds et leur donna rendez-vous dans un salon de thé à quatre heures, pour leur laisser le temps de faire leurs emplettes.

Restées seules, les deux femmes se regardèrent avec circonspection.

— J'ignore d'où peut venir tout cet argent, lança Mme Cooper d'un air irrité.

— Il ne m'en faudra pas beaucoup, dit Laura.

Mais elle s'en voulut de son humilité. Si on écoutait Mme Cooper, Laura se marierait en guenilles. Or, ce jour-là, elle devait à Michael d'être jolie, belle même. Il lui donnait un foyer, la sécurité, l'amour… tout ce dont elle avait toujours rêvé. Elle s'aperçut dans une vitrine ; une fille quelconque, dans un manteau élimé. Michael méritait mieux.

— Bien sûr, en tant qu'épouse, j'aurai forcément des besoins nouveaux… Des robes pour rendre des visites les après-midi. Des tailleurs pour la ville. Et une robe de mariée. Une robe que je puisse remettre plus tard, quand nous recevrons.

— J'ignorais que vous alliez recevoir. Je suis toujours la maîtresse de Gunthwaite, il me semble.

Laura se mordit les lèvres. Mme Cooper lui gâtait tout son plaisir.

— Évidemment, s'empressa-t-elle de répondre. Autrefois, d'après Michael, vous étiez invités partout, mais… vous n'avez pas rendu la pareille et les invitations ont cessé. Évidemment, avec M. Cooper, c'est difficile. Mais je disposerai de plus de temps. Ça mettra un peu de vie dans cette maison.

Mme Cooper la regarda d'un œil torve.

— Cessez de dire « évidemment » à tout bout de champ. Cela fait vulgaire.

Laura sentit son enthousiasme retomber. Le jour avait si bien commencé et il mourait immolé par le mauvais esprit de Mme Cooper. Pas question de céder, sinon elle se préparait une vie de soumission. Elle regarda plus bas dans l'avenue et vit qu'il y avait de l'animation devant un grand magasin.

— Venez, dit-elle à Mme Cooper, comme si elle promenait son chien.

— Où ça ?

— Là-bas, évidemment, lâcha Laura à dessein.

Elles allèrent d'abord au rayon mode. Mme Cooper s'assit sur un canapé en velours rouge, l'air digne et sinistre.

— Désirez-vous du thé ? s'enquit une vendeuse.

— Du thé ? Je suis surprise que vous en serviez toujours. Cet endroit est devenu si tapageur.

Laura tiqua. La vendeuse tourna vers elle des yeux inquiets. « Volontiers, du thé ce sera très bien », affirma-t-elle. Elle regrettait déjà son sarcasme. Mme Cooper se liguerait avec Gabriel pour décréter qu'elle était vulgaire.

Elle se rappela les aristos du café à Paris, qui les avaient toisées de haut, Marie et elle. Elle revit leur air raide, hautain, et fit quelques pas en s'inspirant de leur image. Le chef de rayon, une femme, qui ne l'avait pas encore remarquée, vira sur ses talons comme une marionnette et s'approcha d'elle.

— Puis-je vous aider ?

— Cet endroit est abominable, commenta sans ambages Mme Cooper.

— Je vais me marier, déclara Laura un peu sèchement. Il me faut plusieurs tenues, un tailleur, des chemises de nuit, des sous-vêtements. Je préférerais de la lingerie française.

— Française ? s'étonna l'employée, impressionnée.

— Oui, française. Des articles en soie. Pourquoi, ce n'est pas possible ? Bien sûr, je pourrais écrire à une amie pour lui demander de m'en envoyer, mais je suis certaine que l'on peut en trouver chez vous.

— À Londres peut-être, mademoiselle...

— Bon..., soupira Laura. Voyons les robes.

Elle choisit une robe de mariage bleu roi très épaulée, qui dessinait sa taille peu marquée. La jupe manquait de chic, elle s'arrêtait à mi-mollet, une longueur peu flatteuse, mais Laura vit qu'on pourrait la relever avec des rubans, ce qui lui donnerait de l'allure. Elle demanda qu'on fît la retouche.

— Et comme chapeau, mademoiselle. Du velours bleu avec une plume ?

Laura essaya le modèle. La plume plantée toute droite n'allait pas avec l'ensemble.

— Il faut changer ça. Avec une plume de marabout bleue tombant sur l'épaule, il serait beaucoup plus seyant.

— Je ne sais si notre rayon chapellerie...

— Bien sûr que si, assura Laura en lui décochant un sourire étincelant. Un bon chapelier le ferait en un rien de temps.

À présent un essaim de vendeuses les entourait. Leur chef se mit en quatre, elle fit venir des tailleurs et des robes de tous les coins de son rayon. Le verdict de Laura tombait, implacable. La modiste notait les retouches et faisait des remises à tire-larigot, puis elle offrit humblement de la lingerie anglaise.

Sur ce chapitre, Laura fut sans concession. Les filles de la rue de Claret avaient été à bonne école. Mme Bonacieux choisissait les corsets, les culottes, les soutiens-gorge et les slips avec l'œil du connaisseur. Ils mettaient la nudité en valeur, contrairement aux articles anglais, armés d'élastiques et de baleines. Laura ne voulait pas que le premier regard de Michael sur sa peau nue y découvre des marques et des plis. Elle désirait avoir l'air délicate, fraîche, des seins qu'elle ferait un peu saillir, des jambes qui paraîtraient interminables, une taille bien prise et menue. Oui, ses dessous devaient venir de France.

Quand enfin elles sortirent du magasin, Laura eut envie d'un verre de bon vin. Elle était d'humeur festive, comme si elle avait gagné une bataille. Qui aurait cru que les deux rombières du café français lui seraient utiles un jour ?

— Vous vous êtes montrée très cassante, Laura, observa Mme Cooper. Je ne vous savais pas aussi difficile, mais Gabriel m'avait dit que vous vous faisiez mal voir des commerçants.

Laura en fut blessée. Mme Cooper ne se rendait-elle pas compte de l'effort soutenu qu'elle avait fourni pour obtenir ce qu'elle désirait ?

Elles allèrent déjeuner dans un restaurant de Briggate. Laura commanda un verre de vin rouge, ce qui n'avait rien d'exceptionnel, d'autres femmes en buvaient aussi aux tables voisines. Mais la revêche Mme Cooper haussa le sourcil.

— J'espère que vous ne serez pas portée sur la boisson, fit-elle remarquer.

— Sûrement, rétorqua Laura en remuant son consommé à la tête de veau.

Quel âge avait Mme Cooper ? Soixante ans ? Elle pouvait vivre encore vingt ans. Quelle idée déprimante.

Quand elles arrivèrent au salon de thé où elles devaient retrouver Michael, il y était déjà. Laura sentit bondir son cœur. Cher Michael, avec son air ouvert, avenant.

— Où sont vos paquets ?

— On va tout nous livrer, expliqua Laura. J'ai fait tellement d'achats ! Une belle robe de mariée, que je ne te décrirai pas, un chapeau, des chaussures...

— On va devoir vendre du bétail, lâcha lugubrement Mme Cooper. Je ne vois pas comment faire autrement.

— Je doute qu'on en vienne là, mère, répliqua Michael en faisant signe à la serveuse.

Trois jours avant le mariage, Laura essaya sa robe dans sa chambre. Il y faisait froid et sombre, à cause du plafond bas. Elle se lorgna dans la glace en se demandant soudain ce qu'en penserait Gabriel, s'il la voyait en cette tenue. Peut-être n'apprécierait-il pas ces fanfreluches ? Mais c'était le moment ou jamais de faire des chichis. Elle s'imagina remontant l'allée au bras de Michael et frissonna. Il la prenait pour une gamine, et elle devait se cantonner dans ce rôle.

Elle sortit de la grande armoire vermoulue la boîte envoyée par Mme Bonacieux. Des dessous en soie couleur chair, qui lui coulaient entre les doigts. Qu'en penserait Michael ? Préférerait-il de la dentelle et des volants ? Elle céderait à tous ses désirs. Sauf peut-être à son envie d'être père...

La tête lourde, elle songea qu'elle le trompait : elle n'était pas intacte comme elle le paraissait et gardait au fond d'elle-même une plaie secrète. Toutefois, rien n'était sûr, le médecin avait lui-même déclaré qu'il ignorait ce que devenaient les filles qui avaient souffert du même mal. Et puis Michael n'avait pas d'autre choix que de l'épouser, Laura ne se connaissait aucune rivale et, si elle cédait à ses scrupules, il ne serait pas heureux. Il passerait sa vie dans cette vieille demeure avec ses parents, dans une grande solitude spirituelle. Laura ferma les yeux et pria le Dieu qui l'avait sauvée, secourue et lui avait donné cette chance d'en être digne, pour Michael.

Entendant des éclats de voix, Laura ôta sa robe et enfila sa tenue habituelle. Elle noua ses cheveux d'un ruban rouge vif et alla se poster en haut de l'escalier pour écouter. « Ça va aller, mère. Je vais y mettre un terme. Je ne laisserai pas faire ce mariage », disait une voix reconnaissable entre toutes. Gabriel.

Elle descendit l'escalier à pas feutrés. La porte de la cuisine étant fermée, elle entendait mal et finit par coller son oreille contre le bois.

— Pourtant vous l'appréciez, mère, disait Michael. Son aide vous est inestimable. Avant l'arrivée de Laura, vous n'aviez jamais un moment à vous, vous l'avez dit vous-même.

— Mais elle n'est pas ce qu'elle paraît, fit Mme Cooper. Elle passe de la vulgarité à des airs de grande dame. On la prend pour une gamine, et on la voit soudain s'adresser à des vendeuses avec l'assurance d'une femme de cinquante ans.

— Tu vois ! s'exclama Gabriel en triomphant. Tout le monde s'en rend compte sauf toi, Mike. Elle est fourbe, mais moi, je ne me laisse pas abuser par les apparences.

Laura poussa la porte et resta là, toute droite. Sa silhouette se découpait sur l'ombre du couloir.

— J'ai toujours été honnête avec toi, Gabriel, dit-elle d'une voix qui n'était qu'un murmure. Tu ne sais rien de moi, comment peux-tu assurer le contraire ? J'ai travaillé dans ton club et c'est toi qui t'en mettais plein les poches sans rien faire.

Leurs regards se croisèrent. Pâle, ses cheveux blonds lui tombant dans les yeux, il portait un blouson d'aviateur en cuir doublé de mouton et il émanait de lui une présence physique puissante, presque incongrue en ces lieux familiers. Laura s'aperçut qu'elle tremblait.

186

— Tout va bien, ma chérie, voulut la rassurer Michael. C'est un enfant gâté. Il n'a jamais supporté que j'aie le meilleur chocolat de la boîte.

— Le meilleur ! Tu plaisantes ! Ce n'est qu'une pute, une petite pute de Française. Elle te dépouillera de tes biens et tu en auras le cœur brisé.

— Si quelqu'un lui brise le cœur, ce sera toi, assena Laura, dont la voix avait retrouvé toute sa force. Veux-tu que je leur dise combien de fois tu as tenté de me séduire ? Les choses que tu m'as proposées, que tu m'as dites ?

— Je ne le nie pas, affirma Gabriel en s'approchant d'elle. Et alors ? Une putain reste une putain.

Laura leva la main et le gifla.

Michael vint la prendre dans ses bras. Elle enfouit son visage dans sa poitrine. Mais elle n'avait pas la moindre envie de pleurer. Seulement l'envie de tuer Gabriel. De lui planter un couteau en plein cœur et d'y retourner la lame.

— Retire ce que tu viens de dire, Gabriel, intima Michael, blanc comme un linge. Retire ça ou tu ne remettras plus les pieds dans cette maison.

— C'est à moi d'en décider, le coupa durement sa mère. Mon fils sera toujours le bienvenu chez moi.

— Je vous préviens, déclara Michael, s'il insulte Laura, l'un de nous partira. Je quitterai la ferme, j'emmènerai Laura avec moi. Gabriel pourra passer sa vie à mettre bas des veaux et à tondre les brebis. C'est ce que tu souhaites, frérot ?

— Si seulement tu comprenais que je te dis ça pour ton bien !

— Tu n'as rien à dire. Rien ! Tout cela n'est que le fruit d'une imagination perverse. Je n'aurais jamais cru que je pourrais te haïr un jour, Gabriel, mais je n'en suis pas loin. Tu me révoltes ! s'exclama-t-il en entraînant Laura hors de la pièce.

» Je regrette, ajouta-t-il. Quelle épreuve pour toi ! Allons dans le petit salon.

Encore une pièce froide et vide dont on se servait rarement. Les fauteuils avaient la raideur du neuf, même si le soleil en avait fané le revêtement.

— Tu n'as pas cru ce qu'il a dit ? s'enquit-elle avec désespoir.

— Bien sûr que non ! Chérie. Mais... mais tu te rends compte que tant que tu ne diras rien de ta vie passée, Gabriel aura beau jeu ?

Elle hocha la tête. Michael lui prit la main.

— Allons, ce ne doit pas être si terrible. Tu peux compter sur ma compréhension.

Des centaines d'hommes, c'était incompréhensible. Comment pourrait-il coucher avec elle, sachant cela ? Son innocence l'empêchait d'imaginer pareille vérité.

— Tu aurais pitié de moi, dit-elle. Et je ne veux pas de ta compassion.

— Pourquoi, tu étais une enfant illégitime ?

— Je l'ignore. Ma mère est morte quand j'étais enfant, j'ai continué à vivre à la ferme, des gens méchants. Un prêtre a eu pitié de moi, et Sophie est arrivée. Ce n'est pas vraiment ma tante. J'ai vécu avec elle. À la fin, elle s'est mise à boire. Je suis venue ici pour... pour repartir de zéro.

— Tu n'avais personne pour t'aimer ? dit doucement Michael.

Elle le regarda.

— Toi non plus, tu n'as personne. Tu n'es guère aimé dans cette maison.

Il resta silencieux. Elle sentit un grand vide en elle. Quel besoin avait-elle de lui raconter ces demi-vérités ?

— Qu'est-ce qui pousse Gabriel à dire de telles horreurs ? demanda Michael.

— Je n'en sais rien, répondit-elle en secouant la tête, aveuglée par le chagrin. Il a choisi de me mépriser. Pour que je ne compte plus.

— Parce que tu comptes pour lui ?

— Mais ce n'est pas de l'amour ! Gabriel n'aime que lui-même.

Michael la tint serrée contre lui.

— Ne le laissons pas nous gâcher notre bonheur, Laura. Ensemble, nous pouvons être forts. Si nous nous aimons assez, ni Gabriel ni personne ne pourra nous faire du mal.

8

Le lendemain, Laura se leva très tôt et arpenta la maison silencieuse. Le fourneau avait été chargé pour la nuit et le charbon poussait de doux soupirs en s'effondrant sur son lit de braises. Elle ranima les flammes avec le tisonnier et le soufflet, puis posa la bouilloire sur la plaque.

Mais son esprit n'était pas en paix. Dire que quelques heures plus tôt elle s'était crue sauvée. Et maintenant la peur lui étreignait le ventre comme une bête féroce et familière qui la poursuivait au fil des ans, passant les mers et les frontières. Aucun mur ne pouvait l'en protéger.

De rage, Laura resserra les doigts et planta ses ongles dans la chair de ses mains. Seule la douleur physique pouvait la libérer de l'angoisse qui la rongeait.

— Arrête, Laura. C'est horrible.

Gabriel se tenait sur le seuil, en pull et en pantalon, le menton couvert d'une barbe naissante. En présence de son ennemi, Laura retrouva un semblant de calme.

— Je vais faire du café. Tu en veux une tasse ?

— Volontiers. Tu fais du très bon café, je m'en souviens.

— Toujours dans tes souvenirs, Gabriel ! Ne sais-tu donc pas que l'art de vivre consiste à savoir oublier ?

— Ce n'est pas ce que j'appelle vivre, répliqua-t-il en s'asseyant face à elle sur un fauteuil à bascule.

Il se mit à se balancer en faisant grincer le bois.

189

— Bon sang, Gabriel, arrête ! lança Laura, exaspérée, en coinçant le fauteuil du pied.

Gabriel se pencha en avant et lui saisit le visage pour l'embrasser. Laura resta interdite, mais à cet instant la bouilloire siffla et elle se leva machinalement pour l'enlever de la plaque. Elle versa l'eau dans un grand pot bleu et blanc et attendit debout que le café infuse.

— Je t'ai fait du mal. Je suis désolé, déclara Gabriel. Mais Michael est mon frère, je ne peux pas le laisser tomber.

Laura garda les yeux fixés sur la cafetière. Il fallait qu'elle s'explique, qu'elle se justifie, qu'elle tente un dernier coup.

— Je serai une bonne épouse pour Michael. Loyale. Fidèle. Je ne rejetterai pas mes beaux-parents. J'aiderai à tenir la ferme et la cuisine. Je... je serai économe. Je rendrai des visites et j'irai à l'église. Je ferai tout ce qu'il faut... tout ! s'exclama-t-elle en tournant vers lui son visage ravagé. Alors, pourquoi me tourmentes-tu ainsi ? Pourquoi me traites-tu comme si j'étais une femme cruelle, méchante, malhonnête ? Je n'étais qu'une enfant quand tu m'as connue. Une enfant ! Je faisais ce qu'on me disait.

Gabriel détourna les yeux. La veille au soir, il l'avait attaquée délibérément avec hargne, pensant ainsi réduire en cendres toutes ses ambitions. Maintenant, il la voyait saigner devant lui, et c'était un spectacle insupportable. Peut-être que Laura Perdoux n'existait pas. Sous les couches successives de manières apprises, ce n'était qu'une âme nue, sans défense, qui s'accrochait à n'importe quoi pour survivre.

Il n'avait rien d'un tortionnaire. À l'école, quand les autres persécutaient un pauvre gosse, il feignait de saigner du nez pour que la surveillante vienne voir ce qui se passait. Ce n'était pas de la gentillesse, mais un mélange de compassion et d'égotisme qui le rendait malade devant les douleurs d'autrui.

— Écoute, aujourd'hui je vais discuter à tête reposée avec Michael et tout lui dire. Il se souviendra de ce séjour à Paris. Il saura que c'est vrai. Alors pourquoi ne pas faire tes bagages ? Je te donnerai un peu d'argent et tu pourras refaire ta vie ailleurs.

Laura se prit la tête dans les mains pour calmer ses pensées, les retenir. Elle se sentait à la limite de la folie.

— Pourquoi, Gabriel ? Pourquoi ? Je n'ai pas de rivale, aucune riche héritière ne l'épousera à ma place. Je serai une bonne épouse, la meilleure, Gabriel. Je t'en prie..., murmura-t-elle en joignant les mains devant sa poitrine.

Ce geste de supplique venant du fond des âges... Il se détourna, cherchant en vain une cigarette.

— Pour l'amour du ciel, Laura ! Tu ne comprends pas ? Ce n'est pas seulement pour lui. Si tu restes ici... si tu épouses Mike, je ne serai jamais libéré de toi.

— Mais pourquoi ? Nous n'avons jamais compté l'un pour l'autre.

Il en fut suffoqué. Elle ne comprenait toujours pas.

— Tu... tu ne vois rien. Pour toi cet épisode de la rue de Claret n'a eu aucune importance.

— Ce n'est pas vrai. Ça m'a blessée. J'ai mis du temps à l'oublier.

— Mais moi je n'y arrive pas, Laura ! Cela fait des années et je ne vaux toujours rien au lit ! Tu comprends ? Quand je suis avec une femme, je ne suis bon à rien !

— Tu veux dire que... tu ne parviens pas à faire l'amour ?

Ce genre de types n'était pas rare, au bordel. Il fallait les attacher, les battre, leur donner le biberon, céder à leurs caprices les plus farfelus pour qu'ils puissent enfin bander. Mais Gabriel, ce beau garçon aux cheveux d'or, en faisait-il partie ?

— Disons que j'y arrive tout juste, avoua-t-il avec gêne. Mais c'est si rapide, si précipité. Quand c'est fini, je vois bien que la fille n'y a pas trouvé son compte, que c'est un fiasco. Elle ne va pas vomir dans le couloir, mais c'est tout comme. On ne surmonte pas un truc pareil. Je n'y arrive pas.

Laura retint son souffle. La tourmente dans sa tête commença à s'apaiser. Ce que les hommes étaient bêtes avec ça, et si déraisonnables. Faire tout un plat d'un simple incident de jeunesse ! Elle avait appris avec le temps à surmonter bien pire que ça, elle avait même réussi à expurger de sa mémoire toute image de Jean. Qu'avait-il fallu pour cela ? Henri, lui répondit une voix claire. La gentillesse d'Henri, sa douceur, sa compréhension.

— Et c'est pour ça que tu me harcèles ? lui demanda-t-elle en tournant la bague de son petit doigt. Tu crois que si je t'ai rendu malade, je peux te guérir ?

— Oui. En fait, ce n'est pas aussi bête que ça en a l'air. Tu m'as vu sous mon plus mauvais jour. Je ne pourrais pas... échouer avec toi.

— Les hommes n'échouent pas avec moi. Ça ne m'est encore jamais arrivé.

— Je t'assure, tout est de ta faute. L'été d'avant notre rencontre, j'ai eu une liaison avec une amie de ma mère. Elle ne se dévêtait même pas. On allait dans un vieil abri de jardin et on s'allongeait sur un banc. Je pouvais le faire trois fois par jour !

Laura eut envie de sourire.

— Je veux bien le croire. Mais c'est si bestial, Gabriel !

191

— Quand je t'ai connue, c'est tout ce que je savais de l'amour.

La colère qu'elle nourrissait contre lui retombait peu à peu. Elle essaya d'y résister, de la conserver pour s'en faire un rempart. Mais Gabriel était un expert en la matière, il enfonçait ses défenses à force de faiblesse.

Il gagna la fenêtre en cherchant dans ses poches une cigarette qu'il ne trouva pas.

— Ce n'est pas tout. J'ai encore une chose à t'avouer. Je sais, ça paraît idiot, mais à cause de toi je n'arrive pas à bien piloter. Je ne suis bon à rien, Laura. Je n'ai pas peur, ce n'est pas ça. Je m'en fiche d'y passer. Mais j'ai failli échouer à l'entraînement, et maintenant on ne me garde que parce que je m'y connais en moteurs et en mécanique. C'est pareil dans ce domaine, tu sais. Une question de confiance en soi.

— J'ai souhaité ta mort, avoua platement Laura.

— Et moi donc ! s'exclama-t-il en levant les yeux.

Le café était prêt. Elle le servit dans deux grands bols. Puis elle coupa du pain, le beurra, et ils se mirent à tremper leurs tartines dans le café et à mâcher comme deux vieux paysans.

— Que vas-tu dire à Michael ? s'enquit soudain Laura.

Gabriel haussa les épaules.

— Rien. À quoi bon ? Il ne voudrait pas me croire. Et même, je ne crois pas qu'il renoncerait à toi. C'est un gars borné.

— Je ne me marierai pas avec lui s'il sait. Cela viendrait s'immiscer entre nous, qu'on le veuille ou non. Alors, à toi de voir.

— Je ne dirai rien, assura-t-il en secouant la tête d'un air las. Tu es en sécurité, Laura. Mène ta petite vie, continue à materner père, à encaisser les vacheries de mère, à ne pas entrer dans les pubs de Bainfield. Après tout ce que tu as connu ? Je te le dis, ça ne te suffira pas.

— Ça m'ira très bien, dit-elle en fermant les yeux.

Engourdis par la chaleur du feu, ils savourèrent ce silence. Elle songeait à tout ce qu'il lui avait dit. D'habitude, Laura ne croyait pas les hommes et leurs racontars. Mais là, oui. Cela expliquait l'insistance de Gabriel, son acharnement alors que d'autres femmes qu'elle étaient mieux disposées à son égard. Ce malheureux épisode le hantait toujours.

— On ne peut pas faire ça ici, à Gunthwaite, déclara-t-elle sans ambages. Et après mon mariage, je ne voudrai plus... Quand repars-tu ?

— Dans deux jours. Mais je ne te crois pas, lança-t-il en la fixant.

— Je sais ce que tu ressens, lui confia-t-elle avec un petit sourire de reproche. Quand on ne peut pas atteindre les autres, on est coupé de la vie. Essaie de trouver un endroit.

— Que diras-tu à Michael ?

Elle haussa les épaules d'un air alangui, brusquement consciente de sa séduction.

— Qu'on va à Bainfield faire des courses. Pour discuter, conclure une trêve. Il sera d'accord.

Un ami de Gabriel possédait un pavillon de chasse dans les landes. Ce n'était qu'une vieille bicoque entourée de terres giboyeuses où abondaient les courlis et les grouses. Un toit solide mais, pour le reste, des murs pétris d'humidité. Il ne servait que deux semaines par an.

La voiture qui roulait sur le haut plateau dénudé se repérait de loin. À chaque hameau, les gens regardaient aux fenêtres. Gabriel dit à Laura de se cacher.

— On me prendra pour un agent immobilier chargé de louer le pavillon.

— Et si on ne parvenait pas à entrer ?

— Il y a une clé cachée sous les avant-toits.

Il commençait à pleuvoir quand ils arrivèrent. Un faucon sortit des nuages et s'éloigna d'un vol lent. Dans le tonneau d'eau à l'entrée, des grenouilles coassaient et Laura se retint de piquer un fou rire. Dire qu'ils avaient eu toutes les occasions du monde de faire l'amour bien au chaud, dans le confort, et qu'ils en étaient réduits à se faufiler comme des voleurs dans cette masure.

Gabriel ouvrit la porte branlante et entra le premier. Son ami avait disposé une pile de bois dans le foyer en prévision de la prochaine visite. Il y avait une table, des chaises, un plancher irrégulier, un banc à haut dossier couvert de coussins moisis et des lits humides dans les chambres au-dessus.

— Oh, Gabriel, s'esclaffa Laura. On ne va même pas pouvoir s'allonger !

— J'ai fait du mieux que j'ai pu, bon sang !

Il était à cran. Laura le rejoignit et se pendit à son cou en lui offrant ses lèvres.

— Je ne suis pas prêt. Je ne peux pas.

— Prêt ? Mais ce n'est qu'un baiser.

Elle attira sa bouche dure, scellée contre la sienne, et lui effleura les lèvres en murmurant. Il se mit à l'embrasser voracement. À cette brusquerie elle répondit par de la douceur. Peu à peu, il se laissa gagner par cette langueur et les baisers devinrent de long soupirs mouillés.

— Bon, fit-elle en se dégageant. Il faut faire du feu et étendre des couvertures par terre, juste devant la cheminée.

— Faire du feu ? Est-ce vraiment nécessaire ?

— Certainement. Nous en avons pour des heures.

Voyant son air horrifié, elle sourit.

— Tout ira bien, Gabriel. C'est facile. Fie-toi à moi.

Le feu se mit à flamber joyeusement. Ils prirent des couvertures dans la voiture et les étendirent sur celles qu'ils avaient trouvées dans la maison, ce qui leur fit un matelas doux et chaud. Laura se dévêtit avec une nonchalance étudiée, des mouvements félins ; elle ôta son manteau, puis défit sa jupe qui s'ouvrit sur de longues jambes gainées de soie. Gabriel la regardait, affamé. Lentement, elle défit les boutons de son corsage et se tint devant lui en bas et hauts talons.

— Au fond tu n'en as pas envie, tu ne me désires pas...

— Si, je te désire, affirma-t-elle en soulevant la masse soyeuse de ses cheveux, prenant une pose délibérément provocante. Avec Michael, ce sera différent. Pour lui, je me dois d'être innocente. Mais pour toi, je peux être une vraie diablesse.

Il la découvrait sous un jour tout à fait inédit, abandonnée, offerte. Que faisaient-ils là ? Il regrettait d'être venu. Cette situation était humiliante pour eux tous.

Elle s'approcha de lui et défit sa cravate.

— Allons, Gabriel. Ce n'est pas juste de m'exciter et puis de me laisser en plan.

— Je n'arrête pas de penser à Michael, déclara-t-il, conscient que c'était un faux-fuyant.

Elle posa un doigt sur sa bouche.

— Chut. Ça n'a rien à voir avec lui. Là, maintenant, c'est toi que je veux.

Il ne la croyait pas. Mais elle se pressait contre lui et ses hanches rondes frottaient le tweed rugueux de son pantalon. Il ne put y résister, posa les mains sur elle, et caressa la peau douce et nacrée de ses épaules, de ses cuisses. Elle gémit, la tête renversée, les yeux fermés, en murmurant : « Gabriel, je t'en prie... je t'en prie. »

Il la poussa sur le lit de fortune. Elle entrouvrit les yeux et s'étendit, bras et jambes écartés, offerte. Il se dévêtit à la hâte et la prit.

Lorsqu'il revint à lui, il roula sur le côté, en proie à son désarroi habituel. Il avait été trop rapide, trop brusque. Il ne l'avait pas fait jouir. Mais il sentit sa main sur sa joue et quand il tourna la tête elle lui sourit.

— C'était merveilleux, dit-elle. Je m'excuse de t'avoir pressé, mais cela faisait si longtemps. J'avais oublié à quel point c'est bon.

— Ne me raconte pas d'histoires.

Il s'écarta et chercha ses cigarettes dans son veston. Il regarda par-dessus son épaule et vit qu'elle l'observait, appuyée sur un coude.

— Ça m'a fait plaisir, dit-elle simplement. J'étais si excitée. Maintenant tu peux te déshabiller complètement, on va le refaire.

— Je ne pourrai pas. Tu ne comprends pas...

— Non, Gabriel. C'est toi qui ne comprends pas.

Elle s'approcha, le prit par les épaules et le poussa sur le lit, puis elle s'agenouilla face à lui et déboutonna lentement sa chemise pour caresser sa poitrine nue.

— Détends-toi, Gabriel. Laisse-moi te surprendre et tu te surprendras aussi.

Il s'allongea tandis qu'elle le déshabillait et le caressait d'une main experte. Malgré lui, son corps se sépara de son esprit. Comme son excitation montait, elle le fit se retourner et se colla contre son dos. Gabriel sentit ses pensées s'affoler, échapper à son contrôle pour disparaître avec sa gaucherie et sa gêne. Guidé par ses seules sensations, il réagissait instinctivement à son désir et au sien. Il s'allongea sur le dos, elle l'enfourcha et ils se réunirent comme les deux moitiés d'un tout.

— Comment te sens-tu maintenant ? lui demanda Laura, quand ce fut fini.

— Merveilleusement bien, répondit-il avec un long soupir de contentement. Tu es toujours aussi bonne ?

— Toujours, dit-elle en riant. Mais nous sommes deux. Tu pensais beaucoup trop jusque-là.

— Toi aussi ça t'a plu ? C'est vrai ?

— Tu le sais bien, souffla-t-elle en lui volant un baiser. Aujourd'hui, c'est surtout toi qui comptes. C'est ta première leçon de plaisir.

— Et tu apprendras tout cela à Michael ? lui demanda-t-il, alors qu'ils se rhabillaient.

Il voyait mal son frère, coincé comme il l'était, laisser sa femme le chevaucher ainsi.

— Bien sûr que non, répondit Laura. Il n'en aura pas besoin. Nous serons mariés.

195

Gabriel la regarda enfiler ses bas, puis vérifier ses coutures. Ce n'était déjà plus la même. Le contraste était si frappant... Il revit ses seins qui pendaient au-dessus de lui et se sentit saliver.

— Y a-t-il un pare-feu ? s'enquit-elle en remettant son corsage et sa jupe. Il ne faudrait pas que cette maison prenne feu.

Gabriel eut du mal à la regarder dans les yeux, craignant qu'elle ne le trouve insatiable.

— Je crois qu'il y en a un dans l'appentis. Je vais voir.

Michael guettait leur retour avec angoisse. Laura s'approcha de lui et l'embrassa sur la joue.

— Nous ne sommes pas allés à Bainfield, finalement. On a parlé. Je pense que tout ira bien, maintenant.

Michael regarda son frère et Gabriel rougit.

— Mille excuses, mon vieux Mike. Laura dit que... bref, elle m'a convaincu. Je sais qu'elle t'aime. Elle fera tout son possible pour te rendre heureux.

Michael s'approcha de son frère et lui prit la main.

— Merci mon Dieu. Vraiment, Gabriel, parfois...

— Je sais, je sais. Mets ça sur le compte de la jalousie. C'est une fille épatante.

Quand Gabriel monta avant le dîner, il vit des bidons d'eau chaude devant la porte de la salle de bains. Quelqu'un fredonnait et s'ébrouait à l'intérieur. Il sut que c'était Laura et se demanda si elle tentait d'effacer la souillure de l'après-midi. Une nausée soudaine l'envahit. Elle lui avait joué la comédie ; en réalité, elle le détestait. Il gagna sa chambre, laissa la porte entrouverte, et attendit qu'elle sorte. Elle portait son vieux peignoir en laine. Il surgit face à elle. Laura s'arrêta et lui sourit.

— Gabriel, dit-elle en lui prenant la main, comme si elle l'aimait bien, comme si elle était heureuse.

Il éprouva alors une folle envie de pleurer.

9

La cloche de l'église jouait l'air de fête peu mélodieux de Gunthwaite. Le son parvenait adouci jusqu'à la ferme, comme par magie. Laura était assise dans la soupente froide qui lui servait de chambre pour la dernière fois, elle écoutait la cloche en contemplant la robe accrochée à la porte de la penderie. Elle aurait dû être prête. La voiture attendait dehors, astiquée et ornée d'un vieux siège de diligence ; dispensés de labour pour la journée, les deux chevaux piétinaient en soufflant. On les avait harnachés suivant la coutume, tressé leur crinière avec des rubans, relevé et entortillé leur queue avec des épis de blé porte-bonheur.

Dinah frappa pour la forme avant d'entrer.

— Vraiment, mademoiselle ! Jamais je n'ai vu une femme aussi longue à se préparer. Enfilez vite cette robe.

— Je ne m'en sens pas le courage.

Dinah s'assit sur le lit à côté d'elle.

— Ne me dites pas que vous allez laisser tomber M. Michael maintenant ?

— Oh non, j'ai envie de me marier ! Mais je ne pensais pas qu'il y aurait tant de monde. Ce sont tous des Cooper. De mon côté, il n'y a personne.

— C'est vrai, acquiesça Dinah. Les gens en parlent. J'ai dit que c'était à cause de vos origines françaises, mais la France, ce n'est pas le bout du monde... Aucun de vos parents n'a voulu venir ?

Laura soupira. Bien sûr que les gens en parlaient, elle aurait pu s'en douter.

— Je n'ai personne. Mes parents sont morts et la dame qui m'a recueillie quand j'étais petite est malade. C'est comme si Michael épousait un fantôme. J'imagine le côté de l'église qui m'est réservé complètement vide et je n'ai plus envie d'y aller.

— Je me mettrai à côté de vous, la rassura Dinah en lui tapotant la main. Et si je faisais prévenir le village en disant que tous ceux qui ont envie d'assister à la cérémonie pourront s'asseoir du côté de la mariée ? Au minimum, vous aurez le facteur, Mme Thwaite et la famille Hinchcliffe. Ça remplira un peu l'espace.

Le visage de Laura s'illumina.

— C'est vrai Dinah, vous feriez ça ? Oh, je vous en prie !

Elle finit de s'habiller tandis que Dinah passait le mot. À force d'être restée assise, Laura était complètement transie et l'église serait glaciale. Pourtant, son cœur battait fort, son sang circulait dans ses veines. Elle était tout à la fois tremblante et surexcitée. Et si elle s'évanouissait à l'église ? songea-t-elle avec appréhension.

La robe lui était devenue un peu grande, car elle avait maigri ces derniers temps, surtout au niveau des seins et des bras. Quand elle serait mariée, elle ne permettrait pas qu'on cuise du bon bœuf pour en faire de la semelle, ni qu'on serve des légumes tout mous à force d'avoir trop bouilli. Mais ce n'était pas seulement à cause de la nourriture qu'on servait ici qu'elle avait minci. Depuis Gabriel, elle avait du mal à s'endormir et rêvait beaucoup. Peut-être était-ce la culpabilité mais, autant qu'elle le sache, elle n'en éprouvait pas. Comment se sentir coupable d'une chose qu'on a faite tant de fois dans sa vie ? Elle ouvrit son tiroir à mouchoirs et en fourra plusieurs dans les bonnets de son soutien-gorge. C'était mieux ainsi.

Elle finit de se maquiller en mettant du rouge à lèvres et du rose à joues. Ses sourcils l'embêtaient, ils étaient trop fournis mais elle n'osait pas les épiler. Officiellement, Michael épousait une jeune fille prude... Elle regarda d'un œil critique ses cils noirs allongés au mascara. Trop tard pour en enlever. Il fallait y aller.

M. Cooper ferait aussi le trajet en carriole et remonterait l'allée avec elle. Le pauvre vieux était bouleversé. Laura était sa Rosalind, mais voilà que la vraie Rosalind avait surgi la veille au soir. Une jeune femme charmante, d'ailleurs, et raffinée, qui n'avait pas semblé s'offusquer de se voir supplantée par une autre dans l'esprit et le cœur de son père. Mariée à Howard Dalton, un diplomate plus âgé qu'elle, elle était venue de La Hague pour assister à la cérémonie, laissant son mari et ses deux garçons à la maison. Laura en avait un peu peur. Par chance, quand le vieux M. Cooper les avait vues ensemble, il s'était énervé et elles n'avaient pas eu la possibilité de se parler. Maintenant que sa véritable fille se trouvait à l'église, il pouvait s'en remettre à Laura en toute confiance.

— Ma chère Rosalind, vous allez attraper la mort, dit-il en la voyant. Allez tout de suite mettre votre manteau.

Le cocher se mit à rire.

— Elle aurait l'air fine, patron. Mais c'est vrai que ça pince, aujourd'hui. Vous voulez une couverture ou un châle, mademoiselle ?

Laura secoua la tête, pressée d'en finir.

Un petit attroupement entourait le portail de l'église. Quand ils virent arriver la carriole, les gens poussèrent quelques hourras, surtout réservés aux chevaux.

Laura se sentit mieux. Tant que les chevaux seraient là, elle passerait au second plan. Mais il y eut un moment de silence et une voix de femme s'exclama haut et fort : « Hé, vous avez vu cette beauté ! Elle a de l'allure. Ça doit être la touche française. »

Revigorée, Laura ne perçut plus le froid, elle ne s'inquiéta plus du vieux M. Cooper qui risquait à tout instant de vouloir rentrer à la maison. Un Parisien se serait moqué de l'opinion de ces villageois, mais pas Laura : Gunthwaite rendait hommage à sa féminité.

Tous ceux qui avaient attendu de voir la mariée se pressèrent derrière elle pour avoir une place assise à l'intérieur. Il se mit à pleuvoir, une pluie lourde mêlée de neige fondue, les collines ressemblaient à de vieilles femmes coiffées de nuages. Le cocher mit des plaids sur le dos des chevaux et recouvrit la banquette d'une couverture.

— Ne traînez pas trop, pasteur, les chevaux risquent de prendre froid.

— Nous sommes prêts, dit le pasteur en tendant le cou pour consulter l'organiste du regard.

Comme il ne se passait rien, il dut entrer dans l'église lui faire signe. Les premiers accords de la marche nuptiale retentirent enfin.

Le vieux M. Cooper se redressa. Comment interprétait-il la situation ? Peu importe. Suivant l'allure posée du pasteur, ils progressèrent entre les deux assemblées, d'un côté les Cooper, l'air digne et compassé, de l'autre les villageois, tout ébaubis. Mais Laura n'avait d'yeux que pour Michael, dont l'air crispé se mua en un large sourire quand il la vit entrer. Avait-il douté d'elle, lui qui la tirait de l'abîme ?

Laura n'avait encore jamais assisté à un mariage. Le pasteur invoqua d'une voix bien timbrée les fondements du mariage chrétien.

C'est une muraille, songea Laura, un rempart solide qui protège de la luxure et de la solitude. Elle serait en sécurité ici, au chaud, heureuse, et remercierait la miséricorde divine à force de travail et de loyauté. Michael ne regretterait jamais de l'avoir épousée, se promit-elle. Il aurait tout ce qu'il serait en son pouvoir de lui donner.

Quand le pasteur parla de la procréation comme du but premier du mariage, Laura sentit son cœur chavirer et elle commença à trembler sans pouvoir se maîtriser. Puis le pasteur s'interrompit et demanda si quelqu'un avait une raison pour empêcher ce mariage. « Je ne pourrai pas lui donner d'enfants ! eut-elle envie de crier. Je suis une putain, une chose corrompue et souillée. » Mais les mots restèrent coincés dans sa gorge.

Personne ne brisa le silence qui suivit. La cérémonie continua. Laura n'entendait rien, elle ne reprit conscience que lorsque Michael lui prit la main. Elle leva les yeux vers lui, certaine qu'il verrait clair en elle. Mais le regard de son mari était aussi chaleureux et rassurant qu'une bonne flambée un jour d'hiver. Le tremblement de ses mains s'apaisa. Michael avait besoin d'elle. Si indigne fût-elle de lui, Laura savait qu'elle pourrait le rendre heureux. Si Michael l'aimait, elle ne manquerait de rien. Soudain, comme par enchantement, elle se sentit inondée de bonheur.

La pluie tombait fort quand ils sortirent.

— Un dur hiver qui s'annonce, dit le cocher en ouvrant le parapluie. Si je vous donnais le plaid du vieux Major, mademoiselle ? Ça vous protégerait du froid.

Laura regarda la couverture du cheval et se mit à rire.

— Attends qu'on soit sortis du village, lui conseilla Michael. Tu en auras besoin, tu as l'air gelée.

— J'ai chaud en dedans, dit-elle.

Et c'était vrai. Un petit brasero brûlait dans son cœur. Grâce à Michael, elle était enfin en sécurité. Elle était quelqu'un. Toute sa vie elle avait dépendu des autres, s'était blottie dans le petit coin qu'on voulait bien lui accorder, sans être vraiment chez elle nulle part. Mais sa chance était venue. Maintenant elle pourrait vivre comme tout le monde, elle qui n'avait même pas de nom.

— Laura Cooper, dit-elle doucement. Mme Laura Cooper.

— Mme Michael Cooper, dit Michael en lui prenant la main. C'est ce qu'on lira sur tes cartes de visite.

Des cartes de visite, symbole suprême de respectabilité ! Gabriel pouvait se moquer de la petitesse de ce monde, elle n'en avait cure et y passerait bien volontiers tout le restant de ses jours.

Ils arrivaient à l'extrémité du village. Le versant massif des collines se découpait sur le ciel, un paysage qui inspirait confiance et ressemblait aux hommes de ce pays, comme Michael. Elle prit une profonde inspiration. On pouvait trouver ce cadre terne, froid et vide. Mais

Mme Michael Cooper découvrait le monde, et pour elle il était béni. Elle n'en demandait pas plus à la vie.

Dinah, Laura et Mme Cooper avaient mis toute la semaine à préparer le banquet du mariage. Du jambon, de l'oie rôtie, une selle de mouton et un aloyau de bœuf étaient prêts à être découpés. Contre l'avis de tous, Laura avait exigé quelques notes françaises ; une ratatouille, une bonne sauce au vin *demi glacée* et, au lieu de l'*apple pie* traditionnel, une tarte Tatin. Mais on apprécia surtout sa *crème brûlée.* Le clan Cooper se composait de fermiers partisans d'une chère consistante, et ils regardèrent d'abord avec méfiance l'étrange préparation. « Pas mauvais. Tenez, Dinah, j'en prendrais bien une autre, merci », dit alors l'oncle Percy, et, dès qu'il se fut prononcé, chacun se resservit. Après le repas couronné de cerises à l'eau-de-vie et arrosé de cidre maison, plusieurs convives allèrent s'assoupir dans un coin tranquille.

Les heures s'écoulaient comme un charme. De son long séjour rue de Claret, Laura connaissait l'art de recevoir, et elle allait de pièce en pièce pour s'assurer du bien-être de tous. Les villageois de souche plus populaire avaient investi la cuisine et s'attaquaient à l'énorme vaisselle qui ne cessait d'augmenter, tandis que les Cooper, assis dans le petit salon, tenaient des propos acérés, tels que : « Cette jeunette aura du pain sur la planche. Je lui souhaite bien du plaisir. Avoir Norma comme belle-mère, ce n'est pas un cadeau. »

Le sourire de Laura se figea. La fatigue prenait le dessus. Elle n'avait qu'une envie, se coucher dans sa petite chambre sous les toits, écouter le vent s'engouffrer sous les tuiles et s'endormir. Mais elle sentit que Michael la cherchait du regard. Il était temps de se changer. Ils passeraient la nuit au Queen's, à Leeds. C'était ruineux, mais Michael y tenait.

Elle monta et poussa la porte de la grande chambre avec la prudence d'un intrus. Ses affaires de voyage étaient étalées sur le lit et attendaient qu'une jeune mariée leur donne vie. Elle se reposa un peu contre les coussins. L'odeur de Michael imprégnait la pièce, un mélange de savon, de cuir et d'écurie. À l'idée qu'elle dormirait ici, dorénavant, elle éprouva un léger dégoût. Le mariage rognait tant sur l'intimité.

On frappa à la porte. C'était Dinah, un verre de cognac à la main.

— Vous avez l'air vannée. Buvez ça et laissez-moi vous déboutonner. Avec ce mauvais temps, M. Michael est pressé de partir.

La pièce s'assombrissait. Bientôt on allumerait les lampes, mais seuls les Fitzalan-Howard et les autres notables prendraient congé. Un violoneux viendrait du village, un autre se mettrait au piano et tout le monde chanterait. Les plus ivres resteraient jusqu'au matin, qu'ils aient ou non été invités.

Quand elle eut revêtu un corsage rose, un élégant tailleur gris et mis son feutre bordé de rose, Dinah la complimenta.

— Vous êtes magnifique. Maintenant, un petit conseil. Vous voilà mariée, alors ne laissez pas la vieille vous gâcher le plaisir. Elle va sûrement essayer. Tenez-lui tête. Il vaut mieux marquer le coup dès le début.

Laura se pencha pour l'embrasser.

Quand elle descendit l'escalier, le hall était bondé et tout le monde la regardait. Michael vint la prendre par la main.

— Eh bien, c'est le moment du départ, lança-t-il à la ronde.

L'un des vieux approcha et poussa Laura de sa canne comme si c'était une vache.

— En voilà une costaud, éructa-t-il en provoquant de gros rires. Ça manque de fesses, mais les hanches sont bien larges.

Tous les hommes ricanèrent grassement. Michael vira au rouge sombre.

— Ne fais pas attention, ce n'est pas méchant, lui murmura Laura.

— Je ne supporterai pas qu'ils te manquent de respect. Plus de vulgarités, s'il vous plaît. Ma femme n'est pas habituée à notre humour de paysan. Attendez qu'on soit partis.

— Quel rabat-joie ! remarqua quelqu'un. Le voilà qui se donne des grands airs, maintenant.

— Enlève ton chapeau avant de t'y mettre, mon gars ! cria quelqu'un. C'est comme ça que font les messieurs !

Les lèvres crispées de colère, Michael se fraya un passage jusqu'à la porte. Mme Cooper se tenait près de l'automobile.

— Tu ne peux pas me laisser avec ces gens, dit-elle à Michael. Tu aurais dû faire en sorte que Gabriel soit là, il aurait su y remédier. Vous avez rempli ma maison de rustres grossiers qui n'ont pas la courtoisie de s'en aller. Il faut que vous restiez pour vous occuper d'eux.

— Sûrement pas, répliqua Michael. Rosalind est là. Et puis, en cas de problème, tu peux toujours appeler Bill Mayes à l'aide.

— Quoi ? Comment oses-tu partir comme ça, Michael ? Je te préviens, je ne l'oublierai pas.

Les lèvres pincées, il aida Laura à monter en voiture. Mme Cooper demeura cramponnée à la portière, le visage tout près de celui de

Laura, mais les yeux obstinément fixés sur Michael, comme si celle-ci n'existait pas.

— Je suis encore la maîtresse ici. Tu es toujours mon fils ! s'exclama Mme Cooper.

— Au revoir, mère, répondit Michael d'un ton morose.

Quand l'automobile démarra, une pluie de riz s'abattit sur eux et sur les cheveux de Mme Cooper. Des jeunes filles jetèrent du riz par la vitre ouverte sur les genoux de Laura en criant « Au revoir ! Bonne chance ! ». Quelqu'un lui fourra de la monnaie dans la main.

— Pour les enfants du village. Ils attendent. Oubliez Norma et passez du bon temps.

— Merci. Merci. Au revoir !

Laura se retourna sur son siège pour leur faire signe.

La nuit cernait déjà la vieille demeure, le ciel était si bas qu'il semblait s'appuyer sur les tuiles affaissées. Un chien aboyait frénétiquement et deux corbeaux s'échappèrent des ormes avec de lourds battements d'ailes.

À la sortie du village, les enfants patientaient sous la pluie. Laura leur jeta les pièces et ils firent la course en criant « Bonne chance ». Elle put enfin remonter la vitre. Michael mit le chauffage à fond et lui prit la main. Les feux de l'auto formaient un étroit faisceau dans la nuit. La pluie tombait de plus en plus fort.

— Je m'excuse pour mère, dit Michael. La famille la met à cran.

— Voulait-elle vraiment que nous restions ?

— Je le crains. Ne t'inquiète pas, ma chérie. Je ne la laisserai pas décider à ma place. Et toi aussi tu devras lui résister.

Ils roulèrent en silence. Cela faisait du bien après cette journée mouvementée. Les essuie-glaces battaient en cadence, ils virent un lièvre bondir devant eux et disparaître dans la nuit mouillée. Laura se sentait comme dans un rêve. Elle avait la tête lourde, les mains glacées.

— Une demi-heure de route et nous serons arrivés, dit Michael. On nous servira un bon grog et un souper dans la chambre.

— Le paradis, dit-elle en lui souriant. Quelle journée !

Laura trouva le Queen's splendide. L'esplanade de l'hôtel était pavée de dalles en caoutchouc pour que les bruits de la circulation ne gênent pas les clients. Le portier accueillit Laura avec un parapluie et l'escorta jusqu'au foyer, tandis que les porteurs déchargeaient leurs bagages et s'occupaient d'aller garer la voiture. Au grand embarras de la jeune épousée, une multitude de grains de riz tombèrent de ses cheveux et de ses vêtements sur les tapis profonds. Michael donna un pourboire au portier et au porteur avec une gaucherie que Laura trouva attendrissante.

Après Gunthwaite et ses lampes à pétrole, les lumières du Queen's lui blessaient presque les yeux. Elle alla se contempler dans le miroir de la chambre et s'estima laide, les traits tirés, trop fardée.

— J'ai une mine affreuse, dit-elle à Michael. Je m'excuse, je ne m'en étais pas rendu compte.

— Tu es très belle.

Ils étaient distants, tendus, silencieux. On frappa à la porte. C'était le grog que Michael avait commandé. Laura prit le sien et s'assit dans un fauteuil pour le siroter. Chaque gorgée d'alcool paraissait passer directement dans ses veines. Elle regarda Michael arpenter la pièce, le visage crispé.

— Ça ne te dérange pas si je vais dans la salle de bains ? dit-il soudain.

— Mais non, pas du tout.

— Merci.

Dès que la porte se ferma, elle l'entendit tourner les robinets pour couvrir des bruits déplaisants. Son sentiment d'irréalité se fondit en appréhension. Ils ne se connaissaient pas assez bien pour surmonter ce genre de pudeurs mal placées. Et il ne s'agissait pas de feindre une fausse intimité quelques heures, comme du temps où elle faisait la putain. Non, c'était pour toujours.

Quand Michael sortit, Laura prit sa place. Cette gêne était contagieuse. Elle pensa à laisser la porte ouverte et à se rafraîchir tout en parlant, une situation qu'elle avait vécue si souvent avec les clients de la rue de Claret. Cette pensée la fit frissonner. Il la prendrait pour une dépravée.

Le souper leur fut servi. Elle n'avait pas faim et Michael non plus, apparemment, mais ce rituel sinistre devait se dérouler jusqu'au bout. Laura regretta presque de ne pas être restée à Gunthwaite, au milieu des fêtards et de leurs paillardises. L'aisance coutumière de leurs conversations semblait avoir disparu.

Elle but du vin, trop vite. Quant à Michael, il ne but presque rien. Les serveurs emportèrent les reliefs du repas et Laura alla dans la salle de bains se préparer pour la nuit. Elle se lava, se parfuma les cheveux, puis elle sortit sa chemise de nuit française en soie couleur chair qui lui faisait comme une seconde peau, moulant ses seins, son ventre, son pubis. Ça ne plairait pas à Michael. Il la prendrait pour une... Elle chassa cette pensée.

— Ça ne te fait rien de ne pas regarder jusqu'à ce que je sois dans le lit ? lança-t-elle à son mari en s'abritant derrière la porte de la salle de bains.

— Quoi ? Oh... bien sûr.

Elle traversa la chambre en courant.

— Voilà. Tu peux regarder maintenant.

Au tour de Michael. Il réapparut dans un pyjama boutonné jusqu'au cou, qui portait les marques du fer de Dinah. Laura sentit la panique l'envahir. Comment jouiraient-ils l'un de l'autre s'il était fagoté comme ça ? Comment l'exciterait-elle s'il ne pouvait regarder son corps ?

Il s'éclaircit plusieurs fois la gorge, posa sa montre sur la table de chevet, se moucha et entra dans le lit. Puis il avança la main et éteignit la lumière. Il faisait noir comme dans un four, Laura avait l'impression d'être prise entre les draps comme entre les pages d'un livre.

— Je... je ne sais pas comment tu veux t'y prendre, dit Michael nerveusement.

— J'aimerais bien que tu m'embrasses, comme avant.

Laura dut l'attirer contre elle et sentit ses lèvres crispées. Elle lui offrit sa bouche mais, comme il s'écartait d'elle, elle tenta de le mettre en confiance avec de petits baisers, en guise de prélude amoureux. Soudain il se jucha sur elle en disant : « Je m'excuse. Ce ne sera pas long. » Il lui remonta sa chemise de nuit et elle devina qu'il cherchait à sortir son sexe par l'ouverture du pantalon de pyjama. Sidérée, presque amusée, elle n'osa pas l'aider. Mais ses tentatives lui faisaient mal. Laura se hissa un peu et il réussit à la pénétrer. Elle simula un cri de douleur.

— Désolé, ma chérie...

Il tapait comme une brute. Comme Gabriel la première fois, songeat-elle alors, en proie à une sensation d'étouffement grandissante, sous ce gros type en pyjama qui l'écrasait de tout son poids. Sa tête roula sur les côtés, cherchant de l'air, tandis que lui saisissait la barre de cuivre pour mieux assurer ses coups. L'eau ne suffirait pas, après un tel traitement. Il faudrait de la glace, comme madame le conseillait aux filles pour calmer les irritations et le gonflement des tissus. Quel butor !

Les coups continuaient, de plus en plus vite, plus fort. Tout à coup il s'arrêta, poussa un cri étranglé et s'effondra. Dieu merci, c'était fini. Si vraiment elle avait été vierge, il l'aurait cassée en deux.

Il s'endormit presque aussitôt. Elle se glissa hors du lit et alla baigner sa chair meurtrie. Et dire qu'il lui faudrait attendre encore longtemps avant de lui enseigner les rudiments.

De retour dans le lit, elle se rendit compte qu'elle avait mal partout, à la gorge, à la tête ; son front était brûlant, ses membres comme du plomb. Des larmes perlèrent brusquement au coin de ses yeux et mouillèrent son oreiller. C'était donc ça le mariage, elle se retrouvait malade, meurtrie et seule dans un lit étranger, inconfortable.

Un peu avant l'aube, Michael la reprit sans prévenir. Elle le repoussa en luttant pour respirer et l'entendit bredouiller des excuses. Elle se sentait malade, désespérée, mais se soumit pour lui complaire. Il remit ça peu après le lever du jour. Quand il roula sur le côté pour la troisième fois, Laura s'exclama malgré elle : « Ça suffit maintenant ! Ne t'avise pas de me toucher encore une fois ! »

Ils demeurèrent silencieux dans le noir, sans dormir. Laura avait horriblement honte.

Au matin ils furent raides et embarrassés. Il était prévu qu'ils aillent à Whitby passer deux nuits dans une pension de famille. Michael avait l'air complètement hagard. Comme il piochait dans le bacon et les œufs brouillés avec un enthousiasme forcé, elle n'y tint plus et posa sa main sur la sienne.

— Je m'excuse ! Je ne voulais pas te blesser... Mais je ne suis pas bien, j'ai de la fièvre, j'ai sûrement attrapé froid.

Il posa fourchette et couteau.

— Ce n'est pas à toi de t'excuser. Je ne sais pas ce qui m'a pris. J'ai été immonde...

— Mais non ! s'écria-t-elle. Et si nous partions d'ici au plus vite, ajouta-t-elle en baissant la voix, sentant sur eux le regard des serveurs.

La journée était froide et venteuse. Laura resta dans la voiture, hébétée, à se moucher et à tousser sans arrêt. Ils avaient prévu de visiter York, mais elle n'était guère en état de faire du tourisme. Michael gagna directement Whitby, et à trois heures de l'après-midi Laura était couchée, équipée de bouillottes et de boissons chaudes.

— Je te laisse tomber, dit-elle d'un air abattu. Cette nuit... et maintenant ceci...

— Tout va bien, dit Michael. Je te le promets.

— C'est vrai, tu n'es pas déçu ?

— Mais non. Pas du tout.

Bien sûr que si, il était déçu. Il avait tant espéré d'elle et elle lui avait si peu donné. N'aurait-elle pas dû lui témoigner un peu de compréhension ? Il n'avait aucune expérience. Elle avait connu beaucoup d'hommes comme lui. Mais elle les avait toujours guidés avec une parfaite maîtrise d'elle-même et de la situation. C'était avant de devenir une femme mariée...

— Si tu ne te sens pas trop mal, je vais aller faire un tour au village, déclara Michael. Inutile que je reste là toute la journée à te regarder te moucher.

— Non, bien sûr, répondit Laura.

Ils échangèrent un pauvre sourire, alors qu'ils étaient tous deux au bord des larmes.

10

Gabriel traversa l'aérodrome d'un pas vif, bien qu'il n'eût qu'une envie, rebrousser chemin. Pas moyen d'y échapper. Aujourd'hui, il lui fallait passer l'épreuve d'acrobatie aérienne, sur le nouveau coucou. Et on l'attendait au tournant, lui, le moins doué de tous pour ce genre d'exercices.

L'escadrille s'était massée à l'extérieur du mess, et le regarda avancer comme un condamné vers l'échafaud. Il devrait monter en flèche, faire un looping, survoler l'aérodrome sans aucun tangage, répéter la même manœuvre et atterrir. Gabriel s'attendait au pire et imaginait déjà son corps calciné pris dans un amas de ferraille.

Une fois dans les airs, il reprit un peu confiance. L'avion répondait plutôt mieux que d'habitude. Au début tout alla bien. Après sa rapide ascension, il vérifia son altitude ; c'était bon, il y était presque. Il fit un premier piqué, mais le moteur s'arrêta net. Gabriel stabilisa l'appareil, qui repartit avec un rugissement rassurant. En dessous, la grande étendue plate des marais brisée par les éclats fugitifs du soleil reprit sa ligne horizontale.

Il faisait très froid dans le cockpit. Piloter un avion n'avait rien d'une partie de plaisir, tout compte fait. Pourquoi le moteur avait-il calé ? Par sa faute ou suite à une défaillance technique ? Peut-être le carburateur... Gabriel reprit de l'altitude et se prépara au piqué. De nouveau le moteur cala. Il redressa, monta encore, nota les tours du moteur et les angles de descente sur un carnet. Cette fois, il ferait un looping. On verrait bien.

Au sommet de la boucle, il comprit qu'il risquait gros. De même que le moteur avait calé pendant le piqué, à l'instant où Gabriel perdait le sens de l'équilibre quelque chose se bloqua. Impossible de redresser l'appareil, qui tomba en chute libre, l'avant pointé vers la terre.

Alors qu'il s'efforçait de reprendre le contrôle, de curieuses pensées lui traversèrent l'esprit. La dernière lettre de sa mère, qui se plaignait de Laura et de ses prétentions domestiques. Michael, à l'école, corrigeant le garçon qui s'en était pris à son petit frère. Et Laura, montée sur lui, ses longs cheveux cachant ses seins nus. Puis la fille du pub, qui lui avait dit après coup qu'il était le meilleur, que jamais elle n'avait connu un tel plaisir. Et maintenant il allait mourir, tout serait fini, il ne connaîtrait jamais la suite des événements. Il manœuvra le gouvernail, mais les commandes ne répondaient plus. L'avion se mit en vrille. Gabriel se crut perdu, mais à force de s'acharner sur le manche il réussit tant bien que mal à redresser et le moteur repartit. Sauvé ! Gabriel se rendit compte qu'il pleurait.

Il s'apprêta à atterrir sans plus de cérémonies. Assez de cette course à la mort ! Qu'on aille donc sur terre ou sur mer et que l'homme abandonne les cieux aux créatures ailées ! Mais, au moment de toucher terre, le volet coinça, le moteur cala, l'avion heurta le gazon en se retournant tandis que l'arbre d'hélice labourait la terre avant d'éclater. Le carburant jaillit du réservoir. Le craquement du métal sous pression se mêla au soupir du vent. Tout se figea soudain. Retenu par les sangles de son siège, Gabriel sentit que du sang lui coulait dans les yeux.

Les heures se fondaient dans une brume de souffrance. Une infirmière venait régulièrement lui faire une piqûre qui l'engourdissait juste assez pour qu'on puisse lui changer ses pansements sans qu'il se mette à hurler. Mais ça faisait malgré tout un mal de chien. De vrais sadiques, ces gens en blouse blanche.

Et ses proches, sa mère, son frère, où étaient-ils ? Le temps s'étirait indéfiniment, tel un long ruban de ténèbres.

— Bonjour mon vieux.

Michael. Enfin. Gabriel tourna la tête avec un grognement de douleur. Bon sang. Il fallait qu'il arrête de geindre comme un bébé.

— J'ai cru que vous m'aviez abandonné, réussit-il à dire.

— Bien sûr que non. Mais on ne nous a pas permis de te voir avant aujourd'hui. Tu as besoin de calme et d'obscurité.

— Et mère, elle est ici ?

— Oui, mais j'ai préféré entrer le premier. À dire vrai, tu n'es pas aussi amoché qu'on a voulu me le faire croire.

— Quels sont les dégâts ?

— L'avion est fichu. Quant à toi, commotion cérébrale et fractures compliquées du bras droit et de la clavicule.

— Ça va s'arranger ? demanda Gabriel en le fixant de ses yeux injectés de sang.

— Oui, répondit Michael en prenant sa main valide entre les siennes. Tu n'as pas de soucis à te faire. Je sais, c'est douloureux, mais pourvu qu'il n'y ait pas d'infection tu t'en sortiras bien.

Gabriel demeura un instant silencieux, guettant les bruits du dehors, le chant d'un oiseau par un après-midi d'hiver...

— Et toi et Laura, comment ça va ? Mère n'est pas trop difficile ?

— Non... enfin, plus ou moins.

— Je m'en doutais. Tu la fais entrer ?

— Si tu veux. Je reviendrai demain. Ensuite je devrai retourner à la maison.

— Ah, comment résister aux attraits du lit conjugal...

Une fois dans le couloir, Michael entendit sa mère élever la voix dans la chambre de Gabriel sans comprendre ce qu'elle disait. S'il avait su qu'elle ne pouvait pas l'entendre, il aurait dit la vérité à Gabriel. La vérité, c'est qu'elle devenait impossible.

Le soir même, Laura recevait un télégramme. Gabriel allait mieux, Michael et sa mère reviendraient le lendemain. Laura en fut un peu déçue. Après le choc où elle avait craint le pire pour Gabriel, elle s'était plu dans la solitude.

Une fois M. Cooper couché et Dinah rentrée chez elle, Laura n'avait plus pour compagnie que le chien de berger et elle en tirait un étrange contentement. Elle reprisait, tricotait, pendant que la radio jouait en sourdine et que le pain levait près du foyer. Elle s'imaginait qu'elle avait en charge tout le domaine. La terre, les gens, le bétail, et même la traite deux fois par jour. Tout était à elle, rien ne lui échappait. Elle n'était plus Lori, la laissée-pour compte. Soudain, inexplicablement, elle était devenue une dame.

Le lendemain, Michael revint seul.

— Mère a trouvé à se loger dans une pension sinistre, et elle insiste pour rester quelques jours. Pauvre Gabriel.

Laura détourna les yeux pour cacher sa joie.

— Bill Mayes m'a parlé des chevaux de chasse, dit-elle. Il dit qu'on ne les monte pas assez.

Michael ouvrait le courrier, surtout des factures.

— Bill ne devrait pas t'ennuyer avec ça. Mais il va bien falloir prendre une décision et se résoudre à les vendre, j'imagine.

— Pourquoi ? Tu adores chasser.

— Je ne peux pas te laisser ici toute seule !

Laura eut envie de parler, mais l'émotion lui noua la gorge. Michael savait que sa mère lui menait la vie dure.

— À quoi bon te priver d'un si grand plaisir ? Ça ne sert à rien. Je veux que tu y ailles. Qui sait ? Un jour j'irai peut-être aussi.

Il sembla sceptique.

— Le pays est rude. Et il te faudrait monter en amazone.

— Pourquoi ? J'ai vu Dora Fitzalan-Howard. Elle monte à califourchon, comme vous tous.

— Une jeune fille, passe encore. Mais pas une femme mariée.

Laura ne dit rien. Elle alla au fourneau vérifier la cuisson du rôti qu'elle avait préparé pour le dîner, avec des oignons émincés et des petits navets fondants. Elle avait déjà fait cuire les pommes de terre qu'elle ferait sauter juste avant le dîner. Ouf, pas de Mme Cooper pour y fourrer son nez.

— Est-ce que je t'ai manqué ? demanda tout à coup Michael.

En vérité, ce n'était pas le cas, mais elle se réjouissait de son retour.

— J'ai pensé à toi tout le temps, déclara-t-elle, car c'était ce qu'elle aurait dû éprouver. Et je nous prépare un bon petit dîner. Va sortir les chevaux pendant que ça cuit.

Il se mit face à elle et posa les mains sur ses épaules. Elle voulut se hisser jusqu'à sa bouche pour l'embrasser, mais n'osa pas, de peur qu'il ne la trouve effrontée. Il resta là à la regarder, sans oser lui dire qu'il avait bien plus envie de faire l'amour avec elle que de monter à cheval.

Mais ce soir-là fut l'un de leurs meilleurs moments. L'exercice avait rendu Michael euphorique et ils avaient bu du vin au dîner, pour fêter leur tête-à-tête. Quand il commença son martelage silencieux et pressant, Laura lui murmura : « Moins fort, chéri. Je suis une femme, pas un roc. »

Elle glissa les mains sous sa veste de pyjama. Il frissonna, et elle eut envie qu'il la caresse aussi. Mais non. Elle cambra le dos, en vain. C'était sans espoir. Soudain il grogna en lui empoignant les seins et elle cria de douleur. Il garda les yeux fermés. Dans sa hâte d'en finir, il se servait d'elle comme d'une machine.

Le matin, elle découvrit les marques que ses doigts avaient laissées sur ses seins. Et dire que Michael pouvait traire le pis enflammé d'une vache avec une telle douceur que la bête soupirait de soulagement... Laura appuya une compresse sur son mamelon et ferma les yeux en souhaitant presque être cette vache, pour jouir elle aussi de la tendresse de son époux.

Michael passa toute la journée avec Bill Mayes. Dans l'après-midi, des hommes arrivèrent en voiture et allèrent aux écuries. Un palefrenier s'éloigna bientôt, monté sur l'un des chevaux, et avant la tombée de la nuit on amena une petite jument fringante, qui prit sa place. Michael alla chercher Laura.

— Elle s'appelle Églantine. Elle est à toi.

Laura se pendit au cou de son mari et se serra contre lui. Elle qui se croyait en manque de tendresse !

Ses leçons débutèrent dès le lendemain.

— C'est une vieille tenue de mère que tu pourras mettre quand tu chasseras, fit Michael, encourageant.

En culotte de cheval et ceinte d'un imposant tablier de serge, Laura s'efforça de demeurer impassible et permit à Bill Mayes de la jucher sur la jument, qui renâcla un peu. Laura n'était guère rassurée, elle n'était pas montée à cheval depuis son enfance. Encore était-ce sur un poney, dans le parc.

— Elle a une bonne assiette, patron, commenta Bill Mayes, en mâchonnant sa pipe. Menez-la en bas du pré, madame, qu'on voie un peu son allure.

Tous les hommes sortirent pour regarder. C'était un défi aussi bien pour la cavalière que pour sa monture. La jument se mit au trot, et Laura rebondit gauchement sur la selle. Ici, le trot était de rigueur, bien plus qu'en France. Ils croiraient qu'elle ne savait pas monter. Aussitôt elle pressa la jument des talons et la mit au petit galop. Un peu secouée au début, Laura prit peu à peu de l'assurance.

Calée entre les pommeaux de la selle d'amazone, elle se sentait en sécurité, presque bercée par l'allure régulière d'Églantine. Elle se souvint du vieux cheval de trait qu'elle montait enfant. Un bien pauvre équipage... Mais aujourd'hui, quelle revanche !

C'était grisant. Elle remonta le pré au petit galop vers la ferme. Quand Michael lui aurait appris à trotter, ils pourraient rejoindre des amis, les Fitzalan-Howard, par exemple, songea-t-elle avec euphorie.

Ce jour vint plus tôt que prévu. Une partie de chasse qui ne leur prendrait qu'une demi-journée. Cette perspective réjouit tant Laura que même l'idée de porter l'habit de Mme Cooper ne ternit pas son enthousiasme. Pourtant, il était d'un triste ! Vert foncé, sévèrement coupé, sans aucun ornement... Laura fit des remplis dans la taille et élargit les épaules avec des torsades de ruban, dont elle orna aussi l'incontournable chapeau melon.

— Surtout, pas de saut d'obstacle, lui ordonna Michael en lui nouant sa cravate-foulard. C'est ta première sortie, la prudence est de mise. Essaie de ne pas te perdre.

Ainsi, Michael irait de son côté. Cette idée l'effaroucha, mais dès qu'elle fut montée sur Églantine Laura reprit confiance. Que pouvait-elle redouter en ce matin d'hiver brumeux où les sabots des chevaux s'enfonçaient dans les épaisses couches d'humus et où l'air sentait la terre et la mousse ? Les oiseaux guettaient leur approche en s'avertissant d'arbre en arbre. Elle fut subitement envahie d'une chaleur diffuse, la sensation d'être pour une fois en plein accord avec le monde qui l'entourait. C'était donc ça le bonheur.

La meute partit en avant. L'air s'emplit d'aboiements et du claquement des sabots sur les chemins pierreux. Ils passèrent un portail, traversèrent un champ. Puis ils s'arrêtèrent et attendirent. Michael s'approcha d'elle, les yeux brillants, campé sur sa monture comme s'il était né à califourchon sur une selle.

— Tout le monde te trouve ravissante, lui dit-il.

— C'est vrai ? Et qu'est-ce qu'on attend ?

— Que la meute repère une piste. Ah !

La corne retentit, et tous les chevaux partirent ensemble, en une masse soudée et puissante. Malgré tous ses efforts, Laura ne parvint pas à contenir sa monture. Elle se retrouva en tête du cortège avec les meilleurs cavaliers. Soudain un mur se dressa devant elle, Laura cria, mais elle n'eut pas le temps de s'affoler qu'Églantine l'avait déjà franchi. Paniquée, elle chercha Michael des yeux, en vain.

Un autre champ, un autre mur. Églantine l'entraîna de nouveau sans se refréner. Mais, heureusement, après la première ruée, les chevaux se calmaient, et ils adoptèrent un galop régulier. Laura tira sur les rênes et comprit qu'Églantine devenait plus docile. Deux sauts d'obstacle ! Alors qu'elle aurait dû rester bien sagement à l'arrière... Laura était ravie.

Mais la jument reprit le contrôle. Elles passèrent un fossé sans encombre, Laura accrochée à ses pommeaux, laissant toute l'initiative à Églantine, puis elles pénétrèrent dans un bois où les aboiements de la meute leur parvenaient assourdis. Étaient-elles près de Gunthwaite ? Comment savoir. Des ronces lui égratignèrent le visage, elle sentit le goût du sang sur ses lèvres et aperçut un cheval sans cavalier. Ce n'était pas celui de Michael, Dieu merci. Encore un mur. Mais énorme, effroyable. Le cavalier gisait à terre et gémissait, entouré de deux compagnons obligeants, mais les autres s'attaquaient au mur sans faillir. Églantine parut hésiter, et au dernier moment elle se déroba. Laura s'en fut, un peu confuse.

Elles franchirent un portail, et Laura ralentit le rythme, retrouvant le petit trot de son enfance. Tout le monde avait disparu, elle n'était plus sous le regard d'autrui. Un grand calme régnait en lisière de ce bois. Un renard en sortit pour se fondre en sinuant à travers champs. Laura vit un cavalier arriver droit sur elle. Michael.

— Je te cherchais. J'étais un peu inquiet.

— Le mur était trop haut. Ça n'a pas plu à Églantine.

— Chérie, je suis si fier de toi.

Il lui prit la main. Ses yeux étincelaient et il n'avait jamais meilleure allure que sur un cheval. Laura sentit quelque chose frémir dans son ventre. Leurs genoux se touchèrent.

— Si on rentrait à la maison, dit Michael d'une voix rauque.

— Oh oui, acquiesça-t-elle. Je suis fatiguée. J'ai envie de me reposer. Avec toi.

Il soufflait aussi bruyamment que le cheval. Tout à coup, il se pencha pour l'embrasser. Son haleine sentait l'alcool. Ah, il avait bu... Alors, pourquoi ne pas la prendre là, tout de suite, contre un arbre, puisqu'ils en avaient envie l'un et l'autre ?

Il toucha le devant de son habit. Laura retint son souffle et, lentement, défit les boutons de sa veste. Michael y engouffra sa main et fit rouler entre ses doigts son mamelon qui pointait à travers la soie, aussi dur qu'un bouton. Elle se pencha en avant pour se coller contre lui.

Les chevaux hennirent et s'écartèrent. Laura s'affala sur l'encolure de la jument, brûlante de désir, les seins avides de caresses. Pourquoi ne pas faire l'amour maintenant ?

— Rentrons vite, dit Michael.

Elle imagina la scène. Ils courraient jusqu'à la chambre en se dévêtant à la diable et se prendraient avec frénésie. Enfin, elle tiendrait Michael nu entre ses cuisses et l'accueillerait, tout humide. Ils remontèrent la piste, s'arrêtant juste le temps d'un baiser. Michael lui pétrit encore les seins, comme un enfant qui s'amuse avec son nouveau jouet. Sa culotte de cheval s'étalait sur la selle. N'y résistant pas, Laura le toucha là, entre les jambes.

— Grand Dieu, Laura ! Que fais-tu..., s'exclama-t-il en s'écartant, rouge de confusion.

— Je m'excuse. J'ai cru...

— Quelle drôle d'idée, vraiment.

Elle retint son souffle.

— Mais je pensais te faire plaisir...

— Je ne suis pas un dépravé, grâce à Dieu ! Comment pourrais-je laisser ma femme se souiller les mains juste pour... Je ne demande rien de ce genre.

Laura se détourna pour se rajuster. Tout était gâché, leur désir s'était envolé. Ils rentrèrent en silence, et Laura se rappela son bonheur tout proche, dévorée de honte.

11

Gabriel était allongé sur le divan du petit salon. D'habitude la pièce était froide comme un tombeau, mais aujourd'hui un feu crépitait joyeusement dans la cheminée, des roses de Noël fleurissaient la fenêtre et le sol était jonché de livres et de journaux. Mme Cooper entra et se mit à ranger.

— Laisse ça, mère. Tu pourras une fois de plus t'en prendre à Laura.

— Je ne vois pas ce que tu veux dire, répliqua-t-elle. Cette fille est impossible. Elle a sans doute cru qu'elle aurait la belle vie après avoir harponné Michael, mais elle va vite déchanter.

— Tu ne la laisses pas en paix une minute.

Le visage sévère de Mme Cooper s'éclaira d'un sourire.

— Ton frère en est complètement gâteux, mais au moins toi, tu es sauvé. Grâce à moi.

— Sauvé, et de quoi ? s'enquit Gabriel en se hissant sur son bras valide.

— D'elle, bien sûr, répondit sa mère en haussant les sourcils, comme si la réponse allait de soi.

Elle passa derrière lui et posa une main glacée sur son front. Sa présence lui était pesante, comme s'il était condamné à la traîner toute sa vie. Depuis sa naissance, c'est sur lui que sa mère focalisait tout son amour, toute son attention, l'étouffant de sa noire mélancolie.

On frappa. C'était Laura, qui apportait le thé sur un plateau. Elle se débattit avec la porte, puis avec une petite table sur laquelle elle voulut poser le plateau, sans que Mme Cooper daigne lever le petit doigt pour l'aider.

— Vous pourrez débarrasser dès que Gabriel aura fini. Inutile que ça traîne ici pendant des heures, dit celle-ci.

— Oui, mère, répondit Laura avec la docilité d'une servante.

— Tu as l'air épuisée, Laura, remarqua Gabriel. Je m'en chargerai.

Elle lui décocha un bref sourire.

— Tu n'es pas en état. Tu risquerais de tout laisser tomber.

— Je parie que j'ai meilleure mine que toi.

Mme Cooper quitta aussitôt la pièce, outrée de leur complicité.

— Tu ne devrais pas la contrarier, observa Laura, une fois la porte refermée. C'est moi qui en ferai les frais tôt ou tard.

— Tu aurais dû lui balancer le plateau en pleine figure. Elle te harcèle et ça devient de pire en pire.

Laura soupira et s'assit au bord du divan, près des pieds de Gabriel.

— Je sais. Elle y prend un malin plaisir. Mais si je lui tiens tête, elle se venge sur Michael et ne cesse de lui parler de la ferme et de problèmes d'argent. Lorsque je délaisse ton père, c'est elle qui s'en occupe. Et elle est si méchante avec lui.

— Méchante ?

— Elle lui tape sur les doigts et le traite de vieil imbécile.

— Ce n'est pas nouveau.

— Ah oui ? s'étonna Laura. Eh bien moi, je ne m'y ferai jamais, ajouta-t-elle en fixant le feu d'un air morose.

Gabriel contempla son profil. De grands yeux, un long nez, une bouche dont la lèvre supérieure était trop mince, l'inférieure trop pleine. Laura n'était pas précisément jolie, mais quelque chose en elle retenait l'attention. Un visage intéressant. Il s'étonna encore qu'elle ait pu coucher avec lui avec un tel abandon et le traite maintenant en camarade, en beau-frère. Peut-être que dans son esprit leur idylle n'était qu'un cours de travaux pratiques où elle s'était servie de ses aptitudes comme un artisan de son savoir-faire.

— Il faut trouver une solution, reprit-il. Tu ne peux pas continuer comme ça.

— Oh, elle n'est ni pire ni meilleure que beaucoup d'autres. J'ai commencé à rendre des visites, tu sais ? Je me mets sur mon trente et un et Bill Mayes me conduit en voiture. Il déteste ça, mais Michael l'exige. Je prends le thé avec ces dames, elles sont toutes très convenables et terriblement ennuyeuses, sauf Mme Fitch, qui parle de chevaux et d'accouchements. Elle veut que j'arrête de monter en amazone. Elle dit que c'est dangereux.

— C'est vrai, confirma Gabriel. Le cheval risque en se renversant de tomber sur sa cavalière. C'est arrivé quand j'avais quatorze ans. La femme en est morte.

— Morte ? Mais Michael ne me laisserait jamais courir un tel danger. Et puis Églantine est un si bon cheval.

Laura servit du thé à Gabriel et l'aida à le boire. Il se fatiguait vite. Sa mère n'aurait jamais dû le ramener ici, où il s'ennuyait ferme sur son divan et subissait le martyre sous les doigts maladroits du Dr Hendon. Son bras blessé n'était qu'une masse de chairs meurtries où les os écrasés tentaient de se ressouder. Gabriel grignota sans appétit un peu de pain beurré.

— Il faut que j'y retourne, dit Laura en se levant.

Elle reposa la tasse et la soucoupe sur le plateau.

— Ne t'en va pas, dit Gabriel en avançant sa bonne main pour la retenir. Pourquoi ne pas rester à bavarder un peu avec moi ?

Laura se détourna. Soudain elle se sentait faible, sans bien savoir pourquoi. Peut-être était-ce de s'être assise avec Gabriel, comme autrefois au Zambesi, quand elle n'était pas mariée et ne connaissait ni Gunthwaite, ni Michael, ni ce que l'avenir lui réservait... rien que le vide. Un voile noir lui brouilla la vue. En tentant de se retenir à quelque chose, elle lâcha le plateau.

— Mère, mère ! appela Gabriel.

Mme Cooper se précipita dans la pièce.

— Espèce d'idiote ! s'exclama-t-elle.

Vais-je vraiment passer ma vie avec cette femme ? se dit Laura. Tentée par l'oubli bienfaisant qui l'attendait derrière ce grand voile noir, elle s'affala comme une marionnette privée de ses fils.

Elle se réveilla dans la chambre. Le Dr Hendon, le vieux médecin de famille, était assis sur le lit et lui tenait la main.

— Eh bien, ma chère, dit-il, d'un ton apaisant. Vous vous sentez mieux ? Il faut que nous causions un peu, vous et moi. Votre mari m'a dit que vous n'étiez guère en forme ces derniers temps. À quand remontent vos dernières règles, exactement ?

Ah, la pudeur des femmes..., se dit le vieux médecin en voyant la jeune épousée se tortiller avec gêne. Et dire qu'il croyait les Françaises plus ouvertes dans ce domaine.

— Je n'en ai pas eu depuis mon mariage.

— Je vois. Eh bien, n'en tirons pas de conclusions hâtives. Il n'est pas rare que le cycle menstruel d'une jeune fille devienne un peu irrégulier, après un aussi grand changement. Voyons ce ventre.

Elle resta immobile, détachée, tandis qu'il l'auscultait. On aurait dit que ce corps, qui était le sien, lui était étranger. Il demanda ensuite à voir ses seins, et elle ouvrit son corsage. Sur la chair laiteuse, les mamelons ressortaient comme deux framboises.

— Plus de doute, déclara le médecin avec satisfaction. Votre mari va être content de lui. Vous allez avoir un bébé, ma chère, et je suis fier d'être le premier à vous en féliciter.

Elle le fixa, interdite.

— Ça doit être une erreur, fit-elle d'une toute petite voix.

— Pas du tout, madame Cooper. Dans six mois, vous accoucherez d'un bébé, avec mon aide, bien sûr. En attendant, il faut vous reposer et bien manger. Vous verrez qu'on sera plus prévenant avec vous, si j'ose dire, maintenant que vous êtes enceinte.

Elle se redressa.

— C'est que je m'y attendais si peu...

— Voilà ce qu'il advient quand on passe les froides nuits du Yorkshire dans un bon lit chaud. Certains câlins ont des conséquences, voilà tout, ajouta-t-il en lui souriant d'un air radieux et satisfait, comme s'il se sentait responsable de ce petit prodige.

Après son départ, elle resta immobile et posa la main sur son ventre. La rue de Claret, la colère, la peur... tout lui revenait. Parfois, c'est un préservatif qui éclatait, ou bien une fille prenait des risques, moyennant un petit extra en liquide. Quelques-unes, émues par l'idée d'être mère, laissaient aller les choses. Mais il n'y avait aucun plaisir dans cette expérience de la maternité. Juste de la douleur et des soucis. Ensuite, il fallait travailler deux fois plus pour garder l'enfant. Rares étaient celles qui le gardaient longtemps. C'est dur de trimer avec un bébé caché derrière un rideau. Elles finissaient souvent par vendre leur enfant à une femme stérile, une bourgeoise qui lui offrirait une vie meilleure.

La porte s'ouvrit et ses yeux s'agrandirent d'angoisse. Mais c'était Michael, rouge d'émotion.

— C'est vrai ?

— Il paraît. Je... je crois, oui.

— Ma chérie... Jamais je n'ai été aussi heureux.

Il la contempla, debout sur le seuil. Laura se sentait détachée, elle ne croyait ni à son bonheur ni au sien.

— Qu'allons-nous faire ? demanda-t-elle.

— Eh bien, on va prendre soin de toi, c'est tout. Mère va devoir changer de conduite. Quant à moi, je ne... je ne t'embêterai plus la nuit.

Elle lui prit la main.

— Ne dis pas ça. Si tu t'y prends plus doucement, tout ira bien.

— Ne t'inquiète pas de ça. C'est toi qui comptes. Toi et notre enfant.

Il la prit dans ses bras et ils s'étreignirent. Elle fut parcourue par un élan de tendresse et eut envie de le bercer contre son sein. Il lui rappelait Gabriel. Et si c'était l'enfant de Gabriel, pensa-t-elle soudain. Depuis leur escapade, elle n'avait pas eu ses règles. Le destin lui aurait-il joué ce tour ?

Les idées se bousculaient dans sa tête, tandis que Michael embrassait ses cheveux en lui murmurant des mots tendres.

— Je t'aime, chuchota-t-elle en écho. Je suis si contente que tu sois heureux.

L'enfant de Gabriel, de Michael, qu'importe ? Personne n'en saurait jamais rien.

Michael s'écarta et la regarda dans les yeux. Qu'y vit-il ? Sûrement qu'elle l'aimait. Elle lui donnerait un enfant, qui serait l'héritier de Gunthwaite. C'est pour ce jour qu'elle était née, ce jour qui donnait enfin un sens à son existence. Dans son corps flétri, la semence de Gunthwaite avait germé. Son ventre abritait l'avenir du domaine, et cet avenir serait glorieux. Aucun enfant ne serait jamais aussi choyé.

Malgré la nouvelle, tout continua à peu près comme avant. Pendant quelques jours, Laura évita complètement Gabriel, et Mme Cooper se plaignit du surcroît de travail que lui imposait son indolence. Heureusement Michael prit le parti de sa femme et, l'après-midi, Laura put faire ce que bon lui semblait. Souvent elle montait Églantine, une activité jugée bénéfique pour une femme enceinte, pourvu qu'elle ne chasse pas. En passant à cheval devant la fenêtre de la cuisine, Laura voyait sa belle-mère la fixer d'un regard qui lui faisait toujours froid dans le dos.

Un peu plus d'une semaine après l'annonce du médecin, Laura tomba sur une lettre inachevée qu'on avait laissée sur le bureau de la bibliothèque. Une lettre de Mme Cooper à sa fille Rosalind. Elle ne put résister à la tentation. N'avait-elle pas le droit de savoir ce qu'elles pensaient d'elle ? Laura prit la lettre et s'adossa contre la porte de la bibliothèque. « Tu ne croiras jamais ce qui est arrivé ! lut-elle. Michael a mis sa femme enceinte. Un bébé de lune de miel...

c'est en tout cas ce qu'elle voudrait nous faire croire. Gabriel ne veut pas que j'en parle à Michael, mais, vraiment, quelle vulgarité ! Comment être sûr qu'elle ne nous refile pas un bâtard ? Tu le sais, je me suis toujours méfiée d'elle. »

Cette lettre avait été sciemment déposée là pour qu'elle la lise. Le cœur de Laura battait si fort que la tête lui tournait. Mme Cooper la détestait plus que jamais, et elle n'en comprenait pas la raison. Cet enfant serait son petit-fils, et elle préférait dénigrer Laura plutôt que de s'en réjouir. C'est étrange, songea Laura, la haine que lui vouait Mme Cooper lui faisait entrevoir la vérité, là où l'amour restait aveugle.

La nuit, Laura ne put s'endormir et rumina des idées de meurtre en se tournant et se retournant dans le lit. Michael finit par se réveiller.

— Qu'est-ce que tu as ? Tu ne peux pas dormir ?

— Non. Je n'arrête pas d'y penser. Ta mère a écrit une lettre à Rosalind qu'elle a laissée traîner exprès pour que je la lise. Elle... elle doute que cet enfant soit le tien. Comme si je t'avais piégé pour que tu endosses la paternité d'un bâtard. Comment ose-t-elle proférer des horreurs pareilles ? gémit-elle dans le noir, la poitrine oppressée.

Michael se tut un certain temps.

— J'aurais dû t'en parler plus tôt, dit-il enfin. Mais j'ai craint que tu ne veuilles plus de moi. Quand j'avais dix-sept ans, j'ai eu les oreillons et tout mon corps en a été affecté. On a cru que j'y passerais. Je m'en suis sorti, mais le docteur a alors déclaré que je ne pourrais sans doute jamais avoir d'enfants.

— C'était le Dr Hendon ?

— Oui. Pourquoi ?

— Il n'y connaît rien !

— Eh bien... non. Apparemment.

Laura réprima un fou rire. Michael l'avait trompée comme elle l'avait trompé, ils s'étaient abusés l'un l'autre.

— Alors comment ose-t-elle penser ça de moi ? lui demanda-t-elle.

— Ça n'a rien à voir avec toi, répondit Michael. Elle ne souhaitait pas que j'aie un enfant. De cette façon, Gunthwaite serait allée à Gabriel et à sa famille.

— Gabriel n'est même pas marié ! Et tu es son fils autant que lui ! Comment fais-tu pour ne pas la détester, Michael ? Elle est si mauvaise !

Michael soupira. Il trouvait Laura si naïve, parfois. Elle croyait pouvoir changer des choses qui faisaient tout bonnement partie de la vie. L'amour ne peut se donner sur commande, il est impossible de l'exiger par force ou persuasion. Il savait depuis toujours que l'amour de sa mère lui était refusé. En fait, jusqu'à Laura, il avait cru qu'il ne serait jamais aimé.

— Ça n'a pas d'importance, dit-il. Plus maintenant.

Elle se renversa sur les oreillers.

— Tu aurais pu me le dire. Je t'aurais épousé quand même.

Il enfouit son visage dans ses cheveux et s'endormit peu après. Mais Laura continua de veiller, elle aurait eu envie qu'il la réconforte, la caresse, jusqu'à la libération finale. Si leurs rapports avaient été plus faciles, elle n'aurait pas ressenti une telle frustration. Mais ils ne se comprenaient toujours pas, sur ce plan-là. Quand on était une femme mariée, il fallait se conformer à un code de conduite mal défini. Du temps où elle n'était qu'une putain, seul le plaisir comptait. C'était tellement plus simple.

Laura avait cru que sa grossesse mettrait un terme à ce manque, mais en vain. Son esprit dériva jusqu'à ces limbes où pensée et sentiment se confondent pour libérer l'esprit. Elle songea à un homme, un homme sans nom, sans visage... et c'est Gabriel qui lui vint en tête. De l'amour elle lui avait tout appris.

Elle se mit sur le dos et se caressa les seins en imaginant que c'était la main de Gabriel. Pourquoi était-ce à lui qu'elle pensait, entre tous ? Pourquoi pas à Michael ? Le sommeil fut long à venir.

Le lendemain, il était prévu que Michael conduise sa mère à Bainfield. Mais, à l'heure du déjeuner, une génisse commença à vêler ; elle en avait manifestement pour des heures. Michael proposa à sa mère que Bill Mayes l'emmène.

— C'est hors de question. J'insiste pour que tu viennes avec moi.

Laura finissait d'enfourner des cuillerées de nourriture dans la bouche de M. Cooper.

— J'irai avec vous, dit-elle.

— Vous aurez trop de choses à faire ici, rétorqua Mme Cooper.

— J'aimerais venir, si ça ne vous dérange pas. J'ai quelques courses à faire.

Elles se confrontèrent du regard.

— Eh bien voilà qui est parfait, mère, conclut Michael.

Bill Mayes conduisait en prenant son temps. Assises à l'arrière, les deux femmes engagèrent une conversation de pure forme, et Mme Cooper se lança dans un long monologue, parlant d'amis à elle affiliés à une grande famille qui avaient récemment quitté la région, puis elle se mit à évoquer sa jeunesse dorée, quand elle dansait jusqu'à l'aube et voyageait toujours en première classe. Ce n'étaient que les fruits de son imagination, Laura le savait bien. Il n'y avait pas eu de grands bals ni de tickets de première. Comme le disaient les gens du pays, Norma se donnait de grands airs.

— On ne donne pas de bals, en France, j'imagine ? s'enquit Mme Cooper avec dédain.

— Pas autant qu'ici, apparemment. Mais je n'y suis jamais allée.

— Ça ne m'étonne pas. Gabriel avait raison, n'est-ce pas ? Vous vous êtes mariée au-dessus de votre condition, c'est évident.

Laura lutta pour réprimer sa colère en présence de Bill Mayes.

— Je sais que vous n'êtes pas contente, pour le bébé, dit-elle sèchement.

— Ma chère, puis-je vous rappeler qu'on ne parle *pas devant*[1] ?

— Nous pouvons parler en français, si vous voulez.

— Je ne parle pas français, vous le savez bien.

— Comme c'est drôle. Moi qui croyais les Anglais cultivés...

La conversation mourut. Sentant la tension monter, Bill Mayes accéléra l'allure.

Une fois à Bainfield, elles allèrent chacune leur chemin. Laura acheta de la laine pour tricoter une layette, ainsi qu'un patron et du tissu pour une robe de maternité. Chez le drapier, elle s'apprêtait à régler la note quand Mme Fitzalan-Howard entra. Celle-ci lui saisit les mains avec chaleur.

— Ma chère Laura ! J'ai appris la nouvelle. Je suis si contente pour vous.

— Vous êtes très gentille.

— Et comment Norma prend-elle la chose ?

Laura hésita, et son aînée se mit à rire.

— Je le devine aisément. Nous nous demandions tous ce qui se passerait quand vous leur donneriez un héritier. Venez, allons prendre le thé et racontez-moi tout.

Quand elles se retrouvèrent dans le salon de thé à manger des muffins et du cake, les petites querelles de Gunthwaite semblèrent bien dérisoires.

— Dora meurt d'envie d'aller voir Gabriel, annonça Mme Fitzalan-Howard. Est-il assez bien remis ? Vous connaissez les jeunes filles.

— Le médecin dit qu'il pourra se lever à partir de demain. Pourquoi ne pas venir avec Dora prendre le thé la semaine prochaine ?

---

1. En français dans le texte. Sous-entendu : les domestiques.

Mme Fitzalan-Howard fit la moue.

— Et votre belle-mère, n'en sera-t-elle pas contrariée ?

— Si ! affirma Laura en s'esclaffant.

Cette rencontre la réconforta. Gunthwaite était si isolée, si coupée du monde, qu'on en arrivait à oublier qu'il y avait d'autres vies, d'autres milieux. Sur le chemin du retour, elle lut le journal, pour pallier la maigreur des nouvelles que diffusait la radio.

— C'est idiot, tout ce raffut qu'on fait à propos de cette guerre, déclara sa belle-mère.

— Vous trouvez ? Je ne sais qu'en penser.

— Je n'en suis pas surprise. Les Français ne peuvent pas comprendre notre position. L'Europe ne nous concerne pas, nous avons l'Empire.

— Mais tout de même. Les fascistes, Hitler...

— S'il veut faire quelque chose pour contrer ces Juifs, mes vœux l'accompagnent. Il faut bien que quelqu'un leur résiste. Ils sont partout.

— Vous en savez autant sur les Juifs que sur moi. Pourtant vous êtes toujours prête à médire.

— Que diable insinuez-vous ?

Laura la regarda droit dans les yeux.

— Veuillez transmettre mes amitiés à Rosalind dans votre prochaine lettre.

Elle reprit sa lecture. Mme Cooper resta à fulminer en silence à côté d'elle.

Sa petite victoire, et l'invitation qu'elle avait lancée, tout cela avait remonté le moral de Laura. À leur arrivée, la cuisine était chaude, accueillante, et Dinah avait fait du thé.

— Je vais en porter à Gabriel, décida Laura. Dora va bientôt venir lui rendre visite.

— À mon avis, il préférerait du whisky, lui conseilla Dinah, ce qui la fit rire. Prenez du thé pour vous.

Pour une fois, Laura se sentait heureuse et confiante. Quand elle entra dans le petit salon, le regard morne de Gabriel, qui s'attendait sans doute à voir sa mère, s'éclaira.

— Salut, belle étrangère ! Ça fait longtemps...

— Tout le monde m'a conseillé de prendre du repos.

— Oui. Mère m'a appris la nouvelle. Félicitations.

— Merci.

Il y eut un silence. Elle posa le plateau.

— Tu veux du thé, ou préfères-tu un whisky ? Dora va venir te voir.

— Ah bon ? Mon Dieu.

Elle lui versa un whisky. Il le boirait s'il en avait envie.

— Sais-tu que ta mère a écrit à Rosalind pour lui dire que le bébé n'était pas de Michael ?

Gabriel évita son regard.

— Tout cela par pure jalousie, renchérit Laura.

— Oui...

Gabriel avala une gorgée de whisky.

— Tu en es sûre, au moins ? demanda-t-il. Je ne veux rien insinuer, mais... tu en es sûre ?

— Je ne vois pas pourquoi tu en doutes, rétorqua-t-elle.

Il la regarda bien en face.

— Nous n'avons pris aucune précaution.

— Pas besoin. Il n'y avait aucun risque.

— Tu en es certaine ? Tu ne peux pas t'être trompée ?

— Vraiment, Gabriel ! Une fille comme moi ne fait pas ce genre d'erreurs.

Il parut soudain soulagé et lui sourit.

Elle lui prit le verre des mains et en sirota une gorgée qu'elle retint dans sa bouche. Hum, délicieux...

— Les perce-neige sont sortis dans les bois et deux des brebis ont déjà mis bas. Tout le monde à Bainfield parle de la guerre. J'ai le journal, si tu veux.

— Oui, merci. Mon Dieu, la guerre, et moi qui suis alité.

— Plus pour longtemps. Tu te lèves demain.

— J'ai reçu une lettre de Philip. L'escadrille a changé de base, ils sont sur des porte-avions Hurricane, maintenant. Et je suis bloqué ici !

— Mais tu pourras les rejoindre, non ?

— Il va y avoir une enquête. Si on me tient pour responsable, ils ne me reprendront pas.

Elle lui rendit son verre. Pauvre Gabriel. À cet instant, elle éprouvait pour lui une sympathie détachée. Elle était dans la vie active, avec tout ce qui y était lié, et lui restait spectateur, tandis que son avenir se perdait dans la brume. Peut-être qu'il ne volerait plus jamais.

12

Au grand étonnement de chacun, Mme Cooper déclara un soir au souper qu'elle irait rendre visite à sa vieille amie, Alicia Allenby. Gabriel faillit s'étrangler en mangeant.

Elle partit dans l'automobile, entourée de fourrures et de plaids. Laura était si contente qu'elle avait préparé des petits pâtés et de délicieux sandwiches ; elle les mit dans un panier avec une demi-bouteille de vin de sureau. Sa belle-mère reçut ses offrandes d'un œil froid. « Je compte sur vous pour prendre soin de Gabriel », dit-elle avant de remonter la vitre.

Après son départ, Laura se promena de pièce en pièce le cœur léger, certaine qu'elle n'y rencontrerait pas sa belle-mère. Quel bonheur de pouvoir chanter à tue-tête si elle en avait envie ! C'était le temps de l'agnelage, et cette nuit-là les premières brebis commencèrent à mettre bas. Michael était debout toute la nuit et la moitié du jour ; il ne rentrait que pour dormir. Même Gabriel veillait en aidant comme il pouvait. On rapportait les agneaux nouveau-nés à la maison pour les laver et les nourrir et ils ne cessaient d'affluer. Laura prit l'habitude de remuer le porridge d'une main et de nourrir les petits de l'autre, tandis que Dinah jurait entre ses dents.

— Sales bestioles ! Dans le temps, c'est le berger qui s'en occupait sur la colline. Parole, on ne les faisait pas entrer dans des maisons respectables !

— Dans le temps, nous pouvions nous permettre d'en perdre quelques-uns, répliqua Michael, prosaïque, en mangeant un petit déjeuner bien mérité.

— Et le berger, où est-i passé ? s'enquit le vieux M. Cooper, qui, avec l'âge, retrouvait le parler de ses origines. Où est-i donc, le jeune Bill Mayes ?

— Il est occupé, dit Laura en lui nouant une serviette autour du cou.

Une fois Michael reparti, la cuisine redevint silencieuse. Le vieil homme somnolait. Devant le fourneau, on avait disposé des caisses à pommes qui contenaient chacune un agneau.

— Ce qu'on est bien quand elle n'est pas là, soupira Dinah en refaisant son chignon. Pourquoi ne pas demander à M. Michael de l'installer dans l'une des maisonnettes qui sont près du ruisseau ?

— Voyons, Dinah, elles s'écroulent ! répliqua Laura en riant.

— On pourrait les restaurer. Je ne parle pas de Meadow Cottage, il n'y a pas de route qui y mène, mais de celles qui sont en bordure du ruisseau.

Laura retourna cette idée dans sa tête. Le domaine était parsemé de vieilles masures, où habitaient autrefois plus d'une dizaine d'ouvriers agricoles, bergers, forgerons, vachers, laboureurs, employés par les Cooper. Elles étaient toutes vacantes.

— Norma ne voudrait pas y aller, dit Laura. Elle dirait que je cherche à l'évincer.

— Les vieux quittent toujours la ferme quand le fils reprend l'affaire, affirma Dinah en maugréant. C'est normal, place aux jeunes. Mais elle est bornée. Elle l'a toujours été. C'est son entêtement qui l'a poussée à se marier, et à supporter ce mariage. Elle a préféré ça plutôt que les gens disent qu'elle s'était fait plaquer.

— Plaquer ? Vous en êtes sûre ?

— Aussi sûre que je suis là devant vous. Elle avait jeté son dévolu sur un fils de famille, mais il l'a laissée choir pour épouser une Londonienne. Alors elle a mis le grappin sur le jeune Cooper, avec sa jolie ferme et ses beaux chevaux de chasse. Et la voilà qui se retrouve dans la peau d'une femme de fermier, ce qui ne lui va pas du tout. Elle l'a ruiné, le pauvre diable. Avec toutes sortes d'extravagances, des voyages à l'étranger, etc. Si bien qu'elle a dû commencer à se serrer la ceinture. Je n'ai jamais vu une femme devenir aussi grippe-sou.

Laura hésita. Il fallait s'exprimer en termes choisis.

— Et avec cet autre gars. Est-ce qu'elle... ?

— Est-ce qu'elle a couché avec lui ? J'en doute. Ou alors il n'a pas aimé. Certaines femmes sont comme ça. Avec d'autres, les hommes en redemandent. Ils n'en ont jamais assez, ajouta Dinah en s'adossant au buffet avec toute la confiance d'une épouse dont le mari est mort depuis longtemps.

Le lendemain, le chauffeur de Mme Fitzalan-Howard vint porter un mot qui les annonçait, elle et sa fille, pour une visite l'après-midi même. Laura aurait dû écrire pour confirmer l'invitation au thé et elle avait oublié. Ce mot était en fait une douce réprimande.

Elle courut jusqu'à la chambre de Gabriel. Il se rasait devant la glace, son bras plâtré reposant sur le dessus de la cheminée, son pantalon de pyjama noué négligemment sur les hanches.

— C'est vrai, nous sommes assez intimes pour que tu oublies de frapper avant d'entrer, remarqua-t-il.

— Je m'excuse. Mais c'est urgent. Dora et sa mère viennent prendre le thé.

— Pourquoi cette triste figure ?

— J'ai oublié. Nous n'avons rien ici. Et ta mère est partie avec la voiture.

Gabriel se sécha maladroitement le visage. Laura lui prit la serviette et finit la besogne.

— Je voulais mettre les petits plats dans les grands, leur servir quelque chose de vraiment bon. Du pâté, une bonne soupe et...

— Ma chère..., dit Gabriel en lui prenant la main. Un conseil, faites donc ça à l'anglaise. Des sandwiches, un bon gâteau, des petits fours, des scones avec crème et confiture et de la crème, et le tour est joué !

Laura ressortit dans le couloir en plein désarroi. Soudain elle retourna à la chambre et passa la tête sans prévenir par l'entrebâillement de la porte.

— Laura ! s'indigna Gabriel.

— Désolée. Tu seras là, n'est-ce pas ? Tu ne vas pas t'occuper des brebis ?

Gabriel soupira. Cette perspective ne l'enchantait guère.

— D'accord, convint-il enfin. Mais c'est bien pour te faire plaisir.

— Merci Gabriel.

Elle courut poser un baiser sur sa joue, mais il l'enlaça de sa main valide.

— Gabriel, non, dit-elle en se figeant.

— Laura, dit-il en fixant le léger renflement que dissimulait son tablier.

— Oui ?

— Tu le sens déjà ?

— Non.

— On dit que c'est à partir du quatrième mois.

— Ah bon ? Je l'ignorais

— Tu... tu ne me caches rien ?

Elle le regarda droit dans les yeux. Des yeux si clairs que le mensonge ne pouvait s'y cacher, songea-t-il.

— Je te l'ai dit, murmura-t-elle. C'est l'enfant de Michael. Je t'en prie, ne m'en reparle plus jamais.

Déjà les premiers agneaux avaient pris de l'assurance et harcelaient leurs mères sans merci. L'agnelage de printemps arrivait tôt à Gunthwaite, malgré l'altitude, car les pâturages étaient relativement abrités par d'immenses rangées d'arbres qui brisaient les assauts du vent et de la neige. En avril dans les bois, les renards avaient leur portée à nourrir, ce qui les rendait imprudents. Au passage de Mme Fitzalan-Howard et de sa fille, une grande renarde bondit par-dessus le mur et disparut dans un éclair rouge.

— Vous avez vu ? demanda Mme Fitzalan-Howard en se tournant vers Laura, souriante. Il faudra demander aux chasseurs de vous mettre en tête de liste à la prochaine saison.

— Entrez donc, je vous en prie, leur dit Laura en leur indiquant la grande porte, pour une fois ouverte à deux battants.

Elles restèrent dans le hall à admirer les énormes poutres et croisillons qui s'enchevêtraient au plafond.

— C'est magnifique, s'extasia Mme Fitzalan-Howard. Cela fait des années que je ne suis pas venue. J'avais oublié.

Mais sa fille avait d'autres centres d'intérêt.

— Et Gabriel, il est par ici ?

— Il va nous rejoindre pour le thé, dit Laura.

Hésitant sur la marche à suivre, elle les conduisit à la cuisine pour leur montrer les agneaux.

Le vieux M. Cooper les regarda d'un air médusé, mais ces dames le saluèrent très gentiment. Dora est ravissante, songea Laura en la voyant se pencher sur l'agneau le plus chétif. Ses boucles blond foncé auréolaient son visage aux traits fins. Elle portait une robe en laine qui collait à ses formes généreuses. Quant à Laura, en pull et jupe, elle avait l'air d'une respectable mère de famille. Un bon choix, pour une fois.

Dinah lui fit une grimace. Il fallait conduire les invitées au salon. Laura chercha Gabriel des yeux et le vit traverser la cour, sale et débraillé, en manches de chemise.

— Ça alors, fit-il en entrant. Vous êtes arrivées. Dora, vous êtes splendide. Et votre mère a presque l'air d'une collégienne !

— Vraiment, Gabriel ! s'exclama Mme Fitzalan-Howard en lui tendant sa joue. Nous qui pensions égayer votre convalescence, nous vous trouvons en pleine forme.

— Oui, à part ce maudit bras, tout va bien.

Il s'excusa et alla se changer.

Dora était sans voix, toute rose d'émotion. Au salon, Mme Fitzalan-Howard fit stoïquement des commentaires sur le temps, le papier peint, tandis que sa fille fixait la porte d'un regard avide.

— Et Michael, va-t-il nous rejoindre ? demanda Mme Fitzalan-Howard.

— Non. Il est avec les brebis.

— C'est un très bon fermier. Tout le monde le dit.

— Oui.

Que faisait Gabriel ? Enfin il vint les rejoindre en costume cravate, sentant le propre, tout sourires. Il s'assit près de Dora, qui se mit à pouffer en rougissant. Soulagée, Laura sonna pour qu'on apporte le thé.

— Laura, j'ai quelque chose à vous avouer, confia Mme Fitzalan-Howard, alors qu'ils dégustaient un gâteau léger comme une plume. J'ai demandé au menuisier de vous fabriquer un berceau. C'est un merveilleux artisan, il travaille tout en finesse. J'espère que vous n'y voyez pas d'inconvénient ?

Laura rougit et bégaya en songeant avec désespoir qu'en présence de Gabriel elle perdait tous ses moyens. Elle ne pouvait s'inspirer des manières de Marie, de Zelma, copier leur distinction. Il savait toujours quand elle jouait la comédie. Pour ajouter à son trouble, il se mit à la taquiner.

— Elle a une mine superbe, n'est-ce pas ? lança-t-il avec allégresse. Mais nul ne sait quand le bébé va naître. Quand est-ce, Laura ?

— Le Dr Hendon a dit qu'il viendrait à son heure, réussit-elle à articuler.

— Dieu du ciel ! C'est tout lui, commenta en riant Mme Fitzalan-Howard.

Quand ils se retrouvèrent sur le seuil à leur faire des au revoir, Gabriel dit : « C'était réussi, non ? »

— J'étais si gênée que je n'arrivais pas à parler.

— Eh bien, pas Dora. Tu as vu ? Quelle bavarde ! Elle n'a pas arrêté une seconde.

— Tu la rendais nerveuse.

— Et toi, qui t'a rendue nerveuse ? Les Fitzalan-Howard sont des gens adorables.

— Cela ne venait pas d'elles, mais de toi, Gabriel. C'est injuste. Je voulais si bien faire.

— Oh, Laura, fit-il en la regardant avec une tendresse bourrue.

Elle se sentit soudain mal à l'aise. Il ne plaisantait plus. Madame disait souvent que les jeunes hommes tombent amoureux de celle qui croise leur chemin quand la lune est pleine. Elle croisait trop souvent celui de Gabriel.

Quinze jours plus tard, il n'y avait plus de brebis dans le pré d'agnelage, on avait enlevé son plâtre à Gabriel et Mme Cooper était de retour, requinquée par sa visite. Elle ne tarissait pas d'éloges sur le personnel d'Alicia, sa cuisine, sa maison. En comparaison, Gunthwaite faisait pauvre et démodée. Et elle ne perdait pas une occasion de contrarier et de dénigrer Laura, qui mourait d'envie d'évoquer avec Michael ces petites maisons près du ruisseau. Si seulement ils avaient pu être seuls ! Elle l'avait à peine vu ces dernières semaines. Maintenant que l'agnelage était fini, ils labouraient les derniers champs.

Un après-midi qu'elle fuyait la maison, exaspérée, Laura monta la colline pour aller trouver son mari, mais elle tomba sur Gabriel. Il avait apporté un sac de semences et s'apprêtait à redescendre.

— Où est Michael ? Je voudrais lui parler.

— Il passe la herse. Ce n'est pas le moment de le déranger, crois-moi. Je vais redescendre avec toi. La colline est bien trop raide pour quelqu'un dans ton état.

— Non, pas si je fais de petites pauses. Et puis c'est à moi d'en décider.

— Laura, qu'est-ce que tu as ? Ai-je fait quelque chose qui t'a contrariée ?

Elle resta silencieuse. Le vent se leva brusquement et elle frissonna.

— Cela date de la visite des Fitzalan-Howard, n'est-ce pas ?

— Non... Enfin oui. Gabriel, ton bras va mieux. Il est temps que tu repartes.

Il contempla la prairie agitée par le vent, le bétail blotti au creux de la colline.

— Ce n'est pas seulement à cause de toi que je reste, dit-il. J'attends les résultats de l'enquête. On peut très bien m'interdire de voler.

— Cela ne me concerne pas.

— Si, répliqua Gabriel en riant. Ma chère Laura, je ferais n'importe quoi pour que vous soyez fière de moi.

— Tu t'en fiches, au fond, rétorqua Laura en haussant les épaules avec un dédain tout français. C'est parce que tu n'as personne d'autre. Un jour, tu trouveras.

Ils restèrent l'un près de l'autre, sans se toucher. Il avait envie de l'embrasser, mais voyait bien à son air qu'elle le prendrait mal. Laura avait raison, il lui fallait repartir, pensa-t-il. Il avait mal au bras d'avoir porté le sac de blé, mais il souhaitait presque souffrir davantage, pourvu qu'il puisse continuer à être là. Elle s'éloigna pour monter la colline et il redescendit.

— A-t-on pu prouver que le volet s'était coincé, commandant Jenkins ?

— L'avion a brûlé, monsieur. Mais son vol a bien indiqué une défaillance de ce genre.

— Quoi donc... une erreur de pilotage, peut-être ?

— Je ne saurais dire, monsieur.

Les quatre hommes penchèrent la tête pour se consulter. Assis sur une chaise dure, Gabriel avait envie de crier : « Et la panne de moteur, alors ? » C'était fichu, il en était sûr. La fin d'une carrière sans gloire.

— Sous-lieutenant Cooper. (Il se leva, tout raide.) Repos, monsieur Cooper. Sur la recommandation de votre commandant, et sur la confirmation qu'il y a bien eu une panne de moteur sur l'appareil que vous pilotiez, nous vous permettons de rejoindre votre escadrille. Mais avant, vous resterez au sol six mois pour reprendre l'entraînement. Merci.

On l'entendit déglutir avec peine.

— Merci, murmura-t-il.

La salle se vida et Jenkins vint à lui.

— Bravo, mon vieux. Vous vous en êtes bien tiré. Eh bien, vous voilà reparti pour six mois au Norfolk.

— J'espérais rejoindre les autres, monsieur.

— Quand vous aurez fini l'entraînement, Cooper. Prenez les choses du bon côté. Vous n'êtes pas très doué, cela vous sera très utile. Exercez-vous donc à tirer.

— Nous allons entrer en guerre, monsieur, n'est-ce pas ?

— C'est certain. À dans six mois. Bonne chance.

Tout seul sur le trottoir, Gabriel chercha un pub, mais aucun n'était ouvert en ce milieu d'après-midi. Il acheta un journal et parcourut les colonnes. Mussolini, Hitler. Et quelqu'un qui prétendait avoir inventé un nouveau type de bicyclette. Il n'avait plus qu'à envoyer un télégramme à Gunthwaite avant de retrouver ce bon vieux Norfolk.

13

L'été fut maussade cette année-là, et très pluvieux. Laura dut renoncer à ses promenades à cheval suite à un incident lors duquel Églantine avait failli la désarçonner. Alors qu'elles franchissaient la rivière à gué, un rondin de bois porté par le courant se ficha entre les pattes de la jument qui rua et plongea en avant. Laura se rattrapa de peu et sentit en elle l'enfant bondir de frayeur. Jusque-là elle n'avait perçu que des pulsations. Mais il y avait bien quelqu'un dans son ventre. Un tout petit bébé.

Quand Michael arriva à la fin d'une journée harassante passée à arracher des haies entre deux averses pour compenser le maigre fourrage qu'ils avaient récolté, elle lui raconta bêtement que la jument l'avait presque jetée à bas ; cela le contraria si fort qu'il lui interdit de monter à cheval.

Mais Laura ne s'en formalisa pas, car elle aussi souhaitait maintenant préserver ce petit être et assurer son bien-être. Elle avait d'autres soucis. Il était temps d'envoyer de l'argent pour payer les soins de Sophie. Madame lui avait écrit pour dire que son état ne s'améliorait pas et qu'elle avait dû lui acheter certaines choses. Elle joignait une facture au montant conséquent. Quand cela finirait-il ? Mais Laura songea à sa chère Sophie, elle la revit dans cette soupente sordide, et elle gagna aussitôt le village à bicyclette pour poster le mandat.

Sur le chemin du retour, il y eut une averse, et Laura fut prise d'un violent mal de reins, si bien qu'elle dut remonter la pente en poussant la bicyclette sous la pluie. Quand elle entra dans la cuisine,

232

épuisée, elle n'y trouva que Mme Cooper et se rappela que c'était le jour de congé de Dinah.

— Pourrais-je avoir un peu de thé, s'il vous plaît ? la pria-t-elle. Je suis fatiguée...

— Pas besoin d'être un hercule pour mettre la bouilloire sur le feu, répliqua Mme Cooper sans lever le petit doigt.

Laura alla donc en silence faire chauffer de l'eau. Son dos l'élançait tellement qu'elle eut un hoquet de douleur.

— Ne faites pas de simagrées ! Vous en avez encore pour un bon mois.

— Je devrais peut-être aller m'allonger ? demanda Laura.

Sa belle-mère avait eu trois enfants. Elle devait savoir. Mais celle-ci la toisa avec mépris.

— Pour Michael, ça a duré quatre jours, le docteur a cru que j'allais y passer. Et celui-là qui entrait, dit-elle en désignant son mari, assis le regard vide près du feu, tout ça pour pleurnicher. Comme si ça servait à quelque chose.

Sentant monter la douleur, Laura s'adossa au buffet.

— Je crois que ça vient. Pouvez-vous aller prévenir Michael, s'il vous plaît ? et envoyer quelqu'un chercher le docteur ?

— Sûrement pas. C'est trop tôt, je n'aime pas déranger les gens pour rien.

— Mais il y a une raison.

Elle lui lança un regard froid, malveillant.

— Si c'est un bébé de lune de miel, vous en avez encore pour des semaines. Sinon, évidemment, tout est possible. Gabriel disait bien que Michael ne savait pas dans quel guêpier il allait se fourrer.

Écœurée, Laura gagna le hall à pas lents, en proie à une nouvelle vague de douleur. Si elle avait jamais douté de la haine de cette femme, elle était fixée.

Elle s'appuya sur la porte d'entrée, comme le jour de son arrivée à Gunthwaite. Celle-ci céda et Laura se glissa dans la cour en appelant « Michael ? Michael ? » d'une voix aiguë. Que ferait-elle s'il n'y avait personne alentour ? Si elle accouchait avec cette sorcière pour unique compagnie ?

Michael sortit de la grange. Quand il la vit, il courut à sa rencontre.

— Ma chérie, qu'as-tu ? Tu es blanche comme un linge.

— Ça commence. Ta mère n'a pas voulu t'appeler ! Elle me déteste, Michael, elle veut ma mort. Elle croit que le bébé n'est pas de toi, elle me prend pour une menteuse, elle est ravie de me voir souffrir et souhaite que ça dure des jours et des jours !

Il la prit dans ses bras et la tint un moment contre lui.

— Calme-toi, tu es dans un drôle d'état, hein ? Viens, rentrons. Je vais envoyer chercher le docteur.

Il était placide comme peut l'être un fermier qui a accouché des dizaines de vaches, des centaines de brebis, tandis que Laura paniquait aux premières douleurs, telle une jeune génisse. Il l'escorta jusqu'à la maison en la soutenant, et, quand elle fut prise d'un nouveau spasme, il posa une main apaisante sur son ventre dur et tendu.

— Tu vois, dit-elle en tremblant. Tu me crois, n'est-ce pas ? Ça commence.

— Oui, il n'y a aucun doute. Ne t'inquiète pas. Mère n'a pas compris, c'est tout.

Mais Laura n'était pas près de pardonner. Elle voulait que cette femme disparaisse de cette maison et de sa vie, pour toujours. Quand la douleur revint, elle lutta contre elle avec toute l'énergie que lui inspirait son ressentiment. Tout était la faute de cette malfaisante. Sans elle, Laura aurait pu aisément oublier le rôle que Gabriel avait joué dans cette affaire et enfanter sans arrière-pensée le bébé de Michael.

La porte s'ouvrit. Laura se raidit, mais c'était Dinah, appelée à la rescousse.

— Eh bien, vous nous prenez au dépourvu, déclara celle-ci en ôtant son chapeau. Il vaut mieux se préparer. Les bébés précoces sont souvent pressés. Redressez-vous, trésor, je vais vous glisser une serviette sous les fesses. On ne sait jamais. Si ça se passait avant l'arrivée du docteur...

Ce n'était qu'un faux espoir, car la douleur continuait à monter en vagues régulières, de plus en plus puissantes. Pourtant, quand le Dr Hendon l'examina, il fit la moue.

— On en a pour un bon moment, déclara-t-il à Michael. C'est à peine commencé. Bon, ajouta-t-il en regagnant le lit et en prenant la main de Laura, il faut être courageuse. Ça risque de durer des heures. Chaque fois que vous avez mal, laissez venir la douleur. On devrait avoir fini au matin.

— Mais ça va être horriblement long, protesta Laura en roulant la tête sur l'oreiller.

— Quand votre bébé sera dans vos bras, vous oublierez tout ça. Je serai en bas si Dinah a besoin de moi. Faites de votre mieux.

La chambre sembla très calme après son départ. Laura sentit son cœur se serrer. Elle était piégée. Pas moyen d'y échapper. Quand vint la douleur, elle lutta contre elle et se cabra de toutes ses forces. Dinah lui donna une petite tape sur la main.

— Ce n'est pas la bonne méthode, trésor. La douleur aide, si on la laisse agir. La prochaine fois, respirez à fond.

Elle essaya et vit que cela l'aidait effectivement, mais guère. Peu après, le docteur revint et lui tapota la main. Ce qu'elle le détestait ! Moins que Mme Cooper, cependant. Si elle avait pu jeter un sort à cette sorcière, déjouer son emprise griffue sur l'âme de Michael !

Il était très tard. Elle demanda à Dinah de tirer les rideaux et vit que la lune était haute dans le ciel. L'astre faisait une piètre figure, il avait l'air écorné, il lui manquait juste un petit bout en haut. Quelle drôle de nuit, tout est sens dessus dessous, se dit Laura. Comme elle se sentait seule, abandonnée de tous et condamnée à souffrir ! Le Dr Hendon n'était qu'un vieil égoïste qui se fichait bien d'elle. Il la laisserait mourir sans lutter.

Laura gémit et Dinah s'approcha d'elle.

— Vous voulez un petit remontant, trésor ?

Laura fit non de la tête. Elle voulait quelque chose... mais quoi ? Tout à coup, comme possédée, elle se contorsionna et une longue plainte lui échappa.

Le docteur vint, mais refusa de laisser entrer Michael qui resta dans le couloir en criant « Qu'est-ce qui se passe ? ». Mais ni Dinah ni le docteur ne lui répondirent. Laura ne cessait de crier maintenant, elle se mit même à hurler dans un français éraillé : « Mon Dieu ! Mon Dieu ! Je vais mourir ! »

Le docteur sortait des instruments de son sac. Laura vit l'éclat de l'acier, on allait la tuer, on allait tuer son bébé !

— Tenez-la bien ! ordonna le docteur.

— Ne vous en faites pas, trésor, il va sortir le bébé, haleta Dinah en pesant de tout son poids sur les cuisses de Laura.

Mais Laura lutta en s'agrippant à une serviette nouée à la tête du lit, arc-boutée. C'était comme si on lui arrachait le bébé du ventre, dans la violence et le sang. Brusquement quelque chose céda et la pression cessa miraculeusement. « C'est une fille, grogna le docteur, comme déçu. Vite, Dinah, prenez-la. Que je m'occupe de la mère. »

Laura se sentait glisser dans un long corridor, elle ne voyait plus le décor autour d'elle. Mais elle entendit la voix de Michael et sortit de sa torpeur.

— Passez-le-moi, Dinah, je sais comment faire, disait-il.

Le bébé n'avait émis aucun son. Il est mort, se dit Laura. Tout ça pour accoucher d'un bébé mort-né. Elle aurait dû pleurer, mais n'en avait plus la force. Et pendant ce temps le docteur la rouait de coups, il lui pétrissait cruellement le ventre, comme pour la punir d'innombrables péchés. Le couloir réapparut, tentant, l'invitant à pénétrer dans cet oubli sans fond, où elle serait enfin en paix.

Soudain il y eut un petit cri. Faible, ténu, mais qui suffit à dissiper le brouillard qui lui embrumait l'esprit. Laura ouvrit les yeux, le docteur enfonçait toujours les poings dans son ventre. Il la détestait, il voulait qu'elle meure.

— Est-elle... ?

Laura voulut lever la main, mais ne le put.

— Votre fille vit, dit le docteur en levant la tête un instant pour la rabaisser aussitôt. Et vous aussi vous devez vivre, ma fille, pour prendre soin d'elle. Allez, luttez !

Mais réduite à l'impuissance, à la passivité, Laura n'en pouvait plus. Pourtant elle sentit comme une bulle se gonfler en elle, petit à petit.

— Puis-je la voir ? murmura-t-elle. Michael ?

Il apparut, le bébé reposant dans ses deux bras puissants.

— Elle est un peu abîmée, ma chérie, dit-il nerveusement.

— J'ai fait ce qu'il fallait, rétorqua aigrement le docteur. Ce ne sont que les marques des forceps. Sans eux, elle ne serait pas là.

Laura rassembla ses dernières forces pour trouver le courage de lever la tête. C'était ça, son bébé, un œil fermé, enfoui dans la chair boursouflée, le crâne ensanglanté et, tout autour, une couronne de cheveux fous, noirs comme les siens.

— Elle te ressemble, dit doucement Michael.

— À moi ? dit Laura en levant les yeux. Pour l'instant, elle ne ressemble pas à grand-chose, la pauvre.

Laura se rallongea. Dinah retapait le lit, le docteur rassemblait ses affaires... Bientôt tout retournerait à la normale. Sauf qu'elle savait que rien ne serait plus comme avant. Elle était mère à présent.

Dès le début, une étrange complicité unit le bébé à Michael. Il l'avait sauvée en aspirant les mucosités qui l'étouffaient avec une paille, en la secouant par les pieds comme un agnelet, et c'était comme si elle le savait. Lui seul parvenait à la calmer quand tous les autres échouaient.

Laura aurait pu en éprouver de la jalousie, mais son mari était si adroit, si attentif avec la petite que ce spectacle l'émouvait jusqu'aux larmes. Ils la nommèrent Mary, même si Laura l'appelait souvent Marie, à la française.

Quand ses yeux commencèrent à changer, ils surent qu'ils auraient la transparence bleutée de ceux de Laura. Ses cheveux restèrent noirs, si bien qu'en tout point elle ressemblait à sa mère, hormis les marques que les forceps avaient laissées sur son front et qui devenaient violacées dès qu'elle pleurait ou avait de la fièvre.

— Ce genre de marques ne part jamais, affirmait Mme Cooper.

Mais Laura s'efforçait de ne pas y prêter attention. D'ailleurs sa belle-mère ne détestait pas la petite Mary, elle semblait même l'apprécier. Il lui arrivait de la bercer quand elle pleurait, ou de déplacer son lit quand un rayon de soleil paraissait l'incommoder. Ainsi, elle n'était pas tout à fait insensible. Les cauchemars de Laura se transformèrent : au début elle avait craint qu'on ne lui tue son enfant, maintenant elle avait peur qu'on ne le lui vole.

C'est qu'elle se sentait si vulnérable désormais, pieds et poings liés à sa fille par des fils de soie invisibles. Fini le temps où elle pouvait changer de vie à son gré, prendre un nouveau départ sans regarder en arrière. Plus jamais elle ne penserait à la mort en ne ressentant rien de plus qu'une vague curiosité. Comment y songer avec un bébé dont on est responsable ? La tête lui pesait tant elle se faisait du souci pour sa fille, un fardeau qu'elle portait même en dormant. Sa liberté avait disparu. Pour toujours.

L'été fut tardif cette année-là, juste quelques semaines de soleil alors que les pommes étaient déjà mûres. Laura emmenait la petite dans le verger et la laissait dormir à l'ombre des feuillages où jouait le soleil. Michael venait parfois la rejoindre et se penchait sur le berceau, émerveillé. Ils pouvaient passer des heures à fixer la petite, sans jamais se lasser de la regarder serrer ses petits poings et arrondir la bouche en dormant, comme si elle rêvait de tétée. Quand Laura l'allaitait, Michael s'asseyait à côté d'elle, en extase.

Ils reçurent des visites. Le bébé leur conférait une assise sociale, ils étaient devenus une vraie famille à tous les trois, et les gens leur apportaient des cadeaux en s'informant de la date du baptême. Ce serait un événement considérable. Par un torride après-midi où la chaleur énervait le bébé, Dora Fitzalan-Howard vint à cheval. Laura la conduisit au verger et elles contemplèrent la petite qui gigotait en babillant.

— C'est votre portrait craché, dit Dora.

— L'œil poché y compris ? ironisa Laura en soulevant le bébé pour contempler son petit visage encore tuméfié. Tout le monde dit que ça partira avec le temps. Au fond, ça m'est égal. Moi, je la trouve belle comme elle est.

— Oh, ce qu'il fait chaud ! soupira Dora en s'asseyant sur un banc de bois tout en défaisant sa cravate-foulard. Ma mère avait prédit que vous en seriez tous fous, à part Norma, qui déteste tout le monde, y compris ses fils.

— C'est faux. Norma adore Gabriel. En fait, c'est presque insupportable.

À la mention de Gabriel, Dora se redressa.

— Et Gabriel l'aime-t-il aussi ?

— Apparemment non. Mais il est peut-être comme elle, il n'aime personne.

— Gabriel ? Oh non ! protesta Dora en enlevant la résille qui lui enserrait les cheveux quand elle montait à cheval.

Sa chevelure bouclée tomba sur ses épaules et Laura lui jeta un regard appréciateur. Pourquoi ne plaisait-elle pas à Gabriel ? Elle avait la fraîcheur et la rondeur de la jeunesse, c'était un jeune arbre plein de sève et de promesses. Laura s'aperçut que, depuis la naissance de Mary, elle avait envie que tout le monde autour d'elle goûte aux plaisirs de la vie. La nuit où elle avait accouché n'avait pas été une partie de plaisir, pourtant, songea-t-elle en tressaillant. Elle doutait que son corps en procure encore à qui que ce soit.

— Quand Gabriel aura-t-il une permission ? demanda Dora.

— Quoi ? Je l'ignore. Il n'en parle pas.

— Quand il reviendra, dites-lui que maman et papa veulent absolument l'inviter à dîner. Il est dans l'armée de l'air, vous comprenez, il doit être au courant.

— Au courant de quoi ?

— De la guerre, de ce qui se prépare, voyons ! Papa dit qu'on est dans un fichu pétrin. Les Allemands vont nous écraser. Tout sera entre les mains des forces aériennes, la pauvre infanterie n'y pourra rien. Papa a servi en France comme commandant, vous savez.

Laura regarda son enfant.

— Il n'y aura pas la guerre. Il ne faut pas. Pas quand Mary vient de naître...

— Oh, papa est un vieux pessimiste, lança Dora d'un ton léger. Moi, ça m'est égal. Au moins, ça mettra un peu d'animation.

— L'armée risquerait d'enrôler Michael, avança Laura avec crainte.

— Mais non ! C'est un fermier. Ils continuent à travailler leurs terres.

— Ah bon ? s'enquit Laura, pleine d'espoir.

— Bien sûr. Les mineurs et les fermiers y coupent toujours. De sacrés veinards, d'après papa.

Laura resta un bon moment dans le verger après son départ. La guerre. On en parlait depuis si longtemps qu'elle avait cessé de s'y intéresser. La vie de famille paraissait tellement plus concrète, plus importante que de vagues rumeurs. La guerre. Elle revit la carcasse du cheval foudroyé. Les terres désolées, à l'abandon. Mme Girand, que les épreuves avaient rendue si dure, si amère. Il ne fallait pas que ça arrive ici. Non. Isolée, empreinte de beauté, Gunthwaite était son refuge, son havre de paix. Cette folie ne devait pas l'atteindre.

14

La guerre fut déclarée en septembre. Rassemblées dans la cuisine autour de la radio, les femmes en eurent la primeur.

— Non, murmura Dinah, je ne veux pas ! Pas mon Timothy !

— Taisez-vous, idiote ! la rabroua Mme Cooper.

À la fin de l'annonce, Mme Cooper s'effondra en larmes dans le fauteuil à bascule. Les yeux fixés sur la tête grise de sa belle-mère, Laura songea à la réconforter. Mais c'était sa pire ennemie, elle la haïssait bien plus que n'importe quel Allemand.

— Gabriel vient seulement de finir l'entraînement, dit-elle posément. On ne lui confiera pas d'avion.

— Comment en être sûr ? Ils auront besoin de tout le monde, gémit Mme Cooper.

— Mon Tim n'ira pas, déclara Dinah. Aucun de mes fils ne finira dans la boue des tranchées. Il restera à la ferme.

— Il sera mobilisé, rétorqua Mme Cooper dont le mouchoir n'était plus qu'un chiffon. Ce sera comme la dernière fois, ils seront obligés d'y aller. On m'a pris mes trois frères. Ils sont tous morts.

Les deux femmes la regardèrent. C'était la première fois qu'elles en entendaient parler.

— Eh bien, on ne me prendra pas mon Tim, répéta Dinah sans conviction. Comme si la leçon ne nous avait pas suffi. Il ne faut pas nous en mêler. Ça n'est pas notre affaire. Tout ce tapage sur la Pologne... un pays que je ne connais même pas, que personne ne connaît.

Mme Cooper parut se reprendre un peu. Elle inspira profondément.

— Mais ce sera bientôt le tour de la France. Puis la Belgique, la Hollande, le Danemark, toute la Scandinavie. Ils n'ont pas l'intention de s'arrêter.

— Et alors, répliqua Dinah en se tortillant sur sa chaise. Je ne connais pas non plus la France ni la Belgique. Tant que ça ne se passe pas sur notre territoire...

— Moi je connais la France, dit doucement Laura. Je la connais même très bien.

Elle s'approcha du poêle et ranima le feu ; soudain la pièce semblait glaciale. En regardant par la fenêtre, elle vit Michael traverser la cour, sa culotte de cheval maculée de boue. Il revenait de l'étable, et sa silhouette solide, assurée, avançait sur les pavés ronds teintés d'ambre en ce milieu d'après-midi. Elle se posta sur le perron.

— Michael, c'est la guerre.

Il s'arrêta pile et se figea, comme si toute activité, toute pensée était suspendue, le temps de bien saisir la portée de cette terrible nouvelle. Un peu hagard, il fit quelques pas vers sa femme.

— Ici, nous ne serons pas bombardés. Mary est en sécurité.

— Toi aussi. Tu seras exempté.

— Oui, c'est toujours ça.

Un par un les hommes se réunirent pour s'informer. En bas dans la vallée, la cloche de Gunthwaite sonna, comme pour les prévenir d'une attaque imminente, comme s'il y avait déjà des morts à enterrer.

— Ce Hitler va sûrement nous fiche la paix, maintenant qu'il a trouvé à qui parler, assura Bill Mayes. Il sait qu'on ne plaisante pas.

— On lui a laissé le choix, renchérit Michael. Mais cette fois, c'est parti, que cela nous plaise ou non.

Dinah dénoua son tablier et s'en fut en courant retrouver Tim. Elle était loin d'avoir fini sa journée, mais personne ne lui en tint rigueur. Laura savait ce qu'elle éprouvait. Devant l'imminence du danger, elle aussi avait envie de réunir toute sa petite famille, de la serrer contre elle comme un précieux trésor, sans jamais lâcher prise.

Les semaines qui suivirent furent débordantes d'activité. Certains hommes du village se portèrent volontaires, mais on les renvoya chez eux en leur disant d'attendre l'ordre de mobilisation. Les bureaux étaient submergés de demandes, et les employés se seraient bien passés de ces jeunes pleins de fougue qui exigeaient d'être enrôlés dans la marine ou l'aviation.

Sans prévenir, Gabriel rentra à Gunthwaite. Méconnaissable, le teint hâlé, les cheveux blondis par le soleil, il s'était étoffé et avait les épaules presque aussi larges que celles de Michael, à force d'exercices.

241

Ce soir-là, ils fêtèrent leurs retrouvailles. Laura prépara un faisan au vin, qui rompait avec l'éternel plat de viande et de légumes bouillis que Mme Cooper affectionnait.

— Je m'excuse, ce n'est pas ce que tu préfères, mon chéri, déclara Mme Cooper, mais ton père m'occupe tellement que j'ai dû laisser Laura préparer le dîner.

— Pourquoi, ça ne te plaît pas ? s'indigna Laura.

Les deux frères se lancèrent un coup d'œil amusé.

— C'est fameux, apprécia Gabriel. Ça change de l'ordinaire.

À contrecœur, les deux femmes conclurent une trêve. Quand elles sortirent de table, chacune pour mettre au lit sa charge respective, Michael se confia à son frère.

— Ça va un peu mieux entre elles, depuis la naissance du bébé.

— Laura est sans arrêt sur la défensive, tu veux dire. Mère devrait déménager.

— Tu sais bien qu'elle ne voudra pas partir, grogna Michael. Je le lui ai suggéré, j'ai même fait rénover l'une des petites maisons, mais elle se braque tout de suite et prétend qu'on essaie de la mettre à la porte.

— Ça lui ressemble, convint Gabriel en sortant ses cigarettes. Tant que nous sommes seuls, mon vieux, il faut que je te dise. On est dans un sacré merdier, tu sais. Suis mon conseil, stocke tout ce que tu peux. Blé, pommes de terre, fruits... Et garde-le bien. Tu verras, avec le temps, les gens souffriront de la faim.

— Parce que tu penses que ça va durer ? s'étonna Michael. Il ne s'est encore rien passé. Ce pourrait être une fausse alerte.

— Non, crois-moi. Le ballon est sur le point d'exploser.

Gabriel tapa sa cigarette sur la table, l'alluma et exhala la fumée avec un soupir de lassitude.

— Bon sang, je suis vanné. Ça fait des mois qu'on est sous pression. On va manquer d'avions, de pièces de rechange, de tout. Même de pilotes.

— Mais ici, il n'y aura pas de bombardements, s'empressa de dire Michael. Laura et le bébé sont en sûreté ?

— Oui, répondit Gabriel en le regardant droit dans les yeux. Autant qu'on peut l'être. Mais personne ne sera complètement à l'abri. Pas même ici.

Michael se leva et leur versa deux whiskies. Il regrettait presque la venue de son frère. Sans lui, ils seraient demeurés dans l'ignorance. Il changea de sujet.

— Que vas-tu faire pendant ton séjour ? On a interdit la chasse.

— Ah bon ? Et pourquoi ?

— Dieu seul le sait. Dora Fitzalan-Howard ne cesse de demander de tes nouvelles. Elle dit que ses parents veulent t'inviter à dîner. Tu es devenu quelqu'un de respectable, semble-t-il.

— Bon sang ! s'exclama Gabriel en tirant sur sa cigarette. Je devrais m'en réjouir. Après m'avoir traité en paria, le moins qu'ils puissent faire c'est de m'inviter à dîner ! Je passerai voir Dora.

Sa mère se précipita dans la pièce.

— Gabriel chéri. J'ai laissé Laura terminer, il fallait que je te voie. Raconte-moi tout. Parle-moi de tes amis... C'est une telle bouffée d'air frais quand tu reviens à la maison. Michael est ennuyeux comme la pluie.

Quand Gabriel se rendit chez les Fitzalan-Howard, il fut accueilli à bras ouverts. Chacun avait soif d'avoir des échos du monde extérieur, et un véritable pilote était un cadeau des dieux. Assis dans le salon, Gabriel goûtait au plaisir rare d'être, pour une fois, encensé, tout en se disant que Dora était devenue une très jolie fille. Et, bien que souvent perdu dans ses pensées, il s'ennuyait ferme à la maison. L'ambiance de Gunthwaite avait changé depuis l'arrivée du bébé. Michael et Laura lui consacraient tout leur temps.

— Alors, vous viendrez dîner chez nous la semaine prochaine, c'est entendu ? s'enquit Mme Fitzalan-Howard.

— Volontiers. Merci.

— Et nous irons ensemble nous promener à cheval, déclara Dora d'un ton péremptoire. Je ne tolérerai pas un refus. Que faire de tous ces chevaux maintenant qu'on ne peut plus chasser ? Papa dit que si la guerre éclate vraiment, nous n'aurons pas de quoi les nourrir.

— C'est un luxe qui revient cher, de nos jours, observa sa mère.

— Oui, mais je ne peux pas croire que papa puisse se résoudre à les abattre, frissonna Dora en se tournant vers Gabriel. C'est d'accord pour la promenade ? Demain ?

Gabriel accepta. Comme ceux des Fitzalan-Howard, les chevaux de Michael manquaient d'exercice et étaient trop bien nourris ; aussi les sorties étaient-elles mouvementées. Gabriel manquait de pratique et il se débattait avec sa monture, tandis que Dora menait la sienne de main de maître.

— J'ai toujours fait piètre figure sur un cheval, se plaignit-il, alors qu'ils s'arrêtaient près d'un portail. Depuis que je me suis cassé le bras, je ne parviens même pas à monter la petite jument de Laura. Quelle humiliation !

Dora pouffa en défaisant son écharpe et en agitant avec coquetterie ses boucles dorées.

— Comment être ridicule quand on se moque de tout y compris de soi-même, comme vous le faites.

— Eh bien, il m'est arrivé un jour de perdre jusqu'à mon sens de l'humour, figurez-vous, rétorqua Gabriel en faisant la moue, et ça m'a duré des années.

— En quelle occasion ?

Il posa une main ferme sur son genou.

— Disons que cela concernait une femme qui était loin d'être aussi belle que vous, et aussi distinguée. En fait, c'était une pas grand-chose. Même si, depuis, elle a fait son chemin.

— Étiez-vous amoureux d'elle ? s'enquit Dora avec une pointe de jalousie.

— Non. Chère Dora, je n'ai encore jamais été amoureux.

Il rapprocha son cheval du sien, lui prit la nuque et rapprocha ses lèvres des siennes en un baiser effleuré, mais prometteur. Puis il s'écarta, recula d'une trentaine de mètres pour rejoindre le portail et partit au galop. La pauvre Dora, dont le trouble était à son comble, traversa trois prés avant de le rejoindre.

Cela devint un rite quotidien. Tous les jours, ils attachaient leurs montures aux arbres d'un petit bois et s'enlaçaient. Gabriel trouvait délicieux ce côté *rendez-vous secret**. À peine les parents de Dora l'avaient-il accepté qu'il leur donnait toutes les raisons de le regretter.

Il appréciait les Fitzalan-Howard, mais ils l'avaient méjugé, et Gabriel réagissait aussi mal aux critiques qu'aux louanges injustifiées de sa mère. Toutefois, il n'embrassait pas Dora par simple revanche envers la société. Elle était jolie, il s'ennuyait, et les baisers étaient une délicieuse façon de tuer le temps à la veille d'une guerre. Il allait peut-être y passer. Et s'ils mouraient tous... On ne pouvait y croire. De même qu'on ne pouvait nier ce frisson d'excitation qui ajoutait du piquant à une vie trop ordinaire.

Quand il se rendit au dîner, Dora et lui étaient presque devenus des intimes. Elle l'accueillit à la porte en l'étreignant avec une fougue qui surprit sa mère, et le conduisit au salon en le prenant par la main, ce qui irrita Gabriel. Elle se méprenait, il ne la courtisait pas, mais Dora vivait dans un monde si protégé qu'elle ne pouvait imaginer qu'il en fût autrement.

Pourtant, ce fut une agréable soirée. Ils mangèrent du faisan rôti, comme c'était l'usage dans toutes les maisons à cette époque de l'année, lors de grands dîners. Dora riait à ses plaisanteries trop fort et trop longtemps, et il sentait sur lui le regard de ses parents.

— Vous vous êtes bien remis, Gabriel, déclara le père de Dora, quand les dames se retirèrent. On m'a dit que vous pilotiez à nouveau.

— Oui, monsieur. À la fin de ce congé, je rejoindrai mon escadrille. Nous partirons pour la France.

— Grand Dieu ! s'exclama M. Fitzalan-Howard en se redressant. Dora ne m'en a rien dit.

— C'est qu'elle l'ignore, monsieur. Inutile d'alarmer tout le monde.

— Vous n'en faites pas un peu trop, jeune homme ? remarqua l'un des autres invités, un colonel en retraite. Herr Hitler n'a qu'à bien se tenir, maintenant. Je doute qu'il aille plus loin.

— Il l'a toujours fait jusqu'à présent, monsieur.

— Mais le monde libre est contre lui, désormais. Nous lui avons montré que nous étions prêts à nous battre.

Gabriel ne dit rien. Son silence même exprimait son désaccord.

— Parlez-nous franchement, Gabriel, dit M. Fitzalan-Howard. Si le pire advient, pourrons-nous leur tenir tête ?

Gabriel faillit débiter une platitude, mais quelque chose l'arrêta. À quoi bon les abuser encore ?

— Très franchement, nous avons une chance, mais elle est mince. Nous ne sommes pas prêts.

— Au nom du ciel ! Que voulez-vous, que nous baissions les bras avant même d'avoir commencé ?

— Non, monsieur. Il faut se battre. Mais cela va être difficile. Beaucoup plus qu'on ne le pense en général.

Durant de longues minutes, personne ne dit rien. Puis M. Fitzalan-Howard se leva et alla sortir une bouteille poussiéreuse du placard.

— À la nôtre ! C'est le moment ou jamais. C'est mon père qui a mis cette bouteille en réserve, et je ne comptais pas l'ouvrir avant au moins deux ans. En voilà au moins une que les Allemands n'auront pas.

Ils restèrent si longtemps à déguster le porto que Dora se permit d'entrer. Bien éméché, son père lui ordonna alors de s'asseoir et de trinquer avec eux. L'une après l'autre, toutes ces dames finirent par les rejoindre, rompant brutalement avec les convenances, comme pour mieux marquer l'importance de cet instant. Ils commençaient tous à comprendre que cette guerre n'était pas une vaine menace.

Cette drôle d'ambiance persista. Quelques jours plus tard, durant l'une de leurs promenades, Dora et Gabriel discutaient de rationnement et de bombardements massifs.

— On va déplacer les enfants des villes à la campagne, déclara Dora. On nous a demandé si nous pouvions en prendre trois. Trois, tu te rends compte ! Papa a refusé, à cause de ses collections, tu comprends.

— Ne valent-elles pas moins que la vie d'un enfant ?

Ils cheminaient à travers les feuillages jusqu'à leur lieu de rendez-vous.

— Bien sûr, s'il y avait réellement du danger. Mais il ne se passe rien. J'ai presque envie que ça éclate. Je déteste attendre.

— Moi aussi, dit Gabriel en descendant de cheval.

Dora se glissa dans ses bras. Après un long baiser, elle lui murmura à l'oreille :

— C'est vrai, tu pars pour la France ? Je ne te crois pas. C'est juste pour faire l'effronté.

— Bien sûr que j'y vais.

— Et tu n'as pas peur ?

— Non. Je suis plutôt excité. Je vais rejoindre mon escadrille et retrouver les copains.

— Tu en as beaucoup ?

— Non, un surtout. Philip Lansbury.

— Tu l'aimes plus que moi ? s'enquit-elle en se pressant contre lui.

— Comment savoir, murmura-t-il. J'ignore ce que tu entends par aimer.

Il n'avait pas l'intention d'aller aussi loin. Mais Dora était si avide, si empressée... Elle lui offrait goulûment sa bouche, il sentait ses seins bouger comme deux oiseaux prisonniers et avait une envie folle de les libérer. Justement le corsage de Dora sortait de sa culotte de cheval. Il y glissa la main. Diable ! Elle ne portait rien en dessous. Pas étonnant qu'elle fût si douce à caresser. Il posa ses deux mains sur ses seins et fit rouler contre sa paume les mamelons durcis. Dora gémit, elle poussa un halètement de surprise et s'abandonna contre lui. Très excité, il se surprit à pousser involontairement son sexe dressé entre ses cuisses.

— Qu'est-ce que tu veux ? Que dois-je faire ? dit-elle.

Il lui prit les fesses et se colla contre elle. À Dora de l'arrêter, si elle le voulait. Mais Dora leva vers lui des yeux si consentants qu'il décida de s'offrir ce cadeau, avec un furieux sentiment de triomphe. Ainsi, il n'était pas condamné à ne baiser que des prostituées, des ouvrières d'usine, des filles de ferme.

Il la fit s'allonger sur le sol.

Elle ne doit pas être vierge, se dit-il. Et puis qu'importe. C'était si délicieux ! Il se sentait tout-puissant.

Brusquement, il lui fut impossible de s'arrêter. Il se coucha sur elle, ouvrit à la hâte son pantalon et s'immisça entre les cuisses de Dora, maintenues serrées à cause de sa culotte de cheval qui coinçait aux genoux. Un instant, il crut qu'il n'y parviendrait pas, tant elle était étroite. Mais Dora ouvrit grands les yeux, une longue plainte s'échappa de ses lèvres, et soudain il fut en elle. Ils se prirent vite, tremblants de passion, et Gabriel éjacula presque aussitôt. En se retirant, il vit qu'il était trempé de sang.

Il demeura allongé sur l'herbe, pantelant, et sentit le froid l'envahir. Les chevaux trépignaient sans relâche, et peu à peu il se rendait compte de ce qu'il avait fait.

— Mon Dieu, soupira-t-il en cherchant une cigarette.

— Quoi ? dit Dora, qui gisait, les yeux dans le vague. Je n'avais encore jamais éprouvé ça. Tu l'as senti aussi ?

— Pour ça oui... Et merde !

Dora se redressa. Sa jolie peau blanche était maculée de traces verdâtres.

— Je ne comprends pas. Qu'est-ce qui ne va pas ?

— Que diable allons-nous faire ?

Elle écarta les cheveux de son visage.

— Pourquoi devrions-nous faire quelque chose ?

Mais quelle idiote ! se dit-il avec un vif ressentiment.

— Parce que tu risques de tomber enceinte, Dora, dit-il très clairement. Ça n'aurait pas dû arriver.

— Mais nous nous aimons. Et on ne tombe pas enceinte, la première fois.

Il jeta sa cigarette, dégoûté.

— Tu crois vraiment à ces fadaises ?

— Ce n'est pas vrai ?

— Non, évidemment ! Écoute, rhabille-toi, on ne peut pas rester là. On va aller voir Laura.

— Laura. Pourquoi ? s'étonna-t-elle.

— Parce que c'est la seule personne qui puisse nous aider.

Laura étendait du linge dans la cour quand ils atteignirent la ferme. Les draps qui claquaient au vent effarouchèrent les chevaux. Dora essaya de rebrousser chemin.

— Je vais rentrer chez moi.

— Non, clama Gabriel en la retenant fermement par le poignet. Ne t'en fais pas. Elle sait garder un secret.

247

Laura vint à leur rencontre en portant son panier vide sur la hanche, ses cheveux noirs voletant autour de son visage.

— Pourquoi cet air sinistre ? leur lança-t-elle gaiement.

— On vient de faire une bêtise, Laura, déclara Gabriel en attachant les rênes à un poteau. Et on ne sait pas comment s'y prendre.

— Pour quoi ? s'enquit Laura en fixant le visage empourpré de Dora, ses cheveux défaits. Vous avez eu un accident ?

— Si l'on veut, répondit Gabriel. En fait, nous ne faisions que flirter, et puis nous sommes allés trop loin. Ça a été plus fort que nous.

— Vous n'avez pas...

— Si. Dans les bois. On s'est emballés. Et on n'a mis aucune protection. Que faire, Laura ? Je voulais ton avis.

Dora détourna la tête en sanglotant. Laura entraîna Gabriel hors de portée de voix.

— Comment as-tu osé, Gabriel ? Qu'est-ce qui t'a pris ?

— Elle en mourait d'envie ! Je comptais m'arrêter quand elle me le dirait, mais elle m'a pressé de continuer.

— C'est une enfant. Elle t'aime, bien sûr qu'elle n'a pas dit non. Elle ne savait pas ce qu'elle faisait.

— Mais que vais-je faire maintenant ?

Révoltée, Laura détourna la tête.

— Elle t'a donné sa virginité. Pour une fille comme elle, c'est important. Si elle tombe enceinte, tu devras l'épouser. D'ailleurs tu le devrais de toute façon.

Il poussa un furieux soupir.

— Ce n'est pas possible. Je pars pour la France, je ne peux pas me marier. Si elle n'avait pas été si facile, jamais je ne serais allé jusqu'au bout. D'ailleurs, je suis bien bon de me faire du souci pour elle.

Il reçut une gifle magistrale. Laura sentit la force du coup remonter son bras comme une décharge électrique. Gabriel en resta coi et Dora, séchant ses larmes, s'écria : « Arrêtez ! C'est ma faute autant que la sienne. »

Laura en tremblait encore, étonnée de sa réaction brutale. Mais elle ne supportait pas de voir Gabriel nier tranquillement la réalité pour adopter un point de vue qui lui permettait de se défiler.

— Inutile d'envisager le pire, dit-elle en tapotant la main de Dora. Espérons qu'il ne se passera rien.

Endossant un peu tard le rôle du gentleman, Gabriel ramena Dora chez elle. Pauvre Dora, plutôt dur comme début, se dit Laura, dont l'humeur s'était fortement assombrie.

Ses relations avec Gabriel se tendirent. Elle prenait soin de ne jamais rester seule avec lui, tandis qu'il recherchait sans cesse sa compagnie. Cela tourna à la bataille silencieuse, et il finit par gagner. Il la coinça dans le vieux lavoir en pierre, alors qu'elle tentait d'allumer le feu sous la lessiveuse. Comme elle se redressait et s'apprêtait à sortir, il s'adossa à la porte.

— Désolé. Pas cette fois. Je veux te parler.

— Eh bien pas moi. Il n'y a rien à dire. Ta conduite est méprisable. Je te méprise.

Elle éprouva un réel soulagement d'avoir enfin vidé son sac.

— Mais je ne l'ai pas cherché ! C'est arrivé tout seul, malgré nous.

— Tu devrais l'épouser.

— Même si je le voulais, ses parents s'y opposeraient.

— Mais non. Ils sont beaucoup mieux disposés à ton égard. Et puis Dora est une fille charmante.

— Et moi un affreux jojo. Elle ne me connaît pas. Elle est... comme une enfant. Et je n'ai jamais été très sensible au charme de l'innocence... Par contre, je déteste quand tu me fais la tête. C'est éprouvant, à la longue.

C'est vrai, il y avait déjà tant de tensions dans leurs vies.

— Que vas-tu faire, si elle est enceinte ? s'enquit Laura en changeant de ton. Tu imagines la tête que feraient ses parents ?

— Mais elle ne tombera pas enceinte ! Ce serait une telle malchance.

Laura se remit à s'occuper du feu. Selon elle, la chance n'avait aucune part là-dedans. C'est la vie qui décidait, forte et insistante, elle déjouait tous les stratagèmes humains. Et un enfant naissait. Dora et Gabriel l'ignoraient sans doute, mais ils avaient rempli leur mission sur cette terre, même si les conséquences de leur acte dépassaient leur entendement. Elle essaya de le convaincre.

— Tu pourrais tomber plus mal. Dora est la fille unique d'une bonne famille. Tu finirais par habiter à Fairlands. C'est plus confortable que Gunthwaite.

— Ce n'est pas difficile. Quand Michael va-t-il faire mettre l'électricité ?

— Lorsque nous en aurons les moyens, répliqua Laura, qui réussit enfin à allumer le foyer. Mets la main sur Fairlands et donne-nous donc un peu d'argent, lança-t-elle en faisant claquer ses doigts noircis au nez de Gabriel.

Ils rirent tous les deux, soulagés d'avoir parlé, de nouveau en confiance.

À la fin de la semaine, Gabriel partit rejoindre son escadrille.

15

Dix jours après le départ de Gabriel, ils reçurent une lettre de Rosalind, en provenance de Londres. Laura fut immédiatement sur le qui-vive. Elle pensait devoir attendre le retour de Michael pour en connaître le contenu, mais à son grand étonnement Mme Cooper posa la lettre sur la table de la cuisine et la mit au courant.

— Que va-t-on faire ? Rosalind annonce sa venue.

Elle refusa d'en dire davantage. Michael rentra dans la maison au milieu de la matinée et lut la lettre.

— Alors ? s'enquit Laura, quand arrive-t-elle ? Et les enfants ? Son mari est-il à Londres lui aussi ?

— Howard a été rappelé à Whitehall pour une mission ultra-secrète, l'informa Michael. C'est un linguiste éminent et on a réclamé ses services. Rosalind aussi, apparemment ; elle s'occupe des réfugiés.

— Et les enfants ?

— Elle nous demande si elle peut les amener ici et nous les confier.

Il y eut un silence. Laura regarda sa belle-mère en guettant sa réaction.

— Comment peut-elle, connaissant notre situation ? Elle sait combien nous sommes sous pression, s'indigna cette dernière.

— Elle ne peut pas garder les enfants à Londres, dit Laura. C'est trop dangereux.

— Pour l'instant, il ne se passe rien, dit Mme Cooper.

— Ce n'est pas une raison, répliqua Michael. Justement, mieux vaut les faire venir tant qu'il en est encore temps.

— Ce n'est pas toi qui devras t'occuper d'eux, riposta Mme Cooper d'un ton mi-figue, mi-raisin.

Laura comprit tout d'un coup que Mme Cooper voulait que la décision lui revienne.

— Moi j'ai déjà Mary à m'occuper, déclara-t-elle posément. C'est à vous de décider, mère.

— Il ne sera pas dit que j'aurai refusé de recevoir mes propres petits-enfants sous mon toit, déclara pompeusement Mme Cooper. Mais Rosalind devrait chercher un autre endroit à la campagne pour veiller elle-même sur eux. Il est vrai qu'elle n'a rien d'une femme d'intérieur, ajouta-t-elle, tandis que Dinah venait de la cour, les bras chargés de linge. On pourrait les installer au grenier.

C'est Laura qui prépara la chambre. Elle couvrit les lits de patchworks assemblés par une aïeule morte depuis longtemps et disposa des carpettes sur le plancher en bois. Puis elle alla chercher deux pots de chambre et fouilla dans la bibliothèque en quête de quelques livres pour enfants. Il y avait plusieurs petits volumes usés de Beatrix Potter ; elle en ouvrit un au hasard et aussitôt, par la force du souvenir, Laura fut projetée dans un autre monde où plus rien n'exista autour d'elle.

Au bout d'un long moment, Michael vint la rejoindre.

— Le bébé pleure. On se demandait où tu étais passée.

Laura se leva d'un air fautif en lissant sa jupe, fermant par réflexe la porte à son passé.

— Je cherchais quelques livres pour les garçons. J'avais ce livre quand j'étais enfant, ajouta-t-elle malgré elle. Je m'en souviens.

— Beatrix Potter ? Je n'en ai jamais raffolé, dit Michael en tournant les pages.

— Ma mère me le lisait, fit Laura d'une voix saccadée.

— Je croyais qu'elle était morte quand tu étais toute petite ?

— Oui. Mais je m'en souviens quand même.

Elle s'empressa de sortir, le frôlant au passage. Michael la regarda s'éloigner. Quand Laura était de cette humeur, il se sentait désarmé. S'il y avait un sujet sur lequel il n'osait pas la questionner, c'était bien son passé. Il savait comme cela la troublait. Aujourd'hui, elle serait silencieuse, enfermée dans des pensées qu'elle ne partageait jamais avec lui. Perplexe, il prit entre ses mains le livre si souvent lu que sa reliure était cassée. Laura lui avait dit à maintes reprises qu'elle ne se rappelait pas sa mère...

Le jour de l'arrivée de Rosalind, beaucoup de tension et d'agitation régnèrent dans la maison. Mme Cooper était d'une humeur massacrante.

— Comment s'entendent-elles ? demanda Laura à Dinah, profitant d'un bref instant de tranquillité.

— Elles sont à couteaux tirés et se chamaillent sans arrêt, comme deux chattes. Rosalind était jalouse de Gabriel, il faut dire qu'il y avait de quoi. D'ailleurs, c'est souvent comme ça entre mère et fille. Vous savez ce que c'est.

Non, songea Laura. Comment l'aurait-elle su ?

Rosalind arriva, toute mince et élégante dans un tailleur gris bien coupé, accompagnée de ses deux fils.

— Voici David et Alan, claironna-t-elle. David a huit ans, Alan six. Dites bonjour, les garçons.

— Bonjour, dirent-ils en chœur, d'une voix d'enfants bien policés.

Ils étaient vêtus tous deux à l'identique de culottes courtes grises et coiffés d'une casquette, mais ne semblaient pas très à l'aise. Il y avait des rougeurs sur leurs cuisses, là où le tissu frottait.

— Au moins les voilà vêtus convenablement, Rosalind. Je craignais que tu ne les aies bizarrement accoutrés. Quant à toi, tu es beaucoup trop chic pour la campagne.

— Que voulez-vous, voilà ce que c'est d'être femme de diplomate, répondit Rosalind avec un rire aigu, qui sonna faux. Mais rassurez-vous, j'ai apporté des lainages.

Laura se rendit compte qu'elle était à cran.

— Vraiment, Rosalind ! Nous ne vivons quand même pas dans une grotte, rétorqua Mme Cooper en recoiffant machinalement les cheveux ébouriffés d'Alan.

— En tout cas, il n'y fait guère plus clair, dit sa fille. Michael chéri, quand vas-tu faire mettre l'électricité ? Quelle ambiance pesante !

— L'addition le serait aussi, répondit-il.

— Nous utilisions des lampes à pétrole quand nous vivions en Inde, remarqua David.

Le nez de Mme Cooper frémit. Manifestement, elle n'aimait pas les enfants expansifs.

— Il y avait des serpents et des scorpions, ajouta Alan. Mon *amah* les tuait avec un bâton.

— Tu ne t'en souviens pas vraiment, n'est-ce pas, mon chéri ? objecta Rosalind en pouffant. Ça a dû se produire une fois. À t'entendre on pourrait croire que nous en étions infestés. C'est vrai, nous avions des lampes à pétrole, comme ici. Mais c'était il y a longtemps.

Comme elle a voyagé ! pensa Laura. Rosalind avait l'air chez elle partout, en Inde, à Londres, à La Hague. Laura l'imaginait dans ses fonctions diplomatiques, évoluant avec grâce de groupe en groupe.

Ils prirent le thé en mangeant les gâteaux de Laura et les scones de Dinah ; Mme Cooper trouva les uns trop riches, les autres trop fades. Laura ne releva pas, elle observait les deux femmes, fascinée par leur évidente mésentente, qu'elle n'avait pas perçue lors du mariage, prise comme elle l'était par ses obligations.

Plus tard, elle porta des serviettes dans la chambre de Rosalind, qui l'accompagna.

— Ouf ! soupira celle-ci en refermant la porte. Enfin tranquilles. Je ne sais comment vous faites pour la supporter, Laura. Elle a toujours le reproche à la bouche.

— Peut-être qu'elle empire en vieillissant ? avança prudemment Laura. Et puis votre père lui donne beaucoup de soucis.

— Même quand il était en bonne santé, elle ne le supportait pas. Elle l'a rendu malheureux, vous savez. L'obligeant à nous emmener tous à Biarritz quand il aurait de loin préféré rester à la ferme. Évidemment, elle a tout oublié, mais c'est à cause d'elle qu'on a manqué d'argent. Tout ça parce qu'elle voulait vivre sur un grand pied.

— Michael dit que l'agriculture n'a jamais été aussi peu rentable, dit Laura. Ça ne doit pas arranger les choses.

Rosalind s'affala sur le lit.

— Sans doute. Il devrait profiter de la situation. Avec la guerre, les prix vont monter en flèche. Il pourrait se faire un bon pactole.

Mary pleurait. Laura alla la chercher, suivie de Rosalind.

— Mère a l'air d'avoir de la tendresse pour cette petite. J'en suis la première étonnée.

— Je sais ce qu'elle vous a écrit, lui avoua Laura.

Rosalind en eut le souffle coupé.

— Je n'en ai pas cru un mot, bien sûr, protesta-t-elle, ce n'est que de la rancœur. Voyons, Laura, si je ne vous estimais pas, je ne vous aurais pas confié mes garçons !

Ces mots parurent doux à Laura, même si Rosalind, de par ses fonctions, devait bien souvent dire aux gens ce qu'ils avaient envie d'entendre.

— Vos garçons sont-ils toujours habillés comme aujourd'hui ? demanda-t-elle.

— Vous avez remarqué ! dit Rosalind en riant. Bien sûr que non. Mais, avec mère, mieux vaut partir du bon pied. Je les ai emmenés chez Harrods hier... Les pauvres, le tissu leur irrite la peau, ils se grattent sans arrêt.

— Êtes-vous rentrés par la France ?

— Non. Mais il ne s'est encore rien passé, vous savez. Tout est plus ou moins comme avant, d'après ce qu'on m'a dit. Avez-vous de la famille là-bas ?

— Des amis. Croyez-vous vraiment qu'il va falloir se battre ?

— Oui, je le crois, assura Rosalind sans hésiter. Geoffrey était à Munich, il a vu à quoi ressemblait l'Allemagne. Nous ne pouvons tolérer ce genre de choses sur notre sol. Quoi qu'il arrive, il faudra résister.

L'humeur de Laura s'assombrit, comme c'était souvent le cas lorsqu'elle pensait à la guerre. Elle n'avait aucune ferveur patriotique, aucune position de principe. Elle souhaitait simplement que la vie continue, que sa famille s'épanouisse et que la ferme prospère. Qu'y avait-il d'assez important pour que des petits garçons soient privés de leurs mères, et les mères de leurs époux, de leurs enfants ? Tout plutôt que de voir un déluge de feu tomber sur des innocents.

Mais elle savait que personne ici ne partageait son point de vue. Les Anglais étaient un peuple belliqueux. Ils n'avaient rien du pragmatisme des Français.

Elle songea à Mme Girand ; cette vieille harpie devait faire ses choux gras des nouvelles. À cette idée un petit rire lui échappa.

— À quoi donc pensez-vous ? lui demanda Rosalind. Mère vous trouve énigmatique et pour une fois je suis d'accord avec elle. Même Michael doit vous trouver bien mystérieuse.

Laura rougit.

— Peut-être cela vient-il de mes origines françaises. Les Anglais ne comprennent pas très bien notre mentalité.

Un silence s'installa. Elles étaient si différentes, au fond. Rosalind gagna la fenêtre et contempla le verger, les bois, la colline. Ses deux petits garçons traversaient un pré d'un pas décidé, échevelés.

— C'est si joli, dit Rosalind. Chaque fois que mes garçons me manqueront, je songerai à eux comme je les vois maintenant, dit-elle, et sa voix se brisa ; Laura vit qu'elle pleurait. Je devrai repartir dès demain matin, murmura-t-elle.

— Pourquoi si vite ?

Rosalind se retourna et se força à sourire.

— Parce que sinon je n'en aurai plus la force, ma chère Laura. Profitez bien de mes garçons, n'est-ce pas ? Aimez-les pour moi.

À part les vêtements qu'ils portaient le jour de leur arrivée, Alan et David n'avaient pas grand-chose de convenable pour vivre à la ferme. Laura fouilla dans le grenier et trouva deux salopettes qui avaient dû appartenir à Michael et à Gabriel. Elles étaient trop grandes mais, une fois les jambes repliées et le tissu resserré par un rempli à la taille, elles feraient l'affaire. Le temps se détériora ;

chaque matin les garçons étaient réveillés par le bruit de la pluie fouettant les carreaux, mais en quelques jours ils s'étaient fait un repaire dans le hangar à foin, avaient apprivoisé un petit veau et mouraient d'envie d'avoir un poney.

Des enfants attachants, intelligents. Alan était un petit gars plein de bon sens et de flegme, tandis que David, avec son imagination débridée, s'inventait des histoires à dormir debout sur son enfance en Inde, dont il se souvenait à peine.

— Papa avait un chauffeur qui l'emmenait chasser le tigre presque tous les jours. Le dimanche, on faisait une promenade à dos d'éléphant.

Occupée à préparer un gâteau, Laura n'écoutait qu'à moitié.

— Et comment s'appelait-il, cet éléphant ?

— Pindare. Alan ne pouvait pas monter dessus, il était trop petit, il avait peur.

Laura fonçait un moule et tendait les chutes de pâte à David pour qu'il s'amuse. Il en fit aussitôt des trompes d'éléphant.

— Pindare était le plus courageux et le plus dangereux de tous les éléphants indiens. Un jour il a tué dix hommes. Il les a piétinés parce qu'ils nous jetaient des pierres.

— Bon vieux Pindare, dit Laura, qui hésitait à l'encourager.

Selon Mme Cooper, les contes tournaient vite aux mensonges, mais Laura n'y croyait pas. Pour elle, David comblait ainsi le vide laissé par l'absence de sa mère.

Il fallait occuper ces garçons. Après le déjeuner, Laura prit sa bicyclette et descendit au village pour les inscrire à l'école. C'était un petit bâtiment avec un toit pointu et une cour de récréation ceinte d'une grille. Installées dans une petite annexe en brique, les toilettes puaient abominablement. Même la fosse d'aisances de Gunthwaite était encore préférable, songea Laura. Habitués à leur vie cosmopolite, Alan et David en seraient choqués.

C'était la récréation. Elle regarda à travers les grilles une marée d'enfants se déverser dans la petite cour. Des enfants de toutes tailles, brutaux, tapageurs, mal chaussés, mal vêtus. Sûrement des évacués, se dit Laura, intimidée.

Quand sonna la fin de la récréation, Laura suivit la foule d'enfants à l'intérieur. Le bureau du directeur avait été réquisitionné comme salle de classe, il n'y avait pas un centimètre de libre. Quant au directeur, il était tapi au fond, derrière une cloison. Laura le connaissait assez bien, il lui arrivait de tirer un coup de fusil sur leurs terres.

— Madame Cooper, dit-il avec chaleur en essayant de s'extraire de son coin bureau.

Elle lui fit signe de se rasseoir et il obéit en souriant, manifestement dépassé par les événements.

— C'est au sujet de mes neveux, expliqua-t-elle en se juchant sur une chaise bancale. Je voudrais les inscrire.

À côté, la classe récitait les tables de multiplication. « Une fois deux deux, deux fois deux quatre... » Le directeur lui jeta un regard plein de lassitude avant de sortir son grand registre.

— Quel âge ont-ils ?

— Six et huit ans.

Le directeur consulta ses fiches et leva les mains en signe d'impuissance.

— Peut-être le petit de six ans, mais pour l'autre c'est impossible, les effectifs sont largement dépassés.

Sans doute les mères laissaient-elles plus volontiers partir leurs aînés que leurs tout-petits.

— Allez-vous déménager dans des locaux plus spacieux ? s'enquit Laura.

— La classe des grands s'est déjà installée dans la salle paroissiale. Surtout, ne croyez pas que j'y mets de la mauvaise volonté, mais pourquoi ne pas leur faire de l'enseignement à domicile pour l'instant ? Jusqu'à ce qu'on ait trouvé une solution.

— Combien de temps faudra-t-il, à votre avis ?

— Sincèrement je l'ignore. Parmi ces enfants évacués, certains sont très difficiles. Pour ne pas dire intenables. Je ne sais si vos neveux retireraient beaucoup de bénéfice à fréquenter l'école publique, au train où vont les choses. Reparlons-en dans six mois, voulez-vous ?

Laura se retrouva sous le soleil de l'après-midi, médusée. Les écoliers récitaient la table de quatre à présent, attendant probablement avec impatience l'heure de la sortie. Deux garçons se glissèrent par une porte latérale sur la pointe des pieds, puis ils traversèrent la cour en filant comme des lapins vers la liberté, trébuchant dans leurs souliers trop grands.

Laura se demanda si elle devait rapporter leur fugue, mais elle n'en fit rien. Comment leur en vouloir de quitter ces salles de classe surpeuplées et ennuyeuses ? Elle pourrait faire réciter à David ses tables de multiplication, tandis qu'elle les apprendrait à Alan. Et elle leur donnerait des cours de français !

Soudain pleine d'enthousiasme, elle imagina le salon reconverti en salle d'étude ; ils y travailleraient tous les jours. Ils auraient des cahiers d'exercices bien tenus où se liraient tous leurs progrès, remplis de dessins de papillons, de cartes du monde, d'alphabets. David n'aurait plus le loisir d'inventer des fables.

Elle remonta la colline avec entrain en poussant sa bicyclette, s'arrêtant comme d'habitude pour admirer Fairlands. Elle aperçut une silhouette debout près de la haie et lui fit un signe de la main, en espérant que c'était Dora. Elle ne l'avait pas revue depuis le départ de Gabriel.

Mais la silhouette ne lui répondit pas. Laura reprit sa lente progression, puis enfourcha sa bicyclette pour remonter l'allée de Gunthwaite.

Mme Cooper était dans la cuisine.

— L'école est complète, lança Laura, essoufflée par sa course, en ôtant son chapeau. David ne pourra pas y aller. Il faudra lui donner des cours à domicile.

— Chut ! lui intima Mme Cooper. Écoutez.

« Les premiers rapports indiquent de lourdes pertes en vies humaines », disait la radio.

— Qu'est-ce qui se passe ?

— Qu'est-ce que vous croyez ? Ça commence.

Il faut si peu de temps pour basculer du calme au chaos. Brusquement, les Allemands avançaient en écrasant tout sur leur passage. Un sentiment d'incrédulité, presque de honte, semblait hanter tous les journaux d'informations. Ne se trouverait-il personne pour leur résister ? À quand l'affrontement ?

Tous songeaient constamment à Gabriel, dont on n'avait aucune nouvelle depuis l'unique lettre qu'il avait envoyée juste après son départ. Au village, deux familles avaient reçu des télégrammes leur annonçant un fils mort, l'autre blessé. Tout le monde était saisi d'effroi. Cela s'était déjà produit, ils s'en souvenaient trop bien. À l'église, les listes des morts au combat remplissaient tout un mur aveugle. Timothy, le fils de Dinah, se porta volontaire, mais il fut renvoyé chez lui. Le soulagement de sa mère ne dura guère, car il fut mobilisé le lendemain. C'est dans ce contexte que Laura reçut la visite de Dora Fitzalan-Howard.

Celle-ci arriva à bicyclette, vêtue d'une longue jupe de laine. Laura la conduisit au salon.

— Je crois que je suis enceinte, lui annonça Dora dès que la porte se fut refermée sur elles. Je ne sais que faire.

— Vos règles ne sont pas revenues ?

— Non. Et j'ai d'autres symptômes. Je me sens si mal. Mes seins sont lourds, douloureux. Gabriel va m'en vouloir, vous croyez ? Il ne m'a pas écrit. Juste un mot lors de son départ et depuis, plus rien. Que vais-je faire ?

— Ils combattent, il n'a pas le temps d'écrire, dit Laura atterrée, sans conviction.

— Est-ce qu'il m'épousera ? Et s'il est tué, qu'est-ce que je vais faire ? Je suis sûre qu'il me déteste. Et je ne supporterai pas que mes parents l'apprennent.

Laura soupira. Elle se souvint de l'esprit pratique dont madame avait fait preuve quand cela lui était arrivé. Mais, avec Dora, c'était hors de question. Il ne fallait pas qu'une pareille innocente connaisse le même destin.

— Je vais écrire à Gabriel, déclara Laura. Il faut le lui dire.

— Je suis sûre qu'il me méprise. Les hommes méprisent les femmes qui leur cèdent sans résistance, n'est-ce pas ? Je ne m'en suis pas rendu compte. J'ai été stupide et... facile, il ne voudra plus jamais me revoir !

— Doucement, lui dit Laura. Vous lui faites la part trop belle. Il savait ce qu'il faisait et quelles précautions prendre. Mais il est bien trop égoïste pour s'en soucier !

— C'est moi qui l'ai entraîné.

Elles se regardèrent, désespérées. À quoi bon rejeter la culpabilité sur l'un ou l'autre ? Le mal était fait.

— Et s'il ne veut rien savoir ? s'enquit Dora.

— Alors, il faudra le dire à vos parents.

— Je préférerais mourir, lança Dora avec désespoir.

Laura sentit son cœur s'arrêter. Elle aussi avait songé à la mort.

— Ne soyez pas idiote, dit-elle brusquement. Le seul problème, c'est l'absence de Gabriel. Je suis certaine qu'il voudra vous épouser, quand il saura. Il n'est pas méchant, au fond.

— J'aimerais vous croire.

Laura lui prit la main.

— Croyez-moi.

Cette nuit-là, elle resta éveillée à côté de Michael. Soudain, avec cette intuition qui la surprenait parfois, il avança la main.

— Laura, pourquoi tu ne dors pas ?

Elle songea à tous les faux-fuyants qu'elle avait préparés et comprit qu'elle n'en avait pas besoin.

— Dora est enceinte de Gabriel.

— Pauvre fille, dit Michael après un silence.

— Ils n'ont fait ça qu'une fois. Ce n'est vraiment pas de chance.

— Ce n'est pas une question de chance, Laura ! Il n'avait pas le droit de profiter d'elle. Parfois il me dégoûte.

Michael roula sur le dos et demeura les yeux grands ouverts dans le noir.

— Il faudra qu'il l'épouse. Son père l'exigera, reprit-il.

— Il ne faut pas qu'il l'apprenne pour l'instant. Tu ne diras rien, n'est-ce pas, chéri ? C'est le secret de Dora, pas le tien.

— Elle aurait dû avoir plus de bon sens. Tu crois que c'est elle qui l'a tenté ? Cela fait des années qu'elle lui court après.

— Ne dis pas ça. C'est une gentille fille.

— Tu trouves ? Ça te ressemble bien de dire ça, ma chérie. Dora a beau avoir une lignée longue d'un kilomètre, tu es une dame et pas elle. Selon moi, elle s'est conduite comme une petite traînée.

— Michael ! Tu es injuste !

Il se coucha sur elle et l'embrassa avidement. Le corps en feu, Laura sentit monter le désir, mais une dame comme elle se devait de paraître insensible. Michael souleva sa chemise de nuit et la prit sans préliminaires. Elle se crispa quand il la pénétra, s'attendant à souffrir, mais n'éprouva que de la gêne. Elle ne parvenait pas à oublier les événements de la journée pour se concentrer sur son plaisir. Quand il eut fini, il se maintint au-dessus d'elle tout en reprenant sa respiration.

— Nous avons tant de chance, tu sais, lui murmura-t-il.

Elle lui caressa doucement les cheveux.

16

En six jours, ils avaient changé trois fois de base : quelques tentes montées autour d'un terrain équipé d'un poste de ravitaillement en carburant, plus une tente plus grande abritant le mess. S'ils étaient encore en état de voler, les avions endommagés étaient vite dépêchés de l'autre côté de la Manche. Tout ce qui ne pouvait être réparé était brûlé.

Couché sur l'herbe, sous l'aile de son avion, Gabriel sentait la terre tiède sous son corps endolori par les heures passées dans le cockpit ; ses jambes tremblaient. Quelle tension d'être confiné dans cette boîte pendant qu'on vous tirait dessus ! Il mourait d'envie de voler. S'il en avait l'énergie, il irait faire un tour. Mais ils décolleraient bientôt sur alerte. Avait-il atteint le dernier Messerschmitt ? Philip avait dû voir. Il le lui demanderait ce soir, s'ils arrivaient jusque-là.

L'herbe avait un tel parfum qu'il s'enivrait de son odeur pour mieux expulser les relents du glycol éthylène et du carburant. Elle apaisait ses sens et calmait la suite saccadée d'images qui se succédaient sans fin dans sa tête. Combien de temps duraient ces combats entre avions de chasse ? Deux, trois minutes, qui paraissaient s'éterniser. Loopings, retournements, renversements, tonneaux, vrilles... Et lui le pouce sur le bouton, obnubilé, ses pensées flottant comme d'énormes ballons. Il avait récemment découvert qu'il était bon tireur, peut-être le meilleur de son escadrille. Sans doute grâce à l'entraînement supplémentaire de six mois auquel il avait eu droit. Et puis il s'était toujours bien débrouillé avec les armes à feu. Bien sûr, c'est plus dur sur un avion, il faut tenir compte de tous les paramètres : sa vitesse, celle de l'adversaire, la vitesse des balles ou des obus... Mais, au bout du compte, ça vaut le coup. L'autre meurt, et pas vous.

Un téléphone vrombit dans l'une des tentes. Gabriel resta immobile, savourant les derniers instants de repos. Jenkins sortit de la tente.

— C'est bon, lança-t-il. On déménage.

— Où ça ? s'enquit Philip Lansbury en se redressant.

— Un autre aérodrome. Il faut plier bagage.

— Bon sang ! Si on recule encore, il nous faudra bientôt des hydravions.

— Très juste. En fait, on fera une petite halte à un poste de ravitaillement, puis on rejoindra ce cher vieux Blighty en formation serrée. Celui qui croise un méchant coco en informe les copains et se barre vite fait. Il faut que ces avions rentrent au bercail.

— Mais on en a besoin ici, s'étonna Gabriel. On ne peut pas laisser le champ libre à la Luftwaffe.

— Désolé, mon vieux. On n'a pas le choix. On s'est fait laminer.

Personne ne fit de commentaire. Ils auraient dû s'en rendre compte par eux-mêmes. Cela faisait des jours qu'ils survolaient les files de réfugiés qui encombraient les routes, empêchant les militaires de circuler. Des jours que les lignes de front reculaient toujours davantage et que les cieux s'emplissaient d'avions ennemis. Ils affrontaient des avions isolés, mais le gros des formations de chasseurs ennemis les avait dépassés.

Ils allumèrent tous une cigarette. Déjà on pliait les tentes, on vidait la pompe à carburant avant de l'incendier. Une vieille femme se tenait en bordure du terrain, elle les observait.

« *Au revoir, madame** », lui lança Gabriel en la saluant de la main.

Laura toucha le télégramme dans son sac à main. « Rentré au Norfolk sain et sauf stop Gabriel. » Par la vitre du taxi défilait une grande étendue monotone, ponctuée çà et là de bâtiments bas ou de silhouettes d'avions. Au loin des appareils se déplaçaient.

Le chauffeur s'arrêta.

— Entrée principale, déclara-t-il, laconique.

— Merci.

Elle compta ce qu'elle lui devait en sentant les regards intrigués des gardes postés à l'entrée. Comme le taxi s'éloignait, l'un d'eux s'approcha.

— Puis-je vous aider, madame ? Les civils ne sont pas admis.

— Je suis venue voir le sous-lieutenant Cooper.

261

L'homme regarda le bébé avec méfiance, comme s'il voyait souvent débarquer à l'improviste des femmes avec marmots réclamant des pilotes. Laura le fixa froidement, du regard que Mme Bonacieux réservait aux indésirables.

— C'est le frère de mon mari. Je suis venue pour parler avec lui d'un problème survenu à la ferme.

Il réagit comme elle l'escomptait.

— Mais certainement, madame. Si vous voulez bien entrer dans la guérite, je vais me renseigner.

Pendant qu'il allait téléphoner, Laura coucha Mary sur une chaise et arpenta la pièce nue. De la fenêtre, elle vit trois avions décoller en ligne oblique, chaque avant au niveau de l'aile de son voisin. L'odeur du kérosène emplit l'air et elle frissonna d'excitation. Tout ici était actif, volontaire. Elle se réjouit d'échapper un bref instant à Gunthwaite, qui la rendait timorée.

Un jeune homme d'allure distinguée frappa à la porte.

— Madame Cooper ? Madame Laura Cooper ? Bonjour, je suis Philip Lansbury, l'ami de Gabriel. Il est parti faire un petit tour. Cela vous ennuierait-il de me suivre jusqu'au mess ? Il ne devrait pas tarder.

— Mais... où est-il ?

— Il est en vol. Vous avez dû les voir décoller. C'est juste un exercice, une demi-heure tout au plus.

Elle prit le bébé et le suivit. Un camion-citerne passa très vite, suivi d'un autre camion rempli de jeunes hommes en tenue de pilote.

— Vous avez peut-être mieux à faire, dit-elle à son escorte. Ne vous sentez pas obligé de vous occuper de moi.

— Vous êtes ma plus grande priorité, lui lança-t-il avec un sourire éclatant. Gabriel m'a dit que vous étiez française. Votre anglais est impeccable. Tout ce remue-ménage a pour but de protéger la France. Ne vous inquiétez pas.

— Voulez-vous dire que la France ne va pas tomber ?

Il parut un peu embarrassé.

— Si elle tombe, elle se relèvera vite, croyez-moi.

Elle se permit un petit rire sceptique.

Il la conduisit dans une salle chaude meublée de bons fauteuils en cuir. Mary se réveilla, mais elle parut fascinée par ce changement de décor. Laura accepta le verre que Philip lui servit, du gin et du vermouth italien ; elle n'avait plus l'habitude, quelques gorgées suffirent à lui embrumer l'esprit.

— Si vous devez vous occuper du bébé, vous pouvez monter dans la chambre que je partage avec Gabriel.

— Oui, ça vaudrait mieux. Sinon elle pleurera et nous ne pourrons pas causer.

— Vous avez parlé d'un problème à la ferme ? s'enquit-il en l'accompagnant.

— Oui, tous les hommes valides partent à la guerre. Nous manquons terriblement de main-d'œuvre.

Une fois dans la chambre, il la laissa seule et Laura le remercia en souriant. Elle coucha Mary sur le lit et lui enleva sa couche pour que la petite s'ébatte un peu. Sur la table de chevet de Philip, elle vit deux photographies, dont l'une représentait une jeune fille aux longs cheveux bouclés et l'autre un cheval. Il n'y avait rien sur celle de Gabriel. Prise d'une impulsion subite, elle ouvrit le tiroir de sa table de nuit et vit l'étui de cuir qui renfermait son bloc de correspondance. Elle le sortit, l'ouvrit et tomba sur son propre portrait.

C'était une grande photo d'elle en pied, dans une robe à pois claire, ses cheveux dénoués. Elle ne souriait pas vraiment, ne regardait pas l'objectif, mais levait son regard vers les branches d'arbres en fleurs. Le verger. Il avait pris une photo d'elle en secret, sans doute au moment de leur étrange idylle !

Elle changea la petite, l'allaita et remit tout en place. La photo ne signifiait rien. Il éprouvait sûrement de la tendresse à son égard, qui serait un jour supplantée par un véritable attachement. Mais pourquoi n'avait-il pas une photo de Dora ? Aussitôt elle regretta de ne pas avoir laissé Michael venir à sa place. Gabriel lui parlerait avec franchise, et c'était bien la dernière chose qu'elle souhaitait.

On frappa à la porte. Elle retint son souffle.

— Gabriel ? Entre.

— Laura ? Quand Philip m'a annoncé ton arrivée, j'ai cru qu'il me faisait marcher.

Il portait toujours son imposant blouson d'aviateur et quelque chose lui pendait dans le dos, des bretelles de parachute, peut-être. Mais ce n'était plus le même homme. Vif et décidé, c'était devenu un vrai pilote. Ses cheveux étaient trempés de sueur.

— Il a dit que tu étais en vol, dit Laura, intimidée.

— Oui, comme nous tous ici. Mais qu'y a-t-il, s'est-il passé quelque chose à la maison ?

— Non. Enfin... si.

— Tout le monde va bien ?

— Oui... oui. Tu n'as pas reçu ma lettre ?

— Les lettres ne passent pas en France. Laura, qu'est-il arrivé ?

— Dora est enceinte.

Il resta un instant silencieux, sans broncher. S'étonnant d'un tel flegme, Laura était en train de se rassurer quand il s'écria soudain « Putain de merde ! » et lança un violent coup de pied dans sa table de chevet, dont le panneau en bois éclata.

Laura ne dit rien et cala le bébé plus fermement sur ses genoux, au cas où Gabriel recommencerait.

— Tu es contente. C'est bien ce que tu souhaitais, non ? dit-il avec lassitude.

— Je n'ai rien à voir là-dedans. Simplement Dora est venue me trouver. Elle est morte de peur, Gabriel. Elle a vraiment besoin de toi.

— Mais non ! Elle me connaît à peine. Ça la démangeait, et je suis passé par là. N'importe quel pantalon aurait fait l'affaire !

— Voyons, Gabriel, elle te connaît depuis toujours, déclara Laura à voix basse. À mon avis, elle se doutait même que tu réagirais comme ça. Elle est au désespoir.

— Elle peut s'en débarrasser, non ? Ça ne te ressemble pas d'avoir tous ces scrupules.

— Je ne veux pas en entendre parler ! s'exclama Laura. Ce n'est pas si grave. Pour remédier à cette situation, il te suffit de l'épouser !

— Mais je pars à la guerre, Laura ! C'est ça la réalité. Je risque de me faire tuer, elle se retrouverait veuve.

— Au moins, tu aurais un descendant, remarqua-t-elle.

— Très drôle ! Il hériterait de mes quatre paires de chaussettes mal reprisées. Admettons que je ne meure pas, je me retrouve marié avec Dora, et je n'ai pas du tout envie de l'épouser. Ni elle ni personne !

— Mais Dora te plaisait beaucoup avant que tout cela arrive. Tu finiras peut-être par découvrir qu'elle te va comme un gant.

— Et que feras-tu si je viens te voir dans deux ans pour t'avouer que ce mariage me rend fou ? Que j'ai envie de me suicider ?

Peu sensible aux effets dramatiques de Gabriel, Laura caressa la tête brune de Mary.

— Au moins tu auras un enfant. Et cet enfant aura eu un bon départ dans la vie.

Soudain, toute agressivité sembla le quitter. Il s'affala sur le lit de Philip.

— Je ne crois pas que le sort de Dora t'inquiète à ce point. Tu veux juste me voir coincé. C'est ta revanche, tu te venges ainsi de ce que je sais sur toi.

Elle le fixa un long moment.

— Tu ne sais pas grand-chose, lui dit-elle.

Il roula sur le ventre, épuisé.

— On ne sait jamais tout. Moi aussi j'ai des secrets, tout aussi inconcevables. Or Dora voudra tout savoir. Elle ne se contentera pas de peu. Elle n'a rien d'un Michael.

— Que veux-tu dire ?

— Michael est heureux de vivre avec son énigme. Il n'est pas bête. Il accepte ce qu'il sait ne pas pouvoir changer. C'est une rare qualité.

— C'est un homme hors du commun, reconnut Laura.

Mais Gabriel ne lui répondit pas et, quand elle se pencha sur lui, elle vit qu'il s'était endormi.

Elle rapporta une lettre pour Dora, qu'il écrivit sous la contrainte.

— On dirait que tu écris à une vieille tante, se plaignit Laura. Sois plus affectueux.

— Je n'éprouve pas la moindre affection pour elle.

— Balivernes ! Dora te plaît, tu l'aimes. Sinon tu ne l'aurais pas baisée... je veux dire, séduite.

Gabriel éclata de rire. Laura ne commettait pas souvent ce genre d'impair, dont il s'amusait beaucoup.

— Tu pourrais lui dire qu'elle t'a beaucoup manqué, l'encouragea Laura. Tu ne lui as pas écrit, parce que tu pensais qu'elle t'oublierait vite...

— Tu as vu trop de films, dit Gabriel.

— Tu sais bien que je ne vais jamais au cinéma.

— Et si nous y allions ce soir ?

— Mais... et Mary ?

— Philip la gardera. Allons, Laura ! On va dîner en ville, et puis regarder un film. Considère ça comme ma récompense. Écoute, j'écrirai une lettre magnifique. « Je n'arrive pas à croire que je puisse vraiment compter pour toi, ma chérie. Mais si c'est vrai, et que tu veuilles bien me faire l'honneur de devenir ma femme, je serai l'homme le plus heureux du monde. » Est-ce que ça ira ?

— Oui. Ce sera parfait, répondit Laura, troublée.

— Bon. Allons mettre Philip au courant de notre petit programme.

Laura séjournait dans un petit hôtel du centre-ville. Se laver et s'habiller à la lumière électrique ce soir-là fut pour elle le comble du luxe. Elle mit une robe de couleur lilas fraîche et élégante, qu'elle pensait porter le lendemain, et releva ses cheveux avec des barrettes, à la dernière mode. Quand Gabriel et Philip arrivèrent à l'hôtel et qu'elle descendit les rejoindre, ils la regardèrent avec une admiration manifeste.

— Vous allez faire des ravages ! lança Philip.

— Vous trouvez ça trop habillé, peut-être ?

— Ce n'est pas la robe. C'est ta façon toute professionnelle de la porter, dit Gabriel.

Laura ne releva pas la pique qu'il lui avait lancée à dessein, car il était d'une humeur mitigée, à la fois content d'être en sa compagnie, mais plein de rancune à cause de Dora. Elle conduisit Philip à la chambre, l'installa dans un fauteuil séparé du berceau par une cloison et mit la radio en sourdine. Mary était toujours éveillée, elle gazouillait gentiment. Laura posa un baiser sur son petit nez.

Ils dinèrent au White Heart, un repas infect composé de poisson salé poché, de bœuf dur comme de la semelle et d'un *apple pie* singulièrement acide. Gabriel mangea de bon cœur tandis que Laura picorait.

— Évidemment, ça ne vaut pas la qualité de Gunthwaite, dit Gabriel.

— Nous avons beaucoup de chance, reconnut-elle.

— Comment vont les garçons de Rosalind ? Ils mangent comme des ogres, je parie.

— Ils sont adorables. Il faut que je leur fasse la classe, figure-toi. L'école est complète.

— Qu'est-ce qu'en dit Michael ?

— Rien. Enfin, pas grand-chose. Mère ne se prive pas de faire des commentaires, évidemment, mais c'est dans son caractère. Je crois qu'elle les aidera, en fait. Elle les fera lire, réciter leurs leçons, ce genre de choses.

— Pourquoi fais-tu ça, Laura ? lui demanda Gabriel. Les gens se déchargent sur toi de leurs responsabilités. L'école, Rosalind, mère... même Dora. Pourquoi ne m'a-t-elle pas dit elle-même qu'elle était enceinte ?

— Et pourquoi ne l'as-tu pas toi-même demandée en mariage ? riposta Laura. Tu ne vaux guère mieux que les autres. Mais ça ne me dérange pas.

Gabriel détourna les yeux. La salle du restaurant était pleine de gens comme eux, des pilotes, des mécaniciens avec leurs épouses, leurs petites amies, leurs sœurs. Tout le monde était en uniforme ou vêtu sobrement. La robe de Laura semblait presque trop gaie, en une telle compagnie. Soudain il se sentit abattu et sa sombre humeur prit le dessus. Il n'avait pas envie d'épouser Dora, ni de participer aux combats, il n'avait pas envie de mourir.

Laura le regardait à sa façon à elle, comme si elle devinait ses pensées. C'était sans doute un jeu, une illusion. Elle ne le connaissait pas mieux que les autres. Il se demanda si elle regardait Michael de la même manière, il se posait souvent des questions à leur sujet, songeant aux longues soirées dans la cuisine, avec son père qui marmonnait, sa mère qui persiflait, les enfants. Parlaient-ils malgré tout ? Que pouvaient-ils se dire ?

Tout à coup, elle posa sa main sur la sienne.

— Ne t'inquiète pas, Gabriel. Ça va aller, j'en suis sûre.

— Cela est-il censé me rassurer ?

— Oui. Parle-moi franchement. La France est perdue, n'est-ce pas ?

Il hocha la tête et fit signe au serveur de leur porter l'addition.

— Je ne pense pas que nous tenions encore longtemps, dit-il avec une fausse gaieté, en sortant son portefeuille. Alors, Dora et le reste, tout ça n'a aucune importance. Épargne-moi ta sollicitude et allons voir ce film.

C'était une comédie américaine, un genre auquel Laura n'était pas habituée. Elle ne suivait pas très bien. À la moitié du film, Gabriel posa la main sur son genou. Elle l'écarta sans hésitation. Il n'eut pas le temps de revenir à la charge, la sirène de l'alerte aérienne retentit.

Les lumières se rallumèrent, surprenant un couple au fond de la salle dans une attitude peu décente, ce qui fit rire Gabriel. Le public attendait, décontenancé.

— Si vous voulez bien sortir dans le calme et la discipline, annonça posément le directeur de la salle.

— Mary ! s'écria Laura avec désespoir. Il faut que je rentre.

Paniquée, elle s'ouvrit un passage en bousculant les gens comme une possédée, se précipita dans la rue assombrie et se mit à courir.

— Attends-moi, cria Gabriel. Ce n'est rien. On n'a jamais été bombardés. C'est sûrement une fausse alerte.

— Il faut que je rentre.

Les sirènes retentissaient comme des cris de sorcières dans la nuit. Les gens fixaient le ciel, mais il n'y avait rien à voir. Brusquement, au loin, on entendit le ronronnement des moteurs.

— Bon Dieu ! s'exclama Gabriel.

Il prit Laura par la main. Ensemble ils descendirent la rue en courant et trouvèrent Philip devant l'hôtel, le bébé dans les bras.

— Viens vite, Gabriel ! lança-t-il. Ils visent l'aérodrome. Il faut qu'on rentre, qu'on décolle avec tous les appareils, expliqua-t-il à Laura en lui confiant le bébé. Il y a un abri au bout de la rue. Allez-y. Viens, Gabriel.

Il courut vers la voiture. Gabriel demeura un instant immobile, les yeux fixés sur elle. Puis il prit son visage entre ses mains, se pencha et l'embrassa avec passion. Écrasé entre eux, le bébé se mit à pleurer.

— Au revoir, dit-il doucement, entre les pleurs du bébé et les hurlements des sirènes.

— Je donnerai ta lettre à Dora. Ne te fais pas tuer, Gabriel.

— Sois heureuse, dit-il.

Il la libéra. Elle resta dans la rue et le regarda s'éloigner. L'air absent, elle berça son enfant. Le bruit des moteurs s'amplifiait, les sirènes hurlaient encore plus fort pour obliger les gens à évacuer les rues. Tout le monde fixait le ciel noir comme de la suie.

— Emmenez cet enfant ! ordonna un monsieur moustachu. Vous voulez qu'il se fasse tuer ?

Elle se laissa entraîner vers l'abri, mais elle s'y sentit plus en danger que dans la rue, s'imaginant prise dans un enchevêtrement de cadavres. On entendit de faibles bruits d'explosions à travers les murs épais. « Ils visent l'aérodrome, dit quelqu'un. Et nos gars alors, qu'est-ce qu'ils fabriquent ? »

Les explosions continuèrent, comme un orage assourdi. Puis un son différent leur parvint, les bangs d'un canon antiaérien. Dans l'abri, tout le monde poussa des hourras.

En trente minutes, ce fut fini. De l'avis général, les bombardiers étaient à la limite de leur rayon d'action et ne pouvaient se déployer plus longtemps au-dessus de la cible. Mais un sombre pressentiment s'empara de la petite ville.

— C'est parti, dit un vieux.

— On leur tiendra tête en France, dit un autre. Se retirer et puis résister, voilà la stratégie.

— Ouais, on nous a déjà fait le coup la dernière fois. Tu parles d'une stratégie !

Le signal de fin d'alerte n'avait pas retenti, mais Laura se glissa au-dehors et rentra à l'hôtel. Qu'était-il arrivé à Gabriel et à Philip ? Elle allaita le bébé, le changea, le coucha dans son petit lit et essaya de s'endormir. Alors qu'elle s'assoupissait, la sirène annonçant la fin de l'alerte la réveilla.

Gabriel et Dora se marièrent sans attendre. À peine Laura lui avait-elle donné la lettre que Dora appelait l'aérodrome. Il avait été bombardé et les communications étaient difficiles, mais par chance, trois semaines plus tard, Gabriel eut droit à une permission d'un week-end pour se marier.

— Papa a appelé, il lui a fait part de sa grande joie, ainsi que maman. Oh, Laura, tu ne peux pas savoir combien je te suis reconnaissante, lui confia Dora, les yeux embués de larmes.

C'était la fille la moins compliquée du monde, songea Laura, elle ne voyait pas la complexité chez les autres. Mais elle apprendrait. Dora devait ses défauts à une enfance trop protégée d'où l'on ne tirait aucune leçon de la vie. C'était sa première expérience difficile. Bientôt elle serait mariée avec un homme d'action. Et dans un an ou deux, Gabriel découvrirait que sa femme n'était plus une petite fille.

On trouva une robe de mariée dans le grenier de Fairlands. Ravie que son fils épouse un si beau parti, Mme Cooper envoya une broche ancienne pour fixer le voile. Elle n'avait rien donné à Laura pour son mariage et il était difficile de ne pas en être blessée. D'autant qu'un jour où Laura faisait la queue au guichet du bureau de poste elle entendit des gens dire : « Ça va être un beau mariage, pas comme le dernier, quand M. Michael avait épousé cette pauvresse. »

Le silence tomba quand ils se rendirent compte de sa présence. Laura ne dit rien, elle passa au guichet pour envoyer le mandat habituel.

— Je ne sais s'il pourra partir, madame Cooper, s'excusa la préposée. Tout est perturbé là-bas, vous comprenez. Avec les bombardements et le reste...

— C'est pour une parente, expliqua Laura, ébranlée. Elle en a besoin. Que puis-je faire ?

— Envoyez-le donc à Hitler, il transmettra, ironisa un homme d'un ton sinistre, provoquant l'hilarité générale.

Laura rentra en proie à une lancinante inquiétude. Chaque jour les nouvelles empiraient. Elle tentait de s'en arranger, faisait des combinaisons dans sa tête, mais, comme l'armée, elle devait constamment céder du terrain, car le danger avançait jusqu'aux portes de Gunthwaite. Ce qui hier semblait inconcevable paraissait maintenant probable. De jour en jour davantage d'avions allemands survolaient le pays. Combien de temps encore avant que les soldats ennemis ne frappent à leurs portes ?

Peut-être son humeur tenait-elle du pressentiment, elle s'accordait à la panique ambiante. Le corps expéditionnaire anglais était en pleine déroute ; ses soldats, mitraillés et bombardés sur les plages exposées de Dunkerque, abandonnaient leur matériel et fuyaient la France pour se réfugier sur l'île, ultime terre de liberté. Lorsque Winston Churchill déclara à la Chambre des communes : « Nous les combattrons sur les plages. Nous les combattrons dans les rues et sur les collines », le peuple britannique ne douta pas une seconde qu'il faudrait bien en passer par là.

La France tomba et, avec elle, toute approche tranquille du bonheur. Il fallait vivre vite, et le mariage de Gabriel et Dora collait parfaitement à cette humeur désespérée. Quoi de plus naturel pour une jeune fille que d'épouser un homme qui partait au combat ?

Mme Fitzalan-Howard puisa largement dans toutes les ressources qu'offrait le domaine, les serres et le jardin, les malles du grenier, les celliers, les caves à vin. Les Allemands ne gâcheraient pas le mariage de sa fille. À Fairlands régnait une ambiance fiévreuse. On entendait Dora et sa mère se chamailler à toute heure du jour et de la nuit, pour fondre en larmes toutes les deux l'instant d'après.

Gabriel rentra à Gunthwaite le vendredi après-midi, il alla voir Dora, resta pour le dîner, revint à Gunthwaite et se cuita consciencieusement. Michael lui tint compagnie et prêta une oreille indulgente à ses jérémiades. Gabriel lui fit croire qu'il ne participait jamais activement aux combats à moins d'y être forcé, qu'il se contentait d'observer et arrivait toujours après la bataille. Cette fiction arrangeait Michael, qui aurait détesté voir son frère cadet endosser le rôle du héros tandis que lui, l'aîné, demeurait bien au chaud à la maison. Il y avait là une inversion des rôles particulièrement troublante.

Gabriel finit par s'abîmer dans le silence. Michael s'apprêtait à aller se coucher, pensant laisser son frère dormir sur place, quand soudain Gabriel se redressa, l'air bien réveillé.

— Si tu avais vu comme moi tous ces gens sur les routes de France, Mike. Des milliers de civils, des vieillards, des femmes, des enfants fuyant avec désespoir. Et ces avions allemands qui les mitraillaient, comme par jeu, pour le plaisir. Je me demande où ils auront pu se réfugier.

Michael estima le moment mal choisi. Gabriel s'inquiétait trop souvent de choses qui ne le concernaient pas directement. Quand il était enfant, c'était le bétail qu'on envoyait à la boucherie, le sort des clochards qui risquaient de mourir de froid. Et aujourd'hui les Juifs... L'ennui avec lui, c'est qu'il vous obligeait à penser à des choses auxquelles mieux valait justement ne pas penser.

— Oublie tout ça, dit Michael. Tu te maries demain.

— Et que ferais-tu si je m'enfuyais à toutes jambes maintenant ? demanda Gabriel en se levant pour aller se servir un verre. Tu me ramènerais par le collet ?

— Non. C'est surtout Dora qui en souffrirait.

Gabriel avala une bonne lampée de whisky.

— À Dieu ne plaise, il ne faut surtout pas contrarier Dora. Mais ne vous est-il jamais venu à l'esprit qu'il puisse être cruel de la marier à un homme qui ne l'aime pas, qui n'a pas envie d'elle, et qui se console avec l'idée qu'au moins il finira par habiter une belle maison ?

Michael se rassit sans rien dire.

— Bon Dieu ! s'exclama Gabriel. Ce que je déteste quand tu te tais.

— Tu détesterais encore plus ce que je pourrais te dire. Si tu étais sincère avec toi-même, tu admettrais que ce n'est pas si mal. C'est même la meilleure solution.

Gabriel écarta une mèche qui lui tombait sur les yeux. Michael le trouvait changé. Il n'y avait plus cette indolence dans son regard. Au moins, la guerre aurait servi à ça. Au fond, Michael était heureux avec ses brebis et ses vaches. Mais, aujourd'hui, cela ne suffisait plus d'être fermier comme il l'avait toujours été. Dans un monde en pleine mutation, il commençait à se sentir anachronique.

Un bref instant, il envia son frère. Oui, Gabriel avait de la chance, même s'il ne s'en rendait pas compte. Il n'avait ni Gunthwaite ni Laura, mais sa vie atteignait une autre dimension, elle le forçait à se dépasser, pendant que lui restait sur la touche, à vieillir doucement.

Quand ils furent montés se coucher, Michael demeura éveillé à côté de Laura endormie. Il avait envie d'elle, un besoin si fort, si violent qu'il en avait mal au ventre. Il tenta en vain de se réfréner, mais finit par se coucher sur elle et chercha à la pénétrer. Tout en dormant, Laura leva docilement les genoux en murmurant des mots français qu'il ne comprit pas.

L'aube pointa avec cette brume qui promet une belle journée. Les arbres luxuriants du verger bruissaient et se balançaient dans la brise. Des poules traversaient la cour suivies de leurs poussins. L'excitation était si générale qu'il fallut traire les vaches plus tôt tellement elles semblaient pressées de sortir de l'étable. Gabriel était toujours couché. Laura lui porta une tasse de thé.

— Tu ne peux pas te permettre d'être malade, le menaça-t-elle en le voyant cligner des yeux à la lumière quand elle ouvrit les rideaux. Dinah te fait couler un bain, ta mère repasse ton uniforme. Et voici de l'aspirine.

Il gémit douloureusement pour s'attirer sa sympathie ; en fait, il n'avait jamais la gueule de bois. Elle vint gentiment s'asseoir sur le bord du lit et lui prit la main.

— Tu sais que tu as fait le bon choix, n'est-ce pas ?

— Espérons, soupira-t-il. C'est ta faute, tu sais, tu m'as tout appris. Sans toi, je n'aurais jamais réussi à coucher avec elle. Elle n'a pas pu résister à mes caresses.

— Cesse de parler technique. Elle t'aime. C'est vrai, Gabriel, tu as beaucoup de chance.

Il se rallongea et la regarda. Le matin d'été teintait d'or son teint pâle et emplissait de soleil la transparence étrange de ses yeux. Dora était plus jolie, mais Laura avait ce petit quelque chose qui intriguait le regard et faisait qu'on la contemplait un peu comme une énigme, curieux de la déchiffrer.

Il prit sa main et la porta doucement à ses lèvres. Elle la lui laissa un moment, puis se leva et dit : « Prépare-toi, Gabriel. Nous t'attendons tous. Ça va être une merveilleuse journée. »

Quand Gabriel entra dans l'église à midi, il fut frappé par le peu d'hommes qui s'y trouvaient. La présence du conflit était dans cette absence d'hommes robustes au village, l'église était pleine de têtes chenues. Parmi tous les Cooper, seul Michael avait moins de quarante ans.

— Où sont tous les parents, les cousins ? Je croyais que les fermiers étaient dispensés, dit Gabriel à voix basse.

— Non, répliqua son frère. Ils sont tous partis en laissant quelqu'un s'occuper des terres à leur place. Moi, je n'ai personne. On ne peut pas les blâmer de vouloir en remontrer à Hitler.

— Tu as bien raison d'être resté. C'est le bon sens même. Crois-moi, mieux vaut s'occuper de Gunthwaite que de se faire mitrailler.

— Ça t'est arrivé ? s'enquit Michael.

Gabriel grimaça un sourire.

— Seulement quand je n'ai pas fui assez vite, je t'assure. Mais n'en parle pas à ces dames.

Laura attendait devant le portail de l'église, indécise. Elle avait confié Mary à Mme Cooper.

— Rentrez donc, ce n'est pas votre place, avait lancé celle-ci, escortée par Alan et David en grande tenue.

Dora l'avait priée de l'attendre, mais Laura se sentait mal à l'aise. Dans le pays, les Fitzalan-Howard étaient ce qui se rapprochait le plus de la *gentry*, alors qu'elle n'existait pas, socialement. Mais elle avait promis.

L'organiste jouait en sourdine. L'église était pavoisée de fleurs, elle ouvrait sur le petit jardin parfumé, baigné de soleil. Dans cette paix, en ce jour de bonheur, il était impossible de croire à la guerre. Des guerres, il y en avait déjà eu, se dit Laura. Gunthwaite y avait survécu. Elle y survivrait toujours.

Une Rolls-Royce déposa les demoiselles d'honneur et Mme Fitzalan-Howard, qui s'avança aussitôt vers elle.

— Il est là, n'est-ce pas ? Dora m'a demandé de m'en assurer. Est-elle bête, hein ?

— Bien sûr qu'il est là, répondit Laura avec une fausse insouciance. Ça ne vous dérange pas que j'attende Dora ?

— Au contraire, ma chère, j'y comptais bien, la rassura Mme Fitzalan-Howard en lui pressant la main. Je vais aller m'asseoir, elle sera mieux avec vous. On s'énerve, toutes les deux, vous comprenez.

Dora arriva en voiture, perdue dans une merveilleuse robe en dentelle ancienne.

— Ne t'en fais pas, lui murmura Laura en voyant sa pâleur, son air craintif. Gabriel est là.

— Je ne comprends pas pourquoi vous faites tant d'histoires, vous autres femmes, dit le père en voyant le visage de sa fille s'éclairer. Évidemment qu'il est là. Où voulez-vous qu'il soit ?

Laura se hâta de gagner sa place, le cœur battant, et reprit le bébé à Mme Cooper. David et Alan se donnaient des coups de pied furtifs sous un prie-Dieu. Elle leur décocha un regard sévère et ils se calmèrent. Quand l'orgue entama la marche nuptiale, Michael chercha son regard et lui sourit. Gabriel avait l'air d'un jeune et beau héros, avec sa promise aux yeux ardents. L'antique sérénité du lieu n'avait rien perdu de son envoûtement. Tout était parfait.

Personne n'aurait imaginé qu'un repas de noces puisse être aussi fastueux en temps de guerre. Il y avait du champagne, du caviar, du saumon écossais, et, en dessert, un diplomate avec de la bonne crème fouettée. Seules manquaient les friandises venues de l'étranger, comme les truffes, les chocolats, les dattes.

Gabriel et Dora avaient grande allure. Le bleu ardoise du veston contrastait merveilleusement avec le voile ivoire de la jeune mariée.

— Tout le monde devrait se marier en uniforme, lança joyeusement Laura.

— Il boit trop, observa Michael.

— C'est son mariage, chéri ! répliqua Laura, qui se sentait elle-même un peu éméchée.

Elle appuya sa tête contre l'épaule de son mari, qui resta raide et ne réagit pas.

— Dans ces circonstances, tout cela tient de la farce, tu ne trouves pas ? remarqua-t-il.

— Les Américains vont entrer en guerre. Nous ne serons plus seuls à combattre.

— Le temps qu'ils se décident, la guerre sera peut-être finie. Laura, je me demande parfois si tu te rends bien compte. La situation est grave. Gabriel m'a dit qu'en France des milliers de gens fuyaient sur les routes. Les tanks allemands continuent d'avancer sans rien pour les arrêter, sinon un petit bout de mer. Notre artillerie est laminée, nous en avons perdu la moitié à Dunkerque, ainsi que des centaines d'avions que nous ne pourrons remplacer. Et nous sommes là. À faire la fête.

— Il ne servirait à rien de s'en priver.

— Ce n'est pas ce que je veux dire. Mais je trouve que nous devrions faire quelque chose de positif. Moi, en tout cas.

— Mais c'est bien ce que tu fais. Tu t'occupes des cultures, du bétail, c'est vital pour le pays.

— Laura, n'importe qui pourrait diriger la ferme à ma place. Bill Mayes en sait autant que moi.

— Non. C'est un employé, il n'est pas responsable. Il ne pourrait pas s'occuper de la gestion de la ferme, des ventes, des achats...

— Il le fait depuis trente ans, depuis plus longtemps que moi.

Laura demeura silencieuse. Elle souhaitait presque que le bébé se mette à pleurer afin de s'éclipser. Elle en voulait à Gabriel, il avait sciemment soûlé son frère d'histoires de guerre, elle en était sûre. Et, maintenant, Michael avait envie d'aller se battre.

Elle leva son verre de champagne et le vida d'une traite. Un serveur vint le remplir à nouveau et elle but encore.

— Réserve-toi pour les toasts, lui conseilla Michael.

— Pourquoi ? Tu dis toi-même que tout cela n'a pas de sens. Gabriel risque d'être tué dans les jours à venir.

— Cela ne nous empêche pas de boire à sa santé, justement, répliqua Michael après un silence tendu.

— Il faudrait savoir, répliqua Laura, de très méchante humeur.

Gabriel avait raison, tout le monde se déchargeait sur elle. Rosalind n'avait même pas daigné venir au mariage de son frère, encore moins retrouver ses garçons, trop heureuse de laisser ce fardeau à Laura. Bien sûr, Rosalind avait d'autres charges, elle travaillait dans le département de Howard, elle était très occupée. Tout le monde paraissait avoir des soucis plus importants que les siens. Seule sa vie était malléable et corvéable à merci, semblait-il. Comme elle avait envie de rentrer à la maison, songea-t-elle, ainsi elle pourrait pleurer un bon coup.

Quand on eut porté un toast à la santé des jeunes mariés, Dora vint la rejoindre en froufroutant.

— Je vais aller me changer. Ne le dis à personne, mais nous allons passer la nuit à Ripon, un ami de papa nous prête sa maison. Je suis heureuse, Laura, et tout cela grâce à toi. Gabriel dit qu'il a hâte que nous soyons trois. N'est-ce pas gentil ?

— Merveilleux, répondit obligeamment Laura.

Gabriel était tellement sur la défensive, il voulait peut-être s'isoler de Dora par ce moyen.

— Il ne faudra pas trop envahir son intimité, tu sais, fit-elle observer. Les hommes aiment avoir les coudées franches. Michael est comme ça.

— Michael, s'écria Dora avec un rire indulgent, qui piqua Laura au vif. Ce bon vieux Michael. Tu as de la chance de l'avoir en sûreté à la maison. Je ne serai jamais tranquille quand je penserai à Gabriel.

Voilà qu'elle jouait la jeune épouse anxieuse, à présent, songea Laura peu charitablement. À la moindre occasion, Dora évoquerait son mari, le pilote de chasse. Mais, croisant le regard limpide de la jeune femme, Laura s'en voulut de sa dureté et s'excusa en disant qu'elle montait voir le bébé.

Quel calme, à l'étage ! Mary tétait paisiblement en agitant une main dans l'air, comme un chef d'orchestre. La porte s'ouvrit, mais Laura ne leva pas les yeux. Sans doute une autre femme à la recherche de son manteau... Mais c'était Gabriel. Il la contempla un instant.

— Je n'arrive pas à croire que je suis marié. C'est fait.

— Félicitations, dit Laura d'un ton morne. Il est temps de partir, non ?

— Non. J'aime te regarder. Je n'éprouverai jamais ce que j'éprouve maintenant en regardant Dora.

La gorge sèche, Laura voulut l'arrêter, mais un instinct pervers la poussa à lui demander :

— Et qu'éprouves-tu ?

— Je suis nerveux, avide. Tu me manques déjà, alors que je t'ai là, devant moi.

Un frisson soudain fit perler du lait à son autre sein. Elle pencha la tête, détacha doucement la petite, la retourna adroitement et le lui donna à téter. La situation était troublante, ambiguë. Elle entendit Gabriel pousser un grognement, comme une bête affamée, et le regarda dans les yeux.

— Va-t'en, je ne veux pas que tu sois ici, le pressa-t-elle en masquant son trouble.

— Pour aller où ?

— Va parler à Michael. Il veut s'engager, ajouta-t-elle, et sa voix se brisa.

— Qui, Mike ? Mais non.

— C'est ta faute, et la mienne. Il s'est senti mis au rancart. Je veux que tu t'en ailles. Je veux que Michael reste, s'écria-t-elle d'une voix saccadée, au bord des larmes.

— Je le sais bien, s'écria Gabriel en s'adossant à la porte.

Il alluma une cigarette et inspira une longue bouffée.

— Alors arrête.

— Quoi ? De te désirer ? Impossible.

— Tu as Dora. Pourquoi me rappeler sans cesse mon passé, quand je voudrais l'oublier.

— Pourquoi, Laura ? Pourquoi jouer à la femme respectable ? Pourquoi tous ces efforts ? Tu es unique, tu ne ressembles à personne. Tu as traversé un enfer et tu as survécu. À quoi bon te transformer en une bourgeoise insipide et ennuyeuse ?

— Quoi qu'il arrive, je ne coucherai plus jamais avec toi, répliqua-t-elle en le fixant droit dans les yeux. Je te connais trop bien, Gabriel.

Elle mit la petite au lit et reboutonna sa robe en hâte. Ce n'était pas de la fausse pudeur, mais la présence de Gabriel la désarmait complètement.

On frappa à la porte. C'était Michael.

— Je vous cherchais. J'ai quelque chose à vous dire.

— Inutile, dit Laura d'une voix étranglée. Je ne suis pas idiote. Tu veux t'engager.

Il y eut un silence. Mari et femme s'affrontèrent du regard, et Laura détourna les yeux dans un sanglot.

— C'est de la folie, Mike, dit Gabriel. Nous en parlions, justement. Tu ne peux pas faire ça.

— Tu vois ! s'exclama Laura en les rejoignant. Gabriel est contre et moi aussi.

— Désolé, je me passerai de votre permission. Il le faut.

Sentant sa tête près d'éclater, Laura prit le bébé et tenta de quitter la pièce. Michael lui barra la route.

— Comment peux-tu me laisser avec Mary, tes parents, les garçons, le bétail, la ferme ? Tu te fiches de moi. Laisse-moi passer !

Ballottée, l'enfant rendit un peu de lait sur la robe de sa mère. Laura sentit monter dans sa gorge des sanglots de peur, de désespoir.

— C'est à cause de toi, de Mary et des autres que je dois y aller, déclara Michael.

Elle se retourna et croisa son regard.

— Ne me laisse pas ! Je ferai tout ce que tu veux, tu ne sais pas combien tu comptes pour moi, combien j'ai besoin de toi. Je t'en prie, Michael. Ne pars pas.

Il la prit par les épaules, la serra contre lui avec l'enfant. Gentiment, comme un pasteur donnant la bénédiction, il l'embrassa sur le front. Elle sentit les murs qui la protégeaient s'effriter, le vent glacial de la dure réalité s'engouffrer dans son âme mise à nu. Tout n'était qu'illusion, la forteresse où elle s'était abandonnée avec délices à un sentiment de sécurité si nouveau pour elle n'existait plus. Michael la tenait contre lui, mais elle ne ressentait rien. Elle se mit à trembler des pieds à la tête sans pouvoir s'arrêter et éclata en sanglots. Elle n'avait plus aucun recours en ce monde. Elle était à nouveau seule.

LIVRE III

1

Jamais journée ne lui avait paru si longue. Les heures se traînaient lamentablement, malgré un programme chargé : donner leurs leçons à David et Alan, son bain à Mary, faire rentrer M. Cooper de l'une de ses longues promenades sur l'allée d'où il ne pensait jamais à revenir ; recevoir des acheteurs venus du Northumberland pour regarder les béliers. Et Bill Mayes parti aux champs, qui restait introuvable.

Il n'était que quatre heures. Michael ne rentrerait pas avant six heures. Peut-être le garderait-on pour un examen médical, ou bien tentait-on en ce moment même de le persuader qu'il serait beaucoup plus utile au pays en travaillant sur ses terres. Alors qu'elle caressait cette idée, Laura vit la voiture se garer dans la cour. Quand il vint la trouver dans la cuisine, elle devina à son air ce qu'il allait dire.

— Je pars lundi prochain en formation. Ils ont besoin d'officiers du Yorkshire.

— Très bien, dit-elle froidement. Il vaudrait mieux le dire à ta mère, tu ne crois pas ?

— Si. Mais je voulais d'abord te prévenir.

Laura alla ranimer le feu avec une telle ardeur que M. Cooper, qui somnolait dans son fauteuil, se réveilla en sursaut. Comme il se levait, cherchant sa canne, elle l'aida d'une main experte à se rasseoir.

— J'ai déjà fait ma promenade ? s'enquit-il.

— Oui. Maintenant, il faut vous reposer.

— C'est ce que je fais. Tu es une bonne fille, Rosalind.

Et voilà où cela m'a menée..., songea amèrement Laura.

— Tout ira bien, la rassura Michael. Je t'en prie, ne pleure pas.

— Je ne comprends pas comment tu peux me laisser avec tout sur les bras !

— J'ai demandé au corps des travailleuses agricoles de m'envoyer deux filles, pour aider.

Laura secoua la tête avec désespoir. Deux bouches de plus à nourrir, deux autres personnes à charge. Voyant qu'il ne servait à rien de chercher à la convaincre, Michael sortit et se rendit à la grange en se disant qu'elle se radoucirait. Toutes les femmes changent d'avis, avec le temps.

Le jour de son départ, elle s'agrippa à lui en sanglotant.

— De grâce, épargnez-nous ce cinéma, Laura ! s'écria Mme Cooper. Il ne va qu'à Catterick, pas sur Mars.

— Vous l'aiderez, n'est-ce pas, mère ? la pria Michael.

— Depuis le début, elle a voulu être maîtresse des lieux, rétorqua Mme Cooper d'un ton hautain. La voilà servie. Son rêve devient enfin réalité.

— Comment pourrai-je partir en vous sachant dans d'aussi mauvaises dispositions, mère, soupira Michael.

— Laisse-la dire ses méchancetés ! sanglota Laura. Ça m'est égal. De toute façon, on ne pourra pas s'en sortir sans toi.

— Mais si, lui assura-t-il en lui prenant les mains. Repose-toi sur Bill, il s'y connaît. Allons, sèche tes larmes, je ne veux pas me souvenir de toi dans cet état.

Elle s'efforça de se maîtriser. Alan et David la regardaient, l'air inquiet.

— Est-ce qu'oncle Michael va se faire tuer ? demanda soudain Alan.

— J'espère bien que non, Alan, répondit Laura en ravalant un sanglot. Il a intérêt à faire attention, hein ?

— Je ferai attention, promit Michael en la fixant de ses yeux bruns pleins de chaleur. Ne t'inquiète pas. Je ferai attention.

Après son départ, elle se sentit mieux. Comme si toute son angoisse avait disparu, laissant dans son sillage une tristesse terne, solide. Eh bien, elle s'y ferait. C'était une belle matinée, et, à la lumière du soleil, Laura découvrit des toiles d'araignée insoupçonnées au coin des poutres et des solives. Elle installerait les garçons à leurs leçons, puis elle nettoierait en écoutant la radio.

— J'ai repeint l'arrière-cuisine quand Tim est parti, remarqua Dinah en la voyant transporter une échelle, des brosses et des chiffons. On a besoin de se fatiguer, hein, dans ces moments-là. Ça chasse l'angoisse.

— Inutile de se laisser aller, répondit sèchement Laura. Quant à vous, vous pourrez nettoyer les vitres. Elles sont dégoûtantes.

— J'ai les lits à faire, moi.

— Ça peut attendre. Si nous changions un peu les meubles de place, puisque nous y sommes ? Ce buffet m'a toujours paru mal disposé.

— Mme Cooper n'apprécierait pas qu'on le bouge.

— Raison de plus, répliqua Laura en serrant les lèvres.

Dinah fit la moue. Pas d'erreur, la jeune dame est mal lunée. Si toutes les femmes dont les hommes sont partis à la guerre le prenaient comme ça, on n'aurait pas besoin de batterie antiaérienne. Elles se posteraient sur les toits et cracheraient des flammes. Qui aurait cru que M. Michael puisse inspirer une telle dévotion ? Un gars calme, gentil, sans prétention. Mais la jeune dame l'aime, faut croire.

Le déjeuner tourna au pique-nique improvisé, pain, fromage et petits légumes au vinaigre. Ravis, David et Alan se pourchassaient autour des grandes portes voûtées de la grange. Laura sentit sa gorge se dénouer un peu. Autant chercher à se réconcilier avec sa belle-mère.

— Dinah et moi, nous avons changé la disposition de la cuisine. J'espère que ça ne vous dérange pas, annonça-t-elle à Mme Cooper. Nous avons dû bouger les meubles pour faire le ménage. Autant en profiter. Cela fait du bien de changer de temps en temps.

— Vous aurez beau faire, Gunthwaite ne changera jamais, déclara Mme Cooper sans que son beau visage perde rien de sa dureté, elle vous prendra tout et en redemandera. Jamais vous n'y imposerez votre marque.

Laura fut saisie par ces propos, car Mme Cooper venait en fait de lui résumer son propre destin, de lui avouer son échec. Mais Laura ne désirait pas changer Gunthwaite. Elle l'aimait. Plus encore, elle en avait besoin. Elle ne chercherait qu'à l'entretenir, à la préserver.

L'après-midi, elles eurent moins de cœur à l'ouvrage et se contentèrent de faire le ménage. Mais, d'évidence, la cuisine était bien mieux depuis le nouvel arrangement. On pouvait rapprocher le fauteuil de M. Cooper de la fenêtre et les garçons accédaient à leur caisse à jouets sans trébucher dans le seau à charbon...

Soudain, Laura entendit un bruit de moteur et son cœur tressaillit. Et si, par miracle, c'était Michael, s'il avait enfin renoncé à son projet insensé ? Mais non. C'était un vieux taxi venu de Bainfield. Et c'est

283

avec un déhanchement tout professionnel que Sophie en sortit... suivie de Marie.

Laura se sentit prise de vertige, comme si le monde tremblait sur ses bases. Sophie... Marie... ici ? Comme elles avaient vieilli ! Sophie avait des cheveux d'un jaune vif, elle était coiffée comme une gamine d'un toupet qui surmontait un visage ravagé aux lèvres rouge sang, aux sourcils presque entièrement épilés, aux joues généreusement fardées de rose. Quant à Marie, son tailleur ajusté mettait en valeur une silhouette toujours parfaite, malgré des jambes un peu alourdies. Elle portait un chapeau orné d'une voilette, sur un chignon de faux cheveux ramassé sur la nuque. Plantées au beau milieu de la cour, elles regardaient d'un air effaré les vieilles pierres de Gunthwaite, tandis que Laura sentait monter un fou rire irrépressible. À Paris, cela lui échappait, mais ici, maintenant, tout en elles révélait les filles de joie.

— Voyez-moi ces deux oiseaux de paradis qui nous tombent du ciel ! s'exclama Dinah, incrédule. Vite, elles règlent le taxi. Il vaut mieux les prévenir qu'elles se sont trompées d'adresse avant que la voiture s'en aille.

Mais Laura ôta son tablier, s'essuya les mains et sortit dans la cour sans se presser.

— Ma chérie ! Ma jolie ! s'extasièrent les deux femmes en allant à sa rencontre. On dirait une domestique. Qu'est-ce qui t'est arrivé ?

— Sophie, Marie, répondit Laura en les embrassant toutes les deux à la française, retrouvant instantanément des façons dont elle avait mis tant de temps à se défaire. Que faites-vous ici ?

— À ton avis ? lui lança Sophie avec un geste théâtral. Les Boches, ma chérie. Il y en a partout. Bien sûr, madame y trouve son compte, il y a des officiers allemands dans toutes les chambres. Mais, pour nous, pas question de collaborer. Alors on est parties, on est allées à Vichy. Seulement, là-bas, on a un peu fricoté et...

— On faisait passer des armes à la résistance, précisa Marie. C'est une telle pagaille, tu n'as pas idée. Mais un soir qu'elle avait bu, Sophie s'est laissée aller à bavarder. On a dû prendre la fuite avant qu'ils nous arrêtent. Juifs, Gitans, espions ou putes sur le retour... Tous finissent de la même façon.

— Comment ?

Marie haussa les épaules.

— Les Boches les entassent dans des trains à bestiaux qui vont en Allemagne dans des camps de concentration ; on ne les revoit plus jamais. Ils y passent tous, même les enfants.

— Vous ne voulez pas entrer ? leur proposa Laura après un silence. Vous verrez mon bébé. Elle s'appelle Mary, elle a quatre mois.

— Ah, ce que j'ai envie d'une tisane ! se lamenta Sophie en ondulant vaillamment sur les pavés de la cour, perchée sur ses talons aiguilles. Nous avons traversé la France en wagon de marchandises, tu n'imagines pas comme j'ai souffert. Ce qu'on mange mal ici ! C'est horrible ! Ma chérie, on a bien failli mourir de faim.

— Parole, je n'en crois pas mes yeux, marmonna Dinah en les voyant entrer dans la cuisine.

— C'est la servante ? s'enquit Marie. Dieu qu'elle est vilaine, Laura.

— On se croirait à la ferme où tu as grandi, déclara Sophie avec dégoût. Tout est moche, les choses, les gens...

Par chance, Dinah ne comprenait pas un mot de français et elles ne parlaient pas anglais. Laura essaya d'expliquer leur présence.

— Ce sont des réfugiées, elles viennent de France.

— Mouais, répliqua Dinah d'un air sceptique. Eh bien, quand Mme Cooper les verra, elles devront aller se réfugier ailleurs.

— Comptez-vous rester longtemps ? demanda Laura à Marie, qui s'affala avec lassitude dans le fauteuil préféré de M. Cooper.

— Tu es notre dernier recours, ma chérie. Nous n'avons nulle part où aller.

Laura s'immobilisa un instant, la bouilloire à la main, sentant l'imminence du désastre qui allait s'abattre sur elle.

Pourtant elle se reprit et monta leur installer deux lits dans la soupente, près de David et d'Alan. Quand ceux-ci les croisèrent dans l'escalier, ils les fixèrent avec stupeur. Sophie se pencha pour embrasser Alan.

— Regardez-moi ce petit ange ! Et son grand frère, quel air sérieux ! Bonjour, mon capitaine !

— Laisse-les tranquilles, Sophie, la reprit Marie avec la supériorité dont elle ne s'était pas départie.

Mais Sophie continua à monter en leur envoyant des baisers.

Quand Laura regagna la cuisine, Dinah s'exclama aussitôt :

— Eh bien ! Je comprends mieux maintenant !

— Que voulez-vous dire ? demanda Laura, sur la défensive. Je sais, elles semblent bizarres, mais...

— Je comprends que vous ne les ayez pas invitées à votre mariage, conclut Dinah d'un air jovial.

— N'est-ce pas ? reconnut Laura en souriant.

Elles entendirent un bruit de pas familier se rapprocher dans le couloir.

— Et maintenant ? lança Dinah en faisant la moue.

— Tout de même ! Je peux enfin profiter de ma cuisine..., se plaignit Mme Cooper en entrant, tandis que Dinah pelait des carottes avec acharnement et que Laura s'obstinait à astiquer des casseroles en cuivre déjà étincelantes. Mon mari a toujours aimé avoir son fauteuil près du feu, remarqua-t-elle aussitôt.

— Pas en plein été, observa Laura. Il pourra regarder par la fenêtre. Mais si vous préférez, nous remettrons les meubles à leur place.

Ce conflit paraissait tout à coup bien dérisoire. Après l'habituel échange de piques, Mme Cooper s'assit et attendit son thé. En vérité, elle se fichait pas mal de l'agencement de la cuisine, car demain elle irait à Fairlands voir Dora et elles parleraient de Gabriel... Une perspective exaltante.

— Mère... J'ai quelque chose à vous dire, déclara soudain Laura en triturant un torchon, plantée au milieu de la pièce. Des femmes sont arrivées... Elles viennent de France et vont séjourner ici.

— Ce n'est pas possible. Nous ne pouvons héberger personne. Pour ce soir, passe encore, mais...

— C'est qu'elles n'ont nulle part où aller...

À cet instant on entendit babiller en français dans le couloir, et Sophie et Marie firent une entrée fracassante, avec Mary dans les bras.

— Ah, Laura, qu'elle est mignonne ! On n'a pas pu se résoudre à la laisser là-haut toute seule.

— Mais elle dormait, protesta faiblement Laura.

— Maintenant, elle est réveillée. *Bonjour, madame**. Qu'attends-tu pour nous présenter, Laura ? Qui est donc cette drôle de bonne femme ?

Laura bredouilla tant bien que mal quelques mots de présentation.

— Madame Cooper, dit Marie avec hauteur en lui tendant le bout des doigts.

— Comment allez-vous ? répondit Mme Cooper d'un air glacial.

— Tu vis avec elle ? s'étonna Sophie. Eh bien, je parie que tu as dû regretter Mme Bonacieux !

Laura lui jeta un regard furieux. Et si Mme Cooper comprenait le français ? Non, apparemment.

— Est-ce un ordre ? s'enquit celle-ci, éberluée. Devons-nous prendre ces personnes chez nous ? Il faudra que je me plaigne auprès des autorités.

— Faites donc, dit Laura d'une toute petite voix. C'est sans doute parce que je suis française qu'ils les ont envoyées ici, pour qu'elles aient quelqu'un à qui parler.

— Quel drôle de genre ! Elles n'ont guère l'air fréquentables. On dirait des... sortes d'actrices. Font-elles du théâtre ?

— Je n'en sais rien.

Laura fit du thé et servit un gâteau, au beau milieu d'une conversation hybride, fort décousue. Les garçons vinrent les rejoindre et fixèrent les deux étrangères d'un air éberlué.

— Est-ce qu'elles sont folles ? finit par demander David.

— Je ne sais pas, dit Laura.

Cette journée insensée ne finirait-elle donc jamais ? Un par un les habitants réguliers de la maison désertèrent la cuisine, en finissant par Mme Cooper, qui déclara :

— Il faudra faire une réclamation, Laura. Nous ne pouvons garder ces femmes ici, elles mangent comme des ogres.

— Oui, mère. Bonne nuit.

Laura resta donc à la table avec ses amies.

— Bon, fit Marie, je vais chercher du cognac. On a pris la précaution d'emporter quelques bouteilles. Tu as l'air d'en avoir besoin, Laura.

— Moins que moi, lança Sophie en envoyant valser ses chaussures et en posant ses pieds sur une chaise. Tu aurais dû me dire que tu étais dans ce trou à rats, chérie. Je t'aurais secourue.

— Est-ce que tu as reçu mes lettres, Sophie ?

— Des lettres ? Non, pas depuis que j'ai quitté l'hôpital. C'est Marie qui a eu ton adresse par madame.

— Mais quand es-tu sortie de l'hôpital ? Ça fait des années que j'envoie de l'argent à madame pour payer tes soins.

— Quoi ? ! Je suis sortie quatre semaines après ton départ. La vieille salope !

— J'avoue que j'ai eu quelques doutes, reconnut Laura avec résignation. Et comment se portait Mme Bonacieux quand vous êtes parties ?

— Elle venait d'engager plein de nouvelles, répondit Marie en les servant généreusement. Il faut dire qu'il y avait le choix. Tout est sens dessus dessous. Des jeunes et jolies filles. Alors elle m'a jetée comme une vieille carne, après toutes ces années. Je me suis retrouvée à la rue du jour au lendemain et, comme je n'avais pas prévu le coup, je suis allée voir Sophie. Elle avait changé de logement et faisait du raccommodage. Mais ça commençait à devenir malsain dans le coin. Tu te rappelles, le quartier juif... Les Boches ont fait un grand nettoyage... D'ailleurs, mon grand-père était juif, ajouta Marie qui s'interrompit pour avaler une lampée de cognac. Bref, il a fallu partir. Il n'y avait rien d'autre à faire, tu comprends. Et puis cette histoire de trafic d'armes. On a quitté la maison dix minutes avant qu'ils viennent nous prendre. Dix minutes ! Mais ils ont attrapé un môme qui était venu nous prévenir. Un petit gars qui faisait juste ce qu'on lui demandait. Je vous demande un peu...

— Que lui est-il arrivé ?

— Est-ce que je sais ? répondit Marie en haussant les épaules. Il a dû finir comme les autres, pauvre petit. Si tu savais... Ce qui se passe est à peine croyable.

Sophie poussa un gros soupir et se mit à tousser. Elle n'était guère vaillante, songea Laura. Sous le faux entrain et le maquillage, c'était une vieille dame fatiguée. Pas si vieille, pourtant ? La vie...

— Que vas-tu faire de nous ? s'enquit finement Sophie. Ça ne t'enchante guère de nous avoir ici, pas vrai ? Ta belle-mère nous regarde d'un sale œil.

— Mais non, répondit Laura, soudain très anglaise.

— J'ai bien vu la tête qu'elles faisaient, elle et la bonne, s'exclama Marie en riant. Remarque, tu ne dépares pas dans le décor, Laura. Tu es aussi sexy qu'un sac de patates.

— C'est la mode anglaise. Si vous connaissiez mon mari. Il est si gentil. Mais il est parti à la guerre.

— Comme eux tous, non ? lança Marie.

Elles sirotèrent leur cognac. Les années s'enfuyaient à tire-d'aile, et Laura se sentait plus proche de ces deux femmes que jamais. Compagnes d'infortune, elles étaient unies par l'expérience, formées par les mêmes épreuves. Avait-elle vraiment échappé à cette vie-là, de sinistre mémoire ?

— Alors, reprit Sophie en bâillant, combien de temps peut-on rester ? On ne vendra pas la mèche, promis.

— Je ne sais pas, répondit Laura. D'habitude, étant donné l'état de M. Cooper, nous ne recevons personne. Et puis nous devons en principe engager des travailleuses agricoles. Mais elles pourraient dormir dans l'une des dépendances. Si l'on parvient à vous obtenir des cartes de rationnement, on pourra faire croire à Mme Cooper que vous avez été évacuées et que nous n'avons pas le choix... Tout est si compliqué, conclut-elle en portant une main à son front.

— Tu as bien tourné, remarqua Marie avec un petit rire ému. Je m'attendais à ce que tu nous chasses dès notre arrivée. Une bourgeoise respectable comme toi... La petite Lori Perdoux n'était pas dénuée d'égoïsme, si je me souviens bien.

— Non, elle n'a jamais été égoïste, roucoula Sophie en posant une main tachetée par l'âge sur le bras nu de Laura. Elle a toujours été bonne.

— Pas quand elle était la pute la plus chère du Tout-Paris, objecta Marie.

À ce souvenir, Laura se mit à pouffer de rire. Quelle petite salope vaniteuse elle avait été !

Elle regarda la pièce autour d'elle, les lampes à pétrole projetant leur lueur jaune sur le bois et le cuir lustrés. C'était comme une autre époque, une autre vie. En présence de Michael, aurait-elle été aussi accueillante ? se demanda-t-elle, pensive. Il y avait certains avantages à être libre de ses choix.

— Portons un toast, déclara-t-elle en levant son verre à moitié vide. À Mme Bonacieux. Puisse-t-elle récolter ce qu'elle mérite et me rendre tout ce qu'elle me doit.

— À la vieille sorcière ! s'écrièrent Sophie et Marie.

Elles vidèrent leurs verres avec force gloussements.

— Encore un, exigea Sophie. Nous sommes en vie, ça se fête.

— Pas pour moi, répondit Laura en se levant. Une dure journée de travail m'attend.

— Eh bien pas nous, répliqua Marie. Par ici, ça va être difficile d'en trouver. Quoique les vieux ne me dégoûtent plus autant, maintenant.

— Pas question ! objecta Laura en lui faisant les gros yeux.

— Voyons, c'était une plaisanterie, ma chérie, répliqua Marie en rigolant. Va te coucher.

Laura les laissa écluser la bouteille.

Ma très chère Laura,

Je regrette d'avoir tant tardé à t'écrire, mais je n'ai pas eu un instant de répit. Nous nous entraînons du matin au soir, des séances de tir aux lectures de cartes en passant par l'apprentissage des moyens de communication. Puis on s'écroule, morts de fatigue, et à six heures le lendemain matin on doit être au garde-à-vous pour une revue de détail.

Certains de mes compagnons, banquiers et bureaucrates en tout genre, trouvent ça très dur. Moi, j'ai surtout envie d'en finir au plus vite pour passer à l'action. Ici je me sens presque aussi perdu qu'à Gunthwaite, il ne se passe rien et nous n'avons aucune nou-

velle de la guerre. Les repas sont infects, comme on pouvait s'y attendre. Je me réveille certaines nuits en pensant à ton cassoulet. Et toutes les nuits en songeant à toi.

Comment vont Mary et les garçons ? Je n'ai reçu aucune lettre de toi. Peut-être que le courrier a du retard ou que ta lettre s'est perdue... Ça arrive fréquemment, paraît-il. Demande à Bill Mayes de veiller à ce que les brebis commencent à manger des naves une semaine avant l'accouplement, mais qu'il vérifie d'abord leurs bouches. Mieux vaut vendre les bêtes qui n'ont pas de bonnes dents, maintenant que je ne suis plus là pour m'en occuper. As-tu eu des nouvelles des travailleuses ? Elles te seraient d'un grand secours.

J'espère chaque jour une lettre de toi. Gunthwaite me manque, et toi... plus que je ne peux dire. Transmets ma tendresse à tout le monde.

Ton fidèle mari,

Michael

Laura replia la lettre et regarda les brouillons des missives qu'elle avait vainement tenté de rédiger. Comment le mettre au courant sans qu'il se fasse un sang d'encre ? Dehors Sophie et Marie apprenaient à David et Alan à jouer à la pétanque avec des boules de croquet. La nouvelle de leur arrivée se répandait. Chaque jour des enfants du village, plus un ou deux voyeurs, venaient les épier par-dessus le mur. Laura devinait aisément ce que les villageois pouvaient en dire.

— Ah oui... Les réfugiées, commenta le pasteur la première fois qu'il aperçut Sophie, toute frétillante et l'œil coquin. C'est drôle, d'habitude ce genre de femmes ne fuit pas devant l'ennemi... Au contraire, dirais-je.

— Elles passaient des armes en fraude pour la résistance, lui rétorqua Dinah, qui trouvait le pasteur terriblement snob. J'aimerais voir qui en ferait autant si les Allemands se pointaient ici. Ce n'est pas d'écrire au *Times* qui servirait à grand-chose, dans ces circonstances.

Le pasteur était un fidèle correspondant du *Times*. Il prit congé un peu plus tôt qu'il n'en avait l'intention.

— Je croyais que vous ne les aimiez pas, Dinah ? remarqua Laura après son départ.

— Ce sont de braves filles, déclara Dinah en souriant. Marie s'y connaît en pâtisserie, faut reconnaître. Et puis elle coud à merveille. Je n'ai jamais vu de points aussi fins. Quant à Sophie, elle est si gaie, si amusante.

— Pourtant ça n'a pas été drôle pour elle, ces dernières années.

290

— Je veux bien le croire... Ce qu'elle devait être jolie, étant jeune !

Laura sourit.

— Pour moi c'était la septième merveille du monde, quand j'étais petite, dit Laura en souriant. Elle devait avoir l'air vulgaire, mais je ne m'en rendais pas compte.

— Au fond, elle a gardé un cœur d'enfant. D'ailleurs, ça se voit, les gosses l'adorent, ajouta Dinah.

Laura revint à sa lettre non écrite. Que dire à propos du troupeau ? Bill Mayes avait déplacé l'enclos dans le champ de navets avec un ou deux jours de retard et les moutons, affamés, étaient rentrés dans le bois. Six s'étaient empoisonnés en mangeant des ifs et des rhododendrons, et une dizaine menaçaient encore de rendre l'âme. Quant aux vaches, ils avaient perdu un veau, mort-né, et la mère s'en était tirée par miracle. Cela se serait peut-être produit en présence de Michael, mais Laura en doutait. Au lieu de faire un dernier tour le soir dans l'étable, Bill Mayes préférait rester au chaud. Elle savait bien ce qu'il dirait si jamais elle le chapitrait à ce propos. « J'suis fermier dans le coin depuis quarante ans, ce n'est pas une femme qui va m'apprendre mon boulot. »

Elle se leva. Ce n'était pas le moment de penser à des lettres, elle écrirait ce soir, avant de se coucher. Il fallait préparer le repas, faire répéter les enfants, installer une chambre dans la grange pour les travailleuses. Et parler à Bill Mayes. Elle se précipita dans la cour.

— Sophie, s'il te plaît, pourrais-tu préparer le dîner ? Nous avons de la soupe et j'ai tué un poulet, mais il n'est pas bien gros, il faudrait rajouter des pommes de terre. Mets-y aussi un peu de jambon, si tu veux.

— Je joue aux boules, répliqua Sophie en faisant la moue. Je ne peux pas pour l'instant.

— Les garçons doivent apprendre leurs leçons, fit Laura, implacable. Alan, David, venez ! C'est l'heure. Marie, pourrais-tu les surveiller, s'il te plaît ?

— C'est que je comptais me reposer un peu, objecta Marie en remettant dans son chignon ses faux cheveux, dont la couleur tranchait cruellement avec celle de ses vrais cheveux à la lumière du jour.

En temps de guerre, comme elle disait, impossible de trouver de bonnes teintures...

— Tu pourras te reposer pendant que David fera sa rédaction et qu'Alan copiera ses lettres. S'il te plaît, Marie. Je me disais que tu pourrais leur apprendre quelques mots de français.

— Bonne idée, Laura, répondit Marie d'un air distingué. Tu ne manques pas de jugeote. Oui, je pourrais aider ces garçons à avoir un accent convenable.

291

Un problème de réglé. Laura rentra vite à l'intérieur pour voir si Mary allait bien et trouva Mme Cooper campée près du berceau. Son aide était la bienvenue, pourtant Laura avait quelques réticences à voir sa fille grandir sous ce regard funeste. Elle embrassa la petite et ignora les bras qu'elle lui tendait.

— A-t-on eu des nouvelles de ces travailleuses ? s'enquit-elle. Elles devaient arriver cette semaine.

— Mais oui, répondit Mme Cooper, déconcertée. Elles arrivent cet après-midi. Je vous l'ai dit.

— Vous ne m'avez rien dit du tout.

— Laura, vous devenez vraiment stupide. Je vous en ai parlé hier, durant le déjeuner.

— Vous n'avez pas déjeuné chez nous, hier. Vous étiez chez Dora.

— Ah bon ? Eh bien, c'est sans doute à elle que j'en ai parlé.

Exaspérée, Laura se précipita à la grange en se demandant si les filles accepteraient de grimper une échelle pour aller se coucher. Mais la pièce elle-même était saine et spacieuse, éclairée par une lucarne et équipée d'un radiateur à pétrole. Les gens du pays voyaient d'un mauvais œil ces filles venues d'ailleurs, ils en parlaient comme de petites friponnes, coureuses de pantalons.

En s'affalant sur l'un des lits, Laura songea qu'elles étaient toutes en manque d'hommes, elle y compris. Épuisée, elle resta allongée sur le matelas et fixa les chevrons du plafond. Ses pensées dérivèrent, évoquant la présence d'un homme inconnu, qui l'attirait à lui. Un frisson délicieux la parcourut. Comme c'était bon...

Mais un bruit éveilla son attention. Bill Mayes faisait entrer le troupeau dans la grange, quand elle lui avait bien spécifié de ne pas le faire. Elle descendit l'échelle et alla le trouver.

— Bill, je vous avais dit de monter l'enclos. Les aides doivent arriver aujourd'hui. Si on laisse les moutons entrer, la grange va sentir mauvais.

— Ce n'est pas mon affaire, rétorqua-t-il en passant son chemin, le ventre en avant.

— Six moutons et un veau sont morts par votre faute. Ce n'est pas non plus votre affaire, je suppose ! lâcha Laura d'un ton cinglant.

Ulcéré, il se retourna et pointa un doigt sur elle.

— N'allez pas me dire ce que j'ai à faire, madame. Vous n'étiez pas encore née que j'étais déjà fermier depuis...

— Je suis née dans une ferme, répliqua Laura. Et je sais le voir, quand on s'occupe mal d'un troupeau. Parlons franchement, Bill. Mon mari m'a confié la ferme. Je vous ai laissé agir à votre guise et ça n'a pas bien marché. Maintenant on fera ce que je dirai.

— Je ne reçois pas d'ordres d'une femme, objecta-t-il en la fixant d'un air sombre. Encore moins d'une femme qui héberge des étrangères.

— Ce sont des Françaises ! protesta Laura. Elles ont dû fuir les Allemands. Au nom du ciel, Bill, c'est la guerre, tout change. Écoutez, je ne veux pas me battre avec vous, lui dit-elle en se radoucissant, et, comme il semblait se détendre, elle renchérit. Vous vous en tirez très bien avec les cultures, Bill, mais pour ce qui est des bêtes, vous devriez m'écouter. Je sais ce que je dis. Quant aux chevaux, il faudrait les changer de pré et laisser le pâturage aux vaches.

— Le gouvernement veut qu'on laboure ce terrain, affirma Bill. Et ça rapportera, je vous assure.

— L'herbe est grasse. Je préférerais le laisser au bétail tant qu'on peut.

— Le blé rapportera davantage.

La conversation se poursuivit sur un ton plus détendu. Avec un petit frisson de triomphe, Laura laissa Bill exprimer sa préférence pour le labour. Il avait toujours semblé si hostile à son égard, elle n'aurait jamais cru qu'il se dégonflerait. Peut-être était-il moins coriace qu'il n'en avait l'air ?

— Alors mieux vaut mettre les moutons à Long Meadow pour l'instant, Bill, conclut-elle. Vous pourrez soigner leurs pattes demain, quand les filles seront là pour déplacer l'enclos.

Il siffla les chiens et emmena le troupeau. Enflammée par sa victoire, Laura lui lança : « Prenez donc six œufs si vous voulez, Bill. Mettez-les dans votre poche. » Il lui jeta un drôle de regard.

Les travailleuses agricoles arrivèrent alors qu'elle mettait des fleurs dans leur chambre. Elle avait déniché deux vieilles carpettes reprisées, une cuvette en émail, plus les habituels pots de chambre, mais le lieu était encore d'une nudité spartiate.

— Je doute que cet endroit convienne en hiver, madame Cooper, déclara sèchement la responsable qui accompagnait les deux filles.

— Il y aura peut-être de la place dans la maison à ce moment-là. En attendant, elles auront plus d'espace ici.

Les aides n'avaient pas plus de dix-huit ans et elles paraissaient abattues. C'étaient des gamines potelées, aux visages ronds, innocents.

— Avez-vous déjà fait ce genre de travail ? demanda Laura en remarquant leurs mains douces et lisses.

— Non, jamais. Ma mère a dit que cela me ferait du bien, dit l'une.

— Mon père m'a assuré que je serais en sécurité, dit l'autre. À la campagne, on est à l'abri, pas vrai ?

Laura et la responsable évitèrent de se regarder.

— C'est vrai, il n'y a pas de bombardements, répondit la femme. Bon, madame Cooper, vous aiderez nos filles à s'installer, n'est-ce pas ? On viendra les chercher vendredi soir. Il y a bal à Bainfield. Mais si vous pouviez vous charger de les transporter les autres fois ? Elles voudront peut-être aller au cinéma ou faire des courses.

— Oui... Oui, bien sûr.

Il lui faudrait en plus faire le taxi ! Laura considéra les deux gamines d'un air sceptique. Deux mollassonnes à qui il faudrait tout apprendre...

Elles redescendirent et Laura les conduisit jusqu'à la cuisine. En les voyant entrer, sa belle-mère s'empressa de se retirer. Quant à M. Cooper, il se leva avec effort.

— C'est l'heure ? C'est l'heure ? demanda-t-il d'une voix chevrotante.

— Pas encore, répondit Laura machinalement en le faisant se rasseoir.

— L'heure de quoi ? s'enquit la responsable.

— Nul ne le sait.

Les filles se tenaient craintivement à l'écart. C'est alors que Sophie et Marie firent leur apparition.

— Mon Dieu ! s'exclama Marie en fixant les visiteuses. Que font ici ces trois lesbiennes ?

— Je vous demande pardon ? s'enquit la responsable, écarlate.

— Vous parlez français..., commença Laura, horrifiée.

— Mes excuses, madame, l'interrompit Marie, tout sourires. Comment aurais-je pu me douter qu'au milieu de ces rustres pouvait exister un esprit raffiné comme le vôtre ? Ainsi, vous connaissez la France, vous y avez séjourné ? Puis-je vous offrir un cognac ?

Laura les laissa. Elle emmena les deux jeunes filles pour leur montrer les lampes à pétrole et les cabinets.

— Je sais, c'est bien rudimentaire, s'excusa Laura en voyant la consternation se peindre sur leurs visages potelés. Peut-être après la guerre...

— Papa disait qu'il n'y aurait sans doute pas l'eau courante, dit l'une. Je ne l'ai pas cru.

— Moi qui pensais que tout le monde avait l'électricité, renchérit l'autre.

Laura se sentit gênée. La belle et tranquille Gunthwaite était bien à la traîne. Mais le monde moderne les avait tous rattrapés. Il lui fallait dorénavant se passer de l'avis de Michael pour prendre des décisions. C'était à elle d'assumer la direction du domaine.

2

Dans la cuisine, les pouces passés dans sa ceinture, Bill Mayes la toisait d'un air supérieur. Laura songeait avec colère qu'elle avait crié victoire trop vite. Bill Mayes avait beau jeu, il faisait pratiquement tout ce qu'il voulait et s'arrangeait pour en rejeter la responsabilité sur Laura quand cela lui chantait. Maintenant, par exemple.

— Je n'ai pas dit que je me refusais définitivement à labourer la prairie, dit-elle, mal à l'aise. J'ai dit que j'attendrais qu'on nous y oblige.

— Eh bien, cet inspecteur pense que vous avez fait de l'obstruction, assura Bill avec aplomb. Il se demande si vous vous rendez bien compte qu'on est en guerre. Le pays a besoin de blé.

— De viande aussi. Et ce pré donne chaque printemps, nous n'avons jamais eu à l'ensemencer. Lui avez-vous dit qu'à la place nous avions labouré Ten Acre ?

— Ce n'est pas mon rôle, avança Bill, sans se méfier.

Elle se leva du bureau et lissa sa jupe.

— Je commence à me demander quel est votre rôle, Bill.

— Qu'entendez-vous par là, madame ?

Elle lui rendit son regard oblique.

— Prenez-le comme vous voudrez.

Dans la salle à manger, Marie régalait David d'une longue histoire en français. Encore une chance s'il comprend un mot sur dix, se dit Laura. Mais il y avait un refrain en anglais et, par intervalles, les deux garçons l'entonnaient d'une voix de fausset, soutenus par le soprano étonnamment doux de Sophie.

Laura ouvrit la porte, et les garçons tournèrent vers elle leurs visages réjouis.

— Allez-y, dit Marie, et ils clamèrent en chœur :

— *Bonjour, Laura. Ça va** ?

— *Bien, merci**, répondit Laura avec une petite révérence.

— Vous écrirez à maman et papa pour leur dire que nous savons parler français ? lança Alan.

— On ne sait pas encore le parler, idiot, le reprit David. On connait juste quelques mots. On ne pourrait pas être des espions.

— Marie était espionne, s'enflamma Alan. Les Allemands l'ont attrapée, mais elle n'a rien dit. Elle a été très, très courageuse.

Marie esquissa un geste.

— Les enfants... il faut toujours qu'ils en rajoutent.

— Oui, dit Laura en lui jetant un regard sombre.

Bientôt Marie prétendrait qu'elle avait fondé la résistance française à elle toute seule.

Dehors le vent était fort. Un orage d'été. Les branches d'arbres battaient contre les fenêtres de la salle à manger. Laura enfila une veste et s'apprêta à affronter les bourrasques. Au loin dans un pré, les chevaux hersaient l'une des terres laissées en jachère, courbant l'échine et oreilles basses pour se protéger des rafales. C'était Paula, l'une des aides, qui les conduisait vaille que vaille. Inutile de la réprimander, il ne s'agissait que de passer la herse pour briser les racines des chardons et les affaiblir.

Elle alla dans la grange. Ruth, l'autre fille, triait des pommes de terre sans conviction. Laura s'assit à côté d'elle et s'y mit aussi.

— À mon avis, il va pleuvoir, remarqua-t-elle. Il faut rentrer les chevaux.

— Paula préfère les rentrer seule. Elle ne veut pas que je l'aide, elle dit que je suis trop nerveuse et qu'ils le sentent. J'ignorais qu'il y avait des chevaux. Toutes les autres filles conduisent des tracteurs dans les fermes où elles sont.

— Oui. Je sais.

Encore une critique voilée. Mais elle y était trop sensible, les filles échangeaient leurs impressions quand elles se retrouvaient en ville, quoi de plus naturel.

— Vous préféreriez être transférée dans une autre ferme ? Il faut nous le dire, assura-t-elle. Je sais que Gunthwaite n'a pas tous les avantages de la vie moderne, et si cela vous dérange... Je n'ai pas envie que vous soyez malheureuses, vous savez.

— Oh, mais nous ne sommes pas malheureuses, protesta Ruth en rougissant un peu. J'avoue qu'au début ça m'a un peu choquée qu'il n'y ait pas l'eau courante et que tout soit si vétuste. Mais Paula adore les chevaux, et moi j'aime bien les moutons. En plus, c'est si joli, ici. Rien à voir avec la ville. Je n'ai jamais vécu dans un si bel endroit.

— Moi non plus, s'attendrit Laura. Je suis contente que vous vous en rendiez compte, Ruth. Parfois j'ai l'impression que les gens ne remarquent plus que le manque de confort.

La pluie commença à tomber. Paula ramena les chevaux dans la cour, ils soufflaient et trépignaient, pressés d'être au sec. La figure rouge d'effort et de concentration, Paula tentait de les contenir pour leur faire passer le portail.

— Ho, Banner. Ho, Blossom. Ho ! Restez là, beuglait-elle, pleine de son importance.

Laura savait qu'elle passerait la soirée à étriller ses protégés et à nettoyer le harnachement.

Elles avaient fini de trier les patates. Ruth alla aider Paula à changer l'enclos de place, et Laura retourna dans la maison. C'était bien que les filles se plaisent ici, qu'elles n'éprouvent pas le besoin de sortir chaque soir. Mais Laura s'interrogeait. Presque tout le monde alentour avait un tracteur. Michael avait clamé haut et fort que ces machines étaient mauvaises pour la terre ; il était attaché à ses chevaux. Au printemps il y avait parfois quatre équipes de deux au travail, un ouvrier plus un jeune apprenti. C'était un beau spectacle.

Mais maintenant il leur fallait labourer Ten Acre, une terre lourde, dure à remuer, une tâche écrasante. Et si, au prochain jour de marché, elle allait à Bainfield se renseigner sur les tracteurs ? Michael serait contre, sans parler de Bill Mayes. Elle se demanda combien cela coûterait. Tout était cher, fabriqué en faible quantité. Mais si l'on faisait pousser de l'orge dans ce champ, elle en tirerait peut-être un bon prix.

Les chiffres se bousculèrent dans sa tête. Les cours de l'orge étaient si bas, à quoi bon ? Cela faisait des années que le gouvernement avait favorisé l'importation de céréales et de viande, tandis que les fermes tombaient à l'abandon. Michael avait tenu bon, il avait gardé la terre et la foi. Le trahissait-elle ? En utilisant des tracteurs pour extorquer du grain à la terre, conspirait-elle avec l'ennemi et menaçait-elle l'intégrité de Gunthwaite ?

En tout cas, il était temps de se départir des chevaux de selle. À quoi bon les nourrir alors que personne n'avait ni le temps ni l'énergie de les monter ? La prochaine fois qu'elle verrait Mme Fitch, elle lui demanderait de s'en occuper. Encore une chose qu'elle ne dirait pas à Michael.

En retournant à la maison, Laura vit Mme Cooper parler avec une dame qu'elle reconnut comme étant Mme Betts, du bureau de poste.

— J'ai pensé qu'il fallait vous mettre au courant, lui dit celle-ci quand elle les eut rejointes. Je le tiens du fils de Mme Higgins, il est dans la marine, en permission pour le week-end. Ça barde drôlement sur la Manche. Les avions allemands bombardent des convois. Nos chasseurs sont après eux.

— Gabriel, murmura Laura.

— Je ne voulais pas que vous l'appreniez au village, renchérit Mme Betts en hochant la tête. Il valait mieux vous prévenir.

— Je ne sais pas ce que je deviendrais..., dit Mme Cooper en jetant autour d'elle des regards éperdus.

— Gabriel s'en tirera, assura Laura avec conviction. Il a traversé la France, après tout.

— Mais il n'a pas combattu en France ! repartit Mme Cooper. Il faut que j'aille voir Dora. Dites à Mayes de sortir la voiture.

Laura serra les dents. Voilà que sa belle-mère gaspillait encore de l'essence pour une visite mondaine, alors que les carburants étaient comptés. Par courtoisie, Laura proposa une tasse de thé à Mme Betts et lui tint compagnie dans la cuisine. On entendit la voiture démarrer, puis s'éloigner.

— Au moins, vous voilà tranquille pour un petit moment, déclara Mme Betts sans ambiguïté. Mais ça doit être bien dur pour une femme seule de s'occuper de tout ça.

— Je préfère m'activer, maintenant que Michael est parti.

Libérés de leurs leçons, Alan et David passèrent en courant devant la fenêtre.

— On nous a prévenus qu'aujourd'hui il arriverait encore des tas d'enfants, dit Mme Betts d'un ton sinistre. Forcément, maintenant que ça commence à chauffer. Mais où vont-ils aller, je me le demande. L'école est déjà bourrée à craquer.

Laura acquiesçait, sans vraiment prendre part à la conversation. Elle ne pouvait plus s'illusionner. Qu'arriverait-il à Michael ? Où serait-il envoyé ? Le roc sur lequel elle avait bâti s'effritait sous ses pieds.

Bainfield n'était plus le même en ce jour de marché. Plus de groupes d'hommes, sobres ou éméchés, discutant au coin des rues en ponctuant leurs propos de gros rires. Mais des femmes qui vaquaient à leurs affaires et beaucoup de jeunes filles comme Paula et Ruth, qui s'offraient un tour en ville. Et puis des soldats en uniforme, çà et là dans la foule, qui rappelaient cruellement l'actualité.

Surtout, la couleur avait disparu, songeait Laura. Les vêtements, les boutiques, tout était terne, les fruits ne s'empilaient plus sur les éventaires du marché dans une glorieuse profusion.

Laura marcha prestement jusque chez le commissaire des ventes. Elle eut la surprise d'y trouver M. Jones, l'associé principal, qui se leva à son entrée. Sans doute devait-il juger indigne de lui de vendre des moutons ; il laissait cette tâche à son subalterne, un jeune gars qui avait évité la conscription parce qu'il était faible des bronches et qui s'attirait les regards haineux des pères dont les fils étaient partis.

— Madame Cooper ! Quelle heureuse surprise. Asseyez-vous, je vous en prie. Puis-je vous offrir un sherry ?

Déconcertée, Laura s'enfonça dans le fauteuil en cuir usé et accepta. Prise dans sa course frénétique, elle n'était plus habituée à tant d'égards.

— Vous connaissez Gunthwaite, monsieur Jones, commença-t-elle. La ferme ne marchait pas si mal, étant donné les circonstances. Mon mari a cherché à être en autosuffisance et nous n'avons jamais eu besoin d'acheter de la nourriture. Grâce au surplus, nous avons même réussi à traverser la crise agricole. Les terres et le bétail rendent bien. Mais tout a changé. Nous devons produire davantage et je ne peux plus mener la ferme comme nous le faisions. Le ministère veut que nous labourions plus de terrain. Or, nous n'avons jamais utilisé de tracteurs, vous comprenez. Michael croit que cela abîme la terre. Je ne sais qu'en penser.

Jones leur resservit du sherry.

— Il faudrait que j'aille sur place faire une évaluation, si c'est possible. Gunthwaite a pris du retard, si vous voulez mon avis. Avec de pareils pâturages, vous devriez avoir un troupeau de vaches laitières. Il existe des trayeuses automatiques, qui marchent à l'essence, ou à l'électricité.

— L'électricité, ce sera pour plus tard, dit timidement Laura. Peut-être après la guerre. Mais un tracteur...

— Vous avez bien raison d'y penser. Maintenant que les fermes manquent de main-d'œuvre, les tracteurs font toute la différence. Les filles sont pleines de bonne volonté, on ne peut le leur retirer, mais l'agriculture n'est pas faite pour le sexe faible. Madame Cooper, cela me désole de voir une femme comme vous, si séduisante, s'épuiser au travail.

Le sherry lui montait à la tête. Elle se leva, un peu chancelante.

— Quand pourriez-vous nous rendre visite, monsieur Jones ?

Il pensa à sa ration d'essence épuisée. Au diable, il en achèterait au marché noir.

— Eh bien... demain après-midi ?

— C'est très gentil à vous.

Il faisait chaud, la moisson approchait, le blé montait haut et dru dans les champs. Laura prit un épi, le frotta entre ses doigts et goûta l'un des grains. Encore tendre. Quand il croquait sous la dent, c'est que le blé était mûr.

Elle était avec le commissaire au bord du champ que Paula avait retourné la semaine précédente.

— Il était envahi de mauvais chardons, expliqua Laura. Nous l'avons laissé en jachère. Puis nous l'avons labouré, et hersé avant les semis. Il devrait être prêt au printemps.

— Ça fait une récolte de perdue, remarqua Jones d'un air chagrin.

— Peut-être, mais c'est pour le bien de la terre ! Michael dit toujours que les cultures de rapport finissent par l'épuiser et que ce n'est pas un bon calcul, à long terme. Vous n'êtes pas d'accord ?

— Nous sommes en guerre, déclara Jones en lui souriant.

— Eh oui, convint-elle.

Elle portait une légère jupe d'été que la brise plaquait contre ses jambes, alors qu'ils arpentaient Ten Acre. Ruth et Paula étaient tout le temps en pantalon, ou même en short, quand il faisait chaud. Qu'en penserait Michael ? songea Laura. S'il me voyait en short, il serait horriblement choqué.

Jones se pencha pour arracher une touffe d'herbe.

— On ne voit plus de pelouse aussi grasse de nos jours. Quelle aubaine pour les vaches !

— Nous les parquons ici quand la prairie est trop humide. Ensuite viennent les moutons. Et en hiver, les juments pleines. Mais il nous faut le labourer.

— Posons-nous un peu, le temps d'y réfléchir, d'accord ?

L'herbe était tiède et sèche. Jones s'assit tout près d'elle, c'était un homme de grande taille, avec d'épais cheveux gris. Laura se demanda pourquoi il ne s'était pas porté volontaire. Peut-être était-il inapte ? Elle regarda la ferme en dessous, contre les falaises. Un vol de colombes s'envola de Hanging Wood ; il y avait des corbeaux parmi elles. Si Michael avait été là, il serait sorti avec son fusil.

Une main se posa sur son genou.

— Ma chère madame Cooper, dit Jones. Si vous saviez comme je vous admire.

300

La main remonta le long de sa cuisse.

— Admirez-moi tant que vous voudrez, monsieur Jones, repartit posément Laura, mais si vous n'enlevez pas cette main, je serai forcée de réagir et vous pourriez ne pas en sortir indemne. Nous sommes venus ici pour parler tracteurs, n'est-ce pas ?

— Mais je vous trouve si séduisante ! Depuis hier, je ne pense qu'à vous. Je n'en pouvais plus d'attendre...

Il se pencha sur elle, admirant son profil calme, immobile, incroyablement excitant, et enfouit son visage dans son cou en baisant sa peau lisse.

— Pensez-vous que nous devrions labourer cette terre avec un tracteur ? insista Laura sans se départir de son calme.

— Pourquoi parler tracteurs maintenant ?

— C'est ce que j'attendais de vous, monsieur Jones. S'il vous plaît. Avant d'aller plus loin.

— Oui. Bon sang ! Vous pourrez toujours réensemencer le pré plus tard. Vous avez des épaules magnifiques... et ces seins...

Elle se leva d'un bond et lui décocha un coup de pied entre les jambes. Les yeux de M. Jones lui sortirent de la tête, il émit un cri étranglé et roula sur le côté, prostré sur l'herbe séchée par le soleil, hoquetant et gémissant.

— Ne vous donnez pas la peine de repasser par la maison en partant, conclut Laura froidement.

Quand il put s'asseoir, il la regarda marcher vers la maison, sa jupe flottant dans la brise, bien droite, la tête haute. Il se sentait blessé, berné. Il s'était mépris sur la marchandise. Pourtant il avait appris quelque chose. Malgré les apparences, Mme Michael Cooper n'avait rien d'une dame.

Laura se prépara soigneusement pour son rendez-vous à la banque. Un tailleur sombre, un petit chapeau, des gants. Et une serviette remplie de paperasses, tous les comptes de profits et pertes rédigés par Michael durant les cinq dernières années, plus une liasse de relevés bancaires, pour faire sérieux. Mais, une fois assise devant le bureau, sous le regard peu amène du directeur, elle regretta d'être venue et justifia son envie d'acheter un tracteur de façon assez décousue.

— Je ne crois pas que votre mari serait très content d'apprendre que vous avez dépensé tant d'argent pour un engin dont vous auriez très bien pu vous passer, constata le monsieur rassis qui lui faisait face.

— C'était aussi mon avis. Mais j'ai invité M. Jones, le commissaire des ventes, à jeter un coup d'œil à la propriété. Étant donné le

manque de main-d'œuvre, il a estimé que nous ferions bien d'acquérir un tracteur.

— Vraiment ? Jones vous a dit ça ?

— Mais oui, répondit-elle en se rebiffant, comme chaque fois
qu'on mettait sa parole en doute.

Le directeur se plongea de nouveau dans les chiffres. Gunthwaite
pouvait bien s'offrir un tracteur, c'était légitime, mais ces femmes
qui venaient demander des prêts... Cela le contrariait. Il n'arrivait
pas à s'y faire. D'accord, c'était la guerre. Vivement qu'on revienne
aux anciennes habitudes, dès qu'elle serait finie.

— Très bien, madame Cooper, dit-il en soupirant, vous aurez
votre tracteur. Faites-vous accompagner par un homme de bon
conseil, lors de votre achat. N'allez pas choisir un engin pour sa jolie
couleur. Un tracteur est un véhicule de travail, vous savez.

Une fois dehors, elle laissa libre cours à son fou rire, un peu vexée
tout de même, imaginant un tracteur rose flambant neuf entouré
d'un gros nœud. Dora l'aperçut et traversa la rue à sa rencontre.

— Si nous allions prendre le thé quelque part ? lui proposa Laura.
Je n'ai pas déjeuné, je meurs de faim.

— Volontiers. Je t'ai appelée, mais tu étais sortie. Mme Cooper
m'a obligée à éplucher toute la liste des morts au combat dans le
journal.

— C'est sa nouvelle manie. Elle doit craindre que nous ne lui
cachions la chose, si, par malheur, Gabriel était tué. D'ailleurs, c'est
à toi qu'on écrirait, dans ce cas. Tu es sa plus proche parente.

— Il ne sera pas tué, dit résolument Dora. Toi non plus tu n'y
crois pas, n'est-ce pas ?

— C'est vrai, reconnut Laura après un instant de réflexion. J'ai
du mal à imaginer un monde sans Gabriel. Il est... tellement là. Une
mauvaise tête comme lui, ça ne disparaît pas si facilement.

Elles s'installèrent à la fenêtre d'un salon de thé et mangèrent des
scones fadasses à la margarine. L'école était transférée à Fairlands et
Laura envisageait d'y envoyer les garçons.

— Mais cela signifierait la fin de leurs leçons de français.

— Marie pourrait venir donner des cours, suggéra Dora. Tu crois
qu'elle en aurait envie ?

Impossible. Dans une autre vie, si elle n'avait pas succombé à l'attrait
de l'inconnu, Marie aurait pu être une belle maîtresse d'école, sévère
mais juste. Un homme passa sur le trottoir. Jones le commissaire. Il
croisa le regard de Laura, cilla et fit comme s'il ne l'avait pas vue.

3

Le tracteur était petit, gris, avec deux phares ronds qui lui donnaient un air étonné. Tout le monde à la ferme était venu l'admirer, et Laura trônait à côté, aussi possessive qu'une mère au chevet de son nouveau-né. Mais elle s'était sentie plus en confiance avec Mary dans les bras, malgré sa petitesse et sa fragilité, qu'auprès de cette masse métallique. Elle se répéta les paroles du vendeur afin de s'encourager : « Les Ferguson sont les meilleurs tracteurs, et de loin. Vous serez stupéfiée par sa puissance quand vous vous en servirez pour labourer. »

— Vous savez comment le conduire ? demanda Bill Mayes d'un ton rogue.

— Oui, assura-t-elle. Mais vous aussi, c'est comme n'importe quelle voiture.

— Ça non, dit Bill en allant s'adosser au mur, pour bien marquer son opposition.

Elle jeta un regard éperdu vers Ruth et Paula, qui secouèrent la tête en baissant les yeux. Bill et les hommes jubilaient ouvertement. Enfin, on rivait son clou à cette écervelée. Voilà ce qui arrive quand on se mêle de choses qu'on ne comprend pas. Elle tenta de se rappeler les consignes du vendeur. C'était simple. Très simple. Il fallait simplement s'y mettre.

Elle grimpa sur le siège en métal et sa jupe s'accrocha à un levier. Il faudrait qu'elle se mette à porter des pantalons comme les filles. Elle tira une manette, puis se souvint qu'il fallait tourner la clé et appuyer... le moteur pétarada soudain, pour sa plus grande peur et son plus grand triomphe.

Les vibrations la faisaient tressauter sur le petit siège. Et maintenant ? Il y avait des leviers et des boutons partout, et elle ne se souvenait plus du tout comment le faire avancer. D'ailleurs, le voulait-elle ? Si elle ne pouvait plus s'arrêter et allait tout écraser sur son passage ? Évidemment, il y avait un frein. Elle chercha la pédale du pied.

Le moteur commença à cracher de la fumée. Ruth grimpa sur le marchepied.

— Poussez ce bouton, marmonna-t-elle. On ne se sert de ça que quand le moteur est froid. Comme pour une voiture.

— Je ne sais pas conduire.

Mais elle fit ce qu'on lui disait et le moteur se mit à ronfler joyeusement.

— Je vais essayer de rouler, confia-t-elle à Ruth. Descendez si vous voulez.

— Je reste. Moi aussi je veux apprendre. Histoire de leur montrer !

Laura tira sur un levier. Miraculeusement, l'engin se mit à avancer. Elle s'accrochait si bien au volant que les jointures de ses mains étaient blanches. Il ne voulait pas tourner, et elle allait percuter l'abreuvoir ! Elle mania le volant trop brusquement et l'engin avança droit sur la maison. De nouveau, elle redressa trop violemment, mais après une suite de virages chaotiques le petit tracteur sortit enfin de la cour.

— Ça y est ! J'y arrive ! cria-t-elle.

En la voyant, les vaches déguerpirent en mugissant.

— Vous allez voir. Elles vont nous faire une fausse couche, à cause de vous, rugit Bill Mayes.

— Pouvez-vous arrêter ? risqua Ruth avec nervosité.

Laura freina et l'engin s'immobilisa obligeamment, attendant leur bon plaisir pour repartir.

Elles retournèrent dans la cour, non sans difficulté.

— C'est facile, déclara Laura en sautant à bas de son siège. Vous vous y ferez en un rien de temps, Bill. Vous serez content de l'avoir pour la moisson.

Il resta adossé au mur. Puis il se redressa, tourna le dos et s'éloigna résolument.

Abandonné de tous, le tracteur demeura dans la cour, symbolisant l'hostilité des hommes envers l'arrogance de la machine. Quelques jours plus tard, Laura décida de réagir et se mit à le conduire autour de la ferme. Bientôt, elle y prit goût et regarda avec envie la belle charrue flambant neuve. Mais elle n'était pas tranquille ; il ne fallait pas se mettre les hommes à dos, sans eux elle ne pourrait pas diriger la ferme.

La moisson approchait. La moissonneuse allait de ferme en ferme, suivie de groupes d'ouvriers agricoles qui s'occupaient de rassembler les gerbes. On les empilerait jusqu'à l'arrivée de la batteuse et l'on séparerait alors la paille du grain, qui serait engrangé. Bill s'ingéniait à contrer toutes les décisions de Laura. Il suffisait qu'elle propose de commencer par un champ pour qu'il en choisisse un autre. Un jour l'inspecteur vint discuter des récoltes, et à l'instant où Laura approcha Bill tourna les talons et s'éloigna. Les autres suivirent son exemple en riant avec insolence.

Les chevaux travaillaient dur. Il fallait transporter les gerbes de blé pour les stocker près de la maison, et les charretées allaient et venaient sans le moindre répit. À l'aube, une brume légère s'étendait sur les prés, d'où les arbres émergeaient comme des navires. Les équipes tiraient les charrettes à travers les prés brumeux jusqu'aux champs de blé. On ne moissonnait que lorsque le soleil était haut. Les garçons venaient avec des bâtons pour tuer les lapins, et la terre sentait bon, comme toujours. Puis la moissonneuse cliquetait ; fini le calme recueilli de l'aube, c'était parti pour la journée.

Dans l'après-midi, Blossom, l'un des deux chevaux de trait, se mit à boiter. On le ramena dans la cour pour lui mettre un emplâtre : la jument avait probablement marché sur une méchante ronce. Banner dut rentrer aussi, il ne pouvait tirer sans elle. Du coup, il ne restait plus qu'une charrette et un attelage pour transporter les gerbes. Les meules ne cessaient de grossir, tandis que la moissonneuse dévorait à belles dents les hectares d'épis dorés. Laura alla voir Bill.

— Il faut se servir du tracteur. On ne peut pas laisser tout s'empiler comme ça à la diable.

— Je vais dénicher un autre cheval. Ça ira, lança-t-il en la toisant avec dédain.

— S'il vous plaît, Bill. Il faudra peut-être plusieurs jours pour en trouver un. Essayez le tracteur.

Mais il ne daigna pas lui répondre.

Elle retourna dans la cour, où Ruth déchargeait l'unique charrette, en short, la peau brunie, l'air heureux. Tout à coup, Laura envia sa liberté, sa simplicité, sa jeunesse. Aussi loin qu'elle s'en souvienne, elle avait toujours plié sous les contraintes et les responsabilités.

Dix minutes plus tard, Laura s'était changée et, vêtue d'un short, elle sortait de la cour, campée sur le tracteur et remorquant à vive allure une charrette tressautante.

— Regardez-moi cette fichue bonne femme ! s'exclama Bill Mayes en repoussant son chapeau. Pour qui se prend-elle ?

— En tout cas, elle a du cran et face à elle, mon vieux Bill, tu ne fais pas le poids, répliqua l'un des hommes venus des fermes voisines pour donner un coup de main.

Les autres rirent de bon cœur. Le vieux Bill s'illusionnait. Il avait beau s'y accrocher, les chevaux, c'était du passé. Laura conduisit jusqu'à en avoir mal au dos et à la tête. Mais, cette fois-ci, elle tenait sa victoire.

C'était le soir, pourtant il n'y avait personne à la maison. Michael posa son sac dans la cuisine et alla dans la cour, tapissée de paille et de grains tombés. Il ressentit un soudain élan de gratitude d'être rentré.

Des lapins morts pendaient à l'ombre des avant-toits de la grange, mais le seul bruit venait de l'écurie. Il entra et vit Blossom sur trois pattes, en compagnie de Banner, son compagnon, frustré par son immobilité forcée. Un mauvais fer, je parie, songea Michael en retournant dans la cour.

Il alla vers les champs et les trouva tous en bas de Hanging Wood. Les chevaux se tenaient à l'ombre des ormes et M. Cooper était assis à côté d'eux ; son vieux panama paraissait presque blanc à la lumière du soir. Même à cette distance, Michael repéra sa mère, campée à côté du landau, et les petits garçons qui pourchassaient des lapins dans le chaume. Des équipes mixtes empilaient les gerbes sur un rythme ralenti par la fatigue du jour. Il ne voyait pas Laura. Mais il repéra un petit tracteur gris qui remorquait une charrette jusqu'à la cour. On avait dû l'emprunter à cause de Blossom.

Il le regarda cahoter sur le sentier. Cet engin avait beau être utile, Michael en éprouvait un certain malaise. Selon lui, il gâchait la poésie d'une moisson à Gunthwaite. Assez de ces machines et de ces moteurs. Ces derniers temps, sa vie était bien trop envahie de bruits et d'odeurs d'essence.

Il remarqua la fille brune en short kaki qui conduisait le tracteur ; une aide, sans doute. Quel cran ! pensa-t-il avec admiration, elle manie cet engin comme un homme. C'est alors qu'il reconnut sa femme.

Interdit, il resta à la fixer, puis il se mit à courir et réalisa subitement qu'il aurait l'air d'un fou à fondre sur elle ainsi, écumant de rage. Il décida de l'attendre au portail. Complètement absorbée par sa tâche, elle ne le vit pas.

— Laura ! Laura ! dut-il crier par-dessus le bruit du moteur.

Elle leva les yeux, arrêta le tracteur, et courut vers lui, l'air radieux.

— Chéri ! Oh, Michael chéri !

Elle noua ses bras autour de son cou et il plongea son visage dans ses cheveux. Elle sentait le blé et le pain chaud, plus une odeur moite, secrète. Sa colère se fondit en un désir presque honteux.

— Rentrons à la maison. Ça fait si longtemps, dit-il.

— Oui. Monte sur le tracteur.

Mais il n'eut pas envie de s'accrocher à l'arrière tandis que sa femme serait au volant. Quand ils entrèrent dans la cour, elle se retourna vers lui, triomphale.

— Je conduis bien, hein ? J'ai été forcée d'apprendre, personne d'autre n'a voulu essayer. Oh, Michael, c'est si dur sans toi.

Ces mots le désarmèrent. Pauvre Laura. Il était parti en lui laissant des tâches ardues, peu faites pour les femmes. Il la reprit dans ses bras et la couvrit de baisers.

— Mieux vaut aller dans la chambre, murmura-t-elle. Ils ne vont pas tarder à rentrer.

Ils montèrent en silence l'escalier vermoulu.

Quand elle se tint nue devant lui, il découvrit les marques de son bronzage, le blanc qui remplaçait le brun à mi-cuisse, son décolleté formant un V plus sombre entre la peau laiteuse des seins. En proie à une émotion violente, il la regarda avec fièvre, songeant qu'elle n'avait aucune pudeur. Elle souriait, avec la puissance et l'aplomb d'une déesse heureuse d'accorder ses faveurs. Il la fit coucher sur le lit, puis se dévêtit à la hâte et glissa la main entre ses jambes pour la couvrir aussitôt. Comme un client, se dit-elle. C'était Michael et ce n'était pas lui ; son amant, et pourtant un inconnu. Juste un homme qui assouvissait son désir. Elle ferma les yeux pour s'abstraire. Il aurait bientôt fini.

Quand il se retrouva pantelant à côté d'elle, elle se leva du lit.

— Il faut que j'y retourne. Tout le monde va se demander où je suis.

— Dis-leur d'arrêter, lança Michael, qui avait recouvré sa bonne humeur. Vous en avez assez fait pour aujourd'hui.

— Mais je voulais finir ce champ avant ce soir, que nous puissions commencer Gildersome demain matin.

— On fait toujours Gildersome en dernier. C'est une terre froide, elle supporte une moisson tardive.

— Mais il a fait chaud tout l'été, le blé est mûr.

Il ressentit une ombre d'irritation. C'était sa ferme et lui le fermier, pas un visiteur dont l'avis importait peu. Il se leva et alla sortir de la penderie un pantalon de toile ainsi qu'une chemise grossière.

307

— Pourquoi ne pas remettre ton uniforme ? remarqua Laura. Il te va si bien, cela fera plaisir à ta mère.

— Mais pas à toi.

— Bien sûr que si ! protesta-t-elle. Ça m'est bien égal, Michael. C'est si bon de t'avoir, j'aimerais tellement pouvoir disposer de mon temps et que nous soyons tous les deux, rien que toi et moi.

Elle lui tendit la main et il la prit. Quelle importance, ces histoires de short, de tracteur, d'uniforme ou de terre à moissonner, pensèrent-ils à l'unisson. Enfin, ils étaient réunis.

Le thé glacé que Laura avait préparé donna lieu à une petite fête improvisée. Sophie et Marie eurent la délicatesse de se tenir à l'écart, elles se contentèrent de saluer Michael d'un hochement de tête quand elles le croisèrent sur le pas de la porte. Quand il lui demanda qui étaient ces femmes, Laura répondit vaguement, elle parla des réfugiés que tout le monde devait accueillir. Et comme il était heureux d'être rentré, il ne chercha pas à en savoir plus.

Ils percèrent un tonneau de cidre et ouvrirent un bocal de prunes à l'eau-de-vie, qu'ils mangèrent avec de la crème fraîche onctueuse. Alan et David pressaient Michael de questions.

— Tu as conduit un tank ? Est-ce que tu as tué un Allemand ? La guerre est finie, c'est pour ça que tu es rentré ?

Michael évita le regard de Laura.

— C'est juste une permission. J'ai fini mon entraînement, voilà tout.

— Et sais-tu où l'on va t'envoyer ?

— On me postera ma feuille de route dans quelques jours. Ça viendra bien assez tôt.

— Je préférerais que Gabriel soit dans l'infanterie, commenta distraitement Mme Cooper. Il n'a jamais de permission. Et il n'écrit pas. Même Dora n'a rien reçu.

— Il doit être submergé, déclara Michael. C'est terrible ce que l'aviation a dû affronter.

— Tu penses qu'on nous avertirait ? s'enquit sa mère d'un air chagrin. Si...

— C'est Dora qui l'apprendrait la première, répondit Laura.

Cela jeta une ombre sur ce splendide jour d'été, déjà bien assombri, songea-t-elle. Car ils étaient tous inquiets. Même le vieux M. Cooper, si rêveur d'habitude, tiraillait sans cesse sur sa manche, comme hanté par une angoisse indicible, que tous les autres auraient pu aisément définir. Aimer, être aimé, se perdre, se retrouver... Que leur arriverait-il demain ?

Au lit cette nuit-là, Michael la prit encore comme le soldat qu'il était devenu, à la va-vite, en égoïste, muré dans son silence.

— Tu pars pour l'étranger, n'est-ce pas ? dit-elle quand ce fut fini. C'est pour ça que tu es rentré.

Chaud et lourd, le silence resta suspendu dans la nuit.

— Je ne voulais pas t'inquiéter, dit enfin Michael.

— Sais-tu où ?

— Non. Le désert, peut-être.

Le désert, quand Michael aimait tant ses verts pâturages ! Pas d'ombre ni d'eau. Il risquait de mourir en terre étrangère, seul. En pleurs, elle colla son visage contre sa poitrine nue. Il l'entoura de ses bras et tenta de l'apaiser.

— Ça ira, ne t'en fais pas. Je reviendrai, dit-il, lui qui n'était sûr de rien.

— Ça risque de durer des années, sanglota Laura. Je ne m'en sortirai pas, toute seule.

— Mais si, ma chérie. Il le faut.

Quand enfin il la sentit sombrer dans le sommeil, il demeura à son côté, plein de tendresse pour elle, quoique un peu amer. Elle changeait, et cela à cause de lui. Il avait laissé derrière lui une épouse douce, gentille, aimante, et avait retrouvé une femme endurcie, avisée, moins soucieuse de lui plaire. S'il s'absentait des années, que deviendrait-elle ? se demanda-t-il, mal à l'aise. Et leur fille, qui grandirait sans père ?

Michael sortit du lit et alla à la fenêtre. Le verger était luxuriant, on avait soutenu les branches alourdies des pruniers par des tuteurs. Il inspira profondément, comme pour s'imprégner de cet endroit et le garder en lui des mois, des années, à l'abri du danger et du malheur. La lune argent se détachait sur un ciel violet. Il pensa à son frère.

Gabriel était allongé à côté de la femme, sur un lit qui sentait la sueur et le parfum bon marché.

— Si tu n'en avais pas envie, il ne fallait pas venir, lança-t-elle avec humeur.

Il ne répondit pas. Au début de la soirée, il en avait eu envie, oui, mais maintenant, si près du grand show qui s'annonçait pour demain, il n'avait guère la tête à la gaudriole. Malgré le whisky qu'il avait bu, il se sentait on ne peut plus net et ne pouvait s'empêcher de penser à Davis, tournoyant dans son avion en flammes.

— Je crois que je vais mettre les bouts, si ça ne te fait rien, dit-il en se relevant. Désolé. Demain, la journée sera rude.

— Raison de plus pour passer une folle nuit, répliqua-t-elle en sachant que ça ne servirait à rien.

Ces pilotes étaient à cran, aucun d'eux ne se comportait normalement. Cependant, elle se sentit frustrée, délaissée. Toutes les filles disaient que Gabriel Cooper était un bon coup.

En revenant à la base, lui aussi eut des regrets. Rien de tel que le sexe pour se détendre et arriver à dormir. Un bref instant on oubliait la peur, la tension, tout s'évacuait dans un élan de pur plaisir physique. Parfois, il pensait même que la peur aiguisait ses sensations, celle-ci en particulier. Oui, le sexe était encore meilleur, en temps de guerre.

Par contre, sitôt l'affaire conclue, il se levait et retournait tout droit à la base. Alors, le corps et l'esprit délassés, il parvenait à s'endormir, avant de retrouver la panique déferlante du jour. S'il devait casser sa pipe, que ce soit au moins après une bonne nuit d'amour, pour conclure en beauté une trop courte existence.

Quand il retourna à sa chambre, Philip fumait, allongé sur son lit, les yeux brillants de tension.

— Alors, ça valait le déplacement ?

— Je ne sais pas, répondit Gabriel en haussant les épaules. J'ai trop attendu... je n'avais pas la tête à ça. Ça m'a coupé l'envie.

— Ta femme a appelé. Elle s'inquiète. Tu ne lui as pas écrit.

— Non, reconnut Gabriel en s'asseyant sur le lit.

— Tu pourrais lui envoyer un petit mot, non ? Elle est seule. Tu lui manques.

— Ça ne te regarde pas, cher ami.

— Je suis bien obligé de t'en parler. Et puis elle a une voix si jeune, si douce au téléphone... Elle vaut bien une pute, il me semble.

Gabriel resta les yeux fermés.

— Je sais... je sais. Mais je n'arrive pas à écrire. Je... je n'y arrive pas. Comme je ne peux pas lui dire la vérité, je n'arrive qu'à pondre des fadaises qui ne riment à rien et qui sonnent faux. Si je les lui envoyais, cela risquerait de la blesser encore davantage.

— Pourtant tu as écrit des lettres. Je t'ai vu.

— Oui, mais pas à Dora.

Philip ne fit pas de commentaire. Il alla sortir une bouteille de whisky du placard et s'en versa une rasade.

— Et si j'écrivais à ta place, en disant que tu t'es légèrement blessé la main droite ?

— Bon, si tu y tiens. Maintenant, fiche-moi la paix et tâche de pioncer un peu.

— Tu crois qu'il était mort ? demanda soudain Philip. Je parle de Davis.

— Je n'en sais rien. Il n'a pas essayé de sauter.

— Il était peut-être blessé. Ou coincé.

— Il faut garder un revolver à portée de main, conseilla Gabriel. Si jamais ça tourne mal, on peut toujours en finir.

— Tu crois que c'est ce qu'il a fait ?

— Davis ? Non. Il n'aimait pas les armes à feu. C'est bien ça le problème. Comme pilote, c'était un as, mais il ne savait pas tirer. Allons, Philip, il faut dormir. Ne te fais pas de mouron. Tu ne risques pas de brûler vif. Ça n'arrive qu'aux beaux gosses.

Philip éclata d'un rire un peu aigu. Il aimait bien discuter avec Gabriel, son camarade avait une honnêteté face à l'horreur dont lui-même se savait dépourvu.

Dans la chambre silencieuse, Gabriel finit le scotch. Puis il sortit son bloc de papier à lettres et se mit à écrire « Très chère Dora ». Dix minutes plus tard, il déchirait la page et recommençait :

Chère Laura,

On a perdu un copain aujourd'hui. Charles Davis a fini dans les flammes, son avion est tombé en vrille et ça nous a tous secoués. C'était un brave gars, un peu timide, sûrement encore puceau. Quel gâchis. Nous avons tous très peur de brûler vifs, tu comprends. Les rares survivants sont transportés dans un hôpital horrible où on tente de les arranger à coups de greffes... La mort est préférable.

Philip m'a dit que Dora avait appelé. Elle voudrait que je lui écrive. Franchement, j'en suis incapable. Elle attend que je lui parle de bravoure et d'héroïsme, mais en vérité on est tous morts de trouille. Ça ne s'arrête jamais, on n'a pas plus tôt atterri qu'on repart à l'attaque. En cas de pépin, on n'ose plus sauter en parachute de peur de se faire tirer dessus. Alors, on tente de quitter l'avion au dernier moment, au risque de brûler vif ou de tomber comme une pierre.

Maintenant je sais ce que c'est que d'avoir la chair de poule. Quand j'ai un type sur le paletot et que les obus commencent à tomber, je suis transi jusqu'à la moelle. Et mon esprit perd le contrôle. Tu comprends, mon corps sait à quel point j'ai envie de vivre. C'est ça l'ennui.

J'ai honte d'être aussi accroché à la vie. Pourtant je n'ai pas de grande ambition sur cette terre, je suis loin d'être un génie. Mais je veux encore en profiter, me réveiller un beau matin d'été avec une grande journée devant moi, galoper à travers bois un jour d'automne, m'installer dans la cuisine pour bavarder de tout et de rien avec toi.

Je ne peux pas écrire à Dora. Je n'y arrive pas. Si tu en as l'occasion, pourras-tu lui expliquer ?

Bien à toi,

Gabriel

Il scella et timbra l'enveloppe avant de se coucher. Si jamais il était tué, quelqu'un enverrait la lettre à sa place. Il lui semblait important qu'elle sache ce qu'il avait en tête, encore plus que de savoir comment abattre un Focke Wulf qui le distançait à chaque tour. Quand tout serait fini, il rentrerait chez lui. Soudain il se sentit excité. Bon sang, il aurait dû baiser cette femme, en fin de compte. C'est sur cette pensée qu'il s'endormit.

Assis dans la grange avec les hommes, Michael était ailleurs. Quel contraste entre les discussions animées de la caserne et la pondération frileuse des paysans ! songea-t-il, un peu agacé.

Il alla examiner Blossom, dont la patte était toujours bandée. Cela faisait des semaines qu'on la soignait pour une piqûre infectée, tout ça parce qu'elle avait été mal ferrée. Bill Mayes vint le rejoindre.

— La jument a travaillé trop dur, remarqua-t-il en se penchant. J'ai voulu la mettre au repos, mais madame a refusé tout net. Faut dire qu'elle n'y connaît rien en chevaux.

— Vous non plus.

Bill se tint coi, tandis que Michael regrettait sa remarque. À quoi bon faire des reproches aux ouvriers ? Il ne pouvait s'attendre que, une fois parti, la ferme continue sans encombre.

— Soignez-la. Je rentre à la maison.

— Ces Françaises... Elles ont eu vite fait de rappliquer dès que vous êtes parti, marmonna Bill.

Dans la cour, les deux aides portaient des caisses de prunes que Laura prévoyait d'acheminer au marché le lendemain. Michael regarda Ruth charger la charrette, puis conduire prudemment le tracteur jusqu'à la grange. Les deux filles le considéraient craintivement, un peu comme un intrus.

312

— Vous devriez vous servir de Banner. Il ne coûte rien et reste inemployé.

— M. Mayes l'a mis au pré. On aura un mal fou à l'attraper. Il ne se laisse faire que quand il commence à avoir faim.

Il n'y avait rien à répliquer. Michael rentra dans la maison de très méchante humeur. Quand il claqua la porte, Laura, les enfants, son pauvre père, tout le monde se figea dans la cuisine. Ils le fixèrent avec angoisse.

— Tu voulais une tasse de thé ? lui demanda Laura.

— Je veux bien, si tu en fais.

Il alla s'asseoir, mal à l'aise dans sa propre maison. Les deux petits garçons s'esquivèrent. Pour aller rejoindre les Françaises, supposa-t-il. Même sa petite fille pleura lorsqu'il la prit dans ses bras. Laura posa une tasse de thé devant lui.

— Ces Françaises, nous n'étions pas obligés de les prendre, contrairement à ce que tu as dit à mère.

Laura hésita, puis elle vint s'asseoir à la table, à côté de lui.

— Non, c'est vrai. Je les ai connues du temps où je vivais en France. Elles n'avaient nulle part où aller.

— Mais qui sont-elles ?

— Sophie a veillé sur moi quand j'étais petite. Et Marie m'emmenait faire des courses quand j'étais plus grande.

— Mais quelle sorte de femmes sont-elles ? insista-t-il, visiblement perplexe.

Elle demeura silencieuse. Il devait penser qu'elle avait attendu qu'il soit parti pour faire ce qu'elle voulait. C'était la dernière permission de Michael et ils souhaitaient tous les deux qu'elle se passe bien, mais ils n'y parviendraient pas en fuyant les problèmes.

— Je ne leur ai pas demandé de venir, reprit-elle avec douceur. Et je n'avais pas l'intention d'acheter un tracteur, mais il a fallu labourer, il n'y avait pas le choix. Bill Mayes te dit du mal de moi, je le sais.

— Je ne l'écoute pas, répondit Michael avec dédain. Mais il fait des histoires... Il faut que ça cesse.

— Tu ne peux rien faire. C'est un bon cultivateur. J'ai besoin de lui.

— Mais les chevaux ! Il faut bien s'en occuper. Jamais Blossom n'aurait dû boiter comme ça. Quand je pense que nous n'avons plus de chevaux de chasse... Je n'arrive pas à croire que tu aies pu les vendre.

Laura croisa les doigts en s'efforçant de garder son calme. Michael était troublé, anxieux, il commençait juste à soupeser le fardeau qu'il lui avait laissé. Si seulement il voulait bien voir ce qu'elle avait accompli, au lieu de relever ses manques.

— Pourquoi ne pas confier le soin des chevaux à Paula ? proposa-t-elle. Elle les aime, tu sais. Elle seule parvient à faire rentrer Banner quand tous les autres échouent.

— Je ne voulais pas vendre mes chevaux. Et je ne veux pas les confier à une gamine.

— Alors, tu aurais rudement mieux fait de rester à la maison ! lança Laura.

Elle alla attiser le feu. « Rosalind... ma chérie », murmura en tremblant le vieux M. Cooper. Elle posa une main sur son épaule pour l'apaiser.

— Les choses pouvaient continuer comme avant, déclara Michael.

— Non ! Il a fallu produire davantage, les gens ont besoin de manger. Et nous gagnons enfin de l'argent. Les prix ont regrimpé. Si nous avions l'électricité, nous pourrions même vendre du lait.

— C'est ce que tu veux ? Une ferme moderne et flambant neuve ! Tu t'es empressée de tout changer dès que j'ai eu le dos tourné !

Elle le regarda et son cœur fondit de tendresse.

— Je voulais que tout reste comme avant, dit-elle gentiment. Je n'avais pas envie d'y changer quoi que ce soit. Mais ce n'est pas la question, il faut bien obéir aux consignes qu'on nous donne. Si tu avais été là, tu aurais fait la même chose.

Il inspira profondément.

— Je croyais aider en partant. Maintenant, je ne sais plus. Un soldat de plus ou de moins, quelle différence ? Alors qu'ici tout me réclame.

Ne le lui avait-elle pas dit des milliers de fois ? Ne l'avait-elle pas supplié de rester ? Elle se détourna, les yeux brûlants de larmes. La porte s'ouvrit sur Mme Cooper.

— Je suis passée à la poste. Il y avait une lettre pour chacun de vous. Ne serait-ce pas, Gabriel, Laura ? On dirait son écriture.

— Je ne sais pas, dit Laura en s'empressant de fourrer la lettre dans la poche de son tablier. Michael, qu'est-ce que c'est ? demanda-t-elle en voyant l'enveloppe brune qu'il tenait à la main.

— Ma feuille de route. Je dois partir vendredi.

— Je croyais que tu aurais plus de temps.

— Moi aussi. Ils doivent avoir besoin de nous.

Mme Cooper étalait le journal sur la table. Ils s'approchèrent. La une était illustrée de photos d'avions. Des bombardiers faisaient des raids quotidiens sur Londres. Les pertes en combattants étaient

314

lourdes. Laura se demanda si les chiffres étaient vrais. Pauvre Rosalind. Pauvre Gabriel.

— Tu as eu raison de t'engager, tu sais, dit-elle en se tournant vers son mari. Il faut combattre.

— Quelle folie ! s'exclama Mme Cooper. Ça n'aurait pas dû arriver. Je vais voir Dora, elle doit savoir. Gabriel est en danger.

Laura retint son souffle.

— Vous risquez de l'effrayer. Elle se rend compte de la situation, vous ne croyez pas ?

— Évidemment, vous, ça ne vous inquiète pas, répliqua Mme Cooper d'une voix cinglante. Après tout, vous avez Michael à la maison.

C'était injuste, comme toujours. Mais à quoi bon réagir ? Dans l'après-midi, Bill Mayes conduisit donc Mme Cooper chez Dora en usant l'essence que Laura avait gardée pour le marché du lendemain.

— Et si on y allait en tracteur ? proposa Ruth, pleine de bonne volonté.

— Non, dit Michael. S'il fait beau, nous nous servirons du tracteur pour moissonner. Paula pourra prendre Banner pour conduire la charrette. Faites-lui une beauté, que tout le pays le remarque.

Tout le monde sourit. Sophie et Marie arrivèrent du verger, leurs paniers pleins de prunes ramassées à terre.

— Je vais prendre un peu de mon cognac pour faire des prunes à l'eau-de-vie, ce sera délicieux, lança Marie qui continua son chemin en balançant des hanches.

Quant à Sophie, elle s'approcha de Michael et lui envoya un petit coup de coude. « Quel beau morceau ! » dit-elle en français à Laura, avec un rire canaille.

— Qui sont ces femmes ? répéta Michael, désemparé, en regardant la sienne.

Laura ne répondit pas.

4

Il faisait chaud, là-haut. Gabriel sentait la sueur perler sous son casque. Tout en bas, la rivière d'argent traversait le patchwork brun et jaune de la petite Angleterre. Il regarda dans son viseur en quête des points noirs qui décideraient du cours de sa journée. Il ajusta sa direction et la formation en fit autant. Celui qui était en queue venait d'arriver, il n'avait même pas eu le temps de défaire ses bagages. Gabriel ne lui avait pas demandé son nom, à quoi bon. Les petits nouveaux ne duraient guère.

Soudain il les repéra. Des bombardiers escortés de chasseurs, ces maudits Focke Wulf, sûrement partis pour pilonner les docks de Londres. « Ennemis en vue. Allons-y », lança-t-il sur la radio. Comme des oiseaux fondant sur leur proie, ils virèrent sur l'aile.

Les avions ennemis les aperçurent trop tard. Gabriel commença à tirer, portée maximale, tout en se répétant : déviation, déviation. L'un des appareils se mit à fumer, il l'abandonna et ratissa le ciel en quête d'un plus gros gibier. C'était le chaos, il y avait des avions partout. Laisse tomber les bombardiers. D'autres s'en occuperaient, une fois qu'on en aurait fini avec les chasseurs. Il y en avait un aux trousses du petit nouveau. Gabriel vira et ajusta son tir. L'avion ennemi se mit à tomber en vrille et le pilote s'éjecta aussitôt en parachute. Distrait par ce spectacle, Gabriel prit subitement conscience que le nouveau avait disparu. Son avion en flammes tournoyait à l'horizon.

La fureur l'envahit, et toute sa tension accumulée explosa en une rage irrépressible. Il poussa le gouvernail et se dirigea inexorablement vers la petite corolle de soie blanche. Le gars tourna vers lui un visage terrifié. À lui de trinquer ! fulmina Gabriel en armant son tir.

Au bar ce soir-là, Philip le prit à part.

— On en parle, tu sais. Ça fait des vagues. Tu n'aurais jamais dû faire ça.

— Il a abattu le nouveau.

— On pouvait s'y attendre. Mais le jeunot s'en est sorti, tu sais. Il est à l'hôpital. Il s'est cassé une cheville en atterrissant dans un arbre.

Gabriel ne dit rien. Il se rappela le visage de l'Allemand qu'il avait éliminé, sa panique, son désespoir. Un si jeune gars. Tué pour une histoire de cheville brisée.

— Eux ne se gênent pas, poursuivit-il, sur la défensive.

— On l'aurait fait prisonnier.

— Une bouche de plus à nourrir.

— Prends garde, Gab, tu perds les pédales. On s'est mis dans cette guerre pour les combattre. Pas pour devenir comme eux.

Il s'offrit une femme cette nuit-là, mais ça ne l'aida guère. Quand il retourna à la base, il ne se souvenait même plus de son nom. La journée le hantait, il n'arrivait pas à s'en détacher, pourtant ce n'était pas la première fois qu'il tuait quelqu'un. Il avait abattu au moins quatre avions. Mais jamais il n'avait tué délibérément. Qui plus est, en y prenant du plaisir, durant quelques secondes incandescentes.

Le lendemain, à l'aube, il redécollait. Ils les contrèrent au-dessus de la mer en les prenant de front ; Gabriel s'arrêta quand il eut épuisé ses munitions, et son appareil endommagé atterrit sur un terrain extérieur à sa base. On le ramena à temps pour qu'il puisse piloter un nouvel avion, livré le jour même, et dès sa première sortie il fit mouche. En rentrant, il découvrit que le terrain avait été bombardé une heure plus tôt, il était complètement défoncé. Il réussit à se poser sur une bande de pelouse à peu près intacte. La carlingue de son nouvel avion était déjà constellée de trous de shrapnels qui gâtaient sa beauté mortifère.

Il fallait faire plus d'un kilomètre et demi pour atteindre le mess, alors qu'ils repartiraient dans une heure. Ça ne valait pas le coup. Il s'écroula sur l'herbe, en se couchant sous l'aile de son avion.

— T'en as eu ? demanda une voix, tandis qu'un visage se penchait sur lui.

— Quoi ?

— Ton rapport.

— Oh... Je crois que j'en ai eu un. Il est tombé à la flotte. Lâche-moi, tu veux ? Il faut que je dorme.

Une abeille bourdonna autour de lui, inspectant avec curiosité la flaque de sang qui grossissait sous son bras tendu. Mais elle ne s'attarda pas. Il demeura seul, endormi.

Laura s'apprêtait à enfermer les poules quand une voiture remonta l'allée. Elle en fut surprise, car ils avaient rarement de la visite, surtout à cette heure tardive. Elle reconnut la longue Lanchester de Fairlands, conduite par M. Fitzalan-Howard. Dora était à ses côtés.

— Dora ! Il est arrivé quelque chose ?

Dora avait piètre allure, avec son visage boursouflé de larmes, son ventre énorme, sa robe étriquée, ses chevilles gonflées.

— C'est Gabriel.

— Elle a voulu venir, dit M. Fitzalan-Howard. Je lui ai dit que c'était inutile, mais elle a insisté. Il a été blessé.

— Il prétendait qu'il s'était meurtri la main, qu'il ne pouvait ni écrire ni voler, sanglota Dora. Et ce n'était pas vrai.

— C'est grave ?

— Je crois qu'il a perdu beaucoup de sang, dit le père. J'ai téléphoné à l'aérodrome dès que j'ai reçu le télégramme. Une histoire bien embrouillée. À ce qu'il paraît, il s'était endormi sous son avion et ils allaient décoller d'une minute à l'autre. Heureusement, sinon personne n'aurait rien remarqué. Comme il ne se levait pas, ses camarades sont allés le réveiller. Il était couvert de sang ; une artère du bras qui s'était ouverte. Rien de grave en soi, mais avec l'hémorragie... Dora, tout cela ne rime à rien, vraiment. Il ne va pas mourir.

— Pourquoi ne pas entrer ? proposa Laura. Je vous rejoindrai dès que j'aurai enfermé les poules.

Elle prit son temps. Les soirs d'été, certaines parmi les plus jeunes restaient à traîner autour du poulailler au lieu de rentrer. Tous les jours, Alan et David étaient chargés de trouver les nids et de rapporter les œufs à la maison, mais il arrivait qu'une poule manquante revienne avec une nichée de poussins. Laura vérifia les coins habituels sous les haies, mais ne vit aucune poule vagabonde. Au moment de verrouiller la porte du poulailler, elle s'arrêta un instant, immobile, à écouter le silence de la nuit tombante. Elle n'avait guère envie de rentrer pour affronter la panique de Mme Cooper et la rancœur de Dora.

Comme elle approchait de la maison, Paula la rejoignit.

— Elles sont dans un de ces états ! J'attendrais un peu si j'étais vous. Marie leur donne du cognac.

— Combien de bouteilles peut-elle avoir ? s'étonna Laura. Sa réserve semble inépuisable.

— C'est possible, la connaissant, dit Paula en sortant un paquet de cigarettes de sa poche.

C'était une toute nouvelle habitude, elle avait encore les gestes maladroits du fumeur débutant.

— Vous devriez essayer. Ça calme les nerfs.

— Vous croyez que j'en ai besoin ? s'enquit Laura.

Paula sourit et ses dents blanches étincelèrent dans la pénombre.

— Bien sûr. Vous n'avez jamais une minute à vous, et les gens n'arrêtent pas de se plaindre.

— Sauf Ruth et toi, remarqua Laura avec gratitude.

— Ça va de soi. Nous ne sommes pas à plaindre. Des œufs, du bacon, du miel tant qu'on en veut... Et les chevaux. Quand la guerre sera finie, je ferai un métier en rapport avec les chevaux. Ça sera toujours mieux que l'usine.

— Tu épouseras un soldat et tu fileras doux, repartit Laura. Le garçon que tu fréquentes, que fait-il ? C'est un monteur, non ? Il travaillera en ville.

— On en aura besoin à la campagne, avec tous ces tracteurs. Et moi je m'occuperai des chevaux. Vous verrez.

Paula monta à sa chambre en haut de la grange, et Laura retourna à la maison. La détermination de Paula l'amusait et la déprimait à la fois. Avec la confiance d'une jeunesse que n'avaient encore entamée ni les obstacles ni les échecs, pour elle, c'était évident : ils allaient gagner la guerre, son petit ami s'en tirerait, ils pourraient gagner leur vie et la modeler à leur convenance. Mais combien de Paulas à travers l'Europe se retrouvaient dans des wagons à bestiaux, en route vers l'horreur ?

Dans la cuisine, c'était la tourmente. Dora et Mme Cooper sanglotaient tandis que Marie régalait M. Fitzalan-Howard de cognac et de conversation française. David était penché sur un puzzle, la lampe fumait et la petite pleurnichait sans que personne s'en soucie. Laura alla la prendre.

— Dites-moi, comment se fait-il qu'un homme cultivé comme vous trouve de quoi se divertir au beau milieu de cette verte immensité ? roucoulait Marie. Cela manque cruellement de... sophistication, non ?

— Va te coucher, David, ordonna Laura machinalement.

David l'ignora et se fit tout petit. Avec un peu de chance, il reste-rait devant son puzzle et on l'oublierait. Il pourrait assister au drame qui commençait tout juste à se jouer.

— Il faut que j'aille le retrouver, sanglota Mme Cooper. Quel-qu'un doit m'y emmener dès ce soir.

— Nous n'avons pas d'essence, répliqua Laura. Il va bien, non ? Va-t-on le renvoyer dans ses foyers ?

— En fait, c'est ce que nous sommes venus vous dire, intervint M. Fitzalan-Howard en tentant de dégager poliment son bras de l'étreinte de Marie. Gabriel est renvoyé chez lui pour convalescence.

— Demain, gémit Dora.

La petite pleurnichait encore. Laura s'assit et la tint contre son épaule pour lui tapoter le dos.

— Tu verras, il est très bien comme malade, dit-elle.

— Je n'en veux pas, lança Dora d'un ton cinglant.

— Voyons, soupira Laura, essaie de comprendre. Il y a une chose que j'aurais dû te dire. Il... il m'a écrit pour me le demander. Mais tu as reçu cette lettre écrite par Philip et j'ai cru qu'il valait mieux ne pas t'inquiéter. En fait, il n'a pas cessé de combattre toutes ces semaines. Il ne voulait pas que tu le saches de peur de t'effrayer, mais il n'a pu se résoudre à t'écrire des mensonges. C'est pour cette raison qu'il n'a pas écrit du tout. N'y voyez aucune lâcheté. Les combats entre avions de chasse, le danger... C'est une tension ter-rible, de tous les instants.

Ils la regardaient tous, interdits.

— Il en a abattu combien, tante Laura ? demanda David.

— Quatre, je crois, répondit Laura distraitement. Va te coucher, David.

— Comment avez-vous pu me cacher des choses pareilles ? s'indi-gna Mme Cooper.

— Gabriel a jugé que ce serait préférable. Et j'ai pensé que cela ne vous aiderait pas de le savoir.

— Nous en avions le droit ! s'écria sa belle-mère en levant une main, comme pour la frapper. Vous croyez pouvoir décider de tout, comme si nous étions des enfants. C'est intolérable ! Cette façon dont vous avez pris tout en main sans consulter personne, en vous moquant de l'avis de gens bien plus qualifiés et expérimentés que vous. Même Michael n'arrive plus à vous tenir. Et maintenant ça. C'en est trop ! conclut Mme Cooper en se levant, comme si elle s'apprêtait à chasser Laura de la maison.

Mais elle avait raison sur un point. Ce n'était pas à Laura de déci-der ce qui devait ou non être dit. La femme et la mère de Gabriel avaient aussi des droits.

Dora la regardait d'un air accusateur.

— Je n'aurais jamais cru ça de toi.

— Ce n'est pas moi qui lui ai demandé de m'écrire, se défendit Laura.

— Il t'avait chargée d'une commission pour moi, repartit Dora. Et tu as décidé de n'en rien faire. Tu as changé, Laura. Toi qui étais la gentillesse même, tu es devenue si dure. Tu fais ce qu'il te plaît sans te soucier des autres.

Mme Cooper prit la jeune femme par les épaules.

— Je vous en prie, Dora. Ne vous affligez pas. Demain Gabriel sera rentré et nous pourrons lui parler de vive voix. Il a plus de caractère que Michael, il saura peut-être la reprendre en main. Elle est si possessive, vous savez. Depuis toujours... Il faut voir comme elle s'est accrochée à Gabriel, puis à Michael. Elle ne m'aime pas, elle ne m'a jamais aimée, je le sais bien. Mais j'espérais qu'elle aurait plus de compassion envers vous.

— Vous êtes injustes, dit Laura d'une voix vibrante. J'ai seulement essayé de vous épargner. Et si l'une de vous deux s'était montrée adulte, j'aurais été trop heureuse d'en profiter. Pouvez-vous m'en vouloir de vous traiter comme des enfants ? Regardez-vous, toujours à gémir et à pleurnicher alors qu'il a juste perdu un peu de sang. Au nom du ciel, il n'est pas mourant, et demain il sera là.

— J'aimerais bien que vous arrêtiez de crier, fit David. Ça me fait mal à la tête.

— David, je t'ai dit d'aller au lit. Tout de suite ! s'énerva Laura.

— Voilà qu'elle s'en prend aux enfants, dit Mme Cooper.

Laura s'aperçut qu'elle tremblait. Bientôt elle se mettrait à sangloter devant tout le monde. Elle s'accrocha à sa fille. Au moins Mary l'aimait, elle ne l'accablait pas de reproches. Qu'aurait-elle dû faire ? Gémir et s'apitoyer, quand il y avait tant de tâches à remplir ? Ils s'étaient tous déchargés sur elle, pensa Laura avec aigreur en se mordant les lèvres pour ne pas pleurer.

— Il vaut mieux rentrer, Dora, avança gauchement M. Fitzalan-Howard. Vous êtes toutes sous le choc.

— Je vous accompagne, déclara tout de go Mme Cooper. Pouvez-vous m'héberger durant un jour ou deux, que j'accueille Gabriel à son arrivée ? Merci. Ensuite, Laura, sachez que je m'installerai dans le cottage. Vous êtes parvenue à vos fins, semble-t-il. Dorénavant je serai plus qu'heureuse de vivre seule. Il faudra vous occuper de rendre l'endroit habitable.

Le souffle coupé, Laura songea qu'on lui laissait tout sur les bras, M. Cooper, les garçons, la ferme. Mme Cooper faisait mine d'être exclue pour mieux se dérober. Mais Laura ne voulait pas discuter. Pas question de montrer son trouble. Elle serra les lèvres et tourna la tête.

— *Oh là là !* dit Sophie avec ravissement. *Je t'ai bien éduquée, hein. Une vraie grande dame* !*

Laura attendit sans bouger le départ de la Lanchester.

— Laura, le bébé pleure, dit Marie.

Elle aussi pleurait. Un David impénitent l'épiait par l'entrebâillement de la porte. Là-haut Alan dormait du sommeil du juste, tandis que le vieux M. Cooper bavait, assis au coin du feu. Pleurer, c'était bon pour les bébés et les femmelettes. Un luxe que Laura ne pouvait se permettre. Elle les avait tous en charge.

Gabriel était affalé sur la banquette arrière. La femme des WAAF[1] qui avait été désignée pour le conduire chez lui avait vite abandonné la conversation. C'était peut-être un as et il était plutôt beau gosse, mais il avait les nerfs en pelote. Blanc comme un linge, les yeux vitreux, et puis cet air distant, sinistre, comme si sa tête était emplie de visions cauchemardesques.

Pourtant Gabriel n'avait pas d'idées noires. Il se sentait trop mal pour ça. Il ne se souvenait ni du sang ni de son sauvetage ; d'après Philip, quand on l'avait trouvé, il était exsangue et ressemblait à un poisson à moitié crevé. On l'avait transporté d'urgence à l'hôpital pour lui faire une transfusion de sang. Il en était sorti avec un mal de tête épouvantable, un goût de métal dans la bouche et un bras glacé qui pendait comme un poids mort. Parmi les blessés de guerre qui l'entouraient dans la salle commune, c'était si peu de chose qu'on l'avait envoyé chez lui en convalescence. Il ne s'était jamais senti si mal de sa vie.

Comme il commençait à glisser sur la banquette, il s'efforça de se redresser. Un pilote devait toujours faire bonne figure. Ils étaient les héros de l'heure, sans faiblesse humaine visible. Il ne fallait pas que l'on puisse douter de leur invincibilité. Il passa le bras dans une sangle de la portière pour se retenir, bien qu'il n'eût qu'une envie, se coucher et dormir.

Le trajet n'en finissait pas. Tous les panneaux routiers avaient été démontés, il avait parfois du mal à se repérer et à indiquer la route à sa conductrice. Quand enfin ils atteignirent Bainfield, son cœur se mit à battre un peu plus vite. Bientôt il serait dans un lit bien frais,

---

1. Women's Auxiliary Air Force.

sous les poutres anciennes, et fixerait le plafond sans craindre aucune menace. Il rendit grâce au ciel.

Certains des ormes changeaient de couleur. L'hiver ne tarderait plus. Reprendrait-il du service d'ici là ? On se gelait tellement, au sol comme en l'air, dans ce fichu métier de pilote. Il frissonna d'épuisement.

— C'est là ? s'enquit son escorte, une jolie fille qu'il aurait peut-être cherché à séduire dans d'autres circonstances, en désignant l'allée de Gunthwaite.

— Oui, murmura-t-il.

La voiture remonta l'allée et s'arrêta devant la maison.

— Vous voilà rendu, monsieur. Quelle charmante vieille demeure.

— Oui. Merci.

— Voulez-vous que je vous accompagne ?

— Non. Descendez juste la valise.

Il attendit qu'elle fasse adroitement son demi-tour sur les pavés ronds de la cour et disparaisse. N'y avait-il personne pour l'accueillir ? Ne savaient-ils pas qu'il arrivait ? Peut-être que sa mère était morte ? Autrement, elle aurait sûrement été là, songea-t-il, les larmes aux yeux. Finalement tout le monde s'en fichait.

La porte s'ouvrit et Laura apparut, en jupe claire et corsage blanc.

— Gabriel ! Que diable fais-tu ici ? s'exclama-t-elle.

Il chancela et resta debout par un immense effort de volonté.

— J'ai été blessé. On m'a renvoyé chez moi. Vous ne le saviez pas ?

— Si. Mais tu étais censé aller à Fairlands. Chez Dora.

Il entrevit la vérité. Dora. Bien sûr.

— Même ta mère est là-bas, fit Laura. Elles vont être furieuses.

— Tant pis. Je me sens très mal, dit-il en secouant la tête, un peu hagard.

Dans un instant, il s'écroulerait. Mais Laura fut à ses côtés, elle le soutint par son bras valide.

— Ça va aller. Tu as une mine affreuse, tu devrais être au lit. Paula ira à cheval les prévenir.

— Je n'ai pas envie de les voir, murmura Gabriel. Pas pour l'instant.

— Comme tu voudras. Je vais te faire une bouillotte et du thé. Pauvre Gabriel.

Ses mains sur son corps étaient fraîches et légères. Elle le dévêtit comme un enfant et il n'en ressentit aucune gêne. Elle lui semblait aussi familière que lui-même, comme une présence qu'il avait toujours connue.

323

— Tu as maigri, remarqua-t-elle en l'aidant à se coucher.

— Toi aussi, murmura-t-il.

Elle lui sourit.

— C'est la guerre... Cher Gabriel. Si tu savais toutes les histoires que tu as provoquées.

Il leva la main et lui caressa la joue. Puis sa main descendit en hésitant le long de son cou, s'arrêta sur la courbe de ses seins, frôlant ses mamelons, et pressa la chair douce et ferme.

— Je n'ai jamais couché avec une femme sans souhaiter que ce soit toi.

— Tu es trop malade pour penser à ça, dit Laura en riant.

— Ah oui ? Eh bien, je pense à toi tout le temps. Je t'aime. Et tu le sais.

Le rire s'effaça de son visage. Elle écarta la main de Gabriel et la glissa sous les draps.

— Dors bien, Gabriel, dit-elle en le quittant.

5

Personne ne crut que Gabriel était arrivé à Gunthwaite par hasard. On y vit encore une manœuvre de Laura. Dora se rappela que sa belle-sœur était anciennement l'amie de Gabriel et la jalousie la prit à retardement.

Quand Mme Cooper et elle vinrent le lendemain à Gunthwaite, Laura les accueillit poliment, mais froidement.

— J'ai peur qu'il ne soit endormi. Il se sent très mal à cause de la transfusion.

— Elle l'aura drogué, insinua Mme Cooper comme si Laura n'était pas là, avant de monter l'escalier en courant pour rejoindre son fils, sans un regard pour son mari.

En rentrant dans la cuisine, Laura explosa, hors d'elle.

— Si je m'y connaissais en drogues, je l'aurais empoisonnée depuis longtemps.

— Et ce n'est pas moi qui vous aurais cafardée, repartit Dinah. Enfin... Dora va vite s'en mordre les doigts. Gabriel n'appréciera pas qu'elle ait pris son parti contre vous.

— Ça n'arrangerait rien, vous le savez bien. Nous étions amies. Ce n'est pas ma faute si Gabriel est ici. Je ne peux pas faire de lui un bon mari.

— C'est toujours pareil quand on les oblige à se marier, observa Dinah. Ils ne l'acceptent pas de bon cœur.

Laura ne répondit pas tout de suite.

— Vous croyez que les gens s'en doutent ?

— C'est facile à deviner, répliqua Dinah. Y a qu'à la regarder. Elle devait être enceinte de trois mois quand elle s'est mariée. À mon avis, elle ne va pas tarder à accoucher.

— Oh non ! Moi qui pensais qu'ils prendraient un peu de bon temps tous les deux quand Gabriel irait mieux.

Dinah fit la moue.

— Gabriel aime les jolies femmes. À force de la voir en cloque, il risque de partir pour ne plus revenir.

Elles rirent sous cape, non par cruauté, mais parce que cela sonnait vrai. Gabriel n'était pas du genre à aimer une femme en dépit de tout. Quand elles cessaient de le séduire, il cessait d'aimer.

Laura repensa à sa caresse furtive et sentit ses seins durcir instantanément. Il l'avait prise au dépourvu, à un moment où elle était sans défense. Même le commissaire des ventes aurait pu la troubler, s'il l'avait caressée comme ça. Pourquoi les femmes étaient-elles esclaves de ce besoin ? Entre toutes, Laura en avait pourtant eu plus que sa part.

Elle songea aux centaines de fois où elle s'était retrouvée offerte sur un lit ; aux centaines d'hommes qui l'avaient prise. Certaines fois, même un marin ivre la faisait jouir, et d'autres, les préliminaires les plus subtils ne pouvaient l'amener à l'orgasme. Avec Michael, ça ne marchait jamais. Il prenait son plaisir tristement, comme s'il en avait honte. Il n'y avait aucune joie dans leur acte d'amour.

Elle entendit des bruits dans l'escalier et sortit sur le palier pour tomber sur Mme Cooper et Dora, effondrées.

— Il a dit... il a dit qu'il ne voulait pas nous voir, fit Dora d'une voix entrecoupée. Qu'il se sentait trop mal. Mais je suis sa femme ! C'est moi qui devrais le soigner.

— Le soigner, c'est un grand mot, avança Laura, qui avait pourtant passé la matinée à porter des plateaux et des bouillottes. Il veut seulement se reposer. Pourquoi ne pas revenir demain ?

— Mais certainement, dit Mme Cooper, à qui Dora décocha un regard surpris.

Puisque Gabriel est à Gunthwaite, sa mère ne devrait-elle pas y demeurer aussi ? se demanda la jeune femme, accablée de s'être embarrassée d'une pareille présence. Mais Mme Cooper avait mis le pied à Fairlands et n'était pas près de déguerpir.

Après leur départ, Laura trouva le vieux M. Cooper, debout dans la cour, en pantoufles, les joues sillonnées de larmes.

— Qu'y a-t-il ? demanda-t-elle gentiment.

Ses larmes redoublèrent.

— Elle ne veut plus de moi, soupira-t-il. Je le vois bien. Elle m'a abandonné, elle est partie.

— Nous on vous veut, dit-elle en lui prenant la main. Dinah, moi, Sophie, Marie et les garçons. Rentrez. Je vais vous faire une bonne tasse de thé. Vous la boirez bien au chaud dans votre fauteuil.

Il se laissa entraîner, toujours en larmes. Dans un instant il aurait oublié la raison de son chagrin, né d'un bref éclair de lucidité. C'était sans doute une bénédiction. Quand il boirait son thé, ce simple plaisir remplirait son univers.

Sophie sortit de la maison. Elle portait une des jupes en tweed de Mme Cooper. Révoltée par son culot et sa friponnerie, Laura s'apprêtait à la tancer vertement, mais Sophie la désarma aussitôt.

— Je vais l'emmener. Venez, mon vieux, dit-elle d'une voix enveloppante, maintenant que le dragon s'est envolé, Sophie va pouvoir s'occuper de vous.

— Quoi ? Que dit-elle ? s'enquit le vieux monsieur, dont le visage s'éclaira. Elle ne sait pas comment me parler, ajouta-t-il, rasséréné, pendant que Sophie baragouinait encore en français. Ça ne fait rien. Ça ne fait rien.

— Et les garçons, ils sont avec Marie ? demanda Laura, alors qu'ils s'éloignaient.

— Marie est partie à Fairlands en voiture, répondit Sophie. Elle a des vues sur le père de Dora. Sa femme est une cul serré, ça se voit tout de suite.

Éberluée, Laura imagina divers recours : envoyer Paula avec la carriole, sauter elle-même sur Banner et galoper jusqu'à Fairlands... mais à quoi bon ? Que M. Fitzalan-Howard veuille ou non coucher avec Marie, Laura ne pouvait rien y faire. Et puis, quelle importance, si le monde entier apprenait qu'elle hébergeait des prostituées à Gunthwaite ? Michael naviguait sur un océan infesté de sous-marins, vers un désert rempli de tanks ennemis. Il n'en reviendrait peut-être pas.

Dans la cuisine, Dinah enlevait son tablier et prenait son manteau.

— J'ai nourri la petite, dit-elle. Les garçons sont dehors dans les champs. Et leurs études, dans tout ça ?

— Ils ont fait beaucoup de français, répondit Laura sur la défensive, je recommencerai demain à leur donner des leçons.

— Envoyez-les donc à Fairlands en carriole, conseilla Dinah. Ils retournent à l'état sauvage, ici. Comme école, c'est pas l'idéal. Mais ils pourront rattraper le niveau quand la guerre sera finie. Ça leur ferait du bien de voir d'autres gosses. Et vous connaissez Paula... Dès qu'il s'agit de sortir Banner et la carriole, elle saute sur l'occasion. Elle pourrait les emmener le matin et les ramener le soir.

Laura se demanda si elle avait le droit de se servir des aides pour emmener les enfants à l'école. Mais c'était une bonne idée. L'hiver, il y avait peu à faire à Gunthwaite, à part nourrir les bêtes et surveiller les moutons ; cette sortie biquotidienne occuperait Paula et rythmerait leurs journées.

Quand Dinah partit rejoindre le village sur sa bicyclette grinçante, Laura regarda autour d'elle. Le fourneau brûlait, la bouilloire sifflait doucement, un *apple pie* attendait de passer au four, à côté d'un rôti et de légumes. Dans la grange, les hommes se préparaient à l'arrivée de la batteuse, plus tard dans la semaine ; Ruth et Paula s'occupaient de rogner les pattes des brebis avant l'accouplement. Bref, tout suivait son cours. Soudain, sans qu'elle s'y attende, Laura se sentit légère, flottant comme un ballon dans un ciel clair, dégagée de tout. La liberté... Elle en avait oublié le goût. Et comme elle se demandait quoi faire, elle se rappela Gabriel. Pauvre garçon. Avec un sentiment de légitimité, elle alla fourrager dans les affaires de Marie et de Sophie et dénicha sous le lit les bouteilles de cognac, dont l'une était bien entamée. Elle l'emporta à la chambre de Gabriel avec deux verres.

Il était couché sur le dos et fixait le plafond en tirant machinalement sur le drap de sa main valide.

— Tu devrais dormir, dit Laura en poussant la porte d'un coup de hanche pour entrer avec le plateau.

Il roula la tête sur le côté pour la regarder.

— Je dormais. Ces dames m'ont réveillé. Ce que tu es jolie !

Elle posa le plateau et se pencha pour se scruter dans le miroir de la chambre. Des yeux clairs, un teint mat dont le hâle commençait à pâlir, un nuage de cheveux noirs... Sans maquillage, elle semblait bien terne. Et ses sourcils avaient repoussé à la diable.

— J'ai l'air d'une femme de fermier, soupira-t-elle. Tu te rappelles comment j'étais, au club ? J'avais une autre allure, hein ? dit-elle en prenant une pose de mannequin, une main sur la hanche, l'autre levée en l'air.

Gabriel se redressa en riant pour mieux la voir, torse nu.

— Et ce bras ? demanda Laura en leur versant un verre.

— Ça va... Est-ce que c'est très méchant de ma part de dire que j'ai trouvé Dora laide à faire peur ?

Laura sirota l'alcool brûlant.

— Évidemment. Mais, venant de toi, ça n'a rien d'étonnant. D'ailleurs Dinah et moi, nous avions prévu ta réaction. Rares sont ceux qui voient de la beauté dans une femme enceinte, c'est la crème des hommes, et tu n'en fais pas partie.

Il la regarda un long moment.

— Si je voulais un enfant, ce serait peut-être différent. Ce n'est pas tant son apparence qui me révulse, en fait. Mais cette façon qu'elle a de me regarder avec cet air de chien battu.

— C'est toi qui l'as maltraitée. Personne d'autre. Même si c'est à moi qu'elle en veut.

Elle trônait comme une reine sur le lit. Il lui prit la main et sentit son sexe durcir aussitôt. C'était fou. Dora était plus belle qu'elle. Mais c'est Laura qu'il désirait.

— Michael te manque toujours ?

— Bien sûr. Tout le temps.

— Je veux dire... sur le plan physique ?

Elle retint son souffle. C'était dur de mentir à Gabriel, de faire semblant. Il le devinait toujours.

— Michael n'est pas... il ne... ce n'est pas toujours agréable. Quand il est venu en permission, il était pressé, brutal. On en avait tellement envie tous les deux, et nous avions si peu de temps.

— Alors ça te manque...

Elle tourna la tête et le regarda bien en face.

— Mon corps est en manque, oui. Pas mon esprit.

Le désir était palpable. Ils le percevaient dans leurs souffles brûlants, dans le sang qui affluait aux endroits les plus intimes et faisait battre leurs ventres comme deux cœurs.

Laura se redressa en un sursaut. Ils s'étaient engagés chacun de leur côté. Si elle cédait, elle mériterait qu'on la traite de pute, de traînée.

Il lui caressa le bras et Laura sentit son corps s'embraser. Bon sang ! Il ne faudrait jamais qu'il s'en doute.

— Es-tu vraiment obligé de faire le salaud ? lança-t-elle avec hargne en se levant brusquement.

Elle descendit l'escalier en courant. « Laura ! Laura ! Reviens ! » s'écria Gabriel. Non, dorénavant, elle ne viendrait plus lui tenir compagnie.

Laura marcha longuement à travers champs et recouvra enfin son calme. Le vent l'avait purifiée, elle n'arrivait pas à croire qu'elle ait pu être tentée. Songeant à Michael, elle eut un élan de tendresse.

Le soir, Sophie et elle se mirent au coin du feu.

— Demain, j'irai voir Dora pour m'excuser. Et persuader Marie et ma belle-mère de revenir.

— Zut alors ! repartit Sophie. On n'a jamais été aussi bien.

— Oui. Mais il le faut. Marie fait ses petites manigances et Dora n'a pas à supporter ma belle-mère.

— Qu'elle s'installe donc dans le cottage, comme elle l'a dit.

Laura pensa à tout ce qu'il y avait à y faire. La maisonnette était saine, mais on l'avait gravement négligée. Les cheminées étaient bouchées par des nids d'oiseau, le fourneau ne marchait plus. Peut-être vaudrait-il mieux le remplacer par un chauffage à gaz. Et installer une salle de bains. Quoi qu'il en soit, cela ne se ferait pas en un jour.

— Elle ne parlait pas sérieusement, répondit Laura d'un air abattu.

— Raison de plus pour la mettre au pied du mur.

Elles entendirent un bruit de pas dans l'escalier et Gabriel apparut, en pyjama et robe de chambre, un peu chancelant.

— *Oh là là ! Quel beau gosse !* s'exclama Sophie en le voyant. *Juste ce qu'il te faut*.

— *C'est ce que je ne cesse de lui dire*, enchaîna Gabriel en français. J'ignorais que nous avions de la visite, Laura.

Laura se leva pour les présenter.

— Voici Sophie, une vieille connaissance. Elle et Marie sont réfugiées. Elles séjournent ici pour un moment. Je pensais que Marie serait rentrée à cette heure, elle est allée à Fairlands avec ta mère.

— Pour coucher avec monsieur, précisa Sophie avec un regard torve.

— Ferme-la, Sophie ! riposta Laura en rougissant.

Manifestement, Gabriel s'amusait. Elle aurait voulu qu'il retourne se coucher, qu'il disparaisse, loin de Sophie et de ses mimiques éloquentes. On ne pouvait s'y tromper. Pourquoi Sophie était-elle ici ? Elle la tirait vers le passé, vers le bas, lui rappelait sans cesse la seule chose qu'elle voulait oublier.

— Ça va, dit Gabriel en anglais en voyant sa mine atterrée. Je comprends.

— Non. Personne ne peut comprendre.

— C'est difficile, hein, de passer comme ça d'un monde à l'autre ? Je ressens la même chose, tu sais. Ici, la vie ne me paraît pas très sérieuse.

— Pour nous, elle l'est. Pour Dora.

— *Ce que vous avez l'air sinistres tous les deux !* remarqua Sophie. *Il a la trouille, c'est ça ? Comme en 14-18. La moitié en sont revenus mabouls*.

— *Mais non, je n'ai pas la trouille*, dit Gabriel.

— Elle n'a pas l'habitude qu'on comprenne ce qu'elle dit, précisa Laura.

Elle aurait préféré que Sophie ne soit pas là, cependant c'était une chance. Il ne fallait pas qu'elle se retrouve seule avec Gabriel.

— Quand repars-tu ?

— À la fin de la semaine, j'imagine.

— Tu devrais aller à Fairlands, vraiment. Ce n'est pas bien. Les gens risquent de jaser.

— Ils ont sûrement commencé ! dit-il en jetant un regard complice à Sophie.

Laura ferma les yeux un instant.

— Ce n'est pas drôle, Gabriel.

— Crois-moi, mon cœur, mieux vaut en rire qu'en pleurer.

Elle le scruta, cherchant l'homme sous le malade qui souffrait, et croisa son regard dur, fixe, métallique, presque un peu fou.

— Est-on en train de perdre la guerre ? s'enquit-elle posément.

— Je l'ignore. On perd beaucoup d'avions, ça oui. Je crois que je vais y retourner, tu sais. Demain ou après-demain. Quand les anciens décrochent, ils envoient des bleus qui n'ont aucune chance.

— Mais, et toi ? Tu as eu tant de mal à apprendre à piloter !

— Oui, mais je suis un sacré bon tireur, jubila Gabriel avec une gaieté enfantine qui faisait froid dans le dos. Tu sais, il m'arrive de bien m'amuser ! Je leur troue la peau, même à distance maximale !

Soudain écœurée, Laura alla se verser un grand verre d'eau qu'elle avala d'un trait. Elle sentit la main de Gabriel sur son épaule.

— Je m'excuse, dit-il. Tu comprends pourquoi je n'arrive pas à parler à Dora.

— Tu devrais essayer. Elle comprendrait peut-être.

— Elle me prendrait pour un fou.

— Et elle aurait tort ? repartit Laura en se retournant pour le regarder.

Il eut un petit haussement d'épaules, un tic à elle, qu'il lui avait pris.

— Il vaut mieux l'être un peu, par les temps qui courent.

La petite pleurait. Laura alla la prendre dans ses bras. La présence toute proche de Gabriel la mettait mal à l'aise. Ce soir, dans cette maison, elle se sentait bien vulnérable, exposée à ses besoins et aux siens. Ils auraient si facilement pu s'apporter du réconfort, pensa-t-elle. Pourtant elle alla s'enfermer dans sa chambre, à double tour.

6

M. Fitzalan-Howard n'en était toujours pas revenu. D'accord, c'était la guerre, mais rien n'était perdu et ils étaient déjà envahis. Cinq jours sur sept, la classe perturbait gravement le calme de ses journées et, ce qui était pire, les enfants effrayaient le gibier en écumant la propriété. Cela faisait des semaines qu'il n'avait pas vu de grouse. Peut-être était-ce lié en partie à l'absence d'un véritable garde-chasse ? Et s'il exerçait certains de ces gamins des quartiers pauvres à piéger les hermines ? Ce genre de gosses était toujours porté sur la violence, ce serait une manière de retourner la situation à son avantage.

Des voix féminines en provenance du couloir le ramenèrent à d'autres préoccupations. Dora avait trouvé le moyen d'accueillir sous son toit deux femmes impossibles. Ils connaissaient Norma Cooper depuis le jour de son arrivée à Gunthwaite, et Dieu sait que ce n'était pas une amie. Alors, pourquoi Dora ne l'avait-elle pas dissuadée de séjourner chez eux ? Quant à la Française, il ne parvenait pas à comprendre ce qu'elle faisait en Angleterre, ni pourquoi la charmante Laura Cooper s'était sentie obligée de l'héberger. La présence de cette femme à Fairlands restait pour lui un mystère.

On frappa à sa porte. Il frissonna et se tint coi, mais les coups redoublèrent. C'était trop ridicule de se tapir ici pour échapper à un simple visiteur. Exaspéré, il finit par s'écrier : « Entrez, bon sang ! puisque vous y tenez. ».

C'était la Française, avec ses sourcils arqués, ses drôles de cheveux, la taille serrée, à la mode ancienne.

— Pardonnez-moi. Je m'excuse de vous déranger. Auriez-vous un livre à me prêter ? Du Maupassant, du Molière, ou un ouvrage de philosophie ?

Il se tourna vers la bibliothèque.

— Nous devons avoir quelques pièces de Molière en français, mais je dois avouer que je ne les ai jamais lues.

— C'est bien naturel. Moi, je n'ai pas lu Dickens. Je devrais d'ailleurs essayer, maintenant que mon anglais s'est amélioré.

— Une lecture hautement recommandable.

— Je lis avant tout pour le plaisir, cher monsieur. Quand j'étais en France et que je craignais chaque jour d'être déportée, j'avais toujours un livre sur moi. Pour être prête, vous comprenez. À m'évader intellectuellement. Vous aussi, vous en auriez besoin. Entre l'école et toutes ces femmes, votre vie doit être intenable !

Il ne put s'empêcher de rire. Au moins, elle était amusante.

— Pourquoi êtes-vous ici, exactement ? demanda-t-il sans ménagement avant de lui confier le livre.

Elle haussa les épaules, une manie typiquement française que les Anglais avaient beaucoup de mal à interpréter.

— Quelle importance ? Évidemment, je vous dérange. Mais on voit que vous n'avez jamais habité une ferme à l'ancienne. Pour s'éclairer, il faut se procurer une lampe, la nettoyer, la remplir, enfoncer le verre sur une flamme au risque de se brûler les doigts, tout ça pour dissiper un peu de la pénombre environnante. Prendre un bain demande des heures. Pour toute distraction, on apprend le français à des petits garçons ; quant à la stimulation intellectuelle... mon cher monsieur, l'esprit le plus fin n'y survivrait pas. Je me sens devenir chèvre.

— Bah ! lança M. Fitzalan-Howard.

— Parfaitement, un mouton bêlant. Monsieur, je vous salue.

Elle s'approcha de lui et lui apposa deux baisers sur les joues. Il se sentit rougir et prit sur lui. Elle devait penser qu'il était provincial en diable.

— Puis-je vous offrir un sherry ? risqua-t-il.

— Bien volontiers.

Une heure plus tard, Mme Fitzalan-Howard les trouva dans le bureau, hilares, un verre de sherry à la main. Elle en fut surprise. Voire un peu troublée. Tout était si bizarre ces temps-ci, mais au moins quelque chose n'avait pas varié dans son esprit, une chose fiable, constante. Elle ressentit soudain un pincement au cœur. Quoi, de la jalousie ? Quelle bêtise de jalouser cette Française aux charmes douteux et tapageurs, avec ses cheveux oxygénés, ses joues fardées...

et qui parvenait à faire rire son mari, songea-t-elle en se mordant les lèvres jusqu'au sang. Bien sûr qu'elle était jalouse. Pour la première fois de leur vie conjugale, son mari lui donnait une raison de douter de lui. La sensation était plus déplaisante qu'elle ne l'aurait cru.

Durant le dîner, tandis que Dora et Mme Cooper s'entretenaient de Gabriel d'un air sinistre, M. Fitzalan-Howard et Marie poursuivirent leur amusante conversation. Il était plein d'esprit, constata amèrement sa femme, cela faisait des années qu'elle ne l'avait pas vu sous ce jour-là. Dans la ronde monotone de leur vie quotidienne, elle avait oublié qu'elle s'était mariée à un homme charmant, cultivé, et il avait fallu que ce soit cette Française, si typique, aux vues trop évidentes, qui le lui rappelle.

Elle en avait perdu l'appétit. Sa fille, tout aussi cafardeuse, picorait sans conviction dans un austère bœuf aux carottes.

— Ah ! Enfin un bon petit plat bien de chez nous ! s'exclama Mme Cooper. Ça me change de la cuisine de Laura, j'en ai horreur.

— Alors comment se fait-il qu'à Gunthwaite elle ne se lève jamais de table tant qu'il y a quelque chose à manger ? murmura Marie à son hôte, en français. Elle engloutit des masses de nourriture sans y prendre aucun plaisir, une vraie pelle mécanique... C'est d'ailleurs comme ça qu'on l'appelle.

M. Fitzalan-Howard éclata d'un rire sonore. Un peu exagéré, trouva son épouse, mortifiée. Elle se sentait devenir molle comme du caoutchouc, un pantin désarticulé.

Dans la chambre, ce soir-là, elle entreprit son mari.

— Cette Française, que fait-elle ici ? Elle a dû t'en parler.

Il haussa les épaules, imitant inconsciemment le geste de Marie. Bientôt tout le village s'y mettrait.

— Pas vraiment. Je crois qu'elle est un peu fatiguée du manque de confort de Gunthwaite.

— Elle ne va pas rester, j'espère ?

— Je l'ignore. Mais ne t'empresse pas de la mettre à la porte, ma chérie. Cela fait des années que je n'avais pas ri comme ça. C'est une femme cultivée, charmante, raffinée... elle ressemble à une actrice française que j'avais vue une fois, à Londres.

— Elle ressemble à une vieille carne sur le retour, oui, marmonna sa femme en s'enduisant vigoureusement le visage de crème, qu'elle enleva avec un coton.

La mère de Dora était peut-être moins jolie que sa fille, mais elle avait toujours une belle peau et d'épais cheveux bruns, juste striés de fils d'argent. Peut-être avait-elle un peu forci... Elle regarda sa longue chemise de nuit en coton. Elle avait depuis longtemps sacrifié la séduction au confort. Fairlands ne subissait pas autant que Gunth-waite les assauts du vent des Pennines, mais c'était quand même une grande maison, difficile à chauffer. Elle entra dans le dressing et ouvrit le tiroir d'une commode, rempli d'articles soyeux qui évoquaient des vacances en Italie, de chauds étés anglais, une époque pas si lointaine où le monde était en paix. Elle en sortit une chemise de nuit couleur pêche, aux fines bretelles. Elle l'enfila et se contempla dans la glace. Ce qu'elle faisait jeune !

Quand elle sortit du dressing, son mari était debout au milieu de la pièce, son pyjama rayé boutonné jusqu'au col.

— Grands dieux, murmura-t-il en la voyant.

— J'ai eu envie de faire la coquette, comme si ce n'était pas la guerre, dit-elle.

— C'est encore l'hiver, tu sais.

— Oui, répondit-elle platement avant de se précipiter dans le lit.

Elle frissonna au contact des draps glacés. Elle aurait dû au moins monter des bouillottes. Geoffrey était de marbre. Flirter avec une Française, ça oui, mais pas avec elle.

— Tu vas bien, ma chère ? On dirait que tu fais un peu la tête.

— Je vais très bien, merci, fit-elle d'une voix étouffée, en enfouissant son visage dans l'oreiller.

Il s'assit sur le lit à côté d'elle.

— Non. Tu es contrariée, je le vois bien. Allons, parle-moi, ma chérie.

Quel amour. Elle en était folle.

— Cette... cette créature essaie de te séduire. Et tu te laisses faire !

— Me séduire ? s'étonna-t-il en se sentant rougir jusqu'à la racine des cheveux. Je n'arrive pas à croire que... enfin... c'est possible, mais je t'assure qu'elle n'a pas la moindre chance d'y parvenir. Tu t'es inquiétée pour ça ? Comme si nous n'avions pas assez de soucis. L'école, Dora... je ne sais que penser.

— Mais si, tu sais. Et moi aussi. Je n'ai jamais eu confiance en Gabriel Cooper... Au moins, il l'a épousée.

— Vraiment ? Le mariage n'est pas qu'une simple formalité, déclara-t-il en contemplant le visage de sa femme, maculé de larmes.

Sous une apparente maturité, c'était toujours la jeune fille qu'il avait connue autrefois.

— Pour faire un mariage, reprit-il, il faut beaucoup d'années, beaucoup de combats... et quelques chemises de nuit en soie.

Il posa la main sur la chair douce de son bras. Pourquoi s'étaient-ils laissé avoir par la banalité ? Il devrait toujours y avoir du temps pour ça.

Pendant qu'ils faisaient l'amour, elle s'aperçut que ses pieds glissaient continuellement dans des recoins du lit où les draps restaient glacés. Dorénavant, il faudrait penser à monter des bouillottes, pensa-t-elle distraitement.

Les premiers cris se firent entendre vers quatre heures du matin.

— Maman ! Maman ! Maman !

Mme Fitzalan-Howard sauta du lit et courut jusqu'à la chambre de sa fille. Dora était assise toute droite dans le lit, les yeux agrandis, haletante.

— Ça fait mal, réussit-elle à dire. C'est terrible !

— Ça a commencé, répondit sa mère en lui calant le dos avec des oreillers. Détends-toi, ma chérie. On va téléphoner au Dr Hendon.

— Mais c'est trop tôt. Beaucoup trop tôt, protesta Dora pour tenter de sauvegarder les apparences.

Sa mère la regarda d'un air ironique.

— Ah oui ? D'après moi, ce bébé est prêt, non ?

— Je ne voulais pas que tu saches, murmura Dora en baissant les yeux. Pour ne pas t'inquiéter. Ça n'a pas marché.

— Mais si, la rassura sa mère en lui prenant la main. Gabriel est malade, il a subi une tension terrible. Quand le bébé sera né, quand tu iras mieux, les choses seront différentes. C'est la guerre, tu sais. Tout est sens dessus dessous. Il faut avoir de la patience.

Dora hocha la tête. Alors, elle resserra son étreinte, s'agrippa à la main de sa mère, et se tordit soudain, en proie à une douleur convulsive, poussant un cri aigu entre ses dents serrées.

— Qu'est-ce que c'est ? Ça fait si mal que ça ? Geoffrey, Geoffrey ! Appelle vite le docteur.

Ils s'organisèrent peu à peu. Rien n'était prêt, il avait été vaguement question qu'elle accouche à l'hôpital. M. Fitzalan-Howard téléphona tardivement à la maternité, pour s'apercevoir qu'elle avait été transformée en centre pour convalescents. Mais personne ne s'en alarma. Dora elle-même était née à Fairlands, et son père avant elle. Si seulement le docteur voulait bien venir.

Entre les contractions, Dora se sentait bien, elle se leva du lit pour qu'on puisse mettre des alaises, enfila une chemise de nuit propre. Mais, chaque fois que la douleur venait, elle était à l'agonie. Sachant que sa fille n'avait rien d'une poule mouillée, sa mère se mit à paniquer.

— Et si tu t'allongeais... ou que tu te tournes sur le côté ? Dora, ne gémis pas comme ça, ça ne sert à rien.

— Pour moi, c'était pareil quand Michael est né, lança Mme Cooper du pas de la porte. Ça vient de la position du bébé.

— Qu'allons-nous faire ? Elle ne va pas pouvoir endurer ça des heures.

— Voilà le remède, déclara Marie en s'immisçant dans la chambre, une petite bouteille de cristal à la main, sa robe de chambre traînant derrière elle comme une cape de théâtre. Une goutte, dans de l'eau. Pas davantage. C'est de l'opium.

Mme Fitzalan-Howard devint livide.

— Non... ce n'est pas bon pour elle.

— Pas encore, dit Mme Cooper en apportant une chaise à côté du lit, sur laquelle elle s'assit. C'est mauvais pour le bébé. Il faut attendre qu'il vienne.

— Mais elle risque d'en mourir ! avertit Marie, sans ambages.

Un petit cri échappa à Mme Fitzalan-Howard.

— Ce ne serait pas la première fois que les bébés Cooper tuent leur mère ! insinua Mme Cooper comme si c'était un honneur de mourir pour une telle cause. Ouvrez les mains, respirez, ne criez pas. Ça ne sert à rien, ajouta-t-elle en tapotant le poignet de Dora.

Mme Fitzalan-Howard se glissa hors de la pièce. Son mari était dans son bureau, désarmé.

— Essaie encore de joindre le docteur, Geoffrey. Ces femmes sont des sorcières. Potions, incantations, bientôt elles vont glisser un couteau sous le matelas. Je te jure, elles ont l'air d'y prendre du plaisir.

Elle resta à côté de lui pendant qu'il appelait.

— Écoutez, disait-il avec fermeté, c'est urgent. Elle souffre horriblement. Nous craignons des complications... Vous voulez dire que vous avez pris mon message en sachant très bien que le docteur serait absent durant quatre heures ? Peu importe, nous perdons du temps. Il faut quelqu'un d'autre... d'accord, donnez-moi son nom.

Sa femme le regarda avec désespoir.

— Je le savais. Nous aurions dû envoyer Dora à Londres.

— Avec les bombardements ? On m'a donné le nom d'un Polonais qui habite à Bainfield. Il était médecin dans son pays. Un réfugié, qui s'est porté volontaire pour travailler ici, mais personne n'a osé se fier à lui. Au moins, il y connaît quelque chose.

— Elles vont lui donner de l'opium !

— Je vais l'appeler. Lui dire de venir tout de suite.

Une heure plus tard, le médecin arrivait enfin, dans un taxi poussif venu de Bainfield. Il salua son hôte en claquant des talons, ôtant un haut-de-forme.

— Bonjour. Colonel Wojtyla Zwmskorski, pour vous servir.

— Vous êtes docteur ? s'enquit M. Fitzalan-Howard, décontenancé par sa tenue de soirée.

— Oui, ces trois dernières années, j'ai exercé dans la cavalerie, répondit le colonel avec une révérence.

— Alors, que diable faites-vous là ? Vous ne connaissez rien aux accouchements.

Zwmskorski ôta sa cape avec un grand geste.

— Pardon, cher monsieur. Les officiers de cavalerie ont des épouses. De plus, on m'a souvent appelé à la rescousse quand une jument avait des problèmes. Je m'y connais en bébés. Tous les bébés !

Il n'y avait pas d'autre recours. Le colonel monta lestement l'escalier, suivant d'instinct la file de servantes munies de bouilloires, de théières. Mme Fitzalan-Howard courait de la chambre au palier pour voir si le docteur était là. Lorsqu'elle découvrit la silhouette invraisemblable mais pleine d'autorité du colonel Zwmskorski, elle s'exclama : « Merci mon Dieu ! »

Il lui baisa la main.

— Madame. Maintenant, si vous voulez bien nous laisser, que j'examine notre future jeune maman.

— J'ai de l'opium, dit Marie en agitant sa bouteille. Vous en aurez besoin.

— La patiente, peut-être, mais pas moi, répondit le colonel en riant. Mesdames. Excusez-moi.

Elles quittèrent la chambre. Dora, qui gisait contre les oreillers, commença à haleter sous l'assaut de la douleur. Le docteur posa une main fraîche sur son ventre. Elle tenta de se contenir, mais ne put s'empêcher de gémir entre ses dents serrées.

— Ça fait mal à ce point ? s'enquit-il. Oui. Heureusement que je suis venu.

Il sortit de la chambre en se séchant les mains.

— Le bébé est... comme ça, fit-il en esquissant un geste.

— Les pieds en bas, dit Mme Fitzalan-Howard. C'est un siège.

— Voilà. Il est aussi dos à dos avec sa mère. Les colonnes vertébrales se touchent. C'est très dur, très douloureux.

— L'opium, offrit Marie.

— Volontiers, madame, dit-il en s'inclinant.

En relevant la tête, il l'étudia.

— Paris, finit-il par dire. Il y a... environ quatre ans, c'est ça ? La rue de Claret.

Marie ne broncha pas.

— Peut-être. On rencontre tant de gens... Lors d'une soirée, sûrement ?

— Une délicieuse soirée. Nous en reparlerons plus tard. En souvenir du bon vieux temps. Bon, je retourne près de ma patiente.

En bas dans le hall, le chauffeur de taxi se plaignait. On ne lui avait toujours pas payé sa course.

— Il dit qu'il me le devra, mais je vous demande un peu. Il doit de l'argent à tout le monde, à Bainfield ; je ne m'en irai pas sans mon dû.

— Attendez, chauffeur, lança Marie du palier. Vous allez m'emmener à Gunthwaite Hall.

Il regarda d'un air médusé cette femme couverte de dentelles douteuses.

— Partir, maintenant ? Il fait à peine jour, dit Mme Cooper.

— Elle risque d'en mourir, dit Marie. Il faut prévenir son mari. Je considère cela comme mon devoir.

— J'attendrai jusqu'à la naissance du bébé, déclara Mme Cooper, manifestement décidée à s'incruster jusqu'au dénouement.

— Comme vous voudrez, répondit Marie en haussant les épaules. Au fait, ce Polonais... je me souviens de lui. Un drôle de type. Il m'a fait une proposition malhonnête. Ne croyez rien de ce qu'il dit.

Elle s'en fut donc, jetant une fourrure mitée sur ses dentelles, après avoir fourré ses vêtements dans un sac. Comme le chauffeur de taxi se plaignait de n'avoir toujours rien touché, elle lui jeta un billet de banque.

— *Vite ! Vite** ! dépêchez-vous, nigaud, le pressa-t-elle, entourée de ses nombreux bagages.

Les rafales de vent éparpillaient les feuilles sur la tache de lumière qui s'étalait devant le seuil. Les bruits et l'agitation cessèrent brusquement pour faire place à un grand silence, rompu seulement par les cris aigus de Dora.

Les heures passèrent. Ce fut une journée grise, maussade. Le colonel était nu jusqu'à la taille, comme s'il accouchait une jument. De temps à autre, Dora sortait de sa stupeur et le regardait, surprise. Il ressemblait à Gabriel, au matin de leur nuit de noces. Le duvet qui courait sur sa poitrine était moite. Parfois il venait à son chevet, mais la plupart du temps il s'affairait entre ses jambes. Mme Cooper la tenait d'un côté, sa mère de l'autre. Quand la douleur venait, elles lui écartaient les jambes dans une position qui d'habitude l'aurait fait mourir de honte, tandis que cet homme étrange cherchait son bébé.

Elle avait cessé de croire qu'il y aurait un bébé. Elle et l'enfant mourraient sans doute.

La douleur, encore. Même dans son état, elle sut que cette fois c'était différent.

— Dora, pousse, je t'en prie ma chérie, dit le docteur dans un souffle. Mon ange, mon trésor. Vas-y, fais-le pour moi, pousse !

Au moins, il était gentil avec elle. C'était tout ce qu'elle voulait, un peu de gentillesse. Quelque chose lui coulait entre les jambes, comme du sang.

— Stop ! Dora, dit-il, toujours accroupi. Il faut attendre un peu.

Un grand calme régnait. On n'entendait que le souffle rauque de Dora. Mme Fitzalan-Howard fixait avec stupeur le minuscule corps qui sortait de sa fille. C'était un garçon, elle le voyait, le torse compressé par les mains inflexibles du docteur. Combien de temps pourrait-il survivre comme ça, la tête toujours à l'intérieur ? Quand viendrait la prochaine contraction ?

Les secondes s'égrenaient. Mme Cooper émit un son, entre le gémissement et le rire. Le docteur jeta un regard farouche par-dessus son épaule, vers les scalpels qui luisaient comme des dents de requin. Bientôt il l'entaillerait et ce serait fini...

La contraction vint.

— Pousse maintenant, cria-t-il d'une voix grinçante. Dora, si tu m'aimes, pousse.

L'aimer ? Elle ne savait rien de l'amour, elle n'était plus que souffrance. Elle poussa. L'enfant, bleu et immobile, fut enfin expulsé. Alors qu'ils le regardaient, sans grand espoir, il éternua, inspira et se mit à vivre.

Plus tard, Dora se réveilla. Il faisait encore jour. Gabriel était assis à son chevet. Elle en fut troublée, comme si elle ne le connaissait pas. Il appartenait à ses rêves, c'était un personnage étrange, inattendu.

— Bonjour, Dora, dit-il. Comment te sens-tu ?

— Je... je ne sais pas.

Elle essaya de se redresser et grimaça de douleur. Oh, ce qu'elle avait mal ! Elle se rappela Mme Cooper disant qu'elle ne s'en remettrait jamais, et se mit à pleurer.

— Pourquoi pleures-tu ? dit Gabriel. Le bébé est magnifique. Nous avons un fils.

— C'est vrai ?

Elle avait oublié le bébé. Ainsi, il n'était pas mort pendant la nuit ?

— Cela fait si mal. Je ne serai plus jamais une femme. C'est ta mère qui me l'a dit.

Il rit, assez fort, ce qui lui sembla déplacé. Il n'avait pas envie d'être là, songea-t-elle. Il était venu à contrecœur, parce qu'on l'y avait forcé. Elle détourna la tête.

— Tu peux partir si tu veux. Tu n'es pas obligé de rester.

Il inspira, mais son souffle se coinça dans sa poitrine.

— J'ai envie de rester. J'étais malade. Épuisé. Tu ne sais pas ce que c'est...

— Tu aurais pu me le dire. À moi. Pas à Laura.

— Oui.

Il regarda son petit visage blanc. Elle était de nouveau jolie, mais paraissait meurtrie, lasse. Pourquoi n'éprouvait-il pour elle aucune compassion ?

— Ce n'est jamais le bon moment, on dirait, fit-il gauchement.

— C'est ce que maman pense aussi. Elle a dit que tout irait mieux entre nous quand la guerre serait finie.

— Si j'arrive jusque-là, lança-t-il, le regrettant aussitôt.

Il n'était pas censé admettre que ses chances étaient presque nulles. Dora le regardait et il crut lire du reproche dans ses yeux, mais cela ne lui importait guère. Il se sentait plus calme. S'il devait mourir, ainsi soit-il. À quoi bon semer la panique et les laisser sur une mauvaise impression, un goût de cendres dans la bouche ? Qu'est-ce que Laura avait dit ? « Tu repars demain. Cela t'arracherait-il le cœur de quitter Dora heureuse et en paix ? Pense aux choses qu'elle dira à ton enfant. »

— Si je me fais tuer... Que lui diras-tu, au petit ?

— Tu ne te feras pas tuer.

— D'accord. Mais si jamais... ?

Dora ne dit rien. Elle détourna le regard. Il ressentit cette irritation violente qui l'assaillait si souvent quand il était avec elle. Non qu'elle fût stupide, ni égoïste, ce n'était pas sa faute si elle avait toujours mené une vie tranquille. Elle ne savait comment affronter la mort. Mais il n'avait pas le temps d'attendre qu'elle apprenne. Il insista.

— Bon sang, Dora ! Que lui diras-tu ?

Elle était si lasse, les paupières lourdes comme du plomb. Il lui demandait d'imaginer l'impensable, et elle n'avait qu'une envie, c'était de sombrer dans des rêves doux et cotonneux.

— Je lui dirai que tu m'as crié dessus alors que je voulais dormir, murmura-t-elle.

Désarmé, presque attendri, il se dit qu'ils savaient si peu l'un de l'autre. Une amitié d'enfance, une folie d'adulte, et c'était tout. Il lui caressa les cheveux.

— Si je reviens, quand je reviendrai... je ferai des efforts, Dora. Nous repartirons du bon pied. On prendra des vacances, hein ? Pour mieux faire connaissance.

Elle soupira, ses paupières battirent. Elle s'endormit.

Il retourna à Gunthwaite comme il était venu, sur la carriole conduite par l'une des aides, toute fière qu'on lui eût confié Banner.

— Vous conduisez très bien, dit Gabriel en descendant, ce qui fit rougir la jeune fille.

Quand il entra dans la cuisine, Laura pétrissait du pain.

— Le bébé, comment est-il ? Et Dora ?

— C'est un garçon. Elle... elle n'est pas très bien.

— Tu as été gentil avec elle ? Tu me l'avais promis.

Il hocha vaguement la tête.

— J'ai essayé. Si j'en reviens, j'essaierai de faire mieux.

Elle continua de pétrir le pain. Cette pièce était si paisible, songea-t-il. Dans un moment les garçons se rueraient à l'intérieur pour prendre leur thé, la petite se réveillerait, les Françaises commenceraient à bavarder comme des pies. Mais Laura créait autour d'elle une bulle de silence et de paix, un petit étang d'argent.

Elle tourna le dos pour enfourner le pain, et leva la main pour protéger son visage de l'ardeur du feu. Quand la porte se ferma, il surgit derrière elle et la saisit par les bras, au-dessus du coude. Il la tint serrée très fort contre lui, sachant qu'il laisserait des marques sur sa peau.

— Arrête, dit-elle posément. Tu as Dora, j'ai Michael.

— Mais c'est toi que je veux. Depuis toujours.

— Je m'en fiche.

Il la libéra. Il avait envie de pleurer et pensait : C'est la vie. Il se voyait dans les airs, menacé, le poids de Dora et du bébé le tirait vers la terre, il ne pouvait se fier à ce qu'il ressentait. Quand il reviendrait, ce serait dans un autre état d'esprit, décida-t-il. Et s'il ne revenait pas... Il se tourna et vit Laura debout devant l'évier. Elle pleurait.

— Écoute, je veux que tu t'en souviennes, dit-il. Ce que j'éprouve pour toi ne ressemble à rien de ce que j'ai connu. Je ne peux pas le définir. Peut-être que ça n'a pas de nom. Du désir, de l'affection, de la gratitude et.. de l'amour aussi. Je n'ai pas envie de mourir sans que tu le saches. C'est en moi, Laura, et c'est grâce à toi. Tu joues tellement la comédie. Parfois j'ignore où tu es, là-dessous, et qui tu es. Mais toi seule m'émeus à ce point.

Elle vit ses larmes couler sur ses mains qui tenaient le torchon.

— C'est à ta femme qu'il faudrait le dire, pas à moi.

— Je n'y peux rien, pour l'instant. Si j'en reviens, j'essaierai. Ne m'en demande pas plus.

Au matin, Gabriel descendit, en uniforme. Bill Mayes amena la voiture un peu avant huit heures.

— Passez d'abord à Fairlands, ordonna Laura. Qu'il puisse dire au revoir à Dora. Mme Cooper pourra vous accompagner à la gare, puis revenez ici avec elle. Si elle refuse, dites-lui que c'est à elle de superviser la rénovation du cottage.

— Bientôt, tu feras marcher tout le monde à la baguette, dit Gabriel.

— J'aimerais bien. Comment te sens-tu ?

— Aussi bien que possible.

Elle lui tendit un petit paquet.

— Tiens, pour le bébé. Dis que c'est de ta part.

— Bon Dieu ! D'accord. D'accord !

Il prit le cadeau d'un air coupable, honteux, en colère. Il n'éprouvait pas ce qu'il aurait dû éprouver, ne se sentait pas concerné.

Laura attendit que le bruit du moteur s'atténue, puis disparaisse. Il partait. Il était parti. Elle se sentait vide et plutôt triste. Mieux vaut être seule, pensa-t-elle, murée dans le silence. Les gens apportaient le danger, ils la fragilisaient, ébranlaient son assise. Les gens ? Gabriel. Oui, elle était mieux toute seule.

7

Appuyé contre un camion, Michael avait mal aux yeux à force de fixer le ciel par crainte des avions. Tout son corps le démangeait atrocement, en particulier l'entrejambe, à cause de la sueur et d'une éruption miliaire qui lui irritaient la peau. Il avait un goût âcre dans la bouche, dû à l'eau huileuse qu'ils buvaient, et sa gorge le brûlait tellement il avait fumé de cigarettes pour faire fuir les mouches. Dans sa tête résonnait encore le vrombissement continu du moteur. Leur section avait perdu trois camions cette semaine, plus deux hommes. Les camions étaient plus durs à remplacer.

Quelques gars se lavaient en puisant de l'eau à un bidon. Au moins, en roulant de nuit, ils échapperaient aux mouches comme aux avions et arriveraient sans doute au camp six heures après le coucher du soleil. Michael prit sa serviette dans la cabine et se dévêtit jusqu'à la ceinture. Si seulement il avait eu des affaires de rechange.

Son esprit dériva vers des endroits frais et verts, des champs d'herbe haute où il se vautrait, nu, avec Laura, parmi les margue-rites... Son aine commença à le gratter si fort qu'il jura et s'aspergea d'eau en ouvrant grand son pantalon. Les hommes qui l'entouraient rigolèrent.

— Vous rêviez à votre dame, pas vrai, lieutenant ? Ah, si elle vous voyait maintenant !

— Mieux vaut plier bagage, répondit Michael avec flegme. Le soleil se couchera dans cinq minutes.

Ils avaient traîné toute la journée en attendant la nuit. À présent, ils pourraient rouler à bonne allure. Michael éprouvait une certaine satisfaction ; ce convoi n'avait pas été bombardé, même si des avions de reconnaissance ennemis l'avaient survolé en trois occasions. Ils avaient réussi à se cacher en se tapissant derrière des dunes, ni vus ni connus. Ce soir, au camp, ils prendraient un repas correct.

Deux points noirs apparurent à l'horizon. Il mit sa main en visière, inspira profondément et beugla : « Les voilà ! Montez dans les camions et dispersez-vous. »

Les moteurs pétaradèrent, les barils de fuel dont les camions étaient chargés trépidèrent en rythme. Ted, le chauffeur de Michael, démarra à fond de train et les camions filèrent dans différentes directions. Une fois que les avions auraient disparu, ils reformeraient le convoi. C'était la seule façon de s'en sortir sans trop de casse.

Une explosion provoqua un souffle qui sembla aspirer l'air même de leurs poumons. L'un des camions avait été touché avant d'avoir démarré.

— Stephens, dit Ted. Je parie qu'il n'y était pas.

Pouvait-on en vouloir à un homme de manquer de courage en ces circonstances ? Pourtant les autres prenaient sur eux et, à force, ce Stephens se faisait une triste réputation, celle d'un tire-au-flanc qui laissait tomber les copains. Michael savait qu'il devrait s'en occuper.

Les balles crépitaient sur le sable. Que fallait-il faire, sortir à découvert et rouler à fond de train ? Soudain, suivant un instinct auquel il devait d'être encore en vie, Ted tourna brusquement le volant vers la gauche. Une bombe explosa là où ils se trouvaient quelques secondes plus tôt. Alors la nuit tomba, d'un seul coup, la nuit du désert, et ils se mirent en route.

Arrivé au camp, Michael fut convoqué au poste de commandement pour faire son rapport. Un camion de moins, mais pas de victime, un score honorable, tout compte fait.

— Je suis content de vous, Cooper, dit le capitaine. Vous gardez la tête froide et vous savez être à l'écoute de vos hommes. Mais serrez-leur un peu la vis. Ils vous respectent et vous respecteront bien davantage si vous faites preuve d'un peu plus d'autorité. Quant à ce Stephens, réglez-lui son compte. Ce n'est pas la première fois qu'il nous joue ce genre de tours.

Dehors, la nuit était paisible, l'air frais et doux, même les moustiques qui pullulaient toujours autour des points d'eau les épargnaient. Michael était très las, mais il ne pourrait s'endormir qu'une fois le problème résolu, il le savait.

Il regagna la grande tente.

— Stephens. Je vous attends dehors, dit-il posément au petit homme, qui se leva d'un air méfiant.

— On a perdu un camion à cause de toi, aujourd'hui, lui dit-il quand il fut en face de lui. Tu t'es dégonflé.

— Jamais de la vie ! On n'avait aucune chance ! Vous auriez voulu que je me fasse tuer, ma parole.

— À quelle distance du camion étais-tu quand tu as entendu mon avertissement ?

— Je n'ai entendu aucun avertissement. J'avais la tête sous le capot, je travaillais sur le moteur.

Michael observa Stephens en silence et vit passer une lueur de triomphe dans ses yeux rusés. Il lui faisait penser à ces petits roquets hargneux, mal éduqués. Michael n'ignorait pas que lui-même passait pour une bonne pâte qui se faisait facilement rouler ; Stephens était certain qu'il allait laisser tomber, il regardait déjà avec envie vers l'entrée de la tente, songeant sans doute à son lit, à la tasse de thé qu'il prendrait avant de se coucher.

— Tu es un sale trouillard, Stephens, s'énerva Michael, et je te préviens, c'est ta dernière chance. Encore un incident comme celui-ci et je te ferai passer en conseil de discipline pour manque de force morale. En attendant, on va voir si une nuit de démontage te remet les idées en place. Et dorénavant, c'est toi qui me serviras de chauffeur.

— J'ai rien fait, patron !

— Mon lieutenant !

— Mon lieutenant !

— Bon Dieu, si tout le monde était comme vous, le pays serait déjà envahi par les Fritz. À partir de maintenant, vous vous comporterez comme un soldat digne de ce nom et vous ferez ce qu'on vous dit.

Leurs visages étaient à trois centimètres l'un de l'autre.

— Oui, mon lieutenant, murmura Stephens.

Michael avait déjà honte d'avoir ainsi perdu son calme.

— Le camion est là, derrière, dit-il sèchement. Le moteur est grippé, mais je veux qu'il remarche demain matin. Pas d'excuses.

— Oui, mon lieutenant, répondit Stephens en se fondant déjà dans la nuit.

— Attendez, je ne vous ai pas congédié.

— Mon lieutenant !

— Rompez.

La moitié du camp avait dû l'entendre crier. Quand Michael rentra dans sa tente, un des gars baissa son livre et lui lança : « Vous n'allez pas rouler avec cet idiot pour de bon, n'est-ce pas ? C'est du suicide. » Michael répondit par un grognement. Mais le gars avait raison. Il remettait sa vie entre les mains d'un lâche, d'un incapable.

Il s'assit sur son lit, enleva ses bottes et remua les orteils avec un certain plaisir. Mais, à l'idée du lendemain qui l'attendait, de ces douze heures de conduite en compagnie de Stephens, il se sentit flancher. À Gunthwaite, les heures coulaient comme une eau dorée. Ici, le temps n'était qu'un grain de sable qui vous irritait l'œil continuellement. Il se coucha et s'endormit en s'abandonnant à la paix de ses souvenirs.

Laura s'occupait des brebis. Bill Mayes et les deux aides en étaient tout à fait capables, mais elle aimait s'assurer que tout allait bien. Les brebis pleines avaient besoin de soins, de douceur, et Laura savait qu'en sa présence personne ne leur balancerait de coup de pied en leur criant dessus. L'an prochain, ils prendraient un bélier à face noire, pensa-t-elle. On disait qu'ils étaient vigoureux et donnaient aux brebis des agneaux précoces. Ces temps-ci, ses lettres à Michael parlaient beaucoup brebis et agnelage, et très peu d'autres choses.

Laura aperçut Tam, la vieille chienne de Michael, et la meilleure gardienne de troupeau du pays. Une vraie professionnelle, pensat-elle en l'appelant pour lui gratter les oreilles. La chienne se tortilla de plaisir.

En traversant la cour, elle glissa sur de la boue gelée et trébucha dans les ornières durcies par le froid.

— Lori ! Lori !

Laura vit Sophie s'approcher de sa démarche chaloupée. Dans les moments d'angoisse, c'était toujours par son nom d'enfant qu'elle l'appelait.

— Un télégramme, dit Sophie, haletante. Marie m'a demandé de l'ouvrir, mais je n'ai pas pu.

Laura se figea, le souffle coupé, sans réussir à reprendre sa respiration. Elle prit le télégramme entre ses mains tremblantes.

— Le facteur a dit quelque chose ?

Le facteur savait toujours ce que contenaient les télégrammes. Il prévenait quand les nouvelles étaient mauvaises.

— Il a parlé. Mais je n'ai rien compris.

Elles rejoignirent la maison. À quoi bon récriminer, Sophie ne posséderait jamais que quelques mots d'anglais. Et si elle-même n'ouvrait pas le télégramme ? Tant qu'on ignorait la mort de quelqu'un, on ne pouvait pas le pleurer, n'est-ce pas ? Les années passeraient

347

en gommant peu à peu la mémoire et, le jour où la vérité se ferait jour, il n'y aurait plus de place pour la souffrance.

— Ouvre-le. Tout de suite ! Tout le monde attend.

Les visages se pressaient aux fenêtres. Dans un moment Mme Cooper viendrait à la maison réclamer des œufs, du pain, ou exiger que Dinah vienne l'aider au cottage ; elle aussi voudrait savoir ce que disait le télégramme. Il concernait forcément Michael. Pour Gabriel, on aurait écrit à Dora.

Elle se sentit soudain très calme. Le papier devenait tiède dans ses mains. Elle l'ouvrit et lut :

REGRETTE DE VOUS INFORMER QUE LE LIEUTENANT MICHAEL COOPER EST PORTÉ DISPARU STOP LETTRE SUIT STOP CONDOLÉANCES MAJOR B. GRAMPIAN STOP POSTE DE COMMANDEMENT.

Son cerveau refusa de fonctionner. Elle relut le message, sans en comprendre le sens. Pourtant une tempête se soulevait dans sa poitrine, une vague d'émotion si forte et si terrible que son cœur manqua défaillir. Ce n'était pas vrai. Si elle avait pu revenir en arrière, avant la venue du télégramme, il n'y aurait rien eu. Il n'était pas mort. C'était impossible.

Ses lèvres remuaient sans qu'il en sorte un son.

— Parfois je rêve, réussit-elle à dire. Je n'y crois pas. Il est mort, mais je ne le vois jamais mourir.

— *Mon Dieu**, dit Sophie. Je le savais.

— Tu ne comprends pas. Puisque je ne l'ai pas vu, c'est que ce n'est pas vrai.

Marie et Dinah arrivèrent en courant. Dinah lui prit le télégramme des mains.

— Bon. Ça ne sert à rien de rester là. Rentrez. Je vais faire du thé.

— Ce n'est pas vrai, dit Laura avec un vague sourire. Il n'est pas mort. Je ne l'ai pas vu, ce n'est pas vrai.

— Elle est en état de choc, fit Marie. Quand elle était petite, ça tournait à l'hystérie. Comment pourrais-tu le voir mort, Laura ? Ça s'est passé à des milliers de kilomètres d'ici.

Elle se laissa emmener à la maison. Il faisait meilleur à l'intérieur. Là l'entouraient toutes les choses familières ; le pain qui levait près du feu, les jouets empilés contre le mur, les cuivres luisant à la lueur du fourneau. Elle alla chercher la dernière lettre de Michael, posée près de la pendule. Il disait si peu de choses sur sa vie là-bas, ne parlait que de Gunthwaite, des bêtes, des récoltes. Où se trouvait-il quand il l'avait écrite ? Que faisait-il ? Elle ne parvenait pas à croire à la réalité d'un lieu, d'un moment, d'un événement, alors qu'elle ignorait tout de son contexte.

On la fit asseoir sur une chaise et on lui donna du thé. Elle ne put en boire, manqua s'étrangler. Mme Cooper s'immobilisa sur le seuil, le visage d'un blanc de craie.

— Michael est mort, dit-elle avec stupeur. Michael est mort.

— Ce n'est pas vrai, répéta farouchement Laura, et sa belle-mère se mit à rire.

— Oh si, ma chère. On n'y croit jamais, la première fois. Ensuite, on n'en doute plus. Mais Michael... Michael.

Elle lissa le télégramme de ses longs doigts.

Une voiture se gara dans la cour. C'était le pasteur. Laura se leva avec raideur, elle se souvint du jeune prêtre bien des années plus tôt, à qui elle n'avait pu parler. Maintenant, elle s'y refusait. Ce n'était pas vrai. Il n'y avait rien à dire. Elle sortit de la pièce, monta l'escalier et ferma la porte de sa chambre. Dans la cuisine, tout le monde se mit à discuter, elle les entendait très distinctement, mais ne se sentait pas concernée. Les vêtements de Michael étaient toujours pendus dans l'armoire. Elle ouvrit la porte et inspira profondément l'odeur familière. Son cœur lui faisait mal. Ce n'est pas vrai, se dit-elle. Je ne peux pas croire que Michael soit mort.

— Mince, lieutenant. Une nuit pareille, on ne devrait pas sortir.

C'était la pleine lune et elle éclairait les dunes ombrées de gris.

— Ils envoient des chasseurs d'Alexandrie, je crois.

— Grand bien leur fasse. Ils viennent survoler la zone dix minutes et les voilà repartis à la maison pour manger leurs œufs au bacon. C'est nous les dindons de la farce, nous qui trinquons.

— Fermez-la, Stephens.

Mais il ne la bouclait jamais. Nuit et jour les jérémiades de Stephens tournaient comme un disque rayé. Il se plaignait de tout, de la nourriture, de l'eau, des mouches, des bombardiers, des chasseurs... Les autres aussi en avaient plus qu'assez, mais à quoi bon retourner le couteau dans la plaie ?

Michael grimpa dans la cabine et alluma sa torche encapuchonnée pour regarder la carte. Selon les informations de dernière minute, les Italiens étaient à l'ouest, appuyés par une section de tanks allemands. Mais, d'expérience, Michael savait qu'il ne fallait pas croire tout ce qu'on lui disait. Il décida d'emmener ses hommes en faisant un détour de trente kilomètres, pour ne pas risquer de tomber sur une position ennemie. Ils allaient ravitailler l'artillerie mobile, ce qui signifiait en pratique une course de trois jours dans le sable. Quand il avait décidé de prendre les armes pour défendre les siens, il ne se doutait pas qu'il régnait dans l'armée une telle pagaille. Vu de l'extérieur, tout avait l'air réglé comme du papier à musique, mais de l'intérieur on se rendait compte qu'il n'en était rien. Ils roulaient maintenant à la lueur de la lune avec une carte pour toute référence, livrés à eux-mêmes. Stephens monta enfin dans le camion et le convoi partit. Il faisait vraiment clair.

Trois heures plus tard, Michael ordonna une halte. Les hommes descendirent des camions en s'étirant et en bâillant, à moitié assourdis par les moteurs. Ils feraient du thé, puis continueraient. Michael sortit sa boussole, vérifia leur position par rapport aux étoiles. Le ciel constellé lui paraissait étrange. Il se souvint des agnelages de printemps à Gunthwaite, quand il regardait le Chariot, la Grande Ourse, la Ceinture d'Orion, en se demandant si la lune brumeuse annonçait de la neige. Ici, même les étoiles étaient différentes.

Un besoin pressant le poussa à s'éloigner. « Je reviens tout de suite », dit-il à Stephens, et il alla s'abriter derrière une dune. Au moins ici, il échappait aux latrines du camp, une infection grouillante de mouches qui puait l'urine, malgré le désinfectant. Rien d'étonnant à ce qu'ils chopent tous la dysenterie. Le sable était presque blanc, des millions de particules stériles, où rien ne poussait. Quel enfer de naître ici. Le fermier en lui se désolait devant tant de dureté, d'aridité.

Au moment de rentrer, il leva les yeux vers le ciel froid, impassible, et perçut le ronronnement de moteurs distants. Un frisson lui parcourut la nuque. Pas ici, pas ce soir, alors qu'ils étaient éclairés comme des acteurs sur une scène. Amis ou ennemis ? Il se mit à courir vers les camions et contourna la dune pour s'apercevoir qu'il s'était éloigné plus qu'il ne le pensait, le convoi semblait au moins à deux cents mètres. Le rugissement des camions couvrit le bruit des avions approchant. Michael se mit à beugler en les voyant s'éloigner. Maudit Stephens ! Lui seul savait que Michael était parti.

Arrête de crier, se dit-il, la voix éraillée, ils ne peuvent pas t'entendre. Cours, bon sang ! Les camions disparaissaient dans un nuage de poussière. Il entendit de nouveau les avions. Une escorte de chasseurs. C'était sûrement ça.

Il se tint dans un rond de lumière et agita les bras. Peut-être qu'ils le verraient, va savoir. Et Stephens ? Combien de temps lui faudrait-il pour se rendre compte qu'il avait laissé choir son officier supérieur en plein désert ? Reviendrait-il ? Ou rapporterait-il simplement qu'il avait supposé que le lieutenant Cooper était monté dans un autre camion ? Michael l'imaginait très bien protestant de son innocence avec la morgue qui le caractérisait. Stephens ne se souciait que de lui-même. Le reste ne comptait pas.

Tous les bruits se fondirent dans le silence de la nuit. Michael s'assit sur le sable et fouilla dans ses poches : la boussole, des biscuits, un mouchoir et un morceau de corde. Sans eau, il mourrait après quelques heures au soleil. Quelle distance jusqu'au camp ? Au moins soixante-dix kilomètres. Par contre, les positions ennemies étaient beaucoup plus proches. Il regarda l'heure à sa montre, presque minuit. Michael réfléchit. Il leur donnerait jusqu'à trois heures. Si personne ne revenait le chercher, il se repérerait à la boussole et avancerait vers les lignes ennemies. C'était son seul espoir.

Dora était couchée sur le lit, elle balançait le berceau d'une main nonchalante. Le bébé dormait presque. Elle aussi, elle somnolait beaucoup depuis l'accouchement. D'après le Dr Zwmskorski, c'était prévisible. Il venait au moins deux fois par semaine, ce qui mettait en rage le Dr Hendon, qui considérait Fairlands comme faisant partie de son fief depuis des années. Mais Dora était contente de lui avoir échappé. Quand on voyait ce qu'il avait fait à la petite fille de Laura... Ces horribles marques.

Elle s'appuya sur un coude et regarda Piers Gabriel qui dormait en faisant de petits bruits de succion. À ses pieds dans le berceau, un petit ours en peluche, envoyé par Gabriel de sa base. « Je regrette tellement mon attitude, avait-il écrit. Mets-la sur le compte de ma stupidité innée et de mon grand état de faiblesse. Je vais essayer d'avoir une permission, mais je n'y crois guère. C'est un peu mouvementé ici, ces derniers temps. »

Elle était sûre qu'il avait du courage. Et, en vérité, elle n'avait pas envie qu'il vienne pour l'instant. Sa vie ici était très agréable, avec le bébé pour l'amuser, les visites de Zwmskorski et le flot de cartes et de cadeaux envoyés par leurs nombreuses connaissances. Pour la première fois depuis sa lune de miel, elle se réjouissait de s'être mariée.

Sa mère entra dans la chambre.

— J'ai de mauvaises nouvelles. Michael Cooper a été tué.

— Quoi ?

— Norma Cooper est venue ici. Elle voulait téléphoner à Rosalind et à Gabriel, mais elle n'a pas voulu rester. Elle était pâle comme la mort.

— Et Laura ?

— Je ne sais pas. J'ai pensé à aller là-bas. Mais elle ne veut peut-être recevoir personne. Je n'arrive pas à me décider.

— Tu crois que je devrais y aller ? Après tout, ce n'était pas sa faute, pour Gabriel.

— Non. Pauvre Laura. Que va-t-elle devenir ?

Michael Cooper avait toujours paru à Dora morne et ennuyeux. Mais Laura l'adorait, c'était évident.

— Je vais y aller, dit-elle. Ce pourrait être Gabriel.

Sa mère lui pressa la main.

— Je vais faire atteler le poney au cabriolet. On ne peut pas prendre la voiture, nous n'avons pas d'essence. Au diable cette guerre !

Dora enfila un pull bleu clair et une jupe. Ce n'était pas une tenue de circonstance, mais elle était encore trop grosse pour ses autres vêtements. Elle regarda d'un air piteux sa taille épaisse, plus déprimée par son apparence que par la nouvelle qu'elle venait d'apprendre. Le médecin polonais lui avait assuré qu'elle maigrirait vite.

Sa mère lui glissa un mot dans la main, de brèves condoléances.

— Tu ne la fatigueras pas, n'est-ce pas, ma chérie ?

— J'essaierai, maman.

Elle prit les rênes et fit claquer sa langue pour faire partir le poney, qui prit son petit trot nonchalant.

Comme elle sortait de l'allée, elle croisa la voiture du docteur.

— Ma chère madame Dora ! Je suis venu vous voir. Vous sortez ?

— Si l'on veut. Le frère de mon mari a été tué. Je vais à Gunthwaite rendre visite à sa femme. Sa... veuve.

— Je vous accompagne. On a souvent besoin d'un médecin dans ces circonstances.

Il quitta sa voiture et monta à côté de Dora, qui en fut contrariée. Que dirait Laura en la voyant arriver avec cet étranger ? Zwmskorski prit le fouet et le fit claquer d'une main experte.

Un étrange silence pesait sur Gunthwaite Hall. Il n'y avait personne dans la cour. Dora descendit du cabriolet et laissa Zwmskorski attacher le poney.

— Il y a quelqu'un ?

Au bout d'un moment, une fille apparut dans la voûte de la grange.

— Oh... On ne vous a pas entendus arriver. Je vais chercher Paula pour qu'elle s'occupe du poney.

— Il lui faut une couverture et de l'eau, dit le Polonais.

— Où sont-ils tous passés ? s'enquit Dora.

— Elle a renvoyé les hommes chez eux. Personne ne fait rien. C'est bizarre.

Dora se sentit frissonner. Bizarre, c'était le mot. Elle alla à la porte de derrière et frappa. Ce fut l'une des Françaises qui leur ouvrit, celle qui ne parlait pas anglais.

Assis près du feu, le vieillard marmonnait. Marie et les deux garçons étaient à table, devant des verres et des assiettes, au milieu d'un drôle de repas, en plein après-midi. Il n'y avait pas trace de Laura.

— Bonjour mesdames, dit Zwmskorski.

Marie lui décrocha un regard furieux.

— Que faites-vous ici ? C'est une maison endeuillée.

— Nous sommes venus voir la veuve, dit Zwmskorski en lui lançant un sourire ambigu.

— Elle ne veut voir personne.

— Elle est en haut ? demanda Dora. Je ferais mieux d'aller frapper à sa porte.

— Après tout ce que vous lui avez sorti, gronda Marie, vous êtes bien la dernière personne qui devrait être ici.

— J'y vais quand même.

Elle s'attendait que Zwmskorski l'accompagne, mais il resta à table. Soudain elle se sentit embarrassée. Qu'allait-elle dire ? Pas moyen d'y échapper. Elle grimpa l'escalier et frappa à la porte.

— Oui ?

Dora tourna la poignée et entra. Laura était assise à la fenêtre, bien habillée, bien coiffée. Une pile de lettres était posée sur une chaise à côté d'elle, elle avait l'œil sec et paraissait calme.

— Bonjour Dora.

— Bonjour, répondit Dora en tortillant son alliance. Je suis venue... Maman m'a donné une lettre pour toi. Nous voulions te dire combien nous sommes bouleversées.

— Mais non, répliqua Laura. Il n'est pas mort, tu sais.

— Maman a dit... Tu n'as pas reçu un télégramme ?

— Oui. Porté disparu.

Dora s'assit à côté d'elle sans y être invitée. Ses jambes étaient trop faibles pour la supporter.

— Tu n'es pas bien remise ? s'enquit Laura.

— Ce n'est pas ça. C'est l'émotion...

— Je n'y crois pas.

— Mais il est mort ! éclata Dora. Tu le sais bien. Ne fais pas la folle !

Il y eut un silence. Laura détourna la tête et contempla le verger dont les branches nues se tordaient vers le ciel.

— Nous n'avons pas taillé les fruitiers comme nous l'aurions dû. Michael m'a écrit à ce sujet et j'ai oublié. Tu crois qu'on peut encore le faire ?

— Veux-tu que je fasse monter le docteur ? proposa Dora. C'est un Polonais, un très bon médecin. Je te le jure, il m'a sauvé la vie.

— Je ne suis pas malade, dit Laura. Ce n'est pas être malade que de penser autrement que les autres.

— Si, quand on se trompe.

Mary était couchée dans son berceau. Dora la prit au passage. Laura ne devait pas s'ocuper du bébé dans un tel moment. Dans la cuisine, Marie fixait Zwmskorski d'un œil glacial.

— Pouvez-vous monter, Wojtyla ? Elle est si bizarre. Elle dit que ça ne peut pas être vrai.

Zwmskorski grimpa l'escalier d'un pas léger.

— Madame Cooper ?

Il entra dans la chambre dont la porte était restée ouverte. Laura était toujours assise à la fenêtre. Elle se tourna vers lui.

— Je m'excuse. Nous nous connaissons ?

Il se pencha, très révérencieux.

— Je crois, oui. Cela ne date pas d'hier. Vous étiez si jeune. La rue de Claret.

— Vraiment ? C'était il y a très longtemps.

— Oui.

Il lui prit la main, mais elle la lui retira.

— Je n'ai nullement besoin d'un médecin, je vous assure. Mon mari n'est pas mort, voilà tout.

— Mais vous savez bien que si. Vous avez reçu un télégramme. Sans doute victime d'une bombe. On n'aura pas retrouvé son corps.

— Mais non. Il est.. porté disparu, voilà tout.

— Il est mort, madame Cooper.

Elle ferma les yeux, prise d'un tremblement.

— Je me souviens de vous, dit le docteur pensivement. Vous étiez si belle. Si chère. J'ai eu envie de vous, mais je n'en avais pas les moyens.

Elle le fixa en se demandant si elle avait vraiment connu cet homme. Mais Michael la hantait. Cela faisait des heures maintenant qu'elle avait un couteau planté dans le cœur, et ce n'était qu'en restant immobile qu'elle pouvait éviter de souffrir. Et voilà que le couteau remuait tout seul, comme un animal qui s'éveille. Des images lui traversèrent l'esprit, tous ces hommes, nus, cruels, Michael... Michael. Une bombe, il ne restait rien de lui, c'est pour ça que...

Elle se tourna vers le docteur d'un air farouche.

354

— Je savais que ça finirait comme ça ! Je lui avais dit. Mais il n'a rien voulu savoir.

— Couchez-vous. Venez vous étendre.

— Non.

Elle tremblait sans pouvoir se maîtriser.

— Vous êtes fatiguée. Il faut vous reposer.

— Ne me touchez pas.

Au bout d'un moment le docteur redescendit.

— Pourquoi criait-elle ? s'enquit craintivement Dora.

— Elle y croit, maintenant. Ce genre de femme est souvent hystérique.

— Qu'est-ce que vous en savez ! cracha Marie. Je vais lui donner de ça.

On entendit un grand bruit venant de l'étage au-dessus.

— Venez, Dora, dit Zwmskorski.

Une fois dans la cour, elle demeura près du poney, les yeux levés vers la fenêtre de Laura où les silhouettes des trois femmes semblaient se battre.

— Elle va se tuer, dit Dora avec stupeur.

— Non, elles vont lui donner de l'opium. Elle dormira.

— Pauvre Laura.

Zwmskorski grimpa dans le cabriolet et lui tendit une main péremptoire. Il n'y avait plus qu'à rentrer.

8

L'aube se levait sur l'horizon, une faible lueur qui deviendrait dans un instant une lumière orange aveuglante. La radio grésilla et Gabriel écouta tout en balayant machinalement le ciel du regard. Selon les indications, ils devaient être en vue. Oui, les voilà... juste devant. Des bombardiers escortés de chasseurs. « Ennemis. À douze heures », lança-t-il, laconique.

« Reçu. Attaquez. Feu à volonté », lui fut-il répondu.

Il se détacha et mit pleins gaz pour prendre de la hauteur. Green, le petit nouveau, était toujours là, au bout de son aile. Bien. Les chasseurs étaient des Focke Wulf, il le voyait d'ici, ce qui le rassura un peu. Il craignait davantage les Messerschmitt, avec leur moteur gonflé. Quelqu'un fit feu, ce qui était parfaitement ridicule, à cette portée. Les voilà qui s'éparpillaient comme des pigeons effarouchés. Lequel mangerait-il aujourd'hui ?

Avec un rictus, il saisit les détentes de ses mitrailleuses et poussa le gouvernail. Il attaqua par l'arrière et vit les obus se ficher dans le moteur. La fumée lui arriva en pleine face alors qu'il tirait sur le manche pour s'esquiver, sûr d'avoir réussi. Et Green, où était-il ? Toujours là. Il fouilla le ciel en tendant le cou, vit un obus traçant le rater d'un bon mile. Loin en dessous, un bombardier fit demi-tour, pressé de rentrer. Une de ses hélices tournait au ralenti. Une panne de moteur, sans doute. Allez, un petit dernier pour la route.

Il piqua en calculant machinalement la déviation due aux vitesses relatives. Il faudrait qu'il en parle à Green ; ce garçon tirait comme sur une cible fixe. Gabriel avait fait les mêmes erreurs, au début.

Mais revenons à nos moutons, approcher par l'arrière, feu... et hop, disparaître. Moteur touché ! Il regarda l'appareil tomber. Du bon boulot, vite fait bien fait. Et maintenant, retour à la base pour un petit déjeuner, pendant que l'équipage du bombardier barboterait dans l'eau glacée.

En revenant dans le soleil du petit matin, il se sentit euphorique. Deux avions ennemis abattus et Green toujours en vie, pas mal pour une matinée. Gabriel laissa son esprit vagabonder. Il songea à Laura devant le fourneau, les joues toutes roses, les cheveux dans les yeux...

Pourquoi diable ne pensait-il pas à Dora ? C'était pourtant une sacrée belle fille ! Elle lui avait envoyé une photo du bébé la semaine précédente, un assez joli bambin, même s'il lui restait étranger.

Son humeur s'assombrit un peu. En bas, le terrain apparut, mais les nuages se rassemblaient. Si les Fritz avaient eu un peu de jugeote, ils auraient arrêté ces raids à l'aube et auraient bombardé de nuit. Il était trop haut, il jeta un coup d'œil à son altimètre pour vérifier et glissa sur l'aile machinalement. Soudain on brailla sur la radio, Green probablement, qui faisait l'imbécile. Il regarda vers son aile, pour s'apercevoir que ce dernier n'y était plus. Il leva les yeux. Green traversait le ciel à toute allure à sa recherche. Pauvre idiot. Après avoir atterri, Gabriel attendit près du hangar que Green le rejoigne.

Mais c'est le commandant qui vint à sa rencontre. Gabriel cherchait son paquet de cigarettes quand son supérieur le devança et lui offrit l'une des siennes. Eh bien ! Des Balkan Sobranie. Comment se les était-il procurées ?

— Mauvaises nouvelles, je le crains, dit le commandant.

Qui s'est fait descendre ? se demanda Gabriel avec un coup au cœur. Pas Philip, il n'est même pas sorti.

— C'est votre frère, continua le commandant. Porté manquant, mais, d'après ce qu'on m'a dit, il n'y a plus rien à espérer. On vous réclame chez vous.

Green atterrissait. Il sortit du cockpit, l'air contrarié, et arriva vers Gabriel en disant : « Désolé. Vous m'avez semé, je ne sais comment. »

Exaspéré, Gabriel lui fit signe de s'éloigner.

— Je partirais tout de suite, à votre place, lui conseilla le commandant. Votre famille doit avoir besoin de vous. C'est terrible. Je suis vraiment désolé.

Le voyage de retour fut irréel. Michael le hantait, mais la seule image qui lui venait à l'esprit, c'était son frère en train de labourer.

Il le revoyait faire des kilomètres derrière les chevaux en creusant des sillons parfaitement réguliers et croyait l'entendre appeler : « Ho, Blossom. Du nerf, Banner. Allons, allons ! »

Retrouver les murs familiers de Gunthwaite ne lui fut d'aucun secours, ce soir-là. Rosalind vint en courant à sa rencontre.

— Gabriel, mon chéri ! C'est affreux.

Il sortit son sac de la voiture, remarqua la paille qui jonchait la cour, le soc de charrue rouillé, et entendit la longue plainte d'un bouvillon venant de l'étable.

— Comment va Laura ?

— Très mal. Elle est couchée sur son lit toute la journée. Pendant que je me débats avec père, les garçons et le reste.

Il grimaça un sourire. Rosalind n'avait pas changé. Elle n'avait jamais eu de goût pour la vie de femme d'intérieur.

— Je vais monter la voir. Manifestement, elle n'a même pas droit à un ou deux jours de deuil.

— Ce n'est pas ça et tu le sais, dit Rosalind. Elle n'est pas bien, Gab. C'est pour elle que nous nous faisons du souci, pas pour nous.

Il monta les marches deux par deux et frappa pour la forme. Personne ne répondit. Il hésita, pensant soudain à toutes ces années où Michael était sorti de cette chambre en remontant ses manches pour commencer sa journée, le réprimandant à la moindre incartade. Les larmes lui vinrent aux yeux. Il resta là en essayant de se reprendre, mais il y avait des gens dans le couloir, des gens partout. Il fallait entrer.

Laura avait les yeux fixés sur la porte. Quand elle le vit, elle se renversa sur les oreillers comme si elle attendait quelqu'un d'autre. Il n'eut pas besoin de demander qui.

— Oh, ma chérie, dit Gabriel d'une voix rauque.

Le visage maculé de larmes, le nez gonflé, les yeux bouffis, elle pleurait encore.

— Tu y crois, toi ? Tout le monde m'oblige à y croire. On dit qu'il a sauté sur une bombe, qu'il a été réduit en cendres.

— Peut-être pas.

— Mais alors ?

— Je ne sais pas.

Elle enfouit son visage dans l'oreiller. Il s'assit sur le bord du lit et posa la main sur son épaule. Sous la chemise de nuit, elle était d'une maigreur famélique. Il colla sa joue contre la sienne, l'embrassa, ému jusqu'aux larmes.

— Tu n'es pas seule. Je ne t'abandonnerai jamais.

Puis il la redressa et la serra contre lui. Il ne l'avait jamais vue si désarmée. Toute sa force l'avait quittée.

— La ferme va à vau-l'eau, dit-il. La maison est pleine de monde, mais personne ne fait rien.

— Je m'en fiche. Ce n'est plus à moi de m'en occuper.

— Je sais. Mais il y a un bouvillon malade dans l'étable. Je l'entends gémir. Il faut que j'aille voir.

— Qu'est-ce qu'il a ?

— Je l'ignore. Pourquoi diable Michael est-il parti se battre ? Il n'aurait pas dû te laisser. Quel gâchis.

Elle se recula un peu et le regarda droit dans les yeux.

— Que vais-je devenir ? Faudra-t-il que je parte ?

— Non. Bien sûr que non. La ferme est à toi.

— Je pensais qu'elle irait à toi, maintenant.

Il ferma les yeux. Elle avait sans doute raison. La ferme se transmettait par la lignée mâle, et Michael n'avait pas d'héritier.

— C'est chez toi, et ce sera toujours chez toi. Tu es la femme de Michael, Laura !

Elle hocha la tête, esquissant un vague sourire.

— C'est fini ce temps-là. Et je ne me suis jamais vraiment sentie sa femme, tu sais. Il méritait quelqu'un de mieux... Oh, Gabriel, je ne sais pas ce que je vais faire...

Ses sanglots montaient du plus profond de son être. Comment un type tranquille comme Michael avait-il pu inspirer tant de passion ? Il ne connaissait même pas la femme qu'il avait épousée ! Il ne savait pas la satisfaire ! Mais c'était sur lui qu'elle avait compté pour construire sa vie.

— Allons voir cette pauvre bête, dit Gabriel en la secouant un peu.

— Je ne peux pas. Je ne peux pas.

— Pense à Michael. Lui n'aurait pas laissé un animal souffrir sans réagir.

La tête de Laura roula sur son épaule.

— Laisse-moi, je t'en prie.

— Viens, ma chérie. Debout. Michael n'est plus, mais Gunthwaite existe toujours. Elle te réclame.

Il l'aida à enfiler une robe de chambre. Elle se tint devant la glace et contempla son visage méconnaissable.

— Je suis laide à faire peur, dit-elle. Je ne serai plus jamais jolie, et c'est tant mieux.

Quand Laura entra dans la cuisine, la conversation s'interrompit. Elle les ignora tous et gagna la porte.

— Il gèle dehors, lui dit Rosalind. Enfilez donc un manteau.

Laura ne releva pas.

Elle erra sans but dans la cour, s'arrêta à mi-chemin, trop faible pour continuer. Mais elle se redressa et se dirigea vers l'étable.

Le bouvillon était près de la mangeoire. Un filet de bave coulait de sa gueule, il était couvert de sueur et poussait par moments une longue plainte déchirante. Laura le contempla quelques instants. Puis elle s'écria : « Bill ! Bill, vous êtes là ? Qu'est-ce qui arrive à cette bête ? »

Bill surgit de derrière la meule de foin, une cigarette au coin des lèvres.

— Je vous prierai de ne pas fumer dans l'étable, lui dit sèchement Laura.

Il enleva la cigarette de sa bouche. C'était elle la patronne, désormais. Il ne pouvait plus se permettre la même insolence.

— Depuis combien de temps souffre-t-il comme ça, des jours ? Il a dû avaler un morceau de fil barbelé. Il faut que ça cesse. Faites venir le boucher.

— On ne peut pas faire ça, madame. Il n'est même pas adulte.

Elle le fixa d'un regard glacial.

— C'est à moi d'en décider, Bill Mayes. Faites venir le boucher.

Elle repartit vers la maison, mais Gabriel ne la suivit pas. Il voyait trop bien ce qui se passerait maintenant, et cela le consternait. Laura deviendrait une femme aigrie, son fol amour de la vie tari à jamais. Comme sa mère, pensa-t-il avec amertume. Autrefois, Norma Cooper avait dû être une jeune femme radieuse, pleine de vitalité. Mais elle avait changé, et c'était irréversible.

Pour le dîner, Rosalind et les Françaises avaient concocté une infâme brandade de morue, gluante, pleine d'arêtes, et Gabriel songea à la mousse de poisson qu'on servait chez les Fitzalan-Howard. Une délicieuse spécialité, dont Dora avait une fois promis de lui donner la recette.

— Dora ! s'écria-t-il en se levant d'un bond.

— Quoi ? s'étonna Laura, qui n'avait rien avalé.

— Mon Dieu, s'étrangla Rosalind. Tu as oublié de lui annoncer ta venue ? Gabriel ! Pourvu qu'elle n'en sache rien.

— Mais si, intervint Mme Cooper, qui les avait rejoints sans prévenir pour le dîner. Je suis passée à Fairlands en allant à la gare. Je lui ai dit que j'allais te chercher. Elle sait que tu es ici, bien sûr.

Gabriel prit son blouson, une lampe, et décrocha les clés de l'automobile, pendues près de la porte.

— Tu ne peux pas prendre la voiture, déclara sa mère. Il n'y a plus d'essence. On en rapportera de Bainfield jeudi.

Gabriel posa la lampe et chercha une torche, pour s'éclairer durant le long trajet qu'il allait faire à bicyclette.

Il arriva à Fairlands juste avant dix heures. Il avait crevé trois kilomètres plus tôt et avait perdu dix minutes à tenter de regonfler le pneu. La maison était plongée dans l'obscurité et sa torche ne marchait plus ; il trébucha sur les marches et alla cogner contre la porte d'entrée. Une fois debout, il frappa à coups redoublés.

— Qui est-ce, nom de Dieu ? lança la voix de M. Fitzalan-Howard.

— Gabriel Cooper, monsieur.

La porte s'ouvrit toute grande.

— Dieu soit loué ! s'exclama avec ferveur M. Fitzalan-Howard. Dora est dans un de ces états. Je comprends que vous vous soyez rendu chez vous en premier, mais elle l'a très mal pris. Je regrette tellement, pour votre frère. Michael était quelqu'un de bien.

Gabriel hocha la tête. Ces condoléances lui enlevaient tout courage. Dans le salon, Dora était debout près du feu, raide comme un piquet.

— Je suis désolée, pour Michael, dit-elle sèchement.

Gabriel entendit la porte se fermer derrière lui. On les laissait seuls.

— Je voulais venir plus tôt, mais Gunthwaite est en plein chaos, c'est inimaginable. Rosalind se balade en faisant des effets de toilette, sans s'occuper de rien.

— Tu aurais pu me demander mon aide, dit Dora. C'était mon beau-frère, tu sais. Cela me regarde aussi.

— On s'est dit que tu avais assez à faire avec le bébé.

— Ce n'est qu'un bébé ! rétorqua-t-elle en s'affalant dans un fauteuil. N'importe qui peut s'en occuper, il dort la moitié du temps. Tu aurais dû venir, Gabriel. Surtout après la dernière fois. Je croyais que tu regrettais.

— Oui. Je regrette. Mon Dieu, Dora, j'ai dû aller directement à Gunthwaite, tu dois le comprendre.

— Eh bien non, je ne comprends pas, répliqua-t-elle, boudeuse.

Il en fut irrité. Son frère était mort, mais seul comptait son petit orgueil mal placé. Il se raisonna, se dit qu'elle était jeune, isolée, et qu'elle s'ennuyait, coincée ici. Les filles d'aujourd'hui ne restent pas à la maison les bras croisés, elles s'engagent et font ce qu'elles peuvent pour aider, pensa-t-il. Mais Dora était condamnée à demeurer dans cette maison pour jouer à la maman, oubliée de tous.

Il s'agenouilla près de son fauteuil et l'embrassa sur la joue. Comme elle détournait le visage, il frotta son nez contre son cou. Soudain elle se jeta à son cou en s'écriant : « Gabriel, mon chéri ! Je t'aime tant. » Sa bouche se colla à la sienne. Il aurait voulu se perdre dans ce baiser, mais il ne cessait de penser à ses beaux-parents, qui attendaient avec angoisse dans le couloir. Il fallait aller leur parler, faire la paix. À l'idée qu'il irait ensuite se coucher avec Dora, dans cette maison, il ressentit une gêne effroyable.

Enfin, après avoir échangé avec eux quelques civilités autour d'un verre de whisky, lui et Dora se retirèrent dans leur chambre. Il n'y était jamais entré. C'était une pièce ornée de dentelles et encombrée de meubles, de bibelots, avec un grand lit à deux places entouré de jolies tentures bleues.

Gabriel se sentait très las, bien loin d'éprouver l'élan irrépressible qui le poussait si facilement dans les bras de la première jolie fille venue, quand il était à la base. Il ne cessait de penser à Michael, il revoyait le visage ravagé de Laura. Cela ne ressemble pas à mon frère de laisser tomber les gens comme ça, se disait-il, les larmes aux yeux.

— Je suis si contente que tu sois là, Gabriel, tu ne peux pas t'imaginer, lui dit Dora.

Elle s'assit au bord du lit, dans une pose de star de cinéma.

— Et le bébé, où est-il ?

— Dans sa chambre. Maman va veiller au grain, il ne se réveille pas souvent. Nous avons toute la nuit devant nous.

Elle s'allongea et lui ouvrit les bras. Lui n'avait qu'une envie, être à Gunthwaite, là où Michael avait vécu, parmi ses affaires et tout ce qui évoquait son souvenir. Que faisait-il au milieu de ces fanfreluches, avec cette fille qu'il connaissait à peine ?

— Embrasse-moi, Gabriel.

On se serait cru dans un film. Elle dut le lire sur son visage, car elle se redressa brusquement, l'air fâchée.

— Qu'y a-t-il ? À quoi penses-tu ?

— À rien, soupira-t-il. Écoute, déshabillons-nous, d'accord ? La journée a été longue.

— Tu es trop fatigué pour me faire l'amour, après tout ce temps ?

— Non. Bien sûr que non. Je vais me déshabiller dans la salle de bains, si ça ne te fait rien.

Quand il revint, dans l'un des pyjamas de M. Fitzalan-Howard, Dora reposait entre les draps, l'air mutin. Il se coucha à côté d'elle et s'aperçut qu'elle était nue.

Pas besoin de tergiverser, elle savait ce qu'elle voulait. Il glissa la main entre ses jambes, et quand il la toucha elle poussa un petit cri. Si elle était un peu moins chaude, nous n'en serions pas là, songea-t-il avec une pointe d'exaspération. Ses halètements se firent saccadés.

Ses yeux luisaient dans le noir. Ce n'était pas une expérience partagée, mais un plaisir égoïste, pensa-t-il en s'allongeant sur elle. Il la pénétra avec prudence de peur de lui faire mal, mais elle grogna et se cramponna à ses hanches en régulant le rythme de ses coups. Il la sentit soudain se raidir. Mais lui n'était guère excité. Des pensées l'assaillaient. Laura n'était pas comme ça. Elle s'était montrée pleine de douceur, refusant d'aller là où il ne pouvait suivre. Elle l'avait mené de délice en délice, dans un long voyage à deux.

Dora se remit à frissonner, ouvrit les yeux et cria. Il jouit aussi, avec un sentiment de morne soulagement.

Dans la nuit, elle revint à la charge. Il en fut surpris. Pendant leur lune de miel, ils avaient dû se restreindre à cause de la grossesse, mais tout cela était loin. Sous lui, les yeux fermés, elle projetait ses hanches en des poussées avides, directes. Quand elle vint encore avec ce cri de gorge, il se dit que le partenaire importait peu. Elle avait quelque chose d'animal.

Au matin, il se leva tôt et alla se raser dans la salle de bains avant que Dora se réveille. Quand il revint dans la chambre, elle était toujours couchée, le drap remonté sous ses seins nus, gonflés, d'où suintait même un peu de lait.

— Tu ne devrais pas d'abord allaiter le bébé ? demanda-t-il.

— Maman a dit qu'elle lui donnerait un biberon.

Il la caressa, sa peau était ferme et chaude. Elle grogna encore. Il faudrait qu'il se fasse à ce grognement affamé, impatient. Il n'avait jamais rien connu de si cru, de si impersonnel. Nous sommes mariés, se dit-il, emporté sur la houle de leurs ébats. C'est ma femme ! Mais... et la tendresse, dans tout ça ?

Plus tard, ce matin-là, il regagna Gunthwaite à bicyclette, en prétextant qu'il avait de vagues formalités à régler. Pourtant, en l'absence de corps, il n'y avait pas d'enterrement, la vie continuait comme avant. Mais il fallait qu'il soit là-bas.

Il trouva Laura sur le plateau, contre les murs qui bordaient les champs et marquaient l'extrême limite des terres de Gunthwaite. Elle portait une jupe en laine, ayant sans doute renoncé aux pantalons depuis la mort de Michael.

— Ne t'en va pas comme ça, sans prévenir. Ce n'est pas gentil, lui dit-il.

— Je n'ai pas l'intention de me suicider.

— D'accord, mais je m'inquiète. Et tu le sais.

Elle resserra frileusement ses bras autour d'elle. Il soufflait un vent mordant ; même les brebis, malgré leur épaisse toison, se blottissaient dans le creux derrière le mur pour s'en protéger. Gabriel y entraîna Laura, ils s'assirent un moment à l'abri. Elle était d'une pâleur à faire peur.

— Il faut que tu recommences à manger, dit-il.

— Je n'y arrive pas. Ça ne passe pas.

— Tu as une mine de déterrée.

— Ah oui ? Toi aussi.

Un rire échappa à Gabriel, presque un sanglot.

— Ce n'est pas à cause de Michael, précisa-t-il. Bon Dieu ! Dora s'en fiche complètement, elle ne pense qu'à baiser. J'ai surtout envie de réfléchir, tu comprends, et quand je suis coincé avec elle, c'est impossible. Elle ne me laisse pas souffler un instant.

— Moi, j'aimerais bien arrêter de penser, soupira Laura. Même quand je dors, il est là.

Des vanneaux tournoyaient au-dessus du plateau désolé, c'était un paysage beau, dur, qui semblait dire que toutes ces tragédies passeraient, mais que lui était immuable.

— Je revois sans cesse Michael occupé à labourer, dit Gabriel. Ça va mieux quand je suis à la maison. Je me souviens de lui quand j'avais treize ans et qu'il me faisait les gros yeux, à table.

Elle se sourit à elle-même en fermant un instant ses paupières veinées de bleu. Gabriel eut peur soudain, elle devenait diaphane, bientôt, elle disparaîtrait.

— Allons manger quelque chose, ordonna-t-il. Moi non plus, je n'ai rien pris aujourd'hui.

— Dora ne te donne même pas à manger ? s'étonna Laura.

— Ni à moi ni au bébé. C'est presque inquiétant.

— Ça lui passera, dit Laura en se levant avec lassitude. Elle est folle de son corps, comme on dit. Elle n'a pas appris à haïr ses besoins.

Gabriel la prit par la main.

— Toi oui ?

— Plus que jamais, dit Laura en s'écartant de lui pour descendre vers la ferme.

Les jours suivants s'organisèrent selon un rythme régulier. Gabriel passait la journée à Gunthwaite et la nuit à Fairlands. Chaque matin et chaque après-midi, il remplaçait Alan et David sur la carriole. Souvent, il voyait Laura marcher sans relâche à travers champs et monter vers le plateau.

Le troisième jour, en descendant de voiture à Fairlands, David lui confia son désarroi.

— Pauvre tante Laura, elle était déjà dehors à marcher, quand on est partis. Je sais, elle est triste, mais j'aimerais bien qu'elle aille mieux. Maman dit que si ça continue, il va falloir nous évacuer ailleurs, chez quelqu'un qu'on ne connaîtra même pas. Parce que Laura est la seule qui sait comment s'occuper de la ferme, et que tout est à l'abandon.

— Elle n'a même pas pris de petit déjeuner, ajouta Alan, qui était gourmand.

Ils partirent en courant vers la salle de classe. Machinalement, Gabriel fit signe à Dora pour dire au revoir. Ils faisaient toujours l'amour le matin, un dernier petit coup après leurs frénésies nocturnes. Elle était si différente de ce qu'il avait imaginé. Avait-elle jamais été douce ou innocente ? Mais il n'allait pas s'en plaindre. Leur chambre était comme une maison de plaisir, à l'écart du monde réel. Il ne pensait plus aux parents de Dora, ni à rien d'autre. C'était un antidote aux angoisses du jour.

Sa permission touchait à sa fin. Dans deux jours, il retournerait à la base. Il se vit raconter à Philip que sa femme était la plus chaude lapine qu'il ait jamais connue. Mais que ferait une pareille nature quand il serait parti ?

À peine descendu de la carriole, il entra dans la maison. Les Françaises étaient dans la cuisine, l'une écrivait une lettre parmi les restes du petit déjeuner tandis que l'autre fourrait des cuillerées de porridge dans la bouche docile de son père. À cette allure, les différents repas s'enchaîneraient bientôt sans interruption. Il n'y avait plus aucune régularité, aucune discipline, pensa-t-il. Et dans cette maison, cela signifiait que rien ne se faisait. Il irait parler à Bill Mayes, lui dirait de rassembler au moins les brebis, mais la ferme était un mystère pour lui, il en avait été absent trop longtemps. Toutes les tâches à effectuer s'embrouillaient dans sa tête.

Gabriel sentit le découragement le gagner. Il alla chercher Rosalind et la trouva dans le petit salon, elle disposait des branchages dans un vase.

— Tu n'as rien de plus urgent à faire ? s'enquit-il avec lassitude.

— Rien, riposta-t-elle. J'ai préparé le petit déjeuner, nourri Mary et les garçons, je me suis démenée pendant une demi-heure pour allumer la lessiveuse et dans un instant je sortirai voir ce que cet idiot de contremaître a encore inventé pour ne pas travailler de la journée. Mais j'ai aussi besoin de me calmer les nerfs. Je m'inquiète, Gabriel. Qu'allons-nous faire ?

Gabriel s'affala sur le canapé.

— Père. Les garçons. La ferme. La maison. Même le bébé. On ne peut pas laisser Laura s'en occuper. Elle en est incapable.

— Mais je ne peux pas ramener les garçons à Londres, pas avec ces raids, ni lâcher mon travail, s'exclama Rosalind.

— Mais si, bien sûr que tu le peux.

— Non, répondit-elle en finissant d'arranger les branchages. C'est important, vraiment. On a besoin de moi. Je sais, c'est grâce à Howard que j'ai eu ce poste et je ne suis sans doute qu'un simple rouage, mais la machine est de taille. Services secrets et tout le tintouin... Je ne peux pas t'en dire plus. Sinon qu'il s'agit de la France...

— Bravo sœurette. J'ignorais que tu avais de telles dispositions.

— Moi aussi. Bon, si les choses empirent, il faudra engager quelqu'un. Plusieurs personnes, même, puisque mère a déménagé définitivement, dirait-on. Ce n'est pas juste, mais j'aimerais tant que Laura se remette et reprenne les choses en main, avoua-t-elle, affolée, presque excédée.

Tenir une maison n'avait jamais été le fort de Rosalind. Comme femme de diplomate, elle était idéale, retenait les noms, les titres, passait d'une mondanité à l'autre en faisant valoir les intérêts de son mari. Mais elle n'était pas faite pour Gunthwaite. Laura non plus, à l'origine. Gabriel s'étonnait qu'une créature aussi sophistiquée ait pu s'adapter à ce lieu. Laura prenait la couleur de ce qui l'entourait, comme ses yeux reflétaient la nuance de ses vêtements ; on en arrivait même à douter qu'elle ait une couleur à elle et, ces jours-ci, elle semblait se fondre dans l'air, comme invisible.

Dans l'entrée, il prit l'un des grands cirés que les hommes mettaient pour travailler aux champs. Il fallait qu'il aille parler à Laura.

Il mit une vingtaine de minutes à la trouver. Elle était assise sur un rocher qui dominait la vallée, ses cheveux flottaient autour de son visage. Il l'appela par son nom, mais elle ne répondit pas et en s'approchant il vit que ses lèvres étaient exsangues.

— Tu essaies de mourir de froid, Laura ?

— Non. Je m'apprêtais à redescendre.

La voyant si chétive, si désarmée, il n'y résista pas et la prit dans ses bras.

— Comment puis-je t'aider ?

— Tu ne peux pas me rendre Michael.

— Au diable Michael ! Il n'aurait jamais dû partir.

Laura sentit son souffle chaud sur sa joue. Elle ne s'était pas rendu compte qu'elle était transie jusqu'à la moelle. Le froid atténuait la douleur et elle inspirait l'air glacé à pleins poumons. Mais elle se sentait vide. Aussi creuse qu'un vieil arbre déjà habité par la mort. Dans la chaleur que lui offraient les bras de Gabriel, elle se détendit, animée d'un besoin d'aller vers le soleil. Leurs lèvres s'effleurèrent, et ce fut comme une brûlure.

— Encore, murmura-t-elle.

Gabriel était rassasié de baisers. Il se pencha pour l'embrasser ; sa bouche s'ouvrit sous la sienne. Il écarta les pans de sa veste et la prit contre lui, tenant serré son corps glacé. Au contact de ses cuisses contre les siennes, son ventre remua, comme malgré elle, et elle n'en fut pas surprise. La vie n'est jamais aussi forte qu'au moment où la mort frappe. Son corps luttait pour survivre. Elle était femme, elle était vide.

— Fais-moi l'amour, j'en ai besoin, dit-elle.

— Tu es bouleversée. Tu ne parles pas sérieusement.

— Quelle importance ? Michael n'est plus.

— Dora...

— Tu couches avec des tas d'autres femmes, non ?

— Comment le sais-tu ?

— Tes lettres. Il est facile de lire entre les lignes.

La dure lucidité de la professionnelle..., se dit-il. Mais il avait son content, il ne pourrait la satisfaire.

— Je t'en prie, ne me rejette pas, l'implora-t-elle, soudain pitoyable. Je me sens comme morte. Ramène-moi à la vie, Gabriel.

Elle se pressa contre lui, maigre, osseuse, une femme éplorée, sans rien qui provoque le désir. Et il sut alors, avec une absolue certitude, qu'il l'aimait.

Il lui prit le visage et l'embrassa à pleine bouche. Elle gémit et il la fit se coucher sur la terre froide, en se servant du grand ciré comme d'une tente.

Il s'agenouilla et vit qu'elle pleurait de nouveau. Satané Michael, songea-t-il, tu n'es plus, tu n'as plus aucun droit en ce bas monde. Dans le vent chargé de pluie, il se dévêtit et se coucha sur Laura, qui referma sur lui son corps glacé. La tête lui tournait, son cœur battait fort, il oscillait entre ciel et enfer.

Laura le fixa, les yeux grands ouverts, les dents serrées. Il se mit à bouger et elle renversa la tête en fermant les yeux. Elle pouvait avoir confiance en Gabriel. Pas besoin de cacher son plaisir ni sa peine. Ça montait en elle, un ballon gonflé de tension qui s'enflait et qu'il transpercerait de son épée en une explosion de couleurs. Michael est mort, pensa-t-elle dans l'angoisse, mort, mort, mort. Mais son corps, ce rebelle, la livra au plaisir.

Elle poussa un cri, qu'elle étouffa aussitôt. On n'aime pas entendre jouir une putain. Gabriel la regardait, l'air anxieux, hissé sur ses coudes. Il n'avait pas joui. Elle le sentait, dur et palpitant dans la gaine de son ventre. Doucement, subtilement, elle remua en murmurant : « C'est bon. Tu m'as fait jouir. Tu peux y aller. »

C'est l'acte qui partage tout, songea Laura en le voyant se cabrer de plaisir dans un sanglot, joies, peines, tous les secrets du cœur. Mais elle ne se doutait pas que Gabriel entendait comme un cri dans sa tête. « Au nom du ciel, pourquoi ai-je épousé Dora ? »

9

Les Italiens discutaient encore, d'un problème alimentaire, semblait-il ; ils se nourrissaient principalement de fromage et de chianti
et invitaient très cordialement Michael à partager leurs repas, s'excu-
sant même parfois de la qualité du vin, ce qui l'amusait beaucoup,
lui qui vivait depuis des mois de corned-beef et d'eau saumâtre.

Manifestement, cela ne faisait pas longtemps qu'ils étaient dans le
désert, ils ne savaient que faire de lui et paraissaient assez désemparés
sur la marche à suivre. Fallait-il avancer certains de leurs tanks ou
les garder à l'arrière ? La veille ils avaient reçu, assez froidement, la
visite d'un officier allemand. Michael avait gardé la tête baissée. Si
les Allemands le chopaient, il n'aurait plus aucune chance de passer
la ligne en douce.

Il ignorait toujours où il se trouvait exactement. Quand il était
tombé sur eux, au bout d'une journée d'errance, il délirait presque
à cause de la déshydratation et de l'épuisement dus à la chaleur. Bon
Dieu, ce soleil ! Il supportait mal cette oisiveté forcée et passait son
temps à scruter l'horizon.

Comme il croisait l'un des officiers, Michael chercha machinalement le morceau de papier où il avait écrit son nom, son rang et son
matricule, pour qu'on le transmette à la Croix-Rouge et que les siens
soient enfin rassurés sur son sort. Mais l'Italien le regarda, sourit
poliment et poursuivit son chemin.

Michael se sentait désarmé. Personne ne savait qu'il était ici. Il
risquait de vivre toute cette fichue guerre comme mascotte d'une

unité de blindés italienne obsédée par le chianti et le fromage. « N'y a-t-il personne qui parle anglais ici ? » rugit-il.

L'un des hommes se pencha d'une tourelle et lui offrit obligeamment une portion de fromage fumé.

Laura allait un peu mieux. Elle était descendue de la colline avec assez d'énergie pour rallumer la lessiveuse, envoyer les hommes rassembler le troupeau et préparer un déjeuner consistant. Rosalind n'en revenait pas, mais elle n'eut pas le loisir de questionner Gabriel. Il était reparti à Fairlands à pied, dans le vent et la pluie. « *Oh là là !* prononça Sophie en français, d'un air mystérieux. *On peut dire qu'il l'a voulue, celui-là. Il aura mis le temps**. »

Rosalind, qui parlait couramment français, lui demanda ce qu'elle voulait dire par là. Mais Sophie se contenta de lever les yeux au ciel.

Ils ne revirent Gabriel qu'à la fin de sa permission. Il arriva en uniforme, alors qu'il allait à la gare avec Dora. Sa mère voulut les accompagner pour récupérer de l'essence à Fairlands.

— Je dois d'abord parler à Laura, expliqua Gabriel. Nous devons décider, pour la ferme.

— Tu ne décideras rien du tout, riposta sa mère. Quoi que tu dises, elle n'en fera qu'à sa tête. Tu connais la dernière ? Elle installe les deux aides dans le cottage voisin du mien. Quelle extravagance. Maintenant que Michael n'est plus, rien ne pourra l'arrêter.

Il la laissa avec Dora continuer ses jérémiades, emmena Laura dans le bureau et ferma la porte.

— Elle n'arrête pas une seconde, hein ? lui dit celle-ci avec un petit sourire.

— Non.

Et comme il restait silencieux à la regarder, elle ajouta :

— Ça va mieux. Ne t'en fais pas.

— Je m'en ferai toujours. Je voudrais que tu le saches... ce qui s'est passé est important pour moi.

— Tu as été très gentil. Je n'aurais pas dû insister.

— Quand tu voudras ! dit-il d'un air badin qu'il quitta aussitôt. Quand tu voudras.

— Je me sens si vieille, fit-elle au bout d'un moment. Presque adulte. Je m'occuperai de tout pendant ton absence. Et... on ne le fera plus.

— À cause de Dora ? Elle n'en saura jamais rien. Nous serons prudents. Nous en avons besoin tous les deux.

— Tu as Dora. Tu n'as pas besoin de moi.

— Mon Dieu. Si tu savais....

Il lui prit la main et ce simple contact les enflamma. Elle se retrouva dans ses bras et leurs bouches s'unirent avec ardeur. Mais ils n'avaient pas le temps.

— Viens me voir à la base, murmura-t-il. Il le faut.

— Je viendrai si je peux. Il y a tant de choses à faire.

— Je sais. Ma chérie, je n'ai jamais voulu ça.

— Ce n'est pas ta faute. Et je continue à me dire que ce n'est pas non plus la faute de Michael. Mais je suis quand même en colère.

Ils s'embrassèrent encore avec fougue, mais elle se détacha et alla se poster près de la fenêtre pour se calmer. Gabriel aurait dû se sentir coupable, il entendait la voix de Dora venant de la cuisine, mais il n'avait aucun remords. C'était son dû, et il donnait à Dora ce qu'elle voulait.

Son esprit était ailleurs, il pensait déjà à la base. Demain, il serait de patrouille et pourrait perdre la vie. S'il y avait quelque chose à dire, c'était tout de suite.

— Je t'aime.

— Non, Gabriel, dit Laura en secouant vivement la tête.

— Mais si. Ne t'inquiète pas, je n'espère rien. Je voulais juste que tu le saches.

Il sortit de la pièce. Laura resta à la fenêtre et le vit bientôt partir avec Dora et sa mère. Il lui jeta un dernier regard et elle agita brièvement la main.

Les jours reprirent leur cours routinier. Laura avait l'impression de vivre dans un rêve ; la réalité était la même, mais en elle tout avait changé. Elle n'avait plus à attendre Michael, ni à lui relater dans ses lettres les moindres événements de la journée. Le matin, Mary sortait la tête du berceau avec un regard si innocent que cela tourmentait son cœur de mère. Sa fille avait droit à une enfance qui ne soit pas gâtée par le chagrin. Mais où puiser de la joie ?

Il n'y avait que Gabriel. Elle s'accrochait à lui comme à un talisman, lui seul la connaissait, la comprenait. Inutile de se sentir coupable. Michael était mort, et Dora n'était en rien menacée. Me voilà redevenue putain, se disait Laura avec philosophie. Il est courant qu'un homme demeure avec sa femme grâce à sa maîtresse.

Dora venait presque chaque semaine leur rendre visite, avec Piers, son bébé ; elle leur apportait parfois des fruits de la serre de Fairlands. Elle s'ennuyait ferme, songea Laura, qui n'en avait guère le temps. Mais, comprenant le désarroi qu'engendre parfois la solitude, elle décida de faire des efforts. Ensemble elles confectionnèrent une courtepointe pour le landau des enfants, dont chaque coin était rehaussé de broderie française. Le plus souvent, Laura cousait tandis que Dora arpentait la pièce en fumant une cigarette et en se désolant sur leur morne vie.

Un jour que Dora se tenait à la fenêtre, elle vit Sophie conduire le vieux M. Cooper à travers la cour.

— Les deux font la paire, remarqua-t-elle, on se demande lequel soutient l'autre.

Laura leva les yeux de son ouvrage.

— Sophie ne devrait pas sortir par ce froid. Elle est poitrinaire.

— La voilà qui s'arrête. Tu as raison, elle tousse. Et le vieux qui s'éloigne. Ça devient de pire en pire.

Laura posa son ouvrage et alla la rejoindre. M. Cooper descendait l'allée à pas lents, mais décidés, et Sophie, prise d'une quinte de toux, trottinait pour le rattraper. Brusquement elle s'arrêta, porta la main à sa poitrine et s'effondra.

— Mon Dieu ! Sophie !

Laura se précipita dehors et s'agenouilla près d'elle. Son maquillage lui faisait comme un masque mortuaire. Mais elle vivait encore et respirait en soufflant comme une forge.

— Je vais chercher une couverture. On ne peut pas la soulever nous-mêmes, décréta Dora, qui tenait fermement le vieillard par le bras.

— Les hommes sont à Long Meadow...

— J'irai jusqu'au village à bicyclette. Il lui faut un médecin.

Ainsi, Dora savait se rendre utile, songea Laura avec une pointe de remords, le cœur gros. Elle ne supporterait pas de perdre Sophie, cette grosse bête de Sophie, bonne comme du bon pain et généreuse à l'excès. Ses yeux étaient mi-clos. Laura lui caressa la joue.

— Ne t'inquiète pas, murmura-t-elle. Je vais te soigner. Je te le promets.

Dora apporta des couvertures et un oreiller, puis partit vite à bicyclette. Et si les enfants se réveillaient de leur sieste ? s'inquiéta Laura. Où pouvait bien être Marie ? Sans doute chez Mme Cooper. Elles se plaisaient à échanger des piques, autour d'une tasse de thé.

Le temps passait. Personne ne venait. Le nez à la fenêtre, le vieux M. Cooper les observait. Enfin, elle entendit une voiture arriver. C'était le médecin.

Mais ce n'était pas le Dr Hendon.

— J'ai amené le docteur polonais, il était en visite au village, quelle chance ! lança Dora par la vitre ouverte. Comment va-t-elle ?

— Toujours pareil, je crois. S'il te plaît, Dora, peux-tu aller voir ce que font les enfants ?

Le docteur s'avança et claqua des talons en s'inclinant.

— Dr Zwmskorski. Pour vous servir, madame. Comme c'est beau ici ! Cela me rappelle mon pays bien-aimé, dit-il avec mélancolie.

— Sophie est très mal.

— Oui... une attaque, j'imagine, déclara-t-il avec désinvolture. Il faut la porter à l'intérieur.

— Les hommes sont aux champs...

— Je suis très fort. Soutenez-la, s'il vous plaît.

Laura redressa un peu le corps inerte de Sophie, Zwmskorski se pencha, la prit sur ses épaules et se releva en expirant profondément. Il chancela sous le poids, mais progressa à pas réguliers vers la maison.

Ils la couchèrent sur le divan du petit salon. Le docteur mit son oreille contre sa poitrine.

— C'est très simple. La quinte de toux a provoqué l'attaque. Rien de grave. Elle devrait s'en remettre.

— Que pouvons-nous faire ?

— Rien. La soigner et attendre.

Dora apporta des couvertures.

— Vous êtes aussi serviable que charmante, dit le médecin à Dora. Je viendrai en visite chaque jour.

— Moi aussi, affirma Dora. Tu ne peux pas la soigner toute seule, Laura.

— C'est vrai, tu ferais ça ? s'exclama Laura en regrettant de l'avoir méjugée. Oh, Dora, c'est si gentil !

Le docteur proposa à Dora de la déposer avec Piers à Fairlands. Dora alla chercher le bébé tandis que Zwmskorski examinait une dernière fois Sophie.

— Ces femmes-là ne font pas de vieux os, fit-il. Vous avez bien fait de vous retirer. Une femme devrait toujours raccrocher tant qu'elle est encore jeune et fraîche.

Laura retint son souffle. Le sang battait à ses tempes.

— Je ne crois pas vous avoir jamais rencontré, monsieur, dit-elle. J'ai cru comprendre que vous aviez eu... des relations avec Marie, autrefois. Je sais qu'elle a connu des jours difficiles, à Paris.

— C'est moi qui ai traversé une mauvaise passe. Je n'avais pas les moyens de m'offrir la divine Laura, la coqueluche du Tout-Paris. On disait qu'elle faisait l'amour comme une déesse.

— Ce n'était pas moi, murmura Laura.

— Ah non ? insinua-t-il en lui effleurant le cou. Je vous ai vue là-bas. J'ai eu envie de vous, j'ai imaginé tout ce que nous aurions pu faire ensemble.

Soudain, ils furent interrompus par un bruit de pas dans le couloir. C'était Marie. En découvrant Sophie, elle pâlit et s'affala sur une chaise.

— Mon Dieu. Quand est-ce arrivé ?

— Il y a deux heures. Une attaque. Elle devrait se remettre.

— Seigneur, que le Christ lui vienne en aide, murmura Marie en portant le poing à sa bouche.

Dora s'apprêtait à partir. Zwmskorski s'inclina.

— Madame. Rappelez-vous ce que je vous ai dit. Je repasserai demain.

Elle se détourna et alla retaper les oreillers où la tête de Sophie reposait. Marie installa son amie plus confortablement, pendant que la voiture s'éloignait. On n'entendit plus que le souffle rauque de Sophie.

Laura alla s'asseoir près d'elle et contempla pensivement son visage bouffi, son corps avachi, vieilli avant l'âge. Pas question de céder à quelqu'un tel que Zwmskorski. Cela ne leur apporterait rien de bon. Comme il était poli et respectueux avec Dora, et grossier avec elle. Laura savait que si son passé refaisait surface, les gens changeraient radicalement d'attitude envers elle. On la regarderait avec mépris ou lubricité. Mais ça n'avait plus aucune importance. Michael était mort.

Michael s'efforçait de se caler en appuyant ses pieds contre le flanc du camion. À force d'être ballotté à travers le désert, on finissait couvert de bleus. Il tenta de s'abstraire pour oublier ces secousses continuelles. Chaque fois qu'il avait soulevé un coin de la bâche pour regarder au-dehors, le garde lui avait crié dessus en agitant son fusil.

Il observa ses camarades prisonniers ; un pilote sud-africain avec une commotion cérébrale et un bras cassé ; deux simples soldats qui ne s'étaient pas réveillés au départ de leur unité ; et un type ayant survécu par miracle en sautant d'un tank qui avait explosé. Des êtres humains silencieux, sinistres, résignés.

Michael surveillait le garde du coin de l'œil. Apparemment, celui-ci ne comprenait pas l'anglais.

— Avons-nous le droit de parler ? lui demanda-t-il.

Comme il restait muet, Michael répéta sa question.

— Vas-y, vide ton sac ! fit l'un des prisonniers.

— Je me disais qu'on pourrait essayer de s'échapper, répondit Michael.

Le Sud-Africain détourna la tête en grognant. Il n'était pas en état de participer à ce genre d'expédition. Mais le survivant du tank lança :

— Moi, ça me va. Tu crois qu'on est près de la ligne ?

— Je n'en ai aucune idée. Ça fait un mois qu'on m'a ramassé.

— Moi non plus je n'ai pas envie de crever dans ce désert, déclara l'un des simples soldats.

— En faisant gaffe, nous découvrirons peut-être où nous sommes, précisa Michael. C'est la première fois qu'ils se replient. Jusqu'à présent, ils m'ont juste trimballé le long de la ligne de front.

— Moi aussi, et j'en ai plus qu'assez, renchérit le survivant du tank. S'il y a la moindre chance de rentrer au pays me taper une bonne bière, je suis partant.

Michael sourit.

— Alors, d'accord, on tente le coup ? Tâchons de découvrir où nous sommes.

Il se cala plus confortablement contre le flanc du camion. Le garde le regardait de travers. Ce qu'il faisait chaud là-dedans ! Il se força à penser à quelque chose de frais, de propre, d'immobile. Les draps de son lit, que Laura parfumait de lavande. Laura. Elle devait savoir maintenant qu'il avait été fait prisonnier. Un officier avait enfin accepté de transmettre des informations à la Croix-Rouge. Avec un peu de chance et beaucoup d'audace, il pourrait s'en sortir. Quelle serait la première chose qu'il ferait en rejoignant son unité ? Lire ses lettres, bien sûr. Il se sentait capable de supporter n'importe quoi, sachant qu'elle était là.

Dora remontait l'allée à bicyclette, Piers attaché sur son dos. Quand elle aperçut Laura, elle lui fit signe et oscilla dangereusement. Comme elle était simple, sans complications ! songea avec envie Laura, qui se savait l'âme peuplée de sombres pensées, cachées dans une eau glauque, à l'affût.

— Piers est ravi ! claironna Dora en entrant. Comment va Sophie ?

— Mieux, répondit Laura en l'aidant à détacher le bébé. Elle se promène, mais elle dort toujours beaucoup. Et elle a du mal à articuler.

— Wojtyla l'avait prévu, non ? Vient-il aujourd'hui ?

— Oui. Il ne me plaît guère. Il a de drôles de manières.

— Ne sois pas si prude ! s'écria Dora en riant. Il aime les femmes, voilà tout. Je suis certaine que tu lui plais.

— Pourquoi, que t'a-t-il dit ? s'enquit-elle, le cœur battant.

— Il te trouve très jolie et très courageuse, voilà tout.

Assise auprès de Sophie, Marie lui lisait un livre à haute voix. Sophie semblait s'ennuyer ferme et son visage avachi s'affaissait encore un peu.

— Quelles foutaises ! s'exclama-t-elle. Dis-lui d'arrêter.

— Pas étonnant que tu aies fait le tapin ! lança Marie en refermant le livre d'un coup sec.

Laura remerciait le ciel que Dora n'ait jamais appris le français. Celle-ci venait bien tous les jours, mais au lieu de s'occuper de Sophie, elle échangeait juste quelques mots avec elle et se retirait vite à la cuisine, où Dinah et Laura l'avaient dans leurs pattes tout l'après-midi. Mais les bébés étaient contents. Assis sur une couverture, ils se fixaient d'un air pensif.

Mary, l'aînée de plusieurs mois, prit le râteau de Piers, qui le lui céda sans se plaindre.

— Ils s'entendent bien, dit Dora. Wojtyla pourra nous déposer en partant.

— Tu sais, à force, on risque de jaser dans le pays..., insinua Laura.

— Ça m'est égal, répondit Dora d'un air bravache. Je n'ai rien à me reprocher et je n'ai pas envie de passer mes journées coincée à la maison. Certaines femmes de pilotes vivent en bordure des aérodromes... Je devrais peut-être faire comme elles. J'en ai tellement assez d'être ici.

— Mais tu ne pourrais pas emmener Piers.

— Maman s'en occuperait. Elle l'adore. Je ne suis pas indispensable.

Choquée, Laura ne dit mot. Une bonne mère ne laisse pas son bébé d'un cœur léger. Elle ne pourrait abandonner Mary. Quel tourment ce serait de se réveiller sans la voir.

— As-tu eu des nouvelles de Gabriel ? s'enquit-elle.

— Oh... Oui, un mot. Tout va bien. Il risque d'être affecté à l'escorte des bombardiers. En ce moment, ils font surtout de la reconnaissance.

— Va-t-il rentrer bientôt ?

— Je l'ignore, répondit Dora en la fixant de ses grands yeux innocents. Maman trouve qu'à son prochain congé nous devrions rester pendant quelques jours tranquilles tous les deux. On pourrait ouvrir une autre des petites maisons, qu'en penses-tu ?

— Vous viendriez ici ? s'étonna Laura, contrariée.

Elle aurait dû s'y attendre. Michael étant mort, la ferme n'était plus à elle. Gabriel ne s'en prévaudrait pas, mais Dora semblait bien décidée à revendiquer ses droits. Si elle voulait prendre l'un des cottages, il n'y avait pas moyen de l'en empêcher.

— Ça ne te gênerait pas de vivre sous l'œil inquisiteur de ta belle-mère ? Je ne suis pas certaine que Gabriel apprécierait...

Dora haussa les épaules.

— Meadowside se trouve à huit cents mètres de chez elle. Et il y a le gué. Une petite masure. Rien qu'à moi... cette idée me séduit. Chez nous, la maison est remplie d'écoliers.

Enthousiaste, elle poursuivit sur le même thème.

— Il faudrait faire réparer le toit. Et reconstruire le mur du jardin pour le protéger des moutons. En l'absence des hommes, nous avons les coudées franches. On pourrait même installer une salle de bains.

L'idée paraissait révolutionnaire.

— Quoi, ici ? demanda Laura, interloquée.

— En fait... je pensais au cottage.

Pleine d'amertume, Laura imagina soudain sa belle-sœur se prélassant dans un bain parfumé à Meadowside tandis qu'elle se débattait avec des bidons. La déprime contre laquelle elle luttait depuis des jours s'abattit sur elle une fois de plus. Fatiguée, découragée, face aux exigences de chacun, elle n'avait plus rien à donner et parfois, au réveil, elle se sentait incapable de continuer. Malgré tous ceux qui l'entouraient, son bébé, sa maison, elle était seule.

Dora sortit pour aller voir Meadowside et dresser une liste des réparations à effectuer. Laura vit le facteur remonter l'allée d'un pas traînant. Il était très en retard, il avait dû cancaner à loisir, mais aujourd'hui elle ne voulait rien entendre et n'avait aucune envie d'enrichir ses racontars. « La jeune Mme Cooper n'a pas le moral, bien sûr. En plus, voilà que Dora Fitzalan-Howard se promène sur les terres de Gunthwaite avec des airs de reine. C'est son droit, me direz-vous... »

Mais Dinah l'appelait. « Laura ! Des lettres. Une de M. Gabriel, une portant le tampon du régiment, et une autre de Rosalind. »

Le cœur palpitant, Laura se précipita dans la cuisine, ignora le facteur et saisit les enveloppes. Celle de Gabriel pouvait attendre, celle de Rosalind aussi. Avait-on retrouvé Michael ? Était-il en vie ? Elle déplia les feuillets d'une main tremblante.

Ma chère Madame Cooper,
Comme commandant de votre défunt mari, je tenais à vous exprimer mes plus sincères...

Elle leva les yeux, abattue.

— Une lettre de condoléances, c'est tout.

Dinah lui prit la lettre des mains.

— Mais non, ce n'est pas tout, dit-elle. Ils renvoient ses affaires. Et on vous accorde une pension. Encore heureux.

— Triste époque, madame Cooper, ajouta le facteur. Triste époque.

— Dites-nous donc ce que raconte Rosalind, l'encouragea Dinah.

— Rien de réjouissant, à mon avis.

— Rosalind est une fille bien, et intelligente. Certaines femmes n'ont pas la fibre domestique, c'est tout.

— Elles savent surtout où se trouve leur intérêt, riposta Laura en ouvrant la lettre. C'est bien ce que je pensais, confirma-t-elle après l'avoir parcourue. Elle tâte le terrain pour venir séjourner ici.

Peu après, le facteur partit enfin et Laura monta dans sa chambre. Gabriel avait une écriture bien reconnaissable, large et embrouillée. Il se serait épanoui bien plus tôt, s'il avait été l'aîné de la famille, songea-t-elle avec irrévérence.

Laura chérie,

Nous sommes en plein remaniement, service d'escorte, patrouilles... Je ne peux pas trop t'en dire, mais c'est plutôt moins dangereux que ce que nous faisions jusqu'alors. Pas de combats, en tout cas pas un seul durant la dernière semaine. On va se rouiller, si ça continue.

Le commandant m'a confié une section. C'est vraiment sympa, mais j'ai du mal à me voir dans le rôle du pilote chevronné, même si parmi les bleus certains me fichent la chair de poule, tellement ils manquent d'expérience. Il y a un nommé Green que j'ai pris sous mon aile. Il progresse.

Je pense à toi tout le temps. Je sais, tu ne veux pas en entendre parler, mais si je ne t'avais pas, franchement, je ne sais pas ce que je ferais. J'ai prospecté dans un village non loin d'ici ; il y a un pub où tu pourrais séjourner. Dis-leur à tous que tu as besoin de quelques jours de solitude. Cela n'aura rien de surprenant. Quant à moi, je m'arrangerai pour prendre un congé et disparaître.

Sois bien sûre que tu ne lèses en rien Dora, tu sais. Je n'ai pas l'intention de la laisser tomber. Simplement, j'ai besoin d'être avec toi, et je sais que tu as besoin de moi. Je t'en prie, Laura.

Avec amour,

Gabriel

Elle plia la lettre soigneusement et la rangea au fond d'un tiroir. Elle et Gabriel dans une auberge, se faisant passer pour... mari et femme, pilote et fille de joie ? Peu importe, ce devait être monnaie courante. Inutile de se tracasser. Au moins elle oublierait pendant quelques jours son fardeau.

Des projets se formèrent dans sa tête. Rosalind pourrait prendre le relais, avec l'aide de Dora. Puisque celle-ci s'était emparée de Meadowside, Laura n'avait plus envers elle le moindre scrupule et elle ne se faisait aucune illusion. Bientôt sa belle-sœur serait dans les murs de Gunthwaite.

Dora revint à la maison pleine de projets. Mais grâce à la lettre de Gabriel, Laura se sentait mieux. Sa belle-sœur ne pourrait l'évincer sans le consentement de son mari, elle en était certaine. Et puis les cottages avaient besoin d'être remis à neuf, les logements manquaient. La guerre, qui devait finir à Noël, semblait s'éterniser.

Laura décida même de moderniser non seulement Meadowside, mais les cottages habités par Mme Cooper et les deux aides. Les matériaux étaient difficiles à se procurer, la main-d'œuvre davantage encore. Pourtant il restait les anciens et leur savoir-faire. Laura fit le tour de la ferme, trouva du bois de chêne dans une remise, une poutre en teck dans l'étable. Le travail commença, et quand il leur manquait quelque chose les vieux artisans se débrouillaient. L'un d'eux mélangea même du plâtre, un matériau devenu rare, à de la paille, et enduisit de ce mélange un mur de cuisine.

Mme Cooper fulminait.

— Il faudra tout refaire.

— Je ne vois pas pourquoi, lui rétorqua Laura. Les murs sont sains. Et le toit ne fuit plus.

En fait, le vieux bois et le torchis étaient même mieux adaptés aux cottages que des matériaux neufs. Avec leurs toits d'ardoises, les maisons retrouvaient leur intégrité et devenaient coquettes, peintes et vernies de frais, parées pour les cinquante ans à venir contre le climat du Yorkshire. C'est alors qu'arrivèrent les équipements sanitaires...

Dora les avait obtenus grâce aux relations de la famille, à de nombreux coups de téléphone et à quelques pots-de-vin. Pas question qu'elle et Gabriel en soient réduits à une fosse et une cuve en étain. Si bien qu'un jour, d'une fourgonnette garée au plus près de Meadowside, sortirent une baignoire, un lavabo et une cuvette flambant neufs.

Les deux aides allèrent se plaindre auprès de Laura, écœurées.

— C'est pour Meadowside ? ragèrent-elles. Mais cette maison ne sera presque jamais habitée ! Et nos cabinets puent comme c'est pas permis. Ce n'est pas juste.

— Il faudra une fosse d'aisances, déclara lugubrement Bill Mayes. Qui va donc la creuser ?

— Personne n'a estimé qu'à mon âge je pouvais avoir besoin d'une salle de bains, renchérit Mme Cooper.

— Il n'y a pas la place pour cela dans les autres cottages, argua timidement Laura.

— Si, au rez-de-chaussée, dit Paula avec véhémence. Il suffirait d'ajouter une pièce au dos des maisons.

— C'est vrai ! acquiesça Mme Cooper. Les filles pourraient récupérer des pierres dans les champs, ce n'est pas ça qui manque. Quant à vous, Laura, vous pourriez mettre la main à la pâte. Pour une fois !

Laura sentit son cœur se serrer. Elle était au bord des larmes.

— À vrai dire, j'aimerais bien que Gunthwaite ait l'eau courante. Si quelqu'un y a droit, c'est moi, il me semble.

Il y eut un silence.

— Vous avez raison, Laura, reconnut Mme Cooper, à son grand étonnement. Michael l'aurait souhaité. La grande maison en premier. Je demanderai à Dora de se procurer trois autres équipements sanitaires, au lieu de deux.

Bill Mayes vira au violet.

— Et qui va creuser ces maudites fosses d'aisances, hein ? Tout ça pour que quelques femelles puissent poser leurs fesses sur un pot ! Et l'argent, hein ? Ah, vous vous empressez de le gaspiller dès que le patron n'est plus là.

Mais Laura, fortifiée par le soutien inespéré de Mme Cooper, coupa court à ses remontrances.

— Ce ne sera pas si ruineux. Et puis les prix sont hauts en temps de guerre, nous faisons des bénéfices. Si Dora parvient à se procurer les sanitaires, on aidera toutes à creuser les fosses. C'est normal.

— Normal ? éclata Bill Mayes en dressant un doigt sous son nez. Vous regretterez de n'avoir pensé qu'à votre plaisir, vous verrez. À force de tremper dans de l'eau, les femmes se ramollissent, leurs mœurs se relâchent et après... elles finissent dans le ruisseau.

Elles restèrent silencieuses tandis qu'il s'en allait sur le sentier. Soudain, Laura fut prise d'un fou rire irrépressible. N'en pouvant plus, elle s'agrippa au flanc de la baignoire étincelante. Les deux filles n'y résistèrent pas, même Mme Cooper éclata de rire, et toutes les quatres se tinrent les côtes pendant que Bill Mayes, furieux et outragé, s'éloignait en proférant des malédictions.

10

Rosalind arriva, chargée de cadeaux, et se glissa dans la cuisine, répandant un doux parfum sur son passage. Elle serra les garçons dans ses bras, insista pour embrasser Laura, et eut un léger mouvement de recul en découvrant le spectacle pitoyable qu'offraient Sophie et son père, affalés au coin du feu.

— Votre mère voudrait que vous alliez la rejoindre pour le thé, dit Laura. Elle se plaindra sûrement de la rénovation en cours.

— Mon Dieu ! gémit Rosalind. J'irai plus tard. Je m'en suis tant fait pour vous tous. Mais tout semble être revenu à la normale.

— Presque, commenta Laura sèchement. Dora nous honore tous les jours de sa visite. Elle a l'air de croire que Gunthwaite est plus ou moins à elle, maintenant.

— Oui. Ça ne m'étonne guère. Rien de nouveau, je suppose ? demanda-t-elle après un silence.

— À propos de Michael ? Une lettre de son commandant. On a renvoyé ses affaires. Mais rien sur la façon dont ça s'est passé, rien du tout.

— Cela vaut sans doute mieux.

Les garçons réclamaient leurs cadeaux. Il y avait une voiture et un jeu d'aéroplanes, un Spitfire, un Hurricane et un bombardier Wellington. Ils se mirent aussitôt à se disputer pour les accaparer et Rosalind parut perplexe. Laura songea qu'elle aurait dû acheter un jeu d'avions pour chacun.

Elle ne parvenait pas à se calmer l'esprit et reculait le moment où elle ferait part à Rosalind de son projet de s'absenter quelques jours. Après dîner, Dora arriva en automobile.

— Comment as-tu fait pour te procurer de l'essence ? s'étonna Laura avec une pointe d'agacement, qu'elle regretta juste après.

— Tu ne devines pas ? lui lança Dora en faisant la coquette. Au marché noir, grâce aux bons soins de Wojtyla. Je ne nuis pas à l'effort de guerre en me servant de temps en temps de la voiture. Ne prends pas cet air pincé, Laura, tu es si prude !

Laura rougit et sortit faire un tour en sachant que Dora s'imaginerait l'avoir vexée, alors qu'elle avait honte en pensant à Gabriel. Mais il n'y avait personne d'autre à qui elle puisse se raccrocher et elle n'était pas assez forte pour se suffire à elle-même. Serait-elle dix fois plus coupable qu'elle le ferait encore.

— Laura ! appela Rosalind, venue la rejoindre.

— Je suis là, répondit Laura, cachée derrière les pommiers.

— Grand Dieu ! s'exclama Rosalind quand elle sortit des arbres. On dirait un fantôme... Vous ne devriez pas faire attention à Dora. Elle est très jeune.

— Je ne suis pas contrariée.

— Un peu, tout de même... Vous devez en avoir assez de vivre ici. Surtout sans électricité. Michael aurait dû acheter un générateur. Il était terriblement rétrograde.

— Ce n'est pas ça. Le changement ne convient pas à Gunthwaite.

— Je ne voulais pas le critiquer, reprit Rosalind après un petit silence.

Laura lui adressa un sourire.

— Non, je sais bien... En fait, ajouta-t-elle en prenant son courage à deux mains, j'avais bien envie de partir quelques jours. Je me disais que vous pourriez me remplacer.

— Moi ?

Brusquement Rosalind éclata de rire.

— Ma chère, me voilà prise à mon propre piège. J'allais justement vous suggérer de prendre quelques jours, mais je n'avais pas l'intention de vous remplacer. Je pensais plutôt à Dinah. Elle pourrait vivre à Gunthwaite pendant votre absence.

— Et où comptiez-vous que j'aille ? s'enquit Laura, sidérée.

Rosalind se mit face à elle et la prit par les bras.

— C'est une question difficile. Mais je préfère être directe avec vous. Je pensais que vous pourriez aller en France.

Dans la tête de Laura, il y eut comme un déclic. Howard, le mari de Rosalind, faisait partie du corps diplomatique. Il était revenu pour accomplir une mission secrète...

— Vous recrutez des agents ?

— Comme vous êtes futée, ma chère. D'ailleurs, je l'ai remarqué depuis le début. Quand j'ai des vues sur telle ou telle personne, je dois faire très attention avant de me décider. Supportera-t-elle la pression ? Est-elle assez intelligente pour prendre des décisions en l'absence de consignes ?

D'abord la flatterie, songea Laura.

— Et puis ?

— Et puis je lui en parle. Cela ne dépend pas que de moi, bien sûr. Il y a une période d'entraînement, et certaines personnes renoncent ou échouent. Il faut du courage, vous comprenez. Et de la motivation. Je me suis dit que depuis la disparition de Michael vous deviez en avoir plus qu'il n'en faut.

Laura se dégagea.

— Vous avez cru que je n'avais plus de raison de vivre, mais j'ai encore ma fille.

— Bien sûr. Mais si nous perdons cette guerre, quel sera son avenir et celui de tous nos enfants ? Un monde de cauchemar.

Le visage de Rosalind était impassible. Sous ses sourires et ses mines affectées, elle était en acier trempé.

— Que devrais-je faire ?

— À vrai dire, je ne sais pas. Vivre en France comme Française, durant quelques semaines, quelques mois.

— Il faut que je réfléchisse.

— Bien sûr, lui répondit Rosalind qui se fit soudain enjôleuse, compréhensive. Pourquoi ne pas prendre quelques jours comme vous le disiez ? Vous m'apprendrez en revenant ce que vous aurez décidé.

C'est trop facile, pensa Laura avec une angoisse diffuse. Quelque chose tournerait mal. Elle songea à Gabriel et un courant chaud la traversa. La solitude lui pesait tant.

La chambre était petite et sombre. Des bruits de verres et de bouteilles entrechoqués venaient du bar, juste en dessous.

— Désolé, dit Gabriel. Je n'ai pas pu trouver mieux. Tu aurais dû me prévenir un peu à l'avance.

— Je sais, mais l'occasion s'est présentée et j'ai préféré la saisir, répondit-elle en posant son chapeau et son manteau sur le lit.

— Tu as bien fait. Je suis si heureux.

Il la prit dans ses bras, mais ils ne s'embrassèrent pas tout de suite et restèrent à se contempler, découvrant ou retrouvant les choses nouvelles ou familières. Laura sentit son courage lui revenir, ses poumons se gonfler d'optimisme. Quelques jours de liberté, enfin. Loin du malheur et de la besogne.

— Il y a un fil gris dans tes cheveux, dit-il.

— Toi aussi, tu en as un. Ça se voit moins dans les cheveux blonds, mais il est bien là.

— Je t'aime, dit-il. Je ne peux rien y faire. C'est comme respirer.

— Et j'ai besoin de ton amour. Il me rassure.

Il se pencha pour l'embrasser. Ils avaient trois jours, inutile de se presser. Le baiser fut doux, inquisiteur. Mais il ouvrit dans l'âme de Laura une trappe par laquelle s'échappèrent toutes les pensées et émotions qu'elle ne pouvait jamais exprimer. Je peux parler, se disait-elle avec émerveillement. Cela faisait des années qu'elle se surveillait sans relâche et là, avec Gabriel, elle pouvait enfin se laisser aller. Pourtant elle n'eut plus envie de rien dire. Juste sentir sa bouche contre la sienne, ses mains sur ses seins, son corps prêt à s'unir au sien.

Elle se colla à lui, l'excitant avec aisance, l'aguichant avec de petites poussées douces, pressantes. Fou d'impatience, il lui prit les fesses à pleines mains, lui écarta les cuisses et plia les genoux pour s'engager en elle. Quand il se redressa, il l'emplit tout entière et les bruits du soir se muèrent alors en salves triomphales.

Accrochée à lui, emportée dans un tumulte de sensations, Laura perdit pied, elle qui avait tant l'habitude de se contrôler. Depuis Henri, aucun homme ne l'avait excitée à ce point, comme malgré elle. Cramponnée à ses épaules, les pieds touchant à peine le sol, elle s'abandonnait au plaisir sans honte ni pudeur. Palpitante, elle jouit en poussant de petits cris d'animaux.

Quand elle se fut calmée, elle s'effondra contre lui en pleurant un peu.

— Voilà qui est mieux, dit-il, plein d'amour, content du réconfort qu'il lui apportait, avant de la coucher sur le lit pour prendre son plaisir.

Les jours suivants, inexplicablement, ils nagèrent dans un étrange bonheur. Jour et nuit, des avions passaient au-dessus d'eux, des sirènes mugissaient au loin. La guerre était là, impossible de l'oublier, mais ce cadre convenait à leurs moments volés. Elle était comme eux, débridée, désespérée.

Une ou deux fois, en déambulant dans la rue au crépuscule après un maigre dîner, ils aperçurent l'un des camarades d'escadrille de Gabriel et se cachèrent vite dans la première porte cochère, le premier passage venu.

— Tu as honte ? demanda Laura.

Il la regarda avec stupeur.

— De toi ? Mon Dieu, Laura, à quoi penses-tu ? Si j'ai honte de quelque chose, c'est d'avoir tout gâché. Nous aurions dû nous marier.

— Ne sois pas bête, Gabriel, répondit-elle, l'air sombre. Aucun de nous n'en avait envie. Nous n'étions pas les mêmes, à l'époque.

Et c'était la vérité. Il était trop jeune, elle trop peu sûre d'elle-même. Mais l'époque avait changé, Gabriel devait goûter d'urgence au bonheur, et Laura se sentait perdue, désemparée. La nuit, quand ils s'allongeaient sur le lit défoncé, c'était comme si plus rien n'existait qu'eux, tournoyant dans le noir et dans l'espace. Comme s'ils se comprenaient totalement et pouvaient disposer l'un de l'autre, corps et âme, selon leur bon vouloir.

Une idée furtive s'immisçait parfois dans l'esprit de Laura, elle se surprenait à penser qu'elle n'aurait jamais connu ça si Michael n'était pas mort. Elle et Gabriel en seraient restés à une vague attirance physique. Jamais ils ne seraient parvenus à cet instant suspendu où ils arrêtaient de bouger et se parlaient pour calmer leur ardeur, par crainte de se séparer trop vite. Et la fin venait aussi comme une exquise souffrance, puisqu'ils savaient qu'ils pourraient aussitôt se reprendre.

Mais elle ne disposait que de trois jours. Le dernier matin, devant un tardif petit déjeuner, ils étaient si absorbés l'un par l'autre qu'ils ne remarquèrent pas l'homme accoudé au bar.

— Salut, Gabriel.

— Salut, Phil, répondit Gabriel. Tu connais Laura, je crois, ajouta-t-il, un peu crispé.

— Oui. Bien sûr. Madame Cooper.

Elle sentit ses joues s'enflammer. Qu'allait penser Philip Lansbury d'une femme qui volait son mari à Dora, après avoir perdu le sien ?

— Je regrette, Phil, dit Gabriel. Je ne pouvais pas t'en parler.

— Je comprends ça. Mais on te réclame. Nous manquons de pilotes. Green s'est fait avoir.

— Bon Dieu ! Comment ?

— Tir de DCA. Pas de chance. Lui qui commençait juste à être utile.

— Oui. Pauvre gars.

Laura se retira. C'était comme si on avait brusquement arraché les couvertures de son petit lit douillet. Le monde leur retombait dessus, avec ses exigences, ses sacrifices. Elle songea à Gunthwaite, à Mary, à Rosalind et à ce qu'elle lui avait demandé. Pourquoi n'en avait-elle pas parlé à Gabriel ? Ils avaient causé de tout sauf de ça. Et maintenant le temps manquait.

De retour dans leur chambre, alors qu'il jetait ses vêtements dans une valise, elle tremblait, effrayée.

— Philip désapprouve notre conduite, réussit-elle à dire. Et il a raison. Nous devrions avoir honte.

— Tu as honte ? dit-il en levant les yeux.

— Non, mais vu mon passé, je suis mauvais juge.

— Ça n'a rien à voir, répliqua-t-il farouchement. Philip ne compte pas. L'avis des autres, on s'en fiche. Ce qui nous arrive est comme un miracle. On ne tourne pas le dos au paradis.

— Nous n'irons pas au paradis, après ce que nous avons fait.

— C'est donc si mal, d'après toi ? lança-t-il en la prenant par la taille.

Elle ne répondit pas, mais se colla tout contre lui et ils demeurèrent ainsi, sans bouger, confiant à leur corps le soin d'exprimer ce qu'ils ne pouvaient se dire.

« Je t'aime. Je ne supporte pas de te dire au revoir. »

La nuit était très claire. Ils n'étaient plus que six désormais, couchés dans leur tente. Par terre près de la porte, une feuille de papier était étalée, qu'ils voyaient à peine à la lueur de la lune.

— C'est à douze kilomètres environ, dit doucement Michael. Pourvu que tu aies raison, Smythe, et que la ligne ne se soit pas encore déplacée. C'est notre meilleure chance.

— Mais les champs de mines !

— Pour le premier, nous connaissons le chemin, on a vu les Italiens le traverser une dizaine de fois. Quant à ceux qui nous attendent plus loin, il faudra tenter sa chance. Manifestement, ils s'apprêtent à nous évacuer, il faut y aller.

— Peut-être qu'ils préparent un échange de prisonniers. Si c'était le cas, quelle connerie d'avoir sauté sur une mine !

— Des histoires, pour que nous nous tenions tranquilles. Ça n'arrivera pas. Soit nous partons ce soir, soit nous nous résignons à assister à la guerre vue d'un camp de prisonniers. Moi, je sais où va ma préférence.

Autour de lui, les visages étaient moroses. Ils n'étaient pas tous certains de savoir comment passer ce champ de mines. Ils ne l'avaient observé que de loin. Mourir, d'accord, mais pas risquer de finir estropié en plein désert, dévoré vivant par les mouches.

— La nuit est claire, dit Michael en chassant cette pensée. Douze kilomètres, ce n'est rien.

— Ils nous surveilleront pendant deux cents mètres. Et on ne pourra pas courir.

— Le garde est bourré, et puis ils s'en fichent. Moi, j'y vais, avec ou sans vous.

Il se mit à rassembler ses maigres ressources : des biscuits, une bouteille de chianti remplie d'eau, la petite carte déchirée.

— J'y vais aussi, déclara brusquement Smythe, à la surprise de Michael.

Les autres gardèrent les yeux baissés. Mais un jeunot, Matthews, dit soudain : « J'en suis. Enfin un peu d'action. » Les autres restèrent silencieux.

Ce soir-là, le garde serait-il sobre et sur le qui-vive ? Impossible de le prévoir. Les trois hommes se glissèrent hors de la tente, le visage et les mains enduits de boue. Le camp était très calme. On avait dressé les tentes près des tanks et des camions, ce qui leur permit de se faufiler à couvert. Puis ils s'abritèrent derrière les pancartes qui délimitaient le camp en bordure des mines. À partir de là, ils seraient à découvert pendant au moins deux cents mètres, jusqu'à la prochaine dune. Mais ils n'osaient pas courir.

Par endroits, les camions avaient laissé des traces, mais sur ce terrain dur, pierreux, il y en avait peu. Voilà l'indice, pensa Michael. Il faut rester sur les pierres, les mines sont enfouies dans le sable. Mais Smythe eut un hoquet qui démentit subitement son beau raisonnement. Il avait failli s'en payer une. Grâce à la lune, le détonateur avait lui dans la pénombre. Il pouvait y en avoir partout, apparemment. Et il était trop à gauche.

Pas à pas ils progressèrent. Ils n'osaient pas regarder en arrière. Michael commença à imaginer ses geôliers alignés derrière lui, le doigt sur la détente et prêts à tirer, juste au cas où il franchirait les mines. Quant aux copains, ils suivaient en marchant exactement dans ses pas. C'était son idée, après tout. Une fois l'épreuve passée, ils se mettraient à courir sous les étoiles, jusqu'à la maison !

Voilà, c'est fait, se dit-il. Alors seulement il regarda le camp derrière lui. On le discernait à peine. Ils avaient dû se fondre dans la nuit après les premiers cinquante mètres. Michael leva les yeux vers le ciel pailleté, sentant monter en lui une dangereuse exultation. Ce n'était pas joué, loin de là.

— Fichons le camp, dit Matthews, si on y est encore au lever du soleil, c'est la mort assurée.

Confronté à l'impatience de son camarade, Michael eut une pensée affectueuse envers Gabriel. Il se rendit compte qu'il avait à peine osé songer à sa famille depuis sa capture. Maintenant, elle lui emplissait l'esprit. Concentre-toi, le tança sa conscience. Il faut d'abord réussir. Il toucha sa bouteille d'eau comme un talisman et se hâta de continuer.

Il y avait de l'animation quand Laura revint à Gunthwaite. Alan et David se poursuivaient dans la cour en criant à tue-tête, tandis qu'un veau juste sevré meuglait dans l'étable. À la cuisine, Rosalind et Dinah s'affairaient, Mary jouait par terre, Marie feuilletait un magazine en fumant une cigarette. Laura se sentit à nouveau en sûreté, loin du désarroi qui s'était emparé d'elle entre le moment où elle avait quitté Gabriel et son arrivée ici.

— Tiens, la vagabonde ! l'accueillit cordialement Rosalind. Ça vous a fait du bien, ça se voit tout de suite. Vous avez l'air reposée.

Laura prit sa fille et l'embrassa dans le cou.

— Oui, je me sens mieux. J'avais besoin de changer d'air.

— C'est bon pour le moral. Du changement, du défi, voilà ce qu'il nous faut. Le confort, ce n'est pas tout, dans la vie.

Laura saisit l'allusion. Rosalind ne renoncerait pas. Tant pis, Laura avait fait son choix. Elle ne pouvait négliger Gunthwaite pour aller courir l'aventure en France. Cette famille avait déjà versé à la guerre un assez lourd tribut.

Laura était si bien requinquée qu'elle se lança même dans la préparation d'un velouté pour le dîner. En se rappelant les plats infects que Gabriel et elle avaient consommés ces derniers jours, elle rit intérieurement. Les Anglais avaient peut-être raison, tout compte fait, la nourriture n'avait pas d'importance... quand on se nourrissait d'amour, en tout cas.

Dora vint après le dîner.

— Où donc trouve-t-elle de l'essence ? murmura Rosalind en ôtant son tablier et en lissant ses cheveux. J'ai presque envie de la dénoncer. Sinon elle, du moins ce Polonais.

Dora entra sans frapper, les bras chargés de cartons, poussant la porte d'un coup de hanche.

— Bonjour Laura, chic, te voilà revenue ! J'ai des rideaux pour Meadowside. Il n'y a plus qu'à les coudre.

Laura ne dit rien.

— Vous vouliez donc nous emprunter la machine à coudre, Dora ? s'enquit Rosalind. Elle est vieille comme Hérode. J'aurais cru qu'à Fairlands vous aviez mieux.

— Mais je pensais que Laura et moi nous pourrions les faire. Durant l'après-midi.

— Laura n'a pas le temps, riposta Rosalind.

Autant éclaircir les choses, se dit Laura. Pourtant ce n'était pas son fort. À la clarté brutale de la vérité, elle préférait de loin les brumes de l'incompréhension.

— Mais si j'ai le temps, Rosalind, assura-t-elle. J'ai eu le week-end pour me reposer. Je ne compte pas repartir.

— C'est absurde ! s'emporta soudain Rosalind. Tout est différent, maintenant. Inutile de rester coincée ici. Si Dora veut des rideaux, elle peut les faire elle-même.

— Mais c'est moi qui couds le mieux. Je vais m'y mettre tout de suite.

Dora se pencha pour apposer un baiser sur la joue de Laura.

— Chère Laura ! Je sais que tu feras des merveilles.

Rosalind gagna l'évier et s'activa en entrechoquant bruyamment les plats.

Elles étalèrent le tissu sur la table. Le vieux M. Cooper s'approcha pour le tâter.

— N'y touchez pas, s'il vous plaît, ordonna Dora. Vous avez peut-être les mains grasses, vous risquez de le tacher.

— Mais non, dit Laura sèchement. Ne le rudoie pas, Dora. Il est ici chez lui. Il ne fait pas de mal.

Dora se tint coite. Elles savaient toutes les deux qu'après la mort du vieux la maison irait à Dora. Fais donc ces rideaux, semblait dire sa belle-sœur. Tu vivras peut-être au cottage plus tôt que tu ne l'imagines. Et c'est moi qui habiterai ici. Laura imagina Gunthwaite moderne et flambant neuve, entre les mains de sa belle-sœur. Mais quelle prétention de croire que personne d'autre qu'elle ne saurait aimer cette maison ! Dora pourrait faire une admirable châtelaine.

Tandis que Laura coupait le tissu, Dora se mit à pérorer sur Gabriel et le cottage.

— J'ai fait emporter sa commode. Il sera content d'avoir des choses familières autour de lui. Et ce meuble va merveilleusement dans le salon, alors qu'ici il n'était pas en valeur.

— Ne vous gênez pas, Dora, lança Rosalind avec morgue. Cette maison a joui de son mobilier pendant plusieurs siècles. Elle a dû s'en lasser, depuis le temps.

Dora accusa le coup. Elle ne comprenait pas la subite mauvaise humeur de Rosalind.

— Je croyais qu'il était à Gabriel. Personne ne m'a rien dit.

Sans pitié, Rosalind lui tourna le dos.

Laura en fut amusée. L'innocence de Dora amenait Rosalind à réagir en gamine dépitée. Elle finit de couper le tissu, le plia et se mit à penser à l'heure du coucher ; Mary, les garçons, Sophie et M. Cooper... il faudrait expédier au lit tout ce petit monde. Rosalind était vannée et il y avait de quoi, songea Laura. Elle devait avoir hâte de retrouver Londres et les bombardements.

On frappa à la porte. Dora sursauta.

— Il est arrivé quelque chose. Oh mon Dieu !

— Ça doit être Bill, fit Laura sans conviction. Peut-être une vache en train de vêler.

— Non. Il est rentré, déclara Rosalind, qui inspira profondément et ouvrit la porte.

— Télégramme, dit posément le facteur, je l'ai apporté en exprès.

Livides, elles le fixèrent. Ce devait être Gabriel. Qui d'autre ? Dora gémit.

— Regardons le destinataire, dit Rosalind en prenant le pli. Mme Michael Cooper.

— Ouvrez-le, dit Laura, le cœur serré dans un étau glacé.

Elle n'avait pas envie de savoir. Cela changerait forcément le cours des choses et elle avait tant lutté pour en arriver là.

Rosalind ouvrit l'enveloppe. Même le facteur était ému.

RAVI D'INFORMER LIEUTENANT MICHAEL COOPER VIVANT ET EN BONNE SANTÉ STOP FAIT PRISONNIER STOP ÉVADÉ ET RÉINCORPORÉ STOP LETTRE SUIT STOP.

Laura ferma les yeux. Rosalind relut le télégramme, d'une voix stupéfaite.

— Il faut que j'aille le dire à mère, ajouta-t-elle. Je ne peux pas y croire. Michael est vivant. Il est vivant.

Elle entendit un lent gémissement. Penchée sur l'évier, Laura vomissait son souper.

— Ma chérie, dit-elle aussitôt. Ma pauvre chérie. C'est le choc, je vais vous faire du thé.

Laura se laissa conduire à une chaise et s'y effondra, pantelante.

— Je savais bien qu'il n'était pas mort, murmura-t-elle. Mais vous m'avez tous persuadée du contraire. Et maintenant voilà, voilà !

— Ça n'a pas l'air de la réjouir, dit Dora en croisant les bras.

— C'est le choc, dit Rosalind. Il y a de quoi.

— Voulez-vous que j'aille chez Mme Cooper ? proposa le facteur.

— J'y vais, fit Dora d'un air maussade.

Elle avait envie de se retrouver seule.

Quant à Laura, assise, tremblante, elle se disait : Michael est vivant et je l'ai trahi. J'ai pris l'amour qui lui était dû et je l'ai donné à un autre. Pourrait-elle le reprendre ? Comment réussir pareil tour de force ? Elle songea à Michael, et ne ressentit rien. Personne moins qu'elle ne méritait l'amour de Michael. Elle avait promis d'être constante, et l'avait oublié. D'être fidèle, et elle l'avait trompé. De l'aimer, et elle s'était détournée de lui. La tête entre les mains, elle se mit à sangloter.

11

Une tête se pencha par l'entrebâillement de la porte.

— Bougez-vous, les gars. On vous réclame au centre d'opérations.

Gabriel soupira. Philip et lui étaient assis depuis dix minutes, profitant d'une trop rare tranquillité. Ils avaient passé la matinée au-dessus de la Manche à rechercher vainement un tanker touché, pour apprendre en atterrissant qu'il avait été coulé par des bombardiers de combat une petite demi-heure avant leur retour. Pas de survivants. C'était pour le moins décourageant.

Ils renoncèrent à boire leur thé en fumant une cigarette et se levèrent. Gabriel était soulagé qu'on les ait réclamés tous les deux, au moins cette fois il ne pouvait s'agir de Michael. Il n'aurait jamais cru qu'un jour viendrait où il apprendrait avec horreur que son frère avait survécu. « Mon Dieu, Gabriel, avait dit Philip. Et maintenant ? »

Et maintenant.

Depuis, il n'était pas rentré chez lui. Il en avait eu l'occasion, mais n'avait pu s'y résoudre. Pas encore. Au lieu de cela, il s'était rendu chez Philip, à la frontière du sud de l'Écosse. Il avait tenté d'écrire une dizaine de fois. Mais que dire ? Laura connaissait ses sentiments, elle savait aussi que pour lui elle était perdue. Même si elle acceptait de le suivre, il ne prendrait jamais la femme de Michael.

Ne restait que l'action. Gabriel en arrivait même à ne plus redouter la mort, à penser qu'en fait la sienne arrangerait beaucoup de gens. Et ce détachement le poussait à une telle témérité qu'il faisait

392

des prodiges, en tant que pilote. Il était devenu chef de groupe et serait bientôt chef d'escadrille. Même si c'était injuste.

Lui et Philip enfilèrent le couloir. Ils étaient dans l'armée de l'air depuis assez longtemps pour savoir que ce qui les attendait ne serait pas anodin. Quand ils entrèrent, tout le monde leur sourit, ce qui ne fit que confirmer leurs craintes. Le commandant les invita à s'asseoir, se mit en face d'eux et croisa les doigts.

— Nous cherchons de bons navigateurs, qui connaissent un peu la France. Il s'agit de faire le taxi. À quand remonte votre dernière sortie en biplace, Cooper ?

— À ma formation, mon commandant.

Philip dit la même chose, mais leur supérieur balaya l'information d'un geste, comme s'il chassait une mouche.

— Peu importe, ça vous reviendra vite. L'avantage, c'est qu'après cette misson vous aurez droit à un congé immédiat. Il nous faut deux agents qui se posent en France cette nuit. Jetez un œil sur cette carte, voulez-vous ?

Pas moyen de refuser. D'ailleurs, le voulaient-ils ? Philip avait au coin de l'œil ce petit tressaillement révélateur, signe de tension. Ils allèrent s'exercer sur les biplaces.

Le poste de pilotage était à l'arrière. Gabriel se souvenait de ce modèle, lent mais fiable. Les chasseurs ennemis auraient beau jeu de le détruire, mais il leur faudrait d'abord le repérer. Et il y avait peu de chance qu'ils y parviennent de nuit, alors qu'il volerait en rase-mottes au-dessus de la France.

En revenant de son circuit, Philip était inhabituellement silencieux.

— Il n'y a pas de quoi s'en faire, tu sais, lui dit Gabriel. Une nuit de boulot et après, vacances. Ça te va si je t'accompagne encore cette fois-ci ?

— Bien sûr, répondit Philip en frissonnant, malgré la tiédeur de l'air. Je ne suis pas tranquille. C'est bête.

— Un petit tour en France, ça sort de l'ordinaire. Écoute, avec le vent dans le dos, on sera rentrés avant quatre heures. On fêtera ça.

— Bonne idée, acquiesça Philip, dont le visage s'éclaira. Je sortirai mon meilleur malt. Et malheur à celui qui osera en boire avant mon retour.

À dix heures, ils retournèrent au centre d'opérations, pour étudier à nouveau la carte. Le bâtiment était d'un calme impressionnant. Gabriel avait hâte de se retrouver dans les airs. Il avait l'habitude de voler de nuit, le cockpit était comme un berceau froid et bruyant, où il réfléchissait à loisir.

Deux étrangers entrèrent, petits, pauvrement mis, avec des ongles rongés, des doigts tachés de nicotine. Ils avaient l'air absents, comme s'ils attendaient un bus. Chacun portait une mallette de modèle différent. Le passager de Gabriel tenait la sienne en bandoulière, attachée par une sangle. On aurait dit un modeste employé de bureau travaillant à la mairie d'une ville de province, dans une vie un peu minable, sans illusions. Ce qu'il était peut-être, par ailleurs.

Ils rejoignirent les appareils.

— OK ? demanda Gabriel, comme l'homme grimpait péniblement dans son siège.

— *Merci*.

— Vous avez des projets, à votre arrivée ?

L'homme se retourna et le fixa d'un air glacial. Gabriel se tint coi et s'activa.

La traversée eut lieu sans incident. Gabriel précédait Philip de trois minutes, au-dessus d'une mer éclairée par un mince croissant de lune. Les vagues luisaient avec un éclat métallique, et près de la côte française il vit des navires ancrés, ombres parmi les ombres. Il observa la côte et changea de direction. L'Interphone grésilla.

— Que faites-vous ? s'inquiéta son passager. Il y a un problème ?

— Non. C'est la route. Relax.

Facile à dire... Gabriel alluma sa torche et vérifia la carte dépliée sur ses genoux, puis il décrocha pour tenter de repérer la voie ferrée. Oui, elle était là. Il descendit et se mit à la suivre en oscillant un peu au-dessus des arbres. Encore cinq minutes et ils devraient changer de route, chercher un terrain isolé dans ce tapis de champs. Il vit une lumière, s'approcha pour vérifier et reprit vite sa route. Un projecteur, qui ratissait le ciel.

— Sont-ils au courant ? demanda-t-il dans l'Interphone.

— Je l'ignore. C'est possible, dit l'homme. C'est encore loin ?

— À trois minutes, je crois.

Là, sur la gauche, un feu. Il tourna en cercle, vérifia sa position. C'était bon. Il piqua pour approcher en tenant compte de la mollesse du vieil appareil et atterrit facilement. Quelques secondes plus tard, son passager s'extrayait de l'habitacle, s'époussetait, redressait son chapeau, ajustait la sangle de sa mallette. Deux hommes sortirent en courant d'une haie, Gabriel les entendit baragouiner en français, puis ils disparurent. Voilà. Il se retrouvait seul. Y a pas de quoi, les gars, pensa-t-il. Il roula jusqu'au bout du terrain, fit demi-tour et s'élança comme un papillon de nuit dans le ciel vide. À un moment, suivant sa nouvelle direction, il crut apercevoir Philip au-dessus des arbres, qui s'apprêtait à atterrir. Durant le trajet de retour, il songea au whisky qu'ils allaient boire ensemble.

À trois heures et demie, il avait atterri. Il gagna la chambre de Phil et vit la bouteille qui attendait, comme promis. Il disposa deux verres sur la table et mit un disque sur le gramophone, quelque chose de suave, un crooner américain. Une heure s'écoula. Il se leva et s'approcha de la fenêtre, le gosier sec. La lune s'était couchée. Des nuages glissaient haut dans le ciel, portés par un vent d'altitude ; peut-être que Philip s'était égaré et avait atterri ailleurs. Une heure passa. Puis une autre. Enfin il se leva et marcha en somnambule jusqu'au centre d'opérations. Quand il entra, personne ne le regarda, ce qui confirma ses craintes. Lui et Philip ne boiraient jamais plus ensemble.

Dora attendait à la gare de Bainfield, vêtue du manteau à col de fourrure de sa mère. Avec ses joues roses, ses yeux brillants, elle était assez jolie pour attirer les regards.

Quand le train arriva enfin, elle le repéra tout de suite dans son uniforme de pilote. Lorsqu'un homme âgé lui offrit de porter son sac, Gabriel parut surpris et refusa, mais le vieux se cramponna à lui en l'abreuvant de compliments.

« Chéri ! » s'exclama Dora en courant vers lui, et Gabriel lui ouvrit les bras avec gratitude. Un petit attroupement les considérait avec admiration. On l'accueillait en héros.

Sur le chemin du retour, Dora ne cessa de bavarder.

— J'ai eu l'essence au marché noir. Avec la ration normale, on ne peut aller nulle part. J'ai dû supplier papa de me laisser la voiture. Je n'avais pas du tout envie de prendre un taxi pour que le chauffeur nous écoute pendant tout le trajet. Tu es fatigué ? Tu as faim ? Ça doit faire bizarre, tous ces gens qui te regardent où que tu ailles.

— Je n'ai pas dormi la nuit dernière, réussit-il à dire.

— Ah bon ? Tu devais être excité à l'idée de venir ici. Ça fait si longtemps. Je n'ai pas amené Piers, il est avec maman, on le prendra au passage.

— Pourquoi ? s'étonna Gabriel. Nous ne restons pas à Fairlands ?

— Tu as dû recevoir mes lettres, dit Dora. Nous allons à Meadowside, au cottage. J'ai travaillé dur pour le restaurer. J'ai persuadé Laura de faire de charmants rideaux de lit dans un imprimé à fleurs. Quelle chance j'ai eue de trouver ce tissu...

Et patati et patata. La tête de Gabriel résonnait encore du bruit du moteur d'avion qui avait ronflé toute la nuit. Les prés et les champs familiers défilaient devant ses yeux, comme un film qu'il aurait déjà vu. Tout semblait distant, irréel.

— Je préférerais ne pas aller à Gunthwaite, tu sais, dit-il.

— À cause du manque de confort ? Tu verras, au cottage, c'est différent. Il n'y a toujours pas l'électricité, mais pour le reste c'est le grand luxe ! De vraies toilettes, pour commencer, ajouta-t-elle avec un rire de gorge.

Elle ne comprend pas, se dit-il. Elle ne peut pas comprendre. Je n'aurais jamais dû venir.

Fairlands était en pleine récréation. Dans les jardins, des enfants de toutes tailles se cachaient derrière des buissons, grimpaient aux arbres, s'échappaient de l'abri de jardin, seule zone prohibée, en criant à tue-tête. Mme Fitzalan-Howard apparut avec Piers dans les bras ; un enfant parmi d'autres, que Gabriel ne connaissait pas. À la vue de son père grand, imposant, Piers enfouit son visage dans le cou de sa grand-mère et se mit à pleurer.

— Il est timide avec les gens qu'il ne connaît pas, l'excusa Mme Fitzalan-Howard.

— Mais Gabriel n'est pas un inconnu, riposta Dora. Passe-le-moi.

Piers continua à pleurnicher, tandis que Gabriel le fixait avec le même manque d'enthousiasme. Que faire ? Difficile d'engager la conversation avec un bambin de cet âge...

Deux garçons sortirent de la bande qui jouait au football et arrivèrent droit sur eux.

— Salut, oncle Gabriel !

Il les regarda, sidéré. Deux petits paysans costauds, aux genoux brunis, les poches pleines de cailloux et de bouts de ficelle. Alan et David. Ils étaient devenus difficiles à distinguer.

— Est-ce que tu as eu une médaille ? s'enquirent-ils.

— Oui. On m'a donné la DFC[1].

— C'est vrai ? Sensass !

Pressés d'aller raconter ses exploits aux copains, ils regagnèrent triomphalement leur équipe.

— C'est formidable, mon chéri, dit Dora. Tu es d'une telle modestie.

— En voilà, une bonne nouvelle, renchérit Mme Fitzalan-Howard. Félicitations, Gabriel.

M. Fitzalan-Howard sortit de son bureau.

---

1. *Distinguished Flying Cross.*

— Gabriel. Ravi de vous voir. Je vous offre un whisky ?

Son cœur se souleva. Whisky. Pourquoi du whisky ? Il déglutit et dit d'une voix tendue, peu naturelle : « Oui. Volontiers. Bien tassé, si je peux me permettre. »

Quelques verres plus tard, il commença à se sentir mieux et accepta de se laisser conduire jusqu'à Meadowside.

Dans le coquet petit cottage, l'après-midi se traînait lamentablement. Assis dans « son » fauteuil, les pieds sur un tabouret, un bouquet de fleurs lui chatouillant l'oreille, Gabriel buvait du thé pâlot, tandis que Dora s'agitait et que le bébé pleurnichait. Il y avait beaucoup trop de meubles, ici. On étouffait. Et que faisait là sa commode ? Elle avait l'air terriblement déplacée.

Dora s'attendait probablement qu'ils montent faire l'amour, mais il n'en avait pas la moindre envie. La fatigue et l'alcool l'avaient rendu apathique, et il ne cessait de répéter machinalement : « C'est merveilleux, chérie. Tu t'es donné tant de mal. C'est ravissant. Vraiment ravissant. »

Il aurait voulu s'écrouler sur ce petit lit douillet et s'endormir pour tout oublier. La nuit précédente l'avait transformé. C'était comme s'il avait eu un bras arraché, tout son être souffrait physiquement. Mais il ne pourrait pas indéfiniment proférer des platitudes. Il fallait qu'il lui en parle.

— Dora. Je voulais te dire... un ami à moi a été tué la nuit dernière.

— Ah...

Elle venait de lui parler du service à thé, le cadeau d'une tante. Suivit un long silence, lourd de reproche. J'ai gâché sa journée, pensa-t-il. Elle va croire que je l'ai fait exprès. Pourquoi en avoir parlé ?

— Ça n'a pas d'importance, ajouta-t-il pour se rattraper. Mais évidemment... ça m'a un peu secoué.

— Oui. Ça doit être horrible.

Il avait envie de hurler. Pourquoi devait-il supporter ça, pourquoi ne pouvait-il être seul, ne serait-ce qu'un jour ou deux, le temps de retrouver son équilibre ? C'était insupportable. Intenable. On frappa à la porte. Dora se précipita.

— Nos premiers visiteurs. Qui cela peut-il être ? Oh, regarde, chéri, c'est ta mère.

Mme Cooper s'introduisit majestueusement et embrassa son fils.

— Mon chéri ! Tu dois être épuisé. Mais si tu savais ce que nous avons subi en ton absence... Laura a été impossible. Toutes ces histoires au sujet de Michael, sans parler des travaux... Je suis si contente que tu sois là. Vivement que tu reprennes les choses en main...

— Dis à Laura de passer me voir, dit-il, sans doute au mauvais moment, car elles parurent décontenancées. J'ai besoin de lui parler.

— Oui. Évidemment, fit sa mère d'un air contrarié. Si elle avait un minimum de savoir-vivre, elle serait venue d'elle-même... Si tu savais comme elle a été désagréable avec Dora la semaine dernière. Sans aucune raison.

Il aurait dû demander des détails. L'ennui, c'est qu'il avait beau connaître les mots, il n'arrivait pas à les prononcer. Du vivant de Philip, ça allait. Philip avait rempli le vide, accompagné son quotidien, gardé la tête froide face aux événements. Il n'avait rien pu y changer, mais sa seule présence avait rendu les choses supportables. Et maintenant qu'il était mort, il n'y avait plus rien entre Gabriel et la vérité. Jamais il ne s'était senti aussi seul.

Sa mère but du thé, posa des questions, ignora les réponses. Comment son père avait-il réagi depuis qu'elle habitait ailleurs, avait-il perdu ses repères ? Gabriel avait cru si longtemps à l'amour de son père pour sa mère. Mais c'était peut-être un mythe. Par contre, l'amertume de sa mère ressemblait à la sienne. Elle avait aimé quelqu'un qui l'avait rejetée.

— Tu as été grossier, Gabriel, dit Dora après le départ de sa belle-mère. Tu n'écoutais rien de ce qu'elle disait.

Il ne répondit pas.

— Piers dort, ajouta-t-elle. On peut aller se coucher.

Et voilà, pensa-t-il. Pourtant il avait envie d'une femme, envie d'être serré dans des bras doux et aimants. Mais Dora ne se contenterait pas d'un câlin. Il faudrait la satisfaire, lui donner ce qu'elle réclamait. Il étouffait, on aurait dit que la maison se refermait sur lui.

— Je vais aller faire un tour, si ça ne te dérange pas, dit-il. Un peu d'air me fera du bien.

De la fenêtre, Dora le regarda s'éloigner. Un peu d'air ! Dans ses lettres, il disait que le confort domestique lui manquait, qu'il en avait assez de vivre sur un terrain peuplé de courants d'air, au milieu de nulle part. Selon toute apparence, c'est d'elle qu'il avait assez. Manifestement, tout ce qu'elle disait semblait l'ennuyer. Et elle avait besoin de lui parler de Laura, de la ferme, de la soudaine résurrection de Michael. Gunthwaite aurait pu être à eux ! Personne n'aurait pu dire qu'on l'avait épousée pour son argent. Était-ce le cas ? Si elle avait été sans le sou, Gabriel l'aurait-il rejetée ? La main sur la bouche, comme pour faire taire les mots qu'elle allait prononcer, elle murmura : « Il ne m'aime pas. Il ne m'aime pas. C'est tout. »

Gabriel grimpa jusqu'au plateau. L'air froid lui brûlait les poumons, repoussait la souffrance. Il pensait à Laura avec sérénité. Quel malheur de ne pouvoir chérir un tel souvenir ! se dit-il, car ils avaient fait l'amour ici, dans cette combe abritée du vent qui soufflait toujours sur les hauteurs, là où la fougère gagnait sur l'herbe. La prairie était grasse, cette année. Laura était une bonne fermière, elle avait ça dans le sang.

Soudain il la vit qui grimpait la colline dans sa direction et s'accroupit en retenant sa respiration. Si elle le voyait, elle ferait demitour. Bientôt il l'entendit haleter à cause de la montée et pousser une longue expiration en pénétrant dans la combe. En le voyant, elle se figea sur place.

— On ne pourra pas toujours s'éviter, alors à quoi bon ? lança-t-il.

— Ta mère m'a demandé d'aller te rendre visite.

Elle s'assit sur un rocher en ramenant sa jupe autour de ses jambes, toujours la même, pâle, les lèvres sans couleur, mais des cheveux de jais, des yeux d'eau. Comme dans son souvenir.

— Je ne pourrai jamais affronter Michael, dit-elle.

— Tu ne savais pas qu'il était vivant...

— Si. Je n'aurais pas ressenti la même chose s'il était mort. Mais je me suis laissé convaincre et je l'ai trahi, Gabriel, après lui avoir tant promis.

— Et moi, Laura ? J'ai besoin de toi. Tu ne sais combien c'est pénible de supporter Dora et ses jacasseries. Si je t'avais, je supporterais n'importe quoi... Philip est mort cette nuit.

— Philip ? articula-t-elle. Pauvre Philip. Avait-il une amoureuse ?

— Oui, une fiancée. Et des parents.

— Pauvre Philip, répéta-t-elle en se détournant. Tu vas te sentir bien seul sans lui.

Gabriel se glissa derrière elle et la prit par les épaules.

— Sans toi surtout ! Philip était au courant, pour nous. Que veux-tu, Laura, que je devienne fou ?

— Non. Non. S'il n'y avait pas Michael, ce serait différent. Envers Dora, je n'ai pas autant de scrupules, je ne sais pourquoi. Mais je me suis donnée à Michael. Pour toujours. Je ne peux pas me reprendre.

— Mais lui et toi, vous n'êtes pas faits l'un pour l'autre. Nous, si.

Toujours dans ses bras, elle se tourna face à lui, ses lèvres tout près des siennes.

— J'ai promis, murmura-t-elle. Voudrais-tu vraiment me prendre à lui ?

— Non.

Ils se serrèrent fort, dans une tristesse mêlée de joie. Ainsi, elle l'aimait. Peut-être était-ce la solution, seul le passé les comblerait, et ils seraient dorénavant les amis les plus intimes qui soient. « Dieu me vienne en aide, je t'aime tant ! » s'écria-t-il dans le vent.

Alors ils entendirent un cri déchirant et découvrirent Dora, debout, au bord de la combe.

12

D'une fenêtre, Mme Fitzalan-Howard vit Dora sortir de la voiture en courant, le bébé dans les bras.

— Geoffrey, dit-elle, consternée. Revoilà Dora.

— Déjà ? Mon Dieu.

Ils attendirent en silence qu'elle fasse son entrée en fanfare, toute crottée, avec le bébé qui pleurait.

— Je l'ai quitté ! déclara-t-elle, attendant la réaction effarée, indignée de ses parents.

— Eh bien, dit sa mère.

— Un petit remontant ne nous ferait pas de mal, vous ne croyez pas ? ajouta M. Fitzalan-Howard. Tu énerves ce bébé, Dora. Va le confier à quelqu'un qui le mette au lit.

Un peu désappointée, Dora s'affala dans un fauteuil et se mit à déverser le récit de ses malheurs. Ses parents l'écoutèrent en silence, songeant à part eux qu'elle n'aurait jamais dû se marier, qu'elle était bien trop jeune.

— Je crois que tu te trompes au sujet de Laura, dit enfin sa mère. Elle et Gabriel sont proches, voilà tout. Et si son ami est bien mort la nuit dernière, il est normal qu'il soit encore sous le choc. Ses nerfs ont été mis à rude épreuve. Je l'ai d'ailleurs trouvé très tendu.

— Il l'est toujours, avec moi, dit Dora.

— C'est qu'il revient toujours de se battre ! protesta son père. Tu ne comprends donc rien, Dora ? Pas plus tard que la nuit dernière, il a risqué sa vie, et aujourd'hui tu voudrais qu'il parle chiffons avec toi ! Il se fiche bien des histoires de maisons et d'aménagements, son esprit est hanté par la mort et tout ce qui s'ensuit. Il pleure son ami.

— Je l'ai entendu dire à Laura qu'il l'aimait.

— Il parlait sans doute de son ami Philip. Et puis tu n'étais pas censée entendre, ma chère.

— Vous prenez son parti, lança Dora en serrant son mouchoir. Vous vous fichez que je sois livrée à moi-même et obligée de me débrouiller toute seule.

— Est-ce donc si pénible de passer son temps à installer à grands frais ce cottage pour en faire une maison de poupée ? remarqua sa mère avec aigreur.

Dora éclata en sanglots rageurs.

— Ce n'est pas tout à fait juste, murmura M. Fitzalan-Howard en regardant sa femme, qui soupira.

— Je sais. Je m'excuse, ma chérie. Mais vraiment, tu ne t'entendras pas mieux avec Gabriel en imaginant des choses sur Laura.

— Je n'imagine rien, dit tristement Dora. Ils s'aiment.

Tout en admettant secrètement qu'un jeune homme souffrant de solitude puisse tomber amoureux d'une femme comme Laura, M. Fitzalan-Howard déclara :

— Gabriel est un gentleman, Dora. Quand il se sera repris, je suis sûr qu'il viendra te voir ici. Allons, va te coucher, maintenant. Rien de tel qu'une bonne nuit de sommeil.

Quand elle fut partie comme une enfant docile, ses parents se regardèrent.

— Je n'en serais guère étonnée..., avança Mme Fitzalan-Howard. Son mari sortit sa pipe.

— Moi non plus, à vrai dire. Contrairement à Dora, Laura le comprend. Et je ne m'étonne pas qu'il préfère une femme compréhensive à cette tête de linotte.

— Si seulement elle mûrissait un peu ! C'est ma faute, je l'ai trop protégée. J'aimerais qu'ils restent ensemble jusqu'à la fin de la guerre ; peut-être feraient-ils alors quelque chose de ce mariage.

— Et si nous nous occupions de Piers ? Dora pourrait aller à Bainfield participer à l'effort de guerre. Acquérir un peu d'expérience.

Il vida sa pipe dans sa main et jeta négligemment les cendres dans le foyer. Sa femme hocha la tête, trop préoccupée pour s'en soucier.

Gabriel passa le lendemain, à l'heure du thé. En pantalon de toile et chemise ouverte, il était beaucoup moins fringant que la veille. Il avait l'air plus calme aussi. Les mains dans les poches, il s'excusa auprès de Mme Fitzalan-Howard.

— Dora est là ? Nous nous sommes pris de bec hier et j'ai attendu que nous retrouvions un peu nos esprits. Je n'ai pas été juste avec elle. J'étais dans un drôle d'état.

— Elle nous a appris que votre ami avait été tué.

— Oui. Mais ce n'est pas une raison. Dora ne peut pas comprendre, et je le sais.

Elle le pressa d'entrer et ils croisèrent une file d'enfants qui sortaient pour un cours d'histoire naturelle, consistant principalement à chasser les oiseaux. M. Fitzalan-Howard buvait du thé en mangeant un gâteau au carvi, et il se leva pour accueillir Gabriel en faisant tomber force miettes sur le tapis.

— Asseyez-vous, mon garçon. Dora est partie pour Bainfield s'enrôler.

— S'enrôler ? s'étonna Gabriel, sidéré.

— Dans le service volontaire, précisa Mme Fitzalan-Howard. Il est temps qu'elle ouvre un peu les yeux sur le monde. Il est inutile de chercher à toute force à vous réconcilier dans l'immédiat. Tout est sens dessus dessous. C'est nous qui nous occuperons de Piers.

Gabriel demeura sans voix. Il était venu avec l'intention de convaincre Dora de revenir, prêt à tout accepter pourvu qu'elle n'écrive pas à Michael. Et son départ le désarmait.

Il regarda ses beaux-parents et se décida à tout leur dire.

— Elle s'apprêtait à écrire à Michael. Au sujet de moi et de Laura. Il ne faut pas qu'elle le fasse. Dans la panade où il se trouve, comment prendre ce genre d'inepties en toute lucidité ? Laura est une bonne épouse. Elle s'occupe de la ferme, de mes parents et de tout le reste. On ne doit pas l'embêter avec ça.

— Ma fille n'a jamais parlé d'écrire, dit la mère de Dora. Je suis sûre qu'elle n'en fera rien. Dans le feu de la discussion, ses paroles ont sûrement dépassé sa pensée.

Gabriel s'assit et accepta de prendre du thé et des gâteaux. Il aurait dû rentrer plus tôt, parler avec Laura, faire le tri dans ses pensées.

— Cela dérangerait-il Dora que j'habite au cottage ? demanda-t-il. Elle l'a merveilleusement arrangé.

— Dans un style un peu trop efféminé, me semble-t-il, dit Mme Fitzalan-Howard en souriant. Mais le cottage appartient à Laura, c'est à elle qu'il faut le demander. Je crois que vous devriez rester. Si vous avez quelques semaines de congé, vous pourrez faire un tour à Bainfield de temps en temps et inviter Dora à dîner. Repartir de zéro.

— Mais nous sommes mariés ! s'étonna-t-il, avec un rire incrédule.

— Peuh ! Ni elle ni vous ne connaissez rien au mariage, déclara son beau-père. Ces séjours en dents de scie ne favorisent guère l'harmonie des jeunes ménages. Attendez un peu. Quand les choses se seront calmées, vous ferez un deuxième essai.

Gabriel poussa un soupir de soulagement.

— C'est une très bonne idée, monsieur. Je suis sûr que Dora et moi, nous nous réconcilierons, pour finir. D'ailleurs il le faut. Pour Piers.

— Je suis contente de vous l'entendre dire, acquiesça Mme Fitzalan-Howard avec un regard farouche. Vous êtes si jeunes tous les deux.

Il rentra à Gunthwaite à bicyclette. Il était comme libéré, joyeux. Deux semaines de congé, qu'il pourrait enfin vivre à sa guise. Laura pourrait dire ce qu'elle voudrait, il saurait bien la persuader. Elle était à Michael, soit, mais Michael n'était pas là. Et il avait besoin d'elle. Il l'imagina nue contre lui, la douceur de ses seins, la chaleur de son corps, de son intimité, et sentit le sang affluer dans ses veines.

Il n'y avait personne dans la cour. Gabriel appuya sa bicyclette contre un mur et entra dans la cuisine, mais il n'y avait que Sophie, qui zézayait en français, et son père, qui ne le connaissait plus. Quand il demanda où était Laura, Sophie fit la grimace, et il n'eut pas envie d'insister. Il sortit dans la cour et rencontra Dinah, qui revenait de l'étable avec un seau de lait.

— La patronne m'a chargée de dire à tout le monde qu'elle allait à Londres voir Miss Rosalind, lui annonça celle-ci. Il faut que je m'occupe de tout pendant son absence.

Gabriel sentit s'évaporer toute sa bonne humeur.

— A-t-elle dit pour combien de temps ?

Dinah haussa les épaules.

— Nan. On s'en sortira, mais l'une des aides devra venir habiter la grande maison. La patronne n'était pas partie depuis cinq minutes que Bill Mayes est venu pour dire qu'il fallait déplacer les vaches et qu'il ne savait pas dans quel pré il devait les mettre. Il le sait, vous pouvez en être sûr, mais il ne les y mettra pas. Cet homme laisserait pourrir une récolte sur pied plutôt que de donner un coup de main.

— Je lui parlerai, assura vaguement Gabriel. Tant que je suis là, je ferai aussi bien de m'occuper de la ferme. J'aurais aimé qu'elle me prévienne.

— Elle a pris sa décision et elle est partie.

Il descendit lentement jusqu'à la prairie. L'éclat des fleurs sauvages avait disparu. Les nouvelles pousses frémissaient dans la brise du soir. Il n'avait pu la retenir, même pas une journée. Elle lui avait glissé entre les doigts, comme ces fins duvets de chardon qui s'envolent au moindre souffle.

Laura était arrivée à Londres très tard, après que son train eut été bloqué deux heures dans un tunnel. Maintenant, elle découvrait la cité pour la première fois, épouvantée. Où que se portent ses regards, ce n'était que destruction, ici un toit soufflé, là des fenêtres béantes, et de l'autre côté de la rue un énorme trou dans une rangée d'immeubles. Les décombres s'entassaient là où il y avait eu une maison, il ne subsistait d'elle qu'un mur adossé aux bâtiments encore debout, tapissé de papier peint à fleurs roses.

Autour d'elle, les gens se pressaient vers une destination bien définie. Il était difficile d'imaginer que la vie ordinaire puisse continuer dans un tel décor. Les boutiques aux vitrines intactes avaient collé contre la vitre intérieure des bandes de papier, et celles qui n'avaient pas cette chance affichaient « Les affaires continuent » sur des avis cloués à du contreplaqué. Laura ne pouvait s'empêcher de regarder les modèles exposés, honteuse d'être si frivole. Ce que les jupes avaient rétréci ! Et ces petits chapeaux, adorable !

S'habituant peu à peu à cette architecture du désastre et aux trous de la chaussée, elle continua sa marche. La cité bourdonnait d'activité. Elle croisa toutes sortes de gens en uniforme, dont une Wren[1]. Les femmes de son âge s'étaient engagées sans réserve dans l'effort de guerre, se dit-elle, un peu envieuse. Pour elles, cela semblait aller de soi.

Afin de se remettre de ses émotions, elle entra dans un café Lyons et prit un thé noir avec un gâteau insipide. Un homme de haute stature en uniforme de la marine s'arrêta à sa table et lui demanda s'il pouvait s'y asseoir. Elle acquiesça, avant de s'apercevoir qu'il restait pourtant des tables libres.

— Il vaut mieux avaler quelque chose avant le raid, dit-il en lui souriant.

— Quel raid ?

— Ça se passe toujours au crépuscule. De temps en temps, ils remettent ça vers minuit.

---

1. Auxiliaire féminine de la marine royale britannique.

Elle finit son thé. Il valait mieux se rendre au plus vite chez Rosalind.

— Puis-je vous emmener quelque part ? Il y a un bar près d'ici, il ne ferme jamais. Je suis sûr que vous aimeriez prendre un verre.

— Non merci. Il faut que je rentre, dit-elle en prenant ses gants.

— Vous êtes sûre ? Vous risquez d'y passer cette nuit. Quand on est mort, c'est pour longtemps.

Elle le fixa d'un regard glacé.

— C'est gentil de me le rappeler. Bonsoir.

Il se leva quand elle partit. Vraiment ! s'indigna-t-elle, tout le monde ne pensait donc qu'à ça ? Elle se mit à observer la foule, ce qui vint confirmer son impression. Partout des soldats, des marins, avec une seule chose en tête.

La sirène mugit alors qu'elle traversait Piccadilly. Aussitôt la foule se dirigea comme un seul homme vers la station de métro, et Laura suivit, pressée par des préposés à la défense passive qui jouaient du sifflet d'un air important.

— Allons, mesdames et messieurs. Plus tôt vous y serez, plus tôt on rentrera chez nous.

Tout près, on entendit des coups de feu. Laura se sentit défaillir.

— Qu'est-ce que c'est ? demanda-t-elle à un vieux monsieur qui descendait prudemment les marches de la station.

— La batterie antiaérienne de Hyde Park, répondit-il. D'après moi, ils n'y voient goutte, mais ils tirent quand même. Écoutez ça !

Il tendit l'oreille et ils perçurent une série de coups assourdis.

— Ça tombe sur les docks. Ce n'est pas encore pour nous.

La station était bourrée à craquer. On servait du thé. Un gars de l'armée de l'air fit asseoir Laura sur une valise et voulut l'inviter à dîner. Elle refusa, plus poliment cette fois. Sous terre, on n'entendait pratiquement rien, sinon les bavardages des gens qui n'avaient pas l'air de s'inquiéter. Mais brusquement, il y eut une puissante déflagration et l'air s'emplit de poussière.

— Mince ! C'était bien la peine que j'aille chez le coiffeur, lança une jeune femme, après un bref instant de silence.

Laura se dirigea tant bien que mal vers l'escalier, gardé par un préposé à la défense passive.

— Qu'est-ce que c'était ?

— Une bombe, madame, répondit-il d'une voix égale.

— Oui, mais où ? À combien d'ici ?

— Au moins cent mètres, je dirais. Vous venez de la campagne, pas vrai ? Vous ne pouvez pas sortir jeter un coup d'œil, vous savez. Il faut attendre le signal de fin d'alerte.

Tout le monde la regarda avec indulgence, d'un air amusé. Ainsi, sa condition de paysanne se voyait ; c'était comme si elle avait porté des chaussures crottées. Elle rougit de confusion. À ce moment-là retentit le long mugissement de fin d'alerte, et les gens se levèrent pour reprendre leurs activités. Laura retrouva le ciel avec gratitude.

Une autre maison s'était écroulée. Des pompiers arrosaient à la lance les décombres fumants. Laura se pressa le long des rues vers l'appartement de Rosalind.

L'immeuble était desservi par un vieil ascenseur. Une fois à l'étage, elle frappa à la porte.

— Grands dieux, Laura ! Que faites-vous là ? s'exclama Rosalind, mais Laura ne sut que répondre.

L'appartement était grand et reluisant de propreté. Un chauffage à gaz brûlait dans la cheminée. Rosalind leur servit deux cognacs.

— Howard n'est pas là ? s'enquit Laura.

— Il ne rentrera pas avant minuit. Une réunion de travail suivie d'un dîner. Vous avez été prise dans le raid ?

— Oui. Je me suis tournée en ridicule. Les autres n'ont pas peur.

— C'est qu'ils y sont habitués, dit Rosalind. Dans une semaine, ça ne vous fera plus rien.

— Je ne suis pas très courageuse, de nature.

— C'est vrai ? demanda Rosalind en la fixant.

— Ces bombardements... ça me fait peur, avoua Laura en venant s'asseoir près du feu.

— Mais pas le reste, repartit Rosalind en s'asseyant face à elle, son verre de cognac à la main. (Elle avait de longues mains élégantes, comme celles de sa mère.) Vous vous êtes décidée, n'est-ce pas ?

Laura hocha la tête. L'idée avait lentement germé dans son esprit. Il s'y mêlait de la culpabilité et de l'amertume ; mais également l'envie de se mettre à l'épreuve. Elle avait trahi Michael, et rien ne pouvait excuser sa faute. Comme elle s'en voulait à présent ! Peut-être méritait-elle de mourir. Peut-être pas. La décision ne lui revenait plus.

Elle aurait dû se méfier des pièges que la vie peut vous tendre. N'en avait-elle pas vu assez ? Mais au diable la honte, le remords. Il fallait trancher. Le fil de son destin dépendrait de sa mission en France. Si par miracle elle y survivait, c'est qu'une autre chance lui était donnée. Un calcul simple comme bonjour. Un jeu de quitte ou double.

Rosalind vida son verre.

— Il n'y a rien à manger ici, allons dîner dehors, au café Royal. Il faut nous habiller, je vais vous trouver quelque chose.

407

— Je suis trop fatiguée, se plaignit Laura, rompue par sa journée.

— Mais non. Vous en faites bien davantage à Gunthwaite. Un peu d'éclat et d'élégance, voilà ce qu'il vous faut.

Elle la conduisit dans la chambre et commença à fouiller dans sa garde-robe.

La salle était illuminée ; un petit orchestre jouait, un couple en uniforme dansait le fox-trot. Laura regretta de ne pas être elle-même en uniforme. Dans la robe de soirée bleue que Rosalind lui avait prêtée, une plume dans les cheveux, elle se sentait marquée du sceau de l'insouciance.

Divine dans son fourreau de satin noir, Rosalind saisit le fil de ses pensées.

— On a l'air d'être en goguette ! J'aurais dû m'habiller en kaki.

Elle sourit au serveur, qui claqua des talons et les escorta jusqu'à une table située près de la piste de danse. Laura se délectait de cette parenthèse. Quelle vie agréable pour une femme, il suffisait de sourire, d'être jolie, sans rien à assumer que sa propre existence. De petits soucis lui encombraient encore l'esprit, les enfants, les vaches, Gabriel. Un verre apparut devant elle et elle le but. Du champagne.

Après avoir commandé, elles s'adossèrent pour observer les autres clients. Des hommes cherchaient leur regard avec insistance, mais sans succès.

— Et Michael, vous avez eu des nouvelles ?

— Pas depuis un mois, souffla Laura. Ça m'est un peu égal. Du moment qu'il n'arrive pas de télégramme.

— Vous a-t-il raconté ce qui lui était advenu ?

— On l'a laissé en rade en plein désert. Il a dû gagner les lignes ennemies à pied. Enfin, je crois, la lettre était tellement censurée que j'ai eu du mal à comprendre.

— Quel soulagement pour vous, dit Rosalind. Pourquoi aller en France maintenant ? Vous n'auriez pas préféré attendre son retour à Gunthwaite ?

Laura détourna les yeux.

— Je suis fatiguée d'attendre. De rester en dehors du coup. J'ai besoin de faire quelque chose...

— De vous dépasser, je connais ça, dit Rosalind, et elle fit signe au serveur d'apporter de nouveau du champagne.

Le vin lui montait à la tête. Laura regarda autour d'elle et fit un petit sourire à un homme en costume. Il éteignit sa cigarette et vint les rejoindre pour l'inviter à danser un fox-trot. Elle accepta.

Il dansait bien et elle aussi. L'humeur de Laura remonta en flèche.

— Dites-moi, êtes-vous mariée ? demanda son cavalier.

— Je ne suis là que pour danser, répliqua-t-elle avec un petit sourire.

— Vous dansez à merveille... M'accorderez-vous la prochaine ?

— Merci. Mais je ne crois pas. Vous êtes très gentil.

Elle revint lentement à la table, où l'on avait servi l'entrée.

— Vous ne cessez de me surprendre, Laura, déclara Rosalind. Vous vous en sortirez très bien en France.

Elles mangeaient des crevettes, sûrement de la conserve, mais très goûteuses. Tout à coup, la sirène retentit, suivie quelques secondes plus tard par le sifflement de bombes qui tombaient.

— Ne faut-il pas gagner un abri ? s'enquit Laura, tout en se demandant comment elle récupérerait son manteau.

— Baissez-vous, Laura, ordonna Rosalind. Allons !

Tout le monde s'asseyait sous les tables. Rosalind s'empara de la bouteille de champagne, et Laura prit les deux verres.

— J'espère que Howard est en sûreté, dit Rosalind.

De l'autre côté de la salle, le cavalier de Laura, accroupi sous sa table, allumait une cigarette. Il lui fit un signe, auquel elle répondit.

— Évidemment j'ai filé mon bas, se plaignit Rosalind.

— Et moi, j'ai encore faim. Vous croyez qu'on finira de dîner ?

— Oui, tôt ou tard.

Le personnel de cuisine sortit en peloton, avec des seaux remplis de sable. Une bombe incendiaire était tombée sur la route, seule trace visible du raid. L'orchestre se remit à jouer, les clients du restaurant reprirent leurs places et leurs conversations. Le cavalier de Laura se permit de l'inviter une nouvelle fois et ils se lancèrent dans un fox-trot endiablé. Enfin, la suite du dîner arriva.

Malgré tout, Dora s'amusait. Depuis la guerre, l'indolente Bainfield s'était transformée en un centre riche d'activités. Avec le corps des travailleuses agricoles, les troupes en transit ou en exercice, et les volontaires de la Home Guard, la population avait doublé. Il y avait des bals tous les soirs, sauf le lundi, et encore ; la famille où logeait Dora recevait des paquets d'Amérique une fois par mois, et elle-même était entrée en possession de sa première paire de bas Nylon.

Il y avait trois cinémas en ville, maintenant ; avec une copine, elle s'y rendait deux fois par semaine, le lundi et le mercredi. Le samedi, bien sûr, elle retournait chez elle pour voir Piers, mais cela lui paraissait un peu étrange. Durant la semaine, elle oubliait jusqu'à son existence. Et quand elle rentrait à Fairlands, il semblait à peine la reconnaître. C'était vers sa grand-mère qu'il se tournait à présent.

Le travail avec le WVS ne s'était pas révélé aussi passionnant qu'elle l'espérait. La plupart du temps, elles faisaient le tour de la ville et de ses environs en essayant de placer des évacués, nouveaux ou plus anciens, comme ce vieux monsieur qui insistait pour jouer du violon tard le soir et n'en démordait pas. Les plus fervents amateurs de classique s'en lassaient à la longue. Dora avait fini par l'expédier chez la vieille dame la plus sourde qu'elle ait pu rencontrer, et tout était rentré dans l'ordre. Mais il arrivait souvent que les gens se plaignent à propos de vétilles, poux, punaises, odeurs de cuisine...

Un jour qu'elle sortait du presbytère les bras chargés de manteaux à distribuer, une longue automobile noire s'arrêta à sa hauteur.

— Ma chère Dora !

— Wojtyla ! Quelle bonne surprise. Je croyais que vous étiez parti.

— Pas longtemps. Quelqu'un s'est plaint au sujet du marché noir, un malentendu. Me voici de retour. Je vous emmène quelque part ?

— Partout. Il faut que je distribue ces affreux manteaux.

— Je vais vous aider.

Une fois montée dans la grande voiture luxueuse, Dora ne cacha pas son admiration ; Wojtyla lui-même avait l'air florissant. Il portait un nouveau costume et sur le siège arrière, soigneusement plié, se trouvait un pardessus en poil de chameau, gansé de cuir. Il alluma une cigarette avec l'allume-cigare, la tendit à Dora, puis en alluma une autre pour lui.

Comme il ne tenait aucun compte de ses indications, elle resta silencieuse, curieuse de voir où il l'emmenait. Quand ils s'arrêtèrent, ce fut près de la voie ferrée, au milieu d'herbes hautes, dans un terrain vague où avaient poussé quelques maisons. Il continua de fumer en silence tout en la fixant. Elle se mit à rougir.

— Et votre mari, que devient-il ?

— Pas grand-chose. On s'est gravement disputés lors de sa dernière permission. Je me suis engagée et il est venu me voir. Nous avons décidé d'oublier que nous sommes mariés jusqu'à ce que la guerre soit finie. Je ne sais pas ce que ça donnera. Il m'écrit de temps en temps.

— Vous devez vous sentir très seule, dit Zwmskorski.

— Pas vraiment, répondit Dora avec un petit rire de gorge. On s'amuse à Bainfield. Je vais au cinéma, au bal. Être mariée, quel ennui ! Je ne me rendais pas compte de ce que je ratais.

Zwmskorski jeta sa cigarette par la fenêtre.

— Avez-vous pris un amant ?

— Wojtyla ! Vraiment !

Les joues de Dora s'enflammèrent.

Il la fixait toujours, et elle détourna le regard. On aurait dit qu'il lisait à travers elle, qu'il savait toutes les fois où elle avait imaginé son long corps mince contre le sien. Il lui caressa la joue.

— Dora. Nous devons aller chez moi.

— Je ne peux pas. Wojtyla, voyons, vous le savez bien.

— Mais vous n'êtes plus vierge. Et votre mari vous délaisse.

— On pourrait nous voir.

— Nous serons prudents. Il vous faut un homme.

Son cœur battait à tout rompre. La chaleur l'envahissait, comme si on avait changé son sang en feu. Il commença à défaire les boutons de sa veste d'uniforme.

— S'il vous plaît... non. On risque de nous voir.

— Allons chez moi.

Maintenant il déboutonnait son corsage. Elle se sentit désarmée, paniquée. Il glissa la main sous l'élastique de son soutien-gorge et lui pelota les seins.

Dora se renversa en arrière, la bouche ouverte.

Il excita ses mamelons tout en épiant ses yeux qui papillonnaient. Il s'était douté qu'elle ne lui résisterait pas, qu'il n'aurait pas à se battre, et il avait eu raison. Quand il vit que les pointes de ses seins s'étaient durcies et qu'elle haletait, il s'écarta soudain et démarra.

— Que faites-vous ? murmura-t-elle.

— Je vous emmène chez moi. J'ai terriblement envie de vous.

Il vivait au dernier étage d'une grande bâtisse ancienne, entourée de jardins à l'abandon. Dora se glissa hors de la voiture, pénétra par la porte de derrière et monta l'escalier de secours tout rouillé en courant. En haut, tout en attendant qu'il vienne lui ouvrir, elle se demanda ce qu'elle faisait là, elle, une femme mariée, mère de famille, au lieu de distribuer ses manteaux.

— Franchement, Wojtyla, je ne crois pas que ce soit une bonne idée, s'empressa-t-elle de dire quand la porte s'ouvrit.

Il referma la porte derrière elle et l'entraîna dans la pièce. Son regard la força au silence.

— Déshabillez-vous, lui dit-il. Et vite.

Elle avait presque peur. Pas moyen d'y échapper, se dit-elle en ôtant sa veste. Tandis qu'elle ouvrait son corsage, trop lentement au goût de Zwmskorski, il le lui enleva d'un geste brusque et tira sur son soutien-gorge, qui resta coincé autour de sa taille. Il l'embrassa

411

avec fougue, forçant sa bouche de sa langue avide. Jamais on ne l'avait embrassée comme ça.

Lorsque enfin il la laissa respirer, ce fut pour lui sucer, lui mordiller les seins, et sous l'aiguillon exquis du plaisir Dora enfonça amoureusement ses doigts dans ses cheveux. Alors, il saisit la pointe tendre de son mamelon entre ses dents et la mordit jusqu'au sang. Elle hurla de douleur.

Il la lâcha et elle alla s'effondrer loin de lui, gémissante, pour s'accroupir contre le mur. Son sein portait la marque nette de la morsure.

— Dora, dit-il doucement. Vous voyez comme je suis. Il faut m'être fidèle, maintenant.

Elle le regarda, sidérée. Que faisait-elle là, le sein en sang, affamée d'amour ? Une demi-heure plus tôt, elle livrait des manteaux. Dressé au-dessus d'elle, il se déshabilla, dévoilant un corps pâle, noueux, au dos zébré d'une cicatrice qui évoquait l'impact d'une balle. Quand il fut nu devant elle, elle détourna les yeux. Il la prit par les poignets et l'attira contre lui en s'attaquant à sa dernière défense, la jupe de serge de son uniforme. Quelque chose d'animal montait en elle, une force irrépressible. Elle le défia du regard.

Il s'écarta et alla jusqu'à un tiroir. Dora, moite de désir, enleva sa jupe et sa culotte, ne gardant que ses bas. Mourant d'envie qu'il la prenne, elle alla se frotter contre son dos comme une chatte, seins, ventre, entrecuisse. On pouvait les voir du jardin abandonné, mais elle s'en fichait.

Il se retourna. Reprenant l'initiative, il l'entraîna et s'affala sur une chaise de cuisine. N'obéissant plus qu'à ses instincts, elle vint sur lui et, quand il la pénétra, elle ressentit une intense libération. Il commença à bouger et elle l'agrippa par les épaules, enfonçant ses ongles dans sa chair, épousant ses mouvements, consumée par le feu qu'il avait allumé en elle. En quelques secondes, ce fut fini. Ils roulèrent ensemble sur le plancher.

— Tu es une belle salope, dit-il au bout d'un moment.

— Ça te contrarie ? dit-elle en rougissant.

— Pas du tout. Cela laisse entrevoir des... possibilités.

Dora eut un rire incrédule. Un vilain monsieur. Et elle ne tarderait pas à devenir une très vilaine fille.

13

Accroupie au milieu d'un champ venteux, Laura s'escrimait sur le poste émetteur. L'instructeur vint une nouvelle fois lui expliquer comment trouver la bonne fréquence et régler le volume ou l'antenne.

— C'est comme un poste de TSF, dit-il pour l'encourager, en lissant ses cheveux sur son crâne dégarni. Nous ne pouvons vous envoyer en France si vous n'arrivez pas à émettre, vous comprenez ?

— Vous pouvez me montrer encore une fois ?

Mais c'était un mauvais pédagogue et Laura se remit à rêvasser. Elle était malheureuse ici, parmi les grasses prairies et les collines verdoyantes du sud de l'Angleterre. Gunthwaite l'austère lui manquait, ainsi que son bébé, son cadre familier, et même le vieux M. Cooper, qui lui avait demandé, un mauvais jour : « Est-ce que je vous connais ? Nous sommes-nous rencontrés ? »

— À vous, dit l'instructeur.

— Pardon ?

À bout de patience, il éclata.

— Vous rendez-vous compte que votre vie peut en dépendre ? Si vous voulez vous tirer vite fait parce qu'on vous a repérée, il faudra bien nous prévenir. Vous risquez d'être torturée par la Gestapo et de finir dans les chambres à gaz d'un camp de concentration. Je vous suggère donc de vous concentrer.

— Oui. Je m'excuse.

Le lendemain matin, pendant le petit déjeuner, elle s'adressa en français à l'un des hommes, un Belge récemment évadé.

— Vous avez entendu parler des chambres à gaz ? Est-ce qu'elles existent ?

— Je ne sais pas. Mais les nazis commettent tant d'atrocités... La torture, les camps, tout ça est bien réel. Les chambres à gaz aussi, qui sait ?

Au lieu de déjeuner ce jour-là, elle écrivit une lettre de sa petite écriture soignée, puis elle plia les feuillets et les glissa dans une enveloppe qu'elle scella avec un peu de cire, y apposant un sceau trouvé sur le bureau, une colombe tenant dans son bec une branche d'olivier. Sur l'enveloppe elle écrivit : « Pour Mary. À ouvrir à tes vingt-cinq ans, ou après ma mort. Ta mère qui t'aime. »

Puis elle glissa la lettre dans une autre enveloppe plus grande. À qui la confier ? songea-t-elle. À Rosalind, à Dinah ? Mais à Londres, l'immeuble de Rosalind risquait d'être bombardé, et chez Dinah, une maisonnée bruyante et désordonnée, quelqu'un pourrait mettre la main dessus et l'ouvrir par curiosité. Elle prit une autre feuille et rédigea sa missive.

> *Chère Madame Fitzalan-Howard,*
> *Je vous prie de m'excuser de vous demander ce service. Ci-joint une lettre pour ma fille, que j'aimerais vous confier. L'inscription sur l'enveloppe en explique la raison. Je m'apprête à m'embarquer dans une drôle d'aventure, ce que je ne devrais peut-être pas, Mary étant si jeune. Mais je crois, chaque jour un peu plus, qu'il est vital pour nous de nous engager dans ce combat et de le gagner.*
> *Avec toute ma confiance et mes sincères remerciements,*
> *Laura Cooper*

Elle scella également cette enveloppe et y inscrivit l'adresse. Puis, certaine qu'on censurerait son courrier, elle sortit, traversa le jardin derrière le bâtiment, enjamba la barrière et fit les trois kilomètres qui menaient jusqu'au village pour la poster. Quand elle revint, le cours sur le chiffre et les codes secrets était déjà bien entamé et on lui jeta des regards noirs.

Cette nuit-là, elle fut convoquée au bureau du commandant, un petit homme grisonnant, avec une moustache d'un noir corbeau.

— Madame Cooper. Asseyez-vous, lui intima-t-il avec un sourire crispé.

Elle s'exécuta. Deux autres hommes étaient appuyés contre le mur, dont l'instructeur radio. Le commandant la fixa en silence, puis il regarda un document posé sur son bureau.

— On dit ici que vous avez la capacité de prendre la couleur du milieu où vous évoluez, un peu comme un caméléon. Souhaitons-le, madame Cooper. Parce que, très franchement, comme agent, vous ne valez rien.

— Vous pensez à la radio. Je m'excuse. Je vais m'efforcer d'apprendre.

— Madame Cooper, dit-il d'un air irrité en posant les mains à plat sur le bureau, êtes-vous certaine que vous prenez ça au sérieux ?

— Vous voulez savoir si j'ai peur ? Bien sûr que j'ai peur. Je n'ai pas envie de mourir, ni de causer la mort d'autres gens. Mais, pour être un bon agent, il faut oublier qu'on en est un. Être ce qu'on paraît, quelle que soit la situation... J'ai l'air d'une bonne bourgeoise française, dit-elle en désignant le tailleur près du corps, les chaussures de qualité qu'on lui avait données. Et je ne me préoccupe pas des Allemands. Pourquoi le ferais-je ?

— Nous avons un rapport vous concernant, reprit le commandant. Assez sommaire... Mais si j'ai bien compris, vous avez quelques relations dans un milieu disons... coloré ?

— Quoi ? s'indigna Laura en se levant.

— Deux dames habitent chez vous. Des réfugiées. Votre belle-sœur nous a laissé comprendre qu'elles étaient d'anciennes prostituées.

— Comment le saurait-elle ?

— C'est une femme très observatrice... très intuitive. Vous l'avez peut-être remarqué.

— Elles... elles ont eu des vies assez... mouvementées, réussit à dire Laura. Je n'en connais pas les détails. Et alors ? Je ne comprends pas où vous voulez en venir.

— Mais si, madame Cooper, vous comprenez. La prostitution serait une couverture idéale pour votre travail. Des horaires et des habitudes décalés, des hommes qui vont et viennent... oui, absolument idéale.

Bouillant de rage, elle retint sa respiration et se dirigea en aveugle vers la sortie. L'officier de transmissions lui bloqua le passage.

— Je vous en prie. Ne vous braquez pas. Vous ne serez peut-être pas obligée de...

— Vraiment, Arthur ! grogna le commandant. Elle ne durerait pas cinq minutes.

— Mais j'ai vu des filles à Paris, mon commandant, certaines ont beaucoup de classe. Elles ne vendent leurs charmes qu'à quelques clients triés sur le volet.

— Nous voulons qu'elle nous serve à cacher nos agents. La moitié sont des bouchers, des plombiers, des gens du peuple qui n'iraient sûrement pas chez une poule de luxe. Il nous faut une fille ordinaire, plutôt bas de gamme.

— Envoyez donc votre femme, lança Laura d'un air farouche.

Il y eut un silence.

— Si nous vous avons offensée, je le regrette, madame Cooper.

— Mais non, vous ne le regrettez pas, répliqua-t-elle en reprenant sa place face à lui. Écoutez. Dans une grande maison, personne n'a besoin de savoir ce que vous faites, à part la patronne et le portier, s'il s'occupe aussi de la sécurité. Quant aux autres filles, elle vaquent à leurs affaires. Je voudrais que quelqu'un contacte une certaine Mme Bonacieux. Je vous donnerai son adresse. Dites que c'est de la part de Lori, que Sophie est presque remise de sa longue maladie, et qu'elle me doit ce service.

— Pouvons-nous vous faire confiance ? s'enquit le commandant. Nous n'avons pas envie que vous vous mettiez à baver si jamais ça tourne mal.

Elle lui jeta un regard cinglant.

— Je ne bave pas, commandant. Je laisse ça aux gens de votre espèce.

Après son départ, les hommes se dévisagèrent.

— Elle est moins simplette qu'elle n'y paraît, conclut le commandant en posant son stylo plume.

— Et terriblement séduisante, renchérit l'instructeur radio. On ne s'en aperçoit pas tout de suite. Mais elle a quelque chose d'incroyablement sexy. À mon avis, elle aura du répondant.

Le troisième sortit une Camel de son étui à cigarettes.

— C'est celle qu'il nous faut, déclara-t-il avec un fort accent français. Je vais essayer de la faire passer avant dimanche.

— Alors, au nom du ciel, apprenez-lui à se servir d'un émetteur d'ici là, Arthur ! ordonna le commandant à l'instructeur radio. Et oubliez ses jambes.

Enfoncé dans un gros fauteuil en cuir, Gabriel lisait le journal. Il n'y avait presque rien sur les opérations qui se menaient dans le désert, et il s'interrogeait. La nation était si lasse d'essuyer des revers qu'il fallait à tout prix remporter une victoire sur ce terrain, et vite.

Il observa les autres pilotes qui se délassaient aussi, éparpillés dans la salle. Certains étaient très jeunes, et il ne restait que très peu d'anciens comme lui.

— Monsieur Cooper ? On vous demande au bureau du commandant.

Gabriel soupira. Il devait décoller à neuf heures pour une série de repérages et d'attaques nocturnes, destinées à intercepter les bombardiers. L'inconvénient, dans ce petit jeu, c'est qu'il risquait d'être abattu par des tirs de DCA venant de son propre camp. Plutôt sinistre, comme fin.

Le commandant lui fit signe de s'asseoir.

— Oubliez le raid de cette nuit. On a un agent à convoyer. C'est urgent.

— Où ça ?

— Au nord de Paris. Ça risque d'être coton. Mais voilà de quoi adoucir la pilule. Cette fois, Gabriel, vous le ferez en tant que commandant. Et c'est amplement mérité.

— Merci, mon commandant, dit-il avec un petit sourire triste.

— Allez recevoir vos dernières instructions. Bonne chance, Cooper.

Il fut sur le terrain une bonne demi-heure avant le décollage, pour vérifier son avion.

— Une nuit bien claire pour vous, mon commandant, dit son mécanicien. C'est pour quoi, cette fois ?

— Je ne sais pas encore.

Une voiture serpentait à travers les champs dans leur direction, en éclairant seulement avec ses codes. Ils démarrèrent l'avion. Gabriel s'était habitué à leur silence, à leurs visages tendus. Deux hommes et une femme sortirent de la voiture et il alla leur serrer la main, comme il le faisait toujours.

— Bonjour Gabriel, dit Laura. J'aurais dû me douter que ce pouvait être toi.

— Il est arrivé quelque chose ? Que fais-tu là ? lui demanda-t-il, livide, complètement éberlué.

— Je vais en France, répondit-elle d'un ton léger, avec un petit rire, comme s'il s'agissait d'une aventure.

— Pilote, dit l'un de ses compagnons, l'air anxieux, vous comprenez bien que vous devrez garder cela pour vous ?

— Cela va de soi, fit-il machinalement, comme pour reprendre la situation en main. Tu peux arrêter les moteurs, lança-t-il ensuite à son mécanicien. On ne part plus.

Laura lui saisit le bras.

— Bien sûr que je pars. Tout est arrangé, je suis attendue.

— Michael serait ravi d'apprendre que je t'envoie à la mort. Je ne m'étonne plus que tu n'aies pas écrit. Je croyais que tu étais fâchée contre moi.

— Contre moi-même, surtout.

Le mécanicien attendait, indécis.

— Éteins ces fichus moteurs, insista Gabriel.

— Non. Si on prenait un autre pilote ? dit Laura en se tournant vers ses compagnons. Il faut que je parte.

— On n'aurait pas le temps de le briefer, répondit l'un des deux hommes. Cette mission est d'une importance vitale, pilote. Je ne peux vous en dire plus. Si nécessaire, je demanderai à votre supérieur d'intervenir. En cas de désobéissance, vous risqueriez la cour martiale.

— Gabriel ! s'exclama Laura avec un petit rire. Je survivrai et c'est toi qui seras tué. Vraiment, il n'y a pas de quoi s'inquiéter. Je vais renouer avec d'anciennes connaissances. Qui sait ? Elles se souviennent peut-être encore de toi.

— Tu as l'air ivre.

— L'ivresse de l'aventure, sans doute. Plus la surprise de tomber sur toi. Et puis j'ai un peu le trac, je n'ai jamais pris l'avion.

À la faible lueur des phares, ses yeux paraissaient translucides et ses lèvres luisaient, tentatrices. Il lui prit les mains, dans l'espoir qu'elle ressentait la même chose que lui.

— Il vaudrait mieux partir maintenant, Gabriel, dit-elle doucement.

— Pourquoi personne ne m'a-t-il prévenu ?

— Ils se débrouillent. J'ai laissé une lettre pour Michael, au cas où. Pour expliquer.

— Et moi ?

— Je n'ai pas de comptes à te rendre.

Il avait tellement envie de l'embrasser ! S'il faisait une scène, que se passerait-il ? Rien de bon. Elle serait en retard à son rendez-vous et cela pourrait tourner mal. Quelqu'un devait l'emmener. Au moins, s'il voyait du danger, il la ramènerait. Une fois seuls dans l'avion, ils pourraient se parler.

Il grimpa dans le cockpit. Aidée par le mécanicien, Laura grimpa aussi, tant bien que mal.

— Tu m'entends ? demanda Gabriel par l'Interphone.

— Ne crie pas, je ne suis pas sourde, répondit-elle.

Ils décollèrent.

— Oh Gabriel..., dit timidement Laura. Ça fait un drôle d'effet.

— Tu n'es pas censée parler français, maintenant ?

— Si. Tu es fâché ?

— Oui. Non. Je ne sais pas. Tu cherches à te faire tuer.

— Mais non. Disons... que je laisse le destin trancher.

— C'est ma faute. Sans moi, tu serais en sécurité à la maison.

— Sans toi, je serais à moitié folle. Nous l'avons fait ensemble, Gabriel. Et tôt ou tard, Michael l'apprendra.

— Dora ne lui dira pas. Elle ne pensait pas ce qu'elle disait.

— Il le saura quand même. Je ne peux... je ne pourrai pas lui mentir, Gabriel. Tu peux le comprendre, non ?

— Absolument pas. Ce serait cruel, inutile et égoïste.

— Ah ! Et toi, seras-tu capable de le regarder dans les yeux ?

Ils restèrent silencieux un long moment, voguant dans la nuit.

— Je t'aime, lui dit-il.

— Tais-toi.

Il changea de direction. Laura s'agrippa aux bretelles qui la maintenaient dans son siège. Bientôt ils atteignirent la côte et piquèrent par-dessus les collines.

— Il n'y en a plus pour longtemps. Tu dois être terrifiée.

— Non. Tout cela semble irréel.

— Tu seras prudente ? Tu sais, je peux encore te ramener. Prétendre que j'ai eu un ennui mécanique.

— Quelqu'un d'autre devra le faire à ma place. Et puis l'idée de retrouver Paris me séduit. C'est un peu un retour aux sources.

Il perçut dans sa voix un frémissement d'enthousiasme qui l'effraya. Laura ne se prenait jamais assez au sérieux, elle ne faisait aucun cas d'elle-même. Elle avait ce sentiment d'invulnérabilité dû à la jeunesse qu'il avait perdu depuis longtemps, et pour cause. Elle ne connaissait pas l'aisance avec laquelle la mort vous réclame, la peur qu'on éprouve face à une arme pointée sur vous.

— On atterrira dans trois minutes. Il devrait y avoir un feu, dit-il.

— Je ne vois rien.

— Ils ne l'allumeront que lorsqu'ils nous entendront. Alors tu devras courir, c'est le moment le plus dangereux.

Elle s'imagina sortant de l'avion après l'atterrissage, traversant le terrain à toutes jambes, et se sentit soudain très faible, à deux doigts de défaillir, démangée qui plus est par une envie pressante d'uriner. Brusquement le visage de Michael lui apparut, en toute netteté, et son cœur soupira après lui.

Une toute petite flamme surgit dans la nuit. L'appareil s'orienta et perdit rapidement de la hauteur.

— J'ai oublié, dit Gabriel. Comment vas-tu rentrer ?

— Je l'ignore. On ne m'en a rien dit.

Les roues crissèrent au contact de l'herbe et l'appareil fit une embardée. Gabriel aperçut trop tard un buisson d'ajoncs qui se coucha heureusement sous l'avion.

— Maintenant, vas-y, lui lança Gabriel. Cours.

— Mais je ne sais pas comment ouvrir ce machin ! s'exclama-t-elle.

Bon Dieu, personne ne lui avait montré comment soulever l'opercule de sa cabine. Il grimpa sur l'aile pour l'aider. À cet instant, des hommes sortirent en courant d'une haie.

— Madame ? C'est vous ? demanda nerveusement l'un d'eux en français.

— Oui.

— Vite, pour l'amour du ciel !

Elle descendit prudemment de l'avion en portant son énorme valise. Le Français la lui prit des mains.

— Au revoir, Gabriel. Prends des nouvelles de Gunthwaite, d'accord ?

— Oui.

Il se pencha pour l'embrasser et il sentit qu'elle n'avait pas envie de le quitter. Mais elle s'écarta.

— Au revoir, Gabriel. Sois prudent.

— Laura...

Les hommes se fondaient déjà dans l'obscurité de la haie, et elle courut pour les rejoindre, un peu gênée par sa jupe étroite, sans regarder derrière elle.

14

Dora était assise sur le lit de Zwmskorski, nue. Elle mangeait des prunes et posait chaque noyau sur le torse de son amant, qui fumait.

— Tu as eu des nouvelles de ton mari, récemment ?

— Oui. Il est passé commandant. Et il voudrait me voir le mois prochain, pendant son week-end de congé.

Zwmskorski referma la main sur sa cuisse.

— Il veut te baiser, je parie ?

— Je ne crois pas, répondit Dora en souriant. Serais-tu jaloux, Wodgy ? Si je baisais avec lui, comme tu dis ?

— Je ne le tolérerais pas, dit-il en la fixant.

Dora se tut. Parfois, elle avait un peu peur de lui, à juste titre. Car il aimait lui faire mal, pas trop, mais assez pour qu'elle s'en inquiète. Par exemple, quand elle ne pouvait le voir, la fois suivante il était plus brutal avec elle. Et les choses qu'ils faisaient... Alors qu'elle servait le thé à des vieilles dames ou à des réfugiés, il lui arrivait de s'arrêter en plein milieu de son service et de rougir jusqu'aux oreilles rien qu'en y pensant.

Soudain il se leva en envoyant valser les noyaux de prunes partout dans la pièce. Dora ne prit pas la peine de les ramasser, elle n'était pas chez elle. Il rapporta un grand carton, dont il sortit des mètres de soie crème.

— Regarde ce que j'ai récolté hier. Ça pourrait t'intéresser.

— C'est un parachute. D'où vient-il ?

— Je l'ignore. Et ça, des bas Nylon américains.

Il les lui tendit et elle les déplia sur le lit.

421

— Je n'en ai pas besoin, Wodgy. Les Américains nous en donnent déjà, quand on va danser. Et puis je ne sais pas coudre la soie. C'est Laura qui s'en occupe.

— Il n'y a pas d'Américains à Bainfield !

— Mais si, depuis quelque temps. Ils sont tous au camp d'entraînement. Et comme ils savent combien nous sommes dépourvues de tout, ils sont incroyablement généreux. J'ai même eu droit à du chocolat.

Elle lança sur lui un noyau, qui l'atteignit à l'épaule.

Subitement, sans un mot, il se jeta sur elle, l'enfourcha, lui serra les bras comme dans un étau, écumant de rage.

— C'est bon, hurla Dora. Je plaisantais. C'était juste pour te taquiner.

— Est-ce que tu couches avec un Américain ?

— Non. Je te le promets... je t'aime. Il n'y a que toi.

L'idée qu'il pourrait la tuer lui traversa l'esprit. Elle fit saillir ses hanches et se frotta contre lui.

— Wodgy, s'il te plaît...

— Prends garde, Dora. Je suis d'une très ancienne famille, très orgueilleuse. Je ne supporterai pas que tu me prennes pour un idiot.

— Ce n'était qu'un jeu. S'il te plaît, Wodgy.

En réponse, il referma les dents sur son sein.

Quand il l'eut déposée en ville, elle regagna la chambre qu'elle occupait chez l'habitant.

— Cet homme... Il est si riche ! s'exclama Edna, sa camarade, en voyant s'éloigner la limousine noire.

— C'est un salaud, commenta Dora, platement.

Elle jeta son sac sur le lit et alla se regarder dans la glace. Ses yeux étaient encore tout gonflés d'avoir pleuré.

— Vous vous êtes disputés ? Ça vaut sans doute mieux...

Dora se retourna pour lui faire face.

— Non, on ne s'est pas disputés. Je n'oserais pas. Ce soir... il m'a fait mal, Edna. Je ne peux pas te dire comment, lâcha-t-elle en s'effondrant sur son lit.

— C'est bien son genre, rétorqua Edna. Pourquoi ne pas le dénoncer ? Ce ne sont pas les rumeurs qui manquent sur son compte. Tout le monde dit qu'il se livre au marché noir.

— Il y aurait plus que des rumeurs s'il se mettait à table, soupira Dora. Mes parents apprendraient tout. Or, le commissaire de police est venu à mon mariage. Je suis la femme d'un héros, j'ai un petit garçon ! Et je m'envoie en l'air trois fois par semaine avec un profiteur de guerre. Tu sais comment c'est, ici, tout le monde serait au courant. Je serais obligée de partir. Non... il faut que je réfléchisse.

Quand vint le samedi, elle prit le premier bus, pour éviter Zwmskorski. Parfois, il l'empêchait même d'aller chez ses parents, pour démontrer toute l'emprise qu'il avait acquise sur elle. Dora descendit du bus et remonta l'allée de Fairlands entre les bosquets de rhododendrons. Le gravier était moussu, les parterres de fleurs rabougris... ce n'était guère surprenant, étant donné le départ des jardiniers. Cette guerre ne finirait-elle donc jamais ?

Ses parents prenaient leur petit déjeuner, ils savouraient la paix bénie d'une journée sans classe. Assis dans sa chaise haute, Piers réduisait un œuf en purée.

— Bonjour mon chéri, dit Dora en se penchant pour l'embrasser.
Il ne sembla pas la reconnaître.

— Ma chérie ! Nous te t'attendions pas si tôt. Piers est encore tout débraillé, dit sa mère qui se leva, prit le bébé dans ses bras et l'emporta.

Dora eut un pincement au cœur. N'était-ce pas à elle de s'occuper de son fils, le seul jour de la semaine où elle le voyait ?

— Ta mère y prend beaucoup de plaisir, tu sais, dit son père en remarquant son expression. C'est comme si elle t'avait à nouveau.

Dora grignota un toast en se demandant pourquoi elle se sentait toujours piégée quand elle rentrait chez elle. Était-ce parce que rien n'était vraiment à elle ici, même pas son bébé ?

— J'avais envie d'aller me promener avec Piers à bicyclette, annonça-t-elle à sa mère, quand celle-ci revint.

— Eh bien, quelle énergie ! J'aurais cru qu'après avoir passé la semaine à distribuer des pyjamas et des boîtes de corned-beef tu aurais envie de te reposer.

— Justement, ça va me changer les idées. Je vais chercher Piers et lui mettre son manteau.

— Il en a un nouveau, l'informa sa mère. Un vieux à toi, que j'ai retrouvé dans le grenier. Bleu marine. Il lui va très bien.

Mais Dora estima que le manteau faisait beaucoup trop fille, malgré sa couleur, et elle le prit aussitôt en grippe. Par contre, à Bainfield, elle avait vu pour Piers un petit costume marin qui lui irait à ravir. Elle ne demanderait pas d'argent à ses parents ; peut-être à Zwmskorski. Que dirait Gabriel de voir son fils attifé comme ça ?

Sans un mot pour ses parents, elle installa Piers sur le petit siège fixé à l'arrière de sa bicyclette et s'éloigna en pédalant. Les Fitzalan-Howard se regardèrent.

— Ce qu'elle peut être lunatique ! dit sa mère. Quand elle l'avait tout à elle, elle détestait s'en occuper, et maintenant...

— Justement, nous avions envie que ça change, alors ne nous en plaignons pas, répliqua M. Fitzalan-Howard. Ce n'est pas ton fils, ma chérie, ne l'oublie pas.

Sa femme le fusilla du regard.

Quand Dora entra dans la cour de Gunthwaite, elle fut sidérée par le désordre et l'abandon qui y régnaient. De la boue, des outils qui traînaient et se rouillaient... Une vieille herse démontée gisait en plein milieu, là où un cheval risquait de se prendre les pattes. Elle n'avait jamais vu la ferme dans un tel état. Même la vigne vierge qui s'agrippait aux murs de la grange pendait en travers de l'entrée. Laura était-elle tombée malade ? Ou bien elle avait peut-être déjà rejoint Gabriel... Pleine d'appréhension, Dora se décida à franchir la porte de la cuisine.

Assises à la table, les deux Françaises écossaient nonchalamment des petits pois et en envoyaient quelques-uns à Mary qui était assise par terre, sur le sol maculé de boue. Le vieux M. Cooper marmonnait près du feu, comme à son habitude, mais ses joues creuses étaient couvertes d'une barbe de plusieurs jours. Aux bruits qui venaient d'en haut, on aurait pu croire que David et Alan étaient en train de s'entre-tuer.

— Où est Laura ? Qu'est-ce qui se passe ?

Sophie et Marie la dévisagèrent un instant avant de se remettre à écosser.

— Elle est partie pour Londres, déclara Marie. Et elle ne reviendra pas avant plusieurs semaines. Dinah a dû rentrer chez elle, son fils a été blessé. Alors c'est nous... vous comprenez.

Un millier de questions fusèrent dans la tête de Dora. Mais le bruit, au-dessus, devenait intenable. Elle posa Piers à côté de Mary et monta pour intervenir. Dans une pièce parsemée de livres et de vêtements, Alan et David se battaient à coups d'oreiller, l'air farouche. Des plumes avaient volé partout. Peu à peu, ils se transformaient en petits sauvages, en gosses des rues.

— Arrêtez immédiatement ! s'écria Dora. Et nettoyez-moi ça, vilains garnements. C'est honteux.

— Que faites-vous là ? demanda David. Est-ce que tante Laura va revenir ?

— J'ignorais qu'elle était partie. Qui s'occupe de vous ? Sophie et Marie ?

Les garçons firent oui de la tête. D'ailleurs, ça ne les dérangeait pas, ils faisaient à peu près tout ce qu'ils voulaient, pourvu qu'ils parlent français.

— C'est Paula qui nous emmène à l'école. Aujourd'hui il n'y en a pas. On est samedi.

— Mais où Laura est-elle passée ?

David leva l'oreiller troué et une pluie de plumes se déversa sur sa tête.

— Elle est à Londres. Maman a écrit pour dire qu'elle allait travailler pour le bien du pays et qu'elle ne reviendrait pas tout de suite. C'est sûrement une espionne.

— Ne dis pas de bêtises, commenta machinalement Dora.

Elle les obligea à ranger et redescendit. Mary avait jeté une quantité de petits pois sur le manteau bleu de Piers, ce qui lui fit plaisir. Pour la première fois de la journée, elle se réjouit et mit la bouilloire sur le feu. Par la fenêtre, elle apercevait des piles de briques, celles qui restaient des fosses d'aisances, et elle songea à quel point Gunthwaite paraissait bizarre. Sans Laura, elle semblait avoir perdu son âme.

Dora avait apporté du café, un cadeau de Zwmskorski. Quand elle l'eut passé, elle en servit à Sophie et à Marie, puis s'assit à la table sans y avoir été invitée.

— Que fait Laura exactement ?

— On ne le sait pas. C'est très mystérieux. Elle a disparu, pouf ! Envolée. Votre mari était encore là.

Dora se raidit.

— Je voulais lui parler, dit-elle en sirotant son café. Pour savoir la vérité, sur ses relations avec Gabriel. Et puis ce n'est pas tout... j'ai des ennuis à cause d'un autre homme.

— Pas le Polonais ? s'enquit Marie.

— Si. Lui. Il est... difficile. Pas gentil du tout.

Marie daigna enfin la regarder. Dora rougit, peu habituée à être dévisagée de cette manière par une vieille femme ridée aux cheveux teints et aux dents gâtées. Pourtant, sous son regard avisé, elle se sentait la dernière des idiotes.

— J'aurais dû vous dire de ne pas coucher avec lui, déclara Marie, prosaïque. Je l'ai connu à Paris. Un insatiable. Ce genre de type vous use une femme en un rien de temps.

Dora s'efforça de masquer son inquiétude. Même en comptant avec les années, Marie devait être déjà bien vieille, à l'époque. Pourquoi avait-elle couché avec Wojtyla ? Pourquoi avait-il couché avec elle ?

425

— Vous deviez être bons amis, avança-t-elle.

Marie gloussa. Elle s'était laissée aller, avait oublié un instant que Dora n'était pas au courant.

— Oh, oui. De très bons amis. Mais pas après ça.

— Je voudrais cesser de le voir, murmura Dora, mais je n'ose pas. Je crains d'en parler, mes parents risqueraient de l'apprendre. Et il me fait peur.

Sophie fit un rapide commentaire en français, que Dora ne comprit pas. Elle avait dû saisir la teneur de leur conversation.

— Elle a raison, acquiesça Marie. Il vaut mieux vous éloigner. Ou prendre un amant qui vous en débarrasse. Même, il faudra faire gaffe. Plus d'une a fini le visage tailladé.

Dora frissonna. Pourrait-elle s'enfuir ? Elle regarda Piers qui mangeait des petits pois. Et si elle se réfugiait chez ses parents ? Non, il viendrait quand même la trouver. Mais si elle demandait à être transférée, elle ne verrait plus son Piers. Ni Gabriel.

— Vous pouvez essayer de lui résister, avança Marie. Ça peut marcher. Parfois les hommes continuent tant qu'on ne les arrête pas.

— Mais comment l'arrêter ?

— Quels sont ses goûts ? Retournez-les contre lui, faites-le marcher.

Dora finit son café. Elle se leva en se demandant si elle avait fait une gaffe. Marie risquait de parler, et Sophie le ferait sûrement, à tous ceux qui comprenaient le français. En tout cas, elles l'avaient écoutée. Elle imagina la réaction de sa mère apprenant que sa fille était sous la coupe d'un amant sadique. Ses parents la mettraient directement en asile psychiatrique.

Dora fit les cent pas dans la pièce en réfléchissant. Devait-elle prendre Gunthwaite en charge ? Aller voir Mme Cooper et les deux aides ? Posées sur le manteau de la cheminée, trois enveloppes attirèrent son regard, toutes adressées à Laura. Deux étaient sans aucun doute de Michael, elles portaient le tampon de son régiment ; quant à la troisième... Dora reconnut l'écriture de Gabriel. Les deux femmes discutaient sans la regarder. N'y résistant pas, elle prit la lettre et la glissa dans sa poche.

Ma bien-aimée,

J'écris ce mot pendant mon trajet de retour à la base. Puisque tu t'es absentée durant tout mon séjour, je dois en conclure que tu ne voulais pas me voir. Peut-être vas-tu rentrer, maintenant que je suis reparti ? Je t'en prie, accorde-moi un peu de temps, lis cette lettre.

Je sais qu'il n'y a pas d'avenir pour nous, puisque Michael est en vie, et que ni toi ni moi nous n'avons jamais souhaité sa mort. Tu as honte de ce qui s'est passé entre nous. Pourtant tu n'y es pour rien. S'il y a un coupable, c'est moi, puisque j'ai sciemment commis l'adultère en ayant femme et enfant.

Que vas-tu faire ? Je m'inquiète pour toi, je crains que tu ne veuilles te punir et rendre ainsi tout le monde malheureux. Michael n'a pas besoin de savoir ce qui s'est passé. Tu n'es pas obligée de souffrir. Ne te rends pas victime de ta propre culpabilité.

Lorsque Michael reviendra, les choses ne pourront pas continuer exactement comme avant, je le sais. Ce ne serait pas réaliste. Mais si tu m'aimes un peu, essaie. Sinon pour moi, du moins pour Mary et Michael. Cette suite malheureuse d'événements découle d'une première et dramatique erreur : jamais tu n'aurais dû épouser Michael. Mon mariage avec Dora, tout vient de là... Et me voilà mauvais mari, mauvais père, mauvais frère... Ma seule constance, c'est mon amour pour toi, et il durera toujours.

Ton Gabriel

Dora s'appuya contre sa bicyclette. Débarrassé de son affreux manteau, Piers jouait sur l'herbe à côté d'elle. Des courlis s'appelaient au-dessus des collines en pente douce et le soleil fugitif, curieusement chaud en ce jour d'automne, incendiait un étang de ses derniers éclats.

Appuyée sur la barrière, elle se demanda ce qu'elle allait faire. Ses parents lui reprochaient l'échec de son mariage, alors qu'elle n'avait jamais eu la moindre chance de réussir sa vie de couple. Gabriel avait couché avec elle à défaut d'avoir Laura, et elle avait été trop jeune, trop bête, pour s'en rendre compte. Une fois Michael parti, Gabriel n'avait pu résister, il voulait Laura, et il l'avait eue, semblait-il. Elle ne s'était donc pas trompée.

Soudain la colère la prit. Pourquoi aurait-elle dû avoir honte de sa liaison avec Zwmskorski quand Gabriel pourchassait depuis des années la femme de son propre frère ? Pourquoi ne pas l'avouer à Gabriel et jouer cartes sur table ? Il était temps qu'ils arrêtent de se duper l'un l'autre. Elle n'était plus la douce et gentille Dora, ni lui le fringant héros. Juste des gens comme les autres, qui avaient besoin d'amour.

Elle prit Piers et le tint contre elle. Il lui sourit, sans doute avait-elle réveillé un écho en lui, peut-être par un geste, une odeur. Malgré l'élan d'amour qu'elle ressentait envers lui, son cœur se serra. Si

Gabriel l'avait aimée un tant soit peu, ça n'aurait pas si mal tourné. Il avait dû la prendre pour une enfant, qui ne comprenait rien à rien. Elle en savait bien davantage, désormais. Et, après tout, elle avait raison d'éprouver de la gratitude envers Zwmskorski, pour ses leçons de sexe, de pouvoir et de terreur. Elle suivrait le conseil de Marie et soumettrait le corps de son amant. Du moins jusqu'au retour de Gabriel.

Des tirs de barrage avaient retenti la moitié de la nuit. Courbaturé, en proie à un violent mal de tête, Michael était couché sous le camion. Les canons Bofors tiraient à répétition, et leurs coups étaient ponctués çà et là par la plainte stridente d'un mortier, un son angoissant, même si ces tirs étaient dirigés contre l'ennemi. La veille, un mortier mal calibré avait tué quatre hommes en percutant un tank Crusader anglais.

L'aube approchait. Bientôt un escadron de Crusader devrait avancer sur les positions ennemies, suivi à distance par des camions. Michael et ses hommes convoieraient les prisonniers et les blessés derrière la ligne et y apporteraient de l'essence et de la nourriture. Agité, incapable de demeurer un instant de plus immobile, il se redressa et fouilla dans son sac à la recherche d'un pot de confiture américain, qu'il mangea dans le noir, à la cuillère.

Il se demanda s'il avait peur. Bien sûr, il était nerveux, mais ce n'était pas tout à fait pareil. Il y avait aussi quelque chose d'excitant dans cet assaut concerté contre l'adversaire, après des années d'échauffourées dans les dunes qui finissaient toujours mal. Avec le temps, il ne tressaillait plus au son des canons.

Alors, pourquoi cette inquiétude ? Depuis qu'il s'était engagé, il n'avait jamais redouté ce que lui réservait le lendemain. Ce n'était pas tant qu'il le redoutait, d'ailleurs, simplement il n'arrivait pas à l'imaginer. Comme si, pour lui, le monde allait finir peu après le démarrage matinal du convoi.

Il y avait de la lumière dans la tourelle de l'un des tanks tout proches, ils préparaient sans doute du thé. À sa faible lueur, il vit ses mains, sa montre, l'éclat de sa cuillère et eut soudain un élan d'affection pour son corps et toutes ses parties, en se demandant laquelle il sacrifierait s'il y était obligé. Une main ? Une jambe ? Peut-être un orteil. S'il devait être brûlé, surtout, que ce ne soit pas au visage. Il ne supporterait pas que Laura ne puisse le regarder.

Il sortit de sa musette une pile d'enveloppes, les lettres de Laura, qui fleuraient bon la maison. Cela le troublait parfois, elles parlaient si exactement de ce qu'il avait envie d'entendre, les brebis, les récoltes, bonnes ou mauvaises. Mais dernièrement, il s'était rendu compte qu'elle ne lui rapportait que les événements de la ferme, comme si elle tenait une sorte de chronique quotidienne. Ses lettres contenaient très peu de choses personnelles. Presque rien, en fait.

Il se surprit à songer aux gardes italiens, à leur jeunesse, à leurs visages ouverts. Pourquoi ? Les Bofors reprirent leurs tirs. Il pensa à la mort, eut brusquement mal au cœur et reposa la confiture.

Il y eut du bruit dans le camion. Stephens en sortit, visiblement de mauvaise humeur, et se mit à pester contre cette chienne de guerre, ce foutu camion, ce champ de bataille à la con.

— Mets-la en sourdine, Stephens, tu veux ? lui lança-t-il.

Un instant, Michael crut que Stephens allait l'ajouter à la liste de ses malédictions, au risque de se retrouver encore une fois au trou, mais ce dernier se reprit. En le regardant se gratter en grommelant et se soulager sur la roue d'un camion, malgré les ordres, Michael sentit ses appréhensions se dissiper un peu. Personne ne pouvait savoir ce qu'apporterait cette journée.

Les tirs de barrage avaient cessé. L'aube ne dura guère, le soleil se répandit vite à l'horizon, signe pour les tanks de se remettre en marche. La radio grésillait et tous les hommes achevaient de se préparer. À l'arrière, les canons s'apprêtaient à avancer dans le sillage de l'assaut. Michael jeta son équipement dans le camion et cria à Stephens de se dépêcher. Il leva un bras pour faire signe à ses hommes et ils lui répondirent d'un geste. Ils étaient tous sur le départ.

Les longues silhouettes trapues des Crusader s'étiraient sur le sable. Dans quelques minutes, les camions suivraient. Sur la radio, de sa voix rocailleuse, le commandant ordonna aux tanks de serrer les rangs. Ils avançaient vite ; dépourvus de chenilles, les camions auraient du mal à les suivre. Quand ils furent presque à l'horizon, Michael leva de nouveau le bras. Ses véhicules démarrèrent.

Ce fut une journée où ils s'arrêtèrent souvent pour repartir ensuite. Les informations qui leur parvenaient par la radio étaient on ne peut plus confuses et les hommes de Michael progressaient lentement, à travers les positions qu'avait occupées l'infanterie ennemie et où il ne restait plus à présent que des cadavres d'Allemands et d'Italiens, plus des vestiges de toutes sortes, boîtes de chocolat, bouteilles de chianti couvertes de paille... Un camion stoppait de temps en temps pour récupérer ce qu'il pouvait. À quoi bon les en empêcher ?

En roulant à travers la brume de chaleur, Michael se rendit subitement compte que quelque chose avait changé. Engourdi par les détonations et le vrombissement des moteurs, il s'efforça de mieux voir en plissant les yeux. Des tanks passaient l'arête des dunes à sa droite, qui auraient dû appartenir à la division B. Sauf que c'étaient des Panzer. Oui, il s'agissait bien de tanks allemands, aucun doute là-dessus. Les camions de Michael avaient dû dévier et dépasser la ligne.

Il cracha des ordres dans la radio.

— À toutes les unités. Retraite immédiate. Repliez-vous sans délai.

Stephens le regarda avec sa gueule de fouine, sans comprendre.

— Ce sont des Allemands, cria Michael. Barrons-nous !

Stephens tourna le volant comme un dément. Le camion fonça en tanguant dangereusement, mais, alors qu'ils se croyaient déjà hors de portée, l'un des tanks ouvrit le feu et toucha un véhicule, qui explosa. Reynolds. Michael cria à Stephens de s'arrêter, et comme il n'obéissait pas il saisit le volant d'autorité. Reynolds gisait sur le sable. Il gémissait. Michael rampa jusqu'à lui, le tira à l'arrière du véhicule et le charria à l'intérieur. Il avait un bras brûlé, mais Michael ne vit pas d'autre blessure sérieuse. Stephens hurlait quelque chose à propos des tanks, et Michael était à peine grimpé à bord qu'ils s'éloignèrent en cahotant. Ce salaud avait encore failli abandonner quelqu'un !

Une heure plus tard, ils tombaient sur une antenne médicale et y laissaient Reynolds.

— On a été canardés par des Panzer, expliqua Michael. Ils ne se sont pas arrêtés pour nous achever, ils en avaient après les tanks.

— Vous allez continuer ? On a eu un message, ça castagne dur, là-bas.

— Ah oui ? Le problème, c'est que nous n'avons guère le choix.

Il réunit ses chauffeurs et leur passa un savon. S'ils n'arrivaient plus à distinguer un tank ennemi d'un autre, ça devenait grave. Ils se remirent en marche en s'orientant au compas. Bientôt, ils virent de nouveau des signes d'affrontement, des camions en train de brûler, des positions d'infanterie désertées, un cadavre recroquevillé sur le sable, celui d'un soldat italien, très jeune. Un bidon d'eau ouvert gisait à côté de lui. Une mort ni rapide ni facile. Michael sentit resurgir ses affres de la nuit.

Encore des détonations. Les coups de feu d'armes légères, l'odeur de l'essence qui brûle.

— Grouille-toi ! lança Michael, car Stephens roulait lentement.

— On est un camion de ravitaillement, riposta Stephens, on n'a même pas d'armes !

En haut de la pente ils virent la bataille qui faisait rage... des tanks en mouvement, mitraillés par des tirs de mortier. L'un d'eux était immobilisé, il avait perdu sa chenille et tirait furieusement. Enfin, les leurs arrivèrent assez près pour frapper l'emplacement. Il y eut un instant de silence, rompu par les gémissements et les pleurs des hommes. Des soldats sortirent de terre, les mains levées en signe de reddition, et Michael fit signe aux siens d'avancer.

Deux camions étaient destinés aux prisonniers, deux aux blessés. L'équipage du tank en panne se mit à réparer la chenille, tandis que le reste de la troupe continuait. Les nids de mitrailleuse étaient pleins de bouteilles de bière et Michael envoya ses hommes en chercher.

Il se dirigea vers l'emplacement en espérant y trouver un peu d'eau pour se laver les mains. Dans deux minutes, ils devraient repartir. Il était presque midi. Le soleil à son zénith enlevait toute couleur au paysage, même celle du sang disparaissait dans ce blanc ardent, aveuglant. Michael posa la main sur le garde-fou du bunker. Et soudain, sans aucun signe ni aucun bruit avant-coureur, il se sentit happer par un souffle puissant qui l'enveloppa, le souleva, puis le recracha.

Laura se retrouvait dans le grand hall, sous la coupole de la rue de Claret. Le tapis était usé, les miroirs poussiéreux. Pourtant, l'endroit n'avait guère changé. Contrairement à elle.

Deux filles qui redescendaient au salon s'arrêtèrent en chemin.

— Je suis venue voir madame, leur dit-elle. Je suis attendue.

Elles s'esclaffèrent.

— Ne viens pas travailler ici, chérie, je te le déconseille, lança l'une.

— Avec tous ces Allemands, on n'a pas le temps de souffler ! renchérit l'autre, et elles s'éloignèrent en roulant des hanches.

Le portier revint pour lui dire que madame l'attendait.

— Je me souviens de vous, ajouta-t-il. La petite Lori.

— J'ai changé de nom, déclara Laura. Je suis Louise Vorronceau, maintenant.

Comme cela lui était arrivé si souvent par le passé, elle frappa à la porte du bureau.

Madame était allongée sur le divan. D'imposante, elle était devenue monumentale. À l'entrée de Laura, elle s'efforça de se redresser, et son visage bouffi se plissa avec un petit sourire.

— Lori ! Mon ange ! Quand on m'a annoncé ta venue, je n'y croyais pas !

Laura se pencha pour embrasser sa joue poudrée.

— Moi non plus, répliqua-t-elle, quand j'ai appris que Sophie avait quitté l'hôpital un mois à peine après son admission. Madame, que je croyais si gentille, qui avait tant fait pour moi...

Madame fit la moue.

— Vous savez ce que c'est. Un malentendu.

— Bien sûr.

Laura s'assit près du canapé et laissa madame lui tapoter la main, en se demandant si cette finaude avait déjà deviné la raison de sa présence. Sûrement. Laura la regarda droit dans les yeux.

— C'est gentil de me recevoir, madame. Je ne resterai que quelques semaines, et je n'aurai pas beaucoup de visites.

— Certains de vos anciens clients nous fréquentent encore, observa madame avec espièglerie. Vous vous souvenez de Raymond ? Et de Charles ? Ils ont dû s'absenter un temps, mais ils sont revenus.

— Je verrai, répondit Laura avec diplomatie. J'ai beaucoup de choses à faire. Puis-je... me fier à vous ?

Madame soupira, lâcha la main de Laura et se gratta la tête d'un air agacé.

— Je ne sais pas. C'est beaucoup me demander. Je n'ai pas envie d'être mêlée à tout ça. Plus de la moitié de nos clients sont allemands. Je dirige une bonne maison, tranquille. Mais vous avez grandi ici. Nous sommes de vieilles amies. Le moins que je puisse faire, c'est de vous louer une chambre. Paiement en francs, s'il vous plaît. Toutes les semaines.

Laura faillit en rire.

— Notre dette doit annuler notre loyer, il me semble, dit-elle.

— Vous croyez ? Sophie a été malade pendant des mois. Des mois. Ça a coûté très cher. J'y suis allée de ma poche. Il a bien fallu que je recouvre cet argent. Un petit loyer, ce n'est rien. On vous paie pour ce travail, non ?

Elle était incorrigible.

— D'accord pour le loyer. Mais s'il vous plaît, n'en parlez pas. Ma vie en dépend, madame.

— Et la mienne, répondit celle-ci en s'assombrissant. Je le fais pour vous, en souvenir du bon vieux temps. Et puis pour la fille qu'ils ont emmenée. Elle était à moitié juive, mais ça ne dérangeait pas mes clients allemands. Jusqu'au jour où c'est un SS qui est venu. Elle avait assez souffert dans sa vie. Elle ne méritait pas ça.

Madame s'efforça de se lever de sa couche et Laura l'y aida. Puis elles sortirent et gagnèrent le hall, où quelques filles traînaient, curieuses. Madame les toisa d'un œil froid.

— Voici Louise Vorronceau, déclara-t-elle. Elle a travaillé ici avant la guerre. Et c'est une amie de longue date. Elle a eu une mauvaise passe et m'a demandé de la reprendre, mais je lui ai dit que l'effectif était au complet. Par contre, je lui loue une chambre pour qu'elle puisse vaquer à ses affaires. Montez à votre chambre, Louise. Et n'amenez pas de racaille. Vous connaissez le règlement, ainsi que mes exigences.

— Oui, madame.

Laura monta en courant au premier étage et parvint au deuxième, haletante ; sa valise cognait contre ses genoux. On lui avait donné la chambre qu'elle occupait étant enfant, tout en haut de la maison, avec sa petite lucarne donnant sur la rue. C'était comme dans son souvenir un lit étroit, un coffre peint, une commode. Quand elle ouvrit les tiroirs, ils sentaient la poussière et le parfum de Sophie, l'essence même de son enfance. Rien n'avait changé. Sauf qu'à présent elle jouait à l'espionne, s'amusa-t-elle. Le monde était devenu fou.

On frappa à la porte, et elle n'eut pas le temps de répondre qu'une fille entra.

— Je m'appelle Tatine, commença-t-elle d'un ton agressif, rejetant vivement en arrière ses cheveux noirs. C'est vrai, vous êtes une vieille amie de madame ?

Laura fit la moue.

— Vous connaissez madame, répondit-elle, c'est toujours dans le même sens, avec elle. Si je la contrarie, je sais qu'elle me fichera dehors.

— Vous ne pourriez pas travailler ailleurs ? Je connais des maisons qui cherchent des filles.

— Ça ne me dit rien. Pour moi, c'est une solution... provisoire. Je suis mariée maintenant, j'ai une petite fille... j'ai juste besoin de gagner un peu de sous. Je n'arrive pas à joindre les deux bouts, avec la guerre et tout le reste ! Mon mari... il ne comprendrait pas.

— Où est-il ? demanda Tatine.

— Il est parti.

— Vous voulez dire... qu'il est entré dans la résistance ? s'enquit Tatine, visiblement émue.

— Je n'en sais rien. Ça fait des mois et je n'ai pas eu de ses nouvelles. Il est peut-être mort. Parfois j'en suis presque sûre. Il ne m'envoie rien. Je ne veux pas que ma petite meure de faim.

Tatine se mit à arpenter la pièce, toujours vive, alerte.

— Je comprends maintenant. Nous vous aiderons. Je vous trouverai des clients, je ferai passer le mot. Si les filles mettent un peu d'argent de côté tous les soirs, vous pourrez faire venir votre gosse ici.

— Non, non, je vous en prie, n'en faites rien. J'ai... un protecteur, dit-elle en se laissant emporter par son mensonge.

433

— Un souteneur ? Faites gaffe. Il ne faut pas que madame l'apprenne. Ni votre mari. Ça finirait mal.

— Que voulez-vous, dit Laura. Une femme a besoin d'un appui dans la vie, vous ne croyez pas ?

— Ça dépend quelle femme, lança Tatine, un peu dédaigneuse.

Elle s'en fut et Laura s'affala sur le lit, épuisée. Elle mourait d'envie de dormir ; en trente-six heures, elle avait à peine fermé l'œil. Oh oui, se réfugier dans le sommeil, oublier tout ça. Mais il était presque quatre heures, il fallait appeler. Elle sortit sa valise de sous son lit et dégagea la grosse radio des vêtements qui la recouvraient. Sur le qui-vive, elle envoya laborieusement son message en morse codé. « Arrivée. Prête à me mettre au travail. »

15

Michael était couché. Il entendait les pas du médecin résonner à travers la salle, ses pauses au chevet de chaque patient, le murmure des voix. Et s'il passait sans s'arrêter ? Devait-il l'appeler, au risque qu'on le prenne pour un imbécile ? Michael cligna frénétiquement des yeux en cherchant à percer le rideau gris qui masquait sa vision. Il fallait qu'il sache pourquoi.

Enfin il le sentit s'approcher de son lit.

— Ah, commandant Cooper. Eh bien, vous allez rentrer chez vous, et ça, c'est une bonne chose, n'est-ce pas ?

— Je ne vois plus rien. Pouvez-vous me dire pourquoi ?

— Mais oui, c'est très simple, mon vieux. Vous avez reçu un éclat d'obus dans la tête. En fait, c'est un miracle que vous y ayez survécu. Mais votre nerf optique a trinqué ; et je ne pense pas que vous recouvriez la vue, malheureusement.

Dans le silence qui suivit, Michael devina que les infirmières retenaient leur souffle, en attente de sa réaction.

— Merci, docteur, dit-il. Je m'en doutais.

— Il ne faut pas être pessimiste, ajouta le médecin. Le pire est passé. Et, de nos jours, il existe des méthodes éprouvées qui permettent aux non-voyants de mener une vie normale. À part ça, vous êtes intact et en bonne santé. Que faisiez-vous dans le civil ?

— Je suis fermier.

— Ah, mais c'est parfait. Il vous suffira d'engendrer une ribambelle de garçons qui mèneront la ferme tandis que vous profiterez de la vie au grand air. Évidemment, vous ne pourrez plus chasser, mais vous pourrez toujours pêcher.

La sœur pressa le médecin de se diriger vers le patient suivant, et Michael resta échoué sur son lit comme un naufragé après la tempête. Il entendit qu'on refermait les rideaux autour de l'espace qui lui était réservé.

— Vous voilà à l'abri des regards, commandant Cooper, dit doucement l'infirmière. Désirez-vous une tasse de thé ?

Il fit non de la tête. Des éclairs rouges et noirs tournoyaient devant ses yeux aveugles et il s'imaginait marchant à tâtons dans une roseraie, ou bien assis au bord d'un étang à truites, incapable de se déplacer tout seul. Il n'avait qu'une fille, qui ne verrait jamais son père autrement que dans la peau d'un empoté d'invalide. Et Laura. Que dirait-elle ?

Au bruissement des rideaux, il sut que quelqu'un approchait.

— Je suis contente de voir que vous tenez le coup, déclara la sœur, pour le réconforter. Il y a un convoi demain, autant que vous en profitiez pour rentrer chez vous au plus vite. Il y aura au moins une dizaine d'aveugles. Vous ne serez pas seul dans votre cas.

Il faillit en rire. Qu'est-ce que dix aveugles pourraient bien se dire ? Et d'abord, comment feraient-ils pour se retrouver ? Ses pensées étaient si douloureuses qu'il en avait mal à la tête, elles saillaient de son cerveau comme autant de poignards. « Ce n'est pas possible, c'est un cauchemar ! » lui répétait une voix. Il songeait à Laura et tentait d'imaginer son visage, une masse de cheveux noirs, des yeux clairs... mais ses traits lui échappaient et, quand il se força à les retrouver, l'image d'un cadavre d'Italien se substitua à elle. En proie à la panique, il se dit qu'il l'avait perdue. Plus jamais il ne reverrait sa femme. Enfin ses yeux s'emplirent de larmes.

« Bonjour Gabriel », dit Dora en se levant d'un banc pour lui tendre la main. Il se pencha, passablement embarrassé, et posa furtivement un baiser sur sa joue.

À la gare, elle n'était pas allée à sa rencontre et il l'avait repérée de loin, assise sur ce banc, son petit calot bien enfoncé sur sa tête à cause du vent qui soufflait fort ce jour-là, l'air calme et posé.

— Si nous prenions un verre quelque part ? proposa Gabriel. Il est encore tôt. Je me suis dit qu'on pourrait déjeuner ensemble, mais je ne sais pas très bien où.

— J'ai réservé. Dans un pub, plutôt agréable. J'ai commandé des grouses, j'espère que tu aimes ça. On pourra boire un verre là-bas.

— D'accord. Bonne idée, dit-il avec un faux entrain.

Il avait l'impression d'être une caricature de lui-même dans le rôle d'un gradé de l'armée de l'air.

Dora avait l'air si maîtresse d'elle-même. En marchant, ils croisèrent un groupe d'Américains, immenses, et qui avaient l'air un peu trop bien nourris dans cette Angleterre rationnée. Deux d'entre eux saluèrent Dora en portant la main à leurs casquettes.

— Salut, Dora. Ça va ?

— Salut, Bill, salut Carlton. Ça va, répondit-elle en souriant tout en continuant son chemin.

— Comment se fait-il que tu les connaisses ? s'étonna Gabriel.

— J'en connais plein, répondit-elle en haussant les sourcils.

C'était un pub assez petit, aux murs recouverts de vieilles boiseries. Deux fauteuils tapissés de chintz les attendaient devant un feu crépitant. Dora partit se repoudrer en abandonnant Gabriel à l'admiration débordante du patron.

Une fois dans les toilettes, elle s'affala sur une chaise, le cœur battant. Difficile de garder son sang-froid quand on s'apprête à avouer une telle chose à son mari. Mais elle ne lui ferait pas d'excuses. Ah ça non.

Lorsqu'elle se regarda dans la glace, elle se fit l'effet d'être livide. Ce qu'elle faisait vieille, avec ses yeux cernés ! Si Gabriel l'avait jamais trouvée séduisante, c'était bien fini. Elle se remit du rouge à lèvres et se pinça les joues, histoire de les rosir un peu. Seule l'idée du verre de sherry qu'ils prendraient au coin du feu lui donna le courage d'aller le rejoindre.

Le patron se retira quand elle revint.

— Ouf ! murmura Gabriel. J'ai cru qu'il ne me lâcherait pas. Il me prend pour un héros.

— N'en es-tu pas un ?

— Dora, je t'en prie, répliqua-t-il en grimaçant. Je tiens à la vie, et il n'y a rien d'héroïque dans le fait d'essayer de survivre.

Ils sirotèrent leur sherry.

— Je suppose que Laura n'est toujours pas rentrée, s'enquit-il.

— Non. Personne ne sait exactement ce qu'elle fabrique, semble-t-il. Gunthwaite est en piteux état. Tu vas être déçu de ne pas la voir...

— Dora ! s'exclama Gabriel. Je pensais que tu avais laissé tomber ces idioties.

Elle le regarda dans les yeux.

— J'ai lu une lettre que tu lui avais adressée. Je savais bien que j'avais raison.

Il y eut un silence.

— Tu n'avais pas le droit de lire cette lettre.

— Faut-il vraiment parler de droit dans cette affaire ? répliqua Dora, et Gabriel baissa les yeux. Mais ne t'inquiète pas, ajouta-t-elle. Je n'ai pas envie de faire d'histoires. J'étais très jeune, très naïve et passablement stupide. Je me suis figuré que si tu avais envie de coucher avec moi, c'est que tu comptais m'épouser, alors que je n'étais qu'un bouche-trou, je le comprends maintenant. C'est Laura que tu désirais, et à défaut tu m'as prise.

— Ce n'est pas tout à fait ça, dit Gabriel.

— Mais ça y ressemble beaucoup, non ? Attends, j'ai une confession à te faire... Il se trouve que moi aussi j'ai eu une liaison. Avec le docteur polonais.

Gabriel la dévisagea un moment sans rien dire.

— Ça t'étonne ? Tu sais bien que j'ai un tempérament plutôt... chaud. J'avais besoin d'un homme et il était là. Mais... les choses sont allées trop loin. Je ne sais plus que faire.

— Tu veux divorcer pour l'épouser ?

— Je ne l'épouserais à aucun prix, s'écria Dora en riant, même s'il était le dernier homme sur terre ! C'est une brute. Il... il me maltraite. J'ai envie de rompre, mais je redoute sa réaction. Il n'a rien, aucune attache, tu comprends. Il s'en ficherait pas mal de bousiller ma vie. J'ai peur.

Gabriel prit leurs verres et gagna le bar pour commander deux sherries qu'il rapporta près du feu.

— Ne t'inquiète pas, lui dit-il en la voyant détourner la tête. Je ne t'en veux pas, tu sais. Ce n'est pas à moi de te juger.

Les lèvres frémissantes, elle lui sourit.

— Il fait du marché noir, il se livre à toutes sortes de trafics.

— Où est-ce que vous... ?

— Chez lui. Ou dans sa voiture. En fait, je devrais lui être reconnaissante, j'en sais bien plus aujourd'hui. Ce que tu as dû me trouver ennuyeuse durant cette lune de miel, à te demander sans cesse si tu m'aimais. Et ces histoires pour la maison... et tout le reste !

Gênée, elle se rendit compte qu'elle pleurait. Gabriel lui tendit un mouchoir.

— Mais non, Dora. J'étais parfois irrité, de mauvaise humeur, voilà tout. Tu comprends... c'est difficile à expliquer. Mais quand on risque sa vie tous les jours, ça vous détraque un peu... On n'a plus un comportement tout à fait normal. Et c'est vrai, tu étais si jeune.

— Maintenant j'ai l'impression d'avoir cent ans, fit-elle les yeux embués.

— Moi, je t'en donne dix-huit, à tout casser.

Elle lui sourit. Le patron vint les prévenir que le déjeuner était servi dans la salle à manger et qu'il avait pris la liberté d'ajouter une bonne bouteille de bordeaux à leur menu. C'était si rare de rencontrer en chair et en os un pilote qui avait participé à la bataille d'Angleterre, sans parler de sa charmante dame. Oui, c'était un honneur pour lui. Surtout, qu'ils ne fassent pas attention à Sarah, la serveuse, une idiote qui rougissait pour un rien. Que voulez-vous... le prestige de l'uniforme. Un pilote ! Toutes les filles en étaient folles.

Gabriel le remercia sincèrement. Bizarrement, il se plaisait ici, en compagnie de Dora. Il avait envie de lui parler du départ de Laura pour la France, de sortir de sa solitude peuplée d'angoisses.

— Avez-vous eu des nouvelles de Michael ? s'enquit-il.

— Quelques lettres sont arrivées à Gunthwaite. Je ne les ai pas lues. Seulement la tienne. Tu sais, j'en ai un peu honte.

— Quelle paire on fait tous les deux ! s'exclama-t-il en souriant. J'espère que Piers nous pardonnera nos inconséquences. Mais que pourrais-je faire, pour river son clou à ce Polonais ? Chercher à me renseigner sur ses activités ?

— Il saurait forcément que ça vient de moi.

— Mais non. Je pourrais en parler à la police. Tu sais, il y a quelques avantages à être officier de l'armée de l'air.

— Même s'il partait, j'aurais trop peur qu'il ne resurgisse six mois plus tard.

— À mon avis, tu n'as rien à craindre. Je vais m'en occuper et je te préviendrai en temps utile, que tu puisses t'en débarrasser une bonne fois. Et ensuite, que feras-tu ?

Elle haussa les épaules.

— Je me le demande. Je prendrai sans doute un autre amant, peut-être un Américain, qui soit gentil avec Piers. Ça ne te ferait rien ?

— Non.

Ils se regardèrent. Leur histoire avait si mal commencé, songeait Gabriel à regret, jouissant de cet instant partagé, tandis que Dora se disait : Si je ne le connaissais pas, je serais aussi rouge que cette Sarah. Mais le vent fit claquer une branche contre les volets et Gabriel pensa à Laura, seule à Paris, petite silhouette battue par les vents de l'adversité. Son cœur se gonfla d'amour, et cet amour s'éleva dans les airs pour la rejoindre, la prendre, la protéger de tout danger.

Le salon était animé ce soir-là. Laura s'arrêta en chemin pour jeter un coup d'œil. Tous des Allemands. Une fois dans la rue, elle hâta le pas. La ville était plongée dans un noir d'encre et sa mémoire lui jouait des tours. Deux fois elle manqua un croisement qu'elle croyait connaître. Mais ce quartier n'avait pas changé, partout des filles qui tapinaient, des hommes qui reluquaient.

Elle se fit plusieurs fois aborder et parvint, haletante, à son rendez-vous cinq minutes avant l'heure.

Debout dans la pénombre, des filles discutaient en fumant. Comme Laura se tenait là, hésitante, l'une d'elles s'approcha.

— Tu ne peux pas travailler ici.

— Je ne travaille pas. J'ai rendez-vous.

— Mais oui, c'est ça ! Allez, tire-toi. Du vent !

— Je vous dis que j'ai rendez-vous avec quelqu'un. Et ce n'est pas un tendre. Si je ne suis pas là, il me cherchera.

— Ce ne serait pas le Grand Ishmael, par hasard ? avança une rouquine. J'ai entendu dire qu'il avait une nouvelle fille.

Laura baissa les yeux.

— Je ne peux pas vous le dire. Il devient méchant quand je parle trop.

— Bon, on va bien voir.

Laura resta à l'écart, appuyée contre le mur. Elle portait des talons hauts et une chaîne de cheville avec une patte de lapin porte-bonheur. Ce détail avait amusé ceux qui l'avaient envoyée.

Un grand Libanais sortit du café d'en face. Il bâilla et inspira à pleins poumons l'air frais du soir. Était-ce lui, Ishmael ? Laura sentit son cœur s'accélérer. Que ferait-elle s'il s'approchait ? Entre eux, les souteneurs se livraient une guerre sans merci.

Il portait des mocassins en cuir souple et ne faisait aucun bruit en marchant. Les filles s'éparpillèrent comme des pigeons à l'approche d'un chat, en lui décochant de petits sourires craintifs. Laura garda la tête baissée, les yeux fixés sur le trottoir. Les mocassins apparurent dans son champ de vision.

— Alors c'est vous. Il est temps.

— Je suis à l'heure. Je me suis dépêchée.

— Pas assez. Suivez-moi. Plus vite que ça, je ne vais pas y passer la nuit.

Était-ce lui ? Dans le doute, il fallut bien lui emboîter le pas. Elle entendit les conversations reprendre derrière son dos. Ainsi c'était elle, la nouvelle.

Il s'arrêta au coin de la rue.

— Vous l'avez ?

— Je ne vous connais pas.

— Blanche-Neige.

Le mot de passe. Elle lui sourit.

— Oui, je l'ai sur moi, il y en aura un autre vendredi.

— Bon. Voilà pour vous, dit-il en lui glissant un morceau de papier dans la main ; le message qu'elle devrait transmettre en retour. Demain soir, un homme viendra vous rendre visite, ajouta-t-il. Gardez-le deux jours. Ensuite, nous vous contacterons. C'est l'un des nôtres. Mais il est grillé. Il faut le faire partir.

— Personne ne m'a prévenue que j'aurais à abriter des fugitifs, s'étonna Laura. Je risque de me faire pincer, alors que je viens à peine de commencer.

— C'est un type bien. Il ne mérite pas de mourir.

Elle dévisagea Ishmael, qui demeura impassible. Qui était-il pour en juger ? Un vulgaire maquereau ! Mais elle n'avait pas le choix.

— Je l'attendrai, murmura-t-elle.

Ils se séparèrent.

Quand elle revint rue de Claret, des types qui essayaient d'entrer encombraient le seuil en faisant du barouf. Au passage, ils la pelotèrent et passèrent la main sous sa jupe. Soudain elle eut envie de hurler, comme si elle était vraiment la respectable Mme Cooper. Mais elle sourit et se fraya un chemin en disant : « Du calme, les gars. Soyez patients. »

Elle grimpa vite à sa chambre où régnait un calme béni ; de là-haut, on n'entendait que de vagues rumeurs montant de la rue. Elle regarda le mot qu'Ishmael lui avait remis. Le truc habituel, des lettres et des numéros qu'il fallait transmettre tels quels, sans y rien comprendre. Il y avait comme une menace dans l'air, l'atmosphère de la maison était si pesante. Pourquoi était-elle revenue ici ?

Elle se demanda où elle pourrait cacher l'homme d'Ishmael. Il y avait une chambre juste à côté, qui servait de remise. Ça pourrait coller. Mais elle en voulait à Ishmael de lui avoir imposé cette tâche, qui n'entrait pas dans ses fonctions.

Fatiguée, elle s'accroupit près de la radio, pour régler la fréquence, puis émettre son signal d'appel ; la réponse lui parvint en grésillant. Elle envoya le message d'Ishmael, fit des erreurs, les signala, renvoya le tout. Quand elle eut fini, elle patienta un instant, ils avaient peut-être quelque chose pour elle. Mais non.

Ensuite, couchée, les yeux ouverts dans le noir, elle eut beau s'efforcer de penser à des choses précises, utiles, se réciter les codes radio qu'on lui avait appris, peu à peu son imagination s'enflamma. Elle et Gabriel, nus, enlacés, unis dans le plaisir. Dora ne le méritait pas, et avec Michael, jamais elle n'avait connu ça. Pourquoi ne pas s'accorder un peu de rêve ? Elle et Gabriel...

Dieu sait qu'elle avait essayé. Toute sa vie elle avait lutté pour s'améliorer, devenir quelqu'un de bien. Mais tout était confus à présent. L'opinion des autres n'a peut-être aucune importance, après tout, se dit-elle avant de s'endormir. La seule chose qui compte vraiment, c'est ce qu'on pense de soi.

L'homme arriva le lendemain. Laura attendait anxieusement dans le hall, tandis que les femmes de chambre réparaient les dégâts de la soirée. Elle se revoyait à dix ans mendiant des friandises, toujours dans les pattes de ces dames. L'âge de l'innocence ? Elle ne l'avait jamais connu.

— Un visiteur, clama le portier. Pour mam'selle Vorronceau.

Laura alla à sa rencontre. C'était un type grisonnant, peu sûr de lui, vêtu d'un bleu de travail. Il portait une trousse à outils, qu'il tenait comme un porte-documents. Laura lui serra la main.

— Je n'aurais pas dû venir, murmura-t-il, on m'a peut-être suivi. Je vais repartir, c'est trop dangereux.

Il avait peur, c'était palpable.

— Vous avez sûrement pris les précautions d'usage, dit Laura en l'accueillant gentiment, elle qui s'était promise d'être froide, distante. Vous avez faim ? Je vais voir s'il y a encore quelque chose à manger et nous rapporter un peu de café.

— Je ne devrais pas être là.

— Vous voulez dire... dans un bordel ?

— Parce que c'est un bordel ici ? s'enquit-il, oubliant momentanément son angoisse pour regarder autour de lui d'un air éberlué.

Il mangea des restes dans la chambre de Laura. Elle lui posa des questions discrètes sur ses activités, mais il ne lui apprit rien.

— Quel est donc votre métier ? demanda-t-elle. Vous n'êtes pas un ouvrier, ça se voit.

— J'étais prêtre.

Elle étouffa un rire, et il ne tarda pas à en faire autant.

La maison commençait à s'agiter, bientôt il y aurait des filles partout. Laura conduisit son visiteur dans la pièce adjacente et lui montra un vieux canapé où il pourrait s'étendre.

— Il faudra coincer la porte, elle ne se verrouille pas, le prévint-elle. Combien de temps allez-vous rester ?

— Je l'ignore. Deux ou trois jours, je pense. On viendra me chercher.

Elle hocha la tête, un peu dubitative. Dans cette maison, les secrets étaient durs à garder.

Laura ne descendit qu'une fois dans la soirée, pour prendre du ragoût de mouton et une bouteille de vin qu'elle partagea avec le prêtre. Ensuite, ils s'installèrent sur le canapé défoncé pour jouer aux cartes tout en buvant.

— Il faut que j'y aille, soupira-t-elle en se levant. Si jamais quelqu'un vous trouve, dites que vous avez pris une cuite et que vous vous êtes endormi. J'essaierai de vous faire sortir.

Il lui prit la main.

— Vous êtes une brave fille, dit-il.

Soudain les larmes lui vinrent aux yeux, sans qu'elle en comprenne la raison. Elle détourna vivement la tête.

La radio marcha mal cette nuit-là. Le signal ne passait pas. Enfin, un long message codé lui parvint. Elle s'accroupit près de l'appareil et inscrivit le tout sur une feuille. Mais le signal était faible, et quand elle leur demanda de répéter elle obtint plusieurs configurations assez différentes. Après avoir raccroché, elle sortit son livre pour tenter d'interpréter ce qu'ils lui disaient, en regrettant d'avoir bu autant de vin.

Ils voulaient qu'elle parte au plus vite. Elle avait beau retourner les messages dans tous les sens, cela au moins revenait sans cesse. Elle devait gagner d'ici le lendemain soir la côte, où un bateau viendrait la chercher.

Mais cela ne faisait pas deux jours qu'elle était là, elle n'avait encore rien fait ! Un seul contact, plus un fugitif. C'était comme si on lui arrachait des mains un livre qu'elle venait à peine de commencer.

Il s'était forcément passé quelque chose. Était-ce au pays, ou bien ici ? Son visiteur était-il bien celui qu'il paraissait ? Et Ishmael ? Elle décida de cacher la radio, ce qu'elle aurait dû faire depuis son arrivée. Sous le tapis, toutes les lattes étaient clouées. Elle sortit sur le palier. Au bout il y avait les ballons d'eau chaude et à côté, dans un petit placard, tout un tas de fils électriques. Elle alla chercher la radio et la glissa dans un renfoncement, sous une citerne, en y ajoutant le livre de code.

En bas, dans le salon, on chantait. L'une des filles se mit à hurler. Laura se percha en haut de l'escalier pour écouter le raffut, les cris ; sûrement une bagarre. Les chants s'éteignirent.

Quelqu'un montait poussivement l'escalier. Elle se colla contre le mur, dans la pénombre, et vit apparaître la tête de madame.

— Lori ! siffla celle-ci.

— Oui ? Qu'y a-t-il ?

Laura se pencha sur elle, tandis que la vieille femme tentait de reprendre son souffle, toute congestionnée.

— Ils sont venus, réussit-elle à dire. Ils te cherchent. Ne reste pas là à me regarder avec ces yeux de merlan frit, petite. Allons, fiche le camp !

16

Rosalind fixait ses deux fils d'un air incrédule. À la place des petits garçons bien élevés et bien mis qu'elle avait laissés la dernière fois, elle retrouvait deux voyous échevelés, crottés, rebelles, qui avaient failli tuer la petite Mary. Quand elle était arrivée à peine une demi-heure plus tôt, ils s'amusaient à lancer le landau où Mary était couchée pour lui faire dévaler la pente raide d'un champ accidenté, tandis que la petite hurlait à pleins poumons.

— Mais elle aime bien ça, déclara Alan avec aplomb. Chaque fois qu'on arrête, elle se met à pleurnicher, alors on recommence.

— Évidemment, sur le coup, elle a trop peur pour pleurer, protesta Rosalind. Et toi, David. Tu es l'aîné, tu devrais avoir le sens des responsabilités. Depuis le départ de votre tante, vous avez bien mal tourné.

— Nous savons parler français, fit observer David pour l'apaiser. Marie dit que nous pourrions en remontrer à un petit poulbot parisien !

— Je n'ai pas envie que vous fréquentiez des petits poulbots, mais la bonne société, comme des garçons civilisés.

Elle leur tourna le dos. Ce n'était jamais bon de s'énerver. Mais entre le travail, les bombes et Laura qui avait la Gestapo sur les talons, plus ce coup de téléphone de Sophie, qui avait insisté pour qu'elle vienne, Rosalind était à bout de nerfs. Si au moins Marie l'avait appelée, elle y aurait compris quelque chose. Effarée, elle contempla le chaos qui l'entourait.

— Dites-moi, les garçons, dit-elle en s'efforçant de recouvrer son sang-froid, est-ce que ces femmes s'adonnent à la boisson ?

— Elles boivent de la tisane au petit déjeuner, du vin à midi, même que Marie se plaint toujours que ça coûte trop cher, et du cognac le soir, clama Alan. Nous, on en met dans notre limonade.

— Quoi ? Vous buvez du cognac ?

— C'est bon pour le cœur, affirma David, qui trouvait que sa mère était un peu pâlotte et qu'un peu de cognac ne lui ferait pas de mal. Tu sais, maman, poursuivit-il pour se justifier, quand Piers vient voir Mary, on lui fait aussi descendre la pente et il crie encore plus fort qu'elle. Tu as vu qu'on avait accroché une corde à la poignée ? Comme ça, ils ne risquent pas de tomber dans le ruisseau.

— C'est... une sage précaution, David, dit faiblement Rosalind, en se dirigeant comme une somnambule vers la maison.

Un vrai festin les attendait, comme elle n'en avait pas vu depuis plusieurs années : petits pâtés, pâtisseries, biscuits fourrés de crème anglaise et saupoudrés de sucre, le tout disposé sur une nappe d'un blanc immaculé ; mais le plancher était couvert de boue et de plumes de poule. Son père siégeait près du feu, comme d'habitude, mais ses vêtements étaient sales et une odeur aigre émanait de lui ; on aurait dit un clochard, songea Rosalind avec désespoir. Pourtant il se goinfrait de gâteaux et, en passant, Sophie lui tapota la tête en lui parlant en français. Ces femmes avaient bon cœur, se dit Rosalind, en plein désarroi, mais pourquoi ne faisaient-elles jamais le ménage ?

— Mangez, je vous en prie, lui lança Marie avec un accent à couper au couteau, nous sommes bien contentes de vous voir. Vous avez fait un long trajet.

— Saviez-vous que les garçons terrifient Mary ? avança prudemment Rosalind. Ils l'envoient rouler dans son berceau jusqu'en bas de la colline.

— Ça lui plaît, assura Marie. Elle pleure quand ils arrêtent.

— Elle aurait pu se tuer...

— Elle vit toujours, non ? Allons, à table.

Bientôt les deux aides les rejoignirent et tout le monde se mit à table. Ce fut un vrai régal et Rosalind se laissa amadouer. Mary et les garçons avaient des serviettes d'un blanc éclatant qui tranchaient sur leurs vêtements crasseux, et Rosalind dut admettre qu'ils paraissaient parfaitement épanouis.

— On a dû acheter une nouvelle courroie de transmission pour le tracteur. J'espère que Mme Cooper ne nous en voudra pas. Mais on l'a fixée nous-mêmes. Ça fait des économies.

— Vous savez faire ça ? s'étonna Rosalind.

— Mon petit ami est mécano, il m'a montré.

— Et moi je sais ferrer un cheval, déclara fièrement Paula. S'il y avait une forge ici, nous pourrions fabriquer nous-mêmes toute la ferronnerie. Mais M. Mayes ne veut pas en entendre parler, évidemment.

— J'ai trouvé que la ferme était bien mal tenue, hasarda Rosalind.

— C'est que M. Mayes veut toujours faire les choses à sa façon, avancèrent les deux aides en faisant la moue.

Il était temps d'en venir au fait.

— C'est pour cela que vous m'avez appelée ? À cause de M. Mayes ?

— Un pauvre type ! s'exclama Marie avec mépris.

Quant à Sophie, elle lâcha un flot de paroles incompréhensibles, tandis que les garçons ricanaient d'un air entendu, au grand étonnement de leur mère. Mais Marie se leva de table, gagna le buffet, et en revint avec une lettre, adressée à Laura, qu'elle tendit à Rosalind.

Chère Madame Cooper,

J'ai le regret de vous informer que votre mari, le commandant Michael Cooper, a été blessé durant les derniers affrontements. Alors qu'il ravitaillait courageusement une colonne arrière de blindés, il a été touché à la tête par un éclat d'obus, une blessure qui a malheureusement entraîné une complète cécité.

Nous le rapatrions dès aujourd'hui, afin qu'il puisse bénéficier d'une assistance médicale appropriée. Vous serez aussitôt avertie de son arrivée. Veuillez accepter nos meilleurs vœux pour vous et le commandant Cooper, dont la conduite courageuse et l'esprit de décision durant cette campagne ne méritent que les plus grands éloges.

Sincères salutations,

Lieutenant-Colonel S. Llewellyn

— L'oncle Michael est devenu aveugle, c'est ça, hein maman ? lança David, tandis que sa mère relisait la lettre, stupéfiée. Je l'avais dit à Marie.

— Quand revient-il ici ? s'enquit Rosalind.

Comme un illusionniste ménageant ses effets, Marie sortit un télégramme de sa poche.

COMMANDANT COOPER DEBARQUÉ LIVERPOOL
ADMIS HÔPITAL MILITAIRE SHELBURNE STOP.

447

— Il est à l'hôpital près d'ici et personne ne nous en a rien dit ? s'indigna Rosalind. À quoi pensez-vous ?

— Ce ne sont pas des choses qu'on annonce par téléphone, rétorqua Marie. Mieux vaut les dire de vive voix.

— Mon Dieu... Pauvre Michael.

Elle se leva, pour se rasseoir juste après, maudissant l'isolement de Gunthwaite, qui empêchait d'agir dans l'urgence.

— La voiture marche-t-elle ? demanda-t-elle à Ruth.

— Plus d'essence. Mme Cooper a tout utilisé, comme d'habitude.

— Quelle inconscience, c'est bien d'elle ! Au fait, est-ce qu'elle est au courant ? s'enquit-elle subitement.

— Pouff ! s'exclama Marie en levant les mains. Ah ça non ! Nous sommes brouillées. On ne se parle plus.

Rosalind non plus n'était pas en état d'affronter sa mère. Elle se tourna de nouveau vers Ruth.

— On va aller en tracteur jusqu'à Fairlands et emprunter leur voiture. De là-bas, je pourrai téléphoner à mon mari, et il joindra l'hôpital pour avoir des nouvelles. Michael recevra enfin un signe de vie. Il doit croire que nous l'avons complètement oublié.

— Je parie qu'il voudrait bien voir tante Laura, fit David. Est-ce qu'elle va revenir bientôt, maman ? On sera sages, promis.

— Oui, murmura Rosalind vaguement. Très bientôt, j'espère.

En entendant les bruits de bottes qui venaient d'en bas, Laura eut envie de hurler et d'aller se cacher la tête sous l'oreiller. Comme lorsqu'un enfant fait une mauvaise chute et qu'on n'ose pas regarder. Elle se reprit. Il fallait aussi emmener le prêtre.

Elle se précipita dans la remise, il n'avait même pas coincé la porte. Ce qu'ils étaient manches tous les deux !

— Il faut qu'on parte. Ils fouillent la maison.

— Mais comment ?

— Suivez-moi.

Ce n'était pas pour rien qu'elle avait passé son enfance dans cette maison. Elle sortit sur le palier et tendit l'oreille. Ils étaient toujours au rez-de-chaussée, occupés à fouiller, à interroger les filles. Elle descendit au premier étage sur la pointe des pieds, suivie du prêtre, qui respirait fort. Laura s'aperçut qu'il était mort de peur, alors qu'elle se sentait soudain très calme et résolue. La partie n'était pas encore perdue.

La grande chambre qu'occupait autrefois Zelma était vide. Sur le lit couvert de dentelle blanche trônait l'une de ces poupées en robe de mariée qu'affectionnent les prostituées. Les murs étaient tapissés de photographies de femmes nues dans des poses artistiques, sauf le mur du fond, où un grand rideau masquait une porte.

— Ça mène à la maison d'à côté, expliqua Laura.

Elle tira les verrous roidis, qui résistèrent un peu. De ses explorations enfantines, elle savait que la porte débouchait sur l'arrière d'un placard s'ouvrant lui-même sur une chambre. Ils s'y faufilèrent et refermèrent la porte derrière eux. La cache serait vite découverte. Une fois dans le réduit obscur, Laura poussa le panneau du placard.

Une fille était à cheval sur un client qui grognait en allemand, les yeux fermés. Entendant un grincement, la fille releva la tête et les fixa avec des yeux ronds. Laura posa un doigt sur ses lèvres. Sans rompre le rythme, la fille tira un oreiller sur les yeux de l'homme en leur désignant d'un hochement de tête l'uniforme d'officier allemand posé sur une chaise. Laura et le prêtre s'esquivèrent sans un bruit.

Un train les emporta hors de la ville et ils passèrent la nuit sous une haie. Au matin le prêtre toussait, mais il se mit en route, péniblement. D'après Laura, la côte était à une quinzaine de kilomètres. Mais elle avait peut-être mal évalué la distance et n'osait pas demander confirmation aux gens qu'ils croisaient. Le prêtre semblait lui faire une confiance absolue, il lui obéissait en tout. Mais ses pieds engoncés dans de mauvaises chaussures le faisaient terriblement souffrir, et vers midi il boitait sérieusement. Laura était exaspérée d'avoir eu à s'encombrer d'un tel fardeau.

Ils s'arrêtèrent au bord d'un étang. Elle lui baigna les pieds et glissa des feuilles dans ses chaussures. Il avait l'air désarmé d'un petit enfant. Elle aussi trempa dans l'eau ses pieds meurtris, et brusquement elle se souvint de Michael, jambes nues, dans le ruisseau à truites.

— Il faut qu'on continue, dit-elle en refoulant ses larmes.

— C'est gentil de m'aider, dit le prêtre. Vous y seriez déjà sans moi.

— Oui, convint-elle, implacable.

À cause de lui, elle risquait sa vie. Mais en poursuivant leur chemin, comme le prêtre toussait sans se plaindre, elle se radoucit.

— Vous avez faim ? On pourra peut-être s'arrêter au village.

— Ça va.

Mais elle était affamée. La tête lui tournait, et elle inspira profondément pour chasser ses vertiges.

— Dire qu'au début je vous ai prise pour l'une de ces femmes...

— Et même si j'en étais une, qu'est-ce que ça changerait ?

— Ce sont des pécheresses, bien sûr. Mais vous avez raison, pour moi, ça ne changerait rien, ajouta le prêtre.

— Vous êtes trop bon, répliqua-t-elle.

Son ironie échappa au prêtre, mais la colère lui redonnait des forces et elle accéléra l'allure.

Le paysage était très plat, et dans ce monde de lignes horizontale leurs deux silhouettes verticales paraissaient à Laura bien trop repérables. Ils ne voyaient pas encore la mer, juste une brume bleue au loin, ponctuée par les masses noires des fortifications. Une femme à bicyclette pédalait dans leur direction, ils la virent approcher depuis au moins un kilomètre. Quand elle parvint à leur hauteur, elle s'arrêta.

— Ils patrouillent cette route. Ils peuvent arriver à tout moment. Cachez-vous dans le fossé.

— Merci.

Un canal courait en contrebas. Ils dévalèrent le talus et s'accroupirent dans l'eau glacée. Peu de temps après, une automobile passa sur la route au-dessus. La patrouille.

— Merci mon Dieu, murmura le prêtre. Et merci à cette brave dame.

— Elle aurait pu nous donner du pain, dit Laura, gelée et irascible. Son panier en était plein.

— C'est loin, vous croyez ?

— Je l'ignore. On m'a montré une carte avant mon départ, bourrée d'indications, mais je ne m'en souviens pas très bien. C'est quelque part, là, en bas.

Elle aurait dû faire plus attention. Si elle s'en sortait, elle enregistrerait scrupuleusement toutes les informations qu'on lui donnerait. Elle s'entraînerait au code et au morse nuit et jour. Et puis non, si elle survivait à cette épreuve, elle ne repartirait pas de sitôt. Elle en aurait assez fait.

Quand ils atteignirent la côte, ils étaient épuisés. Il y avait des blockhaus partout, et ils ignoraient lesquels étaient occupés par les soldats. Ils s'assirent derrière une dune et se massèrent les pieds en s'inquiétant des mines cachées sous le sable. La mer léchait le rivage, grise, peu accueillante, et il commençait à faire sombre.

— Par où croyez-vous que le bateau va accoster ? s'enquit le prêtre.

Laura n'en savait rien.

Leurs chances d'être secourus semblaient bien minces. Ils pouvaient à tout instant se faire surprendre par une patrouille allemande, ce n'était qu'une question de temps. Laura décida d'attendre jusqu'à deux heures du matin, puis d'abandonner. Il leur faudrait alors trouver une ferme en espérant qu'on voudrait bien leur donner du pain et un abri, et elle retournerait à Paris pour reprendre contact par radio. Le danger devait être écarté, maintenant, et le prêtre n'aurait plus qu'à se prendre en main. Laura ne voyait pas comment l'aider davantage.

Il faisait nuit, à présent. Le vent se leva et leur fouetta le visage, chargé de sable. Ils avancèrent dans l'obscurité pour s'approcher du rivage.

Soudain il y eut une lumière et Laura enregistra machinalement les éclairs réguliers.

— C'est pour moi, dit-elle. Il faut leur répondre. Mais je n'ai pas de feu.

— Moi, j'ai des allumettes, répondit le prêtre.

Laura prit la boîte, racla une allumette, mais la flamme s'éteignit aussitôt. Il fallait que le prêtre gratte l'allumette au creux de ses paumes et qu'elle mette la main devant la flamme pour faire écran et donner le signal. Mais plusieurs allumettes y passèrent sans qu'ils réussissent. La lumière sur la mer disparut, comme une vie qui s'éteint.

Tremblant de désespoir, Laura eut envie de courir et de se jeter à l'eau en criant : « Revenez ! Revenez ! Attendez-moi ! » Il fallait qu'elle rentre chez elle, qu'elle retrouve les siens. Malgré toutes ses difficultés, sa confusion, c'était la vie qu'elle avait envie de vivre. Le lieu auquel elle appartenait.

— On trouvera une ferme, dit le prêtre. Peut-être qu'on tombera sur des gens bien.

— Je veux rentrer chez moi ! s'exclama-t-elle en pleurant, tandis qu'il lui tapotait l'épaule.

Peu de temps après, il la secoua en disant : « Regardez, une barque, là-bas. »

Un petit canot à rames rebondissait sur les vagues. Lorsqu'il accosta, Laura se précipita, folle de joie, le souffle court, s'exprimant d'abord en français, puis en anglais.

— Vous êtes venus pour moi ? C'est vrai ?

— On dirait, Blanche-Neige, lui dit un marin costaud en grimaçant un sourire. C'est nous les sept nains. Allez, montez.

Gabriel descendit de la voiture de sport et demeura sur la route en attendant qu'elle s'éloigne. Quand ils avaient appris que son frère était à l'hôpital, ses camarades avaient tout mis en œuvre pour qu'il y parvienne au plus vite, et à son arrivée un Américain de la base l'avait emmené jusqu'ici. Le dernier endroit au monde où il avait envie d'être.

Il considéra l'hôpital, un corps de ferme réquisitionné pour les soins des militaires blessés. À droite de l'allée, on avait défriché et semé un carré pour en faire un jardin potager, ce qui rompait la symétrie des lieux. Il y avait aussi des trous dans la pelouse, là où l'on avait entreposé des grilles métalliques pour les fondre et en faire des avions, par exemple. Des quartiers entiers de Londres avaient ainsi perdu leurs balcons en fer forgé, qu'on avait sciés et dont il ne restait plus que des bouts de ferraille sortant des murs.

La guerre avait tout ravagé, songeait Gabriel. Les gens, les lieux, tout avait changé, et en d'autres temps il s'en serait réjoui. Il fallait bien bousculer la fatalité sordide que subissait le peuple pour en faire quelque chose de mieux. Mais, au lieu de ça, des hommes comme Zwmskorski se repaissaient du malheur des gens telles des mouettes campées sur un immense dépotoir. Et quand la guerre serait finie, ce n'était pas les combattants qui se retrouveraient au sommet, pensa-t-il amèrement, mais ces charognards voraces, sans foi ni loi, soudain investis de puissance.

Un avis placardé à l'entrée du bâtiment disait : « Tous les visiteurs doivent s'adresser à l'infirmière-chef ». Il poussa la porte et pénétra dans le hall en cherchant un panneau. Une vieille femme sortit d'une chambre et lui lança avec hargne :

— Vous ne savez pas lire, jeune homme ?

— Je viens en visite. Je cherchais...

— Prenez l'entrée latérale. Ce couloir est réservé au personnel et aux urgences.

Gabriel s'exécuta.

Le bureau où il parvint par l'entrée latérale était occupé par une jeune et jolie infirmière, qui fut ravie de le voir.

— Je suis si contente. Personne n'est encore venu pour le commandant Cooper, alors que tous les autres ont été submergés de visites. Depuis le temps qu'ils étaient partis, vous comprenez...

— Nous l'ignorions. Le télégramme a été mal dirigé.

— Les services postaux devraient faire attention. En temps de guerre, on peut tout s'imaginer...

Il la suivit sur le parquet ciré, le souffle court, redoutant le moment imminent où il serait face à son frère. Dans quel état serait Michael ? Comment lui expliquer ?

Il était assis près de la fenêtre et à leur entrée, percevant le bruit de leurs pas, il se tourna un peu vers eux.

452

— Bonjour, commandant, dit l'infirmière. Vous avez de la visite.

En voyant le visage de son frère s'éclairer, Gabriel s'empressa de préciser :

— Désolé, Mike. Ce n'est que moi.

— Gabriel ! Gabriel. Viens là, mon vieux. Que je te serre la main.

Il avait un teint cuivré, de la couleur du teck. Autrefois, c'était un géant pour son petit frère. Aujourd'hui ils se donnaient l'accolade, deux hommes mûrs, de taille égale. Sauf que l'un d'eux était aveugle.

— Tu ne vois plus rien du tout ? lui demanda Gabriel. Tu parais si en forme, par ailleurs.

— Je vois comme une lumière. C'est tout. Le shrapnel appuie sur le nerf optique.

— Mais on pourrait t'opérer, non ?

— Apparemment, personne ne veut s'y risquer.

Gabriel inspira longuement pour se calmer.

— Le mieux, c'est de ne pas y penser, puisqu'on ne peut y remédier, dit Michael. J'essaie de m'occuper l'esprit, et puis on me fait la lecture... Là-bas, dans le désert, ça a été bien pire pour des milliers de gars. Tu ne peux pas imaginer le carnage. Je préfère être aveugle plutôt que d'être mort déchiqueté en sautant sur une bombe.

— Oui. Bien sûr, répondit Gabriel, qui n'en était pas sûr du tout : lui aurait préféré mourir.

Michael eut un drôle de sourire, on aurait dit qu'il sentait que son frère n'était pas vraiment là, avec lui. Il gardait la tête un peu penchée, pour mieux capter les sons qui l'entouraient. Comme un aveugle, se dit Gabriel en retenant un sanglot, un son étranglé dont Michael devina aussitôt l'origine.

— Sais-tu qu'il n'y a que des aveugles, ici ? s'empressa-t-il de dire à son frère. Sans doute pour la bonne cause, mais ça tourne à la farce. Personne n'y voit rien. Cinquante gars qui se cognent partout, font tout tomber... La vieille qui dirige le service est persuadée qu'on le fait exprès.

Gabriel rit gauchement. Tout lui semblait irréel. Décidément la vie ne tournait pas rond. Lui, le frère cadet, le chouchou, la mauvaise tête, qu'on n'avait jamais admis dans le monde des adultes... Il y avait pénétré à présent. Ça oui.

— Où est Laura ? dit Michael. Pourquoi n'est-elle pas venue me voir ?

— Nous n'avons su qu'hier ce qui t'était arrivé, à cause d'un problème de télégramme. Elle viendra dès qu'elle le pourra.

— Mais toi, tu es bien là. Mary serait-elle malade ? Ou bien les garçons...

— Non. Ce n'est pas ça, dit-il en songeant qu'il avait dérobé à son frère son bien le plus précieux. Laura n'est pas à Gunthwaite. Elle est en France.

— En France ! Pourquoi... Bon sang ?

— Elle travaille pour un réseau de résistance auquel Rosalind et Howard appartiennent aussi. Il faut dire que Laura est la personne idéale, maligne, courageuse, pleine de ressource. Et française jusqu'au bout des ongles.

— Et tu l'as laissée partir ?

— Comment aurais-je pu l'arrêter, Mike ?

Michael se leva en trébuchant dans le tapis.

— Mais c'est impossible. Je ne suis pas d'accord ! Laura, quittant foyer et enfant pour risquer sa vie ! Ce n'est pas une affaire de femmes, Gabriel.

— S'occuper de Gunthwaite non plus, répliqua Gabriel. Pourtant, tu lui as tout laissé sur les bras. Et ne me dis pas que tu as confié Gunthwaite à Bill Mayes. Sans Laura, tu serais ruiné depuis longtemps.

— Je parlerai à Howard. Je ne le tolérerai pas. J'ai laissé Laura à la maison, là où est sa place. Nous avons combattu pour que des femmes comme elle ne deviennent pas dures et grossières, qu'elles restent à l'écart de tout ce merdier.

— Ce n'est pas une enfant. Ni une simple d'esprit. Elle n'avait peut-être pas envie de continuer dans son petit monde innocent et préservé. Elle a voulu elle aussi lutter pour la liberté. Les femmes aussi ont des principes, Michael.

Au bout d'un moment, un peu calmé, Michael chercha sa chaise à tâtons et s'y assit.

— Est-ce qu'elle va bien ? Tu as eu des nouvelles ?

— Je n'en sais rien. Elle est partie il y a deux semaines, quand personne n'était au courant de ton accident. D'ailleurs, mère ne le sait pas encore. Je me suis dit que tu n'aurais pas envie de la voir débarquer ici. Il vaut mieux attendre d'être à la maison, non ?

— Si.

Derrière le voile gris qui lui embuait aussi l'esprit, Michael n'arrivait pas à avoir les idées claires. Et si Gabriel mentait, si Laura était morte ? Soudain il se sentit épuisé. Le choc, l'anxiété, sa cécité, pesante, inéluctable.

— Je m'excuse. Il vaudrait peut-être mieux que tu t'en ailles. C'est si dur à avaler. Laura est douce, sensible. Il ne faut pas grand-chose pour la bouleverser.

Sur son épaule, la main de Gabriel resserra brusquement son étreinte et Michael tressaillit.

— Tu crois ça ? lui cracha Gabriel en pleine face. Tu le crois sincèrement ? Je le jure devant Dieu, tu n'as jamais regardé ta femme, tu ne l'as jamais vue telle qu'elle est ! Oui, elle est sensible. Tu voulais une petite femme douce et docile, un animal de compagnie, et elle a joué le jeu, pour te faire plaisir. Tu ne connais pas ses coups de colère, sa passion, sa révolte, sa force, sa volonté. Devant Dieu, Michael, je t'assure que tu ne la connais pas du tout.

Il y eut un silence. L'aveugle voyait maintenant ce qui lui avait toujours échappé.

— Toi oui, je suppose ?

— Oui, répondit doucement Gabriel. Moi, je la connais.

Et voilà, il avait avoué ce qu'il s'était promis de ne jamais dire. Mais Michael était son frère, ils étaient du même sang, ils avaient grandi ensemble. Il lui devait cette franchise.

Michael demeura un long moment immobile.

— Je préférerais que tu t'en ailles, dit-il enfin. Je me demande d'ailleurs pourquoi tu es venu.

— Je peux passer la nuit au village et revenir demain. Il faut qu'on parle, qu'on prenne des dispositions.

— Je m'adresserai à Rosalind. Merci.

Gabriel fixa le visage fermé, figé de son frère, ses yeux aveugles.

— Je suis content que tu sois rentré, lui dit-il gauchement.

Et il partit.

Des heures plus tard, Michael se leva et regagna sa chambre d'un pas hésitant. Il avait besoin de dormir, besoin d'oublier, de chasser de son esprit les images, les souvenirs, et surtout les tours que lui jouait son imagination. Des visages s'animaient devant ses yeux, Laura, Gabriel... des visages et des corps enchaînés l'un à l'autre, bougeant en cadence. Une infirmière le trouva errant sur le palier et elle le conduisit à sa chambre. Il ferma la porte et s'y adossa, fou d'angoisse, tournant vers le ciel ses yeux aveugles. Mon Dieu, pourquoi ? Qu'ai-je fait ?

Il s'effondra sur le lit et se cogna la tête contre sa table de nuit. Tant mieux, il n'était plus que douleur et appelait de ses vœux la mort, la destruction. Oui, qu'ils périssent tous les trois, qu'ils soient emportés, broyés dans ce carnage eux aussi. Lui, Laura, Gabriel. Il ne restait plus rien de propre et de bon sur cette terre, tout n'était que pourriture.

Des larmes brûlantes coulaient sur ses joues. Il avait cru en la vie, il avait mis sa foi dans la bonté et dans l'amour. Il n'était qu'un imbécile.

Sur le quai, en plein vent, Laura regardait l'aube poindre à l'horizon. Une pluie fine avait tout détrempé, le cri d'une grue rompit le silence. Elle avait les épaules raides, comme si tout le temps de son séjour en France elle avait courbé l'échine. La peur, sans doute, qui la quittait comme un colis encombrant. Elle se redressa dans l'air froid du petit matin.

— Il faut que je vous remercie. Vous avez tant fait pour moi, dit le prêtre.

— Rien du tout. Je ne suis pas très douée, comme espionne.

Il haussa les épaules à la française, petit personnage insolite parmi les silhouettes râblées de l'équipage.

— Aucun de nous n'a cette vocation, à l'origine. Quand tout sera fini, nous reviendrons chacun à nos occupations et nous essaierons de les mener le mieux possible.

Laura lui sourit. S'ils avaient eu davantage de temps, s'il avait été un peu moins faible, ils auraient probablement sympathisé.

— Il faut que je parte, dit-elle. Une voiture m'attend.

— Déjà ? Moi, il faut que je patiente jusqu'à l'arrivée d'un interprète.

Ils se serrèrent la main. Le prêtre s'empara de sa valise et l'accompagna le long du quai en trébuchant sur les cordages, les câbles. Laura finit par le saisir par le coude pour le guider.

— Décidément, vous aurez pris soin de moi jusqu'à la fin, dit-il, quand ils eurent rejoint la voiture. Je me demande pourquoi.

— Quand j'étais petite, un prêtre a été bon pour moi, dit-elle. Rien ne l'y obligeait.

— Le Christ était en lui, déclara le prêtre. Quand le Christ est en nous, cela nous rend très fort.

Il leva les mains pour la bénir.

Elle monta en voiture. Le prêtre lui faisait des signes, un geste du poignet, un peu ridicule. Elle se retourna sur son siège pour le suivre des yeux, et soudain elle eut envie de lui crier, à lui, un homme qu'elle avait presque méprisé : « Suis-je pardonnée ? Dites, suis-je pardonnée ? Que dois-je faire maintenant ? »

On la conduisit directement au centre d'entraînement. Comme la voiture remontait l'avenue bordée de hêtres, elle vit des visages aux fenêtres et, quand elle s'approcha de la porte d'entrée, celle-ci s'ouvrit sur un petit groupe de gens venus l'accueillir, avec au premier rang l'instructeur radio.

— Bien joué, madame Cooper ! Vous nous avez époustouflés.

— Merci.

— Entrez donc. Un verre de sherry, peut-être ?

— Volontiers.

Ce n'était qu'une façade, bien sûr. Ils attendaient qu'elle leur fasse un rapport aussi détaillé que possible. Réchauffée par le sherry et le feu crépitant, elle se mit à tout leur raconter, soulagée, et leur fit part de ses doutes au sujet d'Ishmael.

— Et si c'était un informateur ?

— Il s'est fait pincer, dit le commandant. Mais c'est peut-être pour donner le change.

— Je ne comprends pas pourquoi il m'a envoyé le prêtre. Il devait avoir d'autres recours.

— Il se savait menacé. Vous étiez son seul contact absolument sûr.

— L'une de ses filles a pu nous donner. Ou bien quelqu'un de chez madame. On a peut-être capté nos messages radio. Mais je pencherais plutôt pour Ishmael.

Ils la regardaient tous avec une vive attention.

— Bien, dit le commandant. Passons à la suite.

— Non merci.

— Prenez le temps d'y réfléchir. Vous nous avez beaucoup impressionnés. Mais un séjour aussi court ne peut être fructueux...

Elle le fixa droit dans les yeux.

— Avez-vous des nouvelles de mon mari et de ma fille ? Je n'ai pas envie de discuter tant que je ne saurai pas s'ils vont bien.

Il y eut un silence et ses compagnons se tortillèrent avec gêne. Le commandant appuya sur une sonnette et la porte s'ouvrit sur le mari de Rosalind. Laura se leva, affolée.

— Howard ? Qu'est-il arrivé ?

Grand, très mince et grisonnant, il posa la main sur son épaule.

— C'est Michael. On l'a rapatrié. Il a perdu la vue.

Tout se figea soudain et le temps s'arrêta. Comme la nuit où sa mère était morte. Elle regarda Howard, son visage exténué, songea au prêtre, puis, curieusement, à l'instructeur radio, dont elle savait qu'il avait envie d'elle. Enfin, elle pensa à Michael, et le monde se remit à tourner.

— Il faut que j'aille le retrouver. Comment avez-vous pu me le cacher ?

— Il fallait bien recueillir votre compte rendu de fin de mission, madame Cooper. Nous avons fait aussi vite que possible.

— Je dois partir. Howard, où est-il ?

— Rosalind le ramène à Gunthwaite. De grâce, Laura, gardez votre calme. Qui sait, on pourra peut-être y remédier ?

Mais, depuis l'enfance, Laura ne croyait plus aux dénouements heureux. Lorsque le bruit des pas dans l'escalier se rapproche inexorablement, toutes vos prières, vos souhaits, vos amulettes porte-bonheur n'y peuvent rien changer. On est maudit, et on le sait.

17

Michael était assis à la fenêtre, là où son père se tenait l'été pour regarder bêtes et gens aller et venir dans la cour. Mais lui ne voyait rien, juste des nuées, des reflets, dans un chatoiement de lumière. Il y avait des voix, Rosalind, les Françaises, sa petite fille, les garçons. Mais il se sentait coupé d'eux et vivait dans un ailleurs où personne ne pouvait l'atteindre. Peut-être étaient-ils au courant...

Il entendit la voiture qui l'amenait. Il le sut à l'instant où l'automobile se gara dans la cour. Tous ces mois sans elle, ces nuits où il n'arrivait pas à se rappeler son visage. Il ne la reverrait plus. Elle aurait beau lui coller à la peau, elle serait encore à des kilomètres. Si seulement Gabriel s'était arrangé pour qu'il n'en sache jamais rien, songeait-il, torturé, complètement égaré.

— Michael. Michael chéri.

— Laura.

Cette voix fraîche, si naturelle... Comme il lui était facile de mentir. Dans un élan irrésistible, il tendit les mains vers elle et sentit ses bras autour de son cou, son visage contre le sien, son parfum, sa peau satinée, ses cheveux soyeux... Il eut soudain envie de s'y perdre et d'en mourir.

— Je t'aime, dit-il, malgré lui, malgré tout.

— Oh, Michael, je suis si contente ! s'exclama-t-elle avec un tel accent de sincérité qu'il en fut révolté.

Tout en elle n'était que mensonge. Une Française qui paraissait anglaise, une forte personnalité qui s'abritait derrière une apparence

459

fragile, une femme perfide qu'il avait crue pure et en qui il avait mis toute sa confiance ! Il l'écarta de lui, les yeux noyés de larmes.

— Gabriel m'a dit, déclara-t-il.

Elle tressaillit sous le choc, puis se raidit.

— Qu'a-t-il dit ? s'enquit-elle d'une voix aiguë.

— À quoi bon préciser ? Il a dit qu'il te connaissait mieux que moi. Et ça semble être le cas.

— Tu ne comprends pas... Michael, je t'aime !

— Et Gabriel ?

— Ce n'est pas la même chose, fit-elle d'une voix enfantine, désespérée. On te croyait mort. Je t'en prie, Michael, ne sois pas cruel.

— Tu m'as trahi.

Elle eut un hoquet, comme s'il l'avait frappée.

— Non. Non. Jamais, au fond de moi...

Il l'entendit se lever pour aller à la table. Il sut qu'elle s'y appuyait, la tête penchée, en essayant de se reprendre, près de défaillir.

— Y a-t-il du cognac ? Bois-en un peu. De toute façon, ça vaut peut-être mieux. Je ne te sers plus à rien, désormais.

— Je ne t'ai pas épousé par intérêt, protesta-t-elle. J'avais besoin de toi. Et j'ai besoin de toi. Mais tu m'as laissée seule, et livrée à moi-même, j'ai changé. Je redeviendrai comme avant, je te le jure. Je ne porterai plus de pantalon, je ne monterai plus à califourchon, je ne conduirai plus de tracteur. Promis...

Il lutta pour refouler ses larmes, larmes honteuses, irrépressibles.

— T'en ai-je tant demandé ? s'enquit-il d'une voix rauque.

— Non. Tout ce que tu m'as demandé, j'ai été heureuse de te le donner, dit-elle en s'approchant de lui à le frôler.

— Je dormirai dans la chambre à la cheminée, lâcha-t-il. C'est le mieux.

— C'est une salle de bains, maintenant, dit Laura. La maison est pleine. Je ne supporterai pas que tu restes à l'écart. Je t'en prie, Michael.

— Je n'ai pas envie de t'avoir près de moi !

— Tu es en colère. Tu en as le droit. C'est que tu ne comprends pas.

Elle lui embrouillait les idées. Alors qu'elle aurait dû parler de son départ imminent, elle semblait prendre la chose comme une incartade sans gravité, certaine qu'il lui pardonnerait vite, comme de porter un pantalon ou conduire un tracteur. Il tourna vers elle ses yeux aveugles avec la sensation que l'univers se désintégrait, que lui-même n'était plus que poussière et cendres dans le désert de sa vie.

— N'est-ce pas lui que tu veux ? demanda-t-il. Si tu suivais tes penchants, ne serait-ce pas lui que tu choisirais ?

— Non, répliqua-t-elle spontanément, sans avoir besoin d'y réfléchir.

Michael était là, il souffrait dans son corps et dans son âme, et elle était son seul soutien, son unique réconfort. Elle lui donnerait ce qu'elle avait à donner, comme elle l'avait toujours fait, sans compter, sans penser au lendemain. Elle le prit dans ses bras et le serra contre elle, malgré lui.

— Je suis là où j'ai envie d'être, murmura-t-elle. Avec mon mari.

Des gens vinrent. Une foule de gens venus lui serrer la main et lui souhaiter un prompt rétablissement. Prostré sur son fauteuil, Michael imaginait qu'ils étaient au courant, qu'ils se moquaient de lui, sans même prendre la peine de dissimuler leurs sourires. Un aveugle, c'est si facile à tromper.

— Laura ? lança-t-il, quand la cuisine eut enfin retrouvé son calme.

— Je suis là.

Il fut surpris de la savoir si proche.

— Tu t'étais déjà donnée à lui quand tu es arrivée ici, n'est-ce pas ?

— Non.

Avait-elle hésité, ou répondu trop vite ? En lui la colère le disputait au chagrin.

— J'aurais dû me rendre compte que tu n'étais qu'une petite putain de Française.

Il l'entendit suffoquer sous le coup. Il la connaissait si bien qu'il voyait presque l'expression horrifiée de son visage.

— Ça fait mal, hein, quand ça tombe juste !

— Je suis ta femme, dit-elle dans un souffle. Tu ne peux pas... J'ai tellement lutté pour devenir celle que tu voulais !

— Quoi ? Tu as couché avec mon frère dès que je vous ai laissé le champ libre. Si tu ne l'as pas fait avant, juste sous mon nez !

Il y eut un long silence.

— Tu n'es pas mon Michael, dit-elle enfin. Lui ne dirait jamais ce genre de choses. J'attendais mieux de toi. Parce que c'est à cela qu'on juge la valeur d'un être. C'est dans l'épreuve qu'une personne se révèle. Quelqu'un de bien reste quelqu'un de bien, malgré la souffrance, malgré tout.

Elle allait le quitter. Il tendit la main pour tenter de la retenir, de l'arrêter, et attrapa l'ourlet de sa jupe.

— Je ne peux pas pardonner, dit-il, désarmé. Je n'en ai plus la force.

Les doigts de Laura voltigèrent autour de lui, sans oser le toucher.

— Et avec le temps ? Tu crois...

— Tu ne peux pas savoir à quel point ça fait mal.

Elle retint son souffle. Il sut alors qu'elle souffrait aussi et il eut envie de la consoler, de la soulager. Mais il était aveugle, impuissant. Que pourrait-il bien lui donner, lui, un infirme ?

Cette nuit-là, ils dormirent dans le même lit, séparés par vingt petits centimètres, mais à des lieues l'un de l'autre. Michael prêtait à sa femme toutes sortes d'intentions et de pensées. Il ne retrouvait pas en elle la Laura qu'il connaissait, qu'il aimait. Celle qui était allongée à côté de lui avait couché avec son frère.

Au matin, ils se levèrent comme des étrangers, isolés l'un de l'autre par la cécité de Michael. Entre eux, la nudité ne signifiait plus rien. Elle l'aida à s'habiller, à descendre l'escalier, puis à manger ; elle posa même Mary sur ses genoux. Elle dut aussi le raser, après qu'il se fut entaillé les joues. Laura sentait qu'il s'en voulait d'être aveugle, faible, et de l'aimer. Il se détestait autant qu'il la haïssait.

Mme Cooper mère passa dans la matinée.

— Ne me dis pas que tu as essayé de te raser ! s'exclama-t-elle en voyant le visage de son fils. Voyons, Michael, il faut te faire une raison et laisser Laura s'en occuper !

— Il apprendra, répliqua Laura. C'est une question d'habitude.

— Dites plutôt que vous n'avez pas envie de le faire. Ces basses besognes sont indignes d'une grande voyageuse comme vous ! Michael, tu ne peux pas t'imaginer l'état de la ferme en ton absence. Laura n'a pas été à la hauteur, malheureusement. Je me demande comment nous allons nous en sortir, maintenant. J'ai pensé écrire à Gabriel pour lui demander de revenir diriger la ferme.

— Pas question ! rétorqua Michael.

— Mais il faut bien que quelqu'un s'en occupe !

— Michael s'en chargera, assura Laura froidement. Il connaît assez la ferme pour ça.

— Qu'est-ce que je t'avais dit ? chuchota Norma Cooper à l'oreille de son fils. Cette fille n'a pas le moindre sens des réalités. Bien sûr que tu ne peux pas diriger la ferme...

Après son départ, Laura donna libre cours à sa colère.

— Quelle imbécile ! Tu ne vas pas l'écouter, n'est-ce pas ? Je t'aiderai, nous t'aiderons tous à te repérer, tu pourras travailler.

Soudain Michael se leva et marcha en chancelant jusqu'à la fenêtre.

— Je n'ai pas envie de dépendre de ma traîtresse de femme ! Cette idée me répugne.

Laura demeura plantée au milieu de la cuisine, le cœur en miettes. Elle avait cru pouvoir reconstruire le lien qui les unissait à force d'attentions et de soins, alors qu'il se hérissait à son contact. L'amour n'apporte que souffrance, songea-t-elle avec désespoir, éprouvant la même douleur insupportable qu'elle avait ressentie à la mort de sa mère.

Les jours se suivaient, gris, informes. Pour passer sa bile, Mme Cooper se rendit chez le pasteur et le persuada d'aller voir Michael, une visite dont celui-ci sortit complètement déprimé. De l'avis de tous, il aurait mieux fait de partir dans une institution pour apprendre le braille. Michael le savait et ne s'en étonnait pas. Finalement, il n'aurait pas dû en revenir. Cela les aurait tous arrangés.

Gabriel avait rejoint son escadrille, mais Howard et Rosalind étaient toujours là. D'après eux, c'était le moins qu'ils puissent faire, et ils ne se rendaient pas compte que Laura n'avait qu'une envie, se débarrasser d'eux tous, Sophie, Marie, M. Cooper, les garçons... Si seulement son mari et elle se retrouvaient seuls avec leur petite fille, les choses pourraient s'arranger, ruminait-elle. Mais là, tout tournait mal. La deuxième semaine, la panique l'envahit. Quand cela finirait-il ? Était-elle condamnée à servir d'infirmière et de bonne à tout faire à son mari, en subissant son mépris ?

Postée sur le palier du premier étage, elle le regardait descendre à tâtons l'escalier vermoulu, cramponné à la rampe, avec une lenteur d'escargot. Des images lui traversaient l'esprit, fugitives : madame, toute rouge et essoufflée, venue la prévenir de la rafle ; Gabriel, allongé sous elle et lui riant à la figure avec l'insouciance du bonheur ; Michael, descendant ce même escalier à toutes jambes pour commencer sa journée.

Il parvint enfin en bas des marches.

— Il faut que je prépare le petit déjeuner des enfants. Mais tu veux peut-être sortir jusqu'à la bergerie ? proposa-t-elle.

— À quoi bon ? Je n'ai rien à y faire.

— Mais si, tu pourrais vérifier les pattes des brebis, en tailler la corne si besoin était.

— Un autre jour.

Était-ce à cause d'elle ou de sa cécité, qu'importe, il ne voulait rien faire. Il restait assis, jour après jour, les yeux dans le vide.

À cet instant, Howard et Rosalind entrèrent dans la maison, les joues empourprées par leur promenade au grand air, les bras chargés de branchages.

— On ne trouve plus de fleurs fraîches, à Londres. Voilà de quoi égayer notre demeure.

— Charmant, fit Laura en suivant pas à pas Michael.

— Venez donc à la cuisine, tous les deux, dit Howard. Il faut que nous parlions.

La bouilloire sifflait sur le feu. Deux bols attendaient le bon vouloir des garçons, et Mary, assise dans son parc, suçait une biscotte. Laura la prit dans ses bras. Pendant son absence, l'enfant était passée de main en main sans que cela ait semblé la perturber, mais Laura avait envie de se la réapproprier.

— Nous allons acheter une maison près de Londres, déclara Howard. Elle est vraiment idéale. Et nous ramenons les garçons avec nous. Il est grand temps.

— Et les bombardements ? demanda Laura.

— Ça s'est un peu calmé, dit Rosalind. Et la situation va s'améliorer. Nous gagnerons cette guerre, même si cela doit prendre des années. Et puis la maison est dans un village, ce serait vraiment un mauvais hasard qu'une bombe tombe sur un coin aussi perdu.

Laura regarda Michael. Comprenait-il ce que disait sa sœur en réalité ? Elle préférait encore faire courir ce risque à ses garçons plutôt que de les leur laisser. Soudain la colère la prit. Avec l'arrogance des nantis appartenant à l'élite, Rosalind et Howard ne prenaient jamais en compte les besoins d'autrui. Laura se sentit injuste, mais elle avait quelque raison de leur en vouloir. Car, sans eux, elle ne serait pas allée en France. Les garçons n'auraient pas dégénéré, la ferme aurait été bien tenue, et Michael n'aurait rien su. Gabriel s'était trompé, elle ne lui en aurait jamais parlé. Qu'était un secret de plus dans la boîte ? Elle aurait fait n'importe quoi pour s'épargner cette épreuve.

Howard dévisageait lui aussi Michael.

— Nous tenons à vous remercier, dit-il. Laura s'est occupée des garçons, elle a tout pris en charge.

— Je n'y suis pour rien, répondit Michael. Elle a fait ce qu'elle a voulu.

— Tu étais ravi d'héberger les garçons, précisa Laura. Rappelle-toi.

— Mais après le coup dur qui t'est arrivé, poursuivit Howard sans relever, il faut prendre une décision, au sujet de la ferme. Rosalind et moi, nous voudrions engager un bon métayer, quelqu'un de qualifié, bien au fait des dernières méthodes. Il pourrait vous aider tous les deux, vous faciliter la tâche. Il est temps que Gunthwaite entre dans le XXᵉ siècle. Qu'en dites-vous ?

Autrefois, Laura et Michael auraient échangé un regard entendu. Mais aujourd'hui, rien ne passait entre eux. Il y eut un blanc, un vide. Je ne peux plus l'atteindre, songea Laura avec désespoir. Incapable de deviner sa réaction, elle parla d'instinct.

— Nous n'avons pas envie que Gunthwaite entre dans le XXᵉ siècle. Et Michael pourra très bien s'occuper de la ferme. Il ne voit plus, mais ça ne l'empêche pas de penser.

— Je comprends ta loyauté, Laura, dit Rosalind avec embarras, mais la ferme ne faisait guère de bénéfices, avant la guerre. Elle marche bien mieux depuis qu'on a introduit des méthodes modernes.

— Que voulez-vous insinuer ? Que Michael est un mauvais fermier, c'est ça ? lança-t-elle d'une voix aiguë, un peu hystérique, tandis que Michael se taisait, immobile, l'air absent, comme si tout cela ne le concernait pas. Avant la guerre, les prix avaient chuté, poursuivit-elle. Le blé s'était dévalué, les moutons aussi. Nous avons développé la production laitière, mais les distances nous empêchent d'en faire un vrai marché. Si les choses ont changé, c'est surtout à cause de la guerre. Plus de céréales importées, pour commencer. Quant aux méthodes modernes, cela me briserait le cœur de voir les chevaux disparaître.

Il y eut un silence. Puis, à la surprise de tout le monde, Michael fit entendre un petit rire.

— On croirait entendre mon père, Laura. Le jour où je lui ai suggéré d'acheter une lieuse tirée par un cheval au lieu de tout faire à la main, il a dit que ça mettrait les hommes sur la touche. Et il avait raison.

— Tiens, te voilà enfin, murmura Laura en tremblant.

C'était le premier commentaire spontané que Michael lui eût adressé depuis son retour.

— Les choses vont être amenées à progresser d'autant plus vite, une fois la guerre finie, Michael, poursuivit Howard. Tout le pays est en mutation. Il y aura une meilleure éducation, moins d'inégalités sociales et, selon toute probabilité, beaucoup moins de gens prêts à travailler la terre. Ces ouvriers qui avaient l'habitude de s'épuiser pour un salaire de misère ne reviendront pas au même régime. Ils ont vu le monde, leur esprit s'est ouvert. Ils attendent davantage de la vie.

— Tu es en train de me dire que Gunthwaite est finie, condamnée à brève échéance, conclut Michael posément. Les anciennes méthodes ne marchent plus, il faut introduire les nouvelles. C'est ça ou rien.

— Nous allons vous y aider, affirma Rosalind en lui prenant la main. En engageant un bon contremaître, formé aux nouvelles techniques. Tu pourras ainsi te détendre, profiter de la vie.

— Le mettre au rancart, c'est ça que vous voulez, s'indigna Laura. Mais Michael connaît sa terre et il l'aime. Il pourrait la cultiver les yeux fermés. Quelle importance qu'il soit aveugle !

Personne ne dit rien. Rosalind tapota la main de Michael, comme elle le faisait avec son demeuré de père.

— Pourquoi ne pas y réfléchir ? proposa Howard. Rien ne presse. Reparlons-en dans un an. Il faut le temps de s'adapter. Tout a tellement changé.

Lui et Rosalind se levèrent en souriant. Deux gentils bienfaiteurs, pleins de bonnes intentions, qui leur piétinaient l'âme.

Quel remue-ménage, cet après-midi-là ! Rosalind fit les bagages des garçons, rangeant avec dédain leurs pulls reprisés en leur promettant des dizaines de chemises et de paires de chaussettes neuves.

— Celle-là ! maugréa Marie en aparté. C'est bien la première fois qu'elle s'occupe de ses enfants.

— Elle avait d'autres soucis en tête, l'excusa Laura, qui, cependant, aurait volontiers cassé du sucre sur Rosalind.

Comment celle-ci osait-elle s'ériger en juge et les accabler de son mépris, alors qu'elle avait profité de Gunthwaite durant des années ?

Debout devant la grande fenêtre, Laura regardait tout d'un œil détaché. Le jars se dandinait dans la cour en battant des ailes d'un air agressif, une lueur sauvage dans les yeux, un signe que les oies pondaient de nouveau et que l'hiver finissait. Sophie et le vieux M. Cooper sortaient pour leur promenade quotidienne. Sophie la débraillée, qui n'avait jamais fait assez cas d'elle-même pour être soignée. En la voyant boitiller sur sa mauvaise jambe, Laura se sentit très émue. Ainsi, son pauvre cœur meurtri en était encore capable. Chère Sophie !

En les apercevant, le jars siffla et battit des ailes pour les faire dévier de leur trajet, de peur qu'ils ne tombent sur son nid. Sophie agita les bras, mais pas assez pour l'effrayer, et l'oiseau se mit à foncer sur eux, impressionnant, ailes déployées, en cacardant à plein gosier. Sophie hurla, et même le vieux M. Cooper eut l'air effrayé. Ils se mirent tous deux à courir vers le verger, tandis que le jars voletait dans leur sillage, victorieux. Devant cette scène cocasse, Laura éclata de rire. Bientôt ce serait le printemps, la guerre finirait, Michael s'adoucirait. Elle riait toujours quand le vieil homme s'arrêta brusquement, chancela et s'effondra à terre. Décontenancé, le jars s'arrêta aussi et repartit dans l'autre sens. Un grand silence s'abattit sur la cour, et le cri de Sophie s'éleva soudain, déchirant.

Tout le monde vint à l'enterrement. Une mascarade, selon Mme veuve Cooper, pour qui son mari était mort depuis plus de dix ans.

Avant le service funèbre, Laura se tint à côté de Michael, présentant ceux qui ne se présentaient pas eux-mêmes, écoutant les condoléances maladroites qui dépassaient largement le décès de son beau-père. « Sacrée déveine, d'avoir perdu tes yeux, Michael. Remarque, fais à ta femme quelques bons gros garçons, et ils te serviront de bras. En voilà une bonne idée, hein ? »

Michael s'en excusa lors d'une accalmie.

— Ils sont un peu rustres, du côté de mon père. De simples fermiers, qui ne pensent pas à mal.

— La franchise ne me dérange pas, répliqua Laura. Et puis, ils ont sans doute raison.

— Nous savons tous les deux que c'est hors de question, Laura, dit Michael, et sa voix tomba comme un couperet. Passer après mon frère, non merci, très peu pour moi.

Ce fut un tel choc qu'elle manqua défaillir, elle qui croyait avoir atteint le fond de l'abîme. Et dans la brume sombre qui l'entourait, elle aperçut Gabriel.

Elle se sentit devenir folle, eut envie de hurler, de s'arracher les cheveux, de se rouler par terre. Gabriel la regardait, l'air anxieux. Elle lui tourna le dos, ainsi qu'à Michael, qui ne se rendit compte de rien.

— Nous ferions mieux d'entrer dans l'église, dit-elle dans un souffle. En tout cas nous, pauvres pécheurs. Pour toi qui es parfait, c'est peut-être superflu.

Tout le monde les regardait. Tremblante, en proie à une rage haineuse comme elle n'en avait jamais connu, Laura prit Michael par le bras. C'était lui qui avait insisté pour l'épouser, malgré ses réticences. Elle l'avait supplié de ne pas s'engager, mais il ne l'avait pas écoutée. S'il s'était efforcé de la connaître, de la comprendre, jamais elle ne l'aurait trompé.

Par-delà la foule de fidèles en noir qui emplissait les rangs de l'église, le pasteur entama son oraison d'une voix puissante, et Laura laissa couler ses larmes. « Je suis la Résurrection et la Vie. » Michael avait été son soutien, sa rédemption, il l'avait tirée du ruisseau. Pourtant la souillure avait reparu, ineffaçable. La vie n'est qu'un passage, mais certains naissent dans la plume, et d'autres sur le pavé. La petite Lori avait fait ce qu'elle avait pu. Elle regarda Michael en espérant qu'il sentirait sa détresse. Comme il demeurait droit, le regard fixe, elle n'y tint plus, se leva pour se glisser hors du banc, dérangeant Rosalind, Howard, sa belle-mère, et sortit de l'église.

Elle traversa en courant le petit cimetière, longea le trou béant qui attendait, tandis que les fossoyeurs bavardaient près du portail, franchit le muret et entra dans le pré du presbytère en filant ses bas au passage.

— Laura ! Laura ! Attends ! s'écria Gabriel, quand il la vit dévaler le pré et semer la panique parmi les brebis pleines.

Mais elle n'écoutait plus. Elle qui avait tant fait pour fuir la fatalité, comptant sur les effets du temps, découvrait qu'elle avait été jouée. Le temps est en boucle, il vous renvoie sans cesse votre passé en pleine figure.

Gabriel la trouva cachée parmi les saules, dont les rameaux bruns effleuraient l'eau calme du ruisseau.

— Je te déteste, lui dit-elle. Tu n'aurais jamais dû lui dire.

Il se laissa choir sur un arbre tombé, dont l'humus maculerait son bel uniforme bleu marine.

— Je m'excuse, Laura. Je n'ai pas pu m'en empêcher. Ni toi ni moi ne sommes faits pour le mensonge. Il faut bien un jour ou l'autre affronter la vérité.

— Michael aime se laisser abuser. Il n'a jamais voulu me voir telle que j'étais.

— Et qui es-tu ? Une fille qui a eu la vie dure. Une femme qui a cherché un peu de réconfort. Il y a pire, comme péché.

Elle s'agrippa aux rameaux du saule.

— Même toi tu ne sais pas tout. Je suis une bâtarde. Ma mère couchait avec les garçons de la ferme où je vivais, en croyant qu'ils l'épouseraient. Mais elle est morte, je suis restée toute seule. Et Jean, l'aîné, montait la nuit jusqu'à ma chambre... souvent. Si souvent...

Elle prit une profonde inspiration pour s'empêcher de pleurer.

— Madame croyait me faire une fleur en me donnant à toi. Quelle bourde ! Ensuite, elle m'a confiée à un homme, un vrai, pour qu'il m'apprenne. Il s'appelait Henri, et il m'a très bien formée. J'étais une bonne putain, Gabriel. Grâce à lui, j'ai appris que les hommes peuvent donner autant qu'ils prennent, et ça m'a plu. Que dis-tu de ça ? J'aimais faire la coquette, j'aimais la façon dont les hommes me regardaient, j'aimais les tenir comme au bout d'une corde, leur faire faire ce que je voulais ! clama-t-elle en se balançant, pendue aux rameaux de saule, comme un enfant qui tempête et divague.

Gabriel ne bougea pas.

— Mais tu as abandonné, pourquoi ?

— À cause d'un client.

Elle se calma soudain, reprit pied sur la berge glissante et vint s'asseoir auprès de lui.

— Il n'a pas voulu utiliser de préservatif. J'ai refusé de coucher avec lui, alors il m'a frappée et violée. Comble de malchance, je suis tombée enceinte. Madame m'a envoyée me faire avorter, mais j'ai eu une infection et j'ai cru que je ne pourrais plus avoir d'enfant. Avant le mariage, je m'en fichais. Je t'aimais. Je ne le savais pas encore, mais c'était vrai. Je t'ai donné ce que j'ai pu. Puis je suis allée à Michael.

Gabriel sentit le sang se retirer de son visage.

— Mary..., dit-il faiblement.

Laura hocha la tête.

— Il est possible qu'elle soit de toi. Qui peut le dire ? Mais ça n'a pas d'importance.

Il inspira profondément.

— Si j'avais su que tu m'aimais, jamais je n'aurais laissé faire ce mariage. Michael est un chic type, mais il peut être si borné !

Brusquement, elle se tourna vers lui, des mèches de cheveux noirs lui tombaient en travers du visage.

— J'avais besoin de toi, Gabriel. Et c'est encore vrai aujourd'hui. Je suis une mauvaise femme, je ne peux pas me passer d'homme. Michael ne veut plus de moi, il ne veut plus me toucher. Et avant ce n'était... pas vraiment ça. Il me laisse vide, insatisfaite.

Une bouffée de désir envahit Gabriel. Laura portait un corsage blanc froissé, taché de larmes et de pluie, qui s'ouvrait sur la naissance de ses seins. Et sous sa jupe noire étroite, il devinait ses cuisses, ce repli secret qu'il convoitait tant. Mais il discerna dans les yeux pâles de Laura un tout autre manque que le simple désir sexuel. Le manque d'amour du petit enfant qui réclame les bras de sa mère, qui a tant besoin qu'on le protège, qu'on le rassure. Et son désir céda la place à un sentiment différent.

Il la prit dans ses bras, la serra contre lui en lui insufflant sa chaleur, sa force.

— Gabriel. Gabriel chéri. Ne m'en veux pas toi aussi.

— Jamais je ne t'en voudrai, murmura-t-il. Tu n'as rien fait de mal. Tu es venue à moi quand Michael n'était plus là. Tant pis pour lui s'il ne le comprend pas.

Il la berça comme une enfant, l'enfant qu'elle était toujours. Elle ouvrit les yeux et lui sourit.

— Merci, Gabriel.

Il la ramena à Gunthwaite en voiture. Il n'y avait encore personne. La collation qui suivrait l'enterrement, et qu'elles avaient mis des jours à préparer, attendait dans la salle à manger, avec son armée de carafons de whisky et de sherry. Laura s'affala sur une chaise, complètement épuisée.

— Comment vais-je faire pour me réconcilier avec Michael ?

— Ça n'a plus d'importance. Je vais trouver un logement pour toi et Mary, près de la base. Elle est avec Piers, n'est-ce pas ? Si tu fais tes bagages maintenant, nous pourrons passer la prendre en partant. Michael n'en sera pas surpris. Il doit s'attendre à quelque chose de ce genre.

Laura le fixa de ses yeux d'opale.

— Mais je ne vais pas le quitter. Il n'en est pas question.

— Voyons, ma chérie, je sais que c'est difficile. Mais tu ne peux pas rester avec lui juste parce qu'il est aveugle ! Et tu l'as dit toi-même, Mary est ma fille. Quand nous lui expliquerons...

— Nous n'en dirons rien, assena Laura. C'est une chose qu'il ne saura jamais. Pour moi, elle est sa fille.

— Mais la vérité est autre. C'est comme ça.

— Tu n'en sais rien !

— Je sais que nous nous aimons. Et ça me suffit amplement.

— Eh bien, pas à moi, répliqua-t-elle. Ce n'est rien, rien du tout. Toi et moi, on se comprend. On est sortis du même moule. Écoute-moi, Gabriel. C'est facile de t'aimer. Tu es comme moi, ni bon ni mauvais. Mais Michael est différent. Je l'aime parce qu'il me rend meilleure. Jamais il n'aurait agi comme nous l'avons fait.

— Parce qu'il est trop borné pour y penser ! Comment peux-tu lui prêter tant de qualités, alors que tu dis toi-même qu'il t'ignore, et qu'il refuse de te connaître vraiment. Qu'est-ce que tu espères, Laura ? Même si tu passais toute ta vie avec lui, personne ne te donnerait de médaille.

Elle lui tourna le dos, incapable de soutenir son regard. Son cœur battait douloureusement, elle s'imaginait partant avec lui sur-le-champ. Ils s'arrêteraient à un hôtel ou dans un meublé, et se regarde-raient à la lumière chiche d'une ampoule nue, pensant en silence à tous ceux qu'ils avaient fait souffrir et dont le souvenir entraverait leur vie.

Elle ne pouvait quitter Gunthwaite, ni Michael, encore moins lui prendre son enfant. Il l'avait épousée en comptant sur sa fidélité, et elle l'avait trompé. Elle était incapable de l'abandonner dans l'état de souffrance où il se trouvait. Si elle partait, il n'y aurait pour elle ni rédemption ni bonheur. C'était clair comme de l'eau de roche.

— Il ne faudra plus venir ici, Gabriel.

— Laura ! s'écria-t-il, incrédule. Laura, ne sois pas bête, ma chérie. Nous avons attendu si longtemps !

— Je sais, tu aimes Gunthwaite, et ça va être dur. Mais il ne faudra plus jamais revenir ici, poursuivit-elle en le regardant dans les yeux.

— Au nom du ciel, Laura ! Par moments tu me fais peur, j'ai l'impression que tu as l'esprit dérangé. Je ne suis pas un amant qu'on peut envoyer balader, ni un client qui a payé pour une heure ! Que deviendrai-je pendant que tu te sacrifieras pour Michael ? Je.. je ne pourrai pas m'en sortir sans toi. Tu as tellement compté dans ma vie, et ce depuis notre première rencontre !

— Je ne me fais pas de souci pour toi. Dora t'aime encore. Elle ou une autre, tu rencontreras quelqu'un, tu es si séduisant. Mais moi... il faut que Michael m'aime à nouveau, il faut que je réussisse.

Cette logique tordue le laissa sans voix. C'était comme se heurter à un mur effrité qui aurait dû tomber et tenait toujours. Michael était son calvaire, son chemin de croix vers la rédemption ; et lui-même, une occasion de chute.

Il ne céderait jamais. Donne-lui six mois, se dit-il. Elle ignore encore à quel point Mike peut se montrer intraitable. Alors il revit les yeux aveugles de son frère tournés vers Laura en ce jour de deuil, et soudain il se sentit mal. La toute-puissance des faibles, des démunis.

On entendit des voitures se garer dans la cour.

— Les voilà, dit Gabriel.

— Il vaut mieux que tu partes, affirma Laura.

Elle alla se regarder dans la glace pour se recoiffer, songeant : C'est impossible, ça ne peut pas finir comme ça. Il aurait suffi qu'ils se touchent pour prendre feu.

— Je t'écrirai, dit-il. Tu changeras d'avis, je le sais.

Il sortit par la petite porte et monta en voiture. En le voyant partir, les cousins marmonnèrent entre eux. « Il y a du grabuge. Il paraît que son ménage ne va pas fort. Lui et Michael vont finir par se brouiller. » À cet instant, Mme Cooper s'extirpa de la voiture. « Gabriel ! Gabriel ! » s'écria-t-elle en gesticulant. Mais il ne tourna pas la tête.

18

Nostalgique, Mme Fitzalan-Howard contemplait sa belle pelouse d'antan, transformée en un terrain boueux et clairsemé. Les garçons joueraient encore au football cet après-midi, une sorte de tournoi. Peut-être y emmènerait-elle Piers.

Elle alla sortir le petit garçon de son parc, installé dans le salon. Dora devait passer plus tard dans la journée, aussi l'avait-elle affublé d'une salopette en se pliant au goût de sa fille, au lieu de lui mettre un de ces jolis costumes qu'elle trouvait tellement plus seyants. Elle ressentait mal l'ingérence de Dora dans ces questions. Si cette écervelée tenait tant à s'occuper de son fils, pourquoi ne revenait-elle pas vivre ici, ou ne s'organisait-elle pas pour le prendre en ville ? Mme Fitzalan-Howard se faisait du souci. Son mari avait raison. Il fallait prendre une décision.

Elle emmena l'enfant dans la serre. À cause de la guerre et des problèmes de chauffage, ce n'était plus le charmant refuge de jadis, gorgé de fruits précoces, mais une jungle humide, improductive. Pourtant, Piers s'y plaisait beaucoup, il jouait à cache-cache au milieu des énormes pots. C'était un enfant adorable, il avait le regard bleu et charmeur de Gabriel, le teint fleuri de Dora. Elle se demanda ce qu'elle ferait quand Piers partirait. À quoi passait-elle donc ses journées, avant son arrivée ?

Une voiture remontait l'allée, une grande limousine noire. Elle se leva de son vieux fauteuil en osier. Le Dr Zwmskorski, s'étonnat-elle. Cela faisait des mois qu'il n'était pas venu. Qu'avait-elle entendu dire à son sujet ? Ah oui, une histoire de marché noir, qui l'avait obligé à partir. Et Geoffrey qui n'était même pas à la maison ! songea-t-elle avec regret. Il s'était rendu à une vente de brebis, lui qui n'y connaissait rien. C'était juste un prétexte pour ne pas voir Dora.

Elle reprit Piers dans ses bras malgré ses pleurnicheries et sortit pour accueillir son visiteur.

— Madame Fitzalan-Howard ! Cela fait si longtemps ! s'exclama Zwmskorski, tout sourires.

— En effet. Veuillez entrer, docteur. Je croyais que vous aviez quitté la région.

Il la suivit au salon, dont le parquet était jonché de jouets. Elle remit le bébé dans son parc et invita son visiteur à s'asseoir.

— Du thé, peut-être, ou un verre de sherry ?

— Du sherry, merci.

Elle sonna, obligeant Agnes à descendre des étages, mais il valait mieux sacrifier aux apparences, avec ce genre de personnage. Zwmskorski contempla la pelouse boueuse, la pendule arrêtée, et qui le resterait jusqu'au retour de l'horloger, envoyé en Extrême-Orient. Piers jetait des cubes hors de son parc.

— Quel étonnement pour moi de voir cet enfant, commenta Zwmskorski. De me souvenir que c'est moi qui l'ai mis au monde. Dora aussi devrait s'en souvenir.

— Je suis sûre qu'elle ne l'a pas oublié, dit Mme Fitzalan-Howard, un peu gênée.

Cela semblait d'un goût douteux, de causer accouchement en plein milieu d'une matinée. Et il y avait peu de chances qu'aucun d'eux oublie jamais cette terrible nuit.

Agnes servit le sherry dans deux verres en jetant un regard las vers le visiteur, enregistrant le costume cher, les souliers brillants, l'épingle de cravate en or.

— Vous vouliez peut-être voir Dora ? dit Mme Fitzalan-Howard quand la servante se retira.

— Je l'ai vue.

— Ah... A-t-elle été contente de vous revoir ? ajouta-t-elle après un silence.

— Disons, surprise, précisa-t-il en sirotant son sherry. J'ai été forcé de quitter Bainfield. On m'a menacé de m'arrêter. Une idiotie à propos du marché noir, un malentendu.

— Mais vous voilà revenu.

— Oui. Et je veux que Dora reparte avec moi.

Mme Fitzalan-Howard se figea. Pendant une seconde, elle ne pensa plus, elle regretta seulement que Geoffrey ne soit pas là, puis elle se reprit.

— Dora est mariée, vous le savez.

— Elle n'a pas une vie de femme mariée. Elle et moi, nous sommes devenus... intimes. Vous me comprenez ?

— Oui... oui, je comprends, dit-elle dans un souffle.

— Elle se refuse à moi parce qu'elle redoute la réaction de ses parents. Il faut bien que je vous en parle. L'époque a changé, nous devrions nous débarrasser de ces vieilles superstitions. Mais Dora a besoin de votre bénédiction.

Mme Fitzalan-Howard se leva, indignée.

— Il n'en est pas question. Ce serait immoral. Je ne transigerai jamais là-dessus, quelle que soit la manière dont vous pourrez présenter les choses. Dora est toujours mariée. Elle a un enfant.

— Justement, répliqua Zwmskorski, vous voudriez bien le garder, non ? Donnez-nous votre accord et il sera à vous. Vous avez ma parole.

Un instant, elle resta sans voix.

— On ne peut pas troquer un enfant comme une vulgaire marchandise ! s'indigna-t-elle. Docteur Zwmskorski, j'ai l'impression que vous avez perdu l'esprit. Où est Dora ? Il faut que je lui parle.

— Elle est à Bainfield. Où voulez-vous qu'elle soit ?

Il ignorait donc qu'on attendait sa visite aujourd'hui. Soudain elle fut sur ses gardes, comme avançant en terrain miné. Ce projet insensé, Dora ne le partageait peut-être pas. Mme Fitzalan-Howard se doutait depuis quelque temps que sa fille fréquentait d'autres hommes, mais de là à s'enfuir avec l'un d'eux... Cela semblait bien louche.

— Je suis... sous le choc, réussit-elle à dire. Il faut que je parle à ma fille. Dites-lui... expliquez-lui que son père et moi, nous essaierons de la joindre. Il est absent aujourd'hui. Je ne peux rien décider sans son accord.

— Quelle blague ! Bien sûr que si ! lança-t-il avec impatience.

Mme Fitzalan-Howard se redressa.

— Quoi qu'il en soit, rétorqua-t-elle, je refuse d'en discuter plus longuement dans l'immédiat. J'en parlerai à mon mari. Au revoir, monsieur.

Il prit congé en lui baisant la main, avec son sourire le plus charmeur. Fascinée, elle le regarda descendre les marches du perron, dans ses souliers lustrés, et pénétrer dans sa longue automobile luisante. On n'avait pas le droit d'être aussi élégant en temps de guerre. Comment avait-il osé venir ici lui tenir de tels propos ? Elle se rua sur le téléphone.

— Mme Cooper, s'il vous plaît. Mme Dora Cooper. Oh... je vois. C'est sa mère. Je vais l'attendre.

Elle retourna au salon. Dora était déjà dans le bus. Elle prit Piers dans ses bras et le serra contre elle.

Une heure plus tard, Dora remontait l'allée. Elle portait un imper sur un pull et une jupe en laine bleue. Contrairement à Zwmskorski, elle paraissait fraîche et jolie. Sa mère lui ouvrit les bras et l'embrassa.

— Oh, ma chérie ! Je suis si contente de te voir, je m'inquiétais. Ce type, Zwmskorski. Il est venu ici.

— Oh non ! Mais pourquoi ? s'exclama Dora, tout à coup livide.

Sa mère ne dit rien et elles entrèrent dans la maison. Dora avait envie de voir Piers, mais il faisait sa sieste.

— Il aurait pu la faire pendant la matinée ! protesta-t-elle. Tu le fais exprès, maman.

— Aujourd'hui, oui. Je voulais qu'on parle. Alors c'est vrai ? Tu as couché avec ce type ?

— Ça ne te regarde pas, répondit Dora.

— Peut-être pas. Mais... écoute, Dora, ton mariage précipité avec Gabriel, ta grossesse, et maintenant ça... je ne te comprends pas. Tu sais que ce n'est pas bien.

Sa fille fouilla dans son sac et en sortit une cigarette qu'elle alluma d'un geste assuré.

— Gabriel ne veut pas de moi. Notre couple est fini, s'il a jamais existé. Tôt ou tard, nous divorcerons, je suppose.

— Et ensuite ? Tu irais avec cet homme-là ?

Dora la regarda.

— Non. Est-ce qu'il t'a effrayée ?

— M'effrayer ? s'étonna Mme Fitzalan-Howard. Non, bien sûr que non. Pourquoi ?

— Moi, il me fait peur. Il l'ignore, mais c'est Gabriel qui l'a dénoncé. Je lui ai dit qu'il devenait gênant et Gabriel a usé de son influence. Je me demande s'il s'en est douté.

— Gabriel ! Parce que Gabriel est au courant ?

Dora hocha la tête.

Sa mère alla sortir une bouteille de gin du placard et leur en servit deux verres. Elle en avala une bonne gorgée.

— Zwmskorski veut que je vous donne ma bénédiction, déclara-t-elle. Et pour m'en convaincre, il m'a offert de garder Piers en échange. Pour moi, cet homme est fou.

— Complètement fou ! renchérit Dora en posant son verre. C'est un arrogant, un vaniteux, un type sans scrupule... il faut que j'en parle à Gabriel. C'en est trop.

Elle alla téléphoner, et sa mère se tint derrière elle, anxieuse, en se demandant pourquoi Dora se compliquait ainsi la vie.

— Commandant Cooper, s'il vous plaît, merci... Gabriel ? Gabriel, c'est Dora. J'ai des ennuis. C'est encore Zwmskorski, il est venu voir maman, elle est dans un de ces états... Oui, il a reparu il y a une semaine. Et il a dit à maman que si elle nous donnait sa bénédiction, il lui laisserait Piers. Pour qui se prend-il, pour un genre de Raspoutine ?

— Est-ce qu'il va venir ? souffla Mme Fitzalan-Howard avec une impatience croissante. Demande-le-lui..

Dora lui fit signe de se taire.

— Maman dit que... elle voudrait que tu viennes nous rendre visite. Je sais, tu n'as plus de permission, mais si tu pouvais... J'essaierais d'avoir mon week-end. Il est grand temps, non ? Il faut bien qu'on trouve une solution.

— Quand, ce week-end ? Demande-lui par quel train, l'interrompit sa mère.

— Tais-toi, maman. D'accord. Merci, mon chéri. Merci.

Quand elle raccrocha, sa mère explosa.

— Comment oses-tu l'appeler mon chéri, Dora ? Après avoir eu cette liaison.

— Ça ne nous empêche pas d'être courtois, répliqua Dora.

Sa mère lui brandit son index sous le nez.

— L'ennui avec toi, ma fille, c'est que tu ne vois pas la différence entre la politesse et l'immoralité ! Et Piers qui pleure, là-haut. Si seulement ton père était là. Mais comment pourrais-je lui expliquer ? Oh, Dora, quel gâchis.

Dora sentit les larmes lui piquer les yeux. Sa mère n'en savait pas la moitié. Toute la semaine, Zwmskorski l'avait guettée et harcelée. Elle avait dîné avec lui un soir, et avait évité d'autres rendez-vous en prétextant les exigences de son service. Mais elle n'osait pas lui demander de partir. Elle ne s'inquiétait plus de ce qu'il pourrait dire, surtout maintenant que sa mère était au courant, mais sa violence l'effrayait. Il louait des logements, à présent. Et les mauvais payeurs savaient ce qu'ils risquaient, insinuait-il. Elle aussi.

— Je vais rester ici quelques jours, annonça-t-elle subitement. Je dirai à tout le monde que je suis malade. S'il revient, tu lui raconteras que je suis partie, en Écosse ou ailleurs. Du moins jusqu'à l'arrivée de Gabriel.

— Ce type est un criminel, déclara sa mère. Nous devrions informer la police.

— Il doit savoir qu'on ne peut rien contre lui, dit Dora avec résignation. Sinon il n'aurait pas osé revenir.

Sa mère alla chercher Piers et le petit garçon s'agrippa à elle en lui tirant les cheveux d'un air joyeux, mais quand Dora lui ouvrit les bras son sourire s'éteignit, et il la rejoignit, soudain grave, comme s'il accomplissait un devoir. Dora en fut désarmée. Peut-être qu'elle non plus n'aurait pas dû résister ? Zwmskorski était riche, et elle savait comment le tenir. Quand la guerre finirait, il faudrait bien qu'elle se décide à revenir ici pour essayer de regagner l'affection de Piers, ou bien l'emmener au loin et recommencer sa vie. Dans les deux cas, elle ne se faisait aucune illusion. Zwmskorski était-il vraiment la pire des solutions ?

Laura aperçut sa belle-sœur par la fenêtre du premier étage.

— Voilà Dora. Elle a amené Piers.

Michael leva la tête.

— Tu attendais sa visite ?

— Bien sûr que non. Je te l'aurais dit, je n'ai pas l'habitude de faire des cachotteries.

Il ne répondit rien, un silence plus agressif que n'importe quelle tirade incendiaire, et qui la réduisait à l'impuissance ; elle était incapable de parler et de se justifier, incapable de l'atteindre. Ce devait être horrible de vivre cloîtré dans cette obscurité, en proie à d'aussi sombres pensées. Si seulement ils parvenaient à se parler.

Elle descendit accueillir sa belle-sœur, sous une bruine persistante.

— Bon Dieu, quel sale temps ! râla Dora en s'ébrouant comme un chien, les cheveux constellés de gouttelettes.

— Regarde, Piers, voilà Mary.

La petite fille s'approcha en se dandinant, tenant une poupée qu'elle assena sur la tête de Piers.

— Voyons, Mary ! s'écrièrent les deux femmes.

Mais Piers se contenta de se frotter la tête et partit jouer avec elle.

— Il faut lui apprendre à se défendre, dit Laura, un peu sèchement.

— En rendant coup pour coup, c'est ça ? Oui, je suppose que c'est nécessaire, dans la vie. Laura, je voulais..., commença-t-elle, mais à cet instant Michael entra à tâtons dans la cuisine et Dora poursuivit l'air de rien, en demandant si elle pouvait avoir une tasse de thé.

Plus tard, quand la pluie se fut arrêtée, elles emmenèrent les enfants se promener dans les champs. On respirait mieux, loin de la présence silencieuse de Michael. Et cela risque de durer toujours, songea Laura, paniquée. Je vais finir par prendre mon foyer en grippe.

— Gabriel vient ce week-end, l'informa Dora dès qu'elles furent à distance. Veux-tu qu'il vous rende visite ?

— Non, répondit Laura en regardant au loin. Ni Michael ni moi ne souhaitons le voir.

— Tu en es sûre ? Ils sont frères, après tout.

— Justement. Parfois j'ai l'impression que c'est de là que tout est venu. Gabriel a convoité ce qui était à Michael.

— Moi, j'ai toujours pensé que c'était Michael qui enviait son frère. Pour sa liberté, son charme, et l'amour exclusif que lui voue sa mère, dit Dora.

— On n'accorde peut-être du prix qu'à ce qu'on n'a pas.

Dora la regarda du coin de l'œil.

— Tu parles de toi et de Gabriel ? À mon avis, il t'aime. Et toi aussi, tu l'aimes.

— Tu crois ça ? répliqua Laura en haussant les épaules. J'étais troublée, je croyais que Michael était mort et j'ai tout confondu. Ce n'était pas vraiment de l'amour.

— En es-tu si sûre ?

Laura partit devant en accélérant l'allure et Dora s'empressa de la rattraper. Les enfants couraient dans les prés en trébuchant sur des touffes d'herbe et se relevaient vaillamment pour reprendre leur course. Un avion scintilla tout là-haut, dans le bleu pâle d'une éclaircie.

— Sûrement l'un des nôtres, dit Dora.

Mais elles se rapprochèrent instinctivement des enfants. Bientôt elles revinrent par un mauvais sentier, passant derrière les meules de foin. L'auto de Zwmskorski était garée dans la cour.

— Oh, non..., gémit Dora qui s'arrêta et chercha Piers du regard.

— Je croyais qu'il avait disparu de la circulation. Je déteste ce type.

— Oui. Il est dangereux. Laura, dis-lui que je ne suis pas là.

— Emmène Piers dans la laiterie. Je vais lui parler.

Laura s'approcha de la maison avec appréhension. Dans la cuisine, Zwmskorski parlait à Michael en badinant. Michael avait l'air gêné, il tournait sans cesse la tête de-ci de-là. Quand Laura entra, le visage de son mari s'éclaira soudain, et elle reprit courage.

— Bonjour, monsieur Zwmskorski, dit-elle platement.

— Madame Cooper ! Toujours aussi belle, aussi charmante.

— Que faites-vous ici ?

— Ai-je donc besoin d'une raison ?

Laura inspira profondément.

— Inutile de jouer la comédie, nous ne sommes pas amis. Mon mari ignore pourquoi vous avez quitté Bainfield avec tant de hâte, mais moi, je le sais. Du marché noir, n'est-ce pas ? Entre autres méfaits. Veuillez me dire pourquoi vous êtes là, puis partez.

Sur les trais acérés de Zwmskorski, la peau sembla se tendre. Laura sentit un frisson la parcourir.

— Monsieur Cooper, vous permettez donc à votre épouse de recevoir aussi mal des visiteurs ? Je ne voudrais pas vous blesser, mais une femme comme elle, avec son genre de vie, sa moralité...

— Attention à ce que vous dites, le coupa Michael. Je ne supporterai pas qu'on médise de ma femme devant moi.

— Quelle dévotion. Si seulement elle le méritait.

Michael se hissa lentement sur ses pieds. Malgré sa cécité et la douceur de son caractère, il parut tout à coup menaçant.

— Mêlez-vous de vos affaires, Zwmskorski.

Les choses étaient allées trop loin. Le Polonais s'efforça de redresser la situation.

— Mais nous nous échauffons bêtement. Où est donc Dora ? On m'a dit qu'elle était venue ici.

— À croire que vous l'espionnez, fit Laura. Elle n'est pas là, elle est déjà repartie.

— Et vous, monsieur ? Vous dites comme votre femme ? s'enquit Zwmskorski en posant la main sur le bras de Michael, qui ne supporta pas sa condescendance et s'enflamma.

— Comment osez-vous mettre en doute la parole de ma femme, monsieur ? Ôtez votre main et partez. Vous êtes indésirable. Si vous revenez ici, je me verrai obligé de prendre des dispositions, poursuivit-il en avançant sur Zwmskorski.

Il trébucha sur une chaise, et Laura lui saisit le bras.

— Michael, s'il te plaît. Michael, non.

Zwmskorski se mit à rire.

— Quelle scène touchante ! Le guerrier aveugle défendant l'honneur d'une putain. Mon cœur saigne pour vous, monsieur Cooper. Vous êtes bien le dernier à ignorer ce qu'elle est.

— Sortez ! Sortez de chez moi !

Zwmskorski partit en riant à gorge déployée, et ce rire fut comme de l'acide versé sur une chair à vif.

Ils entendirent la voiture s'éloigner.

— Merci, dit Laura. C'est gentil d'avoir pris mon parti. Quel horrible personnage !

— Je ne laisserai personne insulter ma femme, répondit Michael. Même si elle le mérite.

Laura retint son souffle.

— Ce n'est pas juste. Vraiment ce n'est pas juste.

— Ne me parle pas de justice ni de vérité !

— Je croyais que tu étais mort ! explosa-t-elle. Je croyais que tu ne reviendrais jamais. Je ne voulais pas te faire du mal, je ne voulais pas que tu l'apprennes. Ça n'avait pas d'importance. Mais tu refuses de comprendre.

Ses yeux aveugles la fixèrent.

— Non, je ne te comprends pas. Parfois je me demande même si je t'ai jamais connue, ou si c'était juste un mirage.

La porte de la cuisine s'ouvrit sur Dora.

— Je l'ai entendu partir.

Laura hocha la tête.

— Je m'excuse, déclara Dora, penaude, interprétant mal leur silence. Jamais je n'aurais dû me lier à lui, je savais bien que ça tournerait mal. Mais tout est différent en temps de guerre, n'est-ce pas ?

— On le dirait, finit par lâcher Michael avec raideur.

Ce soir-là, il se rendit seul jusqu'au verger et alla d'arbre en arbre en s'écorchant les mains, des mains devenues douces à force d'oisiveté, caché par le feuillage trempé de pluie. Il était si inutile. Il ne pouvait rien faire, ni s'occuper d'un bébé, ni tondre un mouton, ni même défendre sa femme des insultes d'un étranger corrompu, d'un parvenu. Que devait-elle penser de lui ? Il n'était plus qu'une masse de chair amorphe, impuissante.

Depuis toujours, pour lui, c'était Gabriel l'incapable. Cela remontait à une époque où il était en pleine force, en pleine santé, en pleine possession de ses moyens. En même temps que la vue, il avait perdu ses illusions, et il ne savait ce qui était le plus douloureux. Pour lui, Laura était un être à part. Et ce qu'il avait appris sur son compte collait si mal avec ce qu'il vivait jour après jour auprès d'elle, depuis son retour. C'était toujours la femme douce, calme, constante dont il se souvenait. En apparence, rien n'avait changé, mais en réalité tout avait basculé.

Combien de temps s'écoulerait-il avant qu'il renonce à tout ça ? Il en avait assez de vivre, de souffrir. Qu'attendait-il, lui, un aveugle, un fardeau, une gêne ? C'était comme si le destin avait décidé de le mettre hors jeu et avait déplacé toutes les autres pièces en fonction de cela. Mais il s'était glissé une petite erreur dans le système et il avait survécu, contrariant ce beau plan. Laura vivait avec lui par pitié. Et il n'avait même pas pu casser la figure à ce parvenu de Polonais.

Il fallait en finir. Un jour, il le ferait. Mais l'idée du néant lui était si étrangère, il n'arrivait pas à se défaire entièrement de son vieil optimisme. La vie ne pouvait continuer à être aussi mauvaise. Il y avait encore de bonnes choses. L'odeur des cheveux de Laura, les airs qu'elle chantait à Mary, le contact de ses mains quand elle redressait son col. Tout le reste ne lui procurait aucun plaisir, songea-t-il piteusement. Il avait beau la haïr par moments jusqu'à en avoir mal au ventre, elle était au centre, au cœur de sa vie. Il ne la connaissait pas, il ne la connaîtrait peut-être jamais. Mais qu'importe, au fond, pourvu qu'elle soit là.

Quand Gabriel parvint au logement que Dora occupait chez l'habitant, sa camarade lui remit un message.

— Elle sera rudement contente de vous voir, vous savez. Il est là tous les jours, il la cherche, il pose des questions. Nous lui avons dit qu'elle était partie en Écosse.

— Et il y a cru ? s'enquit Gabriel en retournant le mot dans ses mains.

— Non. Il est bien trop futé pour ça.

Il retourna à la gare et prit un taxi jusqu'à Fairlands. En voyant se garer la voiture, M. Fitzalan-Howard sortit en hâte sur le perron, mais lorsqu'il aperçut Gabriel il se rasséréna et vint lui serrer la main.

— Je suis content de vous voir, mon garçon. Ce Polonais nous empoisonne la vie, et d'après Dora vous seul saurez comment nous en défaire.

— Je n'en suis pas si sûr, fit Gabriel.

Dora les attendait dans le hall, vêtue d'une robe bleu ciel. Il l'embrassa.

— Cher Gabriel, lui dit-elle. Je suis si contente que tu aies pu venir.

Ils entrèrent dans le salon.

— Je vous laisse, dit M. Fitzalan-Howard. J'ai des tas de choses à régler. Offre-lui un whisky, Dora.

Elle prépara deux verres. Malgré le feu qui crépitait dans la cheminée, la pièce était froide.

— Cette petite maison que tu avais aménagée pour nous, avança Gabriel. Elle était jolie. Je ne te l'ai jamais dit.

— C'était bête de ma part. J'ai cru que nous nous y retrouverions.

— Je regrette. Tout est ma faute.

— Il faut être deux pour danser le tango, à ce qu'on dit.

Elle s'assit et croisa les jambes. Une femme sophistiquée, désirable.

— Il est revenu, dit-elle. Je ne sais que faire.

— Je m'y suis mal pris. La fois dernière, on aurait dû le poursuivre, tout est oublié, maintenant. Apparemment, il a cessé de faire du marché noir et s'est reconverti dans l'immobilier. Il loue des logements à des prix exorbitants, une escroquerie, mais tout à fait légale. Avec le temps, il va sans doute se décourager.

— Je ne crois pas. Il me prend pour la femme de ses rêves, malheureusement. C'est ma faute. J'ai suivi le conseil que Marie m'avait donné pour affoler un homme. Et il est fou de moi.

Gabriel faillit s'étrangler en buvant son whisky. Dora soutint son regard sans broncher.

— Tu me sidères, dit-il. Je t'assure.

— Je suis allée voir Laura. Elle ne veut pas que tu ailles là-bas.

— C'est ce qu'elle dit.

— Elle veut peut-être sauver son ménage. Elle est si bonne, si prévenante envers Michael. Et il a tant besoin d'elle.

Gabriel détourna la tête.

— Et lui, reprit-il. Est-il gentil avec elle ?

— Difficile à dire. Ils ne se parlent pas beaucoup. C'est un peu comme s'ils n'en avaient pas besoin.

— Tu essaies de me contrarier.

— Mais non. Il n'y a que la vérité qui blesse.

Elle se leva et gagna la fenêtre. Il se rappela l'ancienne Dora, ses enthousiasmes subits, sa susceptibilité. Il en subsistait quelque trace.

— Laura n'est là-bas que par devoir. Il faut que ça cesse, déclara-t-il.

— Mais si c'est ce qu'elle désire... c'est à elle de décider.

— Pour que nous soyons malheureux tous les deux ? Non.

Dora demeura silencieuse. Il s'était donc trompé en croyant qu'ils pourraient mieux se comprendre. C'était comme avant, ces silences, cette gêne. Mais il pouvait au moins faire quelque chose pour elle.

— Je vais aller voir ton Polonais, si tu veux. Provoquer un face-à-face.

— Fais attention. Il est dangereux, tu sais.

— Ta mère m'a demandé de rester...

— Oui, dit-elle en se retournant. Prends la chambre bleue. Tu connais le chemin. Excuse-moi, il faut que j'aille m'occuper de Piers, ajouta-t-elle sèchement.

Il n'avait pas demandé une seule fois des nouvelles de son fils. Toujours cette vieille pesanteur, ce sentiment d'échec. Décidément, dans cette maison comme en ce monde, il ne faisait jamais rien comme il faut.

Le dîner ne fut qu'un long silence ponctué par une conversation forcée. Ensuite Gabriel et le père de Dora burent du mauvais cognac en parlant de la guerre.

— Et que se passera-t-il quand elle sera finie ? demanda M. Fitzalan-Howard. Tout a tellement changé. Regardez Gunthwaite. Des salles de bains. Si Michael avait du bon sens, il mettrait l'électricité. Et après ? C'est pratique, je vous l'accorde, mais ça manque de charme, non ? Où sont donc la paix, le sentiment d'éternité...

Tout à coup, Gabriel se leva.

— Je m'excuse, monsieur. Je me sens un peu nerveux. Je vais aller faire un tour.

Il sortit, laissant son hôte interloqué.

Il était neuf heures et demie, une nuit de pleine lune. En marchant, il songea à Gunthwaite telle qu'elle était autrefois, enfermée dans un isolement primitif. Quand il était enfant, le transporteur ne venait que deux fois par mois, et pas du tout en hiver. Avant d'aller à l'école, lui et Michael n'avaient pas compris qu'ailleurs des gens vivaient autrement. Au début, ils étaient restés dans la cour, assaillis par le nombre, le chahut, complètement abasourdis. Mais ce moment de partage n'avait guère duré. Michael avait soupiré après Gunthwaite et sa paix, tandis que Gabriel avait tout de suite eu envie d'embrasser le vaste monde.

Les nuages qui couraient dans le ciel masquaient la lune, obscurcissant le sentier. Mais il le connaissait bien. Il lui faudrait une heure, peut-être plus, pour passer le dos de la colline et arriver à Gunthwaite. Il fallait qu'il la voie, eût-il dû marcher toute la nuit. Lorsque enfin il surplomba la masse sombre de Gunthwaite, il se sentit désarmé. C'était comme en vol, quand l'ennemi vous surpasse en nombre et en armes, et qu'on se demande si par miracle on vivra encore le lendemain, ou si tout sera fini. La même drôle d'indifférence, qui peut en un instant se transformer en son contraire. Il gagna la vieille porte en chêne, leva le heurtoir et le laissa retomber lourdement. Il résonna dans la nuit comme un coup de tonnerre.

Laura se redressa dans son lit. Gabriel. Dora avait parlé de sa venue, elle savait que c'était lui. Michael était allongé à côté d'elle.

S'était-il réveillé ? Lentement, en silence, elle se leva du lit et descendit vite l'escalier.

— Chérie ? lança Marie. Tu attendais de la visite ?

— Oui, répondit Laura, qui se fichait de ce que pouvait bien penser Marie, ou n'importe qui d'autre.

Elle tira le loquet, vit Gabriel en tenue de soirée et s'écarta pour le laisser entrer.

Dans la cuisine, le fourneau était en régime bas, pour la nuit. Elle raviva les braises pendant que Gabriel allumait une bougie. C'était comme s'ils venaient de se quitter, tous ces gestes s'accomplissaient avec tant de naturel... Tout à coup elle eut les larmes aux yeux. Gabriel sentait si bien les choses, et Michael si peu.

Ils étaient séparés par la largeur de la table.

— J'avais prévenu Dora. Il ne fallait pas venir, dit-elle.

— Tu savais bien que je ne m'y plierais pas, comme d'habitude.

— Comme d'habitude.

Il avait les cheveux trop longs, l'air fatigué. Son cœur fondit pour lui, elle eut envie d'aller se blottir dans ses bras.

— Chaque fois que je te vois, je n'en crois pas mes yeux. Tu es toujours plus belle que dans mon souvenir.

— Je n'ai jamais été belle. Tu vois ce que tu as envie de voir.

— Te voir, c'est mon désir le plus cher, depuis que je te connais.

— Je sais. Oh, Gabriel, je sais.

Il fit le tour de la table, et elle se jeta dans ses bras en cherchant ses lèvres, avec un petit gémissement. C'était comme si elle souffrait d'un mal terrible, et qu'il l'en délivrât soudain. Un tel soulagement, une telle joie. Là où se dressaient des murs gris, il y avait maintenant une vue splendide, d'une beauté ineffable. Inutile de lutter, songea-t-elle. Les choses se dérouleront comme elles le doivent, c'est inscrit. Ils partiraient, elle et lui, en laissant tout derrière eux, pour être ensemble.

— Je t'aime, murmura-t-il. Sans toi, le monde est gris.

— Je pensais exactement la même chose, répondit-elle.

— On pense toujours la même chose.

Ils s'embrassèrent. En plein émerveillement, son esprit se mit à planer. Alors on entendit des pleurs d'enfant.

Elle se raidit dans les bras de Gabriel.

— Mary.

— Elle va se rendormir.

— Elle a des cauchemars. Il faut que j'aille allumer une bougie.

— Cette fichue maison !

Laura remonta l'escalier en silence et Gabriel la suivit. Elle se glissa dans la chambre de sa fille en murmurant des mots tendres en français. La petite répondit en susurrant et Laura lui chantonna une berceuse que Gabriel n'avait jamais entendue. Décidément, elle ne cesserait jamais de le surprendre, lui qui la connaissait pourtant mieux que personne.

Une porte s'ouvrit derrière lui. Il se retourna et découvrit Michael. Heureusement, il ne peut me voir, songea-t-il en reculant tout doucement vers l'escalier.

— Gabriel. Je savais que c'était toi.

— Comment ? s'enquit-il, le souffle court.

— On sent les choses quand on est aveugle. Maintenant, va-t'en.

Gabriel regarda le visage carré de Michael, ses yeux qui papillonnaient en vain. Une immense pitié l'envahit. Il aurait voulu dire : « D'accord, je pars, je te laisse Laura. » Michael était son frère, il l'aimait. Mais ce n'était plus possible.

— Je suis désolé, dit-il. Laura et moi, nous allons vivre ensemble. C'est décidé.

— Non. Je ne le permettrai pas.

Gabriel posa une main sur le bras de son frère.

— Cela ne te concerne plus. Nous emmènerons Mary, bien sûr.

— Non. Pas question !

Michael se dégagea et avança avec colère en fauchant l'air. Laura sortit de la chambre, la petite dans les bras.

— Arrêtez ! supplia-t-elle. Vous lui faites peur. Je t'en prie, Michael.

— C'est vrai ? Tu vas me quitter ?

Dans le silence qui suivit, on entendit juste Mary pleurnicher et dehors, dans la cour, quelque chose cliqueter dans le vent.

— J'ai cru... que tu voulais que je m'en aille, dit Laura.

— Non. Non, jamais.

— On ne peut pas continuer comme ça. Tu me hais.

— Tu sais bien que non.

— Je n'en sais rien du tout ! s'écria-t-elle avec désespoir. Nous étions heureux, c'est toi qui as tout gâché. Tu m'as laissée seule.

— Un couple dont le mari ne peut laisser sa femme seule, c'est un drôle de couple, non ?

— Je n'ai jamais été une dame, tu sais, je n'ai jamais su comment une vraie dame devait se comporter. Je n'ai pas tes principes, Michael. Je ne les comprends pas. Sincèrement, je ne trouve pas que j'aie mal agi.

— Mais non, tu n'as rien fait de mal, dit Gabriel. Nous nous aimons, depuis toujours. Vous n'auriez jamais dû vous marier, voilà tout.

Michael fit volte-face comme si on l'avait frappé.

— Michael ! Michael, non ! cria Laura.

Gabriel la rejoignit.

— Il est temps de partir. Inutile d'épiloguer. Votre couple est fini, et bien fini. Viens. Il faut y aller.

Mais elle continuait de fixer son mari.

— Pourquoi devrais-je rester ? dit-elle. Seulement pour m'occuper de toi, te servir d'infirmière, c'est ça ?

— Je ne peux pas te parler en sa présence, dit Michael.

Elle se tourna vers Gabriel.

— Il vaut mieux que tu m'attendes en bas.

Il regarda son visage et sentit la panique l'envahir. Elle lui échappait, elle lui glissait encore entre les doigts !

— Je ne partirai pas sans toi, dit-il en la tirant rudement par le bras pour l'entraîner vers les marches.

Comme elle tenait le bébé, elle ne put résister et poussa un cri.

— Laura ! Laura ! lança Michael en se précipitant en avant.

Il la frôla au passage et plongea dans l'escalier. Laura confia vite le bébé à Gabriel et courut après lui. Tout en bas, les bras en croix, il gisait, complètement immobile.

19

Laura était assise au chevet de Michael, qui respirait faiblement. Posté à l'entrée de la chambre, hagard, Gabriel les considérait. Il ne parvenait pas à y croire. Son frère avait gagné une fois de plus.

— Tu ne vas pas rester là éternellement, dit-il. S'il était conscient, tu serais déjà partie.

— Je n'ai jamais dit que je partirais.

— Tout ça n'a aucun sens. J'en arrive presque à croire qu'il l'a fait exprès.

Laura se leva.

— Va-t'en, Gabriel. Je ne veux plus te voir ici.

Il la fixa avec stupeur.

— Comment peux-tu dire ça, alors que cette nuit tu t'apprêtais à t'enfuir avec moi ?

Elle ferma les yeux un instant, avec un demi-sourire.

— M'enfuir, oui. C'est ce que j'ai fait toute ma vie. En abandonnant chaque fois une partie de moi-même. Si je partais avec toi maintenant, c'est à mon amour pour Michael que je renoncerais. À mon attachement pour ce pays. Et à la Laura qui espérait devenir meilleure, avec le temps.

— Meilleure ? ragea Gabriel. Meilleure que la petite pute que tu te plais tant à mépriser, c'est ça ? Tu te sens coupable d'avoir couché avec moi et d'y avoir pris du plaisir, quand ta seule faute c'est de m'aimer.

Elle le regarda droit dans les yeux. Aujourd'hui elle ressentait un grand calme intérieur, la confusion de la nuit avait disparu. La chute de Michael avait tout cristallisé, redonné à chaque événement un

487

sens clair, évident. Et si Michael était mort ? Avoir frôlé de si près un tel désastre... C'était une idée insoutenable.

Une voiture se garait dans la cour. Comme il s'y était engagé, le Dr Hendon revenait, accompagné du spécialiste. Elle alla les accueillir à la porte.

— Pas d'amélioration ? demanda le médecin en ôtant son manteau.

— Si. Un peu. Il bredouille des mots sans suite.

— Bien, dit-il en se tournant vers son collègue. Donc, il s'agit d'une forte commotion. Mais combinée à la lésion dont il a souffert précédemment... (Il s'interrompit soudain.) Cela va nous prendre un certain temps, madame Cooper. Pourquoi ne pas aller faire un tour ? Cela vous ferait le plus grand bien...

Elle jeta un coup d'œil à Gabriel, qui l'attendait en silence sur le seuil, et ils sortirent.

Au milieu de la prairie, le vent frais la fit frissonner. Elle ne portait que le corsage et la jupe qu'elle avait enfilés à la hâte, juste avant l'aube. Quant à Gabriel, il était toujours en tenue de soirée ; seul manquait le nœud papillon. Sa barbe naissante lui donnait un air canaille. Il la prit par la taille et l'attira à lui. Elle le fixa dans les yeux, très calme. Il était sûr de lui, de son pouvoir, elle l'aimait, il savait qu'elle ne pourrait lui résister. Il se pencha pour l'embrasser, glissa une main dans son décolleté, frotta contre son ventre son membre durci, releva sa jupe, mais elle ne réagit pas.

Pris d'un violent désir de la posséder, de la soumettre, de la faire sienne une bonne fois pour toutes, il la força à s'allonger dans l'herbe, sans se soucier de son air incrédule, consterné.

Elle gisait sous lui, complètement inerte, pensant que ç'aurait pu être un étranger, n'importe qui. Brusquement, incapable de continuer, il se redressa sur ses coudes pour la dévisager. Elle ferma les yeux, ferma son esprit.

— Laura. Laura, je t'aime !

Les yeux de Laura s'ouvrirent pour se perdre dans le ciel, où des nuages gris se pressaient vers la côte. Elle songeait à Michael, toujours entre la vie et la mort. Sans lui, plus rien n'existe, se dit-elle, et quand je l'ai cru mort, j'ai été si perdue que j'ai pris Gabriel, pour combler ce vide.

Elle regarda enfin Gabriel, dont le visage était tout près du sien, et qui la fixait d'un œil farouche. Comme la première fois, pensa-t-elle. Entre les deux, il aurait pu ne rien arriver.

Il roula sur le côté en grognant. Elle se leva et brossa ses vêtements.

— Tu crois que tu as besoin de moi, Gabriel. Ce n'est pas vrai. Tu vas refaire ta vie. Mais Michael... je crois qu'il m'aime. Il a besoin de moi. Si je l'abandonnais, je ne pourrais être heureuse, sachant ce que j'ai fait.

— Mais avec lui, tu mèneras une vie d'esclave ! Tu crois que ça t'épanouira, de faire la bonniche toute la sainte journée ? Je te le dis, il ne pardonnera pas.

— Si je le quitte, je ne le saurai jamais.

Gabriel se passa nerveusement la main dans les cheveux. Elle n'était qu'une pâte molle entre ses mains, et l'instant d'après elle se transformait en une implacable sorcière.

— Je te préviens, ne viens pas te pointer comme une fleur si ça tourne mal, dit-il, plein de fiel. Je ne suis pas à ta botte. J'en ai assez d'attendre ton bon plaisir. Ça te plaît, hein, de jouer avec moi comme avec un pantin ?

— Je ne t'ai pas demandé d'attendre.

— Tu es prévenue ! Si Michael meurt, tu te retrouveras seule. Je ne serai plus là, je m'en ficherai.

Elle retint un sourire.

— Ne sois pas si gamin ! Tu ne grandiras donc jamais ?

— Ne te moque pas de moi. Au nom du ciel, Laura, ne ris pas.

Hors de lui, il lui tourna le dos, tant il avait envie de la frapper, de lui balancer son poing dans la figure. Laura lui enlevait toute sa maîtrise, toute sa dignité, elle le jugeait en fonction d'on ne sait quel critère fumeux, et le laissait toujours en demande. Contre Michael, il n'avait jamais eu la moindre chance de l'emporter.

Quand il se retourna, elle s'était déjà éloignée et retournait vers la maison. Il se mit à lui courir après et faillit l'appeler. Mais soudain il s'arrêta et ralentit le pas. Il ne l'avait jamais possédée comme il l'aurait voulu. Elle finirait toujours par lui échapper. Et, avec une absolue et terrible certitude, il sut que même si elle allait à lui, elle ne resterait pas. Laura appartenait à son frère.

En rentrant dans la maison, Laura trouva Marie dans la cuisine.

— On se sent toujours mieux après une bonne tisane, déclara celle-ci d'un air enjoué, qui effraya Laura.

Horrifiée, elle grimpa l'escalier jusqu'à la chambre. Les deux médecins relevèrent la tête.

— Que se passe-t-il ? Il est mort ? Que lui avez-vous fait, il allait mieux !

— Je vais bien ! lança alors Michael d'une voix sourde.

Laura s'effondra sur une chaise.

— Marie m'a dit... j'ai cru... Oh mon Dieu !

— C'est le contrecoup, commenta le Dr Hendon. Ce genre de choc entraîne souvent des réactions imprévisibles.

— J'ai cru qu'il était mort, répéta-t-elle.

Le spécialiste fit un signe au Dr Hendon.

— Nous vous laissons avec votre mari, madame Cooper. Nous vous parlerons d'ici un petit moment.

La chambre fut brusquement très calme et le silence s'installa entre eux, épais, presque écœurant. Enfin, Laura se força à parler.

— Tu te souviens de ce qui s'est passé, n'est-ce pas ?

— Oui.

— Je ne pars pas. Je le lui ai dit.

De nouveau le silence retomba, opaque.

— Je ne veux pas de ta pitié ! s'exclama Michael. Si tu l'aimes comme il le prétend, si c'est lui la clé de ton bonheur, alors pars. Mais si tu tiens à nous, si tu veux qu'on se retrouve tous les deux, comme avant, alors ça vaut le coup, et je veux bien essayer.

Elle alla s'agenouiller auprès du lit, lui prit la main et la baisa.

— Michael chéri. J'ai cru que tu ne voulais plus de moi, que je ne comptais plus. Gabriel m'a dit que tu ne pardonnerais jamais, mais je savais bien qu'il se trompait. Je le savais. Bien sûr que nous serons heureux.

Il ferma les yeux un instant et soupira. Elle se pencha pour lui effleurer les lèvres et songea à Gabriel, avec un tremblement.

— Il y a une chose que je ne t'ai pas dite, murmura Michael.

— Quoi donc ?

— N'aie pas peur. Pour une fois, c'est une bonne nouvelle. J'ai retrouvé un semblant de vision.

Elle retint son souffle et s'écarta un peu.

— C'est vrai ?

— Oui. Mais c'est trouble, ça va, ça vient.

— Est-ce que ça ira en s'améliorant ? Est-ce que tu es guéri ?

— Ils n'en savent rien encore.

On frappa à la porte. C'était Marie, avec la tisane. Laura alla se regarder dans la glace. Elle était blême, avec de grands cernes violets. Les médecins revinrent dans la chambre en se frottant les mains, l'air radieux.

— Un grand jour, dit le Dr Hendon. Un jour mémorable entre tous.

— Vous l'avez dit, confirma Laura avec une ironie voilée. Que diriez-vous d'un sherry, au lieu d'une tisane ? Il faut fêter ça, n'est-ce pas ?

Sans attendre leur réponse, elle se précipita hors de la pièce.

Quand elle revint avec des verres et une carafe sur un plateau, le spécialiste se tenait à la fenêtre.

— Tiens, voilà le jeune M. Cooper qui s'en va, remarqua-t-il. Faut-il envoyer quelqu'un le prévenir ? Il n'est pas encore au courant. Et puis nous pourrons le déposer en partant.

— Je ne sais où il va, dit Laura d'un ton égal, cachant son trouble. Mais il se débrouillera très bien, j'en suis sûre.

Le sherry était fort et bon. Elle n'avait rien mangé et une seule gorgée suffit à lui tourner la tête. Suis-je heureuse ? Suis-je triste ? se demanda-t-elle, tout en sachant qu'au fond ça n'avait pas d'importance. Pour une fois, elle avait tenu bon, elle s'était accrochée à sa planche de salut comme un homme qui se noie. Quelle que soit la vie qui l'attendait, elle la passerait avec Michael. Elle avait gagné et perdu, et si elle avait quelque chose à pleurer, elle le ferait en cachette. Après tout, elle s'y connaissait en secrets.

Dora était au jardin. Elle vit Gabriel passer le muret. Avec son pantalon de soirée troué aux genoux, on aurait dit un vagabond. Ou un joueur en déveine. La seconde image lui plut davantage.

— Eh bien mon cher, dit-elle en l'approchant. Tu as triste mine.

— Il y a de quoi, répondit-il sans équivoque, en la regardant de ses yeux bleus, durs domme de petites pierres. Tu m'offres un coup à boire ? J'ai envie de me cuiter.

— Elle t'a rejeté, ç'est ça ?

— Oui, et c'est la dernière fois. La coupe est pleine.

Tandis que Dora allait chercher du whisky et des glaçons, il s'accouda à la balustrade qui bordait la terrasse. Le soleil se couchait, il faisait déjà plus frais. Des merles gazouillaient dans les haies qu'on n'avait pas taillées depuis longtemps, le ciel était strié d'or et de violet.

— C'est beau, hein ? lança Dora en revenant. Je sais, tu es malheureux, mais c'est beau quand même.

Il avala une gorgée de whisky. En voyant le soleil décliner, il éprouvait un curieux sentiment de paix, sans doute dû à l'effet de l'alcool et au brutal relâchement de ses nerfs. Si Laura était partie avec lui, il n'aurait jamais été sûr qu'elle allait y rester, songea-t-il avec étonnement. Au moins, avec Dora, il pouvait s'asseoir au crépuscule et boire du whisky sans rien attendre de plus. Ils se connaissaient assez pour ne pas tricher, sans avoir besoin pour autant d'être sensibles aux états d'âme de l'un ou de l'autre.

— Tu n'étais pas fait pour elle, dit Dora. Tu es mauvais et elle veut être bonne.

— Quelle perspicacité !

— Cela t'étonne, hein ?

— Ce n'était pas dans ton caractère. Tu m'as toujours semblé trop jeune pour ça.

— Personne ne reste jeune toute sa vie, répondit-elle en riant. Avec un type comme Zwmskorski, on grandit vite.

Le soleil se coucha derrière la colline.

— On pourra la finir à l'intérieur, tu sais, proposa Dora en prenant la bouteille de whisky. Moi aussi, j'ai bien envie de me soûler.

Mais il demeura là, les yeux fixés sur l'horizon obscurci.

— Qu'allons-nous faire, Dora ? dit-il enfin. Je vis depuis si longtemps en attente d'elle. Elle fait partie de moi depuis notre première rencontre. Et maintenant, c'est fini.

— Et si tu ne l'avais jamais rencontrée ? remarqua Dora.

— Je serais pire que je ne suis, avoua-t-il d'un ton morne. Et je ne vaux pas grand-chose, alors tu vois un peu... Mais c'est pour elle que j'ai tenu bon, que j'ai avancé toutes ces années, que je n'ai pas flanché.

— Maintenant, tu le feras pour toi, non ?

Les yeux de Gabriel luisirent dans l'obscurité.

— Je n'en sais fichtre rien.

Assis dans le salon, les Fitzalan-Howard écoutaient la radio. Dora et Gabriel se réfugièrent dans la serre assombrie. Dora s'assit sur l'un des vieux fauteuils en rotin.

— Quel gâchis nous avons fait tous les deux.

— La guerre n'a rien arrangé, dit Gabriel. J'ignore ce que je deviendrai quand elle sera finie. Au moins, l'action vous dispense de réfléchir.

Dora leur versa de nouveau du scotch.

— Toi au moins, tu te bats. Mais moi... je n'arrête pas de penser à Zwmskorski, à Piers, à mes parents. Et à toi. Oui, je pense beaucoup à toi et je regrette que ça ait si mal tourné.

Gabriel détourna le fil de la conversation.

— Et Zwmskorski ? Est-ce qu'il partira ?

— Pas avant de m'avoir réglé mon compte, affirma Dora. C'est un jeu dangereux, de donner du plaisir à un homme. Mais c'est sur la suite que je m'interroge. Et si je m'en allais avec lui ?

— Tu n'es pas sérieuse, dit Gabriel en la fixant.

— Regarde où j'en suis. Ou bien je reste à Bainfield et je repousse toutes les avances des maris ou petits copains de ces dames, ou bien je pars avec Zwmskorski pour vivre dans le luxe une courte et grisante existence. Comme je ne suis pas très douée pour repousser les hommes, tôt ou tard ça se dégraderait. Et maman veut garder Piers, même si elle n'ose pas l'avouer. Or j'ai passé l'âge d'habiter chez papa maman. Tu vois le problème ?

— Mais ce type est une ordure, Dora !

— Et toi un ange, Gabriel chéri ? répliqua-t-elle en lui donnant une pichenette sur le bout du nez.

Dans la pénombre, elle faisait rouler son verre contre sa joue, les yeux sombres et pensifs. La flamme que Laura avait allumée en lui ne brûlait pas pour Dora, songea Gabriel, il ne l'aimait pas et il s'en réjouissait. Enfin un peu de raison, de bon sens.

— J'ai reçu des ordres par le courrier, déclara-t-il en se levant. Je n'ai pas encore ouvert l'enveloppe. On regarde ?

— Bien sûr. Pourquoi as-tu tant tardé ?

— Je craignais qu'ils n'aient annulé mon congé. Voyons ce qu'ils me réservent. Tout ça n'est qu'un jeu, n'est-ce pas ? Nous avons eu tendance à l'oublier, à prendre les choses trop au sérieux.

Il monta en courant chercher l'enveloppe qu'il avait fourrée dans une poche de son uniforme. La chambre tanguait autour de lui, il était passablement ivre. Mais c'était le seul moyen de s'en sortir, estomper les contours, oublier les rêves, faire comme si rien n'avait d'importance.

En rentrant dans la serre, il lança l'enveloppe à Dora.

— Vas-y. Je m'attends au pire.

— J'ai trop bu, dit-elle en gloussant. Oh, Gabriel... tu pars pour le Canada comme instructeur.

— Mon Dieu, dit-il en se renfonçant dans son fauteuil. Dire qu'elle aurait pu m'accompagner.

Soudain, il s'aperçut avec stupeur qu'il pleurait.

— Mais non, murmura doucement Dora. Sa place est à Gunthwaite, elle lui appartient, plus qu'aucun d'entre nous.

— Cette petite garce de Française ? Et pourquoi ? Je ne comprends pas. Je ne comprends plus rien.

Dora vint s'asseoir sur le bras de son fauteuil.

— Et si je venais au Canada avec toi ? Est-ce que ça arrangerait les choses ?

Il la regarda, sidéré.

— Tu crois ? Tu serais débarrassée de Zwmskorski. Nous pourrions laisser Piers à tes parents et revenir le chercher une fois installés. Prendre le temps de nous connaître. Au diable Gunthwaite, au diable Laura, au diable les soucis !

La main de Dora se posa sur son torse et descendit nonchalamment. Il resta complètement immobile, à la fixer.

— À mon avis, ça pourrait même être amusant. Qu'en dis-tu, Gabriel ?

Ce fut une journée splendide. Après une nuit chargée de pluie, l'Angleterre apparaissait dans toute sa gloire. De minuscules nuages passaient haut dans le ciel bleu clair, les arbres du verger tendaient leurs fleurs gorgées d'eau vers le soleil. Laura s'escrima sur le poste de TSF pour écouter les nouvelles, mais la batterie était faible et elle ne captait rien. Le chemin était inondé, impraticable, personne n'avait nettoyé les drains qui couraient de chaque côté. Même le courrier ne pourrait leur être distribué.

Elle gagna les écuries où les filles se préparaient pour la journée. Désœuvré, Bill Mayes était assis sur un vieux tonneau de cidre et il ne se leva même pas comme il l'aurait fait en présence de Michael.

— Le chemin est inondé, dit-elle. Qui va s'occuper de curer les drains ? Mme Cooper voudrait aller à Bainfield aujourd'hui, et le facteur n'arrivera pas à passer. Et puis nous avons besoin d'une batterie neuve pour la radio.

— Faites-le donc, si je puis me permettre, dit Bill en se calant plus confortablement sur son tonneau.

C'était on ne peut plus clair. Maintenant que Michael était revenu, elle n'avait plus aucune autorité.

— Maniez-vous, Bill, lança-t-elle aigrement. Je veux que ces drains soient curés d'ici le milieu de la matinée, au plus tard. Si Mme Cooper prend la voiture et s'aperçoit qu'elle ne peut pas rouler, je lui dirai que c'est de votre faute. On verra bien si ça vous redonne de l'énergie.

Elle tourna les talons et s'en fut, soudain de fort méchante humeur. Durant toutes ces années, les choses avaient changé, Michael et elle aussi, et il faudrait bien que Bill Mayes s'y fasse, songea-t-elle avec colère.

Mais où était Michael ? Elle alla à l'orée des champs et mit sa main en visière pour s'abriter du soleil. Il était là, dehors, avec les brebis, examinant les agneaux. Elle remonta sa jupe, petite concession à Michael, et enjamba la barrière. Laura était à mi-chemin quand il l'aperçut et agita la main. Elle se sentit soudain mieux ancrée dans la journée et son cœur bondit d'allégresse.

— Michael ! Que fais-tu là ?

Il lui sourit, tout heureux de la beauté du jour, de sa santé retrouvée. Elle posa la main sur son bras, et brusquement il la souleva de terre et la serra contre lui à l'étouffer, s'exclamant : « Laura ! Laura ! Laura ! »

Enfin il la libéra et ils se regardèrent.

— Qu'est-ce qui t'amène ? lui demanda-t-il.

— Rien.

Elle mentait. Mais elle avait pensé lui annoncer la nouvelle en douceur...

— J'ai demandé à Sophie et à Marie de s'installer dans le cottage de Gabriel, ajouta-t-elle en rougissant. Nous avons besoin d'espace. Je suis enceinte.

Elle vit son visage changer. Un instant, elle eut peur et posa un doigt sur les lèvres de son mari pour taire la question qui s'y formait.

— De toi, s'empressa-t-elle de préciser.

Mais il ne put s'en empêcher. Tant pis.

— Tu n'as pas... avec Gabriel...

— Non. C'est forcément le tien, répondit-elle sans équivoque.

Il la reprit dans ses bras avec une infinie douceur.

— Quelle chance nous avons, dit-il. Nous sommes tous les deux plus forts et plus unis qu'avant.

Enfin à l'abri, se dit-elle. Entourée, protégée par les champs, les arbres, le ciel. Les brebis parsemaient la prairie comme autant de petits coussins blancs, des alouettes lançaient leurs trilles vers le soleil en voletant dans l'azur. Au-dessus des arbres, un faucon planait ; puis il plongea et disparut.

La terre les avait réclamés, et ils avaient répondu à son appel impérieux. Elle les avait réunis, certaine qu'ils la soigneraient et l'aimeraient sans réserve. Ni Michael ni elle ne seraient jamais heureux loin d'ici. Ils étaient liés à Gunthwaite, leur vert pâturage. Elle revit tout ce qui s'était passé, songea à ce qui pourrait encore menacer ce bonheur durement gagné. Avec l'appui de Michael et de la terre, les deux piliers de son existence, elle pouvait espérer tenir ferme à travers les ans. Et elle ferait tout ce qui était en son pouvoir pour les fortifier.

Elle se tourna vers lui, la brise jouait avec ses cheveux, ils volaient en lui masquant les yeux. Il rit et la serra contre lui, un grand gaillard, qui ne se doutait pas du genre de femme qu'il tenait dans ses bras. Enfantine, confiante, elle lui tendit son visage, en quête d'un baiser.

Cet ouvrage a été imprimé par la
SOCIÉTÉ NOUVELLE FIRMIN-DIDOT
Mesnil-sur-l'Estrée
pour le compte des Éditions Belfond
en septembre 2000

Imprimé en France
Dépôt légal : septembre 2000
N° d'édition : 3703 - N° d'impression : 52440